Ulrich Peltzers früher großer Roman ›Stefan Martinez‹ ist ein Entwicklungsroman, der fast ein gesamtes Jahrhundert umfasst. Erzählt werden zwei Tage aus dem Leben des Stefan Martinez, der das Berlin der späten achtziger Jahre erkundet. Die Erzählung greift aus in seine Lebensgeschichte wie die seiner Familie, berichtet von den Schützengrabenkämpfen des Ersten Weltkriegs in Frankreich und den Bombennächten des Zweiten Weltkriegs in einer mittelgroßen rheinischen Industriestadt. So entsteht ein Weltpanorama, das Zeiten und Räume ineinanderblendet, um aus den unterschiedlichsten Tönen ein Buch ganz eigener Art zu komponieren: Vom inneren Monolog über Tagebuchnotizen bis zum Jargon der Boheme fügen sich die Stimmen der Figuren zu einem vielgestaltigen Sprachuniversum zusammen. Ein großer Bewusstseinsroman der Gegenwart.

»Das ist ein Bewusstseinsroman von heute, da wird Joyce auf den Kopf gestellt.« *Helmut Böttiger, Frankfurter Rundschau*

Ulrich Peltzer, geboren 1956 in Krefeld, studierte Philosophie und Psychologie in Berlin, wo er seit 1975 lebt. Er veröffentlichte die Romane ›Die Sünden der Faulheit‹ (1987), ›Stefan Martinez‹ (1995), ›Alle oder keiner‹ (1999), ›Bryant Park‹ (2002) und ›Teil der Lösung‹ (2007). Sein Werk wurde mit zahlreichen Preisen ausgezeichnet, unter anderem dem Preis der SWR-Bestenliste, dem Berliner Literaturpreis und dem Heinrich-Böll-Preis. Zuletzt erschienen die Frankfurter Poetikvorlesungen ›Angefangen wird mittendrin‹ (2011).

Weitere Informationen, auch zu E-Book-Ausgaben, finden Sie bei www.fischerverlage.de

Ulrich Peltzer

Stefan Martinez

Roman

Fischer Taschenbuch Verlag

MIX
Papier aus verantwortungsvollen Quellen
FSC® C019821
FSC
www.fsc.org

Veröffentlicht im Fischer Taschenbuch Verlag,
einem Unternehmen der S. Fischer Verlag GmbH,
Frankfurt am Main, Februar 2013

Satz: pagina GmbH, Tübingen
Druck und Bindung: Druckerei C. H. Beck, Nördlingen
Printed in Germany
ISBN 978-3-596-18907-6

Ich scheine mir der gleiche zu bleiben;
aber im dauernden Auf und Ab der Dinge,
die in mich eingehen und mich verlassen,
bin ich in jedem Zeit-Moment ein anderer.

Giambattista Vico

I

1

In Wirklichkeit müßte das Bild sehr groß sein, etwa zwei auf vier Meter, bestimmt. Stefan Martinez beugte sich vor und maß zwischen Daumen und Zeigefinger ein kleines Comicheft, das sich ungefähr in der Mitte der Leinwand befand, zu ihren seitlichen Rändern hin ab. Genau, ein großes liegendes Rechteck, dessen Reproduktion eine ganze Doppelseite des Katalogs auf seinen Knien einnahm. Er pustete Brotkrümel aus der Falzung und strich mit dem Handballen darüber, blendende Reflexe, die das Licht einer schräg über dem Küchentisch (an der Wand) befestigten Neonröhre auf dem leicht gewölbten, glänzenden Papier hervorrief, nach außen zerstreuend.

Neben dem Comic waren bekritzelte Zettel zu erkennen, Fotos, einzelne Buchseiten, Zeichnungen, Illustriertenblätter, naturwissenschaftliche Schnappschüsse, Plakatfetzen, die zusammen mit mehreren monochromen Feldern in kräftigen Blau- und Rottönen eine breite, horizontale Achse bildeten, die den sonst fast leeren, blaßbraunen Bildraum von links nach rechts durchquerte. Spuren grober, schneller Pinselstriche überdeckten teils das Material, teils lagerten sie sich ihm wie Schienen oder Scharniere an, als würde es sich mit ihrer Hilfe fortbewegen können.

Stefan hob den Kopf und sah zum Fenster. Heller Rauch drehte sich aus dem Kamin des Quergebäudes, eine längliche weißgraue Fahne, die mit dem regnerischen Himmel zu verschmelzen schien, bis ein Windstoß sie packte und wirbelnd in den Hofschacht zog. In der Regenrinne plusterten Tauben ihr Gefieder, scharrten und ruckten. Am Gestänge des Gasspeichers, der weit über die Dächer hinausragte, brannten noch die roten Kontrollbirnen, den mächtigen schwarzen Zylinder wie Lichterketten umbändernd. Erlöschen um neun, dachte er, folglich erst acht Uhr und was. Oder defekt. Der Betonatlas. Er nahm eine dünne Scheibe Brot mit Marmelade, die halbgegessen auf ihrem Teller lag, und biß eine Ecke ab. Brombeer, letzten Monat selber eingekocht. Schmeckt gar nicht mal übel. Er klappte den Rest zusammen und steckte ihn in den Mund. Rohrzucker. Dann wandte sein Blick sich wieder dem Katalog zu, in dem sie, wahrscheinlich, frühstückend geblättert hatte.

Kauend näherte Stefan seine Augen dem Papier, um die in Längsrichtung (horizontal) sortierten, sich manchmal überschneidenden, oft ineinander verschachtelten Fundstükke besser erkennen zu können. Das Foto einer Libelle mit schwirrenden Flügeln vor nachtschwarzem Hintergrund. Genauso groß, das heißt wahrscheinlich verkleinert, eine Wiedergabe des bekannten Gemäldes von Botticelli, Geburt der Venus (oder so ähnlich) betitelt. Darunter die mit rötlichem, transparentem Nesseltuch beklebten Abbildungen urzeitlicher, in Bernstein eingeschmolzener Insekten. Vorne ein zerrissenes Wahlplakat. Ein spurtender Läufer, der von einem anderen Läufer eingeholt wird. Das Comicheft, eine Seite daraus. Außer diesen Fundstücken gab es zwei nach oben und unten gerichtete Abschnitte, die, von balkenartiger Gestalt, dem wuchtigen Achsenkörper wie ein Paar Flügel entwuchsen – ein in der Farbe verblichenes Tuch, Laken möglicherweise oder Tischdecke, dessen fadenscheiniges Gewebe ein dunkel paspellierter Saum gradlinig umriß, sowie aufwärts als nördlicher Teil der Vertikalen eine hochgestreckte blaue Fläche, der ein bißchen Gelb beigemischt war. Wenn man die Abbildung in einem entsprechenden Winkel gegen das Küchenlicht hielt, schimmerten türkise Spuren auf; so, und so herum auch. Exakt konturiert, glich diese Fläche in ihrer Form einem Stahlträger, durch kurze, wirre Krakel, als seien es verschlungene Trossen, mit dem zentralen Gefüge verbunden. Der Himmel das Meer die Sonne: ihr Widerschein aus einer blauen, sie vielfach spiegelnden Tiefe: Brechungsindex n.

Martinez fischte eine kaum gerauchte Zigarette aus dem Aschenbecher, brach die Spitze ab und zündete sie an. R6, was sie raucht, statt es überhaupt zu lassen. Pafft nur. Ihre Sache, sowieso nicht zu ändern. Er lehnte sich zurück und sah dem Qualm nach, der in fließenden Wirbeln aus seinem Mund trat und über dem Tisch zerstob. Nicht zu berechnen. Kurven ohne Gesetz, von Sekunde zu Sekunde anders. Irgendwie Moleküle, die sich in der Luft verdünnisieren. Energieaustausch.

Richtig, die Tuchbahn und das blaue Feld spannten den Entwurf von oben und unten ein, als würde er ohne ihre Verankerung aus seiner Lage kippen, verlöre sein Gleichgewicht, das heißt seine Gestalt, die waagerechte Montage des Körpers nämlich aus bemalten, verklebten, angerissenen Bildern und Buchseiten, Plakaten und Fotos, die wegtropfende Farbblöcke und fahrige Pinselstriche (rot und braun und schwarz und gelb) in eine ungestüme Beziehung setzten. Gesammelt praktisch, alles ohne Reihenfolge, weder logisch noch chronologisch, bunt durcheinander. Ihre Morgenlektüre, Weiterbildung sozusagen. Wird schon zu irgendwas gut sein. Rechts unter dem Bild stand N° 17, und als er das Register aufschlug, fand Stefan die Angabe: N° 17: Combine Painting, R. Rauschenberg, 1955. Ein Rätsel, wie in der Zeitung, richtig gelöst, kommt immer ein kurioses Wort raus. Erster Preis eine Schlagbohrmaschine von Black & Decker. Fräst sich garantiert durch jedes Material. Beton, der Atlas, den bei Umberto holen, zuallererst. Hoffentlich macht er die Tür auf, ich habs ihm gestern gesagt, um halb zehn. Danach sofort ins Büro. Er trank einen Schluck Kaffee, der in Evelins Tasse geblieben war, und streckte die Beine aus.

Genau. Alles in allem. Unbesorgt irgendwann zusammengeleimt, sah das kreuzartige Ding (N° 17) wie eine Flugmaschine aus, deren ramponierter Rumpf selbst leichteren Turbulenzen schon abenteuerlich preisgegeben war. Passatwinde, die sein Wachs zum Schmelzen bringen. Trudeln dann die Papierschnipsel wie Federn durch die Luft. Rotationsbewegungen. Und warum? Darum. Ready for take off. Stefan beugte sich vor und stupfte die Kippe aus. Als eine Taube auf dem Fensterbrett zu landen versuchte, nahm er die Streichholzschachtel vom Tisch und warf sie gegen die Scheibe. Ratte der Luft, weg ist sie.

Im Dunst hatten sich flackernde Lichthöfe um die Sicherheitsbirnen des Gasspeichers gebildet, als wären seinem Gestänge Kerzen aufgesetzt. Und wieso brennen die noch? Er sah auf seine Uhr: zwanzig nach neun. Jetzt aber los. Er klappte den Katalog zu und ging nach nebenan, um seine Sachen zu holen.

2 Nieselregen wehte durch die Straße, aus feinen Tropfen gewebte Schleier, die leichter als Luft schienen. Stefan Martinez zog sich in den Eingang des Hauses zurück und schlug den Kragen seiner Lederjacke hoch. Noch eine Minute. Während er mit vorgehaltener Hand eine Zigarette anzündete, drängte sich eine mit Einkaufstüten beladene Frau zwischen ihn und die Tür, lehnte ihren Rücken gegen den großen, wurmstichigen Flügel und schob ihn langsam auf, wobei sich ihr Körper im Mantel vor Anstrengung krümmte. Er hatte sie noch nie gesehen, vielleicht wohnte sie im Vorderhaus. Als die Öffnung groß genug war, um hineinzukommen, drehte sie sich gewandt um die eigene Achse und verschwand im Gang. Der Flügel der Türe blieb einen Moment stehen, dann fiel er schwer ins Schloß. Durch die gesprungene Scheibe beobachtete Stefan, daß die Frau in den Hof ging, aus dem er selbst gekommen war. In drei Monaten kein einziges Mal.

Er holte eine Münze aus seiner Hosentasche und warf sie in die Luft. Nachdem sie auf Zahl gelandet war, entschied er, daß Zahl U-Bahn und nicht Bus bedeuten soll, und setzte sich nach links in Bewegung.

3 Nicht lange und er bog in eine kurze Stichstraße, die zur Brache des Bahngeländes führte, das Schöneberg weitläufig durchschnitt. Zur Zeit verkehrte (wg. Bauarbeiten, der halbkreisförmigen Rekonstruktion des alten Stadtrings – um alle möglichen Pendler aus dem Westen befördern zu können, theoretisch ökologisch, eine letzte Milliardensumme aus dem Fonds des european recovery program, Darlehen zinslos) nur auf einem Gleis ein Zug, der halb-

stündlich wie ein Jo-Jo zwischen den Stationen Wannsee und Anhalter Bahnhof pendelte, die meisten anderen Schienenstränge waren verrottet, und aus ihren Schwellen wuchsen Sträucher und Bäume (Birken). An der gegenüberliegenden Böschung hatte sich Dickicht ausgebreitet, in dem sich ein Trampelpfad schlängelnd verzweigte, von Zeitungsfetzen und Taschentüchern gesäumt, als weiße Einsprengsel in der Masse des dunklen Gestrüpps deutlich zu erkennen. Unter den Bäumen standen alte Signalmasten, Blechbüchsen und rostige Röhren lagen auf der laubbedeckten Erde, und in der Ferne sah man zwei, drei ausgeweidete Autokarosserien, aus deren Radkästen struppige Büsche wuchsen.

Gebell drang zu Stefan hoch, wütendes Knurren, dann das wilde Scharren ineinander verbissener Hunde. Er trat an das Gitter, das den Gehweg vom Abhang abtrennte, und sah nach unten, wo sich längs eines asphaltierten Weges eine Reihe flacher Gebäude erstreckte. Dahinter. Die Geräusche. Ein Mann, der, in einen orangefarbenen Overall gekleidet, einen Öltank lackierte, hörte mit seiner Arbeit auf, nahm einen Besen und rannte ums Eck, eine Baracke, an der ein Schild ›Import-Export‹ hing. Auf dem Tor der Garage daneben, einer aus Dachlatten und Teerpappe schief zusammengezimmerten Konstruktion, stand ›Spedition Andolfi‹ und darunter in türkiser Schreibschrift ›Alimentari italiani‹. Rauch trieb über das Gelände. Der feine Regen hatte aufgehört, doch schien der graue, quellende Himmel noch mehr zu versprechen – Graupeln, oder ersten Schnee.

– Auseinander, brüllte eine Stimme, wahrscheinlich der Mann im Overall, und wieder: Auseinander.

Gekläff schallte als Antwort durch die Luft. Soll er sie lassen, Beißhemmung doch, falls das unterlegene Tier.

Dreht sich auf den Rücken. So ein Instinkt. Passiert dann nichts. Plötzlich tauchten die beiden Hunde auf, wetzten über die Gleise, hakenschlagend und kleiner werdend, bis sie schließlich als Punkte im Strauchwerk untertauchten. Stefan schnippte die Kippe aufs Pflaster und ging weiter, auf die Brücke zu, von der Verkehrslärm herüberwehte, der mit jedem Schritt lauter wurde, rasselnde, klingelnde Geräusche, die sich auf der Höhe des Altpapierlagers zu einem vibrierenden Ton verdichteten, dessen Gleichförmigkeit sich schnell (nach ein paar Metern) der bewußten Wahrnehmung entzog.

In den Maschen des Zauns hingen Papierstreifen, die sich aus Ballen gelöst hatten, die ein Gabelstapler am Fuß der Böschung zu Mauern aufschichtete, flattrigen Wänden, zwischen denen er emsig hin- und herschnürte. Bevor Stefan auf die Brücke bog, riß er einen der Streifen heraus und sah ihn sich an. Eine Blüte mit zwei ovalen Blättern, vom Regen gebleichte Farben. Vielleicht Geschenkpapier? Fleurop liefert in alle Welt. So eine Fackel im Firmenzeichen. Er warf den Schnipsel in die Luft, wo der Wind ihn erfaßte und gegen den Aufriß der Häuser drehte, die sich am Ende der Brücke erhoben. Im ersten rechts war ›Bebels Möbelmarkt auf drei Etagen‹, im ersten links der China-Imbiß, über dessen Türe ein Lampion hing, den (sinnigerweise) Drachen und Schwerter verzierten. Einmal und nie wieder. Fang keinen Streit mit dem Kellner an, sagte Evelin nach dem ersten Bissen, wir zahlen und gehen, Schultern hebend, Lippen kräuselnd, das hat gar keinen Sinn. Nummer zwölf und Nummer einundachtzig, Chop-Suey und Frühlingsrolle, in Dieselöl frittiert. Blieb die Gabel drin stecken, richtig zähflüssiger brauner Kleister. Damit haben sie letztens noch die

Holzwände gestrichen, sagte Evelin, sind wir selber schuld, statt vorne zum Türken. Das Bier nehmen wir mit ins Kino. Dann legte sie zwanzig Mark auf den Tisch, packte die Dosen ein und ging. Stefan folgte ihr, nicht ohne dem Chinesen hinter der Theke, der wie der Koch aussah, delikat zuzurufen, Sie sindn echter Künstler, was sie, als er auf die Straße kam, kindisch nannte. Entweder man verweigere die Zahlung oder halte den Mund, alles andere würde nichts bringen, sicher nicht hier, Restaurant Kanton, wie mit Letra-Set auf die Türe geklebt war. Immer ein Warnzeichen, wenn die Buchstaben nicht auf einer Linie stehen, sondern verkantet sind. Weiß man doch.

Nach eins, zwei, drei, vier, fünf Schritten längs einer Plakattafel tauchte eine Silhouette im Glas von Schaukästen auf und verschattete flüchtig ein paar Fotos und Zeitungsartikel. Stefan verlangsamte seinen Gang, dann schlenderte er auf sein sich vergrößerndes Spiegelbild zu, hinter dem free american cinema Doppelpunkt John Cassavetes stand. Leberzirrhose.

Er überflog die Liste der Filme und Anfangszeiten und merkte sich zwei Titel vor, die am Sonntag nacheinander laufen würden; die kurzen Inhaltsangaben hörten sich interessant an; später könnte man etwas trinken gehen.

Als er sich vorbeugte, um eine Szene, die aus ›Gloria‹ kopiert war, genauer zu betrachten, kam ihm sein Gesicht so plötzlich entgegen, daß er zurückwich. Wie wenn einer drinsteckt, mit dem man nicht rechnet. Ist ich.

Das Foto zeigte eine Frau, die breitbeinig in einer New Yorker Straße stand, schießend, wobei sie die schwere Waffe mit beiden Händen gegen ihr Ziel gerichtet hielt, als habe sie gelernt, mit Waffen umzugehen, und wüßte, in welcher

Stellung man am sichersten trifft. Sie trug ein elegantes Sommerkleid und hochhackige Schuhe, was ebenso wie ihr Alter, ungefähr fünfzig, ihre gepflegte Frisur, die Perlenkette, ihr ganzes Äußeres eigentlich, der Haltung, die sie eingenommen hatte, widersprach, p oder non p, aber nicht beides zusammen. Ihrem energischen Gesichtsausdruck ließ sich ablesen, daß nicht Panik oder Notwehr, sondern kalte Wut ihr Handeln leitete. Mit mir nicht mehr. Du oder ich.

Sich aufrichtend, sagte Stefan leise: Sonntag siebzehn Uhr dreißig, eins sieben drei null, Quersumme elf, behalt das mal, dann steckte er seine Hände in die Taschen und ging Richtung Spielwarenladen, der sich im Erdgeschoß eines auf den Bürgersteig vorspringenden Hauses befand. Läuft man glatt davor, wenn man nicht aufpaßt. Die Seitenwand des Hauses stieß rechtwinklig auf die Fluchtlinie der anderen Fassaden, während seine äußere Ecke der Straße gefährlich nahe kam. Wie das Kap einer steil abfallenden Felsenküste, brausend umflossen vom Strom der Fahrzeuge. Wegreißen den Mist und Leitplanken bauen, dachte er, die mickrige Balustrade hält keinen Lastwagen auf, der aus der Kurve fliegt. Zermengt alles und donnert in die Schaufenster. Und wem gehört der da?

Die Leine eines weißen, gestutzten Pudels, der trippelnd ein Objekt auf dem Pflaster beschnüffelte (leere Pommes-Schale), spannte sich straff ums Eck und versperrte den Weg. Schmeckt besser als Hundekuchen, was? Stefan trat beiseite und ließ seinen Blick über die Auslagen schweifen, Puppen und Stofftiere, Holzbausteine, Gesellschaftsspiele, das Legomodell einer Bohrplattform, deren Gestänge sich unablässig im Kreis drehte, eine Vitrine, in der kleine Autos standen, Wiking, Siku und Matchbox. ›Preiße im Laden zu erfragen‹ hatte jemand auf eine Karteikarte geschrieben, die zwischen den Glastüren steckte, und ein zweiter (andere Schrift) in Klammern darunter: ›Preisse Vhdls‹, wobei er das V der Verhandlungssache mit barockartigen Schnörkeln versehen hatte, die den gesamten Ausdruck einfaßten. Verschenkt den Krempel die Mutter, an Walters Kinder. Ich hoffe, es war dir recht. Ja. Fühlt sich vielleicht ein wenig in seiner Schuld, wegen der Sachen von ganz früher. Nicht ihn, ihren sogenannten Verlobten, sondern den anderen, den Fremden. Geheiratet zu haben. Gäbs mich nicht, dann. Ein seltsamer Mensch, alles in allem.

Ein silbrig glänzender Leiterwagen und ein Austin mit lindgrün abgesetztem Dach waren unschwer als ehemaliges Eigentum zu erkennen, obwohl es damals Streit mit dem kleinen Meier gab, der behauptete, der Austin gehöre ihm. Dazu der rote Londoner Doppeldecker, den er von seinem Bruder übernommen habe. Frech gelogen, weshalb er einen Schlag bekam, Nasenbluten, ölige dicke Tropfen, die er absichtlich durch seine Finger auf den Teppich abseihen ließ, blopblop. Blauschwarze Flecken, die selbst mit Zitronensaft nicht zu entfernen waren.

Der Pudel begann zu quietschen und versteifte seine vier Beine, doch das andere Ende der Leine war stärker und zog ihn Ruck um Ruck nach hinten. Der Verwirrte vom Kaiser-Wilhelm-Eck, tatsächlich, der letztens lachend den Baum in der Mitte des kleinen Platzes umarmt hatte. Kriegen Linksdrall die Autos, wenn man sie anschnippt, dachte Stefan, während er schimpfenden Mann und japsenden Hund passierte, über das Gitter flankte, oder Rechtsdrall je nachdem, und quer durch den sich plötzlich stauenden Verkehr auf die andere Seite lief. Sammlerstücke heutzutage.

Aus der Hauptstraße wehte der auf- und abschwellende Ton einer Sirene hoch, wurde lauter, dann blitzten blaue Rettungslichter über den Wagendächern auf, dünne blaue Streifen, die sich in ihrem Blech spiegelten und zweidreimal in den trüben Scheiben der Zeitungsbude, bis sie verlöschten, wie ausgeknipst, während die Sirene noch eine Zeitlang zu hören war, sich zum Kleistpark entfernend. Stockend kam der Fahrzeugstrom wieder in Fluß. Aus der geöffneten Türe der Bude zog Rauch ab, ein mit Schnapsdunst fermentierter muffiger Brei, dem mehrstimmiges Grölen nachfolgte: Guter Witz, Eugen, echtn Rohr det Ding. Da kennt er nüscht.

Martinez stieß prustend Luft aus und überflog die Schlagzeilen der Stelltafeln: Das Wunder vom Ebrus. Hertha kaputt. Die Immundiät. Der morgendliche Regen hatte das Papier durchgeweicht und einen Graufilm aus den großen Buchstaben gewaschen, der wie ein Vorhang die gerasterten Fotos unter der Schrift verhüllte. Keine Einzelheiten mehr zu sehen. Ebrus oder Burnus, wo mal wieder die Erde gebebt hat. Weit hinter Kappadokien. Oyun ve Eğlence – Salonu: flackerte ein Leuchtschild, als könne es sich nicht entscheiden, an- oder auszugehen. Was heißt das? Salon für Oyun und Eğlence? Vielleicht hatten die Worte etwas mit Spiel (Spaß, Unterhaltung) zu tun, denn mehrmals schon hatte er auf dem Weg zur U-Bahn zwischen den schweren Gardinen des Flachbaus kartenspielende Männer erblickt, übernächtigte türkische Gesichter im Schein einer tief über dem Tisch hängenden Neonröhre. Zocken, was das Zeug hält, hatte Klaproth erzählt, taffe Typen, bei denen du echt aufpassen mußt. Hat mancher Ali sein Häuschen drin gelassen. Und du Ali hast nicht mal ein Häuschen, eine Hütte, ein Zelt, das dir gehört. Omnia mea.

Die Gardinen waren dicht geschlossen, kein Spalt, durch den man etwas hätte sehen können, einen, der sich die Haare rauft. Dem Spielsalon schloß sich ein Imbiß an, dann kam die Ampel, vor der er stehenblieb. Wie immer rot. Wenn sie mal grün ist, an dem Tag sofort Lotto spielen. Andererseits kein Zufall, da die Wahrscheinlichkeit kleiner ist. Für Grün. So geschaltet. Nulldrei zu nullsieben etwa.

Ein paar Passanten gesellten sich zu ihm. In einem der wartenden Wagen dröhnte Musik, like a virgin, just like the very first time, so laut, daß die ganze Karosserie wackelte. Am Taxistand gegenüber rotierte das gelbe Licht der Rufsäule, und während der erste Fahrer aus seiner Droschke stieg und das Türchen mit einem Vierkantschlüssel öffnete, näherte sich von links der Mann mit dem Pudel und sah ihm über die Schulter, als wundere er sich, was es da zu telefonieren gebe. Nachdem der Fahrer aufgelegt und den Kasten wieder verschlossen hatte, trat der andere vor und lauschte. Indessen bepinkelte der Pudel, der ein kariertes Mäntelchen trug, den Sockel. Das glaubt mir keiner. Ohne einen Schluck halb zehn erst. Like a heartbeat next to mine.

Auf riß der Himmel, und ein Schauer hellen Lichts blendete ihn, mild sein Gesicht und seine klammen Haare wärmend. Schatten huschten über die Häuser, helle und dunkle Streifen in rascher Folge, dann flutete ein leuchtender Strahlenkegel den Platz und die Kreuzung. Zwischen dunstig zerfasernden Wolken tauchte die Sonne auf, als gleißende Scheibe, die auf einem mattblauen Grund zu verlaufen schien, als würde sie schmelzen. Ins All geschleuderte Gase. Protuberanzen oder so. Blinzelnd nahm Stefan seinen Weg ins Visier und ging, nachdem die Ampel endlich umgesprungen war, inmitten der Leute über den Damm, am Taxistand vorbei, am Fenster des Juweliers (inklusive Leihhaus), auf die breite Schneise zu, die die Hauptstraße parallel zum Bahngelände durch das Viertel schlug, leicht abfallend Richtung Innenstadt, Teil einer Karte, die eine verschlungene Linie durchlief, deren Anfang (oder Ende) vor dem Haus lag, in dem Evelin wohnte. Seine Karte der Stadt zerfiel in verschiedene solcher Planquadrate, mal größer, mal kleiner, da sauber getrennt voneinander, dort sich überschneidend, mit jeweils anderer Zeichnung, die aus einer oder zwei kurzen Geraden wie nicht mehr berechenbaren Kurven bestehen konnte, was davon abhing, wie lange er es irgendwo ausgehalten hatte, alleine oder bei einer Frau. Manche Teile Berlins waren weiß geblieben, unbeschriftet mit den Linien seiner Wege, Räume ohne Graphen und Achsen, die er auch nicht mehr kennenlernen wollte. Ein Gang durch sie hatte gereicht für immer. Der Wedding ein Alptraum, Spandau das Fegefeuer, Rudow die Hölle, das Ende der Welt.

Ziehende Wolken ließen das Licht hin und her springen, teilten es auseinander, bis sein Strahlen wieder verschwunden war, und mit ihm die Wärme, ihr Hauch. Spürt man sofort. War nur die plötzliche Helligkeit, die einen glauben machte. Frühling. Zikaden und alles.

Vor dem Bettenhaus an der Einmündung stand ein Zeitungsverkäufer, der eine Lederhose mit geflochtenen Nähten und eine rosa Ballonmütze trug, und bot die taz an. Die Tageszeitung, rief er mit monotoner Stimme, gerade so laut, daß er die hinter ihm rasenden Autos übertönte. Ein Franzose, ein Labersack, schnell vorbei. Stefan wandte den Kopf und bog in die Hauptstraße. Gut gegangen. Einmal, vorgestern, war er stehengeblieben und hatte sich, bevor ihm die Zeitung ausgehändigt wurde, eine wirre Geschichte anhören müssen, in der eine Wohnung und eine Rockgruppe – aus der einen will er raus und in die andere rein (oder umgekehrt) – eine Rolle spielten. Ungefragt lossprudelnd, als habe er nur darauf gewartet. Kommt man nicht mehr weg von so jemandem. Ruft der mir jetzt nach? Such dir einen andern. Direkt eine Seuche, die sich immer weiter ausbreitet. Genau wie am Tresen das blöde Gelaber von Kumpel zu Kumpel: Jawoll, so isses, kannste nix machen.

Nach wenigen Metern fand Martinez den Rhythmus seiner Schritte wieder, und dann war ihm, als trage ihn das leichte Gefälle der Straße selbst voran, zog das Band der Fassaden an ihm vorbei, als würde es abgerollt werden, gradlinig und gleichförmig: Mountainbikes in blitzenden Farben, bedruckte Trikots und schwarzglänzende Radlerhosen, die an einem durchhängenden Drahtseil befestigt waren, die lebensgroße Reproduktion eines tief über den Lenker seiner Maschine gebeugten Champions, LeMond oder wer in Schußfahrt am Puy-de-Dôme mit verwischenden Konturen, als löse die Geschwindigkeit ihn auf, dann Plakate von Konzerten und Ausstellungen, Graffiti an den Haussockeln in buchstabenartigen Zeichen, die einem unbekannten Alphabet entnommen schienen, verschlungen wie die Initialen mittelalterlicher Bücher, dann eine Reihe aufgehakter Hammelkeulen, darunter Innereien (Leber, Herz und Nieren), die ein weißbekittelter Metzger in Plastikwannen stopfte. Frisch geschlachtet. Rituelle Handlung, bei der ein Imam sein Gebet murmelt. Endlose Paragraphen über die Reinheit. Dürfen die eigentlich so was essen? Herz zum Beispiel. Verdirbt zu schnell in der Wüstenhitze, eine Sache der Haltbarkeit. Von jenem Fleisch dürft ihr nicht essen, kein Blut zu euch nehmen, denn das Leben eines jeden Geschöpfs ist in seinem Blut, drum laßt es auslaufen und bedeckt es mit Erde. Regelrecht ein Wahn von Geschlecht zu Geschlecht bis in die Tiefkühltruhe.

Nachdem der Mann seine Hände an der Schürze abgetrocknet hatte, spießte er Petersilienbüschel zwischen feingeäderte Lammkoteletts, die überlappend auf einer Etagere lagen, flankiert von Schüsseln mit grünen und schwarzen Oliven und eckigen Glastöpfen, in denen Käse schwamm, ziegelgroße Brocken in einer milchigen Lake. Die Wände des Raums waren mit blaugrauer Folie verkleidet, die ein Kachelmuster imitierte, an der Decke hing abgeschrägt ein großer runder Spiegel, in dem man, axonometrisch gewissermaßen, Regale und Büchsentürme sah, die aufgrund seiner Wölbung verzerrt wirkten, unnatürlich in die Länge gezogen, um soviel Fläche wie möglich von der Kasse aus überwachen zu können. Mit einem sachverständigen Blick die junge schöne dunkle Frau – während ihre goldberingten Finger der Tastatur ziepende Töne entlockten: ob sich wer umsonst bedient. Hinter ihr standen Sperrholzkisten, aus denen sie rote und grüne Linsen, getrocknete Erbsen, Gries, Hirse oder Erdnüsse in durchsichtige Plastiktüten schöpfte, die sie nach zwei-, dreimaliger Drehung durch die Luft an den Zipfeln verknotete und auf einer elektronischen Waage abwog, kaum ohne die Augen vom Bild des Spiegels zu lösen, falls jemand (Penner, Freak etc.) sich in einem Winkel zu schaffen machte.

Neben dem Eingang waren Kisten mit Obst und Gemüse zu einer steil ansteigenden Wand aufgebaut, die von zwei Halogenstrahlern an der Markise beleuchtet wurden, was den Eindruck verschwenderischer Fülle hervorrief, die sich im Grau des Morgens farbenprächtig entfaltete, glänzend und prall Auberginen, Flaschentomaten, Peperoncini, Melonen, Zucchini, Gurken, Äpfel, Birnen, Orangen, verschiedene Kohlsorten und Kräuter aller Art. Darf man sich nicht von blenden lassen, sonst schmuggelt er, total freundlich, einem was Angegammeltes unten in die Tüte. Muß man sich selber aussuchen, ist ihm egal.

Der Duft von frischem Brot stieg in Stefans Nase und wässerte seinen Mund. Unity of Man: Was ist Meditation? Zerschlagt den IWF. Fotze. Ein umkreistes großes a, halb in einer Toreinfahrt, in der ein Mann einen Bus mit Körben voll Pide belud, die er aus einem Hoffenster entgegennahm. Heute Abend eins kaufen. Sie. Sie will kochen, hat doch gesagt, daß. Ihn umfing ein warmer Schwaden, der von einem Ventilator durch mehlbestäubte Rippen aus der Backstube geblasen wurde, ein Trichter aromatisierter warmer Luft, den er mit dem nächsten Schritt wieder verließ, immer noch wie von selbst seinem Ziel (der U-Bahn) entgegengetragen, ein beweglicher Punkt, der eine Funktion mit konstanter Geschwindigkeit durcheilte (er durch sie oder sie durch ihn).

Frl. Yilderim, wie Stefan auf dem Schild an ihrem Pullover gelesen hatte, als sie ihn letztens bediente, erwiderte, ein Tablett in der Auslage mit kleinen zuckergetränkten Kuchen füllend, sein Lächeln, dann – als ein Motorrad heulend zwischen den Wagen davonjagte – tippte sie an ihre Stirn, und er hob die Schultern. Wie gewollt, so getan. Jeder. Schwarz und rot und weiß blitzte sie ihn noch einmal an und widmete sich wieder ihrer Arbeit. Ultrasüß das Zeug, halb kristallin innen. City-Immobilien stand mit Filzstift auf eine Spanplatte geschrieben, 7 864 602, mit der das Schaufenster des nächsten Ladens zugenagelt war. Leer seit drei Monaten. Länger vielleicht. Muß sich irgendwie lohnen für die, verrechnet entgangene Miete und zukünftiger Gewinn. Läßt sich kein Grenzwert ermitteln. Friß den Zins oder krepier. Ein Eisenriegel, den man auf die Beschläge der Tür geschweißt hatte, trug Kratzspuren, doch schien jeder Versuch hineinzukommen bisher gescheitert zu sein. Wieso auch? Sicher nichts mehr drin. Eine Mutprobe. Wenn du ohne Licht eine Stunde lang im Keller bleibst, darfst du bei uns mitmachen. Scheißt man sich lieber vor Angst ins Hemd, als aufzugeben. Ehrensache. Nur um dazuzugehören. Du.

Im Waschsalon rotierte Bullauge neben Bullauge, leere Körbe standen vor den Maschinen, mit den Rücken zum leicht beschlagenen Fenster saßen bewegungslos wie Schattenrisse die Kunden. Einer, Stefan beugte sich gehend zur Seite, im Unterhemd, wirklich, ein junger Mann mit verschränkten Armen und ausgestreckten Beinen. Wie in der Kinoreklame, wo einer sich die Hosen (Levis) auszieht und in die Trommel knüllt, während zwei Mädchen kichernd die Köpfe zusammenstecken. Chiara. I've cut off my hair, hatte sie in ihrem vorletzten Brief geschrieben, now I look older and very serious. Wir alle. Dampf stieg über einem Gerät auf, durch das Laken gemangelt wurden, zwischen gegenläufigen Rollen, denen, zischend, der Geruch von parfümierter Stärke entströmte, der, erinnerte er sich, zusammen mit dem eintönigen Gesirr der Maschinen und Trockner, der öden Atmosphäre des Wartens, betäubend wirkte, als wenn man Zeug geschluckt hätte, das die falschen Synapsen blockiert oder zu gestreckt ist, um an die richtigen Stellen im Kopf vorzudringen. Druck in den Ohren wie ein Taucher. Treibt bewußtlos im Meer und wird mit Seilen an Bord der Calypso gehievt und reanimiert. Wenigstens einmal pro Folge. Geheimnisse der Tiefsee oder Gefahren der Tiefsee.

Augenrollend Kapitän Cousteau: La mer est un secret, übertönt von seiner Synchronstimme: Das Meer ist unergründlich. Eine Gestalt hantierte am Wechselautomaten, der neben der Eingangstüre hing, beugte sich vor, um den Schacht, der wahrscheinlich keine Wertmarke freigegeben hatte, in Augenschein zu nehmen, würde, dachte Stefan, als er vorbei war, daran rütteln und schließlich dem Ding einen Tritt verpassen. Nicht nachgeladen, verdammt. Allet Vabrecher.

Seine Schritte rutschten über ein Lauboval, das auf dem Pflaster klebte, umgingen leichtfüßig einen Ständer mit Hemden und Jacken, wurden kürzer, als eine Frau in zerrissenen Jeans auf die Schwelle von Chrome trat, ›Fashion and necessities‹, und ein Streichholz entzündete. Zuviel. Wie. Sie. Mit gespreizten Fingern. Die Haare aus der Stirn streicht und dabei den grellrot geschminkten Mund mit der Zigarette vorwölbt. Weiß, was sie wert ist. Mascaragetuschter Lidschlag über Augen ins Leere. Singt wo. Künstlerin. Hartwig kennt sie. Kommste nich ran, is schomma in MTV gewesen. Eine Schwänin. Schwebt übers Wasser. Dachte er, die Geschwindigkeit seines Gangs aufs neue dem Gefälle der Straße angleichend.

Helmstraße. Frei. Rüber. Taverna Plaka im Eckhaus. Ein Rollgitter vor der Türe. Auf die weißgetünchte Wand waren blaue Amphoren und Trieren gemalt, längs des Sockels verlief ein blaues ornamentales Band, das auch die Fenstersimse zierte und, etwas verkleinert, den Kasten mit der Speisekarte. An der Scheibe der Cosmos-Spielhalle klebte, neben einer Weltkugel, die Sterne (?) umschwirrten, ein flammendes Plakat der PKK, das oben mit einer Portraitleiste versehen war, die, in Schwarzweiß, die Gesichter von Toten zeigte, deren Augen tief in die Höhlen gesunken waren. Zwei

Männer, die wie Cowboys Lederschurze über ihre Jeans geschnallt hatten, überholten ihn trampelnd (in klobigen Stiefeln, angesoffen) und betraten das Andere Ufer. Den Rausch abfedern.

Näher zum Kleistpark verdickte sich der Verkehr, kam manchmal ins Stocken, setzte sich dann zähflüssig wie Leim erneut in Bewegung. Ein BVG-Bus preßte im Leerlauf Abgaswolken in die Luft, irgendwer hupte und hupte. Vor dem neueröffneten Video- und Computercenter wurden Handzettel verteilt, Gutscheine oder Lose, die man ausgefüllt einer großen Pappfigur (uniformiert, bewaffnet) in den Rucksack stecken konnte (sollte). Erster Preis ein Nin-, ein Nintendo-game.

Funken sprühten in einem Bauloch auf, das von rohen Holzplanken umfaßt war, die den Durchgang zu den Häusern hin verengten. Arbeiter mit Plexiglasmasken schweißten Rohre zusammen. Als Stefan für einen Kinderwagen beiseite trat, bemerkte er eine flitzende Bewegung im Halbdunkel des Buchan&verkaufs, einander verfolgende Schatten, hörte, fast gleichzeitig, wie die Tür aufgerissen wurde und gegen den Rahmen knallte, spürte, während er sich umdrehte, einen Stoß in die Seite, sah ein Buch zur Erde fallen, dann den Jungen, der es verloren hatte und sich hochrappelte, einen anderen um ihn herum davonrennen, schließlich einen Mann, der den, der gestürzt war, mit ausgestrecktem Arm zu greifen versuchte – und der ihm doch entschlüpfte, weil Stefan, ohne die Situation richtig bewußt erfaßt zu haben, zwischen die beiden getreten war, schnell einen Schritt nach rechts gemacht hatte, wodurch er die Flucht des Diebes sicherte.

Zorngerötet starrte der Buchhändler ihn an, kaum eine

Spanne entfernt, kurzatmig vor Aufregung. Stefan steckte die Hände in die Hosentaschen. Niemandes Schuld. Nie nimmer. Gib, und dir wird gegeben. Der Mann rückte seine runde Hornbrille zurecht und atmete tief durch. Dann bückte er sich nach dem Buch und ging wortlos in seinen Laden zurück, eine kleine Halle, an deren Rückwand eine Galerie angebracht war, die man über eine rollbare Leiter erstieg. Naturwissenschaft und Technik da oben. Einführung in die Analysis mit Stock- und Wasserflecken im dritten Band fünfundzwanzig Mark. Sakralbauten aus ökonomischer Sicht, mit zwölf Abbildungen, nicht ausgepreist. Der Betonatlas. Wasserdampfdiffusion. Schallisolierung. Er kreuzte seine Füße und drehte sich auf den Absätzen um. Zu sehen schon das erleuchtete Schild mit dem Namen der Station, die Normaluhr darüber. Neun Uhr vierzig etwa.

4 Unter dem Geviert der großen Kreuzung befand sich ein längliches niedriges Basement, in das man durch enge, urinverätzte Korridore gelangte, die von den Treppeneingängen Potsdamer, Grunewald-, Haupt- und Langenscheidtstraße in gerader Richtung an seine Eckpunkte führten.

Zwei parallele Reihen wuchtiger Säulen stützten die Deckenlast des Geschosses, dessen Wände teils mit roten, teils mit blau-grünen Kacheln gefliest waren, ohne eine ästhetische Ordnung, einen planerisch gewollten Kontrast erkennen zu lassen (Rot und Blau: trägt dem Bauer seine Frau); was auch für die wenigen Läden galt, die in proportionsloser Folge, mit jeweils verschiedenen Fenstern (Aluminium- vs. Holzrahmen, liegende vs. aufrechte Profile) in die nördliche Längswand gebrochen waren, ein Zeitungskiosk, eine

Imbißbude, ein Schnittblumenhandel, ein Modeschmuckgeschäft.

Wo die Korridore von der Straße einmündeten, standen paarweise Holzhäuschen, in denen die Fahrkartenverkäufer saßen, fetthaarige Männer mittleren Alters, die jede Auskunft verweigerten, Geld grundsätzlich nicht wechselten und aus Prinzip (angeboren oder erlernt?) zu laut sprachen, den Fahrgast, der seinen Kartenwunsch undeutlich oder mißverständlich formuliert hatte, so anbellten, daß dieser entweder zurückbrülltebellte oder, beschämt ob seiner Unkenntnis des Tarifsystems, schweigend das gestempelte Pappbillett entgegennahm, mochte er es gebrauchen können oder nicht.

In der Mitte zwischen den Säulen lagen die Rolltreppen zum Bahnsteig, woher im Minutentakt warme, nach Gummi riechende Luft hochzog, die einfahrende Züge aus dem Tunnel preßten. Kurz danach folgten dichtgedrängt Menschen, dunkle Trauben, die sich hastig in den Ausgängen verliefen, ein Kommen, durchschossen von Bewegungen aus anderer Richtung, von allen Seiten, den Rolltreppen zu, kreuz und quer durch das Geschoß in spiegelbildlicher Verkehrung (geometrische Abstraktion, die Zufälle: Rempeleien oder Ausweichmanöver, nicht berücksichtigt).

Die Decke war so niedrig, daß ein durchschnittlich großer Mann sie mit den Fingerspitzen fast berühren konnte, was im Verhältnis zur Fläche des langgestreckten Raumes ein bedrückendes Gefühl hervorrief, die Empfindung, eingeschlossen zu sein oder beobachtet zu werden, weshalb vielleicht alle schneller gingen als oben, auf der Straße, hetzten, zumal flache runde Lampen nur dämmriges Licht verbreiteten, in dem die Dinge getrübt erschienen. Manchmal war undeutlich eine Lautsprecheransage zu hören, die den klanglosen Hall der Schritte, der Stimmen übertönte; aus einem der Korridore wehte das Spiel eines Akkordeons herüber, das vielfach gebrochene Muster eines Musettestücks, dessen Melodie sich nicht mehr ausmachen ließ (Musikerlaubnis im Hauptgebäude gegen Vorlage eines Wandergewerbescheins).

Hier und da hingen, um die Orientierung zu erleichtern, plexiglasverkleidete Schautafeln mit Abfahrtszeiten und Streckenplänen, denen zu entnehmen war, wie man eine gesuchte Station erreichte – indem Augen oder Finger über das Raster der bunten Linien tasteten, Knotenpunkte ausfindig machten, Entfernungen abschätzten, etwa ob der Weg zum Hohenzollernplatz einfacher durch Umsteigen am Fehrbelliner Platz oder Aussteigen bereits in der Blissestraße zurückzulegen sei –, doch schienen die meisten sich ihrer Route sicher zu sein, wußten, wohin sie wollten, denn kaum einer, eigentlich keiner, blieb stehen, um sich mit einem Blick auf den Plan zu vergewissern, daß er den richtigen Weg gewählt hatte; nein, alle hasteten zielstrebig durch das Geschoß, von Ausgang zu Rolltreppe oder umgekehrt, und es dauerte immer eine Zeitlang, bis sich die Wahrnehmung dieser Rennerei anpaßte und Einzelheiten aufnahm – abgesehen von bekannten topographischen Details –, sich sozusagen von jenem Schwindel befreite, in den die Atmosphäre eines von zahllosen Bewegungen durchkreuzten Halbdunkels sie versetzte (esse est percipi). Dazu mußte sie sich verlangsamen, gehenlassen, für Momente der Umgebung entziehen, was durch Lektüre eines Veranstaltungsplakats (Deutsche Oper: La Bohème) oder Studium des Streckennetzes geschehen konnte.

Zwei Wachleute, die einen Rottweiler mit Maulkorb an

der Leine hatten, Walkie-talkies am Gürtel, patrouillierten von links nach rechts durch das Geschoß, machten an der Imbißbude kehrt und wandten sich dann, gemessenen Schrittes, den Rolltreppen zu. Vor der Imbißbude: einem Fenster in der rotgekachelten Wand, umringten ein paar Säufer einen Stehtisch, auf einem anderen saß ein Kind im Vorschulalter, dem die Mutter Currywurst einfütterte, die sie zuvor mit Hilfe eines Taschenmessers mundgerecht kleinschnitt. Hin und wieder genehmigte sie sich auch ein Stück, wobei sie ihre gewölbte Hand unter den Pieker hielt, um eventuell herabtropfende Sauce aufzufangen. Nebenan versuchte ein türkischer Putzmann, ein Plakat von der Wand zu kratzen; ein Kollege stand hinter ihm und ruckte seine geballte Faust durch die Luft, als wollte er die Bewegungen des Spachtels dirigieren. Über dem Zeitungskiosk hing grün auf weiß eine Werbetafel für die Morgenpost, deren letztes Segment heller leuchtete als die übrigen, woraus man schließen konnte, daß die Röhre darin kürzlich ausgewechselt worden war (ein Wackelkontakt beziehungsweise eine Oxydation der Anschlüsse mit gleichzeitigem Verlust der Zündspannung, wodurch sich der Elektronenfluß bis auf ein Glimmen vermindert hatte).

Das Neonband stellte den oberen Abschluß der Verkaufsfront dar, deren Gliederung ansonsten einer strengen Symmetrie gehorchte. Links und rechts eines Schiebefensters befanden sich von hinten, das heißt innen, zugängliche verglaste Kästen mit Illustrierten, die thematisch geordnet waren (Sex, Motorsport, Weltgeschehen), so daß die Titelblätter jeder Leiste ähnliche Gegenstände abbildeten, die sich zum Teil überlagerten, verdoppelten oder ergänzten, zwei körperlose Brüste trafen auf einen brustlosen, herausgestreckten Unterleib, dem ein geneigter Frauenkopf folgte, der selbst an den Schlüsselbeinen vom nächsten Motiv abgeschnitten wurde. Die Kästen ruhten auf einem breiten Metallsims, das die (optische) Basis der Konstruktion war, wie auch als Ablage für fünf Zeitungsstapel (Morgenpost, BZ, Tagesspiegel, taz, Bild) diente, hinter denen man die Verkäuferin sah, eine Frau um die vierzig, die durch das Fenster ihre Geschäfte abwickelte und sich dabei über die Stapel vorbeugen mußte, wenn sie Geld in Empfang nehmen oder ihr Blickfeld nach außen erweitern wollte; vielleicht um einen der beiden drehbaren Ständer ins Auge zu fassen, die, mit Comics, Journalen und Taschenbüchern bestückt, ihre Bude, das heißt die in die Wand gebrochene Öffnung, flankierten. Alles in allem erinnerte die Ansicht an einen Altar, mit der Werbetafel als Baldachin und den Illustrierten in den Kästen als Votivgaben.

Ständig näherten sich Kunden, stoppten, kauften, gingen wieder, und die Frau bediente sie so zügig, daß kein Stau vor ihrer Öffnung entstand, bis einmal jemand einen Extrawunsch anmeldete, den zu erfüllen sie einen der Kästen aufschließen mußte, um die Illustrierte herauszuholen. Während sie die Halterung löste, verstellten ein Mann im Trenchcoat und eine junge Frau mit hennagefärbten Haaren, die sich nach ihm einreihte, ihre Sicht. Darauf schienen die beiden Jungen gewartet zu haben. Der eine trat hinter einer Säule hervor und nickte dem anderen kurz zu. Dieser, der nämlich das Buch verloren hatte, näherte sich beiläufig dem rechten Ständer, zog in aller Ruhe ein Heft heraus und packte es in seine Schultasche. Dabei wandte er nicht einmal den Kopf, als würde er aus Erfahrung wissen, daß man das geringste Aufsehen erregte, wenn man seinem Tun den

Anschein der Normalität gab, ihm jene Selbstverständlichkeit verlieh, die einen natürlichen Vorgang auszeichnet, also etwas, das einen Zeugen nie auf die Idee bringen würde, er habe einer Handlung beigewohnt, die, schon wegen ihrer Hektik, als Gesetzesbruch interpretiert werden könnte (To have guts: coolness: Vorsatz).

Nachdem der Junge die Aneignung elegant beendet hatte, entfernte er sich unauffällig vom Ort des Geschehens und folgte seinem Freund, der einige Meter voraus zu den Rolltreppen ging, wo er im Gedränge, das auf den Bahnsteig wollte, untertauchte.

Seltsam, während der mißglückte Diebstahl des Buches mit anschließender wilder Flucht an die Sache im Café Breyell erinnerte, als der kleine Meier alles vermasselte, weil er nicht, wie verabredet und vom großen Meier instruiert, die oberste, sondern die unterste Konfektschachtel aus dem Stapel zog, worauf der Stapel zusammenstürzte und man Hals über Kopf abhauen mußte, fiel es schwer, für die eben gesehene Szene einen Vergleich, eine Art Schablone zu finden; das eine waren Dumme-Jungen-Streiche, Bubenstücke, altersspezifische Normverletzungen (im Fall der Pralinen eher Mundraub, den der Konditor durch seine verführerische Dekoration herbeigenötigt hatte), während die Kioskgeschichte, na ja, Verschlagenheit ausdrückte, völliges Fehlen von Unrechtsbewußtsein, was bei einem Elfjährigen (Zwölfjährigen?) verwunderte. Wieso eigentlich?

Von unten wehten Lautsprecheransagen hoch, ›Kleistpark‹ und ›Zurückbleiben‹, der quietschende Ton von Zugbremsen, das schnappende Geräusch sich synchron öffnender Waggontüren vermengten sich mit gedämpften Stimmen, den aus der Ferne hallenden Klängen des Akkordeons, dem Rumoren der Rolltreppen, einem Mahlen, das sich leicht vibrierend in die Beine fortsetzte. Es gab immer welche, denen es nicht schnell genug vorwärts ging, die, auch wenn die Züge jede halbe Minute gekommen wären, sich Stufe für Stufe durchgeschoben hätten, als verfolge sie jemand, zaghafte Beschwerden mit einem Fluch beantwortend oder dem auftrumpfenden Hinweis, daß die eine Seite Eiligen reserviert sei (›Rechts stehen – links gehen‹).

Was man unterlassen sollte, wie es sich von selbst verstand, nur echte Lücken auszunutzen, beim Vorwärtsschlängeln keinen anzurempeln beziehungsweise ›Darf ich mal bitte‹ zu sagen, wenn man schon nicht warten konnte, obwohl wenigstens einer immer auf der Treppe stand, der seiner schlechten Laune mit einem tumben Spruch Luft machte (ein deutsches Phänomen, das Ordnungswahn, Boshaftigkeit und notorisch gutes, das heißt schlechtes Gewissen verquirlt).

Ein Sprung dann, und man war auf dem Bahnsteig, nach zwei, drei Schritten vor einer Litfaßsäule, die ein Plakat fortlaufend umklebte: Aldi informiert – Aldi informiert – Aldi informiert: Ung. Hirschbraten 12.85 – Orig. russ. Kaviar 24.95. Dahinter standen Fahrkartenautomaten und einbeinige rote Entwerterkästen, denen sich eine Reihe Bänke anschloß, die, von Abfalleimern gesäumt, zum Ende des Bahnsteigs führten, wo die Züge im Tunnel verschwanden (aus dem Tunnel der Gegenrichtung hervorschossen).

Als wollten sie die Gültigkeit der Gaußschen Zufallsverteilung beweisen, verstreuten sich die Leute vor den Gleisen in der Form einer Glockenkurve, deren größte Dichte in der Mitte lag, während ihre Äste zu beiden Seiten hin stark abfielen, so daß man sich praktisch hinter den Rolltreppen auf die Füße trat, obwohl links und rechts Platz genug vorhanden war. Vielleicht gefiel es ihnen, unter ihresgleichen zu sein, vielleicht auch nahmen sie die Unbequemlichkeit dieses Geschiebes, das sich in den mittleren Waggons natürlich fortsetzte, deswegen in Kauf, weil sie zu faul (erledigt? ängstlich??) waren, ein paar Meter weit zu gehen; andere Erklärungen boten sich nicht an. Jenseits des Schienenkanals hingen große Reklametafeln (KKB, Wir geben Ihrer Zukunft ein Zuhause, Marlboro), die sich mit dem aus Metallbuchstaben geformten Namen der Station abwechselten, unter der Decke in regelmäßigen Abständen quadratische, von innen erleuchtete Uhren und längliche, ebenfalls erleuchtete Gehäuse, in denen die letzte Haltestelle, Umsteigemöglichkeiten oder Verzögerungen mittels einer Klappvorrichtung angezeigt wurden.

Ein Titelblatt der BZ lag auf dem Boden, von Sohlenprofilen gezeichnet wie das Absprungbrett einer Sandgrube (wahrscheinlich unerreichbar die Achtmeterneunzig von Mexico City: Höhenluft), gerippt, genoppt und konzentrisch über die Schlagzeile hinweg und die sie beweisende Fotografie, deren Begleittext, falls man sich kurz nach vorne beugte und zu lesen versuchte, darüber Auskunft gab, daß ›das Wunder vom Ebrus‹ in der Selbstlosigkeit einer verschütteten Mutter bestand, die ihr Neugeborenes am Leben erhalten hatte, indem sie ihm, als ihre Brüste (wegen des Schocks) keine Milch mehr spendeten, das eigene Blut zu trinken gab, bis Suchhunde des Malteser Hilfsdienstes beide endlich, Tage nach dem Erdbeben, unter den Trümmern des Hauses erschnüffelten. Richtete man sich wieder auf, befiel einen leichter Schwindel, der teils auf die abrupte Bewegung nach unten (Neugier?), teils auf die stickige Luft, möglicherweise die frühe Tageszeit zurückzuführen war, weshalb sich der Gedanke, Platz zu nehmen, quasi automatisch einstellte und genauso automatisch wieder verflog, wenn man die beschmierten Bänke sah, an denen man doch irgendwie klebenbleiben würde.

Ein Hauch warmer Luft bedeutete, daß ein Zug von der Yorckstraße näher kam. Die Wartenden rückten zur Bahnsteigkante, als bereiteten sie sich auf ein Wettrennen vor, bei dem Zehntelsekunden eine Rolle spielten. Das Signal über der Tunneleinfahrt sprang um, ein Zeiger mit rundem Ende fiel in die Horizontale. Da und dort erhob sich wer, eine ältere Dame mit Einkaufstüten von Butter Lindner, Butter vom Block zu überteuerten Preisen: die Verkäuferinnen schabten mit einer Holzkelle die Butter aus einer Wanne in simples Papier, was einen glauben machen sollte, es handele sich um eine Arbeit, ein Produkt, das industrieller Entfremdung enthoben sei (der unausrottbare Mythos der Ursprünglichkeit: Erzeugerabfüllung beziehungsweise hausgemacht, hier: Maximierung der Gewinnspanne durch Verzicht auf Verpackung), ein Monteur in Blaumann und Schnürstiefeln, der einen Werkzeugkoffer bei sich hatte (Führerscheinentzug? O. k., ick jebe ihnen nomma ne Schangße), jemand, der mit seinem Lodenmantel, dem Pepitahütchen wie ein Lohnbuchhalter vor der Einführung der EDV aussah, eine junge Frau, deren Baby in einem Tragetuch verborgen lag, das um ihre Schultern und über ihren Rücken gebunden war, Umrisse, die, von den Bänken kommend, im Licht vergitterter Leuchtstoffröhren Gestalt annahmen.

Nur einer rührte sich nicht, hinten, verschattet, ein Mann, der auf der vorletzten Bank ausgestreckt schlief – noch nicht alt, aber verwahrlost ziemlich, soweit man das (Entfernung etwa sechs Meter) erkennen konnte, in einen Parka gewickelt, dessen Naht, eine Naht, aufgeplatzt war und den Blick auf einen Streifen Haut zwischen Hosenbund und Pullover freigab. Sein Gesicht bedeckten zur Hälfte Haarsträhnen, ähnlich verfilzt wie die Dreadlocks jamaikanischer Rastafaris, an den Füßen trug er Sommerschuhe mit geflochtenem Oberteil, aus denen sich die Laschen herausbogen, da keine Schnürsenkel sie zusammenhielten. Wahrscheinlich würde man darin nur schlurfend vorwärts kommen, weil man sie verlöre, höbe man beim Gehen die Füße vom Boden, oder sie schlappten nach, scheuerten am Fersenbein, was nur auf Kosten eines Krampfes der dauernd angespannten Zehen zu verhindern wäre.

Als könne sich die Wahrnehmung prima vista lediglich auf einen mehr oder weniger fest umrissenen, das heißt abgeschlossenen Eindruck konzentrieren (Reaktionszeit ≤ eine Sekunde), tauchten, obwohl sicher bereits vorher anwesend, über dem Liegenden die Köpfe der beiden Jungen auf, die die andere Seite der Bank besetzt hielten. Miteinander tuschelnd, betrachteten sie den Penner (?) von oben bis unten, dann, nachdem der eine etwas in das Ohr des anderen geflüstert hatte, richtete sich ihr Interesse auf die Schuhe des Mannes. Sie beugten sich über die Rückenlehne, und während der kleinere, der am Kiosk das Heftchen genommen hatte, darauf achtete, ob der Schlafende vielleicht erwachen würde, ergriff der größere eine der Laschen, hob den Fuß daran hoch und ließ ihn fallen. Nach einem Moment angespannter Erwartung purzelten sie, als eine Reaktion ausblieb, kichernd übereinander, um es gleich noch einmal zu versuchen, wobei das Bein des Besinnungslosen in eine Schräge gebracht wurde, die einem Winkel von 40° entsprach. Das

Geräusch des Aufpralls war nun so laut, daß es sich durch das gleichförmige Lärmniveau des Bahnhofs fortpflanzte wie ein Ton, den man beim Tauchen im Schwimmbad hört, wenn am Beckenrand etwa eine Schreckschußpistole abgefeuert wird – Gerber, der die detailgetreue Nachbildung einer Walther pp. 8 besaß, deren Schall unter Wasser als dumpfes Plong ankommt (§ 9 der Ordnung für städtische Bäder: Wer den Anordnungen des Aufsichtspersonals nicht unverzüglich Folge leistet, kann vom Freigelände verwiesen werden; es besteht kein Anspruch, verlorene Badezeit an einem anderen Tag nachzuholen. Das gilt auch für Dauerkartenbesitzer).

Im Halbdunkel hinten die zwei kugelten sich vor Lachen. Daß er es nicht spürte. Normalerweise müßte sich der die Einfahrt des Zuges ankündigende Hauch kontinuierlich verdichten zu einem regelrechten Blasen oder Wehen, doch setzte er plötzlich aus, riß ab, was nur bedeuten konnte, daß es einen Stopp im Tunnel gegeben hatte. Irritiert drehten einige sich um, als erwarteten sie vom Nebenmann eine Erklärung oder wenigstens ein die folgende Verzögerung bestätigendes Nicken, solange keine Ansage das Ausbleiben des Zuges entschuldigend begründete (Gute Möglichkeit, ins Gespräch zu kommen: Isn dit? Kommt er nich? Ick jloobe, die bauen an die Gleise rum. Muß doch nich sein. Nee. Meine Meinung is ja, sowat nächtens zu erlejen. Enau, immer nachts).

Die Frau mit den Tüten von Butter Lindner löste sich aus der Wartereihe am Bahnsteig und ging, wohl mit einer größeren Verspätung rechnend, zu den Bänken zurück, um sich wieder zu setzen, auch der Mann im Lodenmantel, der seine Arme kreuzte und die Beine übereinanderschlug. Die Jungen waren verschwunden. Der Penner lag nach wie vor schlafend da, leicht verdreht in seinen Parka gewickelt. Das Signal vor dem Tunnel veränderte seine Farbe, was unter Umständen hieß, daß es mehrere Minuten dauern konnte, bis die Störung behoben war.

Zeit quoll herein, ein nicht vorhergesehenes Zuviel an ihr, die unvermutete Dehnung eines gewöhnlichen Ablaufs, und damit Unruhe, die unterdrückt werden mußte. Als sei man plötzlich ganz auf sich zurückgeworfen, entblößt durch einen Fehler des Betriebssystems, mit dem man sich organisch verbunden glaubte vom Eintritt am Kleistpark bis zum Verlassen in der Blissestraße beziehungsweise am Hohenzollerndamm nach Wechsel der Linie am Bayrischen Platz (da noch nicht entschieden, wie Umberto am günstigsten zu erreichen sei), sozusagen geborgen im Rhythmus eines Fahrplans, der eine Viertelstunde lang alle Verantwortung übernommen hatte.

Was tun? Auf und ab gehen, sich langsam im Kreise drehen, das Programm der Theater lesen, in seiner ruhigen tabellarischen Abfolge versinken, um die das Bewußtsein zerkribbelnde Nervosität zu betäuben. Und keine Ansage gab ein Maß vor, an dem man das Warten hätte abzählen können. Unverschämt und fahrlässig vom Personal der BVG. Doch war das normal. Ohne Koordination Mängel einfach verstreichen lassen, da es sich angeblich immer um höhere Gewalt handelte, für die Jahwe, der Allmächtige, die Verantwortung trug, thronend im Kreise seiner Engel und Erzengel, seiner Boten und Warner: Gabriel, Michael, Raphael, Sariel und Uriel, die mit ihren Flammenschwertern unter den Frevlern entsetzlich wüten werden am letzten Tag der Geschichte, dem ersten Tag des Gerichts. Sonntags Matinee. Kammermusiksaal. Libgart Schwarz liest Tausendundeine Nacht. Vierundzwanzig Uhr. Die Messingstadt und Abu Mhusa. Leben Gundlings Tod Traum Schrei oder was.

– Hast du mal zwei Mark für uns?

Die Stimme des Jungen, der hinter dem Rund der Litfaßsäule hervortrat, war fest und sicher.

– Wie bitte?

– Zwei Mark, weil er das Geld für seine Fahrkarte verloren hat. Der Kleine erschien neben ihm und blickte mit einer Miene hoch, die seine Worte bestätigte. Sie trugen wattierte, mit Druckknöpfen geschlossene Anoraks in Rot und Bleu, seitlich auf dem Rücken Schultaschen aus bunten, wahrscheinlich über Fiberglasstäben straff vernähten Synthetikstoffen, deren Imprägnierung sie changierend machte (waterproof!). Die Haare des Fragenden, des Größeren, standen, wie erst aus der Nähe zu sehen war, teilweise spitz vom Kopf ab, da er ein Fixativ (vermutlich Seife) hineingeschmiert hatte, doch unsystematisch, nicht flächendeckend, sondern wie jemand, der eine modische Norm erfüllen will, ohne sie als Identitätsprinzip voll erfaßt zu haben. Der andere, der Kleinere, obwohl sicher gleichaltrig, war noch nicht soweit, vielmehr erkannte man einen mittlerweile zerzausten Scheitel, den seine Mutter, wenn nicht er selbst, mit Kamm und Wasser gezogen hatte.

– Habt ihr keine Monatskarten?

– Verloren, sagte der Kleinere. Ist weg.

– Eben war sie noch da.

– Wollt ihr mich verarschen?

Cherub blickte auf, als sei die Frage unangebracht und beleidige ihn, so falsch gestellt, wie die Sache in ein schiefes Licht rückend, wobei er sich eines Ausdrucks bediente, den einstudiert oder theatralisch zu nennen, einigermaßen treffend gewesen wäre.

– Echt, sagte er und nickte.

– Kein Scheiß, bestätigte der Kleine, Seraph Merkur Götterbote.

– Alles auf einmal?

– Irgendwie ja. Ich mein, gerade als er die Karte suchte, da stellt er fest, daß nämlich auch die Kohle verschwunden ist. Alles. Weil er nicht aufpaßt, nie. Kann man sagen, was man will.

– Ist weg, wiederholte der Kleine. Alles.

Er hob seine Schultern, als wüßte er nicht, wie es geschehen konnte, sei hilflos und ein wenig betrübt, zumal es ihm gelang, unschuldig aus der Wäsche zu gucken.

– Und du kannst ihm auch nicht weiterhelfen?

– Hätte ich sonst gefragt? antwortete der Große, im bleu Anorak, und fügte hinzu: Wenn du uns kein Geld gibst, kommen wir nicht mehr in die Schule.

Die Vertraulichkeit der Anrede und die Begründung, warum sie mit der U-Bahn wegmußten, ausgerechnet in die Schule – aber warum auch nicht, ließen Martinez lächeln, verursachten ein Lächeln, das der eine erwiderte, während der andere, der Große, weiter skeptisch dreinschaute, Distanz wahrte, um sich und seinem Anliegen keine Blöße zu geben. Eigentlich kein Problem, da in der linken Jackentasche ein paar Münzen waren, mit denen seine Hand seit einiger Zeit schon spielte, sie drehte und kreiste, um sich von dem körperlich spürbaren Gemisch aus Langeweile und Ungeduld abzulenken. Ein Fünfmarkstück, ein Zweimarkstück, Groschen. Am anderen Ende des Bahnhofs grölte jemand, stieß unverständliche Silben aus und verstummte wieder, dann drangen Akkordeonklänge nach unten, als habe sich der Spieler in Bewegung gesetzt und befände sich nun in der Nähe der Rolltreppen.

– Guckt mal da, sagte der Kleine und wies ins Halbdunkel hinten. Vor dem Schlafenden standen die Wachleute plus ihr bemaulkorbter Rottweiler, der mit dem Gewicht seines gedrungenen Körpers an der Leine zog, die 's Herrchen kurz ums Handgelenk gerafft hatte.

Als ihre Versuche fehlschlugen, den Mann durch Ansprache zu wecken, beugte sich einer über ihn und rüttelte, bis er die Augen öffnete, sie schlaf- beziehungsweise fuseltrunken anstarrte – und sich auf die andere Seite drehte; genauer gesagt, wollte er sich auf die andere Seite drehen, doch packte der Uniformierte (Berolina Security Service) die Kapuze seines Parkas und riß ihn hoch. Das Gleichgewicht suchend, ruderte der Mann mit den Armen durch die Luft, was den Hund veranlaßte zu bellen, dreivier grobe Uwaffs zu röhren, die allgemeine Aufmerksamkeit erregten. Es war zu spüren, mehr als wirklich zu sehen, wie sich der Verlauf der Glockenkurve änderte, die Mittelachse der Wartenden, ihr Schwerpunkt, sich nach links zum Ort des Geschehens verschob (nur die Köpfe wandten alle). Ein Ruck an der Leine ließ das Tier verstummen. Dann gaben die Wachleute dem Mann zu verstehen, er solle mitkommen, was der ohne Hund mit wedelnden Bewegungen seiner geöffneten Hand bekräftigte (seiner Funktion bewußt: echt locker: Spielbein – Standbein: Nun komm mal in die Hufe, Alter!).

Als der Penner, statt aufzustehen, wieder in sich zusammensank, nahmen sie ihn in ihre Mitte, indem sie ihn links und rechts unter den Achseln faßten und von der Bank zogen, wobei der Hundeführer zusätzliche Mühe hatte, das

Tier daran zu hindern, den Mann anzuspringen oder die ganze Gruppe zu umkreisen. Ihr Griff war wohl so fest, daß der Gedanke, Widerstand zu leisten, sich nicht einstellte, denn entgegen der Erfahrung mit ähnlichen Vorkommnissen ließ sich der Mann ohne Protest, Tritte oder Schläge, zur Rolltreppe führen, die sie ins Zwischengeschoß brachte.

– Hatn Schuh verloren, sagte der Kleine tonlos, als würde er mit sich selber reden.

Tatsächlich lag unter der Bank einer der Sommerschuhe, dessen aufgebogene Lasche an ein Segel erinnerte, das vor dem Wind stand.

– Ja, sagte der Große, das ist Pech, und grinste seinen Freund an, der mit einem verstohlenen Lächeln antwortete. Diebisch wäre auch passend gewesen, denn fast hätte man meinen können, sie amüsierten sich und der Schuh sei nicht verloren, sondern mit Absicht versteckt worden, nachdem sie ihn dem Schlafenden ausgezogen hatten – was allerdings nicht zu beweisen war. Das Tuten eines Signalhorns verwehte auf dem Bahnsteig.

– Wie isn das mit dem Geld? fragte Cherub blaues Flämmchen der Vernunft.

Der Kleine streckte die Hand aus, als müßte er die Münze nur noch entgegennehmen.

– Bitte, sagte er.

Warum denn nicht? Was soll das?

Er schloß seine Finger um das Fünfmarkstück, das Stefan ihm gab, zögerte, steckte es dann in eine längliche Brusttasche aus Leder, die unterm Anorak um seinen Hals hing und mit Name und Adresse versehen war (nicht zu lesen).

– Thanks a lot, sagte der Große, flüssig, das ›th‹ vorschriftsmäßig zwischen den Zähnen artikulierend.

Auf der anderen Seite kam ein Zug, warme Luft wirbelte über den Bahnsteig, Bremsen quietschten, und aus den Lautsprechern an der Decke drang eine metallisch klingende Frauenstimme, die ›Kleistpark‹ sagte. Nachdem sie sich mit einem kurzen Blick verabredet hatten, drehten die Jungen sich grußlos um und verschwanden im Gedränge vor den Waggontüren. Von wegen Fahrkarte.

Die Verzögerung hatte die Zahl der Wartenden beträchtlich vermehrt, so daß sie bereits eine zweite, dritte und vierte Reihe vor dem Gleis bildeten. Besser, man stellte sich dazu, um überhaupt hineinzukommen. So ähnlich dachten andere auch, Butter Lindner, Pepitahut, Knoblauchfahne, Körperschweiß, Fönfrisur, Bomberjacke und wer noch sonst. Ein leises Pfeifen verstärkte sich, dann schoß Wind aus dem Tunnel, der in den Augen brannte, gleich darauf eine Kette gelber Wagen, deren Geschwindigkeit von elektronischen Relais (Fotozellen? Kontaktschleifen in der stromführenden Schiene?) gedrosselt (negative Beschleunigung) und exakt vor dem horizontalen Zeiger mit rundem Kopf auf Null gebracht wurde.

Während die Frauenstimme die Station bekanntgab – ihr neutraler, unbeteiligter Ton legte die Vermutung nahe, es handele sich um eine Aufzeichnung, die per Knopfdruck oder Verschaltung eingespielt würde, doch sprach eine wirkliche Frau, die auf einem glasgefaßten Podest stand, das, mit Fernsehmonitoren ausgerüstet, in der Mitte des Bahnsteigs eine Rundum-Kontrolle der Abfertigung gestattete –, während also die Frauenstimme ertönte, schnappten die Türen auf und entließen einen Schwall Menschen, dem sich alle anderen entgegenstemmten in der Hoffnung, einen Sitzplatz zu erkämpfen, jeder gegen jeden unter Einsatz von Schultern und Ellbogen. Am besten, man blieb ein wenig zurück und suchte sich eine Stelle nahe der Türe, wo einem zwischen den Stationen niemand vor der Nase stand, außer dem eigenen Bild, das im Tunnel auf dem abgetönten fettigen Glas der Scheibe erschien; aus ihrem Hintergrund (fliehendes Mauerwerk) hervortrat, wie ein jenseitig verborgenes Gesicht, das zwar nicht fremd war, doch verschieden von dem Eindruck, den ein gewöhnlicher Spiegel vermittelt, eher die Wirkung eines Negativs hatte, das vorwegnahm, was einmal sein wird.

Wahrscheinlich wegen der Schattierung, die eine halbdurchlässige Reflexion erzeugt, gruben sich zwei Falten tief um die Mundwinkel und gaben ihm, nur dem Gesicht, eine Strenge, die es in Wirklichkeit gar nicht besaß. Noch nicht. Davon weiß man nichts. Will nicht. Du bist das. Evelin hatte gesagt, es bestehe ein eigenartiger Gegensatz zwischen den geraden, fast eckigen Linien der Wangen und dem vollen, ihrer Behauptung nach: weiblichen Mund, der demjenigen in der Scheibe etwas Unberechenbares, Widersprüchliches verleihe, gewissermaßen, summa summarum, aus der Sicht einer Frau, der man nichts mehr vormacht – wie sie sich einzubilden pflegte. Unterhalb der kurzen, leicht lockigen Haare, die das Oval des Kopfes umrahmten, befand sich ein senkrechter Schnitt, der von seinem Ursprung zwischen den Augenbrauen in die Stirn verlief und der sich, ähnlich wie die Falten um den Mund, unter den herrschenden Lichtverhältnissen, regelrecht in die Haut kerbte; eine Narbe, die nicht verheilen, sondern im Lauf der Zeit sich immer deutlicher abzeichnen würde. Unumkehrbar, wie eine chemische Reaktion, die, einmal in Gang, nicht mehr aufzuhalten ist und mit vorhersagbarer Genauigkeit ans Ende kommt. Ab jetzt. Ab gestern. Seit man es weiß.

Rote Lichter blitzten durch das Gesicht in der Türscheibe, dann verwackelten seine Züge, weil der Waggon eine Weiche passierte und sich rumpelnd zur Seite neigte. Um Halt zu bewahren, ergriff man, falls ohne Sitzplatz, eine der Stangen, die wie ein Stützkorsett aus Stahl in Decke, Wand und Boden verankert waren, oder man tarierte Stöße und Schräge der Kurve durch eine Verlagerung des Körperschwerpunkts aus – was eine gewisse Übung voraussetzte, die Fliehkraft durch Muskelanspannung neutralisieren zu können. Andere vertrauten der Standfestigkeit ihrer Nachbarn, indem sie sich gegen sie lehnten, ihre Masse einfach verrutschen ließen, bis sie vom Rücken des nächsten gebremst wurde (manche legtens auch darauf an, Frotteure, die einem nahe rückten, bis man ihren Atem roch, und denen nur mit einem kräftigen Ellbogenstoß beizukommen war).

Als der Zug sich stabilisierte, begegnete ihm auf dem Nebengleis ein anderer, dessen Fenster sich in eine rasende Folge erleuchteter Rechtecke verwandelten, die ineinanderzufließen schienen (Additionstheorem der Geschwindigkeit), nur eine Armspanne entfernt, richtig grell. Ein Gefühl dann, als habe man in die Sonne geguckt, Leere, die sich langsam wieder mit den Umrissen der Dinge füllte, der Türe, dem Haltegriff, einer Werbeschrift an der Wand (Paech-Brot), dem Gesicht in der Scheibe. Darauf liefe alles hinaus. Verloren das Vorher, verschwunden wie ein Ordner, den der Speicher nicht mehr freigibt. Access Memory: Closed thru error. File is unnamed. Exit: Buchstaben und Zahlen, die ohne erkennbare Ordnung über den Bildschirm flackern, durcheinandergewirbelt von falsch geschalteten Impulsen, nur manchmal noch zu lesen eine Silbe, das Fragment eines Satzes, einzelne Worte, die man mitkritzelt in der Hoffnung, sich an den Rest des abgestürzten Programms zu erinnern, seine Struktur, das Gerippe der Welt. Vorgestern, gestern, heute. Load new file: All informations are erased. Try to restore bygone data. Wie du gewesen bist, als du ein anderer warst. Zu einem bestimmten Zeitpunkt t. Vor drei, vier Jahren. Vergessen, zu lange her, von der Gegenwart durch eine Wand getrennt, die dicht ist wie ein Grenzwert, über den die Rechnung nicht hinauskommt. Nie mehr. Unmöglich jedes arithmetische Manöver. Kopfschütteln. Wenn das Bild in der Scheibe ein Beweis wäre. Nur eine halbdurchlässige Spiegelung, deren Ungenauigkeit und Verschattung das im Hintergrund vorbeifliegende Mauerwerk vergrößerte. Vergröberte. Sinnestäuschung. Restore bygone data, was diese Idioten empfehlen, um sich dann, wenns mißlingt, per Einblendung lustig zu machen: Sorry pal, you failed. Choose new code. So ne besondere Art Humor.

Ein Mann, der bisher unauffällig seitlich stand, hob plötzlich den Kopf und sagte laut und deutlich:

– Nächste Station Eisenacher Straße, Umsteigemöglichkeit in die Busse sieben, zwölf, einhunderteinundvierzig, Anschluß nach Steglitz und Lichtenrade. Roger.

Dann sank sein Kopf auf seine Brust zurück, und er begann zu murmeln. Die Umstehenden taten so, als würden sie keine Notiz von ihm nehmen, selbst der Wiederholung seiner Ansage begegneten sie mit völligem Gleichmut.

Der Zug hielt, die Türen sprangen auf. Am besten, man drehte sich zur Seite, um die Angriffsfläche zu verkleinern, während der Körper von gegenläufigen, sich schneidenden Wellen umspült wurde.

– Zurückbleiben, sagte der Mann, der auf den Bahnsteig getreten war, einer Lautsprecherstimme zuvorkommend, die wie sein Echo klang. Er nickte zufrieden, streckte die Arme aus und schloß die Türe. Mit einem Ruck, der den Schwerkraftvektor gegen die Fahrtrichtung verrückte, also die Wirkung einer vorübergehenden Neudefinition des Gravitationsfeldes hatte, nahm der Zug Geschwindigkeit auf, setzte Pfeiler, Klinker, Säulen, Uhren in eine vermeintliche Bewegung, um dann von rasenden Tunnelwänden geschluckt zu werden. Automatisch zündete das Deckenlicht der Waggons. Alles verschaltet. Nur wie? Daß Dunkelheit draußen Licht drinnen zur Folge hat. Der Fahrer drückt einen Knopf. Seine Aufgabe. Sonst Panik. Wer stoppt den Höllenritt von U-Bahn sieben?! Letztens: Gene Hackman oder wer, der die Erpresser zur Strecke bringt, nach einer Schießerei. Ja. Kriecht der Boß verletzt über die Gleise und gibt sich selbst den Rest. No surrender, der übliche Stuß. Das Gesicht lächelte. Du. Jetzt und später.

Das Deckenlicht flackerte im Takt von Schwellen, die den Zug zum Rumpeln brachten. Von starken Scheinwerfern illuminiert, standen Arbeiter jenseits des Gleises und warteten die Durchfahrt ab. Vorbei. Das Lächeln Chiaras. Ihre hohe Stirn. Die Scheibe spiegelte einen Ring, der durch ein leicht abstehendes linkes Ohr getrieben war. Es hatte sich um einen richtigen Überfall gehandelt, als Evelin vor zwei, drei Wochen während eines Spaziergangs unvermittelt das Juweliergeschäft betrat, los, komm schon, um sich ein Kissen mit Ohrringen zeigen zu lassen, von denen sie einen, nicht zu groß und nicht zu klein, auswählte, nachdem sie ihn prüfend ans linke Ohr gehalten hatte. Der steht dir gut, sagte sie und wies den Juwelier an, Desinfektionsmittel, Watte und Locher zu holen. Einem unschlüssigen Blick begegnete sie mit einem Lächeln und der Bemerkung, daß es nichts bedeute, nur Schmuck sei, den man nach Belieben wieder entfernen könne. Wobei sie unterschlug, daß es zu spät dafür war, reine Zierde und keine Provokation wie damals, als Nils sich einen Ohrring besorgt hatte, der groß und auffällig war, wie die in alten Piratenfilmen, aus massivem Silber, dessen Gewicht das Ohrläppchen nach unten zog. Bevor er mit einer Nietzange selbst das Loch knipste, hatte er eine halbe Flasche Gin getrunken, was zur Betäubung allerdings nicht reichte, so daß er schreiend durch sein Zimmer geschwankt war, während Hartwig versuchte, die Blutung mit einem Küchenhandtuch zu stillen. Er trug ihn heute noch, Nils, den Ring, obwohl sein Ohr mittlerweile ausgeleiert war wie das eines Wilden, das Ohrläppchen richtig runterhing. Das geht in Ordnung, sagte Evelin, und wenn er dir nicht mehr gefällt, nehm ich ihn. Affig, weil nicht schon früher. Als sei man willenlos gewesen.

Stefan schüttelte den Kopf, sein Gegenüber tats ihm gleich. Dann lehnte er sich mit gekreuzten Armen gegen die seitliche Begrenzung der Bänke und sah in den Waggon; die Sitzenden lasen zumeist, die Stehenden stierten; Pepitahut aß Kekse. Gottseidank. Kein Musikant. Am Brunnen vor dem Tore, auf einer Blockflöte gespielt. Oder Indios, die El Condor pasa falsettieren. Hat der ein Funkgerät da? Ein schwarzer Stummel aus elastischem Material bog sich aus der Tasche eines Regenmantels, in dem ein Mann steckte, der mit dem Kopf ruckte. Er drehte sich um und wiederholte sein Zeichen. O nein! Einer, der an der hinteren Türe postiert war, gab ihm nickend zu verstehen, daß er bereit sei. Scheiße Scheiße Scheiße. Vorne standen zwei weitere, die es unmöglich machten, zu entkommen. Ohne Gewalt. Der

Mann zog einen Block aus dem Innenfutter seines Mantels und sagte:

– BVG: Fahrscheinkontrolle.

Wie an Fäden gezogen, wandten sich alle im Wagen dem Mann zu, der seine Arbeit bei einer Frau begann, die hektisch ihre Taschen durchwühlte. Links und rechts ähnliche Szenen, die Suche nach der Legitimation, ein öffentliches Verkehrsmittel zu benutzen (Kurzstrecke drei Stationen: 1,70; Normaltarif zwei Stunden: 2,70; Koffer, Kinder, Hunde: 1,00), lediglich Monatskartenbesitzer zückten ruhig und mit gewissem Behagen ihre Ausweise mit Foto und Wertmarke (der kluge Mann baut vor beziehungsweise wo kämen wir denn hin beziehungsweise Bürger, schützt eure Anlagen), um sie von einem routinierten Blick absegnen zu lassen (ehrlich fährt am längsten). Schließlich fand sie ihren Zettel und wies ihn erleichtert vor. Unterdessen hatte Stefan drei Zwanziger, die zusammengelegt in seiner Gesäßtasche steckten, entfaltet und hielt zwei davon dem Schaffner entgegen. Der Mann sah das Geld an, dann ihn, und fragte, als ob es noch etwas zu fragen gäbe, oder er sich versichern müßte, die Geste richtig zu verstehen:

– Haben Sie keinen Fahrschein?

Stefan hob die Schultern. Natürlich nicht. Denkt der, ich schenks ihm?

– Dann müssen Sie ein erhöhtes Beförderungsentgelt in Höhe von vierzig Mark entrichten.

Seine Stimme klang unbeteiligt, geschäftsmäßig, weder triumphierend noch gehässig. Er tat, was er tat. Es gab andere, die hatten ihren Spaß dabei. Melden sich freiwillig zum Dienst an der Front.

– Sind Sie einverstanden?

Stefan nickte. Der Mann las die Uhrzeit ab und trug sie in ein Kästchen auf seinem Block. Unbeteiligt. Von wegen. Kriegt vielleicht ne Prämie. Unserem verdienten Mitarbeiter zum tausendsten Schwarzfahrer in diesem Jahr.

Andere Fahrgäste beobachteten die Szene wie einen Unfall, dem sie glücklich entronnen waren. Pepitahut hatte vor Aufregung rote Flecken im Gesicht, in seinen Mundwinkeln klebten Kekskrümel. Einer hinten grinste. Während der Kontrolleur sorgsam das Formular beschriftete, bemerkte Stefan, daß er zwei Eheringe trug, die miteinander verschweißt waren. Verlötet oder so, wie die Mutter der Mutter nach dem Tod ihres Mannes (il mostro) als Ausdruck ihrer Witwenschaft. Ein Brauch. Bis daß der Überdruß euch scheidet, verkettet bis ins Grab. Ein pathetischer Witz, als der Rheinbahnerchor das Ave-Maria anstimmte in dem Augenblick, als sein Sarg in die Aussegnungshalle geschoben wurde. Spätabends dann, hinterher, wir beide allein in ihrer Wohnung, hat sie mir alles erzählt, alles auf einmal, wie es gekommen ist. Die heimlichen Treffen mit Miguel auf diesem Hof bei dem alten Fahrradmonteur, Stroux hieß der, der Krieg, die Kriege, ihre Version der ganzen Geschichte. Bestimmt mehrere Stunden. Wann war das? Letzten Mai, nach der Reise nach Prag mit Nils also, nach dem Traineetest in Hamburg, aber vor dem Auftrag in Italien. Auftrag ist gut, ne krumme Nummer, die nichts abgeworfen hat. Trotzdem unverständlich, warum die Mutter weinte. Flossen die Tränen ihr übers Gesicht. Nach alldem. Hakte sich ein. Obwohl. Obwohl das Ding seit siebenundzwanzig Jahren abgegessen war. Auf der Kirmes hatte sie ihn kennengelernt. Oder in der Kirche? Zufall. Notwendig alles, behauptete Hartwig früher immer, notwendige historische Zusammenhänge. Kein Nichts unter der Sonne, das frei davon. Streit bis aufs Messer, ja oder nein, bei Giorgos im Hinterzimmer, in der Bierbar am Winterfeldtplatz noch, kurz bevor er sein Studium steckte. Ab heute muß das Proletariat für sich selber sorgen, ich habn Job. In der Kirche also, wohin Miguel sich verirrt hatte. Ne, ne, angeblich, weil er seinen Atheismus bestärken wollte. Angeblich vielleicht möglicherweise. Nichts Genaues weiß man nicht, lediglich das, was sie erzählt hatte, das, was auf verblassenden Fotografien in ihrem Album zu sehen war, ein junger Mann von Mitte Zwanzig, der sein Hemd offen, über die Jacke geschlagen den Kragen trug. Mein Vater, mein Herr.

Bin heute schon älter, dachte Stefan, ein Jahr oder zwei, who cares. Unwichtig. Daß er, laut Auskunft der LVA, in Bilbao wohnte, in einem Stahlwerk arbeitete, oder woanders, ein Fremder, dem zu begegnen keine Frage beantworten und kein Rätsel entschlüsseln würde. Macht keinen Sinn, zerstört weder noch nährt eine Illusion, weil nie eine existiert hat, selbst ganz früher nicht. Heißt doch, daß Kinder. In ihrer Phantasie ein Ideal. Nie. Einfach nur ein Freizeichen da, ein ausgesparter Raum, der leer bleiben wird. In Irun aus dem Zug gestiegen, Ort zwischen Berg und Meer geklemmt, mit einem ockergelb gekachelten Bahnhof, der Farbe eingetönten Dotters, und die Richtung gewechselt. Hätte keinen Sinn gemacht. Oktoberregen dann, der auf die Markise des Cafés in Saint-Jean fädelte. Gesoffen mit dem schwulen Franzosen und seiner Schwester. Nathalie aus la Rochelle: Wodka-Kirsch bis in ihr Hotelzimmer. Where you want to go? Besser so, Hektor und Priamos, auf verlorenem Posten alle beide. If you like you can fuck me. Warum nicht? Klamm das Bettzeug, weil die Heizung nicht funktionierte.

Are you sad? I'm not sad, I'm drunk. Me too. Ihr das nie gesagt. Gab keinen Grund, von der Reise zu berichten. Vater Mutter Kind. In Heimlichkeit der Akt der Zeugung. Nur die Mutter. Weiß es.

– Das kostet vierzig Mark, sagte der Mann, nahm die ihm entbotenen Scheine und steckte sie in seine Manteltasche. Dann unterschrieb er den Zettel und riß ihn vom Block.

– Diese Quittung gilt als Fahrschein, wie normal.

– Klar, sagte Stefan, dachte, daß er sich heute würde etwas leihen müssen (Ivan?), beugte sich vor, um den Namen der Station zu lesen, dessen Lettern an der Scheibe vorbeihuschten: Bahr Ptz … Baychr Pltz … Bayrischer Platz. Raus hier.

Als die Türen aufgeschnappt waren, schob er sich im Kielwasser der Drängler durch die Wartenden, nach einer Tafel spähend, die den Weg zu den anderen Linien wiese. Ein abgeknickter Pfeil leitete ihn ein Stockwerk tiefer. Bevor er um die Ecke bog, sah er, daß die Schaffner jemanden in den fensterlosen Verschlag führten, der dem Personal als Aufenthaltsraum und Büro diente. Hat er nicht zahlen können, wird er aufgeschrieben. In einem Anflug von Ärger schüttelte Stefan den Kopf und zündete sich eine Zigarette an. Eine Lautsprecheransage wehte die Treppe hoch. Linker oder rechter Bahnsteig? Nicht zu verstehen. 0.5 zu 0.5. Kopf oder Zahl, und sei sie noch so gering, die Möglichkeit. Er sprang mit beiden Füßen von der Stufe ab und landete auf dem nächsten Absatz, die kinetische Energie des Fluges mit seinen Knien abfedernd und zugleich in eine Vorwärtsbewegung überführend. Wird langsam Zeit. Idiotisch doch, diese Unpünktlichkeit. Hände in den Taschen, beeilte er sich, nach unten zu kommen.

5 Zartes Blau hinter Wolkenschleiern. Böiger, kühler Wind, der sie vom Himmel löst. Auseinandertreibt. Klares Licht. Zerfächerte die graue Helligkeit des Novembermorgens und ließ die Umrisse der Häuser deutlich hervortreten. Wie gezeichnet schien die Linie ihrer Dächer mit den Kaminen und Antennen.

Schon auf der Treppe war das Rauschen des Verkehrs zu hören, der achtspurig über den Hohenzollerndamm strömte, links und rechts des Grünstreifens, wo sich der Ausgang befand, dessen Wände und Stufen im Stil der dreißiger Jahre mit Marmorplatten verkleidet waren. Wir rufen die Jugend der Welt.

Weit hinten, am Fehrbelliner Platz, erhoben sich gläserne Verwaltungsbauten über den breiten Einschnitt der Straße. Nachdem die Fußgängerampel den Weg freigegeben hatte, kreuzte Stefan den Damm und schwenkte in die Uhlandstraße.

6 Von Brandmauer, Maschendraht und Seitenflügel eingeschlossen, hatte sich auf dem Grundstück eines weggebombten Vorderhauses ein Gebrauchtwagenmarkt angesiedelt, dessen Besonderheit amerikanische Modelle waren, die ein Schild am Tor alphabetisch benannte; Vans in allen Variationen, tönte die letzte Zeile.

Schon auf der Schule, dachte Stefan, war es Nils' Traum gewesen, einen Ami-Schlitten zu fahren. Plymouth oder Thunderbird, die einzig in Frage kämen.

Ein Mann stakste über den lehmigen Platz, rüttelte an Reifen, beugte sich vor, um die im Innern der Wagen am Rückspiegel hängenden Preistafeln zu lesen. Von der

Schwelle eines Wohnmobils aus, dessen Dach kleine flatternde Wimpel zierten, beobachtete ihn der Händler. Rauchend.

– War seine Freundin auch da? fragte Umberto nachmittags im Café La Luna. Das Miststück. Einmal hat sie ihm einen Goldzahn rausgebrochen, während er schlief, um sich dafür Dope zu kaufen.

Am Fuß des Drahtzauns wuchs Gestrüpp, bleiches Halmkraut, die Gehwegplatten hatten sich gesenkt. Ein paar Getränkedosen lagen in der Rinne, Zigarettenschachteln, ein Prospekt von Hertie. Aus dem Maschengeflecht lösten sich langsam Tropfen und zerplatzten auf dem Boden. Öl und Benzin schlierte farblos in einer Pfütze. Ein Windstoß wirbelte ein Stückchen Silberpapier auf, das Spiralen beschreibend dann niedersank.

Edoardo hatte behauptet, Umberto Manfredi würde Bescheid wissen, wo man das Auto verschwinden lassen könnte. Der kennt sich aus, sagte er, während ein Zollbeamter die Papiere prüfte und die Sonne über der Po-Ebene aufging. Irgendwo östlich jedenfalls, ein rötliches Licht, das die neblige Luft auf dem Brenner entflammte. Im Kassettenrecorder lief ein Stück von U2, ein altes, von ihrer ersten Platte, in dessen Refrain Edoardo leise einstimmte. Dem Zöllner fiel die Verschiedenheit der Namen nicht auf, er reichte die Pässe und Nils' Fahrzeugschein durchs Fenster zurück und wünschte eine gute Fahrt. Imbecille. Später wurde es heiß, die Luft flimmerte über der Straße und verwischte die Konturen der Landschaft. Edoardo, der von

Berlin bis zur Grenze gefahren war, lag schlafend auf der Rückbank. Warmer Wind fegte durch die heruntergedrehten Scheiben und nahm die Töne der Musik mit nach draußen. An den Seiten rollten Berge und Häuser und Farben und einmal das Meer vorbei. Porca madonna, sagte Edoardo, sich rekelnd, sind wir immer noch nicht da? Die Haare klebten an den Schläfen. Dann tauchte am rechten Bildrand der Doppelkegel des Vesuv aus dem Glast des Nachmittags. Zum soundsovielten Male spulte die Kassette zurück. Auto-Rewind. Am besten ist, sagte Edoardo, wenn ich jetzt weiterfahre, am besten, du hältst nach der Zahlstelle an, damit wir die Plätze tauschen können. Vom Haus meiner Eltern rufe ich Umberto an. Sicher steht sein Name im Telefonbuch, ich glaube Ercolaneo. Glitzernd die Bucht bis zum Horizont, als er die hochgelegene Uferstraße entlangraste und mit ausgestrecktem Arm auf die dunklen Punkte zweier Inseln wies, die sich auf der türkisen Fläche des Meeres abmalten.

– Is durchn Tüff? rief der Mann, auf eine Motorhaube klopfend, dem Händler zu.

– Steht innen, bekam er zur Antwort. Det Schild da.

Die Leine kleiner Wimpel schaukelte im Wind. Auf der Brandmauer zeichnete sich das Muster der Treppen und Decken des verschwundenen Hauses ab, wie ein projizierter Querschnitt. Faserige Wolkenschatten zogen darüber hinweg.

– Kostn der?

– Steht doch allet da, rief der Händler. Auf det Schild da.

Ungehalten schüttelte er den Kopf. Im zweiten Stock des Seitenflügels wurde ein Fenster geöffnet, ohne daß jemand sichtbar wurde. Licht ging an, fast gleichzeitig im dritten Stock, als wären die Schalter verbunden.

Vorbei an Blechkanistern und Reifenbergen führte der Weg unterhalb der Böschung zu einem flachen Haus, das nicht zu Ende gebaut war; die linke Seite bestand nur aus unverputzten Mauern und Dach. Davor stand, auf Ziegelsteine gebockt, die Karosserie eines alten Lancias, die ein Mann mit einem Seitenschleifer bearbeitete; zum Schutz gegen die stiebenden Funken trug er eine Sonnenbrille. Als ein Hund, der im Schatten einer aus Holzpfosten und Decken improvisierten Veranda lag, zu bellen begann, drehte er sich um und stellte die Maschine ab.

Das Gespräch, das Edoardo mit ihm führte, war kaum verständlich, da beide im Dialekt sprachen, der sich aus einer Folge rauher, manchmal gezischter Laute zusammensetzte. Umbertos Name wurde genannt, die Automarke, dann fiel eine Silbenkombination, die wie Piazza Municipio klang. Es war heiß, und der Geruch von Ginster und wildem Fenchel hing süß in der Luft. Jenseits des Hügelrückens, zwischen Feigenkakteen, schimmerte das Meer auf. Eine Zeitlang ging es zwischen den beiden hin und her, bis der Mechaniker schließlich einwilligte. Edoardo fischte die Schlüssel aus seiner Hose und gab sie ihm. Wollte, sagte er auf dem Weg zurück zur Straße, daß wir den Wagen selber vorbeibringen. Schwachkopf. Zahlt nichts und stellt Bedingungen. Morgen zeigen wir den Diebstahl an. Dann hat alles seine Ordnung.

Unterdessen waren Kunde und Händler im Wohnmobil verschwunden. Woanders konnten sie nicht geblieben sein. Auch brannte jetzt Licht darin. ›American Classic Cars‹ stand im Halbkreis über der Türe.

Wenn er damit glücklich ist, dachte Stefan. Mercury-Combi, vollhydraulisch, selbst die Sitze bewegte ein Motor. Braucht man in Hamburg vielleicht.

Am Ende des Grundstücks zirkelten Vermesser den Bürgersteig und die Fassadenflucht ab. Wie eine Giraffe sah der Theodolit aus, auf dessen Gehäuse ein Sticker gegen Atomkraft klebte. Höhe Länge Breite Winkel.

7 In einer Bäckerei kaufte er von dem ihm verbliebenen Geld Brot und Milch. Dann betrat er den Hof, wo im vierten Stock seine Wohnung lag. Frau Gubbas Plastikrehe im Blumenbeet. Das Treppenhaus roch nach Farbe, nach Lack, mit dem, da und da und da, die Filzstiftkritzeleien übermalt worden waren. Von wem? Und warum? Verdammt noch mal! Umberto hatte weder die Klingel repariert noch den Schlüssel unter die Matte gelegt. Anruf ganz umsonst.

Gereizt stieß Martinez sein Knie vor die Tür, einmal, zweimal, dreimal. Dann war innen etwas zu hören, Schritte, und endlich wurde geöffnet. Zu erwarten das. Ein Bettlaken um die Schultern geschlungen, sah ihn der Italiener übernächtigt an. Die Haare hingen in sein Gesicht, und er fröstelte.

– It's me, sagte Stefan, recognize me?

Mit einer fahrigen Handbewegung bat Umberto ihn herein und schob ihn in die Küche.

– Hast du Besuch?

Umberto richtete sich auf, als habe die Frage ihn belebt. Nickend blähte er die Wangen, stieß Luft aus und fand sich zu einem Lächeln bereit. Dann schüttelte er sich, während Stefan, nachdem er ein paar Teller beiseite gerückt hatte, die Tüte mit Brot und Milch auf dem Tisch abstellte.

– I know, sagte Umberto, langsam munter werdend, I have to clean the kitchen, wobei er mit seiner linken Hand einen Bogen durch die Luft beschrieb.

– Du wohnst hier, sagte Stefan. Deine Sache.

Irreversibel sowieso die Unordnung, Vorstufe zum Chaos, das keine Gesetze mehr kennt. Ein bestimmter Zeitpunkt, ab dem. Keine Rückkehr. Wie eine Eigenschaft der Dinge. Verbraucht, innerlich zerschlissen. Niemandes Schuld. Seit Umberto Mitte September aufgetaucht war, beschleunigte sich der Vorgang. Zwei Männer in einem Zimmer, unmöglich.

Stefan zündete sich eine Zigarette an, Umberto lehnte ab.

– Nachher, sagte er, später – was eine Minute, eine Stunde oder einen Tag bedeuten konnte. Daran mußte man sich gewöhnen. Er blickte Stefan nachdenklich an, als versuchte er sich zu erinnern, was der Grund des Besuches sei. Vielleicht hatte er es wirklich schon vergessen. Stefan öffnete den Mund und ließ Rauchkringel aufsteigen. Dem Glücklichen schlägt keine Stunde. Alles, was mein ist, trage ich mit mir. Mecum porto. Fettgedruckt in einem alten Lateinbuch. Diogenes in der Tonne. Geh mir außem Licht, Alexander von Makedonien, sonst wirds zu schattig hier drin. Gegürtet den herrlichen Leib in schimmernder Rüstung. Das letzte Hemd. Wenn man das Zeug auf dem Trödel verkaufen könnte, hätte man wenigstens was davon, Töpfe, Teller, Stühle, Tisch. Besitz und Eigentum zweierlei, rein juristisch. Leasing. Überlassung eines beweglichen Guts, Buch zum Beispiel. Freiwillig kriegt man eins nie zurück. Wieso auch? Gelesen und abgespeichert. Außer man will sich mal eine Sache ins Gedächtnis holen, die rausgerutscht ist. Kurzschluß auf der Festplatte, dann nachladen, aufräumen, tipptoppeinsah. Aber was man nicht mehr braucht, fällt aus der Welt. Anhäufung toter Gegenstände, deren Gefangener man. Meine trotzdem. Geschenkt gekriegt den Wasserkessel von der Mutter. Ist ja nicht sie, das Teil. Futsch die Ordnung, dachte Stefan, und zwar für immer. Kein Foto, nach dem sie wiederherzustellen wäre. Auch nicht der Wunsch. Leergeträumtes Material, seins nun.

– Bel cappotino, sagte er und wies auf das Laken, aus dem zwei besockte Füße herausschauten.

Umberto lächelte, verknittert noch. Dann raffte er das Tuch vor seiner Brust zusammen und zog die Schultern ein. Zu früh, zu kühl, zu müde. Doch schien ihm zu dämmern, daß sie am Telefon eine Verabredung getroffen hatten (Definitely no problem. Come whenever you want, it is your flat).

– Ich ziehe was an, sagte er und verschwand im Gang; Gang, Zimmer, Innenklo, Küche mit Duschkabine, gemietet ohne Befristung, sollen sie spekulieren, wie sie wollen. Immobilienfonds. Pack. Brausebad zur Steigerung der Rendite, laut Plan hinterm Klo mit Zugang über die Schüssel. Abgelehnt. Soziale Härte. Sehr geehrter Herr, das werden Sie noch bereuen.

Aus einem Geschirrberg im Waschbecken befreite Stefan die Espressokanne, wusch sie aus und ging mit ihr zu einem Regalbrett, das neben der Türe über Herd und Kühlschrank hing. Außer Tüten mit Mehl und Zucker, Gewürzstreuern, einem Paket Lavazza, einer Teedose, einem Kochbuch (Nouvelle cuisine für alle) und verschiedenen Fertigsuppen stand eine Vase mit Trockenblumen darauf; die mal eine Jutta mitgebracht hatte; mit Staub behangen nun. Während er den Einsatz der Kanne mit Kaffee füllte, nichts geworden mit ihr leider, tastete sein Blick über eine dunkle Kruste, die zwei Brennstellen des Gasherds umlagerte, als sei sie aus deren Öffnungen gequollen und dann erstarrt. Wie ein poröses Atoll mit unregelmäßiger Küstenlinie, die einer Kurve Peanos glich. Versteckt hinter jeder Biegung eine weitere, Buchten in Buchten, sich immer feiner verästelnd, bis das Auge ihrem Verlauf nicht mehr folgen kann. Sauerei das. Keine Tangente zu definieren trotz Stetigkeit, nur flimmrige Sehnen, die nie zur Ruhe kommen. Könnte er echt mal saubermachen. Ist neu, übergekocht und festgetrocknet, wie kristallisiert. Mit dem Daumennagel löste Stefan ein Halbinselchen vom Emaille und zerrieb es zwischen den Fingern. Fühlt sich an wie Puderzucker. Auch Kristalle doch. Kohlenstoff. Er pustete den körnigen Staub vom Herd und setzte die Kanne auf.

Als er zwei Tassen trocknete, kam Umberto in T-Shirt und Anzughosen zurück in die Küche, an deren Decke eine Industrie-Neonröhre brannte, die gleichmäßiges weißblaues Licht verbreitete.

– Una sigaretta?

Er ließ sich Feuer geben und lehnte sich gegen die Fensterbank. Auf seinem rechten Oberarm war der Umriß eines Adlers zu sehen, den sein Bruder mit Asche, Tinte und einer Nähnadel gestochen hatte, eine dünne Linie, die an den Flügelspitzen nicht ganz geschlossen war. Im linken Ohr trug er zwei kinderfingerdicke goldene Ringe, und in seinen Haaren klebte, stumpf geworden, Brillantine, die er jede Nacht auftrug, bevor er das Haus verließ. Von Lokal zu Lokal. Umberto reckte sich und atmete tief durch.

– Wie geht es Eveline?

Ein Lächeln, das nicht erkennen ließ, wie es gemeint

war, umspielte seinen schmallippigen Mund. Stefan zögerte, dann entschied er, die Frage ernst zu nehmen.

– Gut, denke ich. Warum auch nicht?

Seine Antwort rief in Umbertos Gesicht den Ausdruck von Interessiertheit hervor. Als befände er sich in einer Besprechung, der eine private Wendung zu geben günstig war, sagte er, von einem flüchtigen Zug an der Zigarette akzentuiert:

– I didn't see her for three weeks. At least. We all can have dinner together or something like that at one of the next evenings. If she likes.

– Hat viel zu tun, sagte Stefan. Diese Arbeit in der Villa, von der ich dir erzählt habe. There is a date, when the job must be finished. Pressione, capito?

Umberto nickte.

– Always as a restauratore, sagte er dann, was teils wie eine Frage, mehr aber wie die Bestätigung eines Sachverhalts klang, der ungewöhnlich genug ist, um sich seiner mal wieder zu versichern.

– Natürlich, sagte Stefan. Und grinste. Manfredi auch.

– Ja, ja, mi ricordo, gli affreschi.

– Esatto.

Er holte die Kanne vom Herd und schenkte ein. Mit einem Löffelstiel verrührte Umberto Zucker, den er aus einer Tüte in seine Tasse gerieselt hatte. Nach dem ersten Schluck kniff er die Augen zusammen und legte seine Hand vor den Bauch.

– Cosa?

– Ho bruciore di stomaco, erklärte er, but that's quite normal.

– What?

– Acid in my stomach, too much. Devo mangiare qualcosa.

Er schwenkte die Tasse, aus der Kaffeedampf stieg, unter seiner Nase herum und stellte sie dann mit angewiderter Miene auf die Fensterbank neben sich.

– Minchia.

Was man zuerst lernt in einer fremden Sprache, unwiderruflich wie eingebrannt. Während normale Worte verschwinden im Laufe. Troia. Die Grammatik sich auflöst oder gar nicht in den Kopf reinwill. Bucchino. Cocksucker. Zungen von Feuer, die sich zerteilen am Pfingsttag. Irgend so ein Bild damals, worauf Flämmchen niederschweben. In Phrygien und Pamphylien.

– Da ist auch Brot, sagte Stefan, während er die Milchtüte aufriß, doch wies Umberto mit einer leidenden Geste das Angebot zurück. Er beugte sich vor, als zöge ein Krampf seine Eingeweide zusammen.

– Vaffanculo.

Die erste Silbe unartikuliert, die zweite ein Ton, der zwischen Schneidezähnen und Unterlippe herausgepreßt wird, die dritte gedehnt, die letzte ein flüchtiger Zungenschlag gegen den Gaumen. Genau, Glossolalie heißt das. Lallen in allen Sprachen. Schmeckt aber scheiße der Kaffee, Uralt-Lavendel, zu lange offen rumgestanden. Stefan brach eine Kante Brot ab und steckte sie in den Mund.

– Nimm mal was, sagte er kauend, das ist nicht schlecht.

Umberto schüttelte den Kopf.

Eine Stimme drang aus dem Zimmer in die Küche, die, als der Italiener nicht reagierte, lauter nach ihm rief, schließlich sehr laut.

– Subito! brüllte Umberto, kam aus seiner gekrümmten

Haltung hoch und stampfte nach nebenan, die Schnüre eines Vorhangs in Bewegung versetzend, der am Türrahmen festgezurrt war. Auf die Schnüre gezogene Plastikmuscheln erzeugten ein rasselndes Geräusch, das klickernd-klackernd auspendelte, während sich ein harscher Wortwechsel erhob. Stefan versuchte wegzuhören und nahm am Rand eines Stuhles Platz. Zugleich begann sein Bein zu wippen, was sich durch seinen ganzen Körper fortpflanzte und ein Unbehagen in Schach hielt, das er jedesmal stärker empfand, wenn er in den Hof zurückkam; genaugenommen, seitdem er zu Evelin gezogen war, sich als Regung in der Höhe des Bauchfells bemerkbar machte, ein flaues Gefühl vorne zwischen den Rippen, wie ein sich dort öffnender Hohlraum. Nimm dein Bett und wandle doch wohin. Er lehnte sich zurück und verschränkte die Arme. Über dem Tisch, Geschirr, einer Pfanne mit Eiresten, Gläsern, hing ein Plakat von Pierrot Le Fou, mit eingerissenen Ecken. Ratsch. Schob die Kassiererin den Kopf aus ihrem Fenster: So gehts aber. Schon weg. Gerannt. Der Hintergrund wurde von einem orange fermentierten, flächigen Rot gebildet, vor dem sich der Kopf eines Schauspielers, Belmondo jeune, deutlich ausnahm. Eine nicht entzündete Zigarette im Mund, blinzelte er in die Sonne, deren Licht über etwas im Vordergrund, ein Gestänge, fiel, das dünne Schattenstreifen warf. Sein Hemdkragen hatte die Farbe der Wand, leuchtendes Rot, so daß es schien, als ginge er aus ihr hervor, eine Büste auf einem Sockel. Techniscope in Eastmancolor. Zum Schluß sprengte er sich, einen Gürtel Dynamit um den Kopf gebunden, selbst in die Luft, wenn es sich auch mehr um ein Versehen handelte. Merde, hörte man seine Stimme sagen, bevor die Sandfontäne hochspritzte. Ferdinand und Marianne. Er hatte seine Frau verlassen, um mit ihr, dem Kindermädchen, das in einen Waffenschmuggel verstrickt war, kreuz und quer durch Frankreich zu fahren. In einem Pinienwäldchen singt sie ihm ein Lied. Dann verstecken sie sich in einem Haus, dessen Türen strahlend blau gestrichen sind. Es gibt mehrere Schießereien. Und Ferdinand liest aus Büchern vor, die er in jeder Szene zur Hand hat. So fängt es an. Er sitzt lesend in der Badewanne, als seine kleine Tochter hereinstolpert, gefolgt von ihrer Mutter, das heißt seiner Frau, die ihn auffordert, sich zu beeilen, weil ein befreundetes Paar jede Minute kommen könnte, um sie zu einer Party mitzunehmen. Er weigert sich. Sie droht ihm. Ihr Vater würde ihn schließlich mit dem Direktor von Standard Oil bekannt machen. Ne jamais, antwortet Ferdinand und liest seiner Tochter, die auf dem Rand der Wanne Platz genommen hat, eine Passage vor. Er solle damit aufhören, sagt die Frau, sie sei zu klein dafür. (›After he reached the age of fifty, Velasquez no longer painted anything concrete and precise. He drifted thru the material world, penetrating it, as the air and the dusk.‹) Später überredet ihn Marianne, bei ihr zu bleiben. In ihrem Appartement lehnen Gewehre an der Wand. Ein Toter, in dessen Nacken eine Schere steckt, liegt bäuchlings auf ihrem Bett. Noch später klauen sie den Wagen amerikanischer Touristen. Zum Schluß ist er alleine am Meer, wo ihn das Mißgeschick ereilt. Womm. Blau und weiß und rot. Zehn Uhr achtzehn. Bis Viertel vor elf klappt das nie. Außer Taxi. Ohne Geld? Gute, weil echte Entschuldigung die Fahrscheinkontrolle. Mahlmann wartet wahrscheinlich schon. Guten Morgen! Sie schienen sich geeinigt zu haben, denn es war still geworden. Umberto kam zurück und strich mit beiden Händen die strähnigen Haare aus seiner Stirn.

– Sei innamorato?

Seine Schmerzensmiene wich einem verkniffenen Lächeln, das sich, verbunden mit einer genießerisch wägenden Bewegung seines Kopfes, langsam erhellte.

– Una bellezza, sagte er. I met her two or three days ago in the Amazonas.

– Schön für dich.

– What?

– Nothing. I've come to take a book. I told you.

– Jajaja, I remember, sagte Umberto, for the job. Jobjob.

Er ging an Stefan vorbei und trat mit eingezogenem Kopf in die niedrige Kammer neben dem Waschbecken, in der, außer einem alten Radiator, Vorlesungsverzeichnisse lagerten, Teppichreste, ein verschnürter Rote-Kreuz-Sack mit Kleidern, Aktenordner, die Lenkergabel eines Fahrrads, Bastmatten, auf denen ein Spiegelschränkchen stand, das der Vormieter einst zurückgelassen hatte (1000 Mark Abstand). Spitzfingrig öffnete Umberto dessen Lade und grabbelte darin herum, bis er fand, was er wollte.

– Vuoi una? fragte er, ohne sich umzudrehen.

– Definitely: no.

Er drückte eine Tablette aus der Stanzung, legte die Packung zurück und tauchte hoch.

– It comforts my stomach.

– Sicuro.

Aus dem Gefrierfach des Eisschranks zog er eine eisbeschlagene Flasche Moskovskaya, die er bedächtig aufschraubte und an seine Lippen setzte. Er zögerte, als dächte er nach; dann legte er die Pille auf seine Zunge, nippte und schluckte alles mit einer ruckartigen Kopfbewegung. Politoxikomanie, anfallsweise. Unschöne Augenblicke, die es zu verdrängen gilt. Zehn Uhr zwanzig. Als eines Abends nichts mehr lief. Mit Olga. Wie betäubt alles. Standhaft hatte sie sich geweigert, auch was zu nehmen. Über wen? Über Fourier schrieb sie eine Arbeit und verkaufte im Olympiastadion Bier. Soziologin oder so. Absolut nichts, obwohl sie gesaugt hat, wie weiß nicht was. Schlapp wie eine weichgekochte Nudel. Speed, Maibowle, Blut im Mischungsverhältnis eins zu eins zu eins. Is ja nicht schlimm, sagte Olga, vielleicht liegts an mir. Lila Strumpfhosen. War die Farbe. Zehn Uhr einundzwanzig.

Umberto untersuchte vorm Spiegel sein Augeninneres, indem er die Lider mit zwei Fingern herunterklappte, dann drehte er sich wendig um und rutschte auf den anderen Stuhl. Jenseits. Des Tisches. Ebenheitstoleranz von Kunststoff bei erhöhten Anforderungen.

– Do you know who phoned me yesterday? fragte er plötzlich.

Stefan sah ihn irritiert an. Telefonate, die Umberto entgegennimmt.

– I was completely surprised, I mean …

Heller und Mahlmann im Halbschlaf abgewimmelt, er verstehe nicht, was sie wollten. Er wohne da. Mr. Martinez left the flat and I don't know where he is. Try to reach him at the house of Evelin. Aufgelegt. Auch als der Rechtsanwalt. Non c'è un bagno.

– I mean, first I was surprised, er zündete sich eine Zigarette an, to hear her voice …

– Wer hat angerufen? unterbrach ihn Stefan.

– Aspetta, aspetta, sagte Umberto, seine Ungeduld mit einer Geste beschwichtigend, als bedürfe das Folgende besonderer Aufmerksamkeit.

– She is crazy for me, all' im-pa-zzata.

– Keine Frage, sagte Stefan, aber wer?

– She asked me to come, fuhr Umberto fort, but I told her to come to Berlin.

Er brauchte das, wie eine regelmäßige Infusion, ohne die der Kreislauf kollabierte. Nur zu reden davon.

– Also?

– Irene, sagte er aufatmend, Irene aus Mailand.

Er nahm die Flasche vom Tisch und trank einen Schluck; Spuren seiner Finger im Schmelz des Eises. Auf seinen Wangen breiteten sich rote Flecken aus.

– Una bestia.

– Dimmi, caro.

– On my way here I visited her. September or when. She's so … I don't know …

Sag die Wahrheit. Ein Quiz. Alle zusammen vor Meiers neuem Fernseher. Der Alte im Unterhemd. Geh da nicht immer hin.

Und war es nicht einmal anders gewesen, am Fuß des Vulkans, in den Schilfgraswäldern? Hatte sie nicht mit Nils, der gekommen war, eine Affäre begonnen und Umberto die kalte Schulter gezeigt? Was ihn nicht kümmerte, da es sowieso nur ein Spiel war, ein Tanz. Herr einer Ruine, die er mit seinem Bruder wieder aufbaute, jedes Jahr eine Wand, zum Schluß das Dach. Weitgespannte Kuppel über der Erde, durch die das Licht der Sterne fällt. Das Trapez des Orion. Flach auf die Fliesen gestreckt, den Blick nach oben gerichtet in eine schwarzblaue Tiefe, wo zahllose Pünktchen flackern. Paradox, daß es dunkel ist nachts, statt hell. Überall Sonnen. Explodierender Wasserstoff.

– … and immediately we fell in love. She is so passionate.

Nur der Mond.

– Why didn't you stay longer in Milano?

– Non è facile da spiegare, perché … tutta la situazione …

Kalter Planet, der blaß und milchig scheint. Luna piena. Erhellt die Straße, wo kein Licht. Im Süden. Wie eine 50-Watt-Birne in einem Lampion. Regelrechte Schlagschatten, die sein Licht wirft. Reicht, um zu lesen.

Stefan ritzte mit dem Daumennagel Linien und Kreise in die Eisschicht. Dann schraubte er die Flasche auf und trank einen Schluck, die Flüssigkeit im Mund mit Speichel vermischend, bevor er sie ölig und warm durch seine Kehle fließen ließ. Umberto beugte sich über den Tisch und sah ihn herausfordernd an.

– And then imagine whom we met in the discotheque one evening?

Stefan hob die Schultern. Ich weiß. Du weißt, daß ich weiß.

– Ah, Stefano, tu sais, sagte Umberto spöttisch, als wollte er einen Namen hören. Una bella.

– La più bella, sagte Stefan ruhig.

Umberto lachte und packte seinen Arm.

– Very nice girl. We could not talk so much because she had to be home at eleven.

– She is rather young, isn't she?

Der Ton, in den Stefan die Feststellung gekleidet hatte und der frei von Ironie oder Anzüglichkeit war, schien Umberto zu bedeuten, auf andere Weise fortzufahren, denn er lehnte sich zurück und gab sich ernsthaft.

– A very nice person, sagte er leise und nickte zur Bestätigung seiner Worte (und seiner Haltung), doch kam er nicht umhin, auf deutsch ›so jung‹ anzufügen, auch wenn er keine Miene verzog.

Stefan roch an der Tasse und rümpfte die Nase. Im Hof war ein klapperndes Geräusch zu hören, das nach Rasenmäher klang. Zuzutrauen wäre es dem Hauswart. Stefan stützte seine Ellbogen auf den Tisch.

– Was hat sie gesagt?

– Niks besonders, sagte Umberto, Rauch paffend, zurückgelehnt, auf eine Stelle unter der Decke starrend. Siamo arrivati alle dieci e mezzo e lei ... she left a couple of minutes later. All alone. There was no one with her.

Er klopfte Asche ins Waschbecken.

– So ... she has no boyfriend?

Ein Grinsen huschte über Umbertos Gesicht. Er sah Stefan aus den Augenwinkeln an und sagte trocken:

– Non lo so.

– Quite normal, if someone like her has a lover. Or two.

– You are crazy, sagte Umberto, sich aufrichtend, there was no person who accompanied her.

Hormone der Nebenniere, die sich ausschütten. Ins Blut. Warmes Pochen überm Nabel.

– Now she looks different, because she has cut off her hair, I mean ... really o. k.

– Really?

– Ja, bellissima. Her grandmother from Yugoslavia was waiting, that's why she had to leave so early. Irene drove her home.

– Und du bist alleine an der Bar gesessen.

– Yes, alleine, sagte Umberto. But only for a second. These women in Milano are crazy.

Ihre Blicke trafen sich. The women are. Come and go. Talking of. Wie sie ging, als liefe sie nur auf ihren Zehenspitzen. Die Spannung ihres Körpers, unausgeglichen, seiner selbst nicht bewußt. Keiner wich zurück, bis sie beide anfingen zu lächeln. Als Stefan mit der flachen Hand über seinen Scheitel wischte, tauchte Umberto weg, rutschte vom Stuhl und kam heiser lachend wieder nach oben.

– It's not my fault, sagte er, kichernd, sono innocente io, wobei er seine angewinkelten Arme Stefan entgegenstreckte.

– They are all like wild animals. But Irene returned after a few minutes, so everything became old-fashioned, you know what I mean, kissing, just tenderness.

Stefan nickte schmunzelnd.

– Stronzo, you don't understand. 'ffanculo.

Verstehe alles. Kein Problem, just tenderness. My mother was born in Yugoslavia but she came to Milano in the early sixties when it was possible to go and leave the place where she could live no longer. Ich liebe, sagte sie einmal, in allen Sprachen zu sprechen, die es gibt. Please, do not hurt me. Enter my body but do not hurt me. Yes. I know that you will forget me but I want you to love me. Schäbiges Zimmer wo. Englisch ist am leichtesten. Then French, Spanish, Italian. A family of languages around the Mediterranean Sea. Because of the Romans. I desire you. Be careful. Slowly. Verstehe. Alles. A pain. Ein Schmerz in mir. Der Hauch ihrer Stimme, versunken in ihrem Körper, dessen sie. In ihrem Körper, worin. Now I feel you inside me. Hear my voice. Ich höre sie, dich, deinen flachen Atem, lese, was du mir schreibst, antworte nicht. Einmal war ich. Konnte. Alles. Du weißt, daß ich dich verletzen muß. Ja, ich weiß. I want it. Jetzt.

– Nice place, sagte Umberto, gute Musik, gute Atmosphäre. You would like it.

– Du hast sie nur an diesem Abend getroffen?

– Bitte?

– You only met her that special evening?

– Yes, sagte Umberto, seine Haare nach hinten streichend, ten minutes on that very evening. No further information.

Er schraubte die Flasche auf und nippte. Stefan verneinte kopfschüttelnd, dann trank er doch. Der Betonatlas. Mahlmann seiner. Zehn Uhr zweiunddreißig. Tickeditick, ruckediguck. Swiss made.

Umberto räusperte sich, spuckte in den Ausguß und spülte nach.

– This man lost his mind, sagte er, flüchtig in den Hof spähend, he's mowing the lawn once a week, even now. Domani l'uccido.

– I'll pay you ten marks if you do. No, aspetta, quindici.

– Va be'. Tomorrow I go downstairs and shoot him.

Er legte an und lautmalte Mündungsfeuer. Stefan spürte sein Bein, das unentwegt, als habe es sich verselbständigt, auf und ab wippte, von einem Impuls innerviert, der noch den Oberkörper in Bewegung versetzte. Hör mal auf zu hippeln. Er verschränkte die Arme und verspannte die Zehen. Sagt Evelin, wenn sie es sieht. Sonst krieg ich auch nen Rappel. Lauf um den Block oder beende das, is ja krankhaft.

– Maybe I visit her. There are cheap flights with Hungarian airlines.

– Malev, sagte Stefan. Via Budapest.

– Why don't we go together to Milano for a couple of days, just for fun. I know a person with relevant connections, so it will cost us nothing if we can make a business.

– Don't like no more business, sagte Stefan, spitzte die Lippen und drehte langsam seinen Kopf von links nach rechts. Because business is not funny.

Umberto stützte sich auf den Tisch.

– It always depends on the man with whom you make contact. You can rely on me, I tell you. No risks involved. For sure you don't have to flee to Sicily.

– It was no flight, sagte Stefan. Just a short vacation, hai capito?

– Sì, sagte Umberto kurz und spitz, dann: entwisted in love, welche Worte er in ein mokantes Lächeln kleidete.

Ein Spiel, der Gefahr nicht bewußt, hätte eine wirkliche Gefahr bestanden.

– I admit that it was a strange situation. But Edoardo is only a bigmouth (seine Verachtung nicht verbergend), chiacchierone, professional son of a father of a senator, who protects him whatever he's gonna do.

– Don't know.

– I tell you, caro, you can believe me.

Hatte sich einfach verschätzt, Edoardo, die falschen Leute angesprochen, zu leichtsinnig das Feld geräumt. Better we leave the city for a week or so, until everything has settled. Girlandengleich die Lichter der Häuser auf den Hügeln, als die Fähre am Abend das Hafenbecken verließ und Kurs nahm, lange zu sehen noch grüne und rote Neongestänge: Jolly-Hotel, Martini, Grupo danese, und der von starken Scheinwerfern illuminierte Festungsklotz über der Stadt. Zufall, hätte auch alles anders kommen können. Kein Wille geschehe, nie und nimmerdar. Zehn Uhr achtunddreißig.

– Ich muß gehen, sagte Stefan. It's late for me.

– Of course, sagte Umberto, als verstehe er, it's really late.

– Das Buch …

– Yes, please follow me.

Er trat ums Eck, öffnete vorsichtig die Türe und steckte den Kopf ins Zimmer. Überzeugt, daß sie schlief, gab er den Durchgang frei, wobei er einen Finger auf seine Lippen legte. Natürlich. Lasciate ogni speranza.

Eine kurze Weile benötigten Stefans Augen, um sich an das Dreivierteldunkel zu gewöhnen. Umberto hatte zwei Laken zwischen Rahmen und Flügel der Fenster geklemmt, die das Tageslicht bis auf einen schwachen, diffusen Rest ausfilterten. Die Oberlichter waren mit Tesafilm und Packpapier verklebt. Es roch nach Schminke, Haarspray, kaltem Rauch und kaltem Schweiß. Von der Stelle, wo der Magen saß, jenseits des Sonnengeflechts, breitete sich ein kleiner Schmerz aus, eine Art Ziehen, das in den Hals und die Eingeweide strahlte. Alles noch zu erkennen.

Unter den Fenstern stand der selbstgebaute, anthrazit lackierte Holzkasten, in dem ein Lattenrost war, auf dem die Matratze lag. Neben einem schwarzen Kissen mit weißen Streifen sah man einen Haarschopf, der am Abend zuvor wahrscheinlich toupiert gewesen war. Am Boden lagen, zu Füßen einer Sektflasche, zerknüllte Papiertaschentücher, Kleidungsstücke, Schuhe, ein Paar Strumpfhosen. Längs des Sockels standen Bücher aufgereiht, außen neben den Heizkörpern einige größere Bildbände, denen Literatur folgte von A wie Winterspelt über J wie Strahlungen und K wie Das Schloß zu P wie Crying of lot 49 und S wie ein Start ins Leben, Taschenbücher, gleich groß, die ein kleiner Stapel Philosophie abstützte, damit sie nicht umkippten, Quine, Wittgenstein, das nie gelesene Prinzip Hoffnung, eine teilweise exzerpierte Kritik (welche, rein oder praktisch?) und obenauf ein in der Arbeitsgruppe des Grundstudiums ›Kritische Wissenschaft‹ zerfledderter Band der Minima Moralia (das Ganze, das Unwahre?), daneben, unter dem Tapeziertisch, Vorlesungsmitschriften, eine Theorie der Differentialgleichungen, Schüttes Beweistheorie, Schnellhefter, zwei Exemplare der Diplomarbeit und ein Karton mit mühselig beschrifteten und auswendig gelernten Karteikarten. Was man anfängt, macht man auch zu Ende. Tu mir das nicht an und beende dein Studium. Du kannst das, du bist doch intelligent. Yes. IQ sechskommaneun auf der Richterskala.

Stefan ging quer durch das Zimmer zum Tisch. Er glaubte sich zu erinnern, da zum letztenmal in Mahlmanns Atlas gelesen zu haben. Vor drei oder vier oder fünf Wochen. Der Druck wurde stärker, als presse eine Faust sich langsam in das weiche Dreieck unterhalb seines Brustbeins. Es roch verklebt. Er hob Umbertos Koffer an, der geöffnet auf der Tischplatte stand, und sah darunter. Couverts, lose Blätter. Dann verrückte er Monitor und Tastatur. Hier war es sicher gewesen. Sein Blick tastete über die Metallfläche eines Bügeleisens, das Umberto gehörte, ein Glas mit Stiften, die verdrehten Gummizüge eines Expanders, eine Tube Haargel, bis er schließlich an einer Röhre hängenblieb, in deren Enden ein Glimmen war. Kriechströme, die das Gas. Gebrannt vor kurzem noch. Hängt mit der Wärme der Entzündung zusammen. Schönes schattenloses Licht, gut zum Arbeiten. Da das Buch, selbst auf den Haufen unten gepfeffert. Eine Hand an der Tischkante, bückte sich Stefan zur Seite und zog es – eigentlich ein großes dickes Heft mit Plastikeinband – hervor. Alle Fälle, alle Daten, alle Normen. Bauen mit Beton. Trittschallschutzmaß: ef TSM = TSMeq + VM – 3. Leises Schnarchen flatterte durch den Raum. Miefig roch es. Als er sich zur Türe wandte, sah er, daß die Leuchtdiode des Verstärkers brannte. Stefan knipste den Schalter aus und beobachtete, wie die Birne aufreizend langsam erlosch. Neun Jahre alt. Sags ihm, und er vergißt es. Daß er Chiara gesehen hat. Die Spannung in Stefans Brust löste sich. Einst war ich. Die Frau in seinem Bett begann im Traum zu sprechen, doch war nicht zu verstehen, was sie sagte. Er verließ das Zimmer und schloß behutsam die Tür.

Umberto faltete eine Zeitung, in der er gelesen hatte, und warf sie auf die Fensterbank.

– You found it?

Stefan nickte.

– You need it for your new job?

– Yes.

Umberto legte seine Hände im Nacken zusammen und drehte sich hin und her.

– What you gonna do now?

Die Frage verunsicherte Stefan, beiläufig wie sie gestellt wurde. Es schien ihm einen Augenblick, als könne er keine Antwort geben, doch dann sagte er lachend:

– Ins Büro, was denkst du.

– Why don't we go to a Café and have breakfast?

– I'm rather late, sagte Stefan. May be at the weekend. All together. Punto di riunione. Eine Stelle neben dem Steuerhaus des Schiffes, wo sich die Treppen der verschiedenen Decks treffen. Windgeschützt. Saß da und hielt ihre Beine umschlungen. Thunder lightning rain. I will follow you. Die Leuchtspur des Mondes, zerfließend auf dem lind bewegten Spiegel des Wassers.

– Va be', sagte Umberto, please phone me.

Er drückte sich am Tisch hoch und kam auf Stefan zu.

– In the afternoon.

– Sure.

– Not too early.

– Of course.

Sie küßten sich auf die Wangen.

– Take care, sagte Stefan.

– It's your flat, sagte Umberto.

– It's yours, sagte Stefan lächelnd.

Als sie im Flur waren, erhob sich aus dem Zimmer erneut die Stimme der Frau.

– Puttana madonna, brüllte Umberto.

Stefan grinste und zog die Eingangstüre ins Schloß.

8 Geometrisches Muster der Straßen. Abzählbar unendlich viele Möglichkeiten, um zur U-Bahn zurückzugehen. Alte Gewohnheit, an der Güntzel nach links statt nach rechts zu biegen, obwohl der andere Weg genauso lang ist. Verzweigt sich. Zwo vier acht sechzehn. Mal eben durchrechnen. Gerade oder ungerade, davon hängt das ab. Einer, der sich nicht entscheiden kann, und die Uhland auf und ab eiert, seine Schritte zählend, bedacht, keine Fuge der Gehwegplatten zu treffen. Bringt Unglück, fährt ein Blitz hernieder. Elektro Fliegenschmied. Staubsauger im Angebot. Ich sauge, also bin ich. Milben im Teppich, leisten Sie sich mal was. Einen Radius schlagen und auszählen. Siebenundachtzig beidseitig zu durchlaufende Straßen darin, die kombiniert werden können. Permutationsregeln verstanden? Yes, kein Problem, wenn man der Reihe nach vorgeht. Scheißstraße, die Nassauische. Gilt nicht! Zählt auch als. Statt links einfach rechts hoch. Augen zu und durch. Die Brücken von Königsberg: Betreten Sie die Pregelinsel, ohne eine zweimal zu benutzen. Das sollte dem Dümmsten auffallen, daß er nicht ankommt, gibt es vier oder sechs oder acht. Überall, bloß nicht im Zentrum. Ein Gesetz. Vormittags kein Al-

kohol. Benebelt total ein Schluck schon. Führe uns nicht in Versuchung, sondern befreie uns von unseren Lastern. Kräftig durchatmen. Hyperventilieren. Jemand, ders sieht, denkt sich sein Teil. Mal klar, schön langsam, von A bis Z:

9 Zuerst wird man geboren und dann geht man ins Büro, Ankunftszeit etwa elf Uhr zehn. Die Verspätung war abgemacht, mehr oder weniger. Wenn alles Zuckerwerk aus der Schultüte genascht ist, beginnt die Arbeit, deren Umfang pro Tag, Woche, Monat von der Projektgröße einerseits und der Auftragslage andererseits abhängt. Termine sind einzuhalten, sonst wird der Chef sauer. Erledigt sich alles zu seiner Zufriedenheit, verteilt er Fleißkärtchen und Prämien, wobei zehn Kärtchen gegen ein Wunschbuch eingetauscht werden können. Größter Beliebtheit erfreuen sich Bildbände, Raumflug zum Mond oder die Eroberung der Kordilleren. Für die Fertigstellung der Turnhalle in Charlottenburg wählt Mahlmann das Edgar-Wallace-Gesamtwerk. Ivan braucht eine Frau, Frau Mattuschka einen Liebhaber. Dann wird gefeiert.

Pah, knallt das plötzlich. Strafe muß sein. Durch Hand, Faust, Stock oder Eckestehen. Und wer den Unterschied zwischen Dativ und Ablativ nicht erkennt, muß Friseur werden. Werd doch Friseur, du Schwachkopf. Manchmal verdienen Friseure mehr als Akademiker. Sie tun einen Dienst, wie der Samariter dem Mann, der unter die Räuber fiel. Öl und Wein, jedoch nicht während der Arbeitszeit. Danach, in einer kleinen Bar, zu der die Sorgen und Mühen des Tages keinen Zutritt haben. Wo man sich entspannt, Runde um Runde, bis man in den Seilen hängt. Siehts der Wirt, ruft er ein Taxi. Am Steuer sitzt eine bezaubernde Fee, die drei Wünsche erfüllt, lallend herausgestöhnt: Frau, Arbeit, Gesundheit. Zahnarztbesuch wäre auch mal wieder fällig, oben hinten fehlt ein Stück, und nicht erst seit gestern.

Weiter im Text: die Ernennung zum Geschäftsführer. Ab heute sind Sie zeichnungsberechtigt, also zeichnen Sie mir ein Bild der Liebe. Für immer und ewig, bis ins hohe Alter. Kein Spaß das. Der Ernst des Lebens. Sozialversicherungspflichtig. Ab jetzt. Nicht zu fassen, wie verklebt das ganze Gehirn. Im Büro mal eine Tasse Kaffee brühen. Ankunft in einer Viertelstunde. Das kommt davon. Wenn man nicht aufpaßt. Dein Lohn wird dir zuteil auch so. Aja.

10

Kühler beständiger Wind verwehte die Flamme des Feuerzeugs ein ums andere Mal, als er versuchte, sich im Gehen eine Zigarette anzuzünden. Stefan hielt an und drehte sich zur Seite, mit seinen Händen eine Muschel bildend, in die er einäugig reinluchste. Klickklickklick. Nachdem das Papier endlich Feuer gefangen hatte, blies er die Glut auf den Tabak zu. Rollte die Zigarette zwischen seinen Fingern und pustete. Nassauische Straße. Wieso von da? Nassauer. Hasse ma ne Maak? Mein Freund bezahlt.

Über seinem Kopf tönte eine blecherne Stimme, dann war Geklirr zu hören, dem Polizeisirenen folgten, auf- und abschwellendes Heulen, das näher kam und wieder verschwand. Ein rot ummanteltes Kabel führte von einem Lautsprecher an der Hauswand durch das Oberlicht der Tür ins Innere eines Geschäfts: TV-Leasing leichtgemacht, in dessen Schaufenster fünf Monitore standen, die auf ihre Kanten gekippt waren; polierte Metallträger links und rechts fixierten sie in ihrer ungewöhnlichen Stellung. Alle fünf zeigten dasselbe schräge Bild, Schlagringe und Fahrradketten in Großaufnahme, dann eine glänzende Satinjacke mit dem Schriftzug ›Giants‹, schließlich das Gesicht eines Mannes mit graumelierten Haaren, der ein Goldkettchen um den Hals trug. Während sich sein Mund bewegte, schepperte die Stimme von oben, daß die Überfallserie im Preußenpark aufgeklärt worden sei. Eine Bande türkischer und deutscher Jugendlicher habe einzelnen Gästen des Pissoirs am Rondell aufgelauert, sie niedergeschlagen und beraubt. Manchmal beraubt und dann erst geschlagen, mit so einer Brutalität, daß zwei Opfer sich heute noch im Krankenhaus befänden. Keine Spur mehr sei bei den Tätern vom Ethos des Karatesports zu erkennen gewesen, sagte der Mann kopfschüttelnd, verfünffacht synchron, genau wie die gelb flimmernde Einblendung am unteren Bildrand: Hans Taufer, KHK (Kriminalhauptkommissar).

Nun sah man den nächtlichen Park, Sträucher und Bäume, die gespenstische Scheinwerferschatten warfen, während die Stimme über dem Fenster anhob, die Geschichte der Verbrechen aufzurollen: Wie wilde Tiere streiften die Stämme durch den Urwald der Erde, angeführt von den verlorenen Söhnen des Archenauten Noach, die hießen Cham, Japhet und Sem, ohne innere und äußere Ordnung, immer ähnlicher den Bestien, deren rohes Fleisch sie verzehrten. Sie kannten weder das Feuer noch die Scham und lebten ungebärdig und nackt für sich dahin, oft in wilde Kämpfe verstrickt, wenn die Suche nach Wasser und Nahrung sie zusammenführte oder die Jagd auf scheue und widerspenstige Frauen, die sich im dichtesten Dickicht verborgen hielten. Die vollkommene physische und moralische Verwahrlosung dieses tiergleichen Zustands verlieh ihnen – die man auch Emiter nennt – die Gestalt von Riesen, da sich die Maßlosigkeit des Geistes immer im Körperbau ausprägt, was jüngst wieder Reisende bestätigt haben, die im unwirtlichsten Teil der Welt, dem sogenannten Patagonien, äußerst plumpen und gewalttätigen Hünen begegnet sind. Es war zweihundert Jahre nach der Sintflut, als die ersten der Unglücklichen, gehetzt von den eigenen Lastern und überdrüssig der blutigen Kämpfe, zu einem anderen Leben bekehrt wurden.

Hellerleuchtet rückte der Tatort ins Bild, ein grünlackiertes Pissoir, dem eine Art Pagodendach aufsaß. Nach einem Schnitt ins Innere des Häuschens und einer Drehung um ihre vertikale Achse zoomte die Kamera langsam eine Wand an, um die ins Metall geritzten Zeichnungen, obszöner Natur, verschiedene Namen und Telefonnummern deutlich sichtbar zu machen. Aus dem Off, dem Lautsprecher, hörte man, die Geräusche eines startenden Motors übertönend, zugleich folgendes sagen: So lange, zweihundert Jahre nämlich, dauerte es, bis die Erde genügend getrocknet war, daß am Himmel Donner und Blitze sich in gewaltigen Erschütterungen der Luft entzünden konnten. Entsetzt von dieser Wirkung, deren Ursache sie nicht kannten, erhoben sich einige, die verständigsten der Riesen, heulend und brüllend von ihren Lagern auf den Bergen. Da nun in einem solchen Fall die Natur des menschlichen Geistes es mit sich bringt, daß er einem derartigen Ereignis sein eigenes Wesen zuschreibt, ihr Wesen aber das von Menschen war, die nur aus ungeheuren Körperkräften und wilden Leidenschaften bestanden, erdichteten sie den Himmel als einen großen belebten Körper, der ihnen durch das Zischen der Blitze und das Krachen des Donners etwas mitteilen wollte; und den sie später Jupiter nannten, wie übrigens alle Völker einen Jupiter kennen, der am Anfang ihrer Geschichte steht.

Erhellt von diesem ersten, sinnlich empfangenen Orakel, entsagten sie der alten zügellosen Gemeinschaft und ihrem nomadenhaften Treiben, um nächst einer Quelle seßhaft zu werden. Der Gebrauch des Feuers lehrte sie, die Wälder zu lichten und Opfer zu bringen. Weiter bestand ihre Größe darin, daß sie, gemäß den noch stummen Weisungen ihrer Auguren, die Übermütigen zähmten und den Bedrängten zu Hilfe kamen, indem sie jene als Knechte bei sich aufnahmen. Solcherart bewiesen sich die Väter der ersten Geschlechter als klug und mäßig, stark und gerecht. Von ihren Söhnen verlangten sie fügsame Gefolgschaft, welches das erste Gesetz war. Das zweite, durch das sie zu wirklichen Menschen wurden und das die Teilung der Felder besiegelte, war die Pflicht zur Bestattung der Toten, deren Seelen sie als unsterblich erkannt hatten. Auf diese Weise kam es, daß der lange Aufenthalt an einem Ort, zusammen mit den Gräbern der Vorfahren, daselbst ein ursprüngliches Eigentumsrecht an Grund und Boden festlegte, dessen Herren als Patriarchen oder Giganten bekannt geworden sind, was – die Stimme bekam einen süffisanten Unterton – auf griechisch soviel wie Söhne der Erde bedeutet, folglich Abkömmlinge der Begrabenen.

Im Kies tauchten Fußspuren auf, die zu einer Bank führten, deren Lehne, Schwenk hoch, zwei Beamte im Licht eines Halogenstrahlers daktyloskopisch untersuchten. Da und dort standen kleine numerierte Schilder, die ein dritter Mann fotografierte. Dann wurde Taufer eingeblendet, wie er mit einem Stöckchen in der Hand auf eine Karte des Parks deutete, die nach und nach größer wurde, bis sie die Monitore ganz ausfüllte:

Es brach das Zeitalter des heroischen Rechts an, als die Familienmonarchien in aristokratische Republiken übergingen, worin die einstigen Knechte – famuli, denn Namen tragen nur die Niedriggestellten – Lehnsleute waren, die man durch Gewalt und Waffen beherrschen mußte, weil sie nach oben wollten; welches das dritte Gesetz der menschlichen Geschichte ist.

Priester und Magier legten in Gleichnissen und Metaphern die den Sterblichen verborgenen Gebote der Götter aus, die sie an bestimmten Orten empfingen; diese Tempel oder Haine befanden sich immer auf einer natürlichen oder künstlichen Anhöhe, was die Philologie durch die Ähnlichkeit von Altar und altus bestätigt. Man segelte über die westlichen Meere bis zu den Hesperiden, trieb Handel, gründete Kolonien und tauschte Güter gegen wertvolle Münzen ein. Mittels endloser Geschlechterfolgen begründete der republikanische Adel sein Vorrecht, was alles bewiesen wird durch den wahren Homer und jenes Zwölftafelgesetz, von dem wir im Laufe der Zeiten erfahren haben.

Die Spitze des Zeigestocks kreiste symbolische Bäume ein, die den schwarzblauen Grundriß der Toilette umstanden. Dann unterstrich er drei von Hand in den Plan geschriebene Worte, die, nach einer weiteren Vergrößerung des Bildes, als ›Verdeckte Ermittler hier‹ zu lesen waren.

Statt orphischer Sänger, deren orakelhafte Verse die Täter erschreckten, so daß sie wie angewurzelt stehenblieben und widerstandslos festgenommen werden konnten, entwickelten Philosophen das weitverzweigte Geäst der Metaphysik, die, gerade wenn sie ein reines Herz hat und nicht schmutzig und befleckt von geistigem Hochmut oder der Niedrigkeit körperlichen Genusses ist, der Fahndung klandestine Methoden abverlangt, sorgfältigste logische Arbeit, die gewaltige staatliche Summen verschlingt. Doch darf kein Preis zu hoch sein, weil die Welt immer den Völkern gehört, die die finanzielle Kraft der Tugend besitzen.

Das Gesicht des Hauptkommissars erschien neben der Karte des Parks. Versonnen strich er über seinen angegrauten Spitzbart und nickte. Nun gut – sagte zugleich die Stimme aus dem Lautsprecher –, halten wir uns an die Fakten, das heißt an Schlußfolgerungen, die der Verstand dem sinnlich Wahrgenommenen abzieht, da ja der menschliche Verstand nichts versteht, wovon er nicht vorher einen Sinneseindruck empfangen hat, oder, wie der verehrte Stagirit geschrieben hat: nihil est in intellectu, quin prius fuerit in sensu. Unbezweifelbar fest steht, daß die jugendlichen Täter alle mit den gleichen Jacken aus Satinstoff bekleidet waren, die sie als Mitglieder der Bande, äh, der Gruppe auswiesen. Sie hatten sich in der Schule kennengelernt, kamen größtenteils aus Neukölln und fanden bei den ›Giants‹ die Geborgenheit einer peer-group, wie die Sozialwissenschaft solche Zusammenschlüsse Heranwachsender nennt. Jedes neue Mitglied mußte eine Mutprobe ablegen, etwa einen Ladendiebstahl begehen, eine Nacht alleine auf dem Matthäifriedhof verbringen oder im Gebiet einer rivalisierenden Bande, äh, Gruppe, das Zeichen der ›Giants‹, ein verschlungenes G, an Wände sprayen. Wann genau aus diesen Kindereien kriminelle Delikte wurden, vor denen man die Öffentlichkeit schützen muß, ist nicht genau zu sagen. Mehr oder weniger sicher scheint aber, daß die Gruppe sich, neben anderen Geschichten, seit Juni des Jahres darauf verlegt hatte, Homosexuelle niederzuschlagen und auszurauben, die nachts im Pissoir des Preußenparks beziehungsweise im Gebüsch des

Parks ihren … äh … ihrem … ähh … also ihren Sachen also nachgingen. Zum Teil waren die Jugendlichen kampfsportgeschult, außergewöhnlich brutal, weshalb einige ihrer Opfer bis heute arbeitsunfähig sind.

Der Kommissar hob fünfmal den Kopf und kratzte sich an seinen fünf Wangen. Dann blickte er energisch in die Kamera:

Wie es dem Charakter späterer edler Völker entspricht, die das Wohl des einzelnen im Auge haben, für den die allgemeinen Gesetze erlassen worden sind, haben meine Leute und ich, ohne Ansehen der Person, alles darangesetzt, die Untaten aufzuklären. Dem Zeitalter des Menschen entsprechend, das nach langen Kämpfen nun endlich angebrochen ist, gründete unser Vorgehen auf dem Prinzip der natürlichen Billigkeit, das jedermann Schutz verspricht, welchem Stand er auch angehören mag. Es wundert mich immer aufs neue, daß manche Bürger, obwohl die Sprache der Gesetze verständlich und bekannt ist mittlerweile, sie trotzdem mißachten, als lebten sie auf dem Mond oder hätten nie davon gehört.

Doch wie dem auch sei, wir von der Polizei haben begriffen, daß der Mensch nicht von Natur aus schlecht ist, sondern durch seine gefallene und schwache Natur, das Weib und die Schlange, als Adam Belial, der dem Irrtum des Bösen erliegt und nur eine blasse Kopie des ewigen Guten ist, das Adam Kadmon in sich bewahrt …

Das Bild zerriß in flackernde Streifen, die, von knisternden Geräuschen untermalt, den Kopf Taufers auseinanderschnitten, dann wurde die Tafel ›Bild- und Tonstörung‹ eingeblendet. Martinez schnippte die Zigarette weg und steckte seine Hände in die Taschen.

Plötzlich tauchte der Kommissar noch einmal auf. Er hielt ein Büchlein in die Kamera, die das Wort Psychologie auf seiner Vorderseite einfing, bevor Taufer eine markierte Stelle aufschlug und vorzulesen begann: Paragraph siebenundsechzig: Der Charakter der Völker ist erst roh, dann streng, später mild, darauf fein und zart, zuletzt sittenlos. Paragraph achtundsechzig: Im Menschengeschlecht erheben sich zuerst die rohen Ungeheuer wie Polyphem; dann die Großherzigen und Stolzen wie Achill; dann die Tapferen und Gerechten wie Aristides und Scipio Africanus; noch näher zu uns treten Gestalten auf, bei denen glänzende Tugenden sich mit großen Lastern vereinen, die aber bei der lärmenden Menge das Ansehen großen Ruhmes genießen, wie Alexander und Cäsar; zuletzt die Verworfenen und schamlos Tollen wie Caligula, Nero, Domitian.

Er blickte über den Rand der Broschüre, den Kopf nach links und rechts drehend. Danke, das reicht, sagte eine andere Stimme von oben. Taufers Gesicht rötete sich, als würde er die Luft anhalten. Dann wurde er ausgeblendet, und eine Moderatorin erschien auf den fünf schräg stehenden Fernsehgeräten, die die Wiederholung des Europa-Cup-Spiels vom Vorabend ankündigte.

– Wahnsinn, was? sagte eine Frau, die sich unbemerkt neben Stefan gestellt hatte. War ne Art Satiresendung, oder?

– Yes, sagte Stefan und sah auf seine Uhr. I have to go.

– Alright, sagte die Frau und lachte.

11

Genau siebenundachtzig Atemzüge von der Wilmersdorfer Straße bis zur Türe von Hellers Büro.

12 Von hinten sah es aus, als habe Mahlmann einen Buckel. Er saß am Pult vor dem Monitor, hatte eine Bauzeichnung vor sich ausgebreitet und stützte darüber den Kopf in die Hände, so daß der dezent karierte Stoff seines Blazers eine wulstige Falte warf. Als er sich zur Seite lehnte, um zu klicken, verzog sie sich und war weg. Auf dem Bildschirm (über seiner Schulter nun) zurrte ein Rechteck in den Vordergrund, dessen grünlich flackernde Linien den Querschnitt eines Dachträgers umrahmten. Ein weiterer Tastendruck beschriftete das Bild mit Zahlen und Buchstaben, den eingegebenen Maßen. Stefan trat neben ihn und legte das Buch am Rand des Tisches ab. Plomb.

– Guten Morgen, sagte er, während Mahlmann sich umdrehte und hochsah.

– Auf dem Kriegspfad?

– Ich wollte Sie nicht stören.

– Blödsinn. Setzen Sie sich. Außerdem – er blickte auf seine Uhr – ist bald guten Mittag.

– Kommt drauf an, sagte Stefan, einen Bürostuhl heranrollend, war doch ausgemacht, oder?

– Vergiß es, sagte Mahlmann und wandte sich wieder nach vorne. Mir egal.

Nachdem er seine Jacke über die Lehne (hydraulisch verstellbar) geworfen hatte, nahm Stefan an seiner Seite Platz. Als er sich eine Zigarette in den Mund steckte, gab Mahlmann ihm mit einer flüchtigen Handbewegung zu verstehen, daß er auch rauchen wollte. Bevor er sich Feuer geben ließ, leckte er die Zigarette längs ihrer Klebenaht an.

– Ivans Entwurf, nicht? fragte Stefan, während der Bauingenieur, ein etwa vierzigjähriger untersetzter Mann mit lichtem kurzen Haar, der eine dunkelblaue Hose passend zu seinem blau und grün gemusterten Sakko trug (sucht Jutta für ihn aus, hatte Frau Mattuschka letztens, spöttisch, gesagt, von Boss), neue Koordinaten anwählte, die das Profil des Trägers zusammenschnürten.

– Ist zu teuer. Die Verzierungen da müssen weg.

– Das läßt er sich nicht gefallen.

– Er soll zufrieden sein, wenn es dabei bleibt, sagte Mahlmann. Wenn wir das genau so durchziehen.

Er nahm die Maus und zoomte das Rechteck zurück in den ursprünglichen Plan. Store new data? Yes. Ascheteilchen, die der Rauch durch die Luft wirbelte, wurden vom Monitor eingefangen und setzten sich auf seiner Scheibe fest. Coulombsches Gesetz, wirkende Kraft umgekehrt proportional zum Quadrat des Abstands zwischen zwei Ladungen. Glas und Seide reiben, bis ein Funke überspringt.

– Rechnen Sie das später nach, sagte Mahlmann, die Windlasten für jeden Abschnitt. Was wir gestern besprochen haben.

Stefan nickte.

– Und unter den Strich hier tragen Sie die Ergebnisse ein, in runden Klammern, wenns möglich ist.

– Ist möglich, sagte Stefan.

– Ich hoffe, sagte Mahlmann und schaltete den Rechner aus.

Dann rollte er die Lichtpause ein und steckte sie in eine Pappröhre, die er mit einem kleinen Plastikdeckel verschloß. Anschließend beschriftete er sie (Ma: ✓) und stellte sie in einen Drahtkorb zu anderen.

– Was gebracht? fragte er, den Atlas in die Hand nehmend und flüchtig durchblätternd, wobei die Zigarette zwischen seinen Zähnen auf und ab tanzte. Die Augen hatte er halb geschlossen, den Kopf ein wenig zurückgelehnt, um dem hochsteigenden Rauch auszuweichen. Übung.

– 'türlich, sagte Stefan. Die ganzen Normen.

– Muß man kennen, sagte Mahlmann und fuhr mit seinem Finger über eine Tabelle. Übergangswiderstand?

– Wärme?

– Was sonst? sagte Mahlmann. Als er die Zigarette aus dem Mund nahm, um sie am Rand einer Untertasse abzuklopfen, schlug das Buch zu.

– Kehrwert des Übergangskoeffizienten, würde ich mal sagen, sagte Stefan. Alpha gleich beziehungsweise eins durch Alpha gleich … Temperatur in Kelvin mal Quadratmeter durch Wärmemenge in Joule.

– Kilojoule.

– Kilo?

– Immer. Ist aber ungebräuchlich, heute wird nur noch mit Watt gearbeitet. Nicht so wichtig auch. Algebra und das haben Sie ja parat.

– Yes.

– Wie bitte?

– Irgendwas wird hängengeblieben sein.

– Sollte, sagte Mahlmann und drückte die erst halb gerauchte Zigarette aus. Wir müssen noch an die Turnhalle. Entweder heute nachmittag oder morgen früh nach dem Plenum. Das eilt. Bereiten Sie das vor?

Stefan nickte wieder.

– Außerdem will Heller Sie sprechen.

– Warum?

Mahlmann stieß sich am Boden ab, so daß sein Stuhl vor ein Regal neben dem Tisch rollte, in das er, hochgereckt, den

Atlas einreihte. Oben unter B, zwischen Bauphysik II und Brandschutz, Hinweisen zum. Er sank ins Polster (atmungsaktiv) zurück und drehte sich zu Stefan.

– Wir strukturieren um.

– Meine Tage sind also gezählt hier?

– Im Gegenteil, ich würde an Ihrer Stelle vom Gegenteil ausgehen. Er öffnete seine Hände und ließ die Arme über die Lehnen links und rechts hängen.

– Lassen Sie das einfach mal auf sich zukommen.

Was? Achtzehn Mark fünfzig die Stunde. Mal achtzig Stunden machen genau vierzehnhundertachtzig brutto. Keine Steuern, keine Versicherung sowieso, folglich netto. Minus Miete, die Umberto verwohnt, minus Haushaltskasse Evelin, je nachdem, plus – warum legt sie Geld in ihre Briefe? – fünfzig Mark alle zwei Wochen von Mama: ist gleich: sieben bis achthundert fixum für alles sonst. Ich lade dich ein Liter Weißwein zwei Schnitzel mit Salbei kommen auf achtundfünfzig Mark. Neunkommasechs periodisch. Verrechnen Sie das mit meinen Zinsen, hätte man.

– Ist er in seinem Büro?

Mahlmann schüttelte den Kopf.

– Mit seiner Frau und Frau Mattuschka auf der Baustelle am Kanal.

Er rollte an den Tisch und wies zur Decke.

– Doktor Winter ist oben.

– Mögen Sie auch ne Tasse Kaffee?

– Gerne. Du mußt aber einen kochen, die haben heute morgen Tee aufgeschüttet.

Mahlmanns Stimme klang beleidigt. Mich nie. Stefan stand auf und ging zur Tür.

– Tu Salz in den Filter, rief Mahlmann. Eine Prise.

13 Leise klickte die Kaffeemaschine auf einem Kühlschrank in einer Nische des Flurs. Nachdem er ein Tablett mit zwei Tassen, Milch und Zucker beladen hatte, kreuzte Stefan die Arme und lehnte sich vor die Wand.

Die Turnhalle, Abschnitt für Abschnitt das Dach, Rippen aus Holz, die alle Lasten tragen. Des Gewölbes. Arbeit. Geld dafür. Lassen Sie das einfach mal auf sich zukommen. Irgendwas bleibt immer hängen, ein Prinzip, so kalkuliert. Tarife und Gebühren. Meerswehrt. Einer wird geleimt. Tauschwert heißt das, minus Material und Lohn gleich Profit. Hartwig seine Vorträge in der Basisgruppe. SSC, wie ein Fußballclub, Sozialistische Schüler Cusanus. Coincidentia oppositorum, schreib dir das hinter deine Löffel, weit genug ab stehen sie ja. Lange her Lichtjahre zehn Jahre. Sonnige Kinderzeit.

Die Kaffeemaschine gab gurgelnde und schlürfende Geräusche von sich, Dampf strich aus einem Riß in der Wasserleitung. Funktioniert doch, sagte Heller, wenn jemand, Vera oder Doktor Winter, eine Neuanschaffung vorschlug, müßte man nur mal entkalken. Was keiner je tat. Einen Liter Essig durchlaufen lassen und nachspülen. Er selbst trank Nescafé, aus einem Teegeschirr mit dünnwandigen Tassen, die in seinem Büro neben dem Tauchsieder standen, schief gestapelt. Seit ich ihn kenne, hatte Mahlmann gesagt, macht er das so, jede Tasse in einer frischen Tasse, um seinen Konsum zu begrenzen. Zerschneidet auch seine Zigaretten in der Mitte: halbieren durch verdoppeln, oder umgekehrt. Rauch und bleib gesund. Zischt das, wie eine Schlange. Sind aber stumm meist. Schwarze Viper, quer über dem Weg, eine Maus im Maul. Erstarrt vor Schreck vor dem Wanderer, der ich bin, der erstarrt. Zikadengesang zitterte durch die Luft, zu sehen fast, so laut. Trotz der Tritte auf den Boden rührte sie sich nicht vom Fleck. Dichtes Schilfgras links und Kakteengewächse rechts, für Menschen undurchdringlich, und auf dem Sand eine armdicke schwarze Schlange. Zu meinen Füßen mit klopfendem Herzen. Muß man notieren, dann weiß man später, wann es war. In Gedanken:

Siebter Juli. Eine Schlange hatte eine Maus gefangen. Sie lag quer über dem Weg, einer Art Hohlweg, da links eine Böschung war, eine graue sandige Böschung, auf der Schilfgras stand, und rechts ein Zaun, von Kakteen überwachsen, so daß man sie nicht umgehen konnte oder ihr ausweichen. Ich hatte sie zu spät gesehen und wäre nach zwei, drei weiteren Schritten auf sie getreten, wahrscheinlich deshalb, weil ich einen Berg herunterkam und mein Blick über das Gefälle wegging. Trotzdem muß ich gespürt haben, daß da was war, direkt vor mir, obwohl sich ihre Farbe kaum vom Boden abhob, ähnlich getönt wie die Steine und der dunkle Sand, schlecht zu erkennen im grellen blendenden Licht des frühen Nachmittags, selbst wenn man sich auf den Weg konzentriert hätte. Ich blieb stehen, überrascht wie sie, reglos, doch nach einem Augenblick verwandelte sich meine Irritation in ein fesselndes, bezauberndes Gefühl, so daß ich den Wunsch bekam, sie zu berühren. Was ich nie gemacht hätte, aber ich bewegte mich vorsichtig auf sie zu und beugte mich nach vorne. Die Schlange war schätzungsweise ein Meter dreißig lang, und ihre Schuppen, ihr Körper aus Schuppen, der aus der Nähe eher tiefblau als schwarz zu sein schien, atmete, das heißt, ich konnte sehen, wie Muskelreflexe oder was ihn in eine kaum merkliche Vibration versetzten, ihn so zittern ließen wie eine Feder, die stark gespannt ist und jederzeit auseinanderschnellen könnte. Als sie, statt endlich zu verschwinden, weiter vor mir liegenblieb, trat ich mit der Ferse mehrmals auf den Boden, weil ich dachte, daß die Erschütterung ihr zu verstehen geben würde, es sei da jemand, der vorbeiwolle. Als sie nicht reagierte, bin ich ein paar Meter zurückgegangen, um mit Anlauf über sie zu springen. In diesem Moment schoß die Schlange ins Unterholz, mit einer peitschenartigen Bewegung, die eine breite, gewellte Spur in den Sand zeichnete. Feingeriebene vulkanische Asche, Licht schluckend, sich aufladend mit Hitze, die unter den nackten Füßen brennt. Kann man nicht lange stehenbleiben auf einer Stelle. Muß ständig rumlaufen. Ungefähr so. So war das. Und wie kam ich dahin? In Wirklichkeit eine Kette von Umständen:

Weil ich zum Hafen wollte, um Nils, den ich in Hamburg angerufen hatte, von der Fähre abzuholen, weil sein blödes Geschäft zu scheitern drohte, da Lavinia, statt den Stoff zu beschaffen, sich samt Geld verdrückt hatte, weshalb Edoardo meinte, es sei das beste, die Stadt ein paar Tage zu verlassen, bis die Sache sich aufgeklärt habe, woran er nicht zweifele, da er Lavinia seit Ewigkeiten kenne, wir beide folglich mit dem Schiff abgehauen sind, zumal er, Edoardo, von den Speed-Händlern schon bedroht worden war, draußen vor dem Café La Luna, sie das Geld verlangten, fra poco, andernfalls es zu einem Unglück käme, woraufhin sich Umberto einschaltete, der mit ihnen bekannt war, was wir nicht wußten, Edoardo auch nicht, den Nils in Hamburg kennengelernt hatte, wo er an der Berlitz-School Deutsch lernen sollte, jedoch meistens in Nils' Laden herumhing, dessen Umbau mehr Geld verschlang als berechnet, so daß Nils nach der Hochzeit in Prag, die ihm zehntausend Mark eingebracht hatte, sich für die Drogensache entschied, Edoardos Kontakten vertrauend, die er nicht müde wurde auszumalen, was alles möglich sei, zum Beispiel ein Auto spurlos verschwinden zu lassen, das man zuvor Vollkasko versichert hatte, genau geplant an jenem Abend nach dem bescheuerten Traineetest im Congress Centrum – meine Damen und Herren, stellen Sie sich bitte vor, Sie müßten mit dem schärfsten Konkurrenten unseres Hauses in Verhandlungen eintreten – Ende Januar, als wir Edoardo von früher erzählt haben, die üblichen Schulgeschichten, von Hartwig noch und dessen Politfimmel, in kein Land zu reisen, wo ihm die Regierung nicht paßte, Spanien oder Griechenland, was man so erzählt, wenn man was getrunken hat, in einer Bar auf der Reeperbahn, in einer Seitenstraße, noch ein Bier und noch ein Bier, bis er mit jemandem, keiner wußte warum, Streit anfing, Nils, der endlich aufkreuzte, nachdem er von unseren Schwierigkeiten gehört hatte, am siebten Juli etwa, weshalb ich zur Fähre ging, um ihn abzuholen.

So kam ich dahin, würde man alles in eine präzise Reihenfolge bringen, die ein logisches Ergebnis hat. Ein Gefühl an einem bestimmten Tag, Ort Uhrzeit Herzschlag, abgeleitet wie ein Beweis. Das bist du. Eine Karte, die man sich angucken kann. Vergißt man sonst alles. Die ganze Zeit. Wo man gewesen ist. Den Geruch. Was wirklich war. Und so weiter. Kaffee durch?

Kondenswasser tropfte auf die Kanne und zog Bahnen, die leise zischend verdampften. Wie lange das dauert. Müßte für Heller Grund genug sein, eine neue Maschine zu kaufen. Zahlt er doch: dreißig vierzig Mark die Stunde. Echt vorsintflutlich. Mit Isolierband umwickelt das Kabel und der Stecker da verschmort, braun geschmolzen an einer Stelle. Nicht ungefährlich letzten Endes, kann was passieren. Ein rotes Lämpchen blinkte auf, dann piepte die Maschine, als zähle sie die letzten Tropfen im Filter mit. Stefan klopfte seitlich gegen die Kanne, um den Durchlauf zu beschleunigen. Er hatte das Salz vergessen, fiel ihm ein, die Prise, auf die Mahlmann Wert legte, weil sich das Aroma dann besser entfalte. Mal sehen, ob ers merkt. Kann ja nachwürzen, falls.

Undeutlich drang die Stimme eines Nachrichtensprechers an sein Ohr. Sie kam vom Ende des Flurs, wo eine schmale Wendeltreppe in den ersten Stock führte, in die Büros von Doktor Winter und Frau Mattuschka. Bis zum Umbau hatten alle unten im Laden gearbeitet, der einmal eine Fleischerei gewesen war; stellenweise hingen noch die alten blau gemusterten Kacheln an den Wänden, und ein Rest des wuchtigen, marmorgedeckten Verkaufsbuffets diente im Empfangsraum als Aktenregal und Stellfläche für zwei preisgekrönte Entwurfsmodelle aus Plexiglas, Blech und Balsaholz. Unmöglich beengt sei das früher gewesen, hatte Mahlmann erzählt, nie habe man seine Ruhe gehabt, doch wäre, von einem Tag auf den anderen, die Wohnung oben freigeworden. Gestorben die alte Dame leider.

Stefan hörte Schritte, dann fiel ein Schatten aus dem ovalen Durchbruch der Treppe, und das bärtige Gesicht Doktor Winters tauchte zwischen dem polierten Metall des Geländers auf.

– Sind Sie alleine?

Wie kommt er auf die Idee? Gegenüber saß Vera und tippte, ihm den Rücken zuwendend, ein Band ab, im Raum hinten links zeichnete Ivan, der sich im Glas eines Wechselrahmens spiegelte, den man durch die halbgeöffnete Tür sehen konnte. Stefan schüttelte den Kopf und wies über seine Schulter.

– Herr Mahlmann sitzt am Rechner.

Doktor Winters Miene hellte sich auf.

– Und Wilhelm?

Er war der einzige, der sich mit Heller duzte. Untereinander gebrauchten sie Vornamen und Höflichkeitsform, was ungewohnt klang: Petra, dürfte ich Ihnen das bitte mal zeigen. Es würde sich einspielen. Doktor Winter, den auch Heller, der ihn seit dem Studium kannte, immer mit seinem Titel ansprach, hielt Vorlesungen an der Technischen Fachhochschule über Baugeschichte, die, wie er beim wöchentlichen Plenum einmal resignierend gestanden hatte, in diesem Semester die Resonanz eines Kropfes hatten, weil es sich um keine Pflichtveranstaltung mehr handelte. Gestrichen, um die Prüfungsordnung zu entschlacken.

– Mit seiner Frau und Frau Mattuschka am Kanal, antwortete Stefan.

– Jaja, ich erinnere mich. Natürlich.

Dr. Winter sah auf seine Uhr.

– Die Turnhalle haben Sie zwischen?

– Fangen wir nachher an.

– Gut.

Er zögerte, sah noch mal auf seine Uhr, hob die Schultern und verzog sich dann wieder, und mit ihm der Schatten. Stefan nahm den Filter von der Maschine und stellte ihn ins Spülbecken neben eine gestauchte Teekanne, die wie eine Bettpfanne aussah. Häßlich wie die Nacht, hatte Frau Heller gesagt, als sie Petra Mattuschka damit hantieren sah. Und praktisch wie ein Klumpfuß. Schwappte beim Einschenken, deshalb hatte sie wer mitgebracht. Schon die Idee verkehrt, falsch gelagerter Schwerpunkt, zu nieder. Statt niedrig, wies richtig ist. Lernt man als Kind in Fleisch und Blut. Ein niederes Haus, ein niederer Hocker. Sagt man, wo Evelin herkommt. Dunkle Wälder Wipfelrauschen. Ist etwas nieder, ists nichts wert. Die andere Bedeutung ganz aus der Sprache raus. Eine kleinkarierte Bande, sagt Evelin, wie überall, sage ich, jeder hat sein Päckchen zu tragen, sagt Evelin und lacht: Bei uns daheim ist alles nieder, was nicht hoch ist. Des isch flach, des Häusle dort, in einem Tal, in dem ein Bächlein rinnt. Gluckst, sprudelt, perlt, quellt. Ein anderes Wort noch? Plätschert, fließendes Wasser, gurgelt, wenn es sich dreht. Rauscht. Fallingwater mansion, die Skizze in Ivans Zimmer, in deren Glas er sich spiegelt. Einfallswinkel gleich Ausfallspinsel. Beim Reden anders, was man meint und was man sagt. Eine Lücke dazwischen, ein Verhältnis, das nicht aufgeht. Selbst wenn man will, bleibt ein Rest. Unsagbar. Unsäglich. Pedanterie nennt Evelin das, du bist ein Pedant. Schon als Kind, die Zahlen immer genau in die Kästchen geschrieben, fast nicht besser geworden bis heute. Ein innerer Zwang. A mit Strich entspricht a eindeutig und umkehrbar. Im Leben nicht. Gefühle sind keine Worte, Straßen sind keine Worte, ein Schlag ist kein Wort. Hören sehen riechen schmecken. Siebter Juli: Die Hitze macht die Haut klebrig, die Umrisse der Dinge verschwimmen, rot und violett, flammend, Hibiskusblüten in einem verwilderten Garten, und quer über den Weg der schwarze Schlauch, der eine Schlange ist. Zwölfter April, null Uhr ungefähr: Nils tanzt, in einen selbstgenähten lila Lederfrack gezwängt, mit einer Freundin seiner Braut die Hochzeitspolka, immer schneller, bis sie das Gleichgewicht verlieren und ins Schlagzeug fallen. Dem Schlagzeuger, der auf tschechisch flucht und brüllt, gibt er zweitausend Kronen für das geplatzte Trommelfell.

Adonis hieß das Lokal, ein Kellergewölbe unweit der Moldau, das schwarz und weiß gefliest war, fest im Griff der Zigeunermafia. Zu besoffen, um Angst zu haben. September neunzehnhundertvierundachtzig: Die Rippen der Jalousie schneiden das Licht in Streifen, die auf dem Boden verlaufen. Staubteilchen schweben darin, steigen und sinken in regellosen Kurven. Der Assistent schwitzt, als würde er geprüft. Mein Mund ist ausgetrocknet, in meiner Kehle hämmert und dröhnt ein gewaltiges Schlagwerk. Nur eine Frage noch. Du weißt es. Rate! Holomorphe Funktion, Überprüfung ob, durch Cauchy-Riemannsche Gleichungen. Als die Worte heraus sind, und Harloff nickt, wird das Innere von oben nach unten von einer warmen, prickelnden Welle überspült. Alles gut. Alles egal. Ich darf Ihnen gratulieren. Weiter zurück, Satz für Satz: irgendwann neunzehnhundertneunundsechzig oder -siebzig: als der kleine Meier mich von den Schulaufgaben wegholt, weil Dröscher von gegenüber randaliert, einen Stuhl durchs Fenster geworfen hat, und ich mitten unter den anderen stehe und hochsehe in den ersten Stock, von wo man die Geräusche eines Kampfes hört. Auf dem Stück zwischen Elektrizitätswerk und Luisenplatz, einem verbauten Dreieck, hinter dem die Siedlung liegt, in der Rudi wohnte. Kaninchenställe in den Höfen da. Jahr um Jahr um Jahr, wie Sedimentgestein. Immer größerer Druck von oben. Erst Kohle, hinterher Öl. Verflüssigt sich. Oder umgekehrt. Fliege in Bernstein eingeschlossen, Erbgut intakt. Versuchen welche wieder zu aktivieren. Mad professors. Millionäre, die sich einfrieren lassen. Wie neugeboren nach dem Auftauen, weil sie sich an nichts mehr erinnern. Sonst doch vergeblich, wenn man alles weiter mit sich rumschleppen müßte, Neurosen und Furunkel. Young man's mind in an old man's body. Blick in die Seele: It's you, don't you remember? No! Please tell me my story. Geht durch Augen und Ohren rein und verschaltet sich. Als chemische Substanz auch. Nervenzellen, worin die Welt.

Stefan knipste die Maschine aus, stellte die Kanne auf das Tablett, hobs an und drehte sich um. Im Spiegel des Glasrahmens im hinteren Zimmer sah er, daß Ivan, mittlerweile rauchend, einen Schritt von seinem Zeichenbrett zurückgetreten war. Sein Umriß verdunkelte den linken Teil des Bildes, bei dem es sich um das Faksimile einer Perspektive handelte, die Frank Lloyd Wright von seinem Haus im Bear Run Valley / Pennsylvania angefertigt hatte, graphite pencil and color pencil on white tracing paper, wie knapp überm Passepartout zu lesen war, wenn man nah genug herantrat. Drei wuchtige, übereinander versetzte Betonflächen, die in einem vertikal gegliederten Zylinder aus Naturstein verankert waren, ragten über einen Wasserfall hinaus, der wie ein breiter glänzender Vorhang zwischen ungefügten Felsklötzen herunterstürzte. Von Sträuchern und Bäumen umlagert, schien es, als würden die Ebenen des Gebäudes schweben, seien rechtwinklige Vorsprünge der Talwand, die sich den Gesetzen der Schwerkraft entziehen. Eine frei aus dem Boden der unteren Terrasse hängende Treppe, die knapp über dem Wasserspiegel endete, verstärkte den Eindruck, das Material habe kein Gewicht und trage sich selbst.

Eine Spannung entstehe, hatte Ivan gesagt, zwischen der festen rückwärtigen Verankerung des Baukörpers einerseits und den vermeintlich in der Luft schwebenden Horizontalen andererseits, die den Gegensatz von massivem Gestein und fließendem Strom zugleich anklingen lasse und aufhebe. Quer über die Schlucht hinwegkonstruiert, wirke das Haus wie ein Bestandteil der Natur, ohne diese zu imitieren – was im übrigen peinlichste Ökoscheiße sei –, indem es sich zu ihr in Beziehung setze, seine architektonischen Elemente zwar der Landschaft entleihe, sie aber in einen Entwurf einfüge, der sowohl dem genius loci als auch einem ästhetischen, das heiße menschlichen Bedürfnis gerecht werde. Allein schon die von oben nach unten durchgehenden Eckfenster, die es ermöglichten, die Umgebung überall aus dem Innern räumlich zu erfassen; allein schon die Anlage der verglasten Pergolabalken, die sich der Vegetation unterordneten, gleichsam um sie herumführten; allein schon die Tatsache, daß der terrassenförmigen Abstaffelung die Steillage des Hauses unmittelbar abzulesen sei, bewiesen die Einzigartigkeit von Wrights Entwurf, der jedoch auch für, auf den ersten Blick, nebensächliche Details ideale Lösungen gefunden habe, so die Verzahnung von Innen- und Außenraum, was das ziemlich Schwierigste sei für einen Architekten. Genau darum hänge die Skizze in seinem Büro. Sagte Ivan nach dem gemeinsamen Theaterbesuch vor zwei Wochen, als man in einer kleinen Bar in Kreuzberg saß, und fügte hinzu, daß ihn letzteres, die Gestaltung des Übergangs von draußen nach drinnen, am meisten interessiere, er aber keine Vorträge halten wolle, er neige dazu, weshalb man über was anderes reden könne, gegebenenfalls. Oder vielleicht mal einen Southern trinken, von dem er, ohne auf eine Antwort Stefans zu warten, zwei bestellte, die ein dürrer schwarzgekleideter Kellner, den Ivan Moritz nannte, in gutgefüllten Plastikbechern servierte. Nachdem sie getrunken hatten, sagte Ivan, daß ihm das Stück nicht gefallen habe. Es sei eine Protzinszenierung gewesen, wie sie die Schaubühne en suite abliefere, um den kulinarischen Bedürfnissen des neuen Mittelstands Rechnung zu tragen. Das Pack wolle sich amüsieren, und wenn das Nachtasyl von Gorki gespielt werde. Hauptsache sei, die technischen Möglichkeiten kämen zur Geltung, sowohl was die Ausstattung als die Schauspieler angehe, artistische Gimmicks, die alles über den Leisten der Zirzensik schlügen. Das Glas Prosecco in der Pause müsse schmecken. Hallo Gitti, hallo Thomas, schön, euch zu sehen. Ganz toll heute wieder.

Er schüttelte den Kopf. Im Grunde habe er sich seit langem schon vorgenommen, nicht mehr ins Theater zu gehen, aber irgendwie treibe ihn immer wieder die Neugierde. Er verspreche sich dann eine Erfahrung, die ihm einen unbekannten Aspekt der Welt, von sich selber also, aufschließe, eine andere Sicht der Dinge, daß man hinterher nicht einfach weitermache wie vorher – jaja, er wisse um die Emphase dieses Anspruchs –, doch was er zu sehen bekomme, sei einfach Mist, bloßes Handwerk auf, zugestanden, höchstem Niveau, aber keine Leidenschaft mehr, keine Wirklichkeit, sondern Schau, Hokuspokus, Pyrotechnik, die dem Publikum vermitteln soll, das Eintrittsgeld wert zu sein. Herrlich, das Bühnenbild. Und wie sich die Lampe an der Hecke abseilt, atemberaubend. Ist ja auch nicht mehr die Jüngste. Hallo Günter, wir treffen uns nachher im Bistroquet. Ivan verzog sein Gesicht. Senatsangestellte und Studienräte. Ob man noch mal so einen nehme?

– Moritz, zwei Southern mit Eis!

– Gibt kein Eis, sagte Moritz und lehnte sich über den selbstgezimmerten Tresen. Der Kollege hat vergessen nachzufüllen.

– Dann ohne, sagte Ivan.

– Ich lieber einen Schnaps, sagte Stefan, der schon den ersten Becher mit Widerwillen getrunken hatte. Tequila oder so was.

– Und zwei Bier, sagte Ivan. Ist o. k., ja?

Stefan nickte.

– Verstehst du, was ich meine?

– Ich wundere mich nur, warum du nach wie vor hingehst. Das ist doch inkonsequent.

– Immerhin bist du mitgekommen.

– Du hast mich eingeladen.

– Ich hatte zwei Karten.

– Wer hat dich versetzt?

– Vergiß es.

– Gut.

– Lebst du allein?

– Kommt drauf an, sagte Stefan. Eigentlich nicht.

– Ist keine Antwort.

– Bei meiner Freundin, sagte Stefan. Zur Zeit wohne ich bei meiner Freundin.

– Die mit auf dem Fest war?

– Genau. Und selbst?

– Mehr oder weniger. Im Augenblick weniger.

Moritz brachte die Getränke. Über dem Blechregal, in dem die Flaschen standen, leuchtete eine Glühbirne auf. Moritz ging zur Tür und öffnete zwei Männern und einer Frau, die ihre hochhackigen Schuhe in der Hand hielt. Die drei nahmen am anderen Ende des Tresens Platz und bestellten eine Flasche Sekt. Sonst waren noch keine Gäste gekommen.

Als Ivan die Dose aufriß, quoll Schaum heraus. Er beugte sich zur Seite und pustete kräftig.

– Hehehe, sagte Moritz, ist gerade frisch asphaltiert worden.

– Die sind nicht gut gekühlt, sagte Ivan.

– Stimmt, sagte Moritz. Der Kollege hat vergessen nachzufüllen.

– Der Kollege hat praktisch alles vergessen.

– Ein Idiot, sagte Moritz und hob die Schultern. Was willste machen?

– Schicksal.

Moritz nickte und verschwand hinter einem Vorhang, auf den mit grüner Leuchtfarbe ›privé‹ gesprayt war. Ivan wandte sich zu Stefan, der einen Zitronenschnitz aus dem Mund nahm und auf den Boden fallen ließ.

– Um noch mal auf vorhin zurückzukommen, was ich gesagt habe, daß vorrangig das Amüsierbedürfnis des Designspießers befriedigt wird, merkst du auch daran, daß auf Teufel komm raus geklatscht wird, ob mans verstanden hat oder nicht, der Beifall immer stark bis frenetisch ist. Man will sich halt den Abend nicht kaputtmachen lassen. Ausnahmen bestätigen die Regel.

– Das hatte was von ner Parteiversammlung. Besonders, als das Parkett nach und nach aufgestanden ist. Ich glaube, die meisten kannten das Ritual aus einem früheren Leben. Man gönnt sich ja sonst nix.

– Ein Prinzip, sagte Ivan und zündete sich eine von Stefans Zigaretten an. Die Reduktion des künstlerischen Maßstabs auf einen Schauwert, der in Geld ausgedrückt werden kann. Ästhetische Verschwendung, so eine Art Potlatsch im Grunde genommen.

– Ein was?

– Im Gegensatz zur reinen Verschwendung, die man für

vulgär hält, etwa der Garderobiere hundert Mark Trinkgeld zu geben, zielt die ästhetische Verschwendung darauf, öffentlich das Bewußtsein eines Kollektivs von sich selbst zu affirmieren, als führende Schicht. Symbolisch sozusagen. Wodurch man kindliche Allmachtsphantasien befriedigt, da Kultur mit politischer Macht nichts mehr zu tun hat. Heute jedenfalls.

– Ich glaube nicht, daß Kultur jemals mehr als ein farbiges Anhängsel war, sofern sie repräsentativ auftritt, was beim Theater die Voraussetzung seiner Existenz ist.

– Die Kultur meinst du mit repräsentativ?

– Ja. Nur Applikation. Oder glaubst du, ein SS-Mann würde sich der Polizei stellen, nachdem er dieses Stück von Peter Weiss gesehen hat? Oder gelesen?

– Jetzt widersprichst du dir.

– Vielleicht, vielleicht auch nicht. Es ist doch ein romantischer Gedanke, daß Stücke, Filme oder Bücher mehr sein könnten, daß man sie brauchen würde wie Essen und Trinken.

Moritz trat hinter dem Vorhang hervor und grimassierte unwillkürlich. Er riß seine Augen auf und schnappte nach Luft, einen abgebrochenen Schneidezahn entblößend. Die Frau, die ihre Schuhe auf den Tresen gestellt hatte, begann in die Hände zu klatschen. Ihre Begleiter ruckten zum Takt der Musik mit ihren Köpfen.

– Das ist doch keine Alternative, Zeitvertreib oder Lebensmittel, das gewissermaßen zum biologischen Stoffwechsel dazugehört. Wir reden von Kunst, ja?

– Sicher.

– Gut, weder das eine noch das andere, und außerdem besitzt jedes große Kunstwerk einen unerklärlichen Rest, der unmittelbar etwas Numinoses einschließt. Das ist dann sein eigentlicher Wert. Reine Schönheit.

– Na ja.

– Ja, genau so verhält es sich.

– Kann Architektur Kunst sein?

– Im großen und ganzen nein, manchmal doch.

Die Frau rutschte von ihrem Hocker, um in der Mitte des kleinen Raumes, unter einer sich drehenden, mit Spiegelscherben beklebten Kugel, zu tanzen.

– Hussa, hussa, hussa, rief Moritz, während er sich ein Glas Mineralwasser einschenkte.

– Es gibt seltene Fälle, in denen architektonische Entwürfe meine Definition erfüllen. Ich würde das aber nicht zum Maß machen, ob ein Gebäude gelungen ist oder nicht. Das hängt unter anderem vom Zweck ab, was die Architektur von der Plastik unterscheidet. Man baut ja meistens, weil man einen bestimmten Auftrag hat. Gut sind Sachen, die ihre Dimensionen reflektieren, ökonomisch, sozial, politisch und so weiter, und mit einem schlüssigen ästhetischen Konzept verbinden. Deren Struktur Bezüge nach innen und außen herstellt und vermittelt. Das fängt beim einzelnen Raum an und geht, im weitesten Sinne, bis zur Einbeziehung der gesamten Umgebung, einer Stadt meinetwegen, wo der konkrete Raum seinen Ort und seine Bedeutung hat. O. k.?

– Natürlich.

– Natürlich?

– Natürlich!

– Wie alt bist du?

– Achtundzwanzig. Und du?

– Fünfunddreißig, sagte Ivan. Er trank sein Bier aus und knackte die Dose zusammen. Dann löste er den Zopf, den er immer trug, schüttelte den Kopf und schob sich die Haare hinter die Ohren. Die Glühbirne flammte, und Moritz ließ zwei Frauen herein, die sich an einen der Stehtische aus Panzerglas stellten, die an der gegenüberliegenden Wand befestigt waren. Stefan glaubte eine zu kennen, aber er wußte nicht, woher.

– Nett, sagte Ivan.

– Nicht übel, sagte Stefan.

Moritz schaltete zwei Scheinwerfer ein, blau und gelb, deren Strahlen von der Kugel geteilt und in fliegenden Winkeln durch die Bar geworfen wurden. Die Tänzerin bekam Gesellschaft von einem ihrer Begleiter, der ungelenk um sie herumsprang. Die beiden Frauen am Stehtisch grinsten sich an.

– Was ist ein Potlatsch? fragte Stefan.

– Durch Geschenke seine Macht demonstrieren. Jemanden mit Geldscheinen erschlagen. Psychisch. Zum Beispiel, wenn ich dir einen ausgebe, und dann, wie es sich gehört, du mir und dann wieder ich dir, bis einer von uns nicht mehr mithalten kann und geht. Oder auf Kosten des anderen saufen muß, weil er pleite ist, also von ihm abhängig wird. So kann man sich ruinieren.

– Wieviel Geld hast du dabei?

– Nicht soviel, sagte Ivan und lachte. Nehmen wir noch was?

– Kommt drauf an, sagte Stefan und sah zu den beiden Frauen, die seinen Blick erwiderten, wie auch den Ivans. Ob mans versuchen sollte? Was nach zwei, drei weiteren Gläsern sicher geschehen würde, weshalb er, aus einem spontanen Gefühl der Verpflichtung heraus, vorschlug, abwechslungshalber woanders hinzufahren. Nach einigem Hin und

Her willigte Ivan ein und bat Moritz, ein Taxi zu bestellen. Er verstehe seine, Stefans, plötzliche Unruhe zwar nicht, aber es sei egal, völlig wurst, er komme mit. Sie zahlten ihre Zeche und verließen das Lokal, ein von außen weder einsehbares noch gekennzeichnetes Souterrain auf der Mittenwalder Straße, das Ivan nach dem Theater vorgeschlagen hatte als Mal-was-anderes-das-kennst-du-mit-Sicherheit-nicht-so-eine-Art-Club.

Als der Taxifahrer am Mehringdamm vor der Ampel hielt, sah Stefan durch die beschlagene Scheibe Edmund Cölln, der vom Kino nach Hause ging. Um zwölf endete seine Schicht im Esplanade, danach arbeitete der andere Filmvorführer alleine weiter. Vielleicht ginge er noch auf Tour, ein paar Autos demolieren, je nachdem, in welcher Stimmung er war. Stefan nahm sich vor, ihn in den nächsten Tagen zu besuchen, mal sehen, was er gerade macht, zuletzt hatte er eine Sendung über Faulkner, ein Feature zu dessen Todes- oder Geburtstag, zwanzig Minuten im Kulturprogramm vor der Jazz-night für achthundert Mark. Wenigstens sei ihm, hatte Edmund später gesagt, bei der Arbeit die wahre Bedeutung von ›Licht im August‹ klargeworden, aus welchem Grund sich schon gelohnt habe, die großen Romane erneut zu lesen, statt Kindlers Lexikon zu plündern, wie er gewöhnlich verfahre, wenn ein iks-Jahre-tot-Jubiläum gefeiert werde, Camus am Baum oder Shelley ertrunken. Nach vorne gebeugt, schlappte er Richtung Südstern und verschwand in der Dunkelheit. Während das Taxi sich wieder in Bewegung setzte, öffnete Ivan das Fenster eine Handbreit und schöpfte Luft. Seine langen Haare flatterten im Wind. Sie fuhren unter den Yorckbrücken hindurch, vorbei an Plakatwänden, Klinkermauern, Schuppen, dem vergitterten Eingang zur U-Bahn, am Dennewitzplatz geradeaus und kreuzten die Potsdamer Straße am Sozialpalast, einem langgestreckten, von Fensterbändern umschlungenen Gebäude, das festungsartig die Ecke beherrschte. Hinten schloß sich dem Block ein hochgeschossiger Querriegel an, der die Fahrbahn überspannte und den Blick in die Straßenflucht verstellte wie eine Wand. Erst aus der Nähe, wenn man darunter hinwegfuhr, sah man, daß der schmucklose graue Kasten, dem die Konstruktion linksseitig auflag, ein Bunker war, dessen Abriß zu teuer gekommen wäre, weshalb man das Haus in den siebziger Jahren um ihn herumgebaut hatte, sich seiner als Fundament bedienend, Überbleibsel des Hallenkomplexes, in dem einst der totale Krieg ausgerufen worden war. Stefan lotste den Taxifahrer zur Uhlandbar, wo sie, wie kaum anders zu erwarten, Ludwig und Hartwig trafen, die Stefan mit Ivan bekannt machte. Später kam noch Edith, in einen gürtelbreiten Rock gezwängt. Zur Feier des Abends und weil er ein Bild verkauft hatte, spendierte Ludwig mehrere Flaschen Spumante, die Annerose auf Kosten des Hauses mit kleinen Bechern russischen Wodkas veredelte. Während Stefan und Hartwig Ivan eine Villa beschrieben, in der die Großmutter einer damaligen Genossin gewohnt hatte, machte sich Edith bereits an ihm zu schaffen. Van der Rohes Backsteinphase, sagte Ivan, vorbildlich, genial, dann zog er mit ihr ab, Knall auf Fall, von einer Sekunde zur anderen. Um das Glück des Paares zu besiegeln, bestellte Ludwig für jeden einen, und dann noch einen Cognac. Als Stefan am nächsten Tag ins Büro kam, um elf und schwindlig, war Ivan schon bei der Arbeit, wie immer, und sie hatten nicht mehr von dem Abend gesprochen.

Im Spiegel des Glasrahmens sah Stefan, wie der Rauch von Ivans Zigarette um seinen Kopf floß, wie Nebel, dachte er, der vom Bear Run River aufsteigt. Ihn nachher fragen, ob er Geld hat, zwanzig Mark oder so. Um noch einzukaufen vielleicht. Er drehte sich um und ging ins Zimmer zu Mahlmann.

14 – Die olle Maschine machts nicht mehr lange, was? sagte Mahlmann, als er Milch in seine Tasse goß.

– Ist lächerlich, daß man keine neue kauft. Eigentlich.

– Eigentlich ja, sagte Mahlmann und wies auf den Bildschirm. Das machen wir jetzt doch noch schnell, bis die anderen zurückkommen.

15 – Die Größe der Belastung ermittelt man mit dieser Tabelle, sagte Mahlmann, je nach Belastungsfall ergeben sich, logischerweise, andere Belastungsglieder für das rechte und linke Auflager, in Sütterlin geschrieben R und L, hier. Was fürn Fall im konkreten Fall vorliegt, muß man allerdings wissen, bei uns die Nummer vier, wie auf dem Monitor zu sehen ist. Das ist das eine. Und jetzt berechnet man die Stützenmomente. Ist klar, ja?

Stefan nickte.

– Und dann die Dreimomentengleichung oder mehrere, je nach Anzahl der Felder, so wie ich das verstehe.

– Exakt, sagte Mahlmann. Bei n Feldern, die so ein Träger haben könnte, lassen sich n minus eins Clapeyronische Gleichungen aufstellen, für alle unbekannten Momente. Wir suchen aber nur zwei, laut Plan. Tippen Sie mal bitte die Maße ein, den Rest erledigt das Programm für uns. Ich sage an: Weite ist drei Meter fünfzig, ständige Last vier Kilonewton durch Meterquadrat …

– Die Dimension weiß er von selbst? sagte Stefan und tickte mit der Fingerspitze gegen die Frontscheibe.

– 'türlich, sagte Mahlmann. Nur die nackten Zahlen. Verkehrslast zwei Komma fünf. Jetzt start program wählen. Gut. Ergebnisse ins nächste Fenster rein.

Während Stefan die Operation ausführte, bemerkte er, daß Mahlmann, der sich in seinem Stuhl zurückgelehnt hatte, ihn beobachtete. Vor einigen Tagen war ihm das zum erstenmal aufgefallen, als sie beim Essen saßen, und er fragte sich, was in Mahlmann vorging dabei. Es war ihm unangenehm, heimlich angesehen zu werden, auch wenn eine Frau es tat, Evelin, und er dahinterkam. Als ob sie nach einer Blöße suchten, die sie ausnutzen könnten.

– Der rechnet jetzt alleine weiter, sagte er, nur um etwas zu sagen und ohne seinen Blick vom Bildschirm zu lösen.

– Das ist das Wesen von so ner Maschine, sagte Mahlmann launig. Langweilt Sie das?

Als Stefan nicht antwortete, rutschte er nach vorne und sagte:

– Im Prinzip ist das alles linear. Worauf Sie achten müssen, sind die Vorzeichen der Momente. Fallen die positiv aus, haben Sie wahrscheinlich einen Fehler gemacht, im allgemeinen. Außerdem meldet sich das Programm dann mit einer Einblendung. Hier unten kommen die Ergebnisse, A und B und C sind die Auflagerkräfte, Q mit Index die Querkräfte, M mit Index die Feldmomente. Ich notier mir das auch noch separat, zur Sicherheit, falls was passiert.

– Fertig also.

– Fertig, wiederholte Mahlmann. Abspeichern und ausdrucken. Was noch fehlt, bei den Platten da, sind die Integrale von M mal M quer über die einzelnen Abschnitte.

– Mach ich, sagte Stefan. Heute nachmittag. Und die Windlasten.

– Das wäre schön.

Mahlmann schnürte seine Krawatte fest und knöpfte sein Sakko zu. Ton in Ton, dunkelblau und grün gemustert. Sucht Jutta für ihn aus, hatte Frau Mattuschka gesagt. Paßt zu ihm. Ein bißchen konservativ vielleicht, aber alles in allem passend. Wenn eine Frau sich darum kümmert, sieht man das über kurz oder lang. Irgendwie Intuition.

16

An der Decke zeichnete sich ein Wasserfleck ab, dessen dunkler Rand wie die Küste einer Insel aussah, die drei Wellenfronten umspülten, wie auf alten Karten, um das Ufer und das Meer sichtbar zu machen. In ihrer Mitte erhob sich ein schroffes Gebirge aus gilbigen Felsen aus Lack, der sich in Placken vom Grund gelöst hatte. Ein Netz von Flüssen und Flüßchen ohne Mündung dünne schwarze Bruchlinien verzweigten sich daraus nach allen Seiten. Etwas entfernt hing eine Halbkugel aus Milchglas, die eine stumpf gewordene Metallfassung längs des Äquators gürtete. Tote Insekten lagen darin dichter zum Scheitel der Wölbung, beschienen vom Glühdraht der Sonne. Solamente cinquanta watt, sagte sie, I don't like such a milky light, das Gesicht dem Spiegel nähernd, der ihr Halbprofil zurückwarf, it makes your skin deaf. Nichts mehr zu hören. Blaß bis zum Horizont erstreckte sich die glatte Fläche der See der Decke, bis dunkler der Himmel ansetzte, in einem grünlichen Ton die

Tapeten mit länglichen kordelartigen Streifen, in die Goldfäden gewirkt waren und die auf Hüfthöhe etwa, sah man mit vom Kissen gehobenem Kopf, in einen sepiafarbenen Anstrich übergingen. Der einfach zu übermalen war, falls Gäste die Möbel, zwei Stühle, den Tisch, gegen die Wand rückten. Kratzer darin im Verputz Spuren kamen unter dem Anstrich von rötlichem Grau hervor, rauchiges, rosa Grau fahl geworden, als habe der Raum im Lauf der Zeit die Strahlung der Pigmente absorbiert. Der Himmel das Meer die Decke die Wand. Bunte Sterne: ein Widerschein der Lampen des Kiosks Reklameschrift: Cynar aus Neon unten jenseits der Straße, die von den Scheiben des angelehnten Fensters eingefangen wurden. Stimmen wehten hoch, die Musik eines Kassettenrecorders, der in der Tür der Bude stand. Des Kiosks nämlich. Das Geräusch vorbeifahrend sich begegnender Autos übertönte ein Lied, das sie summte, während sie sich im Spiegel betrachtete und die Haare mit beiden Händen aus dem Nacken strich, so daß sie über ihre Stirn und ihr Gesicht fielen und zurück und wieder von vorne.

Stimmt das? Ja, genau, durch das angelehnte Fenster, wie ein Trichter die ocker gestrichenen Läden davor an der

Es ist ziemlich eigenartig, daß man eine Farbe als rot und leuchtend wahrnimmt und nicht die entsprechende physikalische Bewegung des Lichts; und einen Ton als dumpf oder schrill, obwohl er doch nur eine Schwingung der Luft ist, die durch eine bestimmte Frequenz gekennzeichnet wird, soundso viel Hertz zum Beispiel; zumal ja die Sinnesorgane des Menschen nicht auf die Qualität eines Reizes ansprechen, sondern auf dessen meßbare optische beziehungsweise akustische Realität als Photonenstrom oder Schallwelle, die Rezeptoren von Auge und Ohr genau diesen Umständen angepaßt und ihrer Struktur nach Teilchenabsorptions- und Druckamplitudenemp-

Fassade, dessen Scheiben eine Leuchtschrift reflektierten: Cynarbunte Punkte, drangen die Töne der Stadt, des Platzes, auf dem der Kiosk stand mit Musik, des Hafens herein und manchmal das Geräusch vorbeifahrender Autos lauter dann als ihr Summen, das sich wie eine zweite Stimme sonst über den Klang von draußen erhob. Als schwebte sie, I feel easy, sagte sie vor dem Spiegel sitzend, der auf einer Kommode aus den fünfziger Jahren stand, sein rechter Flügel durchsichtig, weil die rückseitige Bemalung Silberfarbe sich vom Glas gelöst hatte, like I don't know a bird with wind underneath its wings. If it's childish tell me. I'm a child you consider me to be one but I'm a woman let me smoke a cigarette of yours, ohne den Blick von ihrem Bild abzuwenden, als redete sie mit sich selbst, war zu sehen mit verschränkten Armen unter dem Kopf vom Bett aus, bevor ihr Gesicht im Spiegel sich drehte und lächelte. Unablässig tuckerten fern die Aggregate der Fähre, auf der Mole simmerte ein Zanussikompressor, der frisches Wasser aus zwei Tankwagen, Schildkröten deren im Querschnitt ovale Tanks, durch gerippte Schläuche in den Bauch des Schiffes pumpte, das Piero della Francesca hieß und die Firma Ul-

fangsapparate sind. Wie auch Schaltstellen, die alle von außen kommenden Eindrücke (Magenschmerzen interessieren in diesem Zusammenhang nicht): Klänge, Wetterleuchten, Flüstern, Gedrucktes, auf physikalisch-chemische Weise in Nervenimpulse transformieren, die sich rasend schnell zu den Zentren des Hörens und Sehens (Riechens, Schmeckens, Fühlens) im Gehirn fortpflanzen.

Nun könnte man einwenden, daß, was das Auge betrifft – beim Gehör ist die Sache ein wenig anders, da Töne kein materielles Substrat haben –, es keinen Unterschied zwischen der sichtbaren Existenz eines Gegenstands und seiner elektromagnetischen Aus-

tramar, wie mit großen blauen Buchstaben an der Bordwand stand.

Ab und zu, als befände sich ein Zufallsgenerator im Lautstärkeregler des Recorders oder des Radios, dröhnte die Musik den Refrain eines Liedes zehn Takte lang ein Schlager tilasciomessaggiodomanitiscrivocosì oder IdontwantotellyouliesIjustwantomakeyouright über den Platz hoch in das Zimmer durch die trichterförmig geöffneten Läden, um genauso plötzlich im Gewebe der anderen Töne dem Klang des Abends wieder unterzugehen, den die Stadt aus allen Frequenzen zusammenknüpfte. Ein dünner Schweißfilm bedeckte die Haut wie eine zweite die Brust den Bauch das Geschlecht verklebt mit dem Sekret ihrer Scham, sich unter den Armen und auf der Stirn zu Perlen verdichtend, die langsam bis ihre Schwere der Trägheit entrann in Spuren von Kühle am Körper herunterliefen und im Laken vertropften.

Manchmal bewegte sich der Vorhang neben dem Fenster raschelte kaum merklich hielt man die Ohren gespitzt eine Zeitungsseite, die über der Lehne eines Stuhls hing wie ein Stück Stoff die Gazzetta del Sud, wenn ein Hauch Wind vom Meer kommend durch die Straßen wehte und warm

strahlung gibt, etwas (Stuhl, Tasse, Foto) zwar auch im Dunkeln vorhanden sein mag, dinglich, seine Sichtbarkeit aber und deren je besondere Beschaffenheit substantiell identisch mit der ihm eigenen Lichtemission sind, es sich bei letzterem nicht bloß um ein Medium der Übertragung handelt, das sich als Vorstellung vom Gegenstand ablösen oder trennen ließe, sondern das ihn in Form von Welle oder Korpuskel konstituiert, im peripatetischen Sinne die Wirklichkeit seiner Sichtbarkeit ausmacht, inwiefern die von der Netzhaut, ihren Rezeptoren und Synapsen wahrgenommene Intensität einer roten Fläche, die Fläche selbst und ihre Licht genannte Strahlungs-

den ausgestreckten Körper umfloß wie eine flach anlaufende Welle die das Klappern von Tellern mit sich das Geräusch über Porzellan kratzenden Bestecks trug gedämpft durch eine Markise unten auf der Terrasse die Stimmen der Esser und Schwaden von heißem Öl von Braten und Knoblauch in der stickigen Luft des Zimmers N° 4 verbreitete. Auf dem Nachttisch lag das Bündel mit einem Gummi geschnürt der Rest fünfhunderttausend Lire daneben eine Packung Zigaretten. Sie kreuzte die Arme unter ihren Brüsten und straffte sich, abwechselnd die eine dann die andere Schulter nach vorne schiebend ohne den Kopf oder das Becken breitbeinig auf einem Hocker sitzend zu bewegen, so daß Falten hinten oberhalb der Hüften jeweils zwei fleischige Falten sich bildeten, die sie in den Flügeln des Spiegels aus ihren Augenwinkeln betrachtete.

Ein Horn tutete. Rasselnd senkte sich eine schwere Kette, deren Stahlglieder über Metall schleiften die Laderampe der Fähre herunter, Kommandorufe ertönten. Ungeduldige Fahrer in der Reihe der Wartenden starteten schon ihre Motoren, einer trat sein Gaspedal durch und durch. Die Rampe schlug auf der Kaimauer auf, immer wieder, wenn ein Wa-

energie eine physikalisch-physiologisch-erkenntnistheoretische Einheit bilden. Vorerst einmal, äußerlich, räumlich, jenseits der Empfindung, für einen Augenblick, den Bruchteil einer Sekunde, wenn das Licht, das der sichtbare Gegenstand ist, auf die empfangsbereiten Augenzellen trifft, sei diese Erklärung angenommen, trotz ihrer Widersprüche, unter anderem daß die Gestalt eines Gegenstands, eines Stuhl, nicht davon abhängt, ob er zu sehen ist, auch seine Farbe nicht, glaube man folglich, daß der von etwas ausgehende Reiz mit seiner physikalischen Modalität als Photonenwirrwarr oder Schallgewehe zusammenfalle, sich beides ununterscheidbar durchdringe.

gen eingewiesen wurde. Ein Scheinwerfer erhellte die Dekke das Meer eine Insel aus Lack und strich weg. I want to smoke sagte sie hatte sich umgedreht und wendete die Arme gekreuzt dem Spiegel ihren Rücken zu. Kam dann ans Bett ohne weitere Worte sich zur Seite neigend fielen ihre Haare und verhüllten das Gesicht und ihre Brüste als sie sich vorbeugte berührten die Brust mit weich gestauchter Schwere sie sank herunter über den Rippen abflachend zwei feste Punkte rieb sie an der Haut einschließend die hart wurden, während ihr Hintern halb auf der Bettkante, ein Bein hatte sie ausgestreckt das nähere angewinkelt nach hinten rutschte, und die Spannung ihrer von den Händen umfaßten Hüften sich aus der Verdrehung lösend mehr und mehr abnahm bis, sie zog das eine Bein hoch wobei sie ihr Gewicht auf das in den Raum weisende verlagerte so daß ihr Körper in die Horizontale kam schließlich flach ausgestreckt eine weiche glatte Zartheit von den Fingerspitzen zu spüren tief da war.

Zugleich tauchte alles in ihren Geruch ein Gemisch verströmte sie aus Schweiß verschwitzten Haaren schwachduftig mit Mandelmilch versetzt der Waschlotion morgens für

So weit, so gut, jedoch: wird der ursprüngliche Zweifel (Es ist eigenartig …) hiermit nicht ausgeräumt, sondern verlagert, gleichsam ins Innere des Kopfes verschoben, nämlich: wird das Licht, der Ton, umgewandelt in ein elektrisches Potential, das auf neuronalem Weg die Orte des Kortex, sagen wir einfach: des Gehirns erreicht, die es verarbeiten können, als Tanz von Molekülen, Plus und Minus, Gewebeerregung, deren Spezifika Ausdruck der verschiedenen Wahrnehmungen, das heißt Sinnesreizungen, sind; die sich aufeinander beziehen, wie man glaubt, Reiz und Nervenimpuls, zwischen denen ein Verhältnis eindeutiger Zuordnung bestehen muß, so daß den Impulsen, die

ihr Gesicht das salzig schmeckte auch Ich will es aber klebrig nach Speichel leicht metallisch ein Faden Blut woher? an ihrer Unterlippe blaßrot verschattet hinter dem Fächer ihrer Haare, war von schwefliger Süße eine schmale Sichel aus Rotz in der Bucht eines Nasenflügels dann erdig und parfümiert schmeckte man eine Spur von Rouge auf ihren Wangen bräunlicher Puder, den sie mit einem Wattebausch auftrug tupfend immer nachlässig eine Geste ohne richtig hinzusehen als kümmere es sie nicht wirklich geschminkt zu sein, löste sich auf den Lippen in ihrer feuchten Wärme auf umschloß den Flaum blonder Härchen der geöffnete Mund und dann das kleine ovale Stück Knorpel schützend am Ohr. Ihre Beine lagen wie ein U schmiegte sie die Innenseiten ihrer Oberschenkel an drückte gegen seinen Widerstand ließ nach und drückte wieder, wobei sie hatte ihre Füße um die Fersen gehakt sich die Muskeln ihres Rückens anspannten, so daß die Vulva nach unten geöffnet über die Schamhaare und den Knochen rieb ihre Weichheit der Brüste um zwei harte Punkte wie ein sich dehnendes samtiges Rollen auf der Brust, die sich unter dem Gewicht ihres Körpers hob und senkte, tasteten Hände und Fingerspitzen um ihre Hüften

der Blick auf einen Haufen Scheiße hervorruft, eine andere Größe, eine andere Spannung zukommt, wie denen des Blicks auf eine reife Tomate, weil sonst Scheiße und Tomate, reife Tomate, fürs Hirn dasselbe wären, in optischer Hinsicht (ausgenommen natürlich solche Personen, die sich vor Tomaten ekeln, ein Kind, das, wenn man es zwang, vom Tomatensalat zu kosten, die eigenen Ausscheidungen vor sich sah, dem hinter Tränenschleiern, unter Kopfnüssen, Drohungen und Double-blind-Erpressungen: der Mama zuliebe, denk mal an die armen Negerkinder, die aufgeschnittene Tomate als Exkrement erschien, Zeichen der Machtlosigkeit, halbflüssigfester braunroter Kot).

herum streichelten sie ein subkutanes Zittern flitzende Kontraktionen hervorrufend kreisten Nägel die Haut leicht ritzend um das Steißbein drückte sich ihr Rücken durch und zuckte hoch als der Mittelfinger gekrümmt auf einer Bahn von Feuchtigkeit und Schweiß tief zwischen ihr Fleisch glitt einhielt vibrierenden Druck ausübend schleimbehaftet sich wieder zurückzog, wonach sie preßte ihr Gesicht in dem Haarsträhnen klebten gegen eine die rechte Schulter es war verzerrt sie sah älter aus gepreßt atmend nachdem sich der Finger zurückgezogen hatte sie sich auf ihre Knie stützte kniend nach vorne kam um den steifen Schwanz der sich hochbog nun zwischen ihren Beinen vor ihrem Geschlecht in sich einfach zu nehmen rutschte er in sie hinein … denk jetzt sofort an was anderes … kreuz die Beine unter dem Tisch … und während sie in ihr blaues einfach geschnittenes Kleid schlüpfte es knöpfte heller Perlmutt, drang ein Rauschen durch die trichterförmig geöffneten Läden, das die Schiffsdiesel, deren Kraft sich brummend auf die Schrauben übertrug, Schlamm und Sand aufwirbelnd in das Zimmer spülten, als die Fähre beim Ablegemanöver sich um ihre Achse drehte, hörte man, wie Wasser an den Betonmauern des

Was daran nun irritiert, ist weniger die Tatsache, daß ein sinnlicher Eindruck zu einem Hirnstrom wird, als vielmehr, daß man nicht diesen selbst wahrnimmt, sondern das durch ihn vermittelte Bild (Geräusch, Geruch, Geschmack), er sich wieder verdichtet, gewissermaßen materialisiert zu einem Stuhl aus Holz, der salzigen Glätte nasser Haut, einer Spur Parfüm in der Luft, und man eben keine oszillierenden Kurven, grünlich schimmernde Zacken empfängt, sondern die Gegenwart oder Erinnerung der Wirklichkeit, ihre so offenbaren wie nachhaltigen Figuren, Rauch, Hornklänge, Sonnenschein.

Diese Rückkoppelung scheint luxuriös zu sein, ein Mehr, dessen

Hafenbeckens hochsprudelte, gurgelnd zurückschwappte, dann einzweidreimal vom nasalen dunklen Klang eines Signalhorns übertönt wurde. I'm hungry, sagte sie, auf einem Bein balancierend, indes sie den Riemen der Sandale um den Knöchel des anderen Fußes schnürte, let's go downstairs to the terrazza. Abschiedsrufe, die vom Heck der Fähre erwidert wurden, mischten sich unter die Geräusche der Turbinen, des aufschäumenden Wassers, auch Musik, als plötzlich der Recorder oder das Radio in der Tür der Bude wieder losplärrte. Sie nahm die Gazzetta del Sud von der Lehne des Stuhls und blätterte darin. Beeil dich, sagte sie dann, und vergiß das Geld nicht und die Zigaretten. Im Flur und auf der Treppe, die um einen engen Lichthof führte, der oben offen war, so daß man den Himmel sehen konnte, lag ein Teppich von unbestimmter, einstmals vielleicht grüner Farbe, ein Pfad in dessen Mitte, wo man ging, auf der Treppe näher zum Geländer hin, als einzelner und nicht zu zweit umschlungen. Im Foyer saßen zwei Männer und spielten Karten. Einen Tisch für die Signora, grinste der Portier, als sie ihren Wunsch äußerte, natürlich, bitte, Signora, folgen Sie mir.

es nicht bedürfte, um sich zu orientieren, wenn man zum Beispiel betrachtet, wie Fledermäuse den Weg finden, Hindernissen ausweichen und Beute identifizieren, indem sie ein Schallbild der Außenwelt entwerfen, eine akustische Spiegelung im Hochfrequenzbereich, die, schenkt man der Forschung Glauben, aussieht wie eine abstrakte Karte, ein gegenstandsloses piependes Diagramm, dessen tönende Linien von den Tierchen gleichwohl als Raum, Stuhl, Fliege, Wand, Rauch, Tomate erkannt werden – wenn auch nicht so bezeichnet: doch steckt man drin? –, etwas, das man umfliegen muß, fressen kann, anziehend oder abstoßend ist.

17 Was redet er da? Negative Vorzeichen? Auf dem Bildschirm, an der Decke? Ein Wasserfleck, der den Lack beschädigt hatte. Wie eine Insel im Meer. Taucht auf und versinkt. Jajaja, ich rechne das, Integral der Momente mit allen Variablen. Weibliche Intuition, haha, staucht sich trotzdem im Nacken das Jackett. Wegen der Körperhaltung, nach vorne gebeugt mit hochgezogenen Schultern. Das Gefühl ihrer Brüste auf der Brust. Einst. Fängt sich an zu wiederholen, hält er mich für begriffsstutzig?

– Ich weiß, sagte Stefan und streckte die Beine wieder unter dem Tisch aus, auf dem der Rechner stand. Ich vergess' das nicht.

– Ich wollte das nur noch mal sagen, sagte Mahlmann. Ist mir auch schon passiert, daß ich das übersehen habe.

– Sie können sich auf mich verlassen, sagte Stefan.

In Wirklichkeit. Zwei Stunden mit dem Flugzeug nach Mailand, zwanzig Stunden mit dem Zug. Sechzehn. Ihr Geburtstag am einunddreißigsten Juli. Sie trug ein schwarzes ärmelloses Kleid. Nils hatte eine Torte gebacken, die pappte. Zuviel Cointreau im Teig. Sie tanzte zuerst mit Umberto, der ein guter Tänzer war, so eine Art langsamen Walzer, dann

Es wäre naheliegend, die menschliche Wahrnehmung analog zu denken, sie sich als direkte Folge der nervösen Prozesse vorzustellen, zu denen sie im Kopf gerinnt, statt eines Gesichts also eine Art Kraftfeld zu ›sehen‹ (hören, riechen, schmecken), ein Schema elektrischer Ladung wie ein graphisches Muster, das man nichtsdestotrotz als Jutta, Kurt, Schimpanse liest, unzweifelhaft und sehr genau, obwohl es keine Ähnlichkeit mehr mit gewöhnlichen optischen Wiedergaben hat.

Im übrigen hätte eine solche quasi naturwissenschaftliche Darstellung den Vorteil, daß sie geringste Differenzen verzeichnen

reihum mit allen anderen, zum Schluß auch mit Irene. Zum Spaß. Nur Worte, alles wörtlich. Telefon vom Zoo aus, fragen, wie es ihr geht. Mit der Arbeit. Schneidet Modelle zu bei wem noch mal? Ziemlich bekannt jedenfalls. Man muß sehen, wo man bleibt, hatte sie gesagt, dahergesagt, im Beisein von Chiara. Even you, little chicken. Yes mom, hatte Chiara geantwortet, but before I do what I want. Irgendwie mal eine Woche dorthin fahren, aber warum? Ist vorbei. Finito beendet over. Nicht wiederzubeleben. Mensch Mahlmann, halt eine Sekunde die Klappe. Ich kalligraphier dir das Integral, das Dach, die Turnhalle, die Momente, den ganzen Klump. Zum an die Wand Hängen, gerahmt als Bild. Dreizehnkommafünf Semester, von neunzehn bis sechsundzwanzig, siebenhundert Klausuren, zehntausend Pluszeichensummenzeichenmatrizenklammern, schön geschwungen, kann so was im Schlaf. Erinnere mich daran. An alles. Noch. Ist hängengeblieben. Aleph: die Mächtigkeit einer Menge. Bet: Ihr Lächeln. Gimel: der Geruch ihrer Haut. Ein Gefühl wie ein Korkenzieher aus Gummi in der Mitte, zwischen Lunge und Speiseröhre oberhalb der Milz. Ist gut wozu? Produktion von Blutkörperchen bekämpfen Eindringlinge im Körper, Viren

könnte und zwei sinnliche Eindrücke, die sich sehr ähnlich sind, objektiv verschieden indizieren würde, indem ihnen, das heißt den ihnen entsprechenden Nervenimpulsen, wie etwa beim Ausschlag eines Potentiometers, unterschiedliche Skalenwerte zukämen (1.68:1.69 = Fiat Panda:Fiat Uno).

Bekanntlich nun läuft die Sache ganz anders, niemand registriert die Vorgänge in seinem Gehirn, Dendritenzuckungen und diffundierendes Acetylcholin, sondern man sieht das, was man zu sehen glaubt, hört, was einem vorgespielt wird, riecht, was da duftet oder stinkt, wobei sich die nachweisliche Wirkung einstellt, daß selbst

und das ganze Zeug. Regelrecht eine Schlacht mit Meldern und Kommandanten. Biologisch programmiert ihr Einsatzort. Heißen Phagen oder so ähnlich. Kommt von Fressen. Die Lotosesser. Berauschende Früchte wahrscheinlich Mohn dessen Milch. Heben die Zeit auf und alles fließt zusammen. Pharaonen Legionäre Piloten. Ohne daß man sich von der Stelle rührt. Unbewußt geworden alles, trotzdem aber. Bleibt es. Irgendwo in den Zellen. Sonst würde das ja nicht funktionieren mit Opium. Eine Medizin um. Um zu. Zum. Träume auch. Der Mann, der sagte, er sei der Vater. Auf spanisch, das klang wie Deutsch, zu verstehen. Weiß man, was gemeint ist. Hörst du mich, Sohn? Ja, Vater. Er saß in einem Auto, halb aus dem Fenster gelehnt. Morgen sehen wir uns. Ja, morgen um die gleiche Zeit. In Zukunft. Im Westen hoch über dem Meer. La mère. In den Wolken im Himmel. Nachts, wenn der Schlaf. Wenns Prinzchen schläft, zusammengerollt wie eine Schnecke. Als wolltest du dich verstekken, vor wem? ängstige ich dich? fragte Evelin morgens in der Küche, als hätte dich wer verfolgt, so hast du plötzlich angefangen zu treten. Mit aller Wucht gegen das Plumeau die Wand mich meinen Bauch. Hat richtig weh getan. Rech-

zwei Freunde identische Reize sowohl abweichend deuten (War das nicht Ludwig? Nie im Leben!) als auch, manchmal, diametral gegensätzliche Empfindungen mit ihnen verknüpfen (Herrlich, wie die Farben leuchten! Wo leuchtet hier was? Die Leinwand explodiert richtig! Nimmst du Drogen?).

Die letzte Beobachtung ist weniger banal, als man meint, eher absurd, und von einem physiologisch-physikalischen Standpunkt aus unerklärlich, mehr noch: hebelt ihn aus, da es dem Kausalitätsprinzip widerspricht, wenn die meßbare Eindeutigkeit von Photonenstrom (der reale rote Stuhl) und Schallwelle (kräftiger Pauken-

net man nicht damit nachts. Sie lachte. Tagsüber natürlich auch nicht, daß man getreten wird. Einmal mußt du mir sagen, warum. Ich lasse mich nicht gerne treten, niemand. Auf der Couch schlafe ich dann, oder du, wenn es noch öfter vorkommt. Trittst du ins Leere, mein Lieber. Zukünftig die nächsten Jahre bis daß der Tod uns scheidet. Glaubst du mir? Yes. Bin ich schön? Yes. Soll ich meine Haare färben? No. Ich werde grau schon, hier, über den Schläfen. Meinst du, das gefällt mir? Antworte. Mein Sänger von Liedern von Liebe. Wie bitte? Für mein Herz meine Brust mein Gesicht meine Muschel. Deinsdeine. Nimms. Es gehört dir. Grins nicht. Nie im Leben. Ich habs gesehen. Unmöglich. Ich werde dich nicht verlassen, das ist die Wahrheit, sei dir dessen gewiß. Ich bin. Ich weiß. Ich kenne dich seit immer. Ihre Stimme kaum hörbar. Deaf. Fast taub. Ihre Haut ihr Geruch. Linique body lotion, in einer kleinen Flasche auf dem Regal in ihrem Badezimmer. Aus Glas, mit Metallstiften in die orangegelben Fliesen gedübelt.

– Die Stammfunktionen finden Sie im Anhang unter Paragraph siebzehn, sagte Mahlmann.

Stefan nickte und drehte den Kopf zur Seite. Auf dem

schlag im Symphoniekonzert), um uns auf diese beiden Aspekte zu beschränken, hirnorganische (seit Galilei weiß man, daß die Nervenstränge im Gehirn und nicht im Herzen enden) Vieldeutigkeit zur Folge hat, die Zuordnung von Sinnesreiz und neuronaler Reaktion mithin nicht einem für alle Menschen gültigen Gesetz, sondern höchst individuellen, das heißt beliebigen Vorschriften gehorcht. Das Argument, die Empfindungen eines Menschen stünden in keinem funktionalen, berechenbaren Verhältnis zur Umsetzung und primären Weiterleitung der sinnlichen Eindrücke, brauchten das nicht einmal, da es sich bei ihnen, den Empfindungen, um getrennt

Fensterbrett lagen Zeichnungen, der Tagesspiegel der letzten Wochen, daneben stand eine handhohe Nachbildung der Freiheitsstatue, deren Fackel durch punktgroße Birnen erleuchtet werden konnte. Von einer Reise nach Amerika mitgebracht. Ziemlich die geschmackloseste, die es im duty-free gab, hatte Mahlmann erzählt, aber schon defekt, Lebensdauer unter fünf Minuten.

Das Licht draußen schien grau, trüb gefiltert durch einen streifigen Belag auf den Scheiben (City-clean: unser Angebot: jeden Monat alle Fenster zum Pauschalpreis inkl.), so daß die Umrisse der Dinge verschwommen wirkten. Einzelne Graupeln, vielleicht auch Schneeflocken, wehten durch die Luft. Vor dem Bolle-Markt gegenüber wurde ein Lastwagen entladen. Emzett Milchprodukte. Zwei weißkittlige Verkäufer hoben Paletten von der Rampe und trugen sie in die Toreinfahrt. Linksgedrehte Yoghurtkulturen, gut für die Verdauung. Mit Vollkornschrot einsah Ballaststoffe. Iß und bleib gesund. Keine Drogen kein Alkohol keine Zigaretten. Ein gelbes Taxischild bewegte sich im Schrittempo nach rechts, Richtung Goethestraße, gefolgt von dieselnden Abgasschwaden. Hat Heizöl getankt,

davon zu untersuchende Geschehnisse in den Tiefen des Cerebrums oder wo auch immer handele, an denen ferner Drüsen und Hormone beteiligt seien, bedeutet in diesem Zusammenhang nicht viel, weil es die Probleme und Disparitäten der Zuordnung (Schön! Nein häßlich! Leuchtend! Nein stumpf!) lediglich an neue Regionen delegiert, dahin verschickt wie ein gut geschnürtes Paket, ad infinitum wahrscheinlich, und außerdem den Grundgedanken unserer Reflexion, ihren anläßlichen Zweifel, überhaupt nicht berührt oder aus dem Weg räumt, daß der Inhalt einer Wahrnehmung nämlich, der wirkliche Stuhl, der Paukenschlag, ihrer physiologisch-physika-

geht auch. Windstöße trieben sie auseinander, ließen ein Stück Papier aufflattern, das, unten von Einschnitten gesäumt, an der nächsten Laterne hing. Biete – suche, wahrscheinlich eine Wohnung oder ein Zimmer. Gestern noch nicht, ist neu. Abends mit Tesafilm einer, der von Mast zu Mast dackelt. Tausend Mark Belohnung oder sonst was Wertvolles. Bin Kunststudent und male Ihnen bei erfolgreicher Vermittlung ein Bild Ihrer Wahl. Nie gesehen, daß jemand einen der Zettel mit der Telefonnummer drauf abreißt. Muß aber funktionieren. Die Menge machts. Aus dem braungrauen Hintergrund der Fassaden am Eck lösten sich drei Gestalten und kamen quer über die Straße. Er zwischen den beiden Frauen mit fliegenden Haaren. Der Rächer der Enterbten. Das Glockenspiel über der Eingangstür schlug an.

– Na endlich, sagte Mahlmann, als habe er seit Stunden gewartet.

Er drückte sich (ächzend etwa?) am Tisch hoch und ging zu einem Stahlschrank (modern, in der Art eines Spinds, mit blaulackierten kugelrunden Stützen), dem er einen Schnellhefter entnahm. Fach K wie Kalkulation. Stefan gab der er-

lischen Form äußerlich bleibt, nicht nur nicht aufgeht darin, sondern im Grunde genommen etwas substantiell Verschiedenes zu sein scheint, ohne organischen Ort, ohne Entsprechung, allein von einem körperlosen Ding abhängig, das man Bewußtsein nennt; jenseits von Anatomie und Medizin zu Hause, kein Teil der Welt, aber ihre Voraussetzung, nirgends zu finden und doch immer da (außer man schläft); Ich.

Der Name ist Schall und Rauch, man könnte es irgendwie nennen, jedenfalls eine Instanz, durch die – oder: in der – eine unmittelbare Begegnung mit den Gegenständen des Außen (nur das in-

lahmenden Bewegung seines Stuhls neuen Schwung (einmal kurz mit der Fußspitze auf den Boden getippt) und ließ ihn (sich) um seine Achse kreiseln. 610, 20, 30°. Stopp. Aus dem Zimmer nebenan, dem ehemaligen Verkaufsraum der Fleischerei, hörte man Stimmen, dann Gelächter, das in Husten (Orienta flach gewickelt), schließlich schleimziehendes Räuspern oder Schnurksen überging. Hochgerotzt und runtergeschluckt mit mahlenden Kiefern, während des Plenums, als Ivan seinen Entwurf erläuterte. Ohne Bedeutung, nur eine Gewohnheit. Schritte bogen in den Flur und blieben im Türrahmen stehen.

– Tag auch, sagte Heller.

– Gleichfalls, sagte Mahlmann, kaum daß er von seiner Lektüre aufsah.

– Guten Tag, sagte Stefan, lächelnd.

– Wie gehts? fragte Heller, wobei er seinen abgewetzten Ledermantel aufknöpfte, alles in Ordnung?, dessen Kragen niederschlug, und seine langen aschblonden Haare mit einer flüchtigen Kopfbewegung nach hinten warf.

– Klar, sagte Stefan. Wie immer.

Heller schob die Mantelschöße beiseite und steckte seine

teressiert hier) gelingt, die diesen Gestalt verleiht und sie zugleich präfiguriert, das heißt, die auf ihre eigene Weise über die Qualität der Wahrnehmung entscheidet, Relaisstation von Erinnerung und Gegenwart, Präteritum und Präsenz.

Um die Kurve zu kriegen und klarer zu machen, wie man sich demnach das Verhältnis von Sinnesorgan und nervösem Prozeß zum Bewußtsein einer Person vorzustellen hätte, diene folgendes Bild, vielleicht: eines Autos, das sich ohne Fahrer nicht von der Stelle bewegt, dessen technische Möglichkeiten brachliegen, wenn niemand Gas gibt und steuert, wohin er will, wie andererseits ein

Hände in die Taschen eines zweireihig geknöpften schwarzen Anzugs, unter dem er einen roten Rollkragenpullover trug.

– Haben Sie später Zeit?

– Wann genau?

Heller lachte.

– In einer halben Stunde, bei mir im Büro.

– Gut, sagte Stefan. Ich komm dann.

– Ja, sagte Heller und blickte kurz zu Mahlmann, der, lesend und blätternd, den Eindruck erweckte, ihn ginge das alles nichts an, halbe Stunde so ungefähr. Er drehte sich um und verschwand im Flur, gefolgt von seiner Frau, die Stefan im Vorbeigehen zuwinkte. Ihren Trenchcoat über den Arm gelegt, trat Petra Mattuschka ins Zimmer.

– Mittag allerseits.

– Mittag, brummte Mahlmann (plötzlich schlechte Laune, warum?) und pfefferte den Ordner zurück in den Schrank.

– Was macht ihr?

Stefan hob die Schultern.

– Pause, sagte Mahlmann.

– Glänzende Idee, sagte Frau Mattuschka und machte einen Schritt nach vorne. Stefan roch ihr Parfüm. Mit klei-

Fahrer ohne Auto oder einem mit festgefressenen Kolben kein Fahrer mehr ist, sondern bestenfalls Radfahrer, wenn er denn eins hat; derjenige am Steuer ist also weder Element noch Accessoire des Autos, er setzt sich höchstens rein oder läßt es bleiben, wodurch er zu einer Größe der amtlichen Statistik wird.

Nicht beantwortet werden kann die Frage, welche Rolle die Sprache bei der ganzen Sache spielt, ob die Signatur eines Reizes als leuchtend oder salzig der entsprechenden Empfindung vorausgeht, nur eine Bezeichnung der Empfindung oder die Empfindung selbst, sozusagen mit ihr verschmolzen ist. Abgesehen von müßigen lingui-

ner Verzögerung, breitet sich aus, Wellen von Molekülen, die durch die Luft schweben. Gut und teuer. Zu einer hochgeschlossenen Jacke (Mao-Kragen, sagte man früher) trug sie ein Paar schwarze, an den Knöcheln weit ausgestellte Hosen und klobige Halbschuhe, die einen silbrigen Metallbeschlag auf den Kappen hatten. Um ihr linkes (freies) Handgelenk hingen ein halbes Dutzend lose schwarze Gummireife, den Mittelfinger zierte (beschwerte eher) ein Ring, dessen Stein (ein grün schillernder, länglich zugeschliffener Solitär) von einer massiven Goldfassung gehalten wurde. Immer, jeden Tag, egal, was sonst. Erbstück oder Geschenk. Von ihrem Mann, der sie mal abgeholt hat, in einem Iso Rivolta – angeblich selbst zusammengeschraubt –, und was noch machte? Erdgasröhren Konsortium Vorstand Energieversorgung. Ihre dunkelbraunen Haare waren kurz geschnitten und von zahlreichen grauen Fäden durchwirkt. Irgendwie attraktiv. Nett auch. Kinder? Junge fünfzehn Mädchen zwölf oder umgekehrt.

– Vorne am Platz hat ein japanischer Imbiß neu aufgemacht, sagte sie und sah abwechselnd Mahlmann und Stefan an. Da könnten wir mal hingehen.

stischen Spekulationen, würde man auch hier, sehr schnell, auf das Problem stoßen, wie der Bewußtseinsakt Sprechen mit den Impulsen des Gehirns zusammenhängt, das einzelne Wort mit einer Nervenaktivität, ob Sprache und Denken mehr sind, vorsichtiger formuliert: etwas anderes als neurophysiologische Abläufe beziehungsweise warum man nicht diese denkt, sondern einen Satz, ein Bild, dessen Farben und Töne.

Aber vielleicht gelingt es ja eines Tages, wieso eigentlich nicht?, das Geflecht zu entschlüsseln und die organische Grundlage des Bewußtseins zu finden, der Wahrnehmung und des Intellekts, so daß

– Meinetwegen, sagte Mahlmann, ohne Begeisterung.

– Ich kann das indische Zeug nicht mehr sehen, und Sie haben letztens selber geklagt.

– Wohl wahr, sagte Mahlmann. Das Öl von denen bleibt einem den ganzen Tag in den Kleidern hängen.

– Eben. Einverstanden?

– Ich habe einen Termin, sagte Stefan und wies mit dem Daumen über seine Schulter. Außerdem keine Lust, dachte er, spürte er, daß sich (seit dem kurzen Gespräch mit Heller) ein prickelndes Ziehen ausbreitete, als öffne sich ein Hohlraum an Stelle von Leber, Magen, wo Darm ist, dessen Rand (die Membran einer Leere) Kriechströme innervierten. Wie so ein Ballon, der aufgeblasen wird. Geht ohne mich. Fisch mit Stäbchen, roh in Seetang gewickelt. Curryreis, frittierte Hühnerbrust. Keinen Bock, keinen Appetit, Null. Sed tantum die verbo et sanitärbiturate anima mea. Leise gemurmeltes Zwiegespräch vor der Kommunion. Den Leib des Herrn du bist bereit. Noch mal, ein letztes Mal. Ungesalzenes Brot, hauchdünn am Gaumen klebend, Zeichen der Reinheit. Eine einzige Nötigung, nur um Kinderseelen zu verderben. Niemandem nie zu Leibe gerückt. Je

die Erinnerung auf synthetischem Wege, durch die Injektion entsprechender Substanzen oder genau dosierte Elektroschocks, gewonnen werden könnte, die Gegenwart eines Gefühls, das Wirklichkeit war.

früher daran, je später davon. Frisch ans Werk. Wer sich ausschließt, ist verloren.

– Schade, sagte Petra Mattuschka. Kommen Sie einfach nach. Ich frage Ivan und Doktor Winter. Sie sind dabei?

– Zu jeder Schandtat bereit, sagte Mahlmann wieder gelaunt.

– Inner Minute.

Sie hob ihre gummibereifte, smaragdbestückte Hand und ging.

– Der Laden ist neben dem Schuhgeschäft, sagte Mahlmann. Direkt hinter der Ampel.

18

Till Berling zog die karierte Wolldecke hoch unters Kinn und drehte sich auf die Seite. Seit einiger Zeit, genaugenommen seit Stunden schon, beeinträchtigten mehrere Umstände sein Ruhebedürfnis. Erstens und grundsätzlich war die Couch in Ludwig Mildes Arbeitszimmer zu kurz, so daß entweder sein Kopf sich mitsamt Hals an der einen Lehne aufstauchte oder seine Füße über die andere hinausragten – was einen irritierenden Blutdruck im Beckenbereich verursachte – beziehungsweise, wie in der augenblicklich eingenommenen Lage, am Boden zirkulierende kalte Luft in das von seinen Knien über dem Rand der Couch aufgespannte Deckenzelt einströmte und ihn frösteln ließ.

Zweitens lärmten unmittelbar vor den beiden Fenstern Bauarbeiter, das heißt, gingen ihrer Tätigkeit nach, besonders intensiv zwischen sieben und neun, als die Kreissäge ohne Unterbrechung heulte, im Stakkato gehämmert wurde und ein Kran sich rostig quietschend drehte und drehte, welche Geräusche mittlerweile (da man sich an alles gewöhnt oder die Frühstückspause sie besänftigt hatte) einem gleichförmig bebenden Ton gewichen waren, der keine Spitzen, keine isolierbaren Einzelfrequenzen mehr zu besitzen schien; ab und zu nur ein Grölen, manchmal Kompressorgeknatter, hin und wieder das Rühren des Betonmischers.

Drittens und vorläufig letztens laborierte er, Till als Form seines Stoffwechsels, an den Folgen eines halben Liters Mescal, den er mit Ludwig genossen hatte, bis sie über die Frage, wem der Wurm in der Flasche zustehe, in Streit gerieten, was sich (nicht ihre Auseinandersetzung, sondern der Alkohol) als morgengrauer Halbschlaf niederschlug, eine die Müdigkeit untergrabende Nervosität, die wirre Gedankenfluchten anstelle von Träumen hervorrief.

Direkt verkatert war er nicht, aber wattiert irgendwie, der ganze Körper. Sinnlos, noch länger liegenzubleiben und Hypnos, oder wie der heißt, um Trost zu bitten. Till öffnete vorsichtig die Augen und blinzelte ins Zimmer. Die breite Kante des schwarzlackierten Tisches reflektierte matte Flekken von Licht, das durch die Rippen der Jalousien fiel. Zwischen Tassen und Tellern ragte ein goldgeschürzter Flaschenhals auf, den eine schwarze Registriernummer (gerade oder ungerade, zwanzig Mark Einsatz) umlief. Im Aschenbecher steckte eine kaum gerauchte Zigarette (HB) wie ein Schaufelstiel in einem Sandhaufen. Da kannste schlafen, hatte Ludwig gesagt, weißte ja, aber keine Grundsatzdiskussionen mehr. Nicht in meinem Alter um sechs nach halb fünf.

Till hob seinen Kopf und vergewisserte sich. Natürlich, die Flasche war leer, der Wurm verschwunden. So ginge es aber nicht. Halb liegend, halb sitzend drehte er den Regler der Heizung bis zum Anschlag, um dann erschöpft zurückzusinken. Er dachte an die abendliche Verabredung mit dem

Produktionsassistenten von screenevent im Wohlmann, spekulierte über sein mögliches Honorar und stellte sich vor, wie er Frau Hennig am Schalter fragen würde, ob sie die Visa-Card fertig hätte, den plastischen Beweis menschlicher Würde infolge regelmäßiger Einkünfte (Fernsehserie hieß es). Ich bin ich war ich werde sein.

Tills Zunge fühlte sich geschwollen an, wie mit Fell belegt, und aus seinem trockenen Rachen stieg ein fauliger Geruch hoch. Ein richtiges Scheißzeug das, plötzlich modern, und keiner weiß, warum. Er verschränkte die Arme hinter dem Kopf und zog die Beine an. Genau in Richtung seines Blicks – weshalb er darauf fiel – hingen nebeneinander die neuesten Arbeiten Ludwigs, in Rahmen gespannt oder mit kleinen Nägeln an die Wand gepinnt, so groß wie eine halbe Türe jeweils.

Auf dem Boden standen welche (bemalte Holzplatten) ohne erkennbaren Inhalt, wegtropfende Acrylspuren, die im Dämmerlicht wie Schriftzeichen aussahen. Hieroglyphen, dachte Till gähnend, sich rekelnd, vom fernen System Alpha Centauri, bisher noch nicht zu entschlüsseln; vielleicht angeregt auch durch die Reise nach Ägypten, wohin sie (Ludwig und Edith) im Februar im Auftrag von Branko (brauchste was, Branko hats) mehrere Koffer prêt-à-porter geschafft hatten. Die Sache mußte sich lohnen, denn pro Überbringer gab es tausend Mark Honorar und eine Woche Logis in einem anständigen Hotel. So eine Art Wohlstandstransfer. Schuldendienst, den Branko, Ahmet und Gamal makelten, das syrisch-ägyptisch-jugoslawische Finanzkartell. Es sei schön gewesen, sagte Ludwig nach der Landung in Tegel, aber auch grotesk, wenn man bedenke, zu welchen Jobs er genötigt werde, um gewisse Durststrecken zu überwinden. It's all mine, habe er dem Zöllner in Kairo erklärt, als der mehr oder weniger verständnislos die Kleider von Cardin und Chloë und dann wieder ihn angesehen habe. Letzten Endes nicht ohne Risiko, da ja Steuerhinterziehung, obwohl er sich frage, ob es dortzulande überhaupt Finanzämter gebe. In dem ganzen Chaos, Gedränge, Staub und Verkehr: Eselskarren, Fahrräder, Mopeds, Leute quer durcheinander, man könne es kaum beschreiben.

Und nur, weil Andreesen mit seiner Ausstellung nicht zu Potte kam, sie vom Frühjahr in den Herbst und mittlerweile erneut ins Frühjahr verschoben hatte, der alte Sack. Auf Ludwigs Kosten eine Flasche Becherovka im Wohlmann weggeputzt, ohne eine feste Zusage zu geben, achtzig Mark für nichts und wieder nichts, was etwa zehn Prozent der Apanage war, die er im Monat bezog. So konnte man es nennen. Oder Leibrente oder Ausgleichsgeld, das ihm seine Mutter seit Jahren überwies und das aus den Zinsen eines kleinen Vermögens bestand, das Ludwigs Vater heimlich (Schweizerischer Bankverein) angespart hatte bis zu seinem frühen Tod, um den sich Rätsel rankten, die (Denk dir dein Teil, bist du schwer von Begriff?) darauf hinausliefen, daß er durch eigene Hand aus dem Leben geschieden war und sein Sohn ihn, die Tat, als erster entdeckt hatte. Schock fürs Leben. Daher das anfallsweise Zittern seiner Hände, nicht vom Trinken.

Till verspürte einen leichten Druck im Kopf, den jeder Herzschlag auszumessen schien. Aus dem Nebenzimmer wehte Schnarchen herein, auf- und abschwellende rollende Töne, die manchmal von schmatzenden Geräuschen unterbrochen wurden, als kaue jemand mit geöffnetem Mund. Ludwig. Nel mezzo cammin della mia vita, pflegte er zu sagen, wenn die Rede aufs Wesentliche kam, also

Hartwig anfing, von seinen Konzerten zu schwadronieren, oder Edmund, meist nach fünf Gläsern Montalcino, über die Schwierigkeit sprach, sein Buch (Sentenzen à la Cioran) zu beenden, nel mezzo cammin della mia vita, in einem dunklen Wald, von allen guten Geistern verlassen, allein mit Farbe und Pinsel, weshalb sie entweder die Klappe zu halten oder sofort etwas zu bestellen hätten. Was wirkte. Jammert nicht, ihr Tröpfe, oder geht ins Kloster.

Draußen erklang ein Pfiff (Trillerpfeife?), nach dem der Lärm erstarb, weil die Maschinen abgestellt wurden (Kompressor, Betonrührer, dann die Kreissäge) und die Stimmen der Arbeiter (Lasset Alta, jetz is Mittach) sich Richtung Bauwagen entfernten. Till gab sich einen Ruck, schob die Decke beiseite und stand auf. Ein wenig tapsig noch – die unbequeme, das heißt hauptsächlich zu kurze und schmale Lagerstatt hatte eine partielle Versteifung seiner Gelenke verursacht, vor allem der Knie – schlich er nach nebenan und setzte sich auf die untere Stufe des mit Velours bezogenen Podests, auf dem Ludwig lag. Und schnarchte, der Gerechte. Till knipste eine Lampe an, die am Rand der Schaumstoffmatratze stand, und richtete ihren Schirm (zusammengelötete, blattartige Ovale aus türkisem Bleiglas) auf das Gesicht des Freundes. Nach und nach, durch die Wärme und Helligkeit des Lichts, belebten sich seine Züge, er kräuselte die Lippen, legte seine Stirn in Falten, um dann ein Auge zu öffnen, das sich sogleich wieder schloß. Ein gegrunzter Ton, der wie: Mach aus, Idiot! klang, folgte, ein schwächlicher Ansatz, Till von der Stufe zu schieben, schließlich der Versuch, den Kopf unter einem Kissen zu vergraben.

– Gestehe, sagte Till und näherte die Lampe Ludwigs stoppliger Wange.

– Gestehe nichts, murmelte Ludwig. Nicht unter diesen Bedingungen.

– Wo ist der Wurm?

– Als Sondermüll entsorgt, wie es sich gehört.

– Also doch.

– Alter geht vor Schönheit, ich dachte, das hätten wir ein für allemal geklärt.

– Hatten wir nicht.

– Dann nicht.

– Kumpelanscheißer.

– Ohohoh, sagte Ludwig und richtete sich auf. Quel mot.

– Jawohl, sagte Till. Genau das.

– Streiten wir uns nach dem Frühstück, ja?

– Abgemacht.

– Wie spät ist es?

– Keine Ahnung. Die draußen machen gerade Pause, zwölf vielleicht.

– Halb eins, sagte Ludwig, lehnte sich gegen die Wand und strich mit beiden Händen seine zerzausten, über der Stirn schütter gewordenen Haare zurück. Das ist ihre Zeit.

– Ganz schön laut.

– Allerdings. Von morgens bis abends.

– Gehört zum Charakter einer Baustelle, im Grunde genommen.

Ludwig Milde sah ihn verkniffen an. Aus dem Flügel, dessen Parterre er bewohnte, hatte man auf die Straße sehen können, früher, als sich vor seinen Fenstern ein wild gewachsener Garten erstreckte, den ein provisorisches Mäuerchen zum Gehweg hin abschloß. Vor der Katastrophe, dachte er, zwischen den Häusern links und rechts, die entweder stehengeblieben oder wiederaufgebaut worden waren, eine im Frühjahr grün und gelb und rot blühende Unkrautidylle, die nun Appartements weichen mußte. Innenstadtlage, teuerster Baugrund, klare Sache und weg damit. Fragte sich bloß, warum sie vierzig Jahre gewartet haben, ausgerechnet bis heute vor seine Nase. Karma, eindeutig.

– Eher zum Charakter des Bauarbeiters, sagte er, die brauchen den Krach.

– Kann ich mal duschen?

– Natürlich. Frische Handtücher liegen hinter dem Vorhang auf der Fensterbank, so Frotteedinger.

– Ich weiß, sagte Till Berling, knipste die Lampe aus und ging ins Bad.

19

Zu Kroisos sagt Solon schreibt Herodot mußte man abschreiben übersetzen: Vor dem Tode darf man nicht sagen, daß jemand glücklich sei, sondern nur, ihn habe ein gutes Los getroffen. Daß bei einem Menschen aber alles das, was zur Glückseligkeit gehört, zusammentrifft, ist unmöglich. Auch ein Land besitzt nicht alles, wessen es bedürfe, sondern nur einiges, anderes nicht. So bringt auch der menschliche Körper nicht alles aus sich hervor, wessen er bedürfe, sondern nur einiges. Derjenige Mensch aber, der das meiste von dem, wessen er bedürfe, besitzt und in diesem Besitz lebt und frohen Herzens stirbt, der verdient meiner Meinung nach den Namen eines Glücklichen, o König. Überall muß man auf das Ende und den Ausgang sehen. Gar manchem winkt die Glückseligkeit, und doch hat ihn dann die Gottheit ins tiefste Elend gestürzt.

20 – Nehmen Sie Platz, sagte Heller, während er auf die andere Seite des Schreibtisches ging, dessen Gestell aus polierten Kupferrohren zusammengeschweißt war. Er nahm den abgewetzten Ledermantel (Modell Bolschewismus) von der Sessellehne, hängte ihn an einen Fenstergriff und setzte sich auch. Über beziehungsweise hinter seinem Kopf (dominierend die schulterlangen aschblonden Haare, die seinem Alter – er war etwa fünfzig – zu spotten schienen), zwischen den beiden vergitterten Fenstern zum Hof, hing eine signierte Fotografie Lucia Moholys, die sie ihm, sagte Frau Mattuschka, geschenkt hatte, eine Ansicht des Dessauer Werkstattflügels in geraden, farblosen Konturen. Links an der Wand stand ein pyramidenartig gestuftes Acrylglasregal mit Skizzen und Akten und Büchern, daneben in der Ecke eine Chaiselongue, auf der zerknüllt eine Wolldecke lag. Nachdem Heller einige Blätter abgeheftet hatte, schob er einen Aschenbecher in die Mitte des Tisches und machte eine einladende Handbewegung (mit ausgestreckten Fingern, nach oben geöffnet, als elliptische Spur in Richtung seines Gegenübers). Er klopfte eine Orienta fest, gab Stefan Feuer, dann sich selbst.

– Waren Sie mal in der Ausstellung? fragte er, Rauch ausstoßend, dessen Figuren die Silben der Worte nachzuzeichnen schienen, bläulich in der Luft Schleifen und Bänder, die man vielleicht lesen lernen könnte wie Lippensprache (bei Taubheit). Stefan nickte. Das Gespräch letzte Woche. Samstag, mit Evelin. Sechs Mark Eintritt Stiftung Preußischer Kulturbesitz. Wieso preußisch? Der Hausherr.

– Am Wochenende. Die Modelle waren sehr schön. Sehr aufwendig gemacht. Zum Teil ließen sie sich auch in Gang setzen, per Knopfdruck, die Bühnenmechanik oder aberwitzige Vorrichtungen, die man in Kirchen installiert hatte, um Aufführungen möglichst echt wirken zu lassen.

– Ach was.

– Schwebende Heilige und so, inklusive Feuerwerk als Rahmenprogramm. Im Dom hatte man eine Seilbahn zwischen Altar und Empore gespannt, mit der Himmelfahrten dargestellt wurden. Wie im Zirkus. Der Schauspieler flog praktisch über die Köpfe der Zuschauer hinweg nach oben. Angeblich von Brunelleschi selber entworfen. Liturgie als sinnliches Erlebnis quasi.

Heller grinste.

– Außerdem wurde die Ausbreitung der Stadt gut dokumentiert, Stiche und alte Pläne. Das verblüffendste für mich war die Genauigkeit der Zeichnungen, wie sie die Größenverhältnisse schon berechnet und tabelliert haben. Ich dachte bisher, die wären nach dem Trial-and-error-Prinzip vorgegangen. Stehts, dann stehts …

– … Fällts, dann fällts. Ne ne, die hatten ein sehr hohes technisches Niveau. Mit Versuchen allein wäre kaum eine Kuppel stehengeblieben, wenn Sie sich mal die Dimensionen ins Gedächtnis rufen. Man hat die Fähigkeiten der alten Ingenieure lange unterschätzt, als wären das nur bessere Handwerker gewesen. Völlig verkehrt. Gewiefte Typen waren das, ohne Rechner und et cetera. Die hattens im Kopf.

Er lachte, Rauch durch seine Nasenlöcher schnaubend, stoßweise, wie sein Körper ruckte. Dann lehnte er sich in den Sessel und schlug die Beine übereinander. Was soll das?

– Sind Sie je da gewesen?

– Wo?

– In Florenz.

Stefan schüttelte den Kopf. No business no money. Hängt immer von der connection ab.

– Leider nie. Bisher hatte ich keine Gelegenheit.

Let's stop in Firenze. Why? I know a woman there. Please go on.

– Sie kennen aber Italien.

– Mehr den Süden.

– Sehen Sie sich auch Florenz an, sagte Heller väterlich. Einfach durch die Stadt gehen ohne Ziel. Die Textur der Plätze und Häuser und Straßen erschließt Ihnen von allein die ganze Epoche. Ich bin als Student, fünfziger Jahre und so weiter, oft hingefahren, war sehr beeindruckend. Für uns damals, gemessen an dem, was hier war. Na ja, ist schon länger her (er schmunzelte, als erinnere er eine Einzelheit, eine alte Geschichte, die er nicht erzählen würde), naturgemäß, und außerdem (er räusperte sich, schleimfördernd, während seine Kaumuskeln vor- und zurücksprangen) wollte ich mit Ihnen noch über was ganz anderes reden. Bevor ichs vergesse.

Also, dachte Stefan, fang an. Ich höre. Ich verstehe. Heller neigte seinen Kopf und drehte ein Einwegfeuerzeug, das auf dem Tisch lag, um sich selbst. Reibungsverlust ausgeglichen durch Reibungsarbeit.

– Ob Sie nämlich vorhaben, Ihr Gastspiel bei uns zu verlängern? Er hob den Kopf und sah Stefan an. Sag die Wahrheit. Später nicht nie.

– Ja, ich weiß nicht, schon …

– Vielleicht haben Sie etwas anderes in Aussicht.

Stefan zuckte mit den Achseln und senkte seinen Blick. Sein Herz fing zu klopfen an (daß er es spürte), mit kurzen harten Schlägen, die seine Wangen, seine Schläfen, seine Ohren wärmten. Ein Druck strahlte aus seiner Brust in seine

Kehle, wie bei einer Überdosis, wenn man den Hals nicht voll genug bekommen konnte (Speichelspuren, die den Spiegel verkleben), ein Puls, der sich da, wo die Schlüsselbeine zusammentreffen, verdichtete, in dieser zarten, von Knorpel und Sehnen aufgespannten Mulde. Er wölbte seine Lippen vor. So direkt nichts, dachte er, in Aussicht, die nächsten Wochen. Tausend Möglichkeiten, da oder dort.

– Eigentlich nein, sagte er.

– Sehen Sie, Stefan, die Sache verhält sich doch folgendermaßen: Einerseits sind Sie zwar kein Bauingenieur, andererseits aber in den zwei Jahren seit Ihrem Diplom beruflich nicht sehr aktiv gewesen, auf Ihrem Gebiet, Grenzwert null, wenn Sie mir mal eine Formulierung gestatten (Stefan erwiderte sein Lächeln), die von Ihnen selber stammt. Warum, interessiert mich nicht, das ist Ihre Sache, jedenfalls könnte ich mir vorstellen, daß Sie bei uns, in unserem Team, eine Aufgabe finden, die Sie anspricht. Oder liege ich da falsch mit meiner Vermutung? Das müßten Sie mir sagen.

– Sicher nicht, sagte Stefan, kann ich mir auch vorstellen, ja sicher.

Der Druck in seiner Kehle ließ nach, die Schläge wurden weicher und regelmäßiger, bis sie nicht mehr zu spüren waren. Zugleich wich die unnatürliche Hitze aus seinem Gesicht, das peinliche Gefühl, zu erröten.

– Es gefällt mir, sagte er, augenblicklich von den eigenen Worten überzeugt, die Arbeit, aber das Problem ist letzten Endes doch, daß ich eben nicht studiert habe, das jetzt. Ich meine, wie Sie schon gesagt haben, die praktische Seite.

– Darin sehe ich keine so große Schwierigkeit, sagte Heller, sich über den Tisch beugend, um Zigarettenasche abzuklopfen, wobei er mit der anderen Hand die Schöße seines

Jacketts zurückhielt, alles in allem. Es würde Sie, bei Ihren Vorkenntnissen, vier oder maximal fünf Semester kosten, den entsprechenden Titel nachzuholen. Ich muß Ihnen nicht sagen, daß ich persönlich darauf keinen Wert lege, aber es wäre natürlich besser. Ämtern gegenüber, wer die Verantwortung hat, um selbständig arbeiten zu können.

Stefan nickte sacht. Das wäre natürlich besser. Gut besser am besten. Warum nicht, dachte er und glaubte sich plötzlich zu erinnern, in den vergangenen Monaten gerne gekommen zu sein. Store all data. Now print particular process. Das andere ist das andere, spielt keine Rolle jetzt.

Er bezähmte ein nervöses Flackern, das sein Bein wippen lassen wollte, und sagte:

– Ich bin etwas überrascht, aber alles in allem (Heller schmunzelte, als er seine eigenen Worte hörte) kann man fast nicht nein sagen.

– Genau, das geht gar nicht.

Es war unmöglich zu widersprechen, es gab keinen vernünftigen Grund. Heller nestelte eine Zigarette aus der flachen, mit Silberfolie ausgeschlagenen Packung und zündete sie an der zu Ende gerauchten Kippe an. Er hatte die Augenbrauen hochgezogen, so daß eine Narbe, die quer über seine Stirn lief, wulstig hervortrat. Eine ähnliche Narbe entsprang seiner rechten Schläfe und verzweigte sich in Höhe des Kiefers wie eine Weggabelung, deren Äste stetig schmaler wurden, bis sie schließlich vom Hautgewebe nicht mehr zu unterscheiden waren. Allem Anschein nach handelte es sich um tiefe Schnittwunden, die entstehen, wenn man durch eine Scheibe fliegt. Seine Abneigung, Auto zu fahren, stand damit vielleicht in Zusammenhang. Sicher sogar. Wir nehmen die U-Bahn, hatte er zu

Mahlmann gesagt, als sie zum Bauplatz der Turnhalle mußten, der Verkehr macht mich kirre. Mit den Plänen unterm Arm waren sie dann los, sehr zum Mißvergnügen des Bauingenieurs, wie man seinem Gesicht noch nach ihrer Rückkehr ablesen konnte. Ohne Kommentar.

– Sie würden, sagte Heller, während er den Stummel im Aschenbecher versenkte, weiterarbeiten und nebenher das Diplom machen. Das geht schneller als das Katzenficken.

Martinez grinste.

– Sagt Doktor Winter, fügte Heller hinzu.

– Ich verstehe.

– Womit (er betrachtete, flüchtig, seine gespreizten Finger) das Finanzielle auch erledigt sein dürfte. Sie wachsen da ganz organisch rein. Wenn Sie wollen (er hatte graublaue Augen).

– Klar, sagte Stefan, als habe er eine Wahl getroffen.

– Außerdem hat das Wintersemester gerade erst angefangen. Sie könnten ohne weiteres noch einsteigen. Doktor Winter würde das regeln.

Erneut begann sein Puls fühlbar zu schlagen. In der Kehle. Ich habe grüne Augen. Der Mutter. Sie allein weiß es.

– Na gut, sagte Heller, denken Sie über den Vorschlag mal nach.

Rauch trat zwischen seinen Lippen hervor, den er wieder inhalierte, als habe er in seinen Bronchien einen Unterdruck erzeugt. Wie Flüssigkeit, die plötzlich zurückströmt.

– Aber lassen Sie uns nicht zu lange warten. Wär doch schade.

Es klopfte, und seine Frau kam herein.

– Herein, sagte sie und setzte sich neben Stefan. Ihre Zigarette.

– Oh.

Er balancierte den Filter, an dem ein langes Stück gräulicher Asche hing, über den Tisch und legte ihn im Aschenbecher ab. Ehedem eine Trinkschale mit flachem Rand. Dann kreuzte er die Arme. Inge Heller sah zwischen ihrem Mann, der, von bläulichen Schwaden umkräuselt, schwieg, und Stefan, der auch schwieg, hin und her. Ein amüsiertes Lächeln huschte durch ihr Gesicht, Falten an Mund und Augen zu Strahlenkränzen bündelnd.

– Seid ihr schon fertig?

– Mehr oder weniger, sagte Heller.

Stefan nickte. Aus und vorbei. Wer entscheidet?

– Schön. Weiht man mich ein?

– Wir …, sagten Martinez und Heller einstimmig. Sie lachte.

– In bester Ordnung also.

Wer sagt was? Wer will, wer darf, wer muß? Sterben. Maske aus Gips, die man den Toten abnimmt. Du warst das. Ob man sich wiedererkennt? Fraglich. Das eigene Bild wahrhaben.

– Wir würden das sehr begrüßen, sagte sie. Hörte er, von fern. Sich wiederholend, hörte er sich sagen: Das könnte ich mir auch vorstellen. Ich sehe mich schon, in sieben Jahren. Steh auf, sonst kommst du wieder zu spät. Geschätzt geliebt geachtet. Zu unser aller Wohl. Um mich gehts, dachte Stefan, der ist, wo er ist. Abkömmling eines Verschollenen, Sohn einer Mutter, Mann einer Frau. Wie heißt sie? Und du? fragte Evelin zurück, verrat mir erst deinen Namen. An jenem Abend nach dem Konzert, Rücken an Rücken vor der Theke. Reiner Zufall, daß wir da rein. Hartwig wollte unbedingt. Oder sehen Sie das anders?: die Worte Inge Hellers, denen ein Kopfschütteln antwortet. Und eine Stimme, die sagt: Überhaupt nicht. Wir haben lange darüber nachgedacht (er), ob wir das bei uns machen sollen (sie), aber man kommt wohl nicht darum herum (er, der seinen Satz beendet). CAD. In größerem Stil. Wenn die Optionen geklärt sind (Stefan), erleichtert das System die Arbeit ungemein. Das denken wir auch (sie, in schwarzen Jeans und schwarzer Bluse, deren hochgeklappten Kragen eine Perlenkette umfaßt). Im Plural immer. Wilhelm und Inge. Ohne Anhang. Turnhallen Schulen Wohnhäuser. Zeichen, die sie hinterlassen. Eine Schrift aus Steinen und Beton. Glas auch, die großen spitzen Erkerfenster. Erkennt man sofort, wie ein Gesicht. Im Stadtführer ausgewiesen, mit Baujahr und Aufriß. Bleibt stehen, außer der Statiker hat gepfuscht. Oder Krieg. Deshalb die zweite Prüfung. Ist schon eine Warnung in den neuesten Programmen installiert. Error. Wrong calculation: Roof will collapse. Laut Prospekt von NEC. Natürlich ökonomisch korrekt. Investition und Rendite, muß sich lohnen. Hunderttausend Mark für eine gute Anlage, sagt Mahlmann, inklusive einmal Software. Jetzt nickt mein Kopf und bedeutet ihm, daß ich verstehe, worum es sich dreht. Entwürfe am Bildschirm. Alle Arbeitsgänge miteinander verbunden, wie von einer einzigen Person praktisch. Läßt nach das Herzklopfen, Nerven nicht unter Kontrolle, wie in Neapel, als der eine Typ im Café La Luna ausrastete. Fehler, sich auf Edoardo zu verlassen. Nie niemandem vertrauen. Dem eigenen Gefühl nur. So bist du. Ich bin so.

– Das wird schon alles, sagte Heller, und es klang, als würde er sich und ihm und ihr Mut zusprechen.

– Das denke ich auch, sagte seine Frau, im Tonfall der Bestätigung.

– Verbleiben wir wie abgemacht, sagte Heller, einen Schlußpunkt setzend.

Stefan erhob sich. Vorbei jetzt. Eine Entscheidung.

– Ich will dann wieder.

– Ist Ivan eigentlich da?

– Zu Mittag mit den anderen.

– Wenn Sie ihn sehen, richten Sie doch aus, er soll mal kommen. Wir sind den ganzen Nachmittag hier.

– Mach ich, sagte Stefan und drehte sich auf seinen Absätzen zur Tür. Freundlich ihr Gesicht, das lächelte. Strahlenbündel. Hennagefärbte Haare. Ihre Augen waren blau.

21

Nach eingehender Prüfung seiner Stimmung hatte sich Ludwig Milde entschieden, statt Hemd und Krawatte einen dunkelblauen Pullover anzuziehen, dessen V-förmigen Ausschnitt er mit einem schwungvoll geknoteten Tuch aus gelblicher Kunstseide drapierte. Ein Blick in den Spiegel, der an der Rückseite der Schlafzimmertüre hing, überzeugte ihn davon, daß die Kombination farblich harmonierte und seiner momentanen Verfassung im großen und ganzen entsprach. Er trat zwei Schritte zurück und drehte sich zur Seite. Tadellos wieder. Es würde zwar nicht einfach, hatte Herr Imoğlu gesagt, weil der Riß (eines Morgens plötzlich da) den Abnäher in Mitleidenschaft ziehe, aber er bekäme das hin. Tatsächlich war der kreuzweise gesteppte Faden kaum zu erkennen, selbst wenn man den Stoff der Anzugjacke mit zwei Fingern aufspannte; sehr schön. Ludwig wandte sich um, nahm Schlüssel und Notizblock vom Rand der Kommode, die unter dem Fenster stand, und ließ beides in seine Tasche gleiten. Fertig. Während seine Augen über die Schneekugelsammlung auf dem Fensterbrett schweiften (deren Wert Hartwig vor nicht allzu langer Zeit in einer halb scherzhaften, halb bösartigen Bemerkung mit dem seiner Bilder verglichen hatte, nicht ahnend, daß Ludwig ihn trotz der Musik, die im Vordergrund lief, verstehen konnte), erhoben sich draußen Stimmen, und der Motor eines Lastwagens, der scheinbar in der Durchfahrt zum Hof steckengeblieben war, heulte mehrfach auf. Ludwig knöpfte seine Jacke zu und ging nach nebenan, wo Till im Schneidersitz auf der Liege hockte und das Pflaster erneuerte, mit dem seit Wochen ein Bügel (rechts oder links?) seiner Brille am Gestell festgeklebt war.

– Was machen wir? fragte er, ohne von seiner Arbeit aufzusehen.

– Ich dachte, wir gehen frühstücken, sagte Ludwig, die Bäckerei in der Schlüterstraße bietet belegte Schrippen an.

– Lädst du mich ein?

– Unter Umständen, sagte Ludwig, während er nach einer Zigarette Ausschau hielt. Die Packung HB, die er zwischen Gläsern und Tellern herausfischte, war leer, ebenso eine andere, die auf dem Boden lag.

– Und ›unter Umständen‹ verstehe ich als Kompensation für die Enttäuschung, die der Wurm dir zu bereiten scheint.

Till schüttelte den Kopf.

– Erstens handelt es sich um einen materiellen Schaden, weil ich der Möglichkeit beraubt wurde, in den Genuß eines geldwerten Vorteils zu kommen, zweitens aber spielt, was die Entschädigung nämlich in die Höhe treibt, der sich im Raub manifestierende Vertrauensbruch eine Rolle, ein Vertragsbruch sozusagen, den du begangen hast, indem du meine natürliche Unaufmerksamkeit infolge Tiefschlafs ausgenutzt hast, um dir eine bewegliche Sache einzuverleiben, die, wenn überhaupt, nur zur Hälfte dein Eigentum war. Daß du das Geld zum Erwerb vorgestreckt hattest, ändert an diesem Sachverhalt rein gar nichts.

– Verstehe, sagte Ludwig, es geht um eine Art Schmerzensgeld.

– Im weitesten Sinne: ja.

Till setzte die Brille auf und prüfte mit verdrehten Augen, ob sie die Waage hielt. Nicht ganz zufrieden, nahm er sie wieder ab und bog vorsichtig den geklebten Bügel nach außen.

– Dauert das noch länger?

– Kleinen Moment noch, sagte Till und neigte den Kopf, um zu hören, ob seine Operation ein knackendes Geräusch (Sollbruchstelle) hervorriefe.

Eine aufkeimende, nicht zuletzt durch Nikotinmangel verursachte Nervosität bekämpfend, begann Ludwig Milde mit raumgreifendem Schritt hin und her zu gehen. Was lag an? Im Grunde nichts, dachte er, außer daß es Zeit würde, spätestens morgen, die Überweisung abzufragen. Vielleicht sollte man am Abend bei Andreesen vorbeigehen und ein Glas trinken. Müßte eigentlich sein. Interesse zeigen für die Sachen, die er im Augenblick präsentiert, art brut aus Bulgarien und Rumänien, Wachskreide auf Pappe, wahrscheinlich der Boden von Freßpaketen, die er da runterschickt. Zuzutrauen wäre es ihm, fürn Appel undn Ei. Und zwischendurch diese Unordnung beseitigen, den Tisch aufräumen, dann saugen, spülen, Staub wischen, was meist den erstaunlichen Nebeneffekt hat, daß auch der Kopf wieder klar wird. Um ein paar Skizzen anzufertigen, dachte er, für die Serie buchstabenartiger Gebilde, die wirken sollten, als würden sie über ihrer monochromen Grundierung schweben. Wie wenn sie sich im Augenblick des Sehens davon ablösten. Farben sind gekauft, Leinwand, Holzplatten, alles. Nur sich einen Stoß geben. Jetzt. Falls der, Ludwig warf einen flüchtigen Blick zu Till, mit seiner Reparatur in der nächsten Viertelstunde endlich zu Rande kommt. Werd ihm das Geld für eine neue Brille schenken, Modelle bei Optik Ruhnke in der Wilmersdorfer Straße schon ab zwanzig Mark aufwärts, obwohl er selbst so was wie eine grundsätzliche Frage behandelt. Als wäre es Erpressung. Einfach lächerlich, so eine verkorkste Pfarrhauspsyche. Daher vielleicht die Schnapsidee, Jura abzubrechen und Theologie anzufangen. Ausgerechnet. Was tun also? Ein ewiges Problem.

Der erste Ton der Kreissäge unterbrach jäh seine Gedanken, während Till, als habe er das Signal verstanden, von der Liege hochsprang, die Brille aufsetzte und in seinen Anorak schlüpfte. Ludwig folgte ihm in den Flur, nahm den erstbesten Mantel, einen olivgrünen Trenchcoat, vom Haken und zog (achtlos ob der Karte, die der Postbote durch den Briefschlitz geworfen hatte) hinter sich (Till war schon im Hof) die Türe zu.

Nachdem sie in der Bäckerei Kaffee getrunken und zwei Schrippen mit Cervelatwurst gegessen hatten, spazierten sie rauchend den Ku'damm hoch Richtung Gedächtniskirche, da und dort die Auslagen der Geschäfte betrachtend, wobei es zu gewissen, altbekannten Unstimmigkeiten kam. Till langweilte sich vor den Pyramiden Budapester Schuhe, die Ludwig auf der Suche nach einem bezahlbaren Paar revidierte, Ludwig hingegen wurde ungeduldig, als Till sich nicht von den Angeboten bei Radio Wegert lösen konnte, die auf neongrellen Preisschildern außerordentliche Rabatte versprachen. Bevor jedoch ein wirklicher Konflikt ausbrach, erreichten sie das Schaufenster von Marga Schoellers Bücherstube, dessen Opulenz eine beide bewegende Frage wachrief, ob nämlich der manchmal schwerwiegende ökonomische Schaden, den der Diebstahl eines Bildbandes in einem Laden wie dem genannten verursachte (Yves Klein, Drucke, 298,–), aufgewogen würde durch den Genuß und persönlichen Fortschritt des Entwenders, oder, allgemeiner gesprochen, welche Beziehung zwischen legitimen individuellen Bedürfnissen und dem Kampf des Kleingewerbes um seine Existenz besteht. Karstadt-Hermannplatz böte solche Sachen nicht an, sagte Till, weshalb man sich die Tat zweimal überlegen sollte, da man sich letzten Endes auch eigener Möglichkeiten beraube, während Ludwig, grundsätzlich zustimmend, zu bedenken gab, daß die Alternative nicht sein könne, auf solche Köstlichkeiten überhaupt zu verzichten. Außerdem seien die Brüder doch alle versichert, was den Wind aus Tills Segeln nahm und ihn zum Lachen brachte.

Eine Folge ihres Gesprächs war, daß Till mit einem Paar eingeschweißter T-Shirts unterm Anorak die katakombenartige Filiale von Benetton (oder Esprit?) verließ und beide, als er seine Beute vorzeigte, in einen Laufschritt verfielen (Ludwig mit flatternden Mantelschößen), der sie bis zur Ecke Joachimsthaler führte. Ein wenig atemlos, faßten sie den Entschluß, die Kreuzung zu überqueren, um bei WOM Musik zu hören, gemütlich von Kopfhörer zu Kopfhörer schlendernd, die in langen Reihen von der Decke des Geschäfts herabhingen (Till: Eros Ramazotti ist gar nicht mal so übel. Ludwig: Eros ist nie übel). Als sie sich der Jazz-Ecke näherten, bemerkte Till Lacan, der nichtsahnend im Booklet einer CD las. Er, Till, stieß Ludwig an und machte ihn durch ruckende Kopfbewegungen auf seine Entdeckung aufmerksam. Doch statt überrascht zu sein, sich zu freuen, zu ärgern oder eine vergleichbare Empfindung zu zeigen, drehte sich Ludwig um und ging, nicht zu schnell und nicht zu langsam, nach draußen.

Vor dem Porno-Kino im Ku'dammkarree holte ihn Till, der so unschlüssig wie verblüfft einige Augenblicke stehengeblieben war, wieder ein. Als habe die unliebsame Begegnung (Till: Das war Lacan! Ludwig: Wer sonst? Till: Ich krieg noch Geld von dem. Ludwig: Und er von mir) sie verwirrt und ziellos gemacht, fuhren sie die Rolltreppen rauf und runter (Wachsfigurenkabinett, asiatische Geschenkartikel, Sloopy-Boutique), desgleichen bei Wertheim nebenan, liefen ohne Absicht (Ludwig, denkend: Das bringt doch nichts. Till, denkend: Völliger Quatsch) zwei Frauen hinterher, die Kinderspielzeug kauften und dann das Steakhaus an der Rankestraße betraten, bis sie schließlich (Till: Das Wetter ist trübsinnig. Ludwig: Na und? Till: Es graupelt richtig. Ludwig: Fahr woanders hin. Till: Ulla arbeitet seit neuestem im Café Milagro. Ludwig: Taxi entfällt. Till: Zu Fuß brauchen wir zwanzig Minuten) entschieden, in ein Café zu gehen, wo Till mit einer der Kellnerinnen bekannt war. Von dem gefaßten Plan beflügelt, eilten sie bester Laune (Ludwig, denkend: Kaffee und Cognac sind genau das richtige jetzt. Till, denkend: Mit Ulla könnte was laufen) über die Kantstraße zum Savignyplatz, den sie schon bei ihrem hastigen Aufbruch in nordsüdlicher Richtung passiert hatten.

22 Nachdem Stefan die Integrale der Platten von M nach M-quer gerechnet, das heißt die Maßzahlen in das Programm eingegeben hatte, übertrug er die Ergebnisse, Momente maximaler Durchbiegung, an die entsprechenden Stellen in einer dickleibigen Kladde, auf deren Vorsatzblatt mit Filzstift ›Standsicherheitsnachweis‹ (von Mahlmanns Hand in schnörkellosen Druckbuchstaben) geschrieben stand, nicht ohne sie mit einer runden Klammer zu versehen, obwohl ihm nicht klar war, wozu das gut sein sollte. Ein Tick, ohne den er nicht mehr kann. Andere unterstreichen alles doppelt. Dann ließ er seine Rechnung ausdrucken und heftete die beiden Blätter in einem Ordner unter D wie Dach ab. Tipptopp. Abspeichern und fertig. Was vergessen? Eigentlich nein. Außerdem kontrolliert er das noch mal. Den Rest später. Morgen früh. Windlast Schneelast: Steht in einer Tabelle: Durchschnittswerte für das mitteleuropäische Binnenland.

Er schaltete den Computer auf Stand-by, setzte sich wieder, drehte sich und streckte die Beine aus, mit dem Rükken zum Tisch. Vor dem Fenster, als leises Trommeln auf den Autos und der Straße zu hören, schnürten Graupeln herunter, wie von oben abgeschossen. Auch Kristalle, eine Art Eis. Komisch, das. Müßten doch schmelzen auf dem Weg durch die Luft. Manchmal im Sommer. Irgendwelche Turbulenzen, die alles durcheinanderbringen, Passatwinde oder so. Genau: Jetstreams, tropisch subtropisch arktisch, werden in der Strömungslehre beschrieben. Verschlungene Wirbel, und zack, fällt Regen. Kondensierter Wasserdampf durch Temperaturdifferenz. Nicht vorherzusagen, nur Wahrscheinlichkeiten. Cray heißen die Maschinen, alle Prozessoren parallel, totale Rechenleistung. Schneller, als Katzen ficken können. Hecheln sich einen ab, und man weiß, wos langgeht. Zu achtundneunzig Prozent scheint morgen die Sonne. Wenn nicht, war Magie im Spiel. Voodoo. Hühnerblut, dessen Tropfen. Bilden ein Pentagramm, worin. Stampfende Tänze von Eingeborenen, mit Federn geschmückt, Baströckchen an. Immer die entscheidende Frage, ob man alle verfügbaren Daten eingespeist hat. Das A und das O das. Ich habe mein Menschenmöglichstes getan. Mehr kann niemand verlangen.

In den Büros auf der anderen Straßenseite im ersten Stock (Items: Studio für qualitative Marktforschung) ging das Licht an und wurden zugleich, als bestünde ein Zusammenhang oder eine Schaltung, die Rollos heruntergelassen, ratschratschratsch, deren Lamellen dann jemand, nacheinander (mit ein bißchen Fummelei), in eine geschlossene Stellung brachte. Undurchsichtig. Was treiben die da drin? Was gibts da zu forschen? Schöne Frau, die letztens am Fenster stand und versonnen (?) ein Glas mit beiden Händen zum Mund führte. Persil, da weiß man, was man hat. Drei Schatten huschten an der Scheibe vorbei und betraten den Laden, die Glocke über der Türe, die man, aus nostalgischen Gründen, an ihrem angestammten Platz belassen hatte, in eine aufgeregte Bimmelei versetzend.

– Herr im Himmel, fluchte die Stimme von Kurt Mahlmann. Geräusche von Schuhsohlen, die über eine borstige Matte streifen. Schritte. Ivan kam ins Zimmer, gefolgt von Petra Mattuschka, die eine durchnäßte Zeitung (hatte sie zum Schutz über ihren Kopf gebreitet) in den Papierkorb neben dem Tisch warf.

– Sie hätten mitkommen sollen, sagte sie zu Stefan. War wirklich gut.

– Stimmt, sagte Ivan, mit dem Jackenärmel sein Gesicht trocknend, frisch und lecker. Und sehr übersichtlich angerichtet, damit man sich auf dem Teller nicht verirrt.

– Ich bitte Sie, Ivan, sagte Frau Mattuschka, schmunzelnd, es sollte ja auch nur eine Kleinigkeit sein.

– Für zwischendurch. Aber tadellos. Sogar mit Holzstäbchen.

Er grinste sie an, dann Stefan, und knipste ihm ein Auge.

Zwischen den beiden tauchte Mahlmann auf, sich kämmend und striegelnd mit kurzarmigen Strichen, wonach er den Kamm (einen aus Schildpatt) in der Brusttasche seines dezent gemusterten Sakkos verschwinden ließ.

– War gut, nicht? fragte sie ihn, als bedürfe sie einer Bestätigung, daß ihr Vorschlag (nicht zum Inder zu gehen) richtig war.

– Köstlich, sagte Mahlmann und wippte vor und zurück. Hätte ich nicht gedacht.

Ivan zupfte ein Tempotuch aus seiner Armyhose (in Tarnfarben, mit aufgenähten rucksackartigen Taschen), deren Beine er in einem Paar hochschaftiger DocMartens verschnürt hatte, und putzte sich die Nase.

– Und außerdem, sagte Frau Mattuschka, haben wir einen neuen Copy-Service aufgetan. Sie entledigte sich ihres Trenchcoats und warf ihn über die Schulter.

– Richtig, sagte Mahlmann. Das sind Profis. Zwei Häuser weiter, für gewerbliche Zwecke. Die machen Lichtpausen bis auf zweifünfzig mal einsachtzig. Genau das richtige für uns. Auch Folien und alles.

Frau Mattuschka öffnete eine Ledermappe, die sie unter den anderen Arm geklemmt hielt. Bläuliche Adern auf dem

Rücken der Hand, die sucht. Energisch irgendwie, mit spitzen Fingern mit lackierten gefeilten Nägeln nach was grabbelnd.

– Ist ein Kurierdienst angeschlossen, sagte Ivan.

– Die holen und bringen das Zeug, sagte Mahlmann. Angeblich innerhalb von einer Stunde.

– Außerdem hammse neue Kopierer, sagte Frau Mattuschka, während sie einige Blätter ans Licht beförderte und herumreichte. Bei Laserprint waren mehr als einmal Schatten drauf, wo sie nicht hinsollten.

– Absolut farbecht, sagte Ivan und reichte Stefan ein Blatt, auf dem das Titelbild des Stern zu sehen war, vom Original nicht zu unterscheiden, bis auf das dünnere Papier.

– Die haben den Scanner verbessert, sagte Mahlmann im Ton desjenigen, der sich auskennt. Die Datentiefe.

– Und teurer als bei den anderen ist es auch nicht, sagte Frau Mattuschka. Ungefähr fünfzig Mark für eine große Pause, das ist korrekt.

Auf dem nächsten Blatt war der Ausweis von Ivan abgebildet, neunter vierter einundfünfzig, Hannover, so deutlich, daß man das feine Linienmuster der Vorlage erkennen konnte, und einen Fingerabdruck (gerillte Tintenspuren) auf der Plastikhülle. Kleckst immer, wenn er zeichnet, mein Gott, Ivan, wie sehen Ihre Finger aus. Dann gab er Stefan ein Blatt (Din A4 alle) mit der Kopie eines Gemäldes in der oberen Hälfte, während die untere Hälfte frei war, ausgenommen zwei Zeilen Text am Fuß der Seite.

Ein Laubengang, am Hang einer Bucht, öffnet sich dem Betrachter, als würde er ihn mit einem nächsten Schritt selbst betreten. Sein Boden besteht aus bräunlicher gestampfter Erde, die helle trockene Grasbüschel an manchen Stellen überdecken, wo sie sich zu einem Teppich verdichten. Vorne liegen ein paar kleine Steine, des weiteren, links daneben, eine Hacke, ein länglicher Kürbis (geformt wie eine zu groß geratene Erdnuß), ein leerer Korb und ein Gegenstand, der, filzgefüttert, einem Sattel ähnlich sieht, mit zwei Holzbügeln und einem Geschirring; wahrscheinlich handelt es sich um ein Eselsjoch, das zum Reiten und Ziehen gleichermaßen geeignet ist.

Eine kniehohe, moosgepolsterte Mauer, der fünf Säulen entwachsen, schließt den Gang, eine südliche Veranda, nach außen hin ab. Etwas flacher ansteigend als die entsprechende Diagonale, verläuft sie von links unten quer durch die Bildfläche auf einen Fluchtpunkt rechts neben der Mitte zu, ungefähr daumenbreit aus dem Zentrum verrückt, vor dem sie abknickt, um dann waagerecht, als rückwärtige Brüstung, zu enden.

In der Ferne, zwischen der ersten Säule, die, ihn unmittelbar flankierend, den gesamten linken Bildrand ausmißt, und der nächsten, perspektivisch kleineren, springt ein bewaldetes Kap vor, das die tief unten gelegene Bucht, einen ovalen, im Widerschein der Sonne glitzernden Streifen Meer, jenseitig einfaßt.

Ein regellos zusammengebundenes Lattengeflecht, das, außen auf den einfachen schmucklosen Kapitellen der Säulen ruhend, die Veranda in ihrer Länge überspannt, wird von Wein umrankt, dessen Äste und Blätter ein dicht geschlossenes Dach bilden, an dem eine Vielzahl dunkelroter, fast schwarzer Trauben hängt. Einzelne Triebe haben sich aus dem Geflecht gelöst und baumeln herab. Aus dem rechts wieder steil ansteigenden Hang wachsen schlauchartige Wurzeln hoch, die sich, leicht gekrümmt, über den runden Hölzern verzweigen.

Geometrisch gleicht der Aufbau des Bildes dem Querschnitt durch eine gekippte, vierseitige Pyramide, deren Spitze, aus der zentralen Achse nach rechts verdreht, den Fluchtpunkt anzielt, jenen Ort im Hintergrund, wo der Boden der Veranda (Dreieck eins), ihr Laubdach (Dreieck zwei) und die zwischen beiden von den Säulen aufgespannte, sich verjüngende Fläche (Dreieck drei) zusammentreffen würden, wäre der Gang nicht kurz vorher zu Ende gewesen, begrenzt durch das waagerecht verlaufende Stück der kniehohen Mauer. Das vierte Dreieck der Pyramide, das durch ihre Drehung extrem stumpf sein und sich einer Geraden annähern müßte, wird auf der Hangseite von den Weinwurzeln, Mauerresten, einer weiteren Säule vertuscht, so daß es als Form nicht mehr auszumachen ist, was die Strenge des Aufbaus mildert und der Perspektive eine gewisse Natürlichkeit verleiht.

Ein unregelmäßiges Netz feiner Risse überzieht die Oberfläche des Gemäldes, Krakelüren, die durch Austrocknung von Farbe und Firnis entstehen und sich hier besonders deutlich als hellere Einschnitte auf einem dunklen Untergrund abzeichnen, den Stellen, wo der milchig weiße Verputz der Säulen abgeblättert ist und ihr Gefüge aus nacktem kastanienbraunem Bruchstein hervortritt, oder solchen im Schatten – das vordere Drittel der Veranda etwa. Sieht man länger hin, entdeckt man die Risse ebenfalls auf einem eintönigen Stück Himmel, das zwischen den ersten drei Säulen über der Horizontlinie des Wassers ansetzt und, das Kap umschließend, bis zu der abfallenden Schräge reicht, die von der äußeren Kante des Laubendachs markiert wird – hölzernen, knotigen Stangen, die den Kapitellen aufliegen und sie verbinden.

Dunstverhangen, scheint dieser Himmel wie eine Wand aus Porzellan, deren Glasur kleine Sprünge bekommen hat, in der Farbe verdünnten Schwefels mit einer geringen Beimischung von Rot, rauchigem gelblichem Altrosa, dessen abgeblaßte Stimmung sich im Blattwerk der Weinpflanzen wiederfindet, die, lianengleich, die Lattenkonstruktion umschlingen. Zwar wirken einige der Blätter noch frisch, die meisten aber durchlaufen bereits, in verblüffender Gleichzeitigkeit, die Skala einer herbstlichen Palette, fahler werdend, als würden sie gebleicht, von Grün zu Mattgrün, das sich in strohartiges Gelb verwandelt, das schließlich, da und dort schon, in einen rostbraunen Ton übergegangen ist.

Außer dem Meer in einem lichten Blau und den reifen Trauben in Blauschwarz bewegen sich die dominierenden Farben des Bildes in einem Spektrum zwischen Grün und Gelb, örtlich aufgehellt wie der Himmel beziehungsweise der Verputz von Mauer und Säulen oder eingedunkelt wie der Verandaboden, dessen trockener, in der Sonne safrangelber Grasbewuchs im Schatten eine Bernstein verwandte Tönung annimmt. Insgesamt macht die Ansicht einen leidenschaftslosen, fast langweiligen Eindruck, ohne dramatische Effekte in einem Gleichmaß verharrend, dem die ruhige Alltäglichkeit der Szene entspricht, hätte es nicht drei, wenn auch nicht große, so doch auffällige rote Flecken gegeben, die, zinnoberrot leuchtend, als bewußt gesetzte Kontrapunkte der Lethargie des Blicks entgegenwirkten, ihn weckten sozusagen, die Mütze nämlich eines der Jungen und das durch ihre Arbeitsschürze zweigeteilte Kleid der Frau in der Mitte.

– Ich geh zu Vera rüber telefonieren, sagte Mahlmann. Noch mal mit der Bauverwaltung wegen der Freigabe. Die rühren sich nicht.

– Ja, das wird Zeit, sagte Frau Mattuschka. Nächste Woche wollen die schon mit dem Aushub anfangen.

Mahlmann nickte und zog ab. Petra Mattuschka schloß ihre Ledermappe, legte den von ihrer Schulter rutschenden Trenchcoat in die Armbeuge und sagte:

– Jungs (sah zu Ivan, dann zu Stefan), ich muß auch wieder, so leid es mir tut.

– Wir haben dafür Verständnis, sagte Ivan. Geht klar.

– Danke, sagte sie und lächelte ihn, bevor sie sich umdrehte, einen Augenblick zu lange an.

– Woher stammt das? sagte Stefan, während Ivan seinen Zopf löste, den Kopf mehrmals schüttelte, um dann die Haare wieder, mit einem Gummi, zusammenzubinden.

– Irgendein Katalog. Hat sie im Auto gehabt. Ist gut, bei den Geräten verwischt keine Kontur mehr. Von Canon.

Stefan steckte die Seite zwischen die Tasten des Rechners, so daß sie, sich im unteren Drittel einwölbend, von der Konsole des Monitors in einer aufrechten Stellung gehalten wurde.

– Schönes Bild, sagte Ivan. Vor allen Dingen, wie durch die harmonische und trotzdem eigenwillige Perspektive der Vordergrund betont wird, ohne Tiefe zu verlieren. Ganz raffiniert gemacht.

Er kratzte sich am Kinn, was, die schnelle Bewegung seines Fingernagels über Bartstoppeln hinweg, ein schabendes Geräusch verursachte. Und jetzt? Soll ich dir eine Frage stellen?

– Sag mal, sagte Stefan. Ich hab ein kleines Problem.

– Also?

– Kannst du mir bis morgen behilflich sein?

– Wieviel brauchst du?

– Ein Pfund wär nicht schlecht.

Ivan öffnete eine der Taschen seiner Armyhose und holte ein paar gefaltete Geldscheine hervor, die ein Metallclip zusammenhielt. Er ließ dessen durch eine Feder gekonterten Bügel aufschnappen und sagte:

– Du kannst auch mehr haben, wenn du brauchst.

– Pfund reicht erst mal. Danke schön.

– Nichts zu danken.

Nachdem er seine Barschaft wieder verpackt hatte, kreuzte Ivan die Arme und rieb, tänzelnd ein wenig, die Kappe des einen Schuhs an der Ferse des anderen. Sucht wen, um eine Frau zu suchen. Total aus mit der letzten, ist zu einem Rechtsanwalt gezogen. Hab ich noch, hatte er gestanden, die beiden bekannt gemacht. Nach fünf Jahren. Kannste doch alles vergessen. So ein Typ, der Geländewagen fährt. Grauenhaft. Der Preis eben. Hätte er sich besser auch einen besorgt. Geleast, bis sie davon ab ist.

– Übrigens, sagte Stefan (der allein sein will), soll ich dir ausrichten, daß Heller dich sprechen will. In seinem Büro.

– Und warum?

– Keine Ahnung.

– Na gut, sagte Ivan (der spürt, daß Stefan, der es vermieden hat, ihm in die Augen zu sehen, keinen Wert auf seine Gesellschaft legt). Geh ich mal. Bis später.

– Bis dann.

Kann nichts dafür. Innocent like a newborn. Jedem seine eigene Geschichte, gar nicht zu vermitteln. Stumm wie ein

Stamm. Soll er die blöde Kuh doch lassen. Er zündete sich eine Zigarette an und stützte den Kopf in die Hände.

Der Junge, der die zinnoberrote Mütze trägt, sitzt zwischen den beiden vorderen Säulen des Laubengangs auf der mit olivgrünem Moos wellig gepolsterten Mauer. Ein wenig vorgebeugt, umfaßt er mit der rechten Hand sein linkes Schienbein, das in lockerer Pose über dem rechten Knie gekreuzt ist, während er den linken, geringfügig vom Körper abgewinkelten Arm auf die Mauer stützt. In dieser teils müden, teils ungezwungenen Haltung beschreibt die Umrißlinie seines der Bucht zugekehrten Rückens eine steil ansteigende Kurve, die, dem negativen Ast einer kubischen Parabel vergleichbar, in Schulterhöhe plötzlich flacher wird, sich dann wendet, um gegenläufig, als Wölbung des Nackens, auszuschwingen. Der Kopf des Jungen ist leicht geneigt und im Profil zu sehen. Unbestimmt blickt er zu Boden, wie geistesabwesend dahin, wo die trockenen Gräser das Sonnenlicht safrangelb widerspiegeln.

Er trägt einen weiten, bauschige Falten werfenden Kittel, dessen Ärmel über die Ellbogen hochgerollt sind, und ein Paar enggeschnittene Kniebundhosen ohne Schuhe und Strümpfe. Der Kittel, der keine Knopfleiste besitzt, sondern einen altmodischen V-förmigen Kragenausschnitt, durch den man beim Anziehen schlüpfen muß, wirkt verschossen wie die gleichfarbigen Hosen, deren ursprünglich weißes Gewebe aus Baumwolle oder Leinen eine staubige, fast gelbstichige Tönung angenommen hat. Zu Füßen des Jungen, im Schatten der hohen Säule, die den linken Bildrand flankiert, liegen die Gegenstände, Hacke, Korb, Kürbis und Eselsjoch.

Unmittelbar neben, das heißt perspektivisch hinter ihm

lehnt sich ein kleinerer, etwa achtjähriger Junge lässig an die Mauer, die Schrägstellung seines Körpers auf dem rechten Unterarm abstützend. Ebenfalls barfüßig, ist er mit einer langen dunkelgrünen Hose bekleidet, deren Bund ein gutes Stück über den Bauchnabel hochreicht, und einem Kittel in der Art des älteren, halbwüchsigen, der ihnen beiden wahrscheinlich, wie man es aus Filmen kennt, die in einem vorsintflutlichen ländlichen Milieu spielen, auch als Nachtgewand dient. Mit weit zurückgelegtem Kopf, den die Krempe eines Strohhuts gloriolengleich umrahmt, schaut er träumerisch in den Bogen der Bucht hinunter, wo entweder ein Strand oder ein kleiner Hafen vermutet werden kann. Wäre er schon größer, würde man seinen Gesichtsausdruck gedankenverloren nennen müssen, vielleicht entrückt. Also?

Weitere zwei Figuren besiedeln den Vordergrund des Bildes. Rechts, den Jungen vis-à-vis, auf einem Flecken bräunlich gestampfter Erde, sitzt mit langgestreckten Beinen ein Mann, der eine rauchlose Pfeife im Mund hält. Seine schmutzige Hose ist löchrig und der linke Arm seiner ihn unförmig verhüllenden, umbrafarbenen Jacke halb von der Schulternaht gerissen, so daß das Futter lappig zum Vorschein kommt. Um die Hüften hat er einen Strick geknotet, der die verschiedenen Lagen seiner Kleidung, Jacke, Hemd und Hose, grob zusammenrafft. Seitlich von ihm steht ein kleiner amphorenähnlicher Krug aus gebrannter Tonerde, gleich dahinter liegt, achtlos zerknüllt, ein leerer Sack, und auf dem schmalen Streifen Leinwand, der sich zwischen seinen Beinen und dem unteren Bildrand befindet, ist, schwarz auf braun, die Signatur des Malers zu lesen, ein S und ein Sch, dem eine nicht zu identifizierende Buchstabenkombination folgt.

Ganz in den Schatten gerückt, macht der Mann weniger einen erschöpften oder müden als armseligen Eindruck, einem Schicksal ergeben, gegen das zu rebellieren den Aufwand nicht lohnt. Stierend fällt sein Blick über die in Richtung von Hacke, Kürbis etc. weisenden nackten Fußspitzen, als sei er nicht mehr imstande oder unwillig, das, was zu sehen wäre, auch wahrzunehmen. Sein Rücken lehnt vor einer geflochtenen Trage mit flachem Boden und flachem Rand, die, aufrecht an der steilen Hangwand stehend, wie ein Tablett aussieht und, der Länge nach, etwa hüfthoch ist – welche Schätzung durch die Größe einer Frau bestätigt wird, die, in der Mitte der Veranda halbwegs zwischen Jungen und Mann postiert, ihren linken Arm auf eine Trage beziehungsweise Kiepe des gleichen Typs stützt. Ein flaschengrünes, als Schürze umgebundenes Tuch verdeckt den größten Teil ihres Kleides, so daß lediglich ein trapezförmiges Stück am Saum und ein wie ein Schal gearbeiteter, Schultern und Brüste einschließender Kragen zinnoberrot zutage treten. Ihr Flächeninhalt – gering im Maßstab des Bildes – entspricht dem der zinnoberroten Mütze, deren Zipfel über die Stirn des Jungen herabhängt.

Die Füße der Frau stecken in einfachen, hinten offenen Latschen, und auf ihrem Kopf liegt ein aus Stoff zusammengerollter Dutt, der den Zweck hat, beim Transport das Gewicht der Trage abzufedern. Ihr entblößter rechter Unterarm ruht quer über ihrem Bauch, der sich als Wölbung des flaschengrünen Tuchs deutlich abzeichnet. Vielleicht ist sie schwanger. Gab keinen Ultraschall damals, geschlechtslos das Kind bis zur Geburt. Der Schatten der zweiten Säule, der, wie die Schatten der anderen Säulen, fast waagerecht auf den Boden des Laubengangs fällt, streift verdunkelnd ihre

Waden, den Saum ihres Kleides, und die Spitze des hinter ihrem Rücken, ähnlich einer Schärpe, verknoteten Tuchs, während Lichtreflexe die obere Hälfte ihrer dem Betrachter rechtsseitig zugewandten Figur stark konturieren und ihre roten, weißen und grünen Farben leuchtend hervortreten lassen, wie auch die Schulterpartie und die Mütze des größeren und die Hemdbrust des kleineren Jungen. Echt zum Strahlen bringen, als würden die Pigmente innerviert. Verlängerte man, mit einem Lineal zum Beispiel, die Schatten winkeltreu über Säulen und Mäuerchen hinweg nach außen, so kam man zu einer Stelle, die jenseits des linken Bildrands lag, knapp oberhalb des bewaldeten Kaps, das wahrscheinlich, wie die Anhöhe mit Veranda im Vordergrund, der Ausläufer einer Hügel- oder Bergkette war, die den Bogen der Bucht einfaßte; wo sich die Sonne befinden müßte, vor Einbruch der Dämmerung, ein längliches, wie Perlmutt schimmerndes Oval auf dem wellenlosen, nahezu glatten Wasser erhellend. Mehr als die Spiegelung einer wirklichen, trigonometrisch zu lokalisierenden Lichtquelle, schien dieser gestreckte, am Rand zerfasernde Kegelschnitt jedoch aus der Fläche der Leinwand hervorzuleuchten, Effekt nicht eines von außen, sondern von innen kommenden Lichts zu sein, das die Schattierungen und die unterschiedlich kräftigen Töne der Farben bewirkte. Als handele es sich bei der perspektivisch-physikalischen Genauigkeit des Bildes nur um die nachträgliche Bestätigung eines älteren Eindrucks, einer ursprünglichen momentanen Empfindung, die, um den festen Regeln eines bestimmten zeitgebundenen Geschmacks zu genügen: also weder das eigene Bewußtsein noch mögliche Käufer zu verprellen, in einer ausgewogenen, prima vista gebräuchlichen, das heißt anschaulichen Manier formuliert ist.

So versteht man das. Erklären sich durch den tiefen Stand der Sonne, kurz bevor sie hinter dem Geländekamm verschwinden wird, die blendenden Scheitellinien der auswärts gebauschten Kittel- und Schürzenfalten aus grünem und weißem Stoff als ihr Widerschein, als Reflexion einer fast waagerecht einfallenden, im Grunde theatralischen Beleuchtung, die auch das vertrocknete Gras zwischen den Schatten der Säulen safrangelb erstrahlen läßt, honigfarben, und dem Blattwerk einzelner, im hinteren Drittel der Veranda herabhängender Weinranken eine fast durchscheinende, weißlichgrüne Helligkeit verleiht – führen die Farben gleichwohl, daneben oder darunter, ein Eigenleben und sind in ihrer Wirkung, ihrer besonderen Eindringlichkeit an dieser oder jener Stelle, keinesfalls auf die Lichtverhältnisse während einer bestimmten Tageszeit zu reduzieren, wie in einer akademischen Rechenaufgabe etwa, die maltechnische Schwierigkeiten gewissenhaft und plausibel einlöste.

Deutlich wird das (die Überlagerung eines, sagen wir mal, starken sinnlichen Eindrucks, der fast schmerzhaft empfunden wurde, durch eine mehr oder weniger konventionelle Sehweise), wenn man die wie poliertes Metall glänzenden roten Flecken mit drei Fingerspitzen abdeckt, oder mit drei Papierschnipseln, die man mit einem Bleistift leicht schraffiert hat. Als sei eine Lampe gedimmt worden, verblaßt die gesamte Komposition, und die warmen Töne des Grases, des Laubdachs, der Steine von Säulen und Mauer, des Moospolsters kühlen ab, verschatten, als hätte ein Strom, der vom Zinnoberrot der Mütze und des Kleides ausging, sie zuvor mit Energie versorgt.

Ohne auf irgendwelchen symbolischen Bedeutungen herumzureiten, die dieser Art Rot, diesen im Gesamtmaßstab wirklich kleinen, tiefroten Flächen eingeschrieben sein könnten, stellen sie doch (ein imaginäres rechtwinkliges Dreieck bildend, dessen Hypothenuse Kleidsaum und Mütze verbindet) das Kraftzentrum der Szene dar, gewissermaßen eine dreigeteilte Mitte, die alle möglichen Bezüge und Abstufungen erst zur Entfaltung bringt, die, mag mans glauben oder nicht, dachte Martinez, während er die Papierschnipsel wieder einsammelte, die von Wein umrankte Veranda – wie unten auf dem Blatt zu lesen stand: 104 Eine von Wein umrankte Veranda 1828: erste Zeile, S. F. Schtschedrin: zweite Zeile – davor bewahrte, sich in das sentimentale Abbild einer ebenso sentimentalen Erinnerung zu verwandeln, sondern ihr (der Erinnerung, der Veranda mitsamt ihrem Personal, dem einmal anwesenden Gefühl) eine erstaunliche Gegenwärtigkeit verlieh als auch, na ja, er hob die Seite, Leben einhauchte sozusagen und die Stimmung eines diskreten Augenblicks aufs neue wachrief. Ganz beiläufig irgendwie, ohne sichtbare Anstrengung.

Zwölfter September achtzehnhundertachtundzwanzig, siebzehn Uhr zwanzig, auf einer laubbedachten Veranda oberhalb einer Bucht, kurz vor Einbruch der Dämmerung, die den dunstig verhangenen Himmel, der einer mürben Porzellanwand gleicht, schon zartrosa einzufärben beginnt, während das über einen Hügelkamm im Westen schräg einfallende Licht der Sonne, das sich auf dem Meer als ovaler, perlmuttern schimmernder Abglanz niederschlägt, fast waagerechte lange Schatten wirft, von denen einer (derjenige der zweiten Säule) die Figur der jungen Frau streift, die das zinnoberrote Kleid trägt. Ihr Blick ist über ihre linke Schulter in den hinteren rechten Winkel des Laubengangs gerichtet, wo eine andere, perspektivisch viel kleinere Frau, die eine von

Weinreben halb verdeckte Last auf ihrem Kopf balanciert, um die Ecke schaut, als sei sie aus einem dort in den Hang gegrabenen Magazin oder Verschlag gerufen worden, um mit auf das Bild zu kommen. Komm noch mal schnell raus, er will ne Skizze von uns machen!

Es war zur Erntezeit im Spätsommer, nach der Rückkehr vom Feld, woher man den Kürbis, der zu Füßen des größeren Jungen liegt, gebracht hat, und wahrscheinlich andere Früchte, um sie hier oben erst mal zu speichern. Bald würde man auch die reifen, blauschwarzen Trauben aus dem Dachgeflecht lesen, dann die Triebe stutzen, schadhafte Latten erneuern und wieder mit Baststrippen verknoten. Wie in jedem Jahr, wie immer.

Martinez zog die Schere aus der Halterung des Office-sets (Schneider-Büro-Bedarf: 56,80 DM ohne MwSt.) und schnitt den unteren Teil der Seite ab, so daß ein etwa zentimeterbreiter Rand die Kopie des Bildes gleichmäßig umrahmte. Dann pinnte er sie an die leere Wand über dem Monitor.

Windlast morgen oder wann. Keinen Bock mehr. Vierzehn Uhr dreißig. Mahlmanns Telefon hatte einen Wackelkontakt, weshalb es unmöglich war, dachte er, von Veras Zimmer aus gehts schlecht, in Mailand anzurufen. Kontrolliert niemand hier die Gebühren. Vorhanden: Zwanzig Mark (Kapital) plus zwanzig Mark (Kredit von der Ivan-Bank) plus ein bißchen Kleingeld (Taschenfutter): Reicht allemal. Im Kino oder im Imbiß noch ein Sixpack kaufen für heute abend. Kochen will sie. Ins Esplanade später? Nur wenn Edmund arbeitet, das heißt ob, vorher an der Kasse fragen. Vierzehn Uhr einunddreißig. Bei Items gingen die Lichter aus, und die Jalousien wurden hochgezogen. Schon zu Ende mit der Marktforschung? Alles in Butter. Lebenskraft aus deutschen Landen. Blaßblond mit wäßrig blauen Augen. Kann ich nicht, ist nicht meins. Schlappe Farben irgendwie, ohne. Ab jetzt! Wohin? Er nahm einen Bleistift (mit dem er die Papierschnipsel schraffiert hatte) und zeichnete mit dünnen Strichen ein Ornament auf das Deckblatt von Mahlmanns Kladde. Dann radierte er es wieder weg. Neinsagen nicht möglich. Das geht gar nicht. Wir würden das sehr begrüßen, meine Frau und ich. Schön für Sie, für mich, für alle. Mein lieber Stefan, gestatte mir, daß ich mir Gedanken über deine Zukunft mache. Schreibt mit Füller, wenns ernst wird. Was willst Du eigentlich? 'n Sechser im Lotto, dazu die Gewinnzahl vom Spiel siebenundsiebzig. Es wäre doch eine schöne Sache, wenn Du Dich bei dem Architekten etablieren könntest; auch freut mich, daß Du eine nette Frau kennengelernt hast. Wohnt der Italiener noch in Deiner Wohnung? Nächsten Montag fliege ich für zwei Wochen nach Kreta, hoffentlich ist es nicht mehr zu heiß. Das Geld war übrig von meiner Urlaubsgratifikation, stecks ein, und mach damit, was Du willst. Es ist überhaupt nicht so, daß ich mir dadurch was abknapsen würde, auch mit dem anderen nicht, weshalb Du es Dir sparen kannst, mir deswegen irgendwelche Vorhaltungen zu machen wie bei unserem letzten Telefongespräch. Hätte ichs nicht, würde ich es auch nicht schikken. Ich bin weder Mutter Theresa noch das Sozialamt. Es ist mir einfach ein inneres Bedürfnis. Hier geht alles gut. Das Geschäft wird endlich umgebaut, wie ich es seit Jahren vorgeschlagen habe. Man muß was bringen, um seine Kunden zu halten. Falls es Dir möglich ist, was ich sehr hoffe, zu Weihnachten zu kommen – sonst würde ich nämlich nach Bad Neuenahr fahren –, vielleicht mit Deiner Freundin, wenn sie sich nicht abschrecken läßt, zeige ich Euch alles. Sehr exklusiv. Viele Grüße, und dann ein liegender, wie ein S gezogener Schnörkel. Bis hierher und nicht weiter. Martinez lehnte sich zurück und umfaßte mit fünf Fingern den am Ende des Bleistifts befestigten Radiergummi. Den Metallring. Sein linkes Bein wippte auf und ab. Vor ihm auf dem Pult lag die halbe, von der Kopie geschnittene Seite mit dem Titel des Bildes, dem Jahr seiner Entstehung, der Nummer des Exponats und dem Namen des Malers. Vorsichtig, als befürchte er, etwas falsch zu machen oder die Mine zu dick aufzutragen, setzte er den Stift aufs Papier und fing zu schreiben an, was zuerst wie ein Malen aussah, indem er einen kleinen Kreis mehrfach nachzeichnete, seiner eigenen Linie folgend, bis er ihr schließlich, während der neunten oder zehnten Umdrehung, einen geraden Aufschwung gab, so daß ein d entstand, dem er dann, ohne lange innezuhalten, eine Reihe weiterer Buchstaben anfügte, welche sich, durch drei winzige Zwischenräume getrennt, als: ›die sich kreuzenden Blicke‹ lasen. Er hob den Kopf und betrachtete das Bild, wobei er den Stift senkrecht auf die Tischplatte stellte, seine Finger gedankenverloren an dessen Schaft herabgleiten ließ, um ihn, wie gewohnt, in der Mulde zwischen Daumen und Zeigefinger zu fixieren. Die Blicke der Personen kreuzten sich nicht, sondern gingen aneinander vorbei wie ungerichtete Laserstrahlen. Martinez strich ›kreuzenden‹ aus und schrieb ›vermeidenden‹ darüber. Die sich vermeidenden Blicke. Er setzte ein ›durch‹ vor seine Worte, las sie lautmalend und fuhr dann, den Einschub mit einer Klammer kennzeichnend, fort: Durch die sich vermeidenden, unterschiedlichen Zielen zugewandten Blicke der Personen entsteht der Eindruck, daß sie, die Personen, bei denen es sich wahrscheinlich um Bauern oder Tagelöhner handelt, voneinander isoliert sind; ganz in ihren eigenen Vorstellungen versunken, obwohl sie vom Kontext her zusammengehören.

Hinter Kontext wie hinter den Punkt des Satzes machte er ein Sternchen und ergänzte: sozialen, event. familiären bzw. auch malerischen. Das stimmt. Und weiter:

Mag es auf den ersten Blick auch manieriert erscheinen, irgendwie gekünstelt, daß sie so verschiedene, offensichtlich unvermittelte Posen einnehmen, gelingt es dieser Darstellungsweise andererseits, ihnen einen jeweils selbständigen Charakter zu geben, der sie als nicht verwechselbare Individuen auszeichnet. Deren Innerstes (wird das groß oder klein geschrieben?) bleibt für sich, also, was sie gerade denken oder fühlen, obwohl alle fünf (der große und der kleine Junge, die Frau in der Mitte, der in Lumpen gehüllte Mann – ein Hausierer vielleicht, die zweite, halb verdeckte Frau hinten rechts) schon allein durch ihre gleichzeitige Anwesenheit auf der vom Licht einer spätsommerlichen Sonne gefluteten Veranda in enger Verbindung stehen. Punkt. Nur Worte alles wörtlich. Analyse. Hört sich an wie eine Krankheit.

Ohne den Stift vom Papier zu heben, nestelte Stefan eine Zigarette aus der Packung in seiner Lederjacke, die über dem Drehstuhl hing, und entzündete sie mit seinem auf des Kollegen Platz gerutschten Einwegfeuerzeug (Café Roxy, Frühstück am Südstern, mit Hartwig letztens). Klingt nicht schlecht. Flutendes anflutendes Licht. Er drehte drei vier Kringel, die er, das denke ich jetzt, dann wieder in Buchstaben und gliedernde Leerstellen überführte: Zwar wirkt die Szene nachgestellt und sind die Personen arrangiert wie auf einer Daguerreotypie (?), deren lange Belichtungszeit ihnen eine sowohl überdeutliche als auch für Minuten reglose

Haltung abforderte, bewahrt sie, die Szene, das, was man sieht, trotzdem ein quasi natürliches, dem Zufall verpflichtetes Gepräge, indem erst gar nicht der Versuch unternommen wurde, die Illusion eines heimlichen, spontanen Blicks zu erzeugen, das moderne Ideal, man sähe eine durch keinerlei Vermittlungen getrübte, gewissermaßen authentische (hinter welches t gehört das h?) Momentaufnahme.

Man muß sich bloß konzentrieren. Verdichtet sich das Gewaber im Kopf. Rauch kratzte in seinem Hals. Vierzehn Uhr fünfunddreißig und zwölf dreizehn vierzehn Sekunden. Quartzbatterie da drin, springen die Zeiger von Impuls zu Impuls, von Pause zu Pause praktisch. Sechzig Mark. Billig, rechnet mans auf die garantierte Lebensdauer hoch. Und weiter:

Ein Bild aus einem Tagtraum. Die Rekonstruktion einer Empfindung. Langsam, immer langsamer werdend wie ein Film in Slowmotion, der schließlich, für den Bruchteil eines Bruchteils, anhält und stillsteht. Von innen leuchtend. Wie die Farben inszeniert sind. Eine Art Sprache, kann man verstehen.

Stefan klopfte Asche ab und lauschte. Das Geklacker einer Tastatur drang eintönig über den Flur. Vera wahrscheinlich. Leise wehte ein Faden Radiomusik darüber hinweg, und dann hörte er Mahlmann, der, gereizt und mit erhobener Stimme, wie es nicht seine Art war, nein sagte, daß ist ausschließlich Sache der Behörde. Soll ich Ihnen den Paragraphen jetzt zitieren? Sicher hatte er recht, unvorstellbar ein Irrtum des Büros, von ihm. Mach, und beende die Übung, bevor er zurückkommt. Also: Es sind die drei zinnoberroten, durch den Sonnenstand alleine nicht erklärbaren Flecken der Mütze und des Kleides – d. h., deren Leuchtkraft sich nicht auf die Lichtverhältnisse zurückführen läßt –, die im Zusammenspiel mit den so eigenartig posierenden, dem Maler u. U. persönlich bekannten Figuren und der farblichen Gestaltung des Hintergrunds insgesamt (Aufhellung der Veranda gegen den Fluchtpunkt zu) die Atmosphäre eines spätsommerlichen Nachmittags an einem konkreten Ort wieder zum Leben bringen.

– Das wollen wir doch mal sehen, sagte Mahlmann, das ist ja nun wirklich die Höhe.

Kann sein, kann nicht sein. Nur Vermutungen. Worte über Worte. Indirekt alles. Nachdem Stefan noch einmal gelesen hatte, was er geschrieben hatte, kritzelte er Zeile für Zeile durch, zerknüllte das Blatt und warf es in den Papierkorb. Worte zu finden wie Farben. Sätze, die an der Wirklichkeit haften, sich mit ihr vermischen. Muß man üben, daß es klingt, wie es war. So ist das. So bist du. Anflutendes Licht: kann man sich vorstellen: wies gemeint ist. Spürt man. Andere auch vielleicht. Wärmt einen. Und was war das jetzt? Kein Zweifel, Mahlmann hatte den Telefonhörer so laut auf die Gabel geknallt, daß es sich wie ein Schreckschuß anhörte. Kopfschüttelnd kam er in das Zimmer, murmelte: Idioten, und trat an den Metallschrank, aus dem er einen Schnellhefter zog (B wie Bauantrag oder -freigabe), den er flüchtig durchblätterte, bis er fand, was er suchte. Na also, hörte man leise seine Stimme, schwarz auf weiß. Er nahm seinen Mantel vom Haken und drehte sich zu Stefan. Ein Ausdruck von Irritation und Empörung lag in seinem Gesicht, dessen Wangen von hektischen rötlichen Flecken gezeichnet waren.

– Ich fahre da jetzt hin, sagte er, seine Krawatte festzurrend, das sind solche Idioten in der Verwaltung, das glaubt man gar nicht. Wahrscheinlich komme ich heute nicht mehr her. Falls jemand fragt.

Stefan nickte.

– Bis morgen, sagte Mahlmann und stiefelte, ohne ein weiteres Wort, nach draußen.

– Ja, bis morgen, sagte Stefan, stand auf und streckte seine Arme zur Decke. Wird man steif im Kreuz, wenn man zu lange sitzt. Gut so. Und nun? Feierabend im Prinzip. Er kommt nicht mehr zurück, ich bleibe nicht länger hier, ne ganz astreine Implikation mit einfachsten Wahrheitswerten, wfww. Alles eine Sache der Logik. Er schlüpfte in seine Jakke, packte das Feuerzeug ein und drehte sich einmal um die eigene Achse. Was vergessen? Was kann ich vergessen haben? Niente sozusagen. Er ging in den Flur, sah zur Treppe (kein Ton von oben, die Türen von Ivans und Hellers Räumen waren geschlossen), dann fiel sein Blick auf Vera, die, leicht gebeugt neben dem Schreibtisch stehend, das Kopfhörerkabel um die beiden Muscheln wickelte. Sie trug Cowboystiefel, einen wadenlangen Fransenrock mit einem breiten, metallbeschlagenen Ledergürtel und oben eine Art Wams, das aus zahllosen kreuz und quer vernähten Rüschen bestand. Ihre Haare waren blond gesträhnt und, während der Arbeit, zu einem Pferdeschwanz zusammengebunden. Als sie Stefan gewahrte, richtete sie sich auf und sah ihn fragend an. Er hob die Schultern und wies mit dem Daumen zum Ausgang.

– Gehst du schon?

– Ich habe Außendienst.

Sie grinste ihn an.

– So siehst du aus.

– Aber echt, sagte Stefan und legte den Zeigefinger über seine Lippen.

– Ich weiß von nichts.

– Mir ist komisch, sagte Stefan.

– Mir auch, sagte Vera und wedelte ihre Hand Richtung Türe. Geht klar.

– Thanks a lot, sagte Stefan, unbewußt die Worte des Jungen wiederholend, dem er in der U-Bahn fünf Mark geliehen, das heißt geschenkt hatte.

– Ja, sagte sie. Schönen Tag noch.

– Dir auch.

Als er auf die Schwelle trat – lächerlich, dachte er, die Tür nur einen Spalt weit zu öffnen, damit das Glockenspiel nicht ertönt, als sei er irgendwem irgendwas schuldig, woran das dünne Plingpling ihn mahnen würde, zerfiel der Graupelschauer in einzelne Bahnen, die auf das Pflaster prallten, von Schirmen federten wie Elektronen, ein zwei dreimal seine Jacke trafen, um in winzigen Sprüngen über dem Leder abzuperlen.

Quellende Wolkenschichten schoben sich am Himmel grau und graublau und blauschwarz ineinander wie emulgierende Flüssigkeiten, und stoßweise frischte ein kühler Wind auf. Vierzehn Uhr fünfundfünfzig. Anzunehmen, daß Irene noch bei der Arbeit ist, noch ein oder zwei Stunden wahrscheinlich. Warten solange. Du Narr. Ausgeliefert der Unvernunft. Feurig jagen die Rosse des Schicksals. Oha. Dahin dahin. Wo jetzt, links oder rechts, Café Milagro oder Café Westphal? Von welcher Seite der nächste Radfahrer kommt, da runter. Er sah in beide Richtungen, doch war keiner zu entdecken. Nichts nirgends. Wer fährt auch Fahrrad bei dem Wetter? Son ganz Hartgesottener höchstens, aber kein normaler Mensch. Bläst einen vom Sattel. Das nächste Taxi. Da ist schon eins, also linksrum. Stefan schlug den Kragen seiner Jacke hoch und setzte sich endlich in Bewegung.

23 Warum eigentlich wird man siebzig Jahre alt, im Durchschnitt, und nicht hundert wie eine Schildkröte oder nur dreißig wie ein Pferd? Die Frage ist doch, ob irgendeine Notwendigkeit dahintersteckt, biologisch betrachtet, daß die Zellerneuerung bei uns nach dem achten Mal einfach aufhört, kollabiert sozusagen, was sich zu einer entsprechenden Lebensdauer hochrechnen läßt, die fast niemand überschreitet, außer vielleicht in Transkaukasien ein paar Hirten, die von morgens bis abends frischen Yoghurt verputzen; aber selbst dort lebt man in der Regel nicht mehr so lange wie die Patriarchen in der Bibel, Schelach zum Beispiel, der es mühelos auf vierhundertdreiunddreißig Jahre brachte.

Irgendwie sind diese Maße ja nicht einsichtig. Klar, die Spanne zwischen Geburt und Tod darf nicht zu kurz sein, um die Reproduktion der Art sicherzustellen, andererseits kommt es einem reichlich überflüssig vor, daß ein Mensch, dessen Geschlechtsreife mit vierzehn einsetzt, fünfmal so viele Jahre älter wird, zumal er später physiologischen Ballast darstellt, ob es sich um wilde Gesellschaften handelt oder das Defizit in der Rentenkasse heute. Statt aber, daß man ihn aussetzt oder sich seiner auf andere Weise entledigte, schleppt man ihn mit von Jagdrevier zu Jagdrevier, beziehungsweise manipuliert den Staatshaushalt auf Teufel komm raus, als gäbe es eine stammesgeschichtliche Verpflichtung, ihn nicht sich selber zu überlassen.

Total irrational das Ganze. Unpraktisch. Praktisch wäre eine Lebensdauer von, sagen wir mal, fünfzig Jahren, wenn die Kinder der eigenen Kinder in der Lage sind, Kinder zu zeugen, mithin also ein Rhythmus von ungefähr sechs Zellerneuerungen bis zum biologischen Ende oder gleichbleibend acht bei einem reduzierten Takt.

Aber nein, überall und zu jeder Zeit, wie verschieden die einzelnen Menschen auch sein mögen, ist ihnen allen die Eigenschaft gemeinsam, jenseits von Klima, Milieu, Körpergröße, Intelligenz oder Pigmentverteilung etwa siebzig Jahre lang leben zu können, als Wahrscheinlichkeit, die unabhängig von sämtlichen anderen, nur zufälligen Merkmalen – Hitze färbt, Kälte bleicht die Haut – zu existieren scheint, gewissermaßen eine Invariante, die in den tiefsten Tiefen unseres genetischen Codes gespeichert ist; spätestens seit den Zeiten eines Mose, für den auch schon mit hundertzwanzig der Bart ab war. Absurd scheinbar, so viele Jahre länger als nötig auf der Erde zu bleiben, in Afrika, Europa oder sonstwo, und sich dabei selbst verfallen zu sehen.

Einen Grund muß das haben, wenn keinen biologischen, dann eben einen anderen, der uns gleich macht vor dem Tod wie im Leben. Der ausgerechnet dieser Terminierung einen gewissen Sinn gibt. Da die Natur bekanntlich nicht würfelt. Mal ernsthaft: Was würde sich ändern im Fall einer dramatischen Steigerung der Lebenserwartung zurück auf ein vorsintflutliches Niveau, rein persönlich und abgesehen davon, daß wir es dann wirklich mit einem Problem von Überbevölkerung zu tun hätten? Man wäre allem und jedem noch einmal zweihundert Jahre länger ausgesetzt! Unvorstellbar, wenn die Zeit ihre normale Geschwindigkeit beibehielte. Endlose Wiederholungen, in- und auswendig, deren Speicherung die Festplatte schließlich verweigerte: This information has already been coffined. Don't bother me. Dieser Vermutung liegt natürlich die Annahme zugrunde, daß es erstens nur eine endliche Zahl an Erfahrungen gibt, die man zweitens innerhalb der dem Menschen theoretisch zugeteilten Lebensspanne hinter sich bringen kann, und daß drittens die Gelegenheiten wahrgenommen werden, die sich jedem einzelnen, ob er will oder nicht, bieten. Unter halbwegs gesitteten Umständen.

Andererseits, die Wissenschaft, könnte man sich immerhin vorstellen, daß eine Verdopplung der Zellgenerationen von acht auf sechzehn weitergehende Möglichkeiten erschließen würde und Einstein die Weltformel vielleicht doch noch gefunden hätte, wäre er nur hundertvierzig Jahre alt geworden; was auch für Chemiker, Philosophen, Mathematiker gilt, die letzten Rätsel Fermats. Gibt es eine Lösung für iks hoch enn mal ipsilon hoch enn gleich zett hoch enn bei Wahl des Exponenten größer als zwei? Wie tief ist ein schwarzes Loch? Warum sind die Dinosaurier ausgestorben? Man weiß es nicht. Man spürt dem nach. Doch wo Nachfolger unaufhörlich dieselben Probleme durch ihre schlaflosen Nächte wälzen, ist es wohl eine Illusion zu glauben, alles hinge von der absoluten Zeit ab. Wenn die Datenbanken funktionieren, braucht man sich im Prinzip keine Sorgen zu machen, im Prinzip, daß der Tod nicht nur den alten Baruch de Spinoza (44 Jahre, 2 Monate, 29 Tage), sondern zugleich auch seine Gedanken pulverisieren würde. More geometrico, Tag für Tag, Schritt für Schritt. Achtung Pfütze. Regelrecht abgesenkt das Pflaster, wie unterspült. Suppt einem glatt in die Schuhe, wenn man reintritt.

Und bei einer Verkürzung? Das kennt man. ›Plötzlich und unerwartet‹ steht dann über oder unter dem Namen des Verblichenen. Ärgerlich ist in solch einem Fall, daß vieles offenbleiben muß. Daß vierzig Jahre einfach zu kurz sind. Für was? Seine Angelegenheiten in Ordnung zu bringen. Schließt man aus, daß es sich lediglich um ein Vorurteil handelt, wonach man in vierzig Jahren nicht erledigen kann, was nötig wäre, um alles erledigt zu haben, läßt sich eine natürliche Grenze vermuten zwischen zu früh und zu spät, und zwar eine, an der sich ennui und Mangel begegnen. Guten Tag. Logisch, daß sie variabel ist. Wie ein Gummizug. Woran befestigt? Keine Ahnung. Um was gings noch mal? Welchen Grund es für ein bestimmtes Durchschnittsalter gibt. Für eine Ephemeride ist schon nach dem ersten Tag Zapfenstreich. Abberufen in den Fliegenhimmel. Tragisches Ende mittels einer Klatsche aus Plastik. In einem Faß Himbeersirup ertrunken. Kommt ihr wahrscheinlich so groß vor wie uns das Meer. Trotzdem ist die Frage nicht beantwortet, warum man zwanzig Jahre länger lebt als phylogenetisch notwendig, der Mensch. Geht auch gar nicht. Ist nämlich Spekulation nur, daß die Eltern mit fünfzig überflüssig werden. Geht der Sohn in Konkurs, steht der Vater gerade dafür. Machts Portemonnaie auf und begleicht alle Schulden. Schön wärs. Muß man ihn erst mal kennen. Der hier bürgt für mich. Kein Problem, pfänden wir eben dessen Mobiliar. Sehr praktisch und sehr rationell. Ein Kreislauf. Geschlossen. Abgeschottet. Du gehörst nicht dazu. Tecum portas. Ist echt nicht viel, was man hat. Vierzig Mark ungefähr. Das reicht, um sie anzurufen, um Brot und Bier zu kaufen. Der Imbiß führt auch Tuborg, große Büchsen, halber Liter jeweils, der Wein ist Schrott da. Honigsüßes türkisches Gesöff. Müßte eine Warnung aufs Etikett: Der Inhalt dieser Flasche führt zu stechenden Kopfschmerzen und Lähmungen des zentralen Nervensystems. Da rum. Fünfzig Meter noch. Neunund, achtund, siebenundvierzig. Mal sehen.

Stefan Martinez klappte den Kragen seiner Jacke herunter und strich sich die Haare aus der Stirn. In einem Schaufenster sprang das Deckenlicht an. Eden-Apotheke. Plinkerte.

Dreißig, neunundzwanzig. Gut verwahrt steckten die beiden Scheine in seiner linken Gesäßtasche, wie ihm ein zur Gewohnheit gewordener flüchtiger Griff bestätigte. Das Gefühl des rauhen Papiers an den Fingerspitzen. Alles klar. Siebzehn, sechzehn. Er wandte den Kopf und sah sein Bild, sich selbst, in der Scheibe auftauchen. Ziemlich leer, kaum Gäste da. Zeitungen sauber gestapelt auf einem Tisch. Sehr schön. Mal sehen, was es heute so gibt.

24 Nicht nur, daß Ulla im Café Milagro unbekannt zu sein schien, dämpfte Till Berlings Laune, erbost war er über die in einen hämischen Ton gekleidete, mehr gezischte als verständlich artikulierte Erwiderung des Barmanns auf seine freundliche Frage, daß nämlich eine Hulla, wie die vierschrötige pomadisierte Tunte den Namen zu entstellen sich nicht entblödete, weder dort gearbeitet habe noch arbeite beziehungsweise jemals ›in unserem Hause‹ arbeiten werde, weshalb er, an den Tisch zurückgekehrt, ihren sofortigen Aufbruch verkündete.

Seufzend, obwohl er Tills Verhalten im großen und ganzen nachvollziehen konnte, erhob sich Ludwig Milde und machte auf dem Weg zur Türe mit einer bedauernd-nonchalanten Geste die Bestellung rückgängig, Espresso und Osborne, die er in der Zwischenzeit bei einem flinken rothaarigen Kellner getätigt hatte, dessen Mausgesicht (unverwechselbar) ihm aus dem Oppenheimer erinnerlich war, wo er, als Raimund noch zum Personal gehörte, zwei- bis dreimal die Woche einzukehren pflegte, um einen Drink zu nehmen und zu hören, was es wieder Neues gebe, Designerschuhe vielleicht, Autorecorder, Tips für Mariendorf oder, im Sommer allerdings leider unverkäuflich, wattierte Skianzüge von Sport-Bogner. Die ihm, Raimund, dann auch das Genick brachen, weil er sie, nichts Böses ahnend, in der geräumigen Kleiderkammer des Kaffeehauses deponiert hatte, so daß die Geschäftsleitung, namentlich Renate Schroeter, endlich einen materiellen Beweis in die Hand bekam, der seine fristlose Kündigung rechtfertigte – trotz vieler zufriedener Kunden, die ausschließlich seiner Angebote wegen die Gesellschaft der Medienparvenüs ertrugen, die das Oppenheimer von morgens bis abends lautstark bevölkerten.

Er solle froh sein, daß man nicht die Polizei alarmiere, hätte sie nach Schichtende geschrien, hatte Raimund augenrollend in der Uhland-Bar zum Besten gegeben, drei Kreuze schlagen, daß man es bei ihrer Trennung in gegenseitigem Einverständnis bewenden lasse, ohne ihm die beiseite geschafften Bons, das Ausschenken verdoppelter Schnäpse, die vorgetäuschten Reklamationen korkender Weine und glasiger Kartoffeln extra in Rechnung zu stellen, was, sie habe ihn sowieso schon lange auf dem Kieker, das Normalste von der Welt wäre. Anschließend habe sie ihm immerhin den Lohn vom Tag in die Hand gedrückt, inklusive Trinkgeldprozente, und die Tür gewiesen. Irgendwie filmmäßig, ausgerechnet Renate Schroeter, die einstens frühmorgens wie aus dem Nichts vor den Werkstoren von Siemens und Reemtsma auftauchte, um zu kontrollieren, ob die Kandidaten der Partei, das wisse er aus sicherer Quelle, auf Posten waren, um per Flugblatt und Megaphon ebenso verschlafenen Werktätigen das Programm der Kapehdeeahohdevau Fraktion Rote Sonne: Studiert die Schriften unseres weisen Führers Enver Hatschi näherzubringen: wie eine Fata Morgana, die scharfe Renate, mit Strichliste in der Hand, auf der die Namen der

Agitatoren verzeichnet waren. Wo ist der Genosse Ellerwein? Hat sich noch mal die Decke über den Kopf gezogen! Erzählte Raimund nach seinem Rausschmiß, eine neue Flasche Prosecco ordernd.

Was jetzt? dachte Ludwig, während er seinen Seidenschal verknotete und, Till folgend, in den nun in einzelne Striche zerfallenden Graupelschauer trat. Was jetzt? Stampft da geradeaus, ohne links und rechts zu sehen. Guckt man sich doch vorher genau an die Leute, die einen beleidigen dürfen. Nicht aber der schwule Pit. Zischelt beim Sprechen, weil seine Zunge zu lang ist und von hinten an die Schneidezähne stößt. Ein Fall fürn Logopäden. Diu vernunft der sêle daz ist daz hoehste der sêle. Wird heute nichts mehr. Kann ich mir abschminken zu arbeiten. Dieser Hektiker da vorne, mit eingezogenem Kopf, ehrenkäsig wie ein Kegelbruder. Muß er lernen. Paar Jahre Zeit noch. Ich auch.

Seinen Rücken den Fassaden zugekehrt, in einer Art Paßgang, beschleunigte Ludwig hüpfend seine Schritte, bis er Till eingeholt hatte, der unbeirrt von Graupeltreffern mitten auf dem Trottoir seinen Weg machte. Doch, im Gegensatz zur Annahme des Freundes, waren es keine Rachegelüste, denen er Luft zu schaffen suchte, sondern Kaskaden unterschiedlichster Gedanken, die plötzlich durch seinen Kopf rauschten und ihn vorwärtstrieben, angefangen bei der Frage, ob er Ulla möglicherweise falsch verstanden und Milagro mit Milano verwechselt haben könnte – was ihn insofern beunruhigte, als er in letzter Zeit an einem Hörverlust zu leiden glaubte. Nicht nur die Geschichte mit den Augen, das auch noch. Wie der Alte, wie vorprogrammiert. Hä? Sodann beschäftigte ihn die Verabredung im Wohlmann mehr, als ihm lieb war und er sich eingestehen wollte, die Aussicht auf einen Job, verbunden mit einem entsprechenden Honorar (die Schweine schließen nicht mal ne Krankenversicherung für einen ab), das unter anderem die Mietschulden bei Karin (Anzahlung reicht wahrscheinlich, sie hat noch nicht gedroht) reduzieren helfen würde; wozu er sich verpflichtet fühlte (diese Schuldattacken sind wirklich zum Kotzen), gelegentlich, während es ihn andererseits zur Weißglut brachte, meist am Monatsende, daß er siebenhundert Mark warm für eine Wohnung – 1 Zimmer wie ein Hühnerstall mit Brausebad und Kochnische – bezahlen sollte, die ihr Vater als Kapitalanlagesteuerminderungsimmobilienfondsobjekt im Doppelpack gekauft hatte – Karins Wohnung, 2 Hühnerställe, Einbauküche, Wannenbad, lag eine Etage tiefer – und für die sie die Miete privat abkassierte, als Beihilfe zum Lebensunterhalt sozusagen (später mach ich da ne Maisonette draus). Sich etwas anderes zu suchen wäre schon aus Gründen der Selbstachtung notwendig gewesen, aber auch, um den dämlichen Spekulationen einen Riegel vorzuschieben, die ihr seit langem beendetes und öffentlich widerrufenes Verhältnis trotzdem noch nährte (Hartwig zu Ludwig zu Edmund zu Stefan: Er verpfändet seinen Körper, wie son echter Gigolo).

Außerdem nervte ihn das Wetter, der kaputte Brillenbügel, ein leichter Druck an der Schädelbasis, der sich in den vergangenen Minuten aufgebaut hatte, Ullas vages Wesen, ihr ewiges Hin und Her, das Geziere letztens, und dann verspürte er doch, tief im Innern, leider, zweifellos, das Bedürfnis nach Rache, es diesem Oberkellner heimzuzahlen, ihm bei der nächsten sich bietenden Gelegenheit den Arsch so weit aufzureißen, daß er drei Wochen um jeden Kerl einen großen Bogen würde schlagen müssen. O Till. Till Till Till.

– Wo gehts eigentlich hin? fragte Ludwig, der Mühe hatte, schräg zum Weg mehr tänzelnd als gehend, Schritt zu halten.

– Immer der Nase nach.

– Biegen wir an der Pestalozzi ab, oder ziehen wir es vor, geradeaus auf die Grünanlage zu laufen?

Schweigen. Man näherte sich der Kreuzung.

– Wo ist hier ne Grünanlage?

– Der Rasen vorne.

– Das ist ein Vorgarten.

– Na gut, ein Vorgarten. Im weitesten Sinne.

Till schlug die Kapuze des Anoraks über seinen Kopf und streckte den linken Arm aus, als wolle er, wie beim Radfahren, die Richtung anzeigen.

– Geht in Ordnung, sagte Ludwig. Hauptsache ist, wir kommen irgendwo rein.

Sie schwenkten ums Eck. Satwayanda Meditations Artikel und Mode aus Bali. Copy-Shop. Gesellschaft für visuelle Kommunikationssysteme mbH.

– Nerv jetzt nicht.

– Café Westphal?

– Prinzipiell einverstanden.

– Ich auch.

Na also. Wer sagts denn?

Ludwig, einem mit einer wehenden Klarsichtplane luftig bedachten Grabbeltisch ausweichend (Spiele für die ganze Familie), löste sich von den Fassaden und nahm den Platz an Tills linker Seite ein, wodurch sich das Tempo ihres Gangs merklich entspannte. Giusto. Marschieren ist ungesund. Auch bei Wetter wie diesem. Schädigt die Lungen. Und Muskelkater. Ein bißchen schneller als normal, aber kein Gehetze. Bringt nix. Gleichmaß und Schönheit. Lachhaft, sich von Pit reizen zu lassen. Territorialverhalten. Diz bürgelîn ist mîn und ist niht dîn. Mal wieder lesen vorm Einschlafen zur Beruhigung. Hoffentlich noch nicht verkauft die Ausgabe. Von Anno Tobak. Unhandliches Format eigentlich, die Seiten. Vergilbt auch. Schein von fernen Zeiten. Mönche und Büßer, Flagellanten darunter. Bis daß die Haut. Wollene Kutten grobgewirktes Leinen Batist. Seide. Raupen oder so, die Kokons, werden ausgekocht und dann entwickelt. Im Fernsehen gesehen die Sendung mit der Maus. Sehr lehrreich. Nû merket und sehet mit vlîze. Wie Lautschrift lautmalend malerische Laute. Muß man so murmeln, dann versteht man den Meister. Haarscharf die Tonsur rasiert. Bei mir auch bald. Nettes Loch schon hinten auf dem Kopf, Kreis, der immer größer wird. Hormonelle Sache. Kitzelt einen, wenns regnet. Graupel pikst und Schnee: schmilzt warm. Scheißwetter. Wasserfarben, die schlierend ineinanderlaufen. Kobalt eisgrau schwarzblau. Der Atem. Schwadet. Weht ums Kinn. Jetzt gehts los mit Rainer Maria und Konsorten. Nasses Laub wie eine Rutschbahn auf den Pflastersteinen. Kehrt das niemand weg? Hauswart oder Stadtreinigung? Versaut einem total die Schuhe.

Als sie die Schlüterstraße erreichten, blieb Till stehen und streckte wieder einen Arm aus, diesmal den rechten.

– Das Westphal ist auf der anderen Seite, sagte Ludwig.

– O Gott, es wird immer schlimmer.

– Aphasien, Atrophien und Absencen.

– Im Sauseschritt.

Als regele er den Verkehr, ließ Till den rechten Arm fallen und hob seinen linken.

– Wenn ich bitten dürfte.

– Nach Ihnen.

Er betrat die Kreuzung, zwang ein Taxi zum Halt und winkte Ludwig herüber. Verdutzt der Fahrer, aber kein Choleriker. Guten Tag. Lächelt sogar. Ein Student aus Südost, ders noch nicht begriffen hat.

Während Till, die Kapuze seines Anoraks umschlagend, voraus in das Café eilte, knöpfte Ludwig bedächtigen Schrittes seinen olivfarbenen Trenchcoat auf und warf einen Blick in den verschatteten Spiegel der großen Scheiben. Na ja. Es geht. Den Umständen entsprechend. So leer da drin. Weder Gläubiger noch Schuldner, niemand praktisch. Und wer hockt da, schlagzeilenversunken? Schau an schau an, unser Allerbester.

25

Plötzlich, ein Geräusch, fast so laut wie ein Peitschenknall, obwohl die beidhändig geöffnete Zeitung (Tagesspiegel) der Bewegungsenergie keinen hinreichend festen Widerstand bot, weshalb sie zu einem Teil im Luftraum vor seiner Brust verpuffte, schreckte Stefan auf, als ein Finger gegen die auswärts gekantete Falzung des dünnlagigen Papiers geschnippt wurde. Und noch einmal, der Versuch eines Treffers im Gebirg raschelnd zerflatternder Seiten (Bundesanwaltschaft tappt im dunkeln: noch keine Spur im Fall von Braunmühl), über denen Ludwig Mildes Gesicht zum Vorschein kam.

– Überraschung!

– Sehr originell.

– Wie immer.

Er drehte sich aus seinem Mantel und warf ihn auf das flache breite Fenstersims.

– Wo ist er denn?

– Wer? fragte Stefan, mit kurzen und schnellen Griffen das (solid-verschlafene) Blatt (Unabhängige Berliner Morgenzeitung, mit einer schwarzweißen Weltkugel im Titel, die ein dreigeteiltes Spruchband umwehte: rerum cognoscere causas) zusammenrollend.

– Chevalier Berlinguer, Kämpfer in Sachen Glaube und Liebe.

– Nehmen Sie Platz und erklären Sie sich, sagte Stefan und rückte einladend einen Stuhl zurecht.

– Mit Vergnügen, sagte Ludwig, setzte sich, kreuzte seine Beine und zupfte den Seidenschal in Fasson.

– Er ist, maximal, fünf Sekunden vor mir rein.

– Ich weiß nicht, von wem du sprichst. Ich habe weder jemanden gesehen noch gehört.

– Das passiert, sagte Ludwig, öfter als man denkt, während er, rückwärts gewandt, nach einer Bedienung Ausschau hielt. Wirtschaft, bitte!

– Hartwig?

– Seit Wochen nicht gesehen, fast so lange wie dich. Gehts gut?

– Kein Grund zur Klage.

– Merkwürdig ist es trotzdem. Irgendwo muß er ja abgeblieben sein.

– WER?

– Till und Berling, deren Gesellschaft wir uns augenblicklich erfreuen. Vom Erdboden verschluckt.

– Wahrscheinlich pissen oder so.

– Wollen wir das Beste hoffen, sagte Ludwig. Man hört in letzter Zeit gar nicht selten, daß einer pissen geht und nie mehr wiederkommt.

Er drehte sich um, auf die Lehne gestützt, und sah zum Tresen, dann musterte er die anderen Gäste, eine vierköpfige, über kreisende Schriftstücke geneigte Männerrunde im einheitlichen Grau (Anthrazit) bedeutsamer Transaktionen und zwei Frauen, die, am selben Tisch, jeweils in einem (Fach-)Buch lasen (knallroter Plastikeinband: UTB). Solls geben, so was. Gedankenflug. Nur die halbe Arbeit, wenns klappt.

– Das Lokal ist kellnerlos, ja?

– Mitnichten, wie man vielleicht aus dieser Tasse Kaffee schließen könnte.

– Völlig logisch. 'ne Geduldssache also. Und? Was treibst du hier? Wenn mir die Frage gestattet ist.

– Nicht viel. Dies und das. Kommt drauf an.

– Siehst du, Stefan, was ich seit immer und wirklich schätze, sind deine spontanen ausführlichen offenherzigen Antworten. Beneidenswert.

Er klopfte eine Zigarette (HB, was sonst) auf der runden, von einem gußeisernen Fuß getragenen Marmorplatte fest, entzündete sie und blies den Rauch des ersten Zugs mit zurückgeworfenem Kopf gegen ein von Halogenstrahlern beleuchtetes Stuckmuster, das umlaufend die Decke zierte. In sich verwobene Stränge, vielfach gedreht ein gipsverkleideter Zopf aus Draht. Macht was her, nicht schlecht.

– Ich gehe aber nicht fehl in der Annahme, daß du noch bei Wilhelm in Lohn und Brot stehst.

– Korrekt. Als Rechensklave.

– Stimmt ja nicht. Warum sagst du das? Stimmt doch. Stimmt nicht. Ludwig, der alles eingefädelt hat. Ein alter Bekannter von mir und Käufer, sucht wen für sein Büro. Statik und so weiter. Gehst du einfach dahin und stellst dich vor.

Brauchst doch ne Arbeit, sind deine Worte, gestern abend erst. Eventuell genau das richtige für dich, probiers mal. Baut ziemlich ungewöhnliche Sachen, die Häuser am Urbanhafen mit den expressionistischen Balkonen. Wie bei der Sache in Hamburg, auch seine Idee, die Annonce in der Zeit gelesen: Traineeprogramm für Akademiker unter dreißig. Ich leih dir nen Zweireiher von mir.

– Ist in Ordnung, sagte Stefan, Ludwigs skeptische Miene begütigend, macht Spaß. Ich bleib da fürs erste.

– Na also, sagte Ludwig und verlängerte die Zigarette mit einer nikotingetrübten Hornspitze, die er aus der Brusttasche seines Mantels zog. Man muß sich an alles gewöhnen, die Leute kennenlernen et cetera, dann ergibt sich das Weitere.

Er lächelte Stefan an. Ich weiß, was du denkst. Du, was ich.

– Und selbst?

– Arbeit. Reichlich im Prinzip. Im Prinzip bin ich auch nicht hier, sondern im Atelier. Mein eigentliches Ich hat nämlich eine neue Serie angefangen, zwanzig bis vierundzwanzig Tafeln mit so universalen Buchstaben drauf, wenn du verstehst, was ich meine.

– Bedingt.

– Tja, sagte Ludwig, seine Zigarettenspitze zwischen Daumen und Zeigefinger drehend, es handelt sich darum, in allgemeinster Form die Organik der Sprache und des Sprechens zu veranschaulichen. Eine ursprüngliche bildhafte Lautdarstellung gewissermaßen. Hat was sehr Archaisches, Höhlenartiges. Comprenez?

– A peu près. Einzelne Klänge oder Silben vor ihrer alphabetischen Fixierung zu zeigen, als gestisches Material.

– Ich hätte es nicht besser sagen können. Du solltest die Branche wechseln.

– Schon zur Ansicht freigegeben?

– Leider nein. Bisher habe ich nur ein paar Studien gemacht, kleinklein eher. Wir befinden uns in der Phase der Sammlung und Konzentration.

– Zu welchem Zweck du genau am richtigen Ort gelandet bist.

– Wohl wahr. Das Personal hält sich erfreulich zurück.

– Meiner Einschätzung nach ein Student. Bestell nichts, was eine gewisse Koordinationsleistung erfordern würde, gestreckten Espresso oder so.

– Nie im Leben. Herr Ober (Ludwig erhob eindringlich seine Stimme, woraufhin die vier kreisende Papiere begutachtenden Geschäftsleute (?), wie befohlen, sich ihrem Tisch zuwandten), Kundschaft! Ich möchte (decrescendo) irgendwas.

– Du mußt dich entscheiden, da führt kein Weg dran vorbei.

– Mein Problem, seitdem ich befruchtet worden bin. Wahrscheinlich während einer Skireise in den Harz, Bad Lauterberg, Silvester zweiundfünfzig.

– Ach nein (erstaunlich die Balance des Tonfalls zwischen Frage, Feststellung und Kommentar), wer hätte damit gerechnet, der Señor Martinez (herzlich ließ die Stimme den spanischen Namen ausklingen).

– Höchstpersönlich, sagte Ludwig. Wie ich höre, kennen sich die Herren bereits. Sparen wir uns das also.

– Freut mich, sagte Till und reichte Stefan die Hand, dich zu sehen. Darf ich mich setzen?

– Du kannst auch stehenbleiben, sagte Ludwig. Wir leben in einem freien Land.

– Till Berling zog einen Stuhl vom Nebentisch heran und plazierte sich darauf in Reiterstellung, die Ellbogen über dem dunklen Holz der Lehne verschränkend.

– Hast du schon geordert?

– Längst, wenn ich nur könnte. Aber das entzieht sich meinen Möglichkeiten. Im übrigen sollten wir ab jetzt wieder Buch führen, um Mißverständnisse zu vermeiden. Wäre dir ein neuerliches Darlehen, zinsfrei versteht sich, ich bin kein Unmensch, lieber, oder bevorzugst du eine schriftliche Chronik unserer Auslagen, was den nicht uninteressanten Nebeneffekt einer Dokumentation deiner Wege und Gelüste hätte.

– Arschloch.

– Mit Injurien kommen wir nicht weiter.

– Der Kellner, sagte Stefan. Verläßt die Küche.

Ludwig hob seinen Arm und spreizte drei Finger. Als sich der proper mit gestärktem weißen Hemd und roter Weste bekleidete junge Mann hinter dem Tresen in Bewegung setzen wollte, rief er:

– Osborne, den Magno.

Ein suchender Blick wandte sich der langen Reihe Flaschen zu, die kopfüber vor einer Spiegelwand hingen (befestigt an unpolierten, kantigen Metallstangen, die in der Decke verankert sind).

– Zur Feier des Tages, sagte Ludwig. Geht auf mich. Und wo bist du gewesen?

– Ich habe telefoniert, sagte Till, während er sich eine HB anzündete (seit wann raucht er?). Millefiori heißt das Lokal.

– Wir sind im Westphal.

– Laß mich doch mal ausreden, mein Gott. Das nimmt ja pathologische Züge an.

– Alzheimer, sagte Ludwig. Ganz klar.

– Das habe ich überhört, sagte Till, mit zusammengebissenen Zähnen. Dann schüttelte er langsam den Kopf. Nein, da kommen wir später drauf zurück. Er verfiel in Schweigen, wie Ludwig, sekundenlang.

– Mit wem hast du telefoniert? fragte Stefan beschwichtigend.

– Zum Kotzen, sagte Till leise.

– Tut mir leid, sagte Ludwig. Wirklich. Nehm ich zurück.

– Sehr billig. Das kann ich dir aber sagen.

– Soll ich mich jetzt im Staub wälzen, oder wie?

– Ja, komm, vergiß es.

Erneut schwiegen sie beide. Zwei, drei, vier, fünf. Der Kellner, in knöchellanger weißer Schürze, trat an ihren Tisch und servierte die Getränke, schwungvoll von seinem Tablett, so daß der Cognac in den gebauchten Gläsern ölig schlierende Kreise zog. Unberechenbar zerfließend.

Er klemmte einen Kassenbon unter den Aschenbecher, wünschte: Wohlsein, und machte sich davon. Auf dicken, geriffelten Kreppsohlen. Woraus wird das hergestellt? So eine Art Kautschuk, Petrochemie heute. Quietscht beim Gehen ein bißchen. Mal ein Paar besessen, im Blue Moon gekauft.

Ludwig blickte zu Till, der den Kopf gesenkt hielt. Das hätte ich nicht sagen sollen, öffentlich. Empfindlich, wie er ist.

Till (seine Wimpern sind dicht und seidig, ähnlich den auswärts gebogenen Fühlern von so einer Pflanze, die ihren Kelch schließt, wenn ein Insekt da reinfliegt) betrachtete seine Zigarette, die Glut, einen bläulichen Rauchfaden, der senkrecht in der Luft stand. Der Idiot. Wegen ein paar lumpiger Mark. Kann mich auch alleine runterputzen, ohne einen anderen dabei. Ich mich. Meine Schuld von Anfang an. Falls die Sache mit screenevent nicht klappt, wirds dunkel. Wie in einem Mohrenarsch. Die Spendendose mit einem Neger drauf für die Mission in Afrika auf seinem Schreibtisch. Sonntags nach dem Abendmahl gesammelt: Eine Mark für die Seelen, die wir dem Animus entreißen. Animismus. Bäumeanbeter. Der Bischof aus Rhodesien, zu Besuch, ein pechschwarzer Riese mit einem Beffchen um den Hals. Beschenkt unsern Bruder. One man one vote. Rutscht mir doch alle mal den Buckel runter.

Stefan räusperte sich vernehmlich. Die beiden sahen ihn an. Er hob, schulterzuckend, die Augenbrauen, was sowohl schlichtend wie auffordernd wirken sollte, und nahm einen der Schwenker zur Brust.

– Wenn ich euch bitten dürfte.

– Darf er? fragte Ludwig.

– Er darf, antwortete Till, ER schon.

Sie beugten sich, nacheinander, vor zu ihren Gläsern.

– To absent friends, sagte Ludwig.

– Salute, sagte Stefan und stieß mit ihnen an.

– Vergiß es, sagte Till zu Ludwig, während er ihm flüchtig zuprostete. Schreib alles auf.

Warm läufts durch die Kehle. Ohne was zu essen, nur die halbe Scheibe Brot von ihr liegengeblieben, mit Marmelade drauf. Ist aber gut das Zeug. Brennt nicht. Hängt irgendwie von den Trauben ab. Oder der Vorgang selber. Destillation. Die Fässer. In Stille gereift, in kühlen Gewölben. Sehr schön angenehm beduselnd. Macht einen ruhig. Wodka dagegen, zusammen mit Ephedrin womöglich, hat die Wirkung einer Explosion. Synapsen außer Rand und Band. Wie son Treibstoff, den der Motor nicht verträgt.

Dreht durch. Hartwig zum Beispiel, der sich zeitweise davon ernährt hat. Stierte dann in die Gegend und wurde aggressiv. In Peters Bierbar am Winterfeldtplatz. Ich auch, ihn angebrüllt. Drei oder vier Jahre her, an dem Abend, wo der Wirt uns rausschmeißen wollte, obwohl sonst keine anderen Gäste. Nur zwei im Hinterraum, die Billard spielten. Wir vorne immer lauter geworden. Das Wesen das Ensemble des Menschen der gesellschaftlichen Verhältnisse. Ist es. Eben nicht. Sondern? Innewohnendes Konkretum. Es gibt keine ideale Ordnung. Was willst du mir eigentlich beweisen? Das Lumpenproletariat besteht aus Proletariern, die Lumpen sind. Ach ja? Entweder ich beherrsche meinen Willen, oder er tut das mit mir. Man hat jederzeit die Wahl. Hat man nicht. Doch. Der Marxismus ist eine elende Schicksalsphilosophie. Meinetwegen, aber trotzdem. Verantwortlichkeit. Jawohl, jeder für sich. Außerdem die logischen Widersprüche. Sind mir bekannt, und nicht erst seit gestern. Bistn richtig kluger Kopf. Paß bloß auf, was du sagst. Das Pulver direkt aus der Folie geschnupft am Tresen ohne Dosierung. Im Prinzip ein Selbstgespräch, das Hartwig geführt hat. War ich der Widerstand, den er brauchte, um sich zu überzeugen. Ich scheiße nämlich auf alle Ontologien, sein Gesicht ganz nah an meinem, und auf die allerblödeste zuallererst. Kommt zwar spät, aber noch früh genug, um in die F. D. P. einzutreten. Er meinen Kragen gepackt und geschüttelt. Verpißt euch, wenn ihr nicht sofort damit aufhört. Immer gut, wenn ein gemeinsamer Gegner. Richtet sich der Streit dann gegen den. Und hinterher weiß keiner, um was es eigentlich gegangen ist. Nur die Erinnerung an das Gefühl. Deutlich, ein Abdruck. Von Hormonen. Smooth. Wirklich ein guter Stoff.

Nippschlückchen wärmten seine Brust. Ausstrahlend von der Kehle nach allen Seiten. Leichte Betäubung. Eine Schutzschicht um die Gedanken.

– Dann endlich, sagte Till, ich habs ihr dreimal gesagt, ruft sie Ulla an den Apparat.

– Entschuldige bitte, sagte Ludwig, aber wer ist Petra?

– Letztens eingezogen. Ein ganz netter Feger, ich kann dir sagen. Aber sehr besitzergreifend. Typ Krake im Gewand der Halbwelt.

– Halbwelt gefällt mir.

– Täuscht sie vor. Vortäuschung falscher Tatsachen, und eh man sich versieht, hat sie sich festgesaugt.

Er lächelte anzüglich.

– Mit so großen Tentakeln.

– Hört sich interessant an, sagte Ludwig. Beschreib mal den Vorgang. Festsaugen und so weiter.

Till lachte.

– Jedenfalls stellt sich folgendes heraus: Das Café, wo Ulla arbeitet, ist kein Café, sondern mehr eine Art Cocktail-Bar, und heißt nicht Milagro, sondern Millefiori, und heute abend kocht sie.

– Komischer Name, kenn ich nicht. Sie kocht da?

– Blödsinn. Bei sich zu Hause. Wir sind, von Herzen, eingeladen. Um sechs, bevor sie wegmuß.

– Was gibt es denn?

– Hab ich nicht gefragt.

– Calamari fritti, sagte Stefan.

– Puh, Ludwig schüttelt seinen Kopf mit halbgeschlossenen Augen, knapp daneben ist auch vorbei.

– Wir sollen eine Flasche Wein mitbringen.

– Sehr bescheiden.

Wie verabredet, schlagen die Frauen gleichzeitig die Seite um und lesen fort, jede für sich.

– Das war keine Mengenangabe, sondern eine Redewendung.

– Verstehe, sagte Ludwig. Es können derer auch zwei sein.

– Oder drei. Vini e salumi Ecke Niebuhr hat eine anständige Auswahl. Und günstig, preislich gesehen.

Till schien ausgewechselt. Die Gedanken an Ulla (Petra?) beflügelten ihn. Traumesschwer. Im Stretchkleid. Beschert sie ihm warme Schauer. Am ganzen Körper. Streicht eine Möwe übers trübe Meer. Unvergleichlich.

– Wer kommt noch?

– Wir bleiben unter uns.

– Was ist mit Stefan?

– Ich bin besetzt, sagte er, bevor Till antworten konnte, und trank sein Glas aus.

– Wann, wo und für wie lange?

– Kein Problem, sagte Till. Ich glaube, du kennst sie auch. Brünett mit braunen Augen und wohnt in dieser Frauenwegeh in der Reichenberger Straße. Fünf Stück.

– Wenigstens zwei sind immer unterwegs, sagte Ludwig, während er mit stupfenden Bewegungen seine Kippe im Aschenbecher entsorgte (schwarz auf gelb: Ricard Ricard Ricard). Theaterwissenschaftlerinnen.

Besser, man überhörte die Anspielung.

– Ich habe eine Verabredung, sagte Stefan. Ich geh zu Evelin.

– Ach was (Ludwig mit gespielt besorgtem Gesichtsausdruck), immer noch die gleiche Affäre. Kann ich was für dich tun?

– Das ist doch die Frau, mit der du … im Club neununddreißig, mit so einer langen Lederjacke mit so einem breiten Gürtel.

– Wahrscheinlich, sagte Stefan. Ja, du hast recht.

– Und Hubertus aus Herkulaneum? fragte Ludwig und ließ die Hornspitze über dem Tisch und den Gläsern kreisen, doch, unerwartet, wies ein zweifaches Kopfschütteln seine Einladung ab. Den du uns seit besagtem Abend vorenthältst, bedauerlicherweise.

– Gibt sein Bestes. Soweit ich weiß, bevorzugt er das Amazonas.

– Die Adresse merk ich vor, sagte Ludwig. Dann, zu Till: Könnten wir später mal reinschauen. Bin ich lange nicht mehr gewesen.

– Um zehn muß ich ins Wohlmann und den Job klarmachen. Ich weiß nicht, wie schnell das geht. Wie sich das so entwickelt.

– Die Verhandlungen, sagte Ludwig ernsthaft, ohne den gewohnten Unterton, eher mit Anteilnahme. Wäre es dir recht, wenn ich auf elf disponiere, um dich abzuholen?

– Sagen wir Viertel nach.

– Gut. Und du?

Und ich? Um Viertel nach elf? Wo? Theoretisch alles. Einen Plan gegen die Planlosigkeit. Daß man wüßte.

– Können wir mit dir rechnen?

– Ich weiß nicht, sagte Stefan.

– Wir treffen uns jedenfalls um Viertel nach elf im Wohlmann. Damit du informiert bist. Hinterher heißt es sonst wieder, dir hätte keiner was gesagt.

Stefan nickte. Wenn ich mit ihr gegessen habe. Abräumen, spülen. Morgen. Oder zu Edmund ins Kino. Ein Buch, in dem er. Liest während der Vorstellung, an dem Tisch mit den Filmspulen drauf. Ziemlich laut die Maschinen, Zahnräder, Walzen, Trommeln, was man nicht hört im Saal unten. Manchmal nur, bei leisen Stellen, ein Rattern und Sirren. Womit er sich beschäftigt. Literatur. Kann ihn nichts von abbringen. Worte, Wörter, alles wörtlich. Schreibt er rein, seine Einfälle, in ein Notizbuch mit schwarzem Wachstucheinband. Auf- und Abschwünge, die Tinte auf dem karierten Papier, ist er. Die Bewegungen seiner Hand. Irgendwie natürlich (drei der vier grauanthrazit gekleideten Männer rücken zusammen, um ein Blatt zu lesen, das ihnen über den Tisch gereicht wird; der vierte lehnt sich mit gekreuzten Armen zurück).

– Wie spät? fragte Till.

– Zeit genug, sagte Ludwig.

Keine Stunde schlägt, niemals. Sagt Solon schreibt Herodot. Die Ruhe selbst. Glauben Sie nicht, Gerber, daß ich Ihr widerwärtiges Grinsen nicht sehen würde. Fahren Sie bitte fort, Buch eins Abschnitt fünfunddreißig. O König.

Er reckte seinen Arm in die Höhe und rief: Zahlen! Als hätte er nur auf das Zeichen gewartet, eilte der Kellner herbei, legte einen schmalen Block auf den Tisch und zog den Kassenbon unter dem Aschenbecher vor.

– Alles zusammen, sagte Ludwig.

– Neun Mark fünfzig, antwortete der. Student. Wie aus der Pistole geschossen. Ein Kaffee, drei Magno und einmal telefonieren.

Sie wechselten flüchtige Blicke. Ludwig zwinkerte Stefan zu. Kann es sich nicht verkneifen. Ist das Absicht? Nie. Er muß sich verrechnet haben. Ludwig reichte ihm einen Schein und sagte: Stimmt so dann. Der Kellner zerriß den Beleg, nahm seinen Block und verschwand Richtung Küche.

– Mein neues Stammlokal, sagte Till. Perfekter Service hier.

– Alte Schule, sagte Ludwig. Findet man heute nicht mehr oft. Er warf den Trenchcoat über seine Schulter und stand auf.

– Wir müssen leider. Termine.

Till schlug die Anorakkapuze hoch.

– Komm doch auch, wenn du nichts Besseres vorhast.

– Mal sehen.

– Wie immer du willst, sagte Ludwig Milde und verabschiedete sich mit einem Handschlag. Desgleichen Till Berling, der ihm von draußen noch einmal kurz zuwinkte, bevor er das Blickfeld der Scheibe verließ. Es dämmerte. Kein Regen mehr und keine Graupeln. Nichts zu erkennen. Stefan entrollte die Zeitung und versuchte sich an den Artikel zu erinnern, den er vor ihrem Eintreffen gelesen hatte. Was Politisches. Der niedergeschossene Diplomat. Von soundso. Seite vier: Meldungen aus dem Inland. Dann den Sportteil, dann zur Post am Zoologischen Garten. In einer Stunde. Sechzig Minuten. Dreikommasechs mal zehnhochdrei Sekunden. Swiss Made. Ruckediguck.

26

Hatte einer geschrieben gelesen hatte man gehört mal wußte man noch ungefähr, daß also, mittwochs abends nach den Seminaren, um nicht vollends zu verblöden im Einerlei der Übungen und Scheinvergaben, sprach man darüber, daß, die meisten tranken Schultheiß-Bier, eine Frau, Margit, war dabei, es ein Irrtum sei zu glauben, das Erkennen könne überhaupt nichts weiter tun als die gegebenen konkreten Gegenstände in ihre abstrakten Elemente zu zerlegen, um diese dann in ihrer Isolierung zu betrachten, weil es sich nämlich sogleich erhellt, daß diese Methode ein Verkehren der Dinge ist und daß das Erkennen, welches die Dinge nehmen will, wie sie sind, hierbei mit sich selbst in Widerspruch gerät.

Yes, in Widerspruch mit sich selbst. Einer von damals heute schon Professor in Bochum, Jochen, mit Frau und zwei Kindern, Spezialgebiet Topologie. Las Hegel wie andere Leute Comics. Kein Problem für ihn. Ich dagegen. Tu mir das nicht an, du bist doch intelligent. Leider nicht intelligent genug. Durchschnitt bloß plus Faulheit gleich. Idiot savant, so einer, der grundlos nichts vergißt. Schatten von Toten von Formeln. Wie ein Schwamm. Ist jeder zu was gut. Bildet man sich ein. Zum Beispiel bringt der Chemiker ein Stück Fleisch in seine Retorte, martert dasselbe auf vielfache Weise und sagt dann, er habe gefunden, daß dasselbe aus Stickstoff, Kohlenstoff, Wasserstoff undsoweiter bestehe. Diese abstrakten Stoffe sind dann aber kein Fleisch mehr. Weder Fisch noch. Was ganz anderes. Ebenso verhält es sich, wenn der empirische Psycholog eine Handlung in die verschiedenen Seiten, die dieselbe der Betrachtung darbietet, zerlegt und diese dann in ihrer Trennung festhält. Der analytisch behandelte Gegenstand wird hierbei gleichsam als eine Zwiebel betrachtet, der man eine Haut nach der anderen abzieht. Alles weg. Eine Sammlung von Häuten zum Trocknen auf der Leine. Unbarmherziger Vorhautsammler, Beherrscher seiner Söhne, die. Geben hin ein Stück von sich. Siegeln den Bund von Generation zu Generation. Du. So wie du bist, der du dich erinnerst. Trägst alles bei dir, Schritt für Schritt. Mal eben gucken, ob die Lampe noch im Schaufenster steht.

27 Zu teuer.

Ein mit drei nackten Zahlen bedrucktes Kärtchen lehnte am Fuß des Sockels (aus Ziegelsteinen aufgeschichtet), der die Lampe trug, ohne Angabe einer Währung (Escudos etwa?) oder Punkt mit Längsstrich: fünf vier null. Wäre das richtige Geschenk für sie zum Geburtstag. Für auf den Nachttisch zum Lesen statt dieser Kerzenbirne ohne Schirm. Nicht so grelles Licht, Halogen, streut warm und gleichmäßig. Keine Reflexe. Und der Arm drehbar nach allen Seiten. Aus schwarzem eloxiertem Metall. Formschön. Praktisch auch, aber unbezahlbar im Augenblick. Würde sie sich sicher drüber freuen. Freut einen, wenn ein anderer was Spezielles. Wenn man mit dem Leben von wem vertraut geworden ist. Man weiß dann, wos fehlt. Aber Einmischung auch. Hat ein Geheimnis gelüftet, einen Mangel entdeckt. Verletzung der Intimsphäre rein psychologisch. Ich kenne deine Schwächen, könnte sie vielleicht ausnutzen. So ist der Mensch. Sie nicht ich. Und außerdem: nur eine Lampe für abends. Ein Ding. Eine Geste ohne tiefere Bedeutung. Nichts erwarten nichts erhoffen, Dankbarkeit und so weiter, Nachsicht zum Beispiel. Gib damit dir gegeben wird. Zweckfrei alles. Ihre Wohnung, ihr Zimmer, ihr Bett, ihr Licht, nicht meines. Damit sie ihre Augen nicht verdirbt, fangen zu brennen an, wenn eine Glühbirne zu nah, beim Lesen. Ungesund für die Netzhaut gerötete Lider kuriert der Ophthalmologe verschreibt Tropfen. Glyzerin wozu? Auf Krankenschein.

Keine Sorge – Volksfürsorge. Gesungen, eine Melodie, mit kurzer Pause zwischen Sorge und Volks, im Werbefernsehen früher. WWF. Schwarzweiß ein Philips ein klobiger brauner Kasten, der in einer Nische im Wohnzimmer unter der Dachschräge stand. Heute farbig, inklusive Video und Stereo. Paar tausend Mark gekostet, obwohl sie überhaupt nie Filme ausleiht. Sich aufschwätzen lassen, Zweikanalton, falls mal was in Spanisch kommt. Los Olvidados oder so ähnlich. Vielleicht schaltet sie dann heimlich um die Stimmen. Seine hat angeblich einen rauhen Klang. Pater meus abitus in coelis: leck mich am Arsch. Südwestlich, weit westlich, wo. Erinnere mich gar nicht mehr an dich. Der Schatten eines Schattens ihrer Erzählungen. Tell me all about. Damit wir wissen. Es begann folgendermaßen, mein Sohn: Der Rest ergab sich logisch. Psychologisch. Einst wirst du Mann einer Frau sein, Zeuger ihrer Kinder. Besser nicht vielleicht, Spermien schon starr vor Schreck. Ein weiß gefrorener See zum Glitschen darauf. Im Kaiser-Friedrich-Hain neben dem Hochhaus, zog ich meinen Schlitten hinter mir her, inmitten der anderen, kleiner Maier großer Meier Armin Waldner Menno Volker Freddie Lisa Straschewski der schwule Ewi und Lupo manchmal. Ihre Gesichter, der Tag, an dem Dröscher. Wurde die ganze Straße Zeuge, als er randalierte. Stuhl durchs Fenster geschmissen ohne Rücksicht auf Verluste. Haut se, haut se, haut se auf die Schnauze. Stille dann. Der Krankenwagen. Wann war das? Vor siebzehn Jahren ungefähr.

– Entschuldigen Sie bitte, sagte eine Frauenstimme.

Stefan wandte den Kopf, während sie sich nach einem (ledernen?) Schlüsseletui bückte, das ihr, ohne Geräusch unter den anderen Geräuschen der Stadt, aus den Händen geglitten war und hinter seiner rechten Ferse lag.

– Danke, sagte sie beim Hochrichten (wofür?) und ging weiter, drei vier Schritte, und bog dann ums Eck unter eine der Bahnbrücken, die, am südlichen Ende des Savignyplatzes, die einmündenden Straßen überspannten.

– Bitte, murmelte Stefan und steckte die Hände in seine Jackentaschen. Nichts zu danken.

Für nichts. Nichts und niemandem. Verpflichtet. Kein Volk kein Stamm keine Sippe kein irgendwas. Ein lehmiger Fluß, der fließt, wirbelt, strömt, sich wälzt. Unumkehrbar eindeutig in eine Richtung wie die Summe der Glieder einer bestimmten Reihe mit einem Grenzwert. Konvergenz. Das Gesetz ihrer Verknüpfung untersuchen. Eines finden: aheins plus ahzwei plus ahdrei: Ich bin. So war es. I know that you will leave me. Within next week you will have forgotten me. Nie, sagt man leicht dahin. Nehmt Abschied und geht. Etwas ist zu Ende. Stumm weinend stand sie mit verschränkten Armen vor dem Café, das nachts der Invalide bewachte. Einquartiert dort, damit keiner einbricht. Irene neben ihr, Nils neben mir oben auf die Heckreling der Fähre gestützt, sahen wir uns an und betrachteten noch einmal alles, den Kegel des Vulkans, gegürtet von Schilfgraswäldern, seine Flanken, bewollt mit Ginster und Macchia. Warmer salziger Wind wehte. Damals. Im Juli. Wird man ja sehen, was davon übrig ist. Nur Worte. Immerhin, besser als nichts, die richtigen Worte. § 1 – Die Frau, die bestimmt war, meine Mutter zu sein, traf den Mann, von dem ich annehme, daß er mein Vater ist, zufällig vor einem Kettenkarussell, das sich in rasendem Wirbel über ihren Köpfen drehte und drehte. Er, ohne überflüssige Gedanken zu verschwenden, lud sie zu einer Fahrt in einem dieser Stühlchen ein, welche die Fliehkraft. Oder sind sie Autoscooter gefahren? Die Enge des Gefährts machte es unausweichlich, daß sich, wenn sie gerammt wurden, ihre Beine, ungewollt, ganz kurz berührten. Später besuchte sie ihn vormittags auf dem Hof, wo er mit seinen Kollegen im Seitenflügel wohnte. Noch später war ich mit ihr alleine. § 2 – Meine schulischen Leistungen, speziell in den naturwissenschaftlichen Fächern, empfahlen sich, auch von seiten des Lehrkörpers, für ein Studium der Mathematik. § 3 – Nils' Plan hörte sich nicht schlecht an. Mit Edoardos Hilfe würde man die Sache reibungslos über die Bühne bringen können. Es ging um einiges Geld. Merkwürdig war nur, daß er mich losschickte, statt selber. Angeblich hatte er keine Zeit. § 4 – Anfang August, um den Fünften rum, was genau zu datieren wäre, wenn man sich nach dem Termin des Konzerts erkundigte, gegen ein Uhr nachts, traf ich Evelin, die hinter meinem Rücken im Café Central am Tresen lehnte, ohne Begleitung, während ich mit Hartwig und Ludwig unterwegs war. Ein wenig beduselt. Kamen wir ins Gespräch. Erinnerst du dich morgen noch an mich? Jederzeit. Sie lachte. Das kenne ich. Käme auf einen Versuch. Versuchen wirs. Morgen. An. Ja. Der Wunsch, ihr zu zeigen. Ich habe daran gedacht.

Unbezahlbar die Lampe: fünf vier null, das Kärtchen am Fuß des ziegelsteinernen Sockels, auf den sie der Dekorateur gestellt hatte. Schwarz eloxiert, sehr elegant. Nur ein Verkäufer im Geschäft, den könnte man ablenken, kein Problem im Grunde genommen. Außerdem ist mir Umberto was gut. Er schnappt sich das Teil, während ich, tue so, als ob. Interesse. Quasi eine Umschichtung gesellschaftlicher Werte. Zu zweit, verabreden wir vorher. Look, it's nice, eh? Ah, bellissima. You want it? Un regalo. Because Evelin has no good lampadina. Alright, facciamo la cosa. While you talk with the shop-owner I go to the window and take it. Or the other way round. Du weißt, wie das funktioniert. Er weiß das, wer sonst. Durch Inaugenscheinnahme zweifelsfrei bestätigt, Ermittlung abgeschlossen. Erfolgt die strafrechtliche Würdigung der Beweise. Ursächlich für den Tathergang müssen die Geschehnisse eines Abends Anfang Oktober betrachtet werden, als der Manfredi, Umberto, eine massive Espressomaschine in die von dem Martinez, Stefan, angemietete Wohnung verbrachte, bei welcher Plackerei ihm der nachher Geschädigte, Paul, alias Paulino, behilflich war.

Um einen möglichen Verdacht oder Protest auf seiten des Martinez zu zerstreuen, behauptete der Manfredi, es handele sich um das Eigentum eines ›alten‹ Bekannten aus Herkulaneum, der eine Pizzeria zu eröffnen beabsichtige und ihn gebeten habe, die Maschine, eine Gaggia: Neupreis ca. 10 000 DM, aufzubewahren, bis entsprechende Räumlichkeiten gefunden seien.

Während sie dann im Flur der Wohnung ein nicht verständliches, da größtenteils geflüstertes Gespräch miteinander führten, vielleicht zur Verabredung nächster Pläne, beobachtete der Martinez die beiden, insbesondere aber den Paul, alias Paulino, der sich durch sein ungepflegtes Äußeres: marmorierte Billigjeans, Neckermannlederjacke etc., wie eine Deformation des Nasensattels: sog. Boxernase, von der modischen Erscheinung des Manfredi, lt. Meldestelle 41 derzeit immer noch nicht als Zuzug erfaßt, erstaunlich einprägsam abhob.

Einer später am Abend geäußerten Warnung des Martinez bezüglich des Paul, alias Paulino, schenkte der Manfredi kein Gehör, sondern versteifte sich wider allem Anschein darauf, ihn sympathisch: molto simpatico, und einfallsreich: molto ingegnoso, zu nennen, mit Nachdruck, woraufhin der Martinez zwar mißgelaunt den Kopf schüttelte, jeden weiteren Einspruch aber unterließ. Zur eigenen Beruhigung dachte er sich schließlich, daß der Manfredi die Risiken und

Gefahren seines Tuns im Laufe der Jahre einzuschätzen gelernt haben dürfte und daß man letzten Endes sowieso nichts verhindern oder umändern könnte, zumal, die Dinge entwickeln sich eben, noch eine Rechnung offenstand, die er seit dem Sommer zu begleichen wünschte, um dem Manfredi gegenüber plusminusnull zu sein; der hatte sich nämlich, ohne einen persönlichen Vorteil zu erzielen, in einer heiklen Situation für den Martinez verwandt und infolgedessen wahrscheinlich das Schlimmste, gebrochenes Bein, gebrochenen Arm, ausgeschlagene Zähne, vereitelt. Unnötig, an dieser Stelle noch einmal die Widerrechtlichkeit der damaligen Konflikte hervorzuheben, Auseinandersetzungen in einem Milieu, in dem sich durchzusetzen der Martinez auf Grund seines Charakters nicht vermochte, was, bei sorgfältigster Abwägung der Umstände, als mildernd berücksichtigt werden könnte. Nicht abzuleugnen ist allerdings die Tatsache, daß ihm von Anfang an das Verbrecherische seiner Handlungsweise bewußt gewesen sein muß und er alleine aus Habgier oder Gewinnsucht die dem Erwerb berauschender Substanzen, in Tateinheit mit Unterschlagung und Versicherungsbetrug, dienende Reise nach Neapel antrat, inwiefern seine Einlassung, sich dabei nichts weiter gedacht zu haben, als groteske Salvierung zurückzuweisen ist.

Kurz und gut: Einige Tage später teilte der Manfredi dem Martinez fernmündlich mit, daß sein Bekannter die Espressomaschine abgeholt und ihm für seine Bemühungen ein kleines Entgelt angewiesen habe; er bitte daher zu einem Essen in das Lokal ›da Anselmo‹, Schloßstraße, welcher Einladung der Martinez bereitwillig Folge leistete. Anschließend, vor dem verabredeten Besuch einer Nachtbar – man hatte Muschelrisotto, Loup de mer und Panna cotta verzehrt, dazu zwei Flaschen Corvo di Salaparuta riserva getrunken –, fuhren die beiden zum Zwecke einer Erfrischung noch einmal in die Wohnung des Martinez, wo letzterer Zeuge eines in diesem Ausmaß nicht erwarteten ›Blackout‹, einer forensisch als Steuerungsminderung bzw. -verlust zu bewertenden Bewußtseinstrübung wurde. Ohne dem durch Manipulation mit Hammer und Zange erbrochenen Türschloß irgendeine Beachtung zu schenken, rannte der Manfredi durch den Flur ins Zimmer, lüftete den Lattenrost des Bettkastens und zog einen Gegenstand hervor, den er hastig öffnete, um ihn dann, I kill the pig rufend, gegen die Wand zwischen den Fenstern zu schleudern. Während der Martinez, ihm geradewegs auf den Fersen, das Licht einschaltete und den Gegenstand, eine leere Kaffeedose Marke Dallmayr prodomo, an sich nahm, begann der Manfredi wie irre im Kreis zu laufen und murmelnd ein Selbstgespräch zu führen. Hin und wieder stampfte er mit den Fersen auf den Boden, schlug sich eine Faust an die Stirn oder stöhnte laut, als habe er starke Schmerzen. Einmal glaubte der Martinez, die Worte ›all my money‹ zu hören beziehungsweise ›tutta la pasta‹; in der Tat war die Büchse leer, abgesehen von den Restspuren einer klebrigen bräunlichen Substanz, die der Innenseite des Metallzylinders (15 × 8 cm) anhaftete. Da die Wohnung sonst unversehrt schien – weder fehlte der Rechner, die Stereoanlage noch etwas anderes von Wert, wie ein flüchtiger Rundumblick bestätigte –, lag der Schluß nahe, daß der (oder die) Täter sich zielgerichtet nur des Kaffeedoseninhalts bemächtigt hatte(n).

Als der Manfredi, ohne seinen Kreislauf zu unterbrechen, plötzlich: faccio un macello (ich mach Hackfleisch aus ihm) schrie, und: bastardo, trat der Martinez neben ihn und ergriff seinen rechten Arm. Doch statt sich zu beruhigen, riß er sich los, lief durch den Flur ins Treppenhaus, trat vor das Geländer und kehrte wieder zurück, nun fluchend und brüllend wie jemand, der den Verstand verliert. Nachdem etwa eine Minute derart verstrichen war, widersprach ihm der Martinez in gleicher Lautstärke, er möge still sein, stop this: rief er, calmati, mehrfach, bis der Manfredi endlich einhielt und am Rand des Bettkastens Platz nahm.

Er strich sich beidhändig die in Unordnung geratenen Haare aus der Stirn und verlangte eine Zigarette. Von einem dünnen Schweißfilm überzogen, war sein Gesicht aschgrau, seine Lippen waren weiß, und kaum merklich, als fröstele ihn, zitterte er am ganzen Körper. Auf den Martinez machte er in diesem Zustand den Eindruck eines Menschen, der, völlig außer sich geraten, nicht mehr zurechnungsfähig ist (§ 21 f StGB), completely out of order, dachte er, während der Manfredi ihn mit tonloser Stimme davon in Kenntnis setzte, daß alleine der Paul, alias Paulino, als Täter in Frage komme, da sonst keiner von dem Versteck gewußt habe.

Bedeutsamer als die schändliche Tat selbst schien in diesem Zusammenhang eine mit dem Diebstahl konkurrierende Ehrverletzung zu sein, deren Tiefe durch den materiellen Wert des Geldes und der ›pasta‹ – man darf annehmen, daß es sich um einen Stoff handelte, der den Bestimmungen des Betäubungsmittelgesetzes unterliegt – annähernd nicht aufgewogen wurde, was, dieser uns fremde, im Archaischen wurzelnde Komplex von Ehre, Freundschaft, Vertrauen und Verrat, bei der Beurteilung des Geschehens insgesamt heranzuziehen ist.

Nachdem er die Zigarette zu Ende geraucht hatte, telefonierte der Manfredi mit einem anderen Italiener namens

Guido, der ihm, ohne sich vorerst an der Suche nach Paul, alias Paulino, persönlich beteiligen zu wollen, sein Auto zur Verfügung stellte. Er wisse, sagte der Manfredi, wo sich dieses Stück Scheiße (stronzo di merda) vermutlich aufhalte, mit ruhiger, immer noch tonloser Stimme, während er, in der Küche, ein Brotmesser mit einem Geschirrtuch umwickelte und hinten in seinen Hosenbund steckte.

Als seine Versuche, ihm das Vorhaben auszureden, erfolglos blieben, anerbot sich der Martinez, Fahrerdienste zu leisten, da er den Manfredi im Laufe der Nacht entweder zu beruhigen oder aber vor einer Dummheit bewahren zu können hoffte. Außerdem empfand er, wie er heute freimütig einräumt, eine Art moralischer (?) Verpflichtung, dem anderen zur Seite zu stehen, was man, da die Vorgänge so offensichtlich unserer Rechtsordnung hohnsprechen, wenn nicht als reine Schutzbehauptung, dann vielleicht als die Ausgeburt einer fehlgeleiteten romantischen Schwärmerei, in welche sich Typen seines Schlages nicht selten verstricken, gelten lassen könnte.

Jedenfalls fuhren sie von Lokal zu Lokal, Telefonzelle zu Telefonzelle und Wohnung zu Wohnung, ohne, glücklicherweise muß man sagen, den Paul, alias Paulino, irgendwo anzutreffen. Diesem Mißerfolg mag es zu verdanken sein, daß es zu keinem Totschlag kam, sondern nur zu einer schweren Körperverletzung in Tateinheit mit Nötigung und Freiheitsberaubung einige Nächte später, als es dem Manfredi in Begleitung von Guido gelang, den Paul, alias Paulino, ausfindig zu machen und abzustrafen, wie er dem Martinez voller Genugtuung im Café Central berichtete. Gewinselt habe Paulino und alles bestritten, bis ihm schließlich nichts anderes mehr übriggeblieben sei, als den Einbruch zu gestehen und Wiedergutmachung in Form einer Naturalrestitution zu versprechen. Das Türschloß wäre mittlerweile erneuert, die ›pasta‹ in fast vollem Umfang zurückerstattet und eine erste größere Rate Bargeld bezahlt worden.

Die Aussage des Martinez, erst an diesem Abend die Tragweite der Vergehen in ihrer Fülle überschaut zu haben, und zwar mit Erschrecken, klingt naiv, nicht nur angesichts der Verletzungen, die der Paul, alias Paulino, erlitten hat, Prellungen, Zerrungen, eine sechsstichig genähte Platzwunde am Haaransatz, sondern auch deswegen, weil man das akute Gefährdungspotential für Leib und Leben des Opfers wie die kriminelle Energie des Manfredi, seine Versuche, ohne geregelte Arbeit durch die Welt zu kommen, denen jede Sympathie zu entziehen ist, mit ein wenig Kombinationsgabe der Vorgeschichte hätte entnehmen können; dem, was man von ihm wußte, seiner Rolle, die er selbstherrlich auf dem Platz vor dem Café La Luna zu spielen pflegte.

Ask me if you have a problem and everything will be fine. You have trusted the wrong people. I know Lavinia since years and she's a bitch. Listen to me. Do you listen to me? Yes. Va be'. Du nimmst die Lampe, während ich den Typ da, in Anzug und Blümchenweste, ablenke. Fühlt sich echt prima. Singts andern an der Wiege vor. Super, das Teil. Garantiert ein Einzelstück. Fünf vier null, unverschämt der Preis, wie um einen zu provozieren, zweihundert Gramm Metall, auf einen aus Ziegelsteinen zusammengefügten Sockel gestellt. Dieselben Ziegel, aus denen das Gewölbe gemauert ist. Sindn Zitat sozusagen. Beim Umbau übriggeblieben.

Früher waren da andere Geschäfte in den Bögen, worüber die Gleise. Tragen die Erschütterungen der Züge. Eigentlich kreisrund durchgemauert, deshalb die Keller wie Schüsselböden, und die Decken rund wie Tonnen von innen. Stabil. So ein Autohöker hatte mal sein Lager hier, Kühler aller Marken, brauchte man einen. Früher, als es noch kein Geld gab. Daneben war eine Schlosserei, dann kam ein Trödler, dann eine Kneipe. S-Bahn-Klause, Tag und Nacht geöffnet, zum Abstürzen bestens. Rotnasige Säufer, die ins Bierglas monologisierten: Schpinotza, den mussema lesn, dem seine Werke. Vor dem Geld. Heute alles sehr edel, man gönnt sich ja sonst nix. Poster-Shop, Licht-Design, Galerie Daidalos, Sushi-Station. Spricht man englisch aus: ßteschn. Übersichtlich angeordnet, um sich nicht zu verirren. Ruß und Öl und Staub, alles weggepustet mit einem Sandstrahlgebläse. Astrein. Fassaden wie neu, wie gestern gebaut, mit großen einladenden Fenstern. Geschmacksfrage. Steigen die Ansprüche, wenn man älter wird. Einst war ich jung. Schluß damit, sonst fängt man an, sich zu wiederholen. In drei Wochen. Store all data. Access cleared. Das Bild der Bucht im Licht eines Spätsommernachmittags. So war es.

Ein Zug rumpelte über die Gleise stadtauswärts und versetzte das Mauerwerk und die Schaufenster der Gewölbe in leichte Schwingungen, flachbrüstige Wellen von Stößen, die sich durch die Fingerspitzen, hielt man sie an die Wand, in den Unterarm fortpflanzten. Wie eine schwache elektrische Reizung. Seit achtzig Jahren oder wann. Materialermüdung genauestens berechnet. Sollbruchstellen. Steht alles in dem Atlas, lerne ich, Geld zu verdienen. Im Prinzip nicht schwer, Statik und so weiter, Druckkräfte in schön sauber entworfenen Parallelogrammen. Mach ich mal, wenn ich zurückkomme, wenn sie mich nicht rausgeschmissen haben bis dann. Sowieso nicht zu ändern. Zufall, wie bei einer Münze, die man in die Luft wirft, worauf sie landet, die Wahrscheinlichkeit beträgt immer halb zu halb. Echt fair.

Stefan hob den Kopf und sah hellerleuchtet die Rechtecke der Zugfenster vorübergleiten, wie an einem Faden aufgereiht. Die Silhouetten einzelner Passagiere waren zu erkennen, sitzend oder, der, seinen Koffer in das Gepäcknetz wuchtend. Proviant auspacken und sich zurücklehnen. Fahrt durch die Nacht. Wie im Traum das Gewimmel des Bahnhofs am nächsten Morgen, wo man ankommt, durchweht von den Stimmen einer fremden Sprache, von fern sich nähernd deutlicher werdend, bis man ein Wort mal versteht. I would like to speak all languages, sagte sie, beim Essen auf der Terrasse unter der Markise vor dem Hotel mit einer Treppe im Hof ohne Dach, so daß man die Sterne und Wolken. Ob sie? Daran denkt im Augenblick? Unwahrscheinlich. Sitzt zu Hause und macht ihre Schulaufgaben, wie es sich gehört.

Die Rücklichter des Zuges kamen in Sicht und entfernten sich langsam. Wohin der jetzt fährt? Nach Osten jedenfalls nicht, das wäre die andere Richtung, Moskau oder Warschau. Nach Paris vielleicht. Gibt einen Nachtexpreß vom Zoo via Brüssel. Atomium. In welcher Stadt steht dieses Gebilde? Hätten Sie's gewußt mit Heinz Maegerlein ich wähle die zehn. Wie heißt der Regisseur des deutschen Filmlustspiels ›Der zerbrochene Krug‹? Gustav Ucicky. Kennst du das, habt ihr das auch geguckt? Ein Quiz, sagte Evelin, aber ich erinnere mich kaum, weil wir hatten noch kein Fernsehen. Wegen der Schädlichkeit für Kinder. Neunzehnhundertsiebzig erst, zu einer Fußballmeisterschaft (WM-Turnier in Mexiko, das Spiel des Jahrhunderts im Halbfinale gegen Italien (Rivera, Albertosi, Boninsegna), Beckenbauer durchgehalten mit gebrochenem Schlüsselbein, Ausgleich in der letzten Minute durch Schnellinger, heimlich nachts geguckt, während sie schlief, ohne Lautstärke an im Pyjama vor der Nische kauernd, immer auf dem Sprung, ob sie aufwacht), hat mein Vater eins gekauft, um mit meinem ältesten Bruder sich die Übertragungen anzusehen, bis zum Morgengrauen haben die beiden sich den Blödsinn (keine Ahnung keine Frau) reingezogen, Nachholbedarf würde ich mal sagen, sagte sie.

Die Lichter tauchten in die Halle des S-Bahnhofs Bleibtreustraße. Nach Paris. Einmal dahin in Nils' Opel-Admiral, einem schaukelnden rostigen Schiff. Zwei trampende Schwedinnen, Elisabeth und?, aufgetan und weitergefahren mit denen noch bis Amsterdam. Ins Paradiso. Kennt Evelin auch. Blöde Frage, wer hat da drin denn keine Tüte geraucht? Sollen wir mal zusammen? Interessiert mich nicht mehr. Oder nach Paris? Meinetwegen, war ich noch nie, schlag einen Termin vor. Über Neujahr. Sie, Nägel mit Köpfen, kein langes Hin und Her. Macht, was sie sich vornimmt. Ein bißchen sehr. Gelegentlich zu, wie nennt man das?, unlocker. Realistisch. Ein nüchterner Blick auf die Dinge. Hängt mit dem Beruf zusammen vielleicht, den lieben langen Tag so ein kleines Stück zwanzig mal zwanzig Zentimeter auszubessern. Eine Engelsgeduld muß man dafür haben. Weil ja kein Fortschritt abends im Grunde genommen, von unten betrachtet, im Verhältnis zu der Gesamtfläche, selbst wenn, sagen wir mal, die Hälfte schon fertig restauriert ist.

Vorsichtig den Dreck abgetupft mit irgendwelchem Zeugs ein alkoholgetränkter Lappen, dann Risse und Löcher und Fugen im Kalkverputz zugemörtelt, und schließlich mischt sie Farben an und erneuert die Fehlstellen. Auf einem

Gerüst oben, stehend hockend liegend, eine Art Lupe um die Stirn geschnallt, von Halogenstrahlern beschienen, während das Radio, Deutschlandfunk oder eine Kassette, läuft. Sting. Heaven seventeen. Ziemlicher Hall in dem großen leeren Raum. We don't need that fascist groove thing, Syntheziserklänge verlieren sich in der Weite, schallen zurück an die Stelle, wo man ihr zusieht, wie sie die Deckenmalereien wieder zum Vorschein bringt. Zahlt der Senat. Von Leistikow entworfene Fresken, verschimmert im Laufe der Zeit. Der Salon einer Villa am Wannsee, wird ausgebaut zu einer Begegnungsstätte zum Wohle der Völkerverständigung. Sollen Jugendgruppen und junge Wissenschaftler sich dereinst treffen. Totale Sorgfalt, die sie ihrer Arbeit angedeihen läßt. Genauso penibel wie ich, aber anders. Bei ihr hat das einen Zweck. Kommt was rum dabei. Nach einem halben Jahr, soundso viel Tagen und Stunden ein Pinselstrich und: fertig. Erstrahlen die Supraporten in ihrem alten Glanz.

Das kreisrunde Bild an der Decke, wie die Spiegelung eines Sees mit Seerosen von unten. Augentrug. Trügerischer Eindruck eines Sees, der scheinbar an der Decke hängt. Ein Spleen des Hausherrn, sagte Evelin, vernarrt in solche Spielereien, Gemälde mit Rahmen in einem Zimmer auf die Wände gemalt. Ausgewandert noch angeblich als Greis rechtzeitig nach Palästina. Verschollen. Alle Bemühungen, ihn oder Familienangehörige ausfindig zu machen, seien gescheitert. Gehöre dem Staat das Anwesen nun treuhänderisch. Sie leitet die Arbeit. Eine echte Schangße für sie, habe ihr Chef gesagt, als erste Frau vor Ort. Verantwortlich dafür. Ist lustig, wenn sie ihn nachmacht, seinen notorischen Berliner Tonfall. In ihrem süddeutschen. Kann sie nicht ablegen ihre Herkunft. Ist das ein Problem für dich? No. Niemals nirgends. Im Café Central, stand sie hinter mir, so daß mein Rücken gegen ihre Schulter oder ihre Schulter gegen meinen Rücken. Berührten wir uns, zwangsläufig.

Ludwig ist schwer in Fahrt. Hartwigs Versprechungen seien von Anfang an haltlos gewesen, Produkte einer überhitzten Phantasie, denen er bedauerlicherweise, nicht zum ersten-, sicher aber zum letztenmal, Glauben geschenkt habe. Ihm weismachen, die Cramps würden eine neue, nun wirklich schockierende Performance bieten, die ihresgleichen suche, und außerdem noch garantieren, sein Ehrgefühl untersage ihm, Hartwigs Worte zu wiederholen, man käme während der Veranstaltung automatisch in engeren Kontakt mit sagenhaften Frauen, das alles müsse man als Irreführung, wenn nicht als Kumpelanschiß bezeichnen; déformation professionnelle, wie er, aus Freundschaft, vermute.

Das Rumgeturne des Sängers auf den Boxentürmen sei anachronistisch lächerlich gewesen, insbesondere sein drogenwackelnder, nur mit Hilfe eines Ordners gelungener Wiederabstieg, und die Kostümierung Poison Ivys an der Gitarre in Strapsen und Negligé altbekannt, nein, er verbessere sich, altbacken. Von wegen Skandal. Vielleicht in Teheran. Oder auf dem Mahnmal des unbekannten Soldaten in der VR China. Hingtuang. Er, Hartwig, müsse eigentlich wissen, daß man sich im Jahre fünfundzwanzig post Fluxum natum befinde beziehungsweise, falls er damit mehr anfangen könne, im Jahre zwanzig etwa nach den Mothers of Invention, um von anderen erst gar nicht zu reden.

Jede Mark Eintritt würde ihn reuen, sagt Ludwig und kippt einen Tequila weg, wenn er denn eine berappt hätte. Das immerhin rechne er ihm an, aber das sei auch das mindeste. Er schüttelt sich und lutscht die Zitronenscheibe aus. Wenns wenigstens richtig schlecht gewesen wäre, doch nicht einmal. Vielmehr peinlich, er habe sich geschämt für das präpotente Gezappele im Viervierteltakt, die beckenrollenden Versuche der Mädels, obszön zu sein, die, summa summarum, provinzielle Einfallslosigkeit des gesamten Auftritts. Jeder Besuch in Klärchens Ballhaus biete mehr Stoff in Sachen kritischer Transzendierung repressiver gesellschaftlicher Umgangsformen. Während er repressiv sagt, hebt Ludwig die Augenbrauen und verzieht seinen Mund. Stefan lächelt. Im Prinzip hat Hartwig gar nichts versprochen, nur, daß der Bär steppen wird im Metropol, aber das ist eine seiner Ausdrucksweisen. Kommt auch, ich setz euch auf die Gästeliste, wir treffen uns an der Bar um halb elf. Na Leute, hier boxt der Papst, was? Jawohl, im Kettenhemd, ich kann ihn nur leider von meinem Platz aus nicht erkennen.

Ludwig steckt eine HB auf seine Hornspitze und läßt sich von Hartwig Feuer geben. Ob er denn glaube, die Veranstaltung habe irgendeinen künstlerischen Wert gehabt, außer dem zweifelhaften Vergnügen, bekannte Persönlichkeiten, Porno-Willi, Horst Klaproth, Edith Wesseling, Branko-brauchst-du-was? und last and least die Frauschaft der Uhland-Bar in geschlossener Formation: Bobo, Ria, Annerose, wie eine an spontanem Kretinismus erkrankte Horde Urweltler kreischen zu sehen. Das heiße zu hören, diese spitzen Schreie kollektiver Entzückung, wenn der Sänger sein Mikro in Richtung des Publikums masturbiert habe, wie … wie … ein trompetendes Elefantenrüsselchen. Er, Ludwig, Qualmwolken absondernd, neige mittlerweile dazu, seine, Hartwigs, Berufswahl als verspätete Rache an den Idealen der Jugend zu betrachten, durch die Organisation solcher spekulativen events quasi nicht nur eine als Blödsinn denunzierte politische Haltung zurückzunehmen, sondern ehemaligen Weggenossen auch das in der Regel nicht vorhandene Geld aus den Taschen zu zupfen.

Als der neue Flachbau für die Verwaltung der Großgärtnerei fertig war, zog Hartwig aus seinem Balkonzimmer in das aufgelassene Büro am Ende eines der Gewächshäuser, die in langen, parallel gestaffelten Reihen rheinwärts weit in die ebene Landschaft ausgriffen. Es handele sich um eine perfekte Lösung, sagte er, ein appeasement oder agreement, das die Kontakte zu seinem Vater auf ein für alle Beteiligten erträgliches Nullniveau reduzieren würde und ihm außerdem gestatte, endlich Besuch zu empfangen, wann und wie lange er wolle.

In den festmontierten Blechregalen brachte er seine Bücher, seine Platten, den Plattenspieler und zahlreiche numerierte Aktenordner unter, die Sitzungsprotokolle, Flugblätter, Strategiepapiere, Argumentationshilfen sowie eine fortlaufende Sammlung der Parteizeitung enthielten. In einem braun eingetrübten Rollschrank lagerten Matrizen, Blökke Schreibmaschinenpapier, zusammengerollte Transparente, ordentlich auf Kante gestapelte Broschüren – § 218: Volksentscheid jetzt! – und, jeweils montags angeliefert, druckfrische Stöße der ›Kommunistischen Volksstimme‹, die er im Laufe der Woche an den belebtesten Stellen der Innenstadt verkaufte, Altmarkt, Luisen- Ecke Rheinstraße, Fußgängerzone Ostallee, vor einem rotumhüllten Tapeziertisch mit Agitationsmaterial hin und her schlendernd, um gelegentlich die Hauptschlagzeile mit ruhiger Stimme auszurufen: Massenstreik im Donez-Becken, Thyssenhütte verabschiedet Solidaritätsresolution.

Unter dem fleckigen Teppichboden befand sich im Fundament ein koffergroßer Tresor, der Hartwigs Shit- und Pillenvorräte barg, wie auch eine Kartei, deren Blätter die biographischen und politischen Daten aktiver Genossen verzeichneten, kooptierter Sympathisanten, erklärter Gegner, haltloser Diversanten. Der Genuß berauschender Substanzen, außer mäßig Alkohol, war laut Beschluß des ZK insbesondere Funktionsträgern der Organisation der revolutionären Arbeiterklasse verboten, was manchmal zu kleinen, leichthin ignorierten Gewissenskonflikten führte. Scheiß drauf, alles Spießer, und ohne würde man diese Gesellschaft ja überhaupt nicht ertragen. Mitten im Raum standen zwei alte Schreibtische, um die man sich bei Sitzungen der Basisgruppe Cusanus-Gymnasium locker versammelte.

Gegen sechs Uhr dreißig wurde Hartwig vom Hausmädchen geweckt, das ihm auf einem Tablett Kaffee und belegte Brote servierte und stereotyp schöne Grüße von vorne bestellte beziehungsweise fragte, ob man für ihn mitkochen solle oder ob er nach der Schule anderweitig beschäftigt sei. Keine Antwort. Nicht schlecht, sagte Stefan, als er bei Hartwig übernachtet hatte, so was gehe ihm ab, Frühstück im Bett mit appetitlichen Schnittchen. Man wolle ihn weichkochen, antwortete Hartwig, eine subtile Taktik seiner Mutter, die sämtliche Tricks der psychologischen Kriegsführung beherrsche, gestählt durch zwanzig Jahre Ehe- und Geschäftsleben an der Seite eines Mannes, den Vater zu nennen eine törichte Verharmlosung wäre. Außerdem rühre er das Zeug nicht an. Nachmittags kamen manchmal seine beiden jüngeren Schwestern herüber, Krissie und Katja, nahmen im Schneidersitz auf Hartwigs Matratze Platz, lasen, strickten (Krissie), hörten den Gesprächen zu, tuschelten trotz der gebieterischen Anordnung, ruhig zu sein, lenkten ab – Krissie, der es möglich war, minutenlang dem Blick Stefans standzuhalten, wobei sie ihre Lippen aufblühen ließ und die Augenbrauen zusammenzog –, bis ein Ruf vom Tisch, eine Geste, ihrem Tun ein Ende machte. Andernfalls zieht Leine, hier wird gearbeitet. Krissie nickte dann beflissen, um Stefan, der abermals ihren Blick suchte, die Zunge herauszustrecken. Mit langsam sich schließenden geschlossenen Augen. Durch das Fenster sah man Saisonarbeiter Jungpflanzen umtopfen und für den Versand in flache, mit Luftlöchern versehene Kartons packen. Krissie hatte lange blonde Haare, die mittelgescheitelt ihre Brüste (zwei Aprikosen auf einem Brett) bedeckten wie Bahnen aus changierend glänzendem Tuch, strohgelb mit bräunlichen Einflechtungen, genau wie Bruder und Schwester. Schluß jetzt, haut ab, Idiot.

Der weit vom Wohnhaus gelegene Raum war ideal für Partys im kleinen Rahmen: Hartwig, Bernward, Andreas, Nils, Stefan plus eine gleiche Zahl Mädchen, Iris, Beate ..., zu welchen Gelegenheiten die Schreibtische beiseite geräumt und die Scheiben mit Laken verhängt wurden. Im Sommer konnte man in die Felder gehen, die sich dem Grundstück anschlossen, Mais, Kohl, Getreide, oder zu einer Bank auf dem Rheindamm, der als dunkler, pappelbeschirmter Graswall den Horizont begrenzte.

Oft auch kam Stefan alleine, abends, einen Joint zu rauchen – der ihm nicht selten Schwindel bereitete, weshalb er später darauf verzichtete –, oder mit einer Flasche Wein – süß, billig, berauschend –, die sie gemeinsam leerten, Zigaretten drehend, Musik hörend (Bob Dylan, Velvet Underground, Can, Guru-guru, Ernst Busch, Mikis Theodorakis,

Neil Young – If you can't be with the one you love love the one you're with, The Plastic Ono Band live in Toronto) und die nähere Zukunft beredend. Ob man studieren solle, und wenn ja, was? Jura vielleicht, wie es in Hartwigs Fall die Parteileitung empfahl, oder Soziologie und Pädagogik, für welche Fächer er sich persönlich interessierte, oder, davon sprach Stefan, Mathematik. Oder Geschichte, wovon Hartwig abriet. Bürgerlicher Luxus. Den Herrschenden den Arsch pudern, entfällt. Geschweige denn irgend so ein Firlefanz wie Germanistik, Ethnologie, eine Sprache. Die Sprache der Revolution verstehe jeder. Mathematik also. Ist nichts gegen einzuwenden im Prinzip. Entscheidende Frage immer: Geschiehts zum Wohle des Volkes, oder geht es privatistisch individualistisch um Karriere?

Wenn Nils dabei war, zu dritt, wurde anderes verhandelt, Urlaubsreisen Konzertbesuche, sie sprachen über die Filme, die sie beeindruckt hatten (Zabriskie Point, Woodstock, Z, Odyssee im Weltraum, Clockwork Orange (!)), oder präparierten sich vor Klassenarbeiten in Physik und Latein mit Liliputlexika und akribisch (Stefans Schrift) ausgearbeiteten Spickzetteln. Nils' Unbekümmertheit und Kraft wirkten ansteckend, er verstand es, jedem ein Gefühl der Sicherheit zu vermitteln, daß in seiner Gegenwart nichts geschehen würde, mit dem man nicht zu Rande käme. Die können mich alle mal, sagte er und meinte es. Er trug damals schon Lederhosen à la Jim Morrison, die er, mangels entsprechender Einkaufsmöglichkeiten, selbst zuschnitt und nähte. Nicht zuletzt dieser braunen oder schwarzen Hosen wegen, seines auffälligen schweren Ohrrings, im Grunde seiner ganzen Art, umschwärmte ihn die Mädchenblüte der städtischen Gymnasien. Wo er auftauchte, ging die Post ab.

Da er eine doppelte Ehrenrunde, Quinta und Obersekunda, gedreht hatte, war er zwei Jahre älter als der Rest der Klasse; man schleppte ihn mit durch, vor allem die Freunde, Hartwig und Stefan.

Hartwig nickt grinsend. Geld aus den Taschen zupfen, ein feines Wort, sei goldrichtig, den Rest seiner, Ludwigs, Unterstellungen verweise er ins Reich der Fabel und im übrigen habe ihm die Show gefallen. Ohne Schnickschnack, postmoderne Beliebigkeit, aufwendige technische Mätzchen; echte Dinosaurier des Underground eben. Und daß keine guten Frauen dagewesen seien – er habe mehr als eine gesehen –, müsse er leider als Projektion eines professionellen Miesepeters bezeichnen. Niemand zwinge niemanden, Eintritt zu bezahlen, um sich so etwas anzusehen. Basta.

Daraufhin schüttelt Ludwig den Kopf, tippt an seine Stirn und wendet sich der Barfrau im Café Central zu, um drei Wodka auf Eis zu bestellen. Wenn er bitten dürfe. Die Barfrau trägt eine enggeschnittene Hose aus schwarzem elastischen Material (Latex?), die, seitlich geschlitzt bis zur Hüfte, von Lederriemchen an Knöcheln, Knien und Schenkeln zusammengehalten wird; eingeschnittenes weißes pralles Fleisch, quillt. Ludwig löst seinen Blick und fährt fort, aus der Lameng, Sottisen gegen Hartwig, die anderen Konzertbesucher, den Verfall der Kunst, alles und jeden abzusondern. Er ist prächtig in Form. Stefan kennt das, er langweilt sich. Hartwig geht aufs Klo. Als er zurückkommt, entfaltet er (trotz der Musik, der Stimmen scheint man es knistern zu hören) ein teils steifgetrocknetes Taschentuch und tupft sich damit über Mund, Philtrum und Nase, wonach Ludwig bemerkt, daß der Herr Impresario erstens ein

Ferkel sei, wiewohl er zweitens, entschädigungshalber, ruhig etwas herausrücken könnte. Hartwig steckt ihm ein Briefchen zu. Ludwig verschwindet. Die Barfrau bringt die Getränke und nennt den Preis. Während Stefan einen Geldschein aus seiner Gesäßtasche zieht, stößt er an eine hinter ihm stehende Person, das heißt sein Rücken gegen einen Ellbogen oder auch eine Schulter. Und noch einmal, nämlich wird er angestoßen, als stecke Absicht dahinter. Er spürt, daß es sich um eine Frau handelt, erkennt das, als er mit flüchtig gedrehtem Kopf eine Entschuldigung murmelt, lächelt dann und lehnt sich so weit zurück, daß er sie zwangsläufig berührt. Sie hält mit sanftem Druck dagegen, ein Gleichgewicht findend zwischen ihm und ihr, beide. Hartwig beschäftigt sich geistesabwesend mit seinem Day-Timer. Wie heißt du?, hört Stefan eine Stimme. Stefan, sagt er, ohne seine Haltung zu verändern, in den Raum des Cafés hinein. Und du? Evelin. Trinken wir was zusammen? Ja, warum nicht, denkt er, nickt und dreht sich um zu ihr in einem. Sie hat einen dunkel geschminkten Mund. Rot. Ihre Haare sind braun, kastanienbraun, und fallen bis auf die Schultern herab. Dicht. Eine alte Männerlederjacke, die sie trägt. Sie trägt eine abgewetzte, dreiviertellange, ihr zu große Männerlederjacke, die ein breiter, mit silberfarbenen Haken und Ösen versehener Stretchgürtel über den Hüften einschnürt; in der Taille, die dadurch, im Verhältnis zur ausladenden Schulterpartie und den abstehenden Jackenschößen, auffällig schmal wirkt. Eine flaschengrüne Steghose und Stiefeletten ohne Absatz. Darunter trägt sie. Ihre Augen. Sind graugrün, von Falten vom Lachen umstrahlt. Ungefähr Ende Zwanzig. Alleinstehend. Stehen sie sich im Gedränge gegenüber und fangen zu reden an. Voll hier, sagt Stefan. Sie nickt. Gibt nichts zu erwidern darauf. Ungeschickt der Versuch. Muß einem ja auch erst mal was einfallen so schnell. Trinken wir einen Campari? fragt sie und legt ihren Ellbogen auf den schulterhohen Tresen, so daß ihr Gewicht. Stützt sie, leicht in der Hüfte gedreht, darauf ab, unverwandt in seine Augen blickend. Er fühlt, wie ihr vorgeschobenes linkes Knie sein rechtes Knie berührt, um dann, als würde sie den Takt der Musik weitergeben, eine nervöse Spannung, an seinem Bein hochzufahren, das ihrer Bewegung, sein Oberschenkel, entgegenkommt. Normale Reaktion: pulsiert warm der Blutkreislauf in Stefans Becken. Sie schließt die Augen, für den Bruchteil einer Sekunde zu lange.

Zwei Campari-Soda bitte, ruft Stefan der Barfrau zu. Ludwig kehrt von der Toilette zurück, seine Nase tupfend, rümpfend, als wenn es ihn an der Wurzel kribbelte. Ob man inzwischen hier zu Ergebnissen gekommen sei, der ganze Abend schleppe sich doch seit Stunden nur so dahin, sagt er, sich im Kreise drehend, um die Lage zu klären, ohne absehbaren Höhepunkt, irgendeinen Kick, dem das alles zustrebe. ER könne auch nach Hause gehen, um zu lesen oder zu malen, was Vernünftigeres mit seiner knapp bemessenen Zeit anfangen, als ausgerechnet im Café Central Maulaffen-feil-zu-halten. Stefan stößt mit Evelin (?) an. Evelin heißt du? fragt er. Ja, sagt sie, und du heißt Stefan (!).

Ob man nicht mal das Lokal wechseln solle, fragt Ludwig, in Hartwigs Richtung hinter Stefans Rücken. Wäre ihm prinzipiell egal, hört Stefan die Stimme des Freundes, aber demnächst müsse er sowieso wieder rüber ins Metropol, um die Abendkasse abzurechnen, weshalb man ihn aus allen kurzfristigen Überlegungen betreffs weiterer Aktionen auszusparen habe. Vorerst zumindest. Gegen zwei oder drei Uhr sei er wahrscheinlich fertig und würde sich dann einem Umtrunk bestimmt nicht verwehren.

Ich glaube, sagt Evelin, sich vorbeugend, deine Freunde möchten anderswohin gehen.

Wird sie kaum jemand hindern, sagt Stefan und rückt, als suche er einen bequemeren Stand, näher an sie heran. Wie unabsichtlich, nachdem er einen Fuß auf die Trittleiste der Bar gestellt hat, gerät sein rechter Oberschenkel unter ihren abstehenden Jackenschoß, sie läßt es sich gefallen, hält dagegen. Jetzt. Gottseidank. Ludwig tippt auf Stefans Schulter und fragt, wies aussehe. Grundsätzlich und in bezug auf ihre Verabredung, après le spectacle, weil (vielleicht haste es gehört: Hartwig absentiert sich mal ne Zeitlang) im Falle einer réunion man einen Treffpunkt vereinbaren müßte. Das ist Ludwig, sagt Stefan zu Evelin, der Mann hinter mir heißt Hartwig, und wir waren gerade bei den Cramps gegenüber im Konzert. Ich auch, sagt Evelin, allerdings mit rapide nachlassender Begeisterung. Meine Rede praktisch von Anfang an, resümiert Ludwig, seinen Trenchcoat knöpfend, weshalb, man entschuldige ihn bitte, er sich zurückziehen werde. Hat sofort spitzgekriegt, was abläuft. Sie, ohne irgendwie Scham, umfaßt, von der Jacke verdeckt, Stefans Bein, während sie ihm, Ludwig, die andere Hand reicht. Enchanté. Sagt Ludwig. Hartwig steht auf und postiert sich zwischen sie. Ich sehe was, was ihr nicht seht, sagt er, über sein unrasiertes Kinn streichend. Mich kannst du nicht meinen, sagt Ludwig, seine Hornspitze mit einer Zigarette stopfend. Mich auch nicht, sagt Evelin. Sollen wir abhauen? fragt Ludwig. Du bist doch schon weg, sagt Stefan. Sehr genau und sehr einfühlsam beobachtet, sagt Ludwig, packt Hartwigs Arm und zieht ihn nach draußen.

Und wir? Stefan hebt die Schultern. Kommt drauf an. Vielleicht gehen wir … Zum Beispiel, sagt sie und legt ihre flache Hand auf seine Brust. Dann umschließen ihre weinrot geschminkten Lippen Stefans Mund, während sie längs des Tresens in seine Arme rutscht. Der Atem aus ihrer Nase streicht über Stefans Wange, und er schmeckt eine cremige Süße, die, mit Speichel vermischt, die Wärme des Kusses von ihren Lippen ablöst. Als einmal ihre Zähne aneinanderstoßen, halten sie ein, ohne die Augen zu öffnen. Sie versucht etwas zu sagen. Am besten, wiederholt sie, wir gehen mal raus an die frische Luft. Stefan nickt.

Betörend, frei von Rauch und Musik und Stimmen, umfängt sie der schwere, honigsüße Geruch der Linden, die den Platz vor dem Café säumen. Auf dem Kofferraum eines Autos sitzen beineschlenkernd drei junge Männer in Unterhemden und trinken Dosenbier. Über ihren Köpfen leuchtet der Neonschriftzug: Metropol. Als habe sie eine plötzliche Scheu erfaßt, schlägt Evelin vor, in den Havanna-Club zu gehen. Hand in Hand, doch wieder getrennt voneinander, laufen sie über die Maaßenstraße zum Winterfeldtplatz, wo erste Stände für den Mittwochsmarkt aufgebaut werden. Lastwagen rangieren hin und her. Ein heillos Betrunkener hockt vor dem Falafel-Imbiß neben dem Slumberland, dessen Schankraum, der Boden, mit weißem Sand bedeckt ist. Könnten sich langsam auch mal was anderes einfallen lassen. Nutzt sich ab die Idee, Strand und Sonnenschirme, Haltbarkeitsdauer vier Wochen. Zu anspruchslose Gäste. Im Havanna-Club dann, kommt nach dem Klingeln wer, der ondulierte Alex, an die Tür, in einer schummrigen Ecke, setzen die beiden ihre, die Zärtlichkeiten, fort. Weich und warm, seine Zunge erkundet ihr Ohr. Irgendwann Anfang August.

Fing an. Zwangsläufig, als wir uns berührten zufällig am Tresen im Café Central, nach dem Cramps-Konzert. Drei Monate her, mal nachrechnen. August, September, Oktober. Wievielten haben wir heute? Elfter oder zwölfter November, siebzehn Uhr zehn. Ist dunkel geworden, ruckzuck, ohne Vorwarnung. Straßenlampen alle an. Schöne Lampe. Kein Problem mit Umberto. Lenk ich den Typ ab, und er nimmt sie mit. Um ihr ein Geschenk zu machen. Eine Gewissensfrage doch. Irgendwie schon. Sanabitur anima mea. Im Dunkel der Zeit. Ich empfinde etwas Bestimmtes für dich, beweise ich. Chiara. I cut my hair, now I look older and very serious. Beantworte ihre Briefe nicht. Ein Schmerz in ihrem Körper war ich. In my belly in my body. Heute bin ich. Ein richtiger Arsch. Schicksal. Vom Zoo aus, das Postamt da, ein Ferngespräch. I love you, wird Irene sagen, come and see us.

28

Schwarzblaue Dunkelheit hing über den Häusern und Straßen wie das geschlossene Dach einer weitläufigen Halle, in der ein böiger Wind zirkuliert; manchmal zauste er auffrischend Haare und Mäntel, dann wieder war von ihm nur ein kühler, wenn auch beständiger Hauch zu spüren. Wolkenschleier sah man hoch oben am Himmel dahintreiben, zerreißende weißliche Flächen, die, schien es einem, das Licht der abendlichen Stadt reflektierten, seine wie in der Mitte eines nach außen hin undichten Beckens sich sammelnden Quellen so verschiedener Größe und Helligkeit,

Autoscheinwerfer, die Kegel der Peitschenmasten, vorhanglose Fensterrechtecke, strahlende Neonreklamen: Fuji-Color, Commerzbank, Relax Nadine, illuminierte Schaukästen voll mit Waren aller Art.

Martinez steckte, nachdem er die Öffnungszeiten des Lampengeschäfts in einem der S-Bahn-Bögen am Savignyplatz rekapituliert hatte (Do. 12:00–21:00), seine Fäuste in die Taschen der Lederjacke und setzte seinen Weg zum Zoo fort. Mit raumgreifendem Schritt beschrieb er einen Bogen um die Grünanlage, deren Laubengang, das Pissoir Ecke Grolmannstraße, um dann rechter Hand in die Kantstraße zu biegen. Etwa fünfhundert Meter gerader Strecke lagen noch vor ihm, fünf Minuten etwa bei gleichbleibender Geschwindigkeit, ohne irgendwo stehenzubleiben oder sich überflüssige, dem Tempo abträgliche Gedanken zu machen. No surrender, dachte er, kein Zurück, kein Zweifel. Sonst nichts.

Die phosporeszierenden Zeiger seiner Schweizer Uhr (Swatch-Scuba, mit sinnlosem Tauchring) gaben den Takt vor, ruckediguck ruckediguck, nicht zu schnell und nicht zu langsam, noch dreihundertneunundneunzig, -achtundneunzig, -siebenundneunzig Meter. Von West nach Ost die Häuserblocks durchschneidend, sah er am anderen Ende der Kantstraße, plötzlich grundlos ein paar Schritte rückwärts gehend, jenseits des Kongreßzentrums eine schwache Auftönung der Dunkelheit, einen letzten rötlichbraunen Schein des im atlantischen Ozean versinkenden Tages, weit weit weit westlich der Hesperiden der Äpfel des Glücks.

Er drehte sich wieder herum und zündete sich eine Zigarette an. Vor der noch leeren Paris-Bar stand ein langbeschürzter Kellner und wartete auf seine ersten Gäste. Aus den Augenwinkeln beobachtete er, wer da kam und an ihm vorbeilief, händereibend ein südlicher Typ mit streng zurückgekämmten Haaren und schwarzer gestärkter Weste. Gegenüber wurde an der Fassade des Delphi-Kinos die Plakattafel gewechselt, viergeteilt, längliche Stücke aus Preßspan mit einer Szene des Films, seinem Titel und den Namen der Hauptdarsteller daraufgemalt. ›Nicolas Cage‹ war schon zu lesen, zu sehen war der Oberkörper eines Mannes in Militäruniform, der hinter einem Maschinengewehr lag. Der übliche amerikanische Scheiß. Könnte man sich mal angucken. Sonntag aber ›Gloria‹, Quersumme elf, erste Vorstellung siebzehn Uhr dreißig. Breitbeinig in einer New Yorker Straße stehend, richtet sie ihren Revolver gegen jemanden außerhalb des Bildes, der ihr zu nahe gekommen ist. P oder non p, erkennt jeder. Sonntag bin ich gar nicht mehr da.

Rauch trat aus Stefans Mund, umwehte seinen Hals wie ein Schal, als er die Straßenseite wechselte, um über den Parkplatz von Ullrich-Discount (links der zweigeschossige Flachbau des Amerikahauses) – Penner winkten die Autos ein, ein Trinkgeld erhoffend – die Bahnhofshalle zu erreichen. Irenes Telefonnummer steckte in einem Mäppchen, das er in der Brusttasche seiner Jacke bei sich trug. Vorwahl irgendwas mit null null drei neun. Pronto, chi è? Sono Stefano. Dopodomani vengo a Milano, do you understand me? Of course. I hope you come to see my little girl. She was so much in love with you. Di solito – bestimmt wird es knakken in der Leitung – I work till four o'clock in the afternoon, giusto, hai capito?, so we meet in a coffeeshop near Castello Sforzesco. It's name is Principe Sforza, and it is easy to find. I'll stay there till you arrive. Or later you phone me at home. There is no problem. My flat is your's. Alles, das mein ist. Was für ein Blödsinn. Von fern hörte man die Stimme des Lautsprechers, die, einer Frau, metallisch klingend in der Luft zwischen dem Amerikahaus und den Gleisanlagen verwehte. So ist es nun mal.

29

Beförderungsbedingungen. Auf eigene Gefahr. Wählen Sie die Linie, die Sie am schnellsten zum Ziel bringt. Hinweise liefert ein Plan, der in jeder U-Bahn aushängt. Zur besseren Orientierung sind die Linien verschiedenfarbig gekennzeichnet. Die jeweilige Endstation wird an der Stirnseite der Züge oberhalb des Fahrerfensters angezeigt. Rudow – Rathaus Spandau. Das Fegefeuer. Nach Halt öffnen sich die Waggontüren selbsttätig. Schnappende Geräusche sollten Sie nicht verunsichern. Zur Erleichterung des Einstiegs empfehlen wir, den Ausstieg, der rechtsseitig zu erfolgen hat, abzuwarten; Zusammenstöße und Rempeleien werden dadurch verhindert.

Stehen keine Sitzplätze mehr zur Verfügung, was insbesondere während der Hauptverkehrszeiten morgens und abends der Fall sein kann, postieren Sie sich bitte nächst einer der Haltestangen, die knapp unterhalb der Decke in Längsrichtung beziehungsweise zwischen Boden und Decke verankert sind. Lassen Sie die anderen Fahrgäste in Ruhe, man wird es Ihnen danken. Das Essen von fetttriefenden Dönern und den Betrieb dumpf hämmernder Kassettenkleingeräte, sogenannter Walkmans, sollten Sie bleibenlassen, was speziell für unsere jugendlichen Freunde gilt. Nicht jedem beliebt es, auf dem Nachhauseweg die Baßläufe schlechter Rockgruppen zu hören, zumal ohne den Rest zu verstehen. Was etwa gesanglich zum Vortrag gebracht wird. Metallica, eine rechte Qual. Als würde ein Gummihammer den Schädel traktieren.

Wenden Sie sich lieber Ihrem Spiegelbild in einer der trotz unserer emsigen Putzkolonnen ständig verschmierten Scheiben zu, und fragen Sie sich, was der nächste Tag bringen wird. Das Leben ist eine einzige Herausforderung. Hilf dir selbst, dann hilft dir Gott. Apropos helfen: Betteln und Hausieren sind auf dem Gelände der Berliner Verkehrs-Gesellschaft strengstens untersagt, desgleichen Musizieren ohne Erlaubnis, das Grölen irischer Folksongs, zwischen den Stationen psalmodierte Leidensgeschichten: Ich heiße Thomas, habe Aids und keine Wohnung. Dein Problem, mein Lieber. Kondome schützen. Schwarzfahrer werden unnachgiebig verfolgt. Gut getarnt, schlägt unser Kontrollpersonal dann zu, wenn niemand mit ihm rechnet. Steht so ein Kerl mit Funkgerät plötzlich da und wills Billett oder vierzig Mark sehen. Ganz schön happig. Acht Bier im Amazonas oder fünf Gin-Tonic, ein halber Rausch. So was überlegt man sich vorher.

Die einschmeichelnde Stimme, die Sie den nächsten Halt ansagen hören, befindet sich auf einer Endlosschlaufe, technisch einfach mittels Relais geschaltet. Eisenacher Straße. Es handelt sich um eine junge Schauspielerin der staatlichen Bühnen, deren Namen wir nicht preisgeben dürfen; zu viele Anfragen richten sich diesbezüglich an uns. Flirten Sie doch mit der Person gegenüber. Nein, nicht Ihrem Spiegelbild, wir meinen das Mädchen in Jeans und Anorak, das schräg hinter Ihnen steht. Ob es den Blick erwidert. Den zweiten auch, lächelnd. Wenn Sie am Kleistpark den Zug verlassen, müßten Sie sich seine Telefonnummer aufschreiben, danach fragen, sonst würden Sie es für immer aus den Augen verlieren. Schon verloren. Dreht es sich um. Das passiert.

Während der An- und Abfahrt empfiehlt sich ein fester Stand, leicht breitbeinig, mit einer Hand an der Deckenstange, um die das Körpergleichgewicht in Mitleidenschaft ziehenden Beschleunigungskräfte zu neutralisieren. Regreßansprüche werden generell zurückgewiesen. Falls Sie mit dem Wagenboden Bekanntschaft schließen. Rabauz. Jeder ist für sich selber verantwortlich. Eine Massengesellschaft hat keine andere Alternative. Unser Betriebsergebnis weist auch so schon ein ruinöses Defizit aus. Leider. Trotz unverschämter Preiserhöhungen praktisch alle halbe Jahre. Rinnt uns durch die Hände das Geld wie Sand am Meer, einfach nicht zu fassen. Saust unwiederbringlich dahin.

Kommen Sie Ihrem Ziel näher, werden Sie nicht nervös, sondern halten Sie sich rechts von der Türe, wodurch Sie den gegenströmenden Massen ausweichen. Kinder und Frauen zuerst. Ohne Höflichkeit wäre nicht nur eine Fahrt mit der U-Bahn, sondern das Leben überhaupt noch schwerer als gewöhnlich zu ertragen. Beherzigen Sie unseren Rat. Faltblätter mit weitergehenden Informationen liegen beim Pförtner in der Hauptverwaltung Potsdamer Straße aus. Daten, Fakten, Zahlen; was die roten, weißen und grünen Signallampen an den Tunnelwänden zu bedeuten haben, woher die Geräusche kommen, der klebrige, gummiartige Geruch.

Unmittelbar vor Einfahrt in den Bahnhof setzt automatisch der Bremsvorgang ein. Die Stehenden wogen nach vorne wie die Halme eines Kornfelds. Die Räder quietschen. Tut uns leid, ein rein mechanischer Effekt, der Ihre Sicherheit nicht beeinträchtigt. Dann, Achtung, schnappen die

Türen auf, und man verdrückt sich schnell links runter zu den Rolltreppen ins Zwischengeschoß, eine von zahllosen Bewegungen durchkreuzte niedrige Etage (kein Cherub und kein Seraph weit und breit), die man, ohne innezuhalten, in Richtung Hauptstraße über eine Treppe verläßt. Marineblau leuchtend, zeichnet sich oben das Neonschild ›Kleistpark‹ gegen den Nachthimmel ab.

30 Irrlichternd die Anhöhe des Kaiser-Wilhelm-Platzes flutend, rauschte ein breiter Scheinwerferstrom über das Gefälle der Hauptstraße stadteinwärts, zwischen Häuser gebettet, deren dunkelbraune Fassaden (wirklich) wie die abweisenden Wände einer steilen Schlucht aussahen. Die meisten Geschäfte waren bereits geschlossen, und kaum jemand kam einem entgegen. Rollgitter sicherten den Eingang und die Scheiben des Buchan&verkaufs, öd verschattet im Innern, wie der Computer-Shop, die türkische Schlachterei und der Lebensmittelladen. Nur über der Türe der Cosmos-Spielhalle flackerte ein Kranz bunter Birnen und lud zum Eintritt ein. Immer weiter.

Jenseits der Helmstraße nahm die Steigung noch einmal zu, die Schritte wurden schwerer und langsamer, so daß man sich Mühe geben mußte, ohne an Geschwindigkeit zu verlieren, den Weg bis zur Ecke zurückzulegen, sich dem Zentrum des Quadrats nähernd, das diesen besonderen Teil der Stadt ausmachte, wo sie wohnte, Quergebäude vierter Stock, Meter um Meter wie ein Dauerläufer, der, nicht mehr zu beirren, sein Ziel vor Augen hat. Chrome, Wasch-Center, Fahrradladen, Bettenhaus, und endlich: geschafft, die Schöneberger Anhöhe bezwungen. Stefan bog nach links.

Im Yeşil-Köşe-Imbiß neben dem Flachbau (mit dicht geschlossenen Vorhängen) kaufte er vier Büchsen Tuborg-Bier, ein Fladenbrot und einen Plastikbeutel (Bolle-Märkte, 30 Pf.), in dem der Türke alles verpackte.

Vor dem Kino auf der anderen Seite stand eine Traube Menschen, um deren Köpfe Atem und Zigarettenqualm schwebte.

Einfach weiter, über die Brücke, auf vorgezeichnetem Pfad am Gitter entlang, das den Bürgersteig vom Hang des Bahngeländes abgrenzte, in die Stichstraße, rechts hoch, bis vor das gesprungene Glas des schweren wurmstichigen Türflügels.

31 Nach dem Lichtschalter tastend, umfing ihn der Geruch des Hauses, der scharfe Geruch in Öl gebratenen Knoblauchs vor allem, durchsetzt mit dem Duft verschiedener Saucen, von Fleisch, Fisch, Gemüse, köchelnder Tomaten und Oliven, in der Pfanne zischenden Hackfleischs, schmurgelnder Zwiebeln, fettäugiger Brühe, Bratensatz, schwach fermentiert mit den Ausdünstungen der Wände, einer klammen, morgens mehr als abends riechbaren Muffigkeit, der leicht fauligen Süße des Mülls, den die Araber der ersten beiden Stockwerke, den Rundbriefen der Immobilienverwaltung Masmoudan zum Trotz, in Plastiktüten vor ihren Wohnungen stehenließen, hüllte ihn wärmend ein, von Gewürzfäden durchwirkte Essensschwaden, als das Deckenlicht ansprang, ein aromatisches Gewebe, das den Treppenflur von unten bis oben auskleidete.

Evelins Briefkasten war leer. Stefan schnippte sein Türchen zu (Karst: stand mit schwarzem Filzstift darauf, und kleiner, mit einer roten, dünneren Miene: Martinez), dann auch die der anderen Kästen ohne Schloß, eingedellt, als hätte sie jemand mit den Fäusten traktiert. Leiernde Töne orientalischer Musik wehten an sein Ohr, die Geräusche von Fernsehern (die Fanfare der Heute-Nachrichten), Stimmen, Gelächter, das in der zweiten Etage durch die Ritzen einer Türe drang. Je höher man kam, desto öfter ersetzten ungehobelte, kantige Dachlatten die ursprünglich gedrechselten Stützen des Geländers, und auf dem Linoleumbelag der Stufen zeichneten sich vermehrt Fußtritte ab, als würde der Hauswart beim Putzen irgendwann aufgeben.

Too much. Forget it. Gehen Sie, wenns Ihnen nicht paßt, die Straße wird schwarz vor Menschen sein, denen Ihre Wohnung zusagt. Für uns kein Problem.

Als sollte sie den Weg markieren, zog sich eine Zickzacklinie (gelbe Sprühfarbe) vom dritten Stock an den Wänden entlang bis vor ihre Wohnung, wo sie abrupt (überrascht worden oder die Lust verloren) endete. Stefan schlug den Kragen seiner Jacke herunter und klopfte. Aus der Küche (ein Radio spielt da drin) näherten sich Schritte, klakkernd (sie trägt Schuhe mit Absätzen) auf den versiegelten Holzdielen, dann (Sesam öffne dich) erschien sie im Türrahmen, schwarzbestrumpft einen weiten, schenkellangen Pullover tragend, und fragte:

– Sie wünschen?

Stefan hob die Tüte mit dem Bier und dem Fladenbrot.

– Ich wollte was abgeben.

– Interessant. Kann ich mal sehen?

Sie trat, ohne der Tüte Beachtung zu schenken, vor auf die Schwelle, bis sie ihn berührte, fast, ihre Lippen sein Kinn und ihre Brust unter der Wolle des Pullovers das Leder über dem Flanellhemd auf seiner Haut, kaum einen Zentimeter weit mehr von ihm entfernt, so daß, als sie:

– Hatte das jemand bestellt?

sagte, er, reglos, den Hauch ihrer Lippen spürte und, beim Reden sich hebend und senkend, durch ihre Sachen hindurch eine schmiegsame, erregende Weichheit. Ihre Augen waren auf seinen Mund gerichtet.

– Ich glaube gestern nacht.

Sie gab einen zarten Ton von sich, der wie ›Ahaa‹ klang, wie überrascht, noch nicht ganz, allmählich erst verstehend, und sah ihn an (Ohne Distanz ihr ausgeliefert, schien ihm die graugrüne Farbe ihrer Augen von so anziehender wie beängstigender Tiefe zu sein, verschlingend).

– Es geht um was zu essen.

Sie nickte, ohne sich von der Stelle zu bewegen, seinen Körper zugleich berührend und wieder nicht, als würde, dachte er (das fühlte er), durch das Gewebe ihres Pullovers eine Art Strom übertragen, ein Fluß kleiner, elektrisch geladener Teile. Coulombsches Gesetz, eine Spannung, erforscht.

Unvermittelt die Augen niederschlagend, machte sie einen Schritt rückwärts und sagte:

– Komm rein.

Halb den Arm um seine Hüften legend, halb mit der flachen Hand seiner Bewegung nur folgend, dirigierte sie ihn in die Küche und schloß die Eingangstüre.

Dampfige Hitze vom Herd in der Luft, kocht was.

Stefan stellte die Tüte ab und hängte seine Jacke an den Pfosten eines Metallregals, das Töpfe und Pfannen, Geschirr, Besteck, Rezeptmappen und Trockentücher, Gewürzständer, Ölflaschen und -fläschchen (Olive, Sonnenblume, Kürbiskern, Distel), Packungen Tee, Kaffee, Gries, Haferflocken, Cornflakes, Mehl, Zucker, Sago, Kakao enthielt sowie drei bauchige Gläser mit eingemachten Tomaten, Artischockenherzen und Meeresfrüchten.

– Du hast also daran gedacht? sagte Evelin, während sie, mit verschränkten Armen (wie ein Gürtel), sich gegen die Wand lehnte.

– Natürlich, sagte Stefan und nahm am Tisch Platz, die Tüte entleerend.

– Schon kalt?

– Ja, der hat sie aus dem Kühlschrank geholt.

Vorsichtig riß er eine der Büchsen auf und reichte sie ihr. Sie zögerte, als würde sie mögliche Folgen seines Angebots bedenken.

– Brauchst du ein Glas?

Sie nickte.

Es schräg haltend (damit nicht zuviel Schaum hochquillt), füllte er ihr Glas (sie hatte bereits den Tisch gedeckt, mit Servietten (türkiser Zellstoff) neben den Tellern und einem Strauß Blumen (so margeritenartige Sterne) am Rand) und gab es ihr.

– Gut so?

Kopfschüttelnd verzog sie, dann lächelnd, ihren violettrot geschminkten Mund und nippte. Manchmal ist er, ich weiß nicht. Mit Daumen und Zeigefinger (wie die Enden einer Schieblehre) sein Gleichgewicht wahrend, stützte sie das Glas auf ihrem rechten Unterarm ab.

Schnürt sie ein, umfaßt sie eng wie ein Gürtel. Wodurch. Heben sich deutlich die glatten (trägt einen BH aus Baumwolle) Rundungen ihrer Brüste unter dem Pullover hervor. Schweig nicht.

– Ißt du gefüllte Paprika?

– Klar.

– Und Grünkern?

– Wenn du mir sagst, was das ist.

– Sieht aus wie Reis, schmeckt ähnlich, ein bißchen nach Nuß, ist aber Getreide. Die jungen Körner davon. Ich mags ganz gerne.

– Sicher.

– Was sicher?

– Das wird gut sein.

– Hoffentlich.

Sie drückte sich von der Wand und ging zum Herd, auf dem zwei Töpfe standen, leise klappernd der Deckel des einen, durch eine entweichende Feder Wasserdampf, ein Wirbel.

– Kann ich dir helfen?

– Nein.

Regellos wie Farbtropfen auf nassem Papier, verliefen die Umrisse der roten Kontrolleuchten des Gasspeichers im beschlagenen Glas der Fensterscheibe. Dahinter. Stefan zündete sich eine Zigarette an. Ihm den Rücken zukehrend (das Gummi der Strumpfhose zeichnet sich als Einkerbung im Fleisch um die Hüften ab), schöpfte sie etwas Flüssigkeit auf einen Kochlöffel und probierte. Salz. Über dem Tisch hing ein schwarz-weißes Plakat von Stranger than paradise, auf dem zwei Männer und eine Frau zu sehen waren, die an der Haube eines alten Straßenkreuzers lehnen, des weiteren ein paar windschiefe Palmen und im Hintergrund eine große Reklametafel mit dem Aufdruck: Welcome to Florida. Wovon handelt die Geschichte? Sie kommt, ohne ein Wort Englisch, aus Budapest nach

New York, um ihren Cousin zu suchen, der sich als Zocker durchschlägt, bis er, weil sie an die Mafia geraten sind, mit seinem Kompagnon fliehen muß. So ungefähr. Dann fahren sie zu dritt Richtung Süden, schweigend meist. Radebrechend. Im Miami trennen sie sich wieder. Irgendwas mit Drogen noch. Eine Verwechslung. Der eine bleibt im Motelzimmer und erwartet die Polizei. Oder wen? Ob die anderen zurückkommen? Keine Ahnung mehr. Seltsamer als das Paradies, grobkörnige schwarzweiße Bilder im Moviemento Saal 2. Letztes Jahr? Wahrscheinlich.

Nachdem sie das Radio ausgeschaltet hatte, brachte Evelin die Töpfe zum Tisch und nahm seine Zigarette; löschte sie im Waschbecken unter der Leitung und schnippte sie in den Mülleimer. Dann belud sie ihre Teller mit je einer Paprika und einem Löffelvoll Körnern.

– Das schmeckt gut, sagte Stefan nach dem ersten Bissen.

– Ja?

Ohne vom Essen aufzusehen. Habe ich ihr was getan?

– Ja, sagte er. Wirklich.

Sie gab keine Antwort. Ein Vorfall: wann warum? Bilde ich mir ein. Beidhändig steckte sie sich ihre Haare hinter die Ohren. Eine gar nicht mehr bewußte Geste, wie beim Gespräch, wenn sie: mit der flachen Hand über ihre Stirn fährt, um dann eine Strähne nach hinten zu streichen. Währenddessen sie, immer, blinzelt, als würde beides zusammengehören. Das andere auch. Wie sie ißt, den Mund öffnet, kaut. Ein einziges. Ihr Körper, seine Bewegungen, kommt man nicht dahinter. Kribbelt im Nacken, bloß wenn sie redet, der Klang ihrer Stimme, morgens, als habe sie das vom Abend zuvor schon wieder vergessen. Egal. Rauh die Tonlagen springt sie wechselnd von hoch nach tief, unvorhersehbar weich und dann plötzlich schroff wie Heiserkeit mitten im Satz schlägt sie um und zurück ganz zart ausklingend. Nicht zu trennen vom Rest von ihr von allem. Ihren Schultern, ihrem Hals, der Miene ihres Gesichts. Mattweiß, herausgestellt noch durch die kastanienbraune Farbe ihrer Haare und den Lippenstift, scheint es eine Tönung wie Elfenbein zu haben und so glatt ohne eine Unebenheit außer fadendünnen Kerben um ihre Augen deren graugrüne Tiefe.

Stefan kippte den Rest aus der Büchse in die Gläser.

– Übrigens bin ich heute in der U-Bahn kontrolliert worden.

Sie hob den Kopf und begann: zu lächeln.

– Zwischen Eisenacher und Bayrischer Platz, ein ganzer Trupp, relativ schwerbewaffnet.

– Die haben dich gefangengenommen, vermute ich mal.

– Ich konnte mich freikaufen. Das kostet mittlerweile vierzig Mark.

– Ist bekannt.

– Mir nicht. Tut mir leid.

Sie lachte.

– Du tust dir leid. In Frankfurt (bis vor eineinhalb Jahren hat sie in Frankfurt gewohnt, mit einem Mann, der in ihren Erzählungen reichlich nebulös bleibt; aber er war älter als sie, vierzig, beim Hessischen Rundfunk ein Redakteur angeblich) müssen Schwarzfahrer seit einiger Zeit schon sechzig Mark bezahlen.

– Ich bin ja nicht schwarzgefahren.

Sie beugte sich vor.

– Sondern?

– Im Prinzip hab ich nur vergessen, eine Karte zu lösen.

Einen Ellbogen senkrecht auf den Tisch stützend, legte sie ihr Kinn auf die einwärts gekehrten Finger. Die Tischkante drückte gegen ihren Bauch.

– Wahrscheinlich meinst du das im Ernst.

– Was denn sonst.

– Natürlich, ich weiß.

Als würde sich ihr Lidschlag verlangsamen, als würde sie müde sein. Sie kreuzte ihre Beine. Stefan schob seinen Teller weg und rutschte vor zum Rand des Stuhls. Ihr Atem wich in zittrigen Stößen aus ihrer Nase, hörte er, wie sie versuchte, ihn zurückzuhalten, schluckend, als sei ihr das Geräusch peinlich, ein auf- und abschwellendes leises Schnaufen, das, obwohl sie ihre Lippen zusammenpreßte, sich nicht unterdrücken ließ, vielmehr stärker zu werden schien, ihren Körper erfassend, ihre hochgezogenen Schultern.

Den Kopf zur Seite neigend, näherte er sich ihrem Gesicht und pustete über ihre Wange, einen Hauch, ihr Ohr, ihren Hals, den sie ihm entblößte, während ihre Hände seine Oberarme umschlossen, sanften Druck ausübend unter seine Achseln griffen, als wolle sie ihn anheben. Er schloß die Augen und berührte ihre Kehle, mit seinen Lippen und seiner Zunge, über den ringförmigen Knorpel gleitend, ihn nachzeichnend, spürte er, daß sie ein Zucken durchfuhr. Sie zog an ihm, seinem Hemd, ihn hoch von seinem Platz, und ohne die Zärtlichkeiten seines Mundes, dessen geöffnete Lippen über den Flaum ihrer Wange tasteten, zu unterbrechen, kam er gebeugt um den Tisch und kniete seitlich von ihr, die sich um ihn wand, nieder, ihre Hüften durch den Pullover streichelnd, ihre Leisten, dann ihr Steißbein, mit seinen Nägeln und Fingerspitzen dessen Nervengeflecht entzündend   breitbeinig, mit hochgerutschtem

Pullover, saß sie kniend, ihm den Rücken zuwendend, auf seinen Oberschenkeln. Stefans linke Hand lag flach auf ihrem unter dem Druck des Gummis der Strumpfhose gespannten Bauch, während seine rechte, Evelins Haare zu einem Zopf bündelnd, ein in ihrer Nackenbeuge schwarzbraun zusammenfließendes Dreieck freilegte, das er seine Zunge die Härchen befeuchtend küßte   laut atmend, nachdem sie sich umgedreht hatte, preßte sie ihr Geschlecht auf den Wulst seines gegen die Knopfleiste der Hose geklemmten Gliedes   ihre Brüste, deren blaßrosa Knospen, er hatte den Büstenhalter über ihren Kopf gestreift, rieb sie weich an seiner wenig behaarten Brust, seinen Rippen, den Muskeln seines Bauchs   ihre Zunge leckte seinen Hals, tauchte ein in die empfindsame Kuhle zwischen den Schlüsselbeinen, glitt eine feuchte Spur zeichnend tiefer zu seinen Brustwarzen, die sie saugend in ihren Mund nahm   auf der Seite liegend, wie sie, zwischen ihren angewinkelten Beinen, umspannte Stefans Mund das Nylongewebe der Strumpfhose, knisternd durch seine am Kinn nachgewachsenen Bartstoppeln, rieben seine Zähne über die längliche klopfende Schwellung ihrer Vulva, seine Lippen seine Zunge eine Öffnung suchend, während seine Hand sich einen Weg unter dem Gummi bahnte auf einem Schweißfilm vorangleitend über einen zuckenden Muskelring hinweg bis zum feuchten Gewebe ihres Damms, den er, innehaltend, mit zwei Fingern lind massierte. Ihr Becken hob sich, ihre Scham ihm zu, dem Druck der Zunge auf den von innen schon erweichten Stoff ihrer Wäsche   sie schloß ihre Hand um sein Glied und, ohne ihren Griff zu lockern, liebkoste seine Eichel, leckend, vorsichtig tastend ihre Zunge die Öffnung oben umkreiste sie dann nahm sie ihn in den Mund Labien, umgeben von Härchen von Nässe sie zog die Beine an ihre Knie hoch neben ihre Schultern. Halt mich, stöhnte sie, hörte er, seine Arme ausstreckend legte er seine Hände in ihre Kniekehlen und umklammerte sie eintauchend seine Zunge in ihren Schoß, sein Mund über den gekrausten Lippen, berauscht vom Duft und Fluß ihres Strömens, sanft rollend die Wurzel ihrer Erregung, ein wenig saugend, am Kinn ihr Saft, ihn schluckend, kamen seine Bewegungen, wie sie es wollte, langsam oder schneller, den Aufforderungen ihrer Lust entgegen wie durch einen Krampf der Bauchmuskulatur bäumte sich ihr Oberkörper auf, ihr Gesicht, Stirn und Augen von ihren Händen bedeckt, war verzerrt, ihr Mund tonlos aufgerissen, bis ein Schrei sie schrie, holte keuchend Luft, leiser werdend, sich dann in ein Schluchzen verwandelte, als sie zitternd zurück auf den Küchenboden sank Stefan rutschte hoch, ihre Brüste küssend schlang sie ihn an sich, ihre Arme um seinen Rücken, verlangend sein Glied glitt er in ihr Geschlecht umhalste ihn was einem geschieht, nicht mehr wissen. Es ist bei ihr so. Alles Sehen und Hören getilgt, ergießt man sich für Sekunden ohne Bewußtsein und Erinnerung. Nur in ihr, in ihrer Weichheit, die sie hingibt. Schenkt sie das kurze schöne wilde Nichts.

Stefan legte den Kopf auf ihre Schulter. Sie hatte die Augen geschlossen. Die Schläge einer Ader ihres Halses pflanzten sich in das umliegende Gewebe fort, als würde es unterspült. Ein fleckig rosafarbener Ton überzog ihre Kehle und Wangen, ihr mattes Weiß aus Elfenbein, und ein trocknender Schweißfilm verklebte den Flaum einzelner dunkler Härchen über ihren Lippen. Als er sie unfreiwillig, seine abflutende Schwellung, verließ, stöhnte sie leise, als empfinde sie einen Schmerz. Er schob seine Hand zwischen ihre Beine und umfaßte die aufgesprungene, von Sekret und Sperma warm genäßte Öffnung da.

Sich windend, um heranzukommen, nahm Stefan eine ihrer Brustwarzen in den Mund und saugte sie leicht. Als er, ihrem Widerstand zum Trotz, nicht aufhörte, packte sie seine Hüften, drehte ihn und sich mit einem Ruck auf die andere Seite.

– Sehr einfach, mein Lieber.

– Nichts einfacher als das.

Er hob seinen Kopf und leckte salzige Tropfen von der Haut zwischen ihren schaukelnden Brüsten.

– Das ist schön, sagte sie.

– Das ist sehr schön, sagte er, seine Hände an ihren Hintern schmiegend.

– Hast du noch Hunger?

– Ein wenig.

– Wir könnten aufessen.

– Könnten wir.

– Ich wärms auf.

– Ich mach das.

– Du weißt gar nicht, wie das geht.

– Weiß ich schon.

– Glaub ich nicht.

– Brauchst du einen Beweis?

– Ja.

Er richtete sich auf und umarmte sie. Sie vergrub ihr Gesicht in seinem Haar. Was ist das wert? Ich zweifle ich hoffe ich bin. Eine Abfolge von Anfängen.

Evelin ging in die Hocke, rot geflammt zwischen krisseligen Locken über seinem schlaffen, krisselig belockten Glied.

– Ich gehe ins Bett.

– Wir essen also im Bett?

– Wenn dus bringst.

– Sollte ich?

– Deine Entscheidung.

– Das schmeckt wirklich nicht schlecht.

– Nicht schlecht oder gut?

– Gut.

– Finde ich auch, sagte sie und lächelte ihn (spöttisch? dachte er) an. Unausweichlich suchte ihr Blick seine Augen und hielt sie fest. Es war, als würde man ihm nicht entrinnen können. Nach einer kurzen Zeit (~ zehn Sekunden), während deren sich der Herzschlag beschleunigte, bekam man das Gefühl, sich aufzulösen, als tauche man kopfüber, von seltsamen Gewichten beschwert, in ein grundlos scheinendes Gewässer ein, dessen undurchsichtige graugrüne Tiefe. Sinkt man in sie herab.

Sie blinzelte und strich sich nachlässig eine Haarsträhne aus der Stirn. Dann, als wolle sie eine Einzelheit näher betrachten oder etwas sagen, neigte sie ihren Kopf und legte ihre Hände auf seine Schultern; zwei drei vier Augenblikke lang verweilend, drückte sie sich mit einem Mal an ihm hoch und ging ins Nebenzimmer. So ist das.

Stefan kreuzte seine Beine zum Schneidersitz und tastete über die Tischplatte nach den Zigaretten. Glas, zerknüllte Serviette, Teller, noch ein Glas, Feuerzeug, lauwarmer Topf, das Drahtgeflecht seines Untersatzes, Cellophanpapier um eine Schachtel aus Karton. Nachtblau. Gauloises Filtre: Le goût et les arômes des tabacs blonds d'origine. Gold auf

Blau. Wer das Rauchen aufgibt, verringert das Risiko schwerer Erkrankungen. Der Gefäße und des Herzens. Koronare Störungen. Kammerflimmern. So Gummiballons, die sie durch einen Schnitt in der Leiste bis an die verkalkte Arterie heranführen und aufblasen. Ultraschallmonitore zum Beobachten, obs die richtige. Mortalitätsrate fünf Prozent. Gesundheitsmagazin Praxis im ZDF, ein glubschäugiger Kerl, seit zwanzig Jahren warnt er vor allem und jedem. Am besten mal, er würde vor sich selber. Please switch off the channel if you see this face. Wissen wir, sehr gefährlich, alles.

Er streckte seinen Arm aus und klopfte Asche über den Rand des Spülbeckens in den Ausguß. Fünf nach acht. Und jetzt? Irgendwas unternehmen. Und warum? Darum. So früh noch. Für was zu? In drei Stunden die Müdigkeit schleicht sie, auf leisen Sohlen, bettet sich neben uns. Der Wecker klingelt um kurz vor halb sieben, das sind fast mehr als zehn Stunden noch. Sage ich ihr, soll ich, was ich gedacht habe? Was denn? Phantastereien. Keine. Ein Gefühl in einem Gefühl in einem anderen, so verwoben. Aufriffeln und sortieren, verschiedenfarbig.

Aus dem Schlafzimmer, leise, drangen Stimmen, dann hörte man Autoreifen quietschend sich entfernen. Stefan zog die Beine an und umfaßte seine Knie. Leere Hüllen ringsherum, ihr Pullover, ihre Strumpfhose, ihr Büstenhalter, das grüne Flanellhemd mit dunkelblauen Karos und roten dünnen Streifen, verdrehte Röhren, die Jeans sind, ein Paar Socken. Er nahm die Zigarette zwischen seine Lippen, raffte alles im Umkreis zusammen und häufte es auf einem Stuhl. Vorne am Tischbein das schwarze Knäuel, seine Unterhose. Er versuchte sie mit den Zehen zu angeln, doch war die Entfernung zu groß. Eine Spanne fehlte. Muß man hin. Er rollte mit Schwung auf seinen Rücken, winkelte die Beine an und sprang hoch. Ah, verdammt verbrannt verflucht. Asche von seiner Brust klopfend, bückte sich Stefan nach der Zigarette, löschte sie in der Spüle, dann, nachdem er die Unterhose eingesammelt und ebenfalls auf dem Stuhl abgelegt hatte, leerte er ihre halbgegessenen Teller in dem Topf (aus Kupfer) zu den beiden restlichen Paprika und setzte ihn aufs Feuer.

32 Ein Kissen im Nacken gegen die Wand gelehnt, sah Evelin vom Bett aus fern. Das Gerät (Sony Triniton Karstadt Herrmannplatz 899 DM) stand am Fußende auf dem umgedrehten Karton, in dem es verpackt gewesen war. Stefan zog einen Stuhl heran, entledigte sich des Tabletts und kroch zu ihr unter die Decke. Schweigend, mit verschränkten Armen, folgte sie der Handlung des Films, manchmal die weißflimmernden Untertitel lesend. Wohnen Sie hier? fragt Monica Vitti. Nicht ständig, antwortet Alain Delon. Ich bin in diesem Haus geboren. Möchten Sie etwas zu trinken? Nein. Wo wohnen Sie denn sonst? Na ja, ich habe noch eine andere Wohnung, eine kleinere. Sie, in einem ärmellosen, engen Kleid, lächelt. Warum laden Sie mich nicht einmal dorthin ein? Wollen Sie vielleicht eine Tasse Schokolade? Entschieden schüttelte Monica Vitti den Kopf.

– Was ist das?

– Lief schon, als ich angemacht habe.

– Antonioni. L'éclisse.

– Warum fragst du dann?

– Geraten.

– Wie heißt der auf deutsch?

– Weiß ich nicht mehr. Ziemlich bescheuert.

– Weiß ich nicht mehr oder ziemlich bescheuert?

– Beides.

– Liebe zweiundsechzig.

– Eben. Falls es dich interessiert, hier steht das Essen.

Sie ließ den Kopf zur Seite fallen, auf seine Schulter, und sah ihn von unten, durch sich teilende dichte Strähnen ihres dunkelbraunen Haares an.

– Und wenn ich nicht mehr hungrig bin?

– Dann wird das kalt.

Nickend schloß sie (langsam) die Augen und hielt sie geschlossen. Ich werde dich aber nicht küssen.

Sie legte eine Hand um seinen Nacken und zog ihn zu sich herab, bis ihre Lippen sich berührten. Weiter nichts. Ihr Haar roch nach Schweiß, nach Essen, nach Shampoo (Guhl Rosmarin), nach Kalk (Arbeit), nach Rauch, nach Seide, nach Lust. Es kitzelte ihn ein wenig. Ihre Lippen waren trocken und warm. Eine kleine, von Härchen überdeckte Narbe, nur von ganz nahem zu sehen, teilte eine ihrer Augenbrauen in zwei Hälften. Als Kind, im Badezimmer, ausgerutscht. Er spürte den Druck ihrer Zähne, sie den seiner, doch küßten sie sich nicht. Nicht er, nicht sie. Schließlich ließ sie ihn los und richtete sich wieder auf, um, das Kissen zurechtrückend, mit verschränkten Armen und angezogenen Beinen weiter fernzusehen. Stefan (er muß sich über sie beugen) nahm einen Teller vom Stuhl und aß. Gar nicht schlecht. Gut sogar. Die Körner von jungem Getreide wie Reis ähnlich. Davor hat meine Mutter Angst, sagt Monica Vitti, Armut. Davor hat jeder Angst, sagt Alain Delon, der eine Art Börsenmakler spielt. Ich nicht, sagt sie, ihm ein gerahmtes Foto ihrer Eltern zeigend, weil ich nicht darüber nachdenke, reich zu sein. Wie es wäre. Scheinbar handelt es sich darum, daß er zahllose Affären hat, aber, aus ihm selbst unerfindlichen Gründen, ausgerechnet in sie verliebt ist. Jaja, ein Konflikt, so läuft die Geschichte an. Und wie geht sie aus? Vergessen. Zu lange her. Vor Jahren im Arsenal. Mit wem? Vergessen.

– Willst du ein Bier?

– Nein.

– Ein Glas Milch?

– Nein.

– Mineralwasser?

– Keins da.

– Kaffee?

– Dann kann ich nicht schlafen.

– Wein?

– Ich habe keinen gekauft.

– Mich?

– Vielleicht.

– Ich bin nicht zum Trinken.

– Schade. Zum Essen?

– Auch nicht. Sollen wir wo hingehen?

– Warum?

– Es ist noch früh.

– Es ist spät.

– Halb neun.

– Ich bin müde.

– Zu Edmund vielleicht ins Esplanade. Ich glaube, der arbeitet heute.

– Was läuft da?

– Kaurismäki.

– Ariel?

– Kann sein.

– Sein oder nicht?

– Kann.

– Ist mir zu trist. Außerdem gefällt es mir hier.

Guten Abend, sagt Alain Delon. Guten Abend, antwortet Monica Vitti. Was tippen Sie da? Ich übersetze ein Stück. Warum? Lebt sie von Übersetzungen?

Stefan stellte den leeren Teller neben das Bett auf den Boden. Als er sich zu Evelin wandte, sah er, daß gräulich abgetönte (in diesem Glühbirnenlicht), leicht geschwollene Halbkreise ihre Augen umfaßten. Im Hof stiegen scheppernde Geräusche nach oben, dann hörte man eine Stimme, die einen Schwall unverständlicher Worte zum Fenster herausbrüllte.

– Seitenflügel zweiter Stock, sagte Evelin, ohne ihren Blick vom Bildschirm zu lösen. Wahrscheinlich Vollmond.

– Wahrscheinlich Vollrausch.

– Sowohl als auch. Das läuft zyklisch ab. Letztens hat einer mal die Polizei geholt.

– Und?

– Danach war Ruhe. Wie man hört, leider nicht auf Dauer.

– Streitet der sich mit jemandem?

– Nein, der Herr ist nur ein bißchen nervös.

– Ein bißchen sehr.

– Ein bißchen ziemlich sehr.

Die Stimme draußen überschlug sich, brach ab und hob gleich wieder an, gurgelnd schien es, dann lauter werdend, bis ihr atemloses Brüllen den Schacht zwischen den Häusern ganz ausfüllte. Evelin hielt sich die Ohren zu. Dann war es plötzlich vorbei. Andere Stimmen aus anderen Fenstern riefen: Ruhe! oder: Schluß jetzt!, eine: Ich komm dir rüber, du

Knalli! Wirkts? Es wirkt, tatsächlich. Genug für heute, morgen ist auch noch ein Tag. Stefan nahm ihre Hände und zog sie an seine Brust.

– Erledigt.

– Ich bin erledigt. Wenn das noch mal vorkommt, rufe ich die Hausverwaltung an und beschwere mich.

– Ist ja vorbei.

– Hoffentlich.

Sie entwand sich seinem Griff und richtete die Fernbedienung auf den Bildschirm, in raschem Takt von Programm zu Programm springend. Endlich blieb sie bei MTV hängen, den entblößten, mit Bronzefarbe bemalten Oberkörpern der Red Hot Chilli Peppers, tanzend in einer Wüstenlandschaft.

– War der Film schon aus?

– Mehr oder weniger.

– Eher weniger habe ich das Gefühl.

– Soll ich umschalten?

– Wegen mir nicht. Du willst also zu Hause bleiben.

– Ja doch.

Ich bin müde ich bin müde. So ein Gefühl der Erschöpfung. Als würde man nie genug schlafen, gleich wann man ins Bett geht. Schwierig, sich zu konzentrieren, die Energie, die das kostet. Selbst bei kleinen Sachen. Zerstreutheit. Die gleiche Lauge angerührt im Abstand von fünf Minuten. Gerüst rauf Gerüst runter wie ein Autist. Gedanken, die einem durch den Kopf rauschen. Kann man nicht abstellen. Dummes unwichtiges Zeug. Daß ich mir eine neue Fahrkarte für die S-Bahn kaufen muß. Minutenlang, richtig zwanghaft. Alles am Hals schnürt einen zu. Schon seit weiß ich nicht. Daß mans nicht schafft. Irgendwie vergißt, das nächste, das einfachste. Zettel, wo ich draufschreibe, einen

Termin, eine Verabredung, zum Einkaufen die Dinge. Geht nicht weiter so. Müde. Ein Jahr in Urlaub fahren, ohne sich um irgendeinen Scheiß kümmern zu müssen. Jemand, von dem man. Ich mach das für dich, sei unbesorgt. Ohne Absicht, nicht um sich Vorteile zu verschaffen. Die Typen, die das ausnutzen, wenn man eine Schwäche. Schwach ist. Und andere, die sich um nichts was scheren. Wie Eisberge. Unter Wasser. Dein Problem, baby. Diese Wichser. Fühlen sich ganz toll dabei. Aber wehe, sie sind diejenigen. Kommen angeschlichen und benehmen sich jämmerlich. Verliert man den Respekt vor denen total. Zieh Leine. Zieht alle Leine. Ich kann für mich. Wenns sein muß, auch noch länger bis zum Schluß. Der ganze Rotz, klein beigeben, sich kleinmachen, alles fressen. Einer, der einen in Ruhe läßt. Bei einem selbst. Der dich so wie du ihn, ein Gleichgewicht von Rücksichtnahme. Daß die Müdigkeit verschwindet. Man hätte was vergessen. Ein leeres Gefühl, ein Hohlraum in der Brust, so eine Blase voll Leere. Widerwärtig. Nervt. Im Bett nachts zwei Stunden wach zu liegen. Grundlos. Ohne daß was Besonderes, eine spezielle Sache. Bloß wach sein. Und erschöpft zugleich. Der Körper die Zellen. Reich ihnen den kleinen Finger und sie verschlingen dich. Wie Kannibalen. Sex. Das allerwichtigste. Küß meinen Schwanz. Wehe ein anderer. Hat. Es dir gemacht. Leben wir in der Steinzeit oder wo? Unbefleckt mein. Und sie? Stecken ihr Ding. Ist normal. Fed up with that. Will nicht mehr. Gespräche deswegen. Ich will nur. Ich schenke dir alles, wenn du. Sag es einmal. Zeig es mir. Um es zu fühlen. Zuviel verlangt wahrscheinlich. Immer alles zuviel. Sehr schwer. Vergib dir ruhig was. Denken sie, sie haben dich, nur weil. Spinnen sich ihre Zukunft aus. Ihre. Ich kann ja nicht schweigen. Am besten, man überlegt sich vorher dreimal, was man erzählt über sich. Wird ruminterpretiert nach Geschmack. Am besten, man hält sich den Mund zu, wenn so Fragen kommen. Und der Typ? Und der? Haben eigentlich alle einen Hau? Ich bin müde, das merkt man doch. Versteht das niemand außer mir, muß man eigentlich alles sagen? Ich kann auch nicht in andere Köpfe reingucken. Leider. Nein, nicht leider. Will ich gar nicht wissen. Behalt das für dich. Dich nicht. Ist zweierlei das. Machs mit dir ab. Ich mag dich doch. Ruhe. Gegenwart. Mein Körper.

– Ich trinke noch ein Bier, sagte Stefan.

– Trink.

REM. Nightswimming. Deserves a quiet night. Bilder einer Super-8-Kamera, verwackelt verrissen. Taken years ago. The moon is low tonight. The fear of getting caught. She cannot see me naked. Remembering that night. Tauchen sie ein in das trüb erleuchtete Wasser eines umzäunten Swimmingpools. Harte Klavieranschläge. I forgot my shirt. I don't know if all these people understand it's not like years ago. You are laughing quietly, underneath my breath, the things they go away. Eine Klarinette überblendet die Töne des Klaviers. Stefan drehte sich unter der Decke hervor und stand auf.

– Gehst du ins Kino?

– Ich weiß nicht.

– Weck mich nicht auf, wenn du ins Bett kommst.

– Bestimmt nicht.

– Versprichst du mir das?

– Ja.

Sie rutschte die Wand herunter und legte die Arme in den Nacken. Dann schloß sie ihre Augen. Ich werde ganz leise sein.

33 Nachdem er seine Kleider aus dem Haufen sortiert und angezogen hatte, öffnete Stefan eine frische Büchse Bier und setzte sich. Das Fensterglas war inzwischen getrocknet, so daß die roten Lichter draußen wieder festumrissene Punkte bildeten, die wie Ketten das Speichergestänge umbänderten. Grauschwarz zeichnete sich der Dachfirst des nächsten Hauses gegen den blauschwarzen Nachthimmel ab. Ein unbestimmtes leises Geräusch (Kochen&Essen&Reden&Fernsehen) drang durch die Wände an sein Ohr, gleichförmig summend ohne Höhen und Tiefen.

Über der Spüle hing die Fotokopie eines Zeitungsfotos von Catherine Deneuve, daneben eine Kunstpostkarte mit der Abbildung einer Freskomalerei. Steht wahrscheinlich hinten drauf welche. Auf dem Küchenschrank lag der Katalog, halb bedeckt von einer Zeitung. Taz. Andere Zeitungen, Magazine (Spiegel, Brigitte, Stern, Geo) waren in einer Fensterecke schief und bunt hochgestapelt.

Unter dem Plakat von Stranger than paradise pinnte eine Liste von Radiostationen und ihrer Frequenzen, gefolgt von vier Polaroidfotos, die vier Köpfe (drei Männer, eine Frau: eine Schwester, ein Bruder, ein ehemaliger Freund, noch einer, Namen vergessen) im Profil zeigten.

Zusammengeklappt lehnten zwei schwarze Plastikstühle (Ikea) an der Wand zwischen dem Tisch und dem Metallregal.

Stefan zündete sich eine Zigarette an. Neun Uhr zehn. Dann war es neun Uhr dreißig. Er trank sein Glas leer und holte die letzte Büchse aus dem Kühlschrank. Zanussi. Joghurt, Butter, Käse, Milch. Neun Uhr fünfunddreißig. Irgendwer muß Geld überweisen. Mama. Wird sie schon haben zweitausend Mark. Peinlich, aber nicht zu ändern. Sparbuch. Vielleicht Ludwig, eine seiner geheimen Reserven. Viertel nach elf im Wohlmann. Jetzt ist zehn Uhr zwölf. Stille nebenan, sie schläft. Ich kann es nicht erklären. Zehn Uhr zwanzig. Dreißig. Fünfunddreißig und sechzehn Sekunden. Siebzehn, achtzehn, neunzehn, zwanzig. Einundvierzig, zweiundvierzig, dreiund, vierund, fünfund, undundundundund …

II

Meist war das große Holztor des Hauses geschlossen, und man betrat durch eine schmale Türe, die sich im linken, glaube ich, Flügel befand, den Hof, der mit Kopfsteinen gepflastert und ziemlich genau quadratisch war. Links lag die Fahrradwerkstatt, auf der anderen Seite der zweigeschossige Anbau, in dem Miguel mit seinen Kollegen wohnte, und geradezu ein verwilderter Garten, eigentlich ein Trümmergrundstück, das von einem Drahtzaun begrenzt wurde.

Wenn ich zu früh kam, bin ich meist zu dem alten Mechaniker reingegangen, mit dem ich mich im Laufe der Zeit angefreundet hatte. Um genau zu sein, sah er mich eines Tages wie bestellt und nicht abgeholt vor Miguels Türe stehen und lud mich ein, bei ihm auf die drei zu warten. Mein anfängliches Mißtrauen, nicht zuletzt wegen der Peinlichkeit der ganzen Situation, verflog sehr schnell, schon nach meinem ersten Besuch, so daß es mir dann selbstverständlich war, ihm kurz Gesellschaft zu leisten. Oder er mir, wie man will.

Er saß leicht gebeugt auf einem Drehstuhl, zu seinen Füßen stand eine Flasche Schabau, und in der Hand hielt er eine erloschene Corona, wie die Dinger hießen, die er beim Erzählen zwischen seinen Fingern hin und her drehte, als würde er ihre Wicklung prüfen. Wenn er den Stumpen anzündete, kaute er geräuschvoll dem Rauch nach, was mich – abstieß wäre zuviel gesagt, aber mir seltsam vorkam, genau wie seine Gewohnheit, Tabakkrümel mit der Zungenspitze aus dem Schnauzer zu fischen und prustend auf den Boden zu spucken. Später fiel mir das nicht mehr auf, bewußt, wie man eben Eigenarten eines Menschen akzeptiert, den man besser kennenlernt. Bei manchen kehrt sich das allerdings auch wieder um, um so schlimmer.

In seiner Werkstatt wurde es nie richtig hell, weil die Scheiben verdreckt waren, sich Ruß und Staub und Rauch auf ihnen zu einer kaum noch durchdringlichen Schicht verbunden hatten. Eine einzelne Glühbirne an der Decke spendete Licht, mehr ein matter Schein, der über die Räder fiel, die Werkbank mit Schraubstock, einen in den Galgen gespannten Rahmen, Ölflecken auf dem Zementboden, Putzlumpen, einen Haufen alter Speichen und was sich sonst an Krempel fand. Bis heute ist mir unverständlich, wie man in diesem Dämmerzustand arbeiten konnte, andererseits war es besser, das Durcheinander darin zu lassen und nicht zu genau hinzusehen.

Als ich, beim ersten Mal, auf sein Zeichen hin eingetreten war, bot er mir einen Stuhl an und wies, mein Zögern richtig deutend, auf einen Blechschrank, in dem saubere Handtücher lagen, von denen ich eins über den Sitz breitete, um mein Kleid nicht schmutzig zu machen. Ehrlich gesagt, war mir die Sache nicht geheuer, zumal er das Gespräch mit der Feststellung eröffnete, die Menschheit wolle betrogen werden, warum ich dachte, er sei, wie viele alte Leute, nicht mehr ganz klar im Kopf. Wahrscheinlich habe ich einen sehr skeptischen Gesichtsausdruck gemacht, denn er ließ die Sache auf sich beruhen und begann zu erzählen, nach und nach von sich und dem, was er die graue Vorzeit nannte.

Er stammte aus einer Familie von Kunstschlossern, die, soweit man sich zurückerinnern konnte, in einer Kreisstadt nahe der holländischen Grenze Beschläge für Möbel und Türen herstellte, schmiedeeiserne Portale, Fenstergitter und kleinere Geldschränke, die umliegende Spinnereien in Auftrag gaben. Herr des Hauses, in dem, wie damals üblich, bis zu acht Gesellen und Lehrlinge wohnten, war sein Vater, der Meister, der bei Tisch streng darüber wachte, daß keiner sich zuviel nahm, Butter etwa, und Strafen mit einer Weidenrute vollzog, die man selber zurechtschneiden mußte. Seine Mutter, die vier Kinder geboren hatte, von denen drei am Leben blieben, schien eine geduldige Frau gewesen zu sein, die gab, was der Vater vorenthielt. Ihr Wohlstand war beträchtlich, wenn auch noch weit von dem entfernt, den die Spinnereibesitzer zur Schau stellten. Nach der Schule ging er bei einem Onkel zur Lehre, der sich auf Tresore und Schlösser verstand, anschließend kehrte er ins Elternhaus zurück, doch waren es nicht alleine Streitereien mit dem starrsinnigen Vater, die ihn veranlaßten, nach Rheinhausen zu ziehen. Seine zukünftige Frau hatte dort eine Gaststätte geerbt, die sie bewirtschaften wollten. Er ließ sich, gegen den Widerstand seines älteren Bruders, ausbezahlen, wodurch ein kleines Vermögen, zehntausend Goldmark, in seine Hände kam. Er baute einen Saal an, in dem Hochzeiten, Beerdigungen, Sedansfeiern, Gründungsfeste, Jubiläen jeder Art stattfanden; vorne war der Schankraum, hinten der Saal. Dazu gehörte ein Haus, das er aufstocken wollte, so daß man von seinem Dach aus, über den Damm hinweg, den Rhein hätte sehen können. Im Laufe der Jahre entwickelte sich diese Vorstellung zu einer fixen Idee, als würde die Seligkeit darin bestehen, den Fluß zu sehen, wann immer man will. Zumal die neue Thyssen-Hütte ihren Betrieb aufgenommen hatte und deren Anlagen dem freien Blick im Wege standen. Andererseits gab es keinen Grund, darüber zu klagen, denn seine Frau besaß in der Nähe ein Stück Land, auf dem man, mit dem verbliebenen Geld, Wohnungen für die Arbeiter bauen konnte.

Weil der Boden feucht war, mußten zuvor Gräben gezogen werden, durch die der Spiegel des Grundwassers absank. Danach rammte man geteerte Eichenpfähle in die Erde, denen ein Balkenrost aufgelegt wurde in der Absicht, die Standfestigkeit zu erhöhen. Um sicher zu sein vor dem Lehm, der unterirdischen Nässe, die Regen und Nebel speisten.

Trotzdem, wenn man das Gesicht und den Oberkörper gegen das Reisiggeflecht der Grabenbegrenzung preßte, die Wangen sich wund scheuerten, geschah es oft, daß ein Stiefel durch die Rundhölzer über der Abflußrinne brach und in das brackige, mit Exkrementen versetzte Wasser tauchte, die Sohle im schlammigen, angefrorenen Untergrund haftenblieb, als würde sie von einem Ungeheuer angesaugt, das einen in die Tiefe ziehen wollte, rein in die aufgeweichte, zerwühlte Erde, wo man sich auflösen würde, vergessen würde, die Knochen in Ruhe modern könnten. Verhängnisvoll wie der Splitterregen, der auf den Graben fiel.

Eigenartigerweise war die Artillerie an diesem Morgen nicht in der Lage, den Sprengpunkt der Granaten und Luftminen zu berechnen. Die meisten krepierten zu früh, über dem Vorfeld der Stellung, schlugen ihre Füllkugeln in die Sandsäcke auf der Krone der Wehr oder bohrten sich, tausendfachen möglichen Tod versprechend, im Rücken der Soldaten in die Verschalung, mit der man die hintere Grabenwand abgestützt hatte. Nur wirklich getroffen werden konnte man so nicht.

– Der Franzose zielt heute schlecht, sagte Carl Rottmann aus Mannheim, der neben Wilhelm Stroux stand, dessen Schnauzbart naß und dreckverklebt war.

– Die schießen sich ein, sagte Stroux.

– Warum sind wir nicht im Stollen? fragte Rottmann. Da unten drin wär mir wohler.

Wilhelm Stroux neigte seinen Kopf zu Carl Rottmanns Ohr, was der Mitteilung, die er machte, eine überflüssige Vertraulichkeit verlieh, da der Lärm, das Getöse, Pfeifen und Detonieren der feindlichen Granaten ausschloß, daß ein anderer als sein Nebenmann ihn verstand, und weil außerdem ganz offensichtlich war, warum man sie aus den Unterständen herauskommandiert hatte.

– Der Franzose stürmt heute.

Rottmann sah ihn entsetzt an.

– Schon wieder?

Stroux legte seinen Helm gegen die Faschine und nickte. Der Lederriemen scheuerte unter seinem Kinn. Beten hatte gar keinen Sinn, das hatte er ein paar Mal ohne Erfolg versucht. Da war es schon besser, die Zehen in der quietschenden Feuchtigkeit der Stiefel so fest einzuknicken, bis man einen Krampf bekam, den man durch Aufstampfen mit der Ferse wieder löste. Dann waren die Gedanken für einige Augenblicke mit etwas anderem beschäftigt als den Schrekkensbildern heranstürmender Soldaten, den schrillen Tönen wahnsinnigen Geschreis und dem Geruch von Pulver, Lehm, Filz und verbrannter Haut, der noch lange hinterher am Gaumen klebte und den man kaum wegspülen, weggurgeln, wegtrinken konnte.

– Ich glaube, das halt ich nicht noch mal aus, sagte Carl, mehr zu sich selbst und ganz leise, doch Wilhelm hatte es verstanden. Vielleicht hatte er es auch nur erraten, denn Rottmann behauptete ständig, er halte irgendwas nicht aus, und dann ging es doch.

– Ich glaub, diesmal mach ich schlapp, Wilhelm, wirklich.

– Red keinen Kappes, sagte Stroux. Der kriegt wieder was auf den Sack, und dann haben wir Ruhe, dann kommt die Ablösung.

Ein Schrapnell schlug in das Postenloch ein Stück rechts von ihrer Stellung. Ein kleiner mattgrauer Rauchpilz stieg aus dem Graben, zerfaserte schnell in der kalten, durchsichtig blauen Luft, die über den fruchtbaren Böden Flanderns schwebte; ein Himmel wie auf den Bildern Ambrosius Boschaerts, so klar, so weitsichtig, hoch oben von einzelnen Federwölkchen aus Eisnadeln kunstvoll gemasert, ein Wetter zum Schlittschuhlaufen auf den Kanälen, wenn sie zugefroren wären, nur das Kratzen der Kufen auf dem Eis hörte man, doch dann setzte das Gebrüll der Verletzten ein, und Bewegung kam in den Graben. Sanitäter drängten sich hinter den Soldaten vorbei, polterten über die Lattenroste, mit denen die Entwässerungsrinne abgedeckt war, trugen Bahren und Verbandszeug. Die Bleikugeln und die Splitter der Geschoßhülsen, die sie ummantelten, verrichteten verheerende Arbeit in so einem Loch. Sie durchfuhren die Uniformen, als seien sie bloß eine Fettschicht auf der Haut, brachen Unterkiefer weg, trennten Finger, Arme und Beine von den Körpern im gleichen einfachen Spiel, in dem Kinder am St.-Martins-Tag den Weckmännern die Gliedmaßen ausreißen, um mit den eingebackenen Tonpfeifen getrocknete Pfefferminze zu paffen.

Stroux lehnte sich ein wenig zurück. Er wollte sehen, wen es getroffen hatte. Rottmann klammerte sich an seinen Arm.

– Hast du was in der Feldflasche?

– Genever. Den trinken wir aber erst später, wenns losgeht.

– Wilhelm, ich brauch nen Schluck.

Das Trommelfeuer der Geschosse, das am Morgen noch in einzelne unterscheidbare Geräusche aus Kanonen und Mörsern, Haubitzen und Gewehren auseinandergefallen war, hatte sich in einem heulenden, sirrenden Crescendo zu einem unförmigen Lärmwall vereinigt, der über und zwischen den Stellungen der Armeen lag. Den Kaufmannsgehilfen und Mechanikern, den Lehrern und Arbeitern, den Bauern und Schülern, die alle nur auf ein Zeichen ihrer Offiziere warteten, um aufeinander loszustürmen. Doch gerade jetzt, als der Krach vermeintlich am lautesten war, schien er zurückzuweichen, schien er nur noch der Klanghintergrund für das Ächzen und Schreien der Verwundeten zu sein, deren Stimmen sich erschütternd deutlich von dem Geschützlärm abhoben. Als man den ersten an ihnen vorbeitrug, schloß Carl Rottmann die Augen, während Wilhelm Stroux den Kopf wandte, den gegen das Strauchwerk gelehnten Oberkörper verdrehte, um sich davon zu überzeugen, daß er noch am Leben war, noch komplett mit allen Teilen, die an einem Menschen dran sind. Rottmann tastete an Stroux' Seite nach der Feldflasche, die mit Schnaps aus einem Fäßchen, das er sicher versteckt hatte, gefüllt war.

– Wilhelm, gib mir einen Schluck.

Stroux starrte mit angehaltenem Atem auf die hastige Prozession der Sanitäter, die die Männer aus dem Postenloch zum Verbandsplatz schleppten. Den letzten hatten zwei Soldaten an Armen und Beinen gepackt, sein Kopf hing weit im Nacken. Sie mußten erst völlig an Wilhelm vorbeistolpern, bis er einen Blick auf die Verwundung werfen konnte. Der Geschoßkern hatte einen Teil des Schädels und das halbe Ohr weggerissen, und aus diesem großen, an den Rändern fleischig ausgefransten Loch sprühte eine gelblichrote Flüssigkeit über die Hose des Hintermannes, tropfte über seine Stiefel auf die Erde, das Holz, den Lehm, die Pfützen. Der Tote war nicht mehr zu erkennen. Selbst die noch einigermaßen vorhandene Seite seines Gesichts war zum Platzen geschwollen, das Auge aus der Höhle getreten, Hornhaut, Iris und Pupille zerstört; nur zwischen den eigenartig geöffneten Lippen bleckte ein unversehrtes Gebiß, grinste schmutzig, als hätten sich die Posten vor dem Einschlag Zoten erzählt. Das letzte Detail dieses Bildes bestand im ovalen Blechschild der Erkennungsmarke, deren Schnur sich im Nacken des Toten verdreht hatte und die bei jedem Schritt der Träger hin und her schwang. Der Tote war einer der Fälle, in denen die Marke ihren Zweck erfüllte. Nur eine Geliebte hätte ihn ohne sie noch erkennen können; an einem Muttermal, das sich ihr eingeprägt hat, das sie zärtlich wiedererkennt und das für sie untrennbar mit dem Körper des Mannes verbunden war. Aber wer weiß, ob er eine Geliebte hatte, wer er überhaupt war, dieser Körper mit dem pendelnden halbierten Kopf dran, dieses einst volle Ellipsoid, aus dem ein L-förmiges Segment unsauber herausgeschnitten war. Als Wilhelm Stroux die Augen wieder öffnete, sah er nur noch die hingetropfte Spur des Blutes und der Lymphe auf der Erde.

– Sind sie vorbei? fragte Carl Rottmann.

– Vorbei, sagte Wilhelm Stroux.

– Trinken wir was?

– Wir müssens gut einteilen, sagte Wilhelm.

Genau so dosiert, daß der Schnaps im richtigen Augenblick seine angstvertreibende Wirkung im dünnen Blut der erschöpften Körper entfaltete, aber das war leichter gesagt als getan, weil man nie wußte, wann es losging. Die beiden tranken einen Schluck.

Der Lärm der Geschosse war ohrenbetäubend. Irgendwann hörte man ihn nicht mehr, sondern er grub sich ins Hirn, entzündete die Nervenbahnen, wurde zu einem prikkelnden Ziehen, das sich durch die Ganglien von der Stirn zum Nacken ausbreitete, bis schließlich der ganze Kopf leicht zitterte und man glaubte, den Verstand zu verlieren. Stroux hatte das Gefühl, sein Körper sei eine leere Hülle, organlos, von einer verkrusteten und stinkenden Uniform zusammen- und aufrecht gehalten und von Befehlen, die er mechanisch befolgte, in Bewegung gesetzt.

Er konnte sich plötzlich nicht mehr daran erinnern, wer er gewesen war, wo er gelebt hatte, an die Frau und die drei Jungen aus Fleisch und Blut, und wie oft er sie mit einigem Stolz von der Schwelle seines Hauses beim Spiel beobachtet hatte. Der Schnaps brannte im Magen. Genever hatte einen ähnlichen Geschmack wie der Trester, den die Spinnereiarbeiter hastig in der Mittagspause kippten. Stroux hatte die Gläser schon vor der Sirene gefüllt und in Reihe auf die Theke gestellt. Bezahlt wurde am Wochenende, seine Frau bewahrte die Zettel mit den Strichen in einem Kästchen in der Küche gleich hinter dem Schankraum mit den blankgescheuerten Holztischen. Auf einem Bord standen die etikettenlosen, verkorkten Flaschen. Stroux liebte den warmen Schnapsbrand in der Kehle; wenn es innen glühte, konnte man nicht leer sein, dann war im Körper noch etwas.

– Gib mir auch noch einen, sagte Rottmann.

Er trank so gierig, daß ein, zwei Tropfen aus seinem Mundwinkel traten.

– Paß doch auf, Idiot, sagte Stroux. Nachschub kann ich heute nicht mehr holen.

Rottmann nickte wie ein Schuljunge, den man belehrt hatte, keine Eselsohren ins Buch zu knicken. Er hatte die Schultern hochgezogen, als erwarte er, von Stroux für seine Ungeschicklichkeit geschlagen zu werden. Er hörte gar nicht mehr auf zu nicken, fortgesetzt bewegte sich sein Kopf in dieser verselbständigten Bewegung auf und ab. Wilhelm stieß ihn in die Seite. Ja, ja, ja, murmelte Carl und nickte schneller, bis er schließlich erstarrte und gegen das Strauchwerk der Grabenbefestigung fiel. Sein Gewehr hatte er fest zwischen die Knie gepreßt, er schien sich an ihm festzuhalten. Wilhelm Stroux streckte die Zunge heraus und leckte über ein nasses Stück Reisig, das aus dem Geflecht stak, nahm es wie einen Schnuller ganz in den Mund und kaute mit seinen Backenzähnen darauf herum. Den Kopf hatte er zur Seite gelegt, um Rottmann nicht ansehen zu müssen.

Ganz in ihrer Nähe explodierten drei Sprenggranaten fast gleichzeitig. Der Druck der Detonation ließ eine Querstrebe aus leichtem Kantholz auf Stroux' Schulter rutschen. Rottmann kippte um, starr nach hinten, das Gewehr fest umklammert. Stroux schmiß die Stütze auf die Erde und beugte sich zu Carl, der in einer lehmigen, stinkenden Pfütze lag; das brackige Scheißwasser schmatzte um ihn hoch, saugte sich in den Filz seiner Uniform, sickerte in die Ärmelöffnungen. Kalt, eisig, ekelhaft. Rottmann starrte in den Himmel über Flandern, keine Wolke trübte seinen Blick, weit hoch in dieses zarte, durchsichtige Blau, wie er es nie gesehen hatte.

– Du machst dich doch ganz naß, Mensch, schrie Stroux und zerrte an Rottmanns Aufschlägen. Breitbeinig stand er über ihm und versuchte ihn hochzuziehen. Die französische Artillerie steigerte ihr Trommelfeuer, alle Sinne zerschlagend.

– Carl, steh auf, schrie Stroux.

Seine Stiefel sackten in den schlammigen Untergrund; da war wieder dieses schreckliche Gefühl zu versinken, in die Erde gezogen zu werden, sich mit der durchwühlten Ackerkrume zu vermischen, unterzugehen und vergessen zu werden; Stroux sprang über Rottmann gebeugt auf und ab, brüllte ihn an, zog an ihm, bis er die Augen bewegte, ein Zucken durch seinen Körper lief und er wieder auf die Beine kam. Wilhelm setzte die Feldflasche an Carls Mund, preßte den Stutzen zwischen seine Lippen, dann trank er selber hastig und in großen Schlucken vom Genever. Der entsetzliche Befehl, die Seitengewehre aufzupflanzen. Gebrüll, Geschrei, ein Soldat rechts neben Stroux übergab sich. Leutnant Sturm fuchtelte mit gezogener Pistole in ihrem Rücken, in seinem Abschnitt würde sich niemand umdrehen, davonlaufen oder den toten Mann markieren. In seinem letzten Brief nach Hause hatte er geschrieben, er sehe einen Adler am Himmel, wenn er stürme, und wie höllisch man darauf achten müsse, daß die Mannschaften, denen nichts an Ehre und Treue gelegen sei, auch kämpften, und daß das Material, das man seinem Zug zuteilte, von Tag zu Tag schlechter werde, weil die Besten des Reiches schon gefallen wären. Leutnant Sturm war neunzehn

Jahre alt. Von der Welt hatte er noch nicht mehr gesehen als Schulzimmer, Kasernenhöfe und Offiziersbordelle; genau wie der Wachtmeister Rancotte und der Brigadier Maheu auf der anderen Seite, über deren Lippen nur Flüche und Befehle kamen, die die Soldaten beschimpften, als seien sie der Lehm an ihren Gamaschen, nur auf der Welt, um von ihnen beleidigt, kleingemacht und mit fäkaliendurchsetzten Verwünschungen ins Gefecht gejagt zu werden. (Bis eine Patrouille sich schließlich wirklich, nach einem nächtlichen Irrsinnslauf, im dampfenden Misthaufen eines Pferdestalls vergräbt, dort auf den Tagesanbruch wartet, um dem verbalen Strafgericht Rancottes zu entgehen.)

Tiefe Feindschaft trennt Rancotte und Sturm von den Soldaten beider Seiten, die mit flachem Atem auf die Nötigung warten, einander niederzumetzeln. Diese Feindschaft, die einer fundamentalen Verachtung für ein einfaches menschliches Leben entspringt, verkettet sie fester, als es eine gemeinsame Nationalität könnte, während die wortlose Sehnsucht Stroux' und Rottmanns und ihrer Todfeinde Destouches und Moël hinter dem durch Stacheldrahtverhaue zerschnittenen Niemandsland den gleichen Wurzeln entwächst, der gleichen Geschichte von Ausbeutung und Empörung, den gleichen Impulsen natürlichen Ausgleichs, der gleichen begriffslosen Erinnerung an Frauen und Kinder, an blühende Bougainvilleen und Krüppelweiden, die auf dem Rheindamm über der Straße ihre zittrigen Äste gegen den Himmel strecken.

Wachtmeister Rancotte empfängt den Befehl zum Angriff, leitet ihn an seine Abteilung weiter, ihr Schweinekerle – raus aus den Löchern, und sie klettern die flache Anhöhe hoch ... Destouches und Moël mittendrin ... hinein in die Einschläge des Sperrfeuers ... kippen getroffen rücklings in den Schlamm ... verlieren ihre Gewehre, Granaten gleiten aus ihren Händen ... andere verfangen sich im Stacheldraht der Hindernisse, knicken um, reißen sich ganze Stükke Fleisch aus den Körpern ... schreien ... schießen durch den Rauch auf Stroux und Rottmann, die die Waffen über ihre Köpfe halten ... Aus der Gondel eines Fesselballons sähe man eine künstliche Landschaft, von Kratern gelöchert und von Gräben in gezackten Mustern durchzogen. Zersplitterte Baumstümpfe könnte man ausmachen, im Morast liegende Pferde und Menschenkadaver, geborstene Wagenräder und Deichseln, Blitze und rauchige Wolken eines scheinbar aus der Erde brechenden Gewitters. Nur mit einiger Phantasie wären die alten Feldraine und Wegbegrenzungen zu erkennen, die oberflächliche Ordnung bäuerlichen Lebens, schon gar nicht mehr, was da einmal wuchs, gesät und geerntet wurde, auf dieser eintönig gelbgrauen, von Kriegsmaschinen frisch gepflügten Erde, lediglich die Ruine eines Hofes, in dessen Keller Stroux das Geneverfäßchen gefunden hatte, könnte mit zusammengekniffenen Augen aus der Gondel entdeckt werden. Man ahnte nichts mehr von der Geschichte des Landes, vom Leben der Besitzer und Tagelöhner, ausgelöscht wären ihre Beziehungen und Gefühle, man könnte sich nicht mehr vorstellen, daß sich da unten etwas anderes abgezeichnet hätte als diese eingeebnete schlammbedeckte Bühne des Todes, auf der man jetzt aufeinander einsticht, sich die Schädel einschlägt, von Schrapnells zerrissen wird, bis der Angriff der Franzosen zurückgeschlagen ist, sie zurückweichen in ihre Stellungen, Verwundete mitschleifen und das Feuer eingestellt wird.

Wilhelm Stroux hatte Carl Rottmann aus den Augen verloren. Er rief nach ihm, stolperte über die Lattenroste, achtlos, ob er einsank oder nicht. Nach dem dauernden Beschuß des Vormittags war eine merkwürdige Ruhe in den Graben gekehrt, alle mechanischen Geräusche, die sich stundenlang wie einander überlagernde Schläge in der Luft entladen hatten, waren verstummt. Grundwasser sickerte von unten in die neu entstandenen Trichter, und der Boden schien sich zu entspannen, schien sich zu dehnen und zu öffnen, als erwachte er aus einer krampfartigen Betäubung. Man hörte einzelne Stimmen, festumrissene ruhige Kommandos und gedehnte Klagelaute, schulterklopfende Flüche und das Geräusch polternder Schritte in der Grabensohle. Arbeitstrupps schanzten schon wieder. Stroux hatte Pfropfen in den Ohren, das Gefühl in Wasser getränkter Wattebäusche, die seine Gehörgänge verstopften und nun langsam trockneten. Ein dumpfer Schmerz drückte auf seine Trommelfelle, filterte die Töne und trennte ihn in fast traumhaftem, peinigendem Modus von dem, was er sah. Er unterbrach seine Suche nach Carl und legte den Kopf mit geschlossenen Augen in den Nacken. Ein Bussard kreiste am blauen Himmel. In großen Achten schwebte er mit aufgebogenen Schwingenspitzen über dem Schlachtfeld, tauchte hinter den Erdwällen auf und verschwand wieder. Weit oben mußte er gewartet haben, Stunde um Stunde ruhig segelnd mit gespreiztem, grau und braun gebändertem Schwanz. In einer langen Schleife verlor er jetzt rüttelnd an Höhe, dann stieß er nach unten in einen Trichter, in dem sich Rattenschwärme durch die Eingeweide der Toten und Verschütteten fraßen. Stroux öffnete die Augen und stolperte weiter. Schließlich fand er Carl Rottmann, der sitzend gegen eine lehmige Wand lehnte.

Zwischen seinen ausgestreckten Beinen ruhten die auswärts gedrehten Hände, sein Kopf war auf die Brust gesunken, der Helm über das Gesicht gerutscht. Stroux stieß ihn vorsichtig mit dem Fuß an. Zum erstenmal spürte er wieder jene angeborene Scheu vor dem Tod, die er in den vergangenen beiden Jahren verloren hatte. Ein Erschrecken, das ihm fremd geworden war, eine mysteriöse Ehrfurcht, die dem gewaltigen, nicht mehr zu überbrückenden Abstand entspricht, der zwischen einem Toten und uns selbst liegt; den Gesten, Blikken, Worten, die es plötzlich nicht mehr gibt, die nur noch im schattigen Spiegelbild der Erinnerung ein imaginäres Dasein fristen.

Im Krieg ist ein lebloser Körper lediglich ein Hindernis, eine Last, die aus dem Kampfbereich weggeschafft werden muß, identifiziert, gesegnet und vergraben werden muß, um hygienischen Vorschriften – Seuchen –, psychologischer Erfahrung – Demoralisierung, Verlust der Motivation, Angst ums eigene Leben – und religiösen Konventionen – war ja auch getauft, hat also das Recht auf ein ordentliches Ende – zu gehorchen. (»Jedes Gefecht ist die blutige und zerstörende Ausgleichung der Kräfte, der physischen und der moralischen. Wer am Schluß die größte Summe von beiden übrig hat, ist der Sieger.« Clausewitz, Vom Kriege, S. 210.)

Stroux tippte seine Stiefelspitze behutsam in Rottmanns Seite. Natürlich reagiert ein Toter nicht. Doch auf den ersten Blick war keine Verwundung zu erkennen. Wilhelm beugte sich ein wenig vor. Kein Riß, kein Loch im Uniformstoff. Er lehnte sein Gewehr vor die Grabenwand und kniete sich zwischen Carls V-förmig gespreizte Beine. Mit beiden Händen schob er den Helm zurück und hob den Kopf des zufälligen Freundes an. An der Stelle, wo die Schlüsselbeine zusammentreffen, in diese weiche, empfindliche Kuhle dort, war eine Kugel eingedrungen; das an den Rändern tiefrote Loch sah wie ein Medaillon aus, das auf die Haut gelötet war. Vielleicht spürte man den Schlag, wenn es einen in dieser zarten Vertiefung trifft, den Bruchteil einer Sekunde das würgende Gefühl aus der zerrissenen Speiseröhre, vielleicht ist man aber auch auf der Stelle tot. Wahrscheinlich sogar. Kein Sterben, keine Entfernung, einfach nur Leben und dann Tod.

Wilhelm Stroux stand auf und schulterte sein Gewehr. Langsam ging er zu seinem Abschnitt zurück. Bedächtig setzte er Schritt vor Schritt, darauf achtend, nicht zwischen die Hölzer der Abflußrinne zu rutschen, wo einen der Lehm und das brackige, von Regen und Rauhreif gespeiste Grundwasser festhalten würden, so daß man befürchten muß, in die Erde gezogen zu werden. Vor der Biegung hörte er schon die Stimme Leutnant Sturms, der heiser die Überlebenden seines Zuges zählte.

Stroux, der sich unerlaubt entfernt hatte, würde melden müssen, wo er gewesen war, erzählen, wie er zurückkam und, ohne zu wissen, warum, nicht mehr leben konnte, wo er gelebt hatte, daß seine Frau und seine Kinder ihn verließen, bei Nacht und Nebel, oder er sie?, wie er verkaufte, was ihm gehörte, mit dem baren Geld in den Taschen zurückkehrte in die Kreisstadt, die er Jahre zuvor verlassen hatte, Tag für Tag durch ihre Straßen lief, wie nicht ganz bei Trost in kürzester Zeit alles durchbrachte bis auf den letzten Groschen, mißtrauisch beäugt von seinem Bruder und dem Rest, der Mutter, der Familie. Den verrückten Will nannten ihn alle, und wirklich schien er verrückt geworden zu sein, unzurechnungsfähig sagte Stroux, bis eines schönen Morgens es ihm wie Schuppen von den Augen fiel und er, ohne was auf der blanken Naht, allein, hierherzog, in die nächste große Stadt, wo er achtundzwanzig auf dem Hof eine neue Bleibe fand.

In seiner Werkstatt, in der er ältere Teile bearbeitete und zu fast neuen Rädern zusammensetzte, roch es nach Öl, Schmierfett und abgestandenem Rauch, nach Politur und Spritzlack, manchmal, erinnere ich mich, wenn er geschweißt hatte, hingen unsichtbare Schleier aus verschmortem Metall in der Luft, was sich zu einem Geruch vermischte, den ich mitunter heute noch in der Nase habe, wenn ich an ihn denke. Allerdings auch an den Dreck, das heißt Staub und Schmiere so ziemlich überall, warum ich mich vorsah, nirgendwo entlangzustreifen, da ich wieder ins Geschäft mußte und mir nicht leisten konnte, mit Flecken im Kleid zu erscheinen. Ich setzte mich also auf ein Handtuch, komische Situation, wenn ich ihn vormittags besuchte und wir miteinander plauderten. Es versteht sich von selbst, daß ich Stroux nicht in alles eingeweiht habe, so weit ging das nicht zwischen uns, aber letzten Endes war er einer der wenigen, die meiner Lage Verständnis entgegenbrachten, speziell als mein Vater anfing durchzudrehen.

Aus dem Zusammenhang fällt mir ein, wie er beinahe beleidigt das Geld zurückwies, das ich ihm geben wollte, als wir uns zum erstenmal Räder von ihm geliehen haben, um ins Bruch zu fahren oder in die Rheinauen, eine Stelle jedenfalls, wo wir davor sicher sein konnten, entdeckt zu werden. Von irgendeinem Bekannten, der meinen Eltern berichtet hätte, ich würde mich mit Ausländern herumtreiben. Die beiden Worte gehörten zusammen, Ausländer und herumtreiben, und wer als Deutsche mit einem Ausländer ging, gesehen wurde reichte schon, galt als leichtes Mädchen, um nicht zu sagen als Nutte. Möglicherweise kann man sich das heute gar nicht mehr vorstellen, der Druck, unter dem ich stand, denn natürlich steckten die Vorurteile ein bißchen auch in mir drin, während meine Gefühle eine andere Sprache sprachen. Ich habe versucht, diesen Konflikt zu verdrängen, und getan, als würde mich das abfällige Gerede nicht betreffen, bis der Punkt kam, längst bevor ich schwanger wurde, wo ich innerlich so zerrissen war, daß es nur noch zwei Möglichkeiten gab, entweder die Beziehung abzubrechen oder es zu Hause zum Bruch kommen zu lassen. Wie ich mich entschieden habe, ist klar. Nicht nur, daß mir ein Stein, eine Zentnerlast, vom Herzen fiel, sondern ich konnte danach die Leute auch in einem anderen Licht sehen, demaskiert sozusagen. Was an Schäbigkeit ans Tageslicht kommt, wenn man sich von gewöhnlichen Rücksichten befreit, geht im wahrsten Sinne des Wortes auf keine Kuhhaut.

Miguel konnte ich von meinen Problemen nicht gut erzählen, ganz abgesehen davon, daß wir uns in der ersten Zeit mit Händen und Füßen unterhalten haben, weil er soviel Deutsch sprach wie ich Spanisch, kein Stück nämlich, er praktisch nur mit einem Zettel, auf dem die Anschrift einer Firma stand, von zu Hause losgefahren ist. Ich habe dann relativ schnell Spanisch gelernt, ihm machte das Deutsche mehr Schwierigkeiten, und obwohl ich aus der Übung bin, kann ich mich, im Urlaub zum Beispiel, auch heute noch passabel verständigen.

Mit kleinen Gesten gab mir Stroux zu verstehen, daß er auf meine Gesellschaft Wert legte, so brachte er eines Tages Tasse mit Untertasse und Löffel von oben mit, über der Werkstatt lagen Wohnküche und Schlafzimmer, um mir Kaffee anzubieten, den er auf einer Elektroplatte gekocht hatte. Er wies zur Drehbank, wo die Kanne stand, aus der ich mir einschenkte, Milch und Zucker verrührte, während ich ihm zusah, wie er Speichen in die Felge eines Rades spannte, das er zwischen seinen Knien hielt. Er trug eine dunkelblaue Schürze aus Kattun, in deren Schoß zwei Schraubenzieher lagen, die bei jeder Bewegung aneinanderklickerten. Als einer runterfiel und ich mich bücken wollte, sagte Stroux, tritt sich fest, was zu den Redewendungen gehörte, die er, obs paßte oder nicht, immer wieder ins Gespräch einfließen ließ, zum Beispiel, daß man nie wisse, wozu etwas gut sei, oder alles komme, wie es kommen müsse. Es gibt Momente, in denen solche banalen Sprüche tröstlich wirken, man nimmt sie dann für bare Münze, auch ich, als die Auseinandersetzungen mit meinen Eltern schlimmer wurden, und bildet sich ein, sie würden so eine Art Lebensweisheit ausdrücken. Kaum wiederzugeben, was die an Vorwürfen aufs Tapet brachten, deren unverschämtester lautete, ich würde ihr Leben kaputtmachen. Ihr Leben! Total verbohrt haben sie sich jeder Aussprache verweigert, keine Frage auch, daß sie es ablehnten, Miguel kennenzulernen, um sich mal ein Bild zu machen. Als ich ihnen sagte, ich sei schwanger, ist meine Mutter wirklich ohnmächtig geworden, am Tisch zusammengebrochen, und mein Vater hat aufgehört, mit mir zu reden, die drei, vier Monate bis zu meinem Auszug in meiner Gegenwart geschwiegen. Soviel Konsequenz hatte ich ihm gar nicht zugetraut. Es dauerte Jahre, bis durch meine Schwester, die übrigens, schön für alle, einen Lehrer geheiratet hat, wieder eine gewisse Annäherung stattfand, doch zu einer echten Versöhnung ist es bis zum Tod meines Vaters in diesem Frühjahr nicht mehr gekommen.

Meine Schwester ist ein Fall für sich. Zwar glaube ich mich erinnern zu können, daß unser erstes Verhältnis ganz innig war, aber was ich mit ihr erlebt habe, widerspricht dem sehr. Auch wenn sie später ihr Verhalten zu erklären versucht hat, bleibt die Tatsache nicht aus der Welt zu schaffen, daß sie mich damals bei jeder Gelegenheit spüren ließ, wen sie, mich beziehungsweise ihn, für alles verantwortlich machte. Ihre Abneigung gegen einen Menschen, den sie weder kannte noch kennenlernen wollte, war erstaunlich.

Vielleicht ist es nur Einbildung, eine Illusion, die um so lieber gepflegt wird, je weniger sie sich bewähren muß, wenn man meint, daß Schwestern sich besonders verbunden wären. Letzten Endes kommt es immer darauf an, ob jemand über seinen Schatten springen kann, doch sind die meisten damit überfordert. Für die ist Toleranz ein Fremdwort, das für sie nicht existiert. Einfach nicht vorhanden, zu eng begrenzt da alles, wie eingemauert, als sei vorherbestimmt, was ist und was sein wird. Alles in bester Ordnung, gutbürgerlich, ein Viertel im Westen, das um die Jahrhundertwende, als die Stadt sich vergrößerte, Stahl und Chemiewerke aus ihrem Boden wuchsen, für Beamte und Angestellte gebaut worden war. Nicht wenige Familien sparten, um sich die Anschrift zu leisten, an anderen Stellen. Die Fassaden waren stuckverziert, die wolkigen Stores gebleicht, und im Treppenhaus standen auf jedem Absatz Töpfe mit Efeu, der sich um dünne Bambusstangen rankte, die der Hausmeister an die Etagenwand genagelt hatte.

Neben den Töpfen standen Eimer mit Wasser und Sand, in die Greta und Katherina manchmal, von der letzten Treppenstufe aus, Murmeln warfen. Wenn die schweren gläsernen Kugeln, in die bunte Streifen eingeschmolzen waren, ihr Ziel verfehlten und vom Blech zurück auf den Estrich sprangen, gab es polternde, klackernde Geräusche, die in der Stille der Mittagsruhe besonders laut wirkten. Meist dauerte es nicht lange, bis eine Nachbarin im Türrahmen erschien und die beiden Mädchen auf die Straße scheuchte.

In jener Gegend hatten viele der erkerbewehrten Häuser kleine Vorgärten, die eine niedrige Mauer mit einem schmiedeeisernen Gitter vom Bürgersteig trennte. In der Mitte der Straße, die am Bismarckplatz anfing, auf dem ein Brunnen stand und ein Denkmal, verliefen Straßenbahnschienen, die ein schmaler Grünstreifen links und rechts einfaßte.

Gegenüber von Gretas und Katherinas Haus lag das städtische Säuglingsheim, ein zweigeschossiger, fein gegliederter Bau aus rotem Backstein, dessen hohe Fenster von einer Reihe Pyramidenpappeln beschattet wurden, durch die im Sommer Kindergeschrei auf die Straße drang. Neben dem Säuglingsheim war das Feinkostgeschäft von Helmut Lackmanns Vater, vor dem ein kleines, gepflastertes Karree die übliche Rasenfläche ersetzte; Lackmann hatte dort seine Auslagen aufgebaut.

Helmut und Greta hüteten ihre Freundschaft wie ein Geheimnis. Niemand wußte davon, außer Katherina, die der älteren Schwester nachmittags anvertraut wurde. Also liefen sie zu dritt, gemeinsam mit anderen Kindern, zu den oft noch kokelnden Trümmern der nächtlichen Angriffe oder den Häusern, die die Feuerwehr gelöscht hatte, bevor sie auf ihre Grundmauern ausbrannten. Helmut und Greta sammelten die Splitter der Bomben und Luftminen, wozu der alte Lackmann ihnen zwei Zigarrenkisten geschenkt hatte, in denen sie die Schätze aufbewahrten. Helmut trug eine kleine Zange in seiner Hosentasche, mit der er die Splitter vom Pflaster hob, denn viele waren so scharfkantig, daß man sich damit leicht die Finger zerschnitt. Wenn keine mehr zu finden waren, fing das Tauschgeschäft an. Der Wert des gezackten Metalls berechnete sich nach seiner Form, denn Gretas teuerster Besitz, den ihr zwei ältere Jungen gegen vier andere Splitter und einen Kirmesteddy ohne Augen abhandeln wollten, sah wie ein Stern aus, mit fünf gleich langen Spitzen. Sie dachte daran, ihn Helmut zu schenken, aber nachdem er einmal ohne sie losgezogen war, versteckte sie ihn unter ihrem Bett, wo er wahrscheinlich geschmolzen ist.

Zwar hatten die Eltern verboten, den Straßenblock zu verlassen und Einschläge zu suchen, doch übten die von Polizei und Arbeitsdienst gesicherten Trichter, die eingestürzten Fassaden, der aus den Flammen gerettete, wild übereinandergestapelte Hausrat und die sich stets erneuernde Menge der Schaulustigen eine kaum widerstehliche Anziehungskraft aus. Zudem durfte man die Möglichkeit, einen schönen Fund zu machen, nicht verstreichen lassen.

Als die Angriffe sich häuften und die Zerstörung zunahm, verloren die Splitter (nach dem Gesetz von Angebot und Nachfrage) an Wert, bis sie schließlich wieder gewöhnliches Altmetall waren, das Kinder nicht interessiert. Greta vergrub alle ihre Splitter im Garten hinter dem Haus, nur den sternförmigen, dessen Kanten Helmut abgefeilt hatte, behielt sie, um ihn manchmal vor dem Einschlafen mit einem Gefühl, das sie später Melancholie nennen würde, zu betrachten, weil er sie an eine erste, schmerzvolle Untreue erinnerte. Im Bett an der anderen Wand schlief Katherina. Wenn Greta wach lag, konnte sie den Atem der Schwester hören. Jeden Abend nahm sie sich vor wach zu bleiben, bis die Sirenen heulten, doch jeden Abend schlief sie vorher ein. Neben ihrem Bett stand ein kleiner Pappkoffer, in dem Wäsche, Handtücher, eine Puppe und ein Würfelspiel waren. Seitdem sie Nacht für Nacht die Wohnung verließen, packte sie ihn morgens nicht mehr aus, sondern er blieb am Kopfende stehen wie ein Möbelstück, das in ihr Zimmer gehörte. Greta trug unter dem Plumeau einen Trainingsanzug aus blauer, schwer gewirkter Baumwolle, den sie von der Tante in der Eifel zur Kommunion bekommen hatte und der ihr schon fast zu klein geworden war. Ihr Lodenmantel hing griffbereit über dem niedrigen Bettpfosten.

Katherina sprach im Schlaf. Greta lauschte den Worten, rätselhaftem Gestammel, bis wieder Ruhe herrschte. Kein Laut drang von der Straße in das Zimmer. Diese Stille war unheimlich. Greta hob ihren Kopf aus dem Kissen und horchte. Die Eltern waren ins Bett gegangen, sonst hätte sie leise das Radio gehört. Auch aus den anderen Wohnungen kam kein Ton. Greta setzte sich auf die Bettkante und zog Strümpfe und Turnschuhe an.

Schwarze Filzbahnen waren mit Reißzwecken am Fensterrahmen befestigt. Sie ertastete die erste Reißzwecke, löste sie mit ihren Fingernägeln aus dem Holz, dann die zweite, bis sie ein Ende des Stoffes anheben und hinaussehen konnte. Die Straße war naß und leer, kein Licht spiegelte sich im Asphalt, die Gaslaternen brannten nicht, und unbeweglich standen die Pappeln vor dem Säuglingsheim; die anderen Häuser bildeten eine dunkle Wand, auf der sich die Rechtecke der verhängten Fenster fast schwarz abmalten. Am Himmel schwebten dünne, zerreißende Wolkenschwaden unter dem kraftlosen Licht eines abnehmenden Mondes.

Merkwürdig, daß die Markisen an Lackmanns Geschäft noch ausgefahren waren; ein milchiger Junge aus der Altstadt hatte das bis weit in den Herbst zu besorgen, sobald sich ein Stück Sonne am Himmel zeigte. Der bricht noch mal ab, sagte der Vater von Helmut, wenn er den Lehrling die Kurbel drehen sah, und nötigte ihn zu Dauerwurst und obergärigem Bier, das in einer schäumenden Kruke aus dem ›Fürst Bismarck‹ gebracht wurde. Nun erkannte Greta auch das ovale Emailleschild mit dem verschnörkelten, altmodischen Schriftzug über dem Eingang, das in seinem verblichenen Glanz etwas heller als die graubraune Hauswand war. Ihr Atem beschlug das kleine freigelegte Dreieck der Scheibe. Mit der Fingerspitze zeichnete sie ein Punkt-Punkt-Komma-Strich-Gesicht aufs Glas, dann trocknete sie den Ausschnitt mit dem Ärmel ihres Trainingsanzugs. Unten bewegte sich etwas, aus der Toreinfahrt schräg gegenüber traten zwei Männer. Jeder der beiden trug einen langen Uniformmantel, dessen Saum das Pflaster streifte. Auf dem Bürgersteig blieben sie stehen, die Köpfe einander zugewandt, als unterhielten sie sich, der Dichter und der Denker, deren Gesichter man nicht erkennen konnte.

Die Stadt war in alle möglichen Töne der Dunkelheit getaucht, ihr Bild glich einer Bleistiftzeichnung, die das Papier bis in den letzten Winkel schraffiert: Blei, Zement, Aluminium; Stein, Schiefer, Graphit; Asche, Rauch, Silber; rabenschwarz und schwarz wie Ebenholz. Greta hätte gern gewußt, wie sich Ebenholz anfühlt. So glatt wie die Fläche des Spiegels oder warm und seidig wie die Haare der Prinzessin? Fräulein Lauch hatte ihnen alle Märchen vorgelesen, in ihrer Klasse im Parterre des großen Schulgebäudes, das links wie ein regelmäßig durchbrochener Granitwürfel in der Kurve der Straße lag.

Einer der Männer zündete sich eine Zigarette an. Die Flamme eines Sturmfeuerzeugs beleuchtete sein Gesicht, und das des anderen: Blockwart Pawlik und Luftschutzwart Kurz! Schnell duckte Greta sich weg – als ob die beiden sie gesehen haben könnten. Doch sie hatte ja kein Licht gemacht. Sie tauchte hoch und schob ihren Kopf wieder unter die losgelöste Stoffbahn. Kurz ging über den Grünstreifen aufs gerade Band der Schienen und drehte sich mit zurückgelegtem Kopf, auf dem ein Stahlhelm saß, in sämtliche Richtungen, während Pawlik seinen rechten Arm hob und nach oben wies. Kurz jetzt auch, und wie die beiden sich da gegenüberstanden, für Momente reglos, sah es aus, als grüßten sie sich mitten auf der nassen, leeren Straße. Dann stemmte Kurz energisch die Hände in die Hüften. Laß sie kommen, schien er zu denken, das bringt uns nicht um, abgerechnet wird zum Schluß. Pawlik schnippte die eben erst angerauchte Zigarette weg und verschwand in der Toreinfahrt. Kurz folgte ihm. Greta blickte hoch. Wenn eine Sternschnuppe fällt, geht ein Wunsch in Erfüllung. Sie dachte nach, was sie sich wünschen würde, wenn genau in diesem Augenblick eine heruntersauste und ihr Licht über die Stadt streute, die Pappeln vor dem Säuglingsheim, die Gärten, den Brunnen an der Ecke, die Straßenbahnschienen, die Markisen von Lackmann mit den Fransen daran, die Schule, den Zoo, die Treppenlinie der Dächer, auf denen Sirenen wie langstielige Pilze wuchsen. Für ihr Geräusch gab es keinen Vergleich. Der erste Ton des langgezogenen Heulens nahm Greta den Atem, ließ ihre Beine einknicken, so daß sie mit den Knien vor die Zimmerwand stieß und mit einer ruckartigen Bewegung des Kopfes den Filz der Verdunkelung vom Rahmen riß.

Als sie versuchte, ihn wieder zu befestigen, trat ihre Mutter ins Zimmer.

– Ich bin wach, rief Greta. Am liebsten hätte sie auch gesagt, sie habe noch gar nicht geschlafen, doch das würde sie sich für Helmut aufsparen, der behauptete, die Flugzeuge schon gesehen zu haben.

Katherina weinte schlaftrunken, als die Mutter sie aus dem Bett zerrte und kniend ihre Schuhe band. Währenddessen schleppte Herr Matenaar, Lohnbuchhalter der Rheinbahn, zwei Koffer ins Treppenhaus, aus dem Schritte und Stimmen in die Wohnung hallten. Um den Hals trug er einen länglichen Brustbeutel mit den Familienpapieren.

– Bist du fertig?

Greta nickte. Sie hatte den Mantel angezogen und hielt den Pappkoffer in der Hand. Frau Matenaar trug die schluchzende Katherina aus der Wohnung, Greta schloß die Türe. Alle Sirenen der Stadt heulten in auf- und abschwellendem Ton, in allen Häusern verkroch man sich in den Kellern. Bei Frau Sünskes im ersten Stock plärrte ein Radio: Verbände nähern sich, während zwei junge Frauen vom Arbeitsdienst, die bei ihr einquartiert waren, sie auf ihre verknoteten Arme hoben, um sie nach unten zu bringen. Sie trug ein langes weißes Nachthemd und einen geblümten Morgenmantel, dessen Gürtel über den Boden schleppte. Würde einer nur mal kurz drauftreten, kippte die alte Hexe hintenüber.

Aus der Kellertüre schien das Licht einer Glühbirne; wenn alle versammelt wären, würde man es löschen. Ein großer Raum stand dort unten als Bunker bereit – man hatte die Regale und Kohlenkisten entfernt, die Mauern verputzt und den Boden mit Linoleum ausgelegt. Längs der Wände standen Pritschen und Etagenbetten, in der Mitte ein Tisch mit Hockern.

Katherina schlief wieder ein, nachdem die Mutter sie in eine Wolldecke gehüllt hatte. Greta setzte sich mit angezogenen Beinen hinter die beiden und packte das Würfelspiel aus ihrem Koffer. Sie würde die ganze Nacht wach bleiben. Herr Matenaar, ihr Vater, verriegelte die Türe und entzündete eine Petroleumlampe, deren unruhiges Licht lange, flakkernde Schatten warf, bis der Docht richtig eingestellt war. Wer etwas sagte, dämpfte seine Stimme, als sei man in einem Versteck und müßte befürchten, gehört zu werden. Matenaar ließ sich am Tisch nieder und zog einen Satz Skatkarten aus der Tasche seines Uniformmantels, der den niedrigen Hocker wie ein Vorhang umhüllte. Die Zwillingsbrüder aus dem Dachgeschoß, die zu alt für den Krieg waren, setzten sich zu ihm. Die drei waren die einzigen Männer im Raum. Matenaar, der in einer Schreibstube in Reims Dienst tat, hatte fünf Tage Heimaturlaub, und nicht zum erstenmal wunderte er sich, wie seine Frau das aushielt, jede Nacht.

Die Mädchen vom Arbeitsdienst riffelten einen Pullover auf. Frau Sünskes hatte sich ihre Decke über den Kopf gezogen. Durch die Hände der Mutter glitten die Perlen eines Rosenkranzes. Sie hatte den Mantel über die Kette geschlagen, als sei es ihr unangenehm, bei der Litanei beobachtet zu werden. Lautlos bewegten sich ihre Lippen: Gegrüßet seist Du … voll der Gnade … gebenedeit unter den Weibern … die Frucht deines Leibes Jesu … bitte für uns Sünder … in der Stunde unseres Todes, Amen. Greta sah schräg ihr weiches Gesicht von ihrem Platz am Rand der Pritsche, den gebeugten Rücken des Vaters am Tisch, wie er die Augen der Stiche zählte. Die Petroleumlampe in der Mitte beleuchtete die greisen Gesichter der Zwillingsbrüder links und rechts, die in den ehemaligen Dienstbotenzimmern unter dem Dach wohnten. Irgendwie waren sie mit dem Hausbesitzer verwandt. Die beiden waren Greta unheimlich. Wenn sie auf den Speicher mußte, rannte sie schnell an ihren Türen vorbei, um ihnen nicht zu begegnen, zu tief saß die Furcht vor schwarzen Männern, bösen Männern, alten Männern, die Kinder in den Wald lockten. Der eine, mit der Narbe, Friedrich Winkler, hatte in der Eile sein Gebiß vergessen, und der funzlige Schein des gebauchten Zylinders verwandelte sein Gesicht in einen richtigen Totenkopf, der vor Aufregung leicht zitterte.

Immer dieselben Leute. Kai war da noch, der ein Fahrtenmesser am Gürtel trug, und hinten seine Cousine Lieselotte, bezopft und picklig, die wie ein Klammeraffe an ihrer Mutter hing. Insgesamt vierzehn, auf Hockern, Pritschen, an der Wand lehnend, und etwa genauso viele in jedem anderen Keller des Blocks, der, von kleinen Vorgärten umgeben, im Westen der Stadt lag.

Weit entfernt erhob sich ein leichtes Grummeln, schwaches Pfeifen wie Wind, der sich in Buschwerk verfängt, und fast zugleich hörte man erste Einschläge, die das Stahlwerk und die Chemiefabrik in der Flußbiegung anzielten. Es klang wie der dumpfe Schall von Böllern, mit denen die Auenkirmes im Herbst eröffnet wird, Feuerwerk, das rot am nächtlichen Himmel widerscheint, brennender Mohn, der sich orange und schwefelgelb auffächert. Die Geräusche verdichteten sich. Greta preßte ihre Knie vor die Brust und umklammerte ihre Fußgelenke, die drei Männer am Tisch blickten zur Decke, während Frau Matenaar mit geöffnetem Mund in ihrem Rosenkranzgebet einhielt. Einen Augenblick lang erinnerten die Explosionen an Chinakracher, die Straßenjungen an Silvester in den Briefkästen zündeten, metallisch knallende Töne, die näher und näher kamen, dunkler und schwerer wurden, sich mit einem Mal in gewaltige Schläge verwandelten, die die Erde zum Beben brachten. So, wie sie es noch nie gespürt hatten, nie gehört das röhrende Grollen der Flugzeuge, das Heulen der Flakgeschosse, die schließlich alles überlagernden Detonationen der Bomben.

Es schien, als tobte eine feurige Abrißbirne durch die Straßen, die unterschiedslos Häuser Kirchen Fabrikhallen zertrümmerte; was sich vom Boden erhob, war ihr Ziel, völlige Einebnung ihr Auftrag.

In der Decke taten sich Risse auf, das Gewölbe wankte wie von Riesenhand durchgeschüttelt, und feines Ziegelpulver durchstäubte die Luft, verklebte die Augen und machte das Atmen zur Last. Katherina war aufgewacht. Sie hatte sich hinter die Mutter gekniet und wortlos die Arme um deren Hals gelegt, erstarrt, wie die anderen im Keller für Minuten unfähig, sich zu rühren. Dann war die erste Angriffswelle über sie hinweg, die nächste im Anflug mit geöffneten Bombenschächten. Für Gnade war es zu spät, unnütz, den Himmel zu verfluchen, ein neues Zeitalter hatte begonnen. Titanische Schläge donnerten auf den Keller nieder, geschlagen von Hämmern unvorstellbarer Größe, die eine rasende, außer Kontrolle geratene Maschine in Gang setzte. Lieselotte begann zu weinen, während Kai in einer Geste der Abwehr sein Messer aus dem Gürtel zog. Der Verputz brach in Placken von den Wänden, fiel zerbröckelnd auf die Pritschen, und an der Decke die Risse vergrößerten sich zu Spalten, aus denen Sand und feine Holzsplitter regneten.

Greta holte die Tücher aus ihrem Koffer und riß sie, mit

einiger Anstrengung, in Bahnen. Die Mutter drückte Katherina an sich, Herr Matenaar sprach hektisch mit den Winklerbrüdern. Die Schultern unter dem Totenkopf zuckten hoch; wußte auch nicht, was man tun konnte. Die Petroleumlampe brannte noch. Frau Sünskes saß mit ausgestreckten, dürren Beinen auf ihrer Matratze und hielt die Wolldecke, aus der ein paar weiße Haare zottelten, wie eine Art Maria um ihren Kopf geschlagen. Andere kauerten sich zusammen.

Dröhnend schlugen Blitze in den Dachstuhl ein, Ziegel brachen auseinander, zerplatzten vor Hitze wie das Stuckwerk der Fassade, dann war es, als stürzte die Straßenseite des Hauses ein.

Greta tunkte die zerrissenen Tücher in einen bereitstehenden Wassereimer und verteilte sie. Man rieb sich damit die Augen und preßte sie vor den Mund, um die staubgesättigte Luft, so gut es ging, zu filtern. Katherina saß auf dem Schoß der Mutter, die das feuchte Tuch über das Gesicht der kleinen Tochter gebreitet hatte. An der Stelle von Katherinas Mund zog sich der kreisrund gespannte Stoff vor und zurück, flatternd wie die Membran in einem biologischen System. Die Staubteilchen brannten auf der Bindehaut, wenn man die Augen öffnete, kratzten unter den Lidern, wenn man sie schloß. Lieselotte schluchzte und hustete gleichzeitig, Kai hielt das Fahrtenmesser zum Einstich bereit in der Faust, als böte ein Schlachttier ihm seinen Nacken.

Das prasselnde und knackende Geräusch eines wilden Feuers drang in den Keller, das Jaulen eines Sturms, dann die sich erneut vom Fluß her nähernden Detonationen der Bomben.

Matenaar wandte sich mit dem anderen Winkler, Ingbert, der sich von seinem Hocker erhoben hatte, zur Türe, die ein quer liegender Eisenriegel versperrte. Als sie ihn aus der Befestigung hebeln wollten, machte der ganze Raum einen Sprung und prallte auf das Fundament zurück. Das Bild zuckte vor Gretas Augen, wie ein Foto in einer zitternden Hand, die von einem harten Griff beruhigt wird.

Das Haus war eingestürzt. Die Außenmauern, die Dekkenböden, die verkanteten Balken des Daches waren zusammengefallen, als habe sie ein herabstürzender Schwerpunkt in ein Vakuum hineingezogen. Und nun das Nachbarhaus, das folgende, eine Reihe Dominosteine, die ein Fingerschnippen flach legt. Wo eine Front stehenblieb, leckten Phosporzungen aus den Fensterhöhlen, schmolzen Mörtel und Steine ein, bis endlich auch diese Wand das Gleichgewicht verlor und taumelnd wegsackte. Die Stadt war ein glühender Krater, der Blasen warf und dampfte und dessen rotes Flackern bis an den Himmel schien, wo es sich im metallenen Bauch der Flugzeuge spiegelte, dem Glas ihrer Kanzeln, auf die verschatteten Gesichter der Piloten und Navigatoren fiel.

– Raus, sagte Matenaar, wir müssen hier raus.

Greta lief zu ihrem Vater.

– Wir müssen raus, sagte Matenaar und blickte auf seine Tochter. Schnell.

– Mach schon, sagte Greta und stieß ihn in die Seite.

– Der Riegel, sagte Ingbert Winkler.

Die anderen aus dem Bunkerraum versammelten sich hinter ihnen. Matenaar stemmte sein Gewicht unter den Riegel, einmal, zweimal, bis er sich endlich mit einem Ruck löste. Er öffnete die Türe und leuchtete mit seiner Taschenlampe über die Kellertreppe nach oben; wo der Ausgang ins Treppenhaus gewesen war, türmte sich Schutt, der an einzelnen Stellen brannte: Tapeten, Anrichten, Tische, Bettgestelle und Stühle, Teppiche und Ölbilder, Backsteine, Fensterrahmen, Dielenbretter zu einer sengenden, qualmenden Masse geklumpt, die langsam auseinanderrutschte. Matenaar sprang zurück.

– Ins Haus nebenan, rief er, ich gehe vor.

Er richtete den Strahl der Lampe in einen Gang, an dessen Ende ein grob in die Wand gestemmtes Loch war, das in den nächsten Keller führte. Alle Keller des Blocks waren mit Durchbrüchen verbunden.

Unter Matenaars Führung tastete sich die Gruppe voran, über Teile des Mauerwerks, gekippte Regale und zerbrochene Einmachgläser, umnebelt von Rauch und Staub auf die Öffnung zu, während der Boden schwankte, so schien es, wie bei einem Erdbeben, und die verschiedenen Töne des Angriffs und seiner Abwehr sich in einem dumpfen Brüllen vermengten, das Tonnen schwer war. Frau Sünskes ritt auf den Armen der Arbeitsdienstlerinnen, Lieselotte umkrallte die Hand ihrer Mutter, Frau Matenaar trug Katherina, die immer wieder in den Handtuchfetzen hustete, hinter ihnen ging Greta, sich mit dem Ärmel ihres Mantels Tränen aus den Augen wischend, neben ihr Kai und als Nachhut der Nummer zweiundvierzig Ingbert und Friedhelm Winkler, die Zwillingsbrüder aus dem Dachgeschoß.

Am Loch trafen sie auf die Leute des Nachbarhauses, die, einen Fluchtweg suchend, ihren Bunker ebenfalls verlassen hatten.

– Bei uns ist dicht, sagte Matenaar.

– Bei uns auch, antwortete ein Mann, dessen Stimme Greta erkannte. Herr Rothfuchs, der nur ein Bein hatte und beim Laternensingen reichlich Plätzchen und Bonbons verteilte, die er im Flur seiner Wohnung für die Kinder bereithielt.

– Dann müssen wir weiter, sagte Matenaar, Richtung Platz, und stieg über die Mauer. Ich glaube, Richtung Platz ist es besser.

Die anderen schlossen sich ihm an, einundzwanzig Frauen, Kinder, Greise, Herr Rothfuchs und zwei Soldaten auf Urlaub. Im nächsten Keller war die Lage gleich, auch dort kam man nicht ins Freie. Schließlich erreichte der von Durchbruch zu Durchbruch angeschwollene Zug das letzte Haus der Straße. Obwohl jemand ein Stemmeisen zur Hand hatte, gelang es nicht, die Kellertüre aufzubrechen; scheinbar waren Trümmer nach unten gestürzt, die gegen die Stahlplatte drückten. Die Luft wurde zunehmend stickig.

– Vielleicht durch den Aufzug der Metzgerei, sagte Herr Rothfuchs.

– Alles dicht, alles dicht, rief eine Frau in Nachthemd, Mantel und Wanderstiefeln, die neben Matenaar stand. Brecht die Fensterroste weg, da durch, da durch.

Unruhe breitete sich aus, ein panisches Gefühl, das in jedem einzelnen der mittlerweile achtundsechzig Menschen hochkroch, bis es den Raum erfüllte und die schreckliche Ahnung gab, dem Tod nahe zu sein. Würde sie zur Gewißheit, verlöre erst einer wirklich den Verstand, wären alle verloren.

Unablässig trommelten Einschläge auf die Decke, Staub wirbelte herum, es klirrte und bebte, dann entluden sich schrille, pfeifende Töne in rascher Folge.

Es wird weniger, dachte Greta, es wird doch weniger, hört das denn keiner?

Als Matenaar den schwächer werdenden Strahl der Lampe noch einmal auf den verschlossenen Ausgang richtete, bemerkte er, daß Rauch durch eine Ritze drang, schwerer dunkler Rauch, der nicht aufstieg, sondern am Boden zu kleben schien, wo er träge wie Öl zerfloß.

– Wir gehen zu uns, sagte er laut und bestimmt, alles zu uns, und Herr Rothfuchs sagte:

– Geht, ich bin der letzte, worauf sie sich erneut in Bewegung setzten, einer nach dem anderen in einer Lemurenprozession durch Löcher und Gänge, Alte schleppend, Kinder an Händen und Krägen zerrend, stolpernd und tastend, bis sie wieder im Bunker des Matenaarschen Hauses waren, Bismarckstraße zweiundvierzig. Matenaar und ein weiterer Soldat versuchten, die Treppe hochzusteigen, aber auf halbem Weg nahm ihnen beißender Qualm den Atem, so daß sie umkehren mußten. Und wie hätten sie durch den Schutt nach draußen gelangen können, eingestürzte Mauern, brennenden Hausrat? Im hinteren Teil des Raumes hatte sich ein Balken aus der Decke gelöst und war auf eine der Pritschen gefallen.

– Ich kriege keine Luft mehr, rief jemand, Hilfe, Kinder begannen zu schreien, die Frau in Wanderstiefeln wurde von einem Weinkrampf geschüttelt. Greta sah ihre Mutter an, deren Lippen sich stumm bewegten. Es hört doch auf, dachte sie, gleich drehen sie ab. Herr Rothfuchs humpelte nach vorne.

– Wir müssen das Ding umdrehen, sagte er zu Matenaar, auf die Straße zu, wo der Eingang ins Souterrain ist.

– Werkzeug, sagte der andere Soldat. Hammer und Zange.

Nachdem man ihn ausgerüstet hatte, stülpte er eine Gasmaske über sein Gesicht (Warum trägt er eine Gasmaske bei sich, und einen Tornister mit angeschnalltem Kochgeschirr?) und kletterte nach oben. Qualm umschloß ihn. Währenddessen machten sich Rothfuchs und Matenaar am Fuß der Treppe zu schaffen, hebelten sie mit dem Stemmeisen aus ihrer Verankerung. Mehr über die Stufen rutschend als gehend, tauchte der Soldat wieder auf. Er zog die Maske herunter und sagte:

– Ist frei. Drüben ist ein Loch, in der Decke.

Er wies zur Seite, wo früher die Wohnung des Hausmeisters war, deren Fenster halb im Keller lagen. Muffig hatte es darin gerochen, nach Schimmel immer ein bißchen.

Die Männer packten die Treppe – eine zusammengenagelte Stiege – und wuchteten sie quer durch den Raum an die Stelle, die der Soldat gezeigt hatte.

– Ich sichere den Weg, sagte er zu Matenaar gewandt, Sie müssen hier unten gegendrücken.

Dann stieg er hoch.

Matenaar mahnte die Leute, ein Stück Tuch vor Nase und Mund zu halten, sich nicht umzudrehen, so schnell es möglich sei zu laufen.

– Lauft, sagte er, auf die Straße, und bleibt nirgends stehen, im Flur oder wo. Mitten auf die Straße. Verstanden? Die Frauen und Kinder zuerst.

Er hoffte, der Soldat würde oben stehen und die Richtung weisen. Da entlang.

Katherina hatte Arme und Beine um die Mutter geschlungen, die Gretas Hand fest drückte. Nach einer Frau, Bismarckstraße vierundvierzig, die ihren Säugling im Arm trug, kamen sie an die Reihe. Als Matenaar seine Familie vor sich sah, sagte er:

– Einzeln.

Dann hob er Greta, nachdem er ihre Hand aus dem Griff der Mutter, die sie nicht loslassen wollte, befreit hatte, auf die Treppe, so daß sie in Höhe seiner Augen stand.

– Mama! rief Greta.

– Los, lauf, sagte Matenaar.

Greta zögerte.

– Lauf! rief die Mutter.

– Nimm das Tuch vor den Mund, sagte Matenaar und schob seine Tochter vorwärts. Greta stieg vorsichtig auf die nächste Stufe. Als sie sich umdrehen wollte, verspürte sie einen harten Stoß im Rücken. Es tat weh. Sie preßte das Tuch vor den Mund und rannte los.

Hitze brandete durch ihr Gesicht, Rauch biß in den Augen; bei jedem Tritt prallte eins ihrer Schienbeine gegen die vorstehenden Stufen. Nie käme sie oben an, die wackelnde Treppe war unendlich lang. Plötzlich hatte sie das Gefühl, ihr Körper würde sich zusammenkrampfen, von Atemnot eingeschnürt werden, dann trat sie ins Leere, ein Loch, schoß es durch ihren Kopf, während sie strauchelte und fiel.

Doch statt in die Tiefe stürzte Greta auf den Boden der Hausmeisterwohnung, am Ende der Treppe. Sie richtete sich auf ihre schmerzenden Knie und begann, im Kreis herumzukriechen, ihre Hände tasteten über Schutt und Steine. Ich muß mein Tuch finden, dachte Greta, mein Tuch ist weg, als jemand sie beim Arm packte und hochriß. Im Laufschritt trug der Soldat sie durch den Gang und warf sie ins Freie.

Während Greta sich aufrappelte, hörte sie Stimmen, die: Hierher, hierher! riefen. Rotes Licht blendete sie, sie konnte nichts erkennen. Keuchend holte sie Luft, dann würgte es sie. Hierher. Schweres Grollen umkleidete ihren Körper, der hin und her zu pendeln schien, Druckwellen trafen sie wie Schläge. Wo waren die Stimmen? Wo bin ich? Greta öffnete den Mund, um nach ihnen zu rufen, aber die Worte wollten nicht kommen. Ein Funkenregen stob durch die Luft. Es war ganz warm, überall war Rauch. Auf einmal erschien die Mutter, Katherina tragend, neben ihr und zog sie mit sich, über den schmalen Grünstreifen auf die Mitte der Straße, wo andere sich schon zusammenduckten, hustend und keuchend und kotzend. Der Himmel brannte wie ein Gas, das sich in einer Explosion entzündet hat. Kein Haus stand mehr an seinem Platz. Die Mutter breitete ihren Mantel über die Töchter und umarmte sie schützend. Wir sind sicher, dachte Greta, sie werden uns nicht mehr treffen.

Nach und nach kamen alle aus dem Keller, Schatten, die durch den Vorgarten auf die Straße liefen; als einer der letzten Matenaar, gefolgt von Herrn Rothfuchs, den der Soldat, der mit seiner Gasmaske einem schwarzen Insekt ähnlich sah, stützte. Keiner blieb zurück, sämtliche Bewohner der Häuser Bismarckstraße vierzig bis achtundvierzig konnten sich retten. Ein Wunder, würde man später sagen, eingedenk Tausender, die in dieser Nacht starben, im aufgeweichten Asphalt einer Waschküche versanken, von lodernden Balken erschlagen wurden, die im Qualm des Phosphors erstickten.

Die Bombergeschwader drehten ab. Greta hörte genau, wie sich das Geräusch ihrer Motoren Richtung Köln verlor. Sie kannte die Himmelsrichtungen, Süden lag unten. Westen links, Osten rechts. Sie spürte die Hand des Vaters über ihren Kopf streicheln. Sie stand auf und umarmte ihn. Im Westen wird sie untergehn, im Norden ist sie nie zu sehn.

Brände erhellten den Schutt zu beiden Seiten der Straße.

Die Markise von Lackmanns Geschäft lag verdreht im Rinnstein, fransige Stoffetzen kokelten in ihrem Gestänge. Das Haus war weg, man konnte direkt in den Hof sehen, wo der Lagerschuppen eingestürzt war und die Trümmer der Garage Lackmanns Motorkarre bedeckten; dahinter erhoben sich als leuchtender Schattenriß die Ruinen des nächsten Blocks. Die Pappeln des Säuglingsheims, pulverisierter Backstein, waren abgeknickt und auf das Gitter des Mäuerchens gestürzt, die Stämme verglimmten zu Holzkohle. Aus den Fenstern der Volksschule, einem Klotz ohne Dach, flackerte orangerotes Licht; Schiefer, Holz, Metall, Papier. Noch immer bestrichen riesige Scheinwerferstrahlen den Himmel, als suchten sie ein letztes, vom Kurs abgekommenes Flugzeug. Ein paar unversehrte Sirenen heulten den Entwarnungston, der leise, fast zaghaft über die Reste der Stadt dahinwehte. Vorbei, dachte Greta, sie kommen nicht mehr.

Andere Überlebende tauchten auf, näherten sich vom Ende der Straße, kamen aus dem kleinen Bunker gegenüber der skelettierten St.-Elisabeth-Kirche, deren Küster angeblich von einem herabstürzenden Pfeilerbündel getötet worden war, als er das Allerheiligste aus dem Tabernakel holen wollte, den geweihten Leib Christi unter sich bergend, in der Ferne erkannte Greta auch Helmut, der eine Decke trug und ihr trotzig zuwinkte.

Man beschloß, sich am Denkmal zu sammeln, dessen Sockel in Kniehöhe ein achteckiges Brunnenbecken umsäumte; acht ziselierte Kanonenrohre speisten es früher mit Wasser. Im Schein einer Karbidlampe suchte man seine Anverwandten zusammen, rief Namen und Hausnummern, tauchte Verbandstücher in das von Regen halb gefüllte Bassin. Matenaars Uniformmantel war von einer dicken Schicht

Staub und Mörtel bedeckt, die Haare seiner Frau standen staubig und verfilzt vom Kopf ab, wie eine verrutschte Perükke. Tränen und Schleim hatten auf Katherinas Wangen sich kreuzende Schmierspuren gezeichnet, über ihr Kinn hing ein ergrauter Rotzespitzbart. Gretas Augen brannten entzündet. Vorsichtig wischte sie mit einem Tuch klebrige Flüssigkeit aus den Rändern, doch immer wieder trübte ein Schlierenvorhang ihren Blick.

Einem Trieb folgend, scharten sich die ehemaligen Bewohner der Bismarckstraße zweiundvierzig um sie herum, den Feldwebel zur besonderen Verwendung Matenaar, wie sich auf dem kleinen Platz auch andere Kreise verschwundener Häuser um ein Zentrum bildeten, von dem sie einen Vorschlag erhofften, was zu tun sei. Kai hielt sein Fahrtenmesser noch in der Hand. Wollte er sich gegen abgeschossene Piloten verteidigen? Sich auf sie stürzen, wie er es im Sommerlager gelernt hatte? Sabotage hinter den feindlichen Linien, lautlos ohne Schuß oder Schrei, um sich dann zur eigenen Truppe durchzuschlagen, von Waldbeeren leben und kühles frisches Quellwasser trinken. Lieselotte wiegte eine Puppe im Arm, obwohl sie längst aus dem Alter heraus war, in dem man mit Puppen spielte. Mit geschlossenen Augen flüsterte sie eine Geschichte in Mohrchens Ohr. Die beiden Arbeitsdienstlerinnen wuschen das Gesicht von Frau Sünskes, die reglos ins Leere starrte und wirklich einem alten Kräuterweib glich, das auf den Scheiterhaufen soll. Hexe, Hexe, Hexe. Wo die jetzt wohnen wird? Greta ließe sie nicht in die Wohnung, wenn sie eine hätte. Die Winklers kennen sicher einen, der sie unters Dach steckt, später, wenn es wieder Dächer gibt, in zwei Kammern mit schrägen Wänden, wo in einer Ecke der Gaskocher steht, von dem Kohldünste bis ins Treppenhaus ziehen. Nicht auszuhalten der Gestank, davon kriegte man Brechreiz.

– Ich habe Helmut gesehen, sagte Katherina, die sich aus den Armen der Mutter befreit hatte.

– Na und, sagte Greta.

– Herr Lackmann weint, sagte Katherina.

– Was geht dich das an?

– Was geht dich das an, was geht dich das an, echote die Schwester und streckte die Zunge raus.

Jenseits des Platzes, durch eine Lindenallee, trottete ein Zug schemenhafter Gestalten in Richtung Stadtwald. Mal fiel er auseinander, dann wieder verdichtete er sich zu Gruppen, die in der lindrot getönten Dunkelheit wie zusammengeschmolzen wirkten. Locker verstreut, lagen am Waldrand große, von Büschen und Hecken abgeschirmte Häuser, die der Angriff verschont hatte, ganz konzentriert auf die Stadt und die östlich am Fluß gelegenen Fabriken, die Raffinerie und den Hafen.

Im Innern des Waldes, auf der großen Wiese zwischen Musikpavillon, wo sonntags das städtische Orchester spielte, und künstlichem See, den man mit Ruderbooten für eine Mark die Stunde befuhr, würde man ausruhen können, zu Verstand kommen, das Weitere bedenken können. Der Pfarrer von St. Elisabeth (nach dem Krieg erinnerte ein Gedenkstein im Querschiff an das Opfer des Küsters) stünde dort inmitten seiner Gemeinde und intonierte: Herr, erbarme Dich unser, nähme die dünne Antwort: Christus, erbarme Dich unser entgegen, um dann fortzufahren: Himmlischer Vater, sieh an mit den Augen Deiner grundlosen Barmherzigkeit unseren Jammer, sieh Elend und Not. Erbarme Dich über alle Christgläubigen, für die Dein eingeborener Sohn, unser lieber Herr und Heiland Jesus Christus, sich willig in die Hände der Sünder gegeben und sein kostbares Blut am Stamme des heiligen Kreuzes vergossen hat.

Man würde sich von ihm segnen lassen, anschließend Maßnahmen erörtern, auf Anweisungen warten, die Verzweiflung bekämpfen und dabei hören, wie jemand, ein Mann mittleren Alters im Rang eines Oberleutnants der Infanterie, der versuchte, ihre Lage in Worte zu kleiden, von Jerusalem und Ägypten sprach, dem Exodus der Kinder Israels, sich umblickend sagte: Genau wie der Exodus ....

....

womit er nicht nur bewies, wie wenig bibelfest er war, da angesichts der Zerstörung sich etwa das Bild Sodom und Gomorrhas, vom Himmel regnenden Feuers etc. hätte aufdrängen müssen, sondern auch zu verstehen gab, daß ihm die reale Situation, das wirkliche Befinden der Kinder Israels weit am Verstand vorbeiging. Unabhängig von der Deportation und Ermordung schätzungsweise sechs Millionen jüdischer Menschen drückt der genannte Vergleich nämlich einen ideologischen Sprung durch das Heilsgeschehen aus, dem die Absicht zugrunde liegt, die Geschichte des jüdischen Volkes christlich-katholischen Glaubensvorstellungen derart einzuverleiben, daß von jener selbst nichts mehr übrigbleibt ....

....

– Wir schließen uns an, sagte Matenaar und wies mit ausgestrecktem Arm in die Allee. Wir gehen auf die große Wiese vor dem Musikpavillon.

Als sie den Platz verließen, warf Greta einen letzten Blick in die Straße, in der sie gewohnt hatte. Ein paar Fassaden waren stehengeblieben, sonst sah sie nur Schutt, die abgeknickten Pappeln, dunkle leere Räume, wo vorher Häuser waren; aus dem Innern der Schule am Ende der Straße schien ein schwaches Leuchten, als zögen die Lehrer mit fast abgebrannten Fackeln durch die langen Korridore. Die Kraft des Feuers ließ nach; was brennen konnte, war verbrannt. Nur von Osten, von den Tanks und Industrieanlagen am Rheinhafen, flackerte noch rotes Licht herüber in die Lindenallee, auf der die Überlebenden das Zentrum der zerstörten Stadt verließen.

Mein kleiner Pappkoffer war im Keller geblieben, ebenso Lieselottes Rucksack und die zwei Einkaufsnetze der Winklerbrüder, in die sie immer ihre Siebensachen stopften. Aber was brauchen zwei alte Männer schon? Die Koffer meines Vaters waren natürlich auch weg, aber um seinen Hals hing der Brustbeutel mit unseren Familienpapieren, Stammbuch, Geburtsurkunden und so was. Fast wäre er noch einmal in den Keller, der jeden Augenblick einstürzen konnte, zurückgelaufen, um die Koffer zu holen, wenn meine Mutter sich nicht schreiend an ihn gehängt hätte. Völlig verrückt. Wir reihten uns dann zusammen mit den Nachbarn in diesen Zug ein, nachdem sich herumgesprochen hatte, daß auf der großen Wiese im Stadtwald Sammelplatz wäre, wo es zu essen gäbe, Ärzte und Schwestern und was weiß ich noch. Irgendwo da predigte dann auch der Pfarrer von St. Elisabeth, sinnigerweise. Den ganzen Weg über wischte ich mit einem Handtuchstreifen durch meine brennenden Augen, was die Entzündung, ich sah am nächsten Tag völlig verquollen aus, wie ein Boxer, nur verschlimmerte, doch schien das keiner zu bemerken, zu sehr waren alle mit sich selber beschäftigt und der Katastrophe, die über sie hereingebrochen war, buchstäblich vom Himmel gefallen, denn bis dahin hatten sich die Angriffe im Rahmen gehalten, jede Nacht Alarm und Abwürfe, aber kein flächendeckendes Bombardement.

Der vorherrschende, auch verständliche Eindruck war sicher, daß alles aus sei, obgleich, woran meist zuletzt oder gar nicht gedacht wird, man schließlich noch lebte. Herr Lackmann zum Beispiel schluchzte unaufhörlich vor sich hin und mußte, er war etwa Mitte Vierzig damals, von seiner Frau geführt werden. Ehrlich gesagt, war mir das mehr peinlich, als daß es mich erschreckt hätte; wahrscheinlich fand ich es als Kind schon übertrieben oder unangemessen, sich auf diese Art gehenzulassen, zumal Lackmann seine Angestellten, besonders den Lehrling, sonst herumkujonierte, daß es nicht mit anzusehen war. Mitleid hatte ich jedenfalls keins, daran erinnere ich mich sehr genau. Im übrigen ist Lackmann nach dem Krieg wieder schnell auf die Beine gekommen, und heute gehört ihm beziehungsweise Helmut ein großes Feinkostgeschäft, mit Austerntheke und allem Pipapo, in bester Innenstadtlage.

Während ich inmitten der anderen Richtung Stadtwald trottete, benommen und zugleich überdreht, kam mir langsam, undeutlich zu Bewußtsein, was wir verloren hatten, eine Ahnung, daß am nächsten Tag das Leben nicht weiterginge wie zuvor; ich glaube, mir ist klargeworden, bevor ich es eigentlich begriffen habe, daß unsere Vergangenheit, unsere bisherige Welt ausgelöscht war mit allem, was zu ihr gehörte. Ausgebombt eben, verbrannt und verkokelt. Mein Akkordeon, die bunte Tapete, meine Puppen, der Kaufmannsladen mit der Miniaturkasse und den kleinen Gläsern und Flaschen, meine Schulhefte, ich bin ganz gerne in die Schule gegangen, die zu eng gewordenen Lackschuhe, mein Lieblingskleid aus zweifarbigem Samt, meine Kindheit, die mittendrin plötzlich zu Ende war. Es war so ein Gefühl, das in mir hochkroch und mich zum Weinen brachte, von unwiederbringlichem Verlust, obwohl sicher auch Schock oder Entsetzen eine Rolle spielten. Mit Verzögerungseffekt sozusagen. Bis vor ein paar Jahren bin ich jede Nacht schweißgebadet aufgewacht, weil ich wohl träumte, Sirenen heulen, und ich muß in den Keller. Gegen zwei, drei Uhr meistens.

Katherina schlief auf den Armen meiner Mutter, mein Vater half Herrn Rothfuchs, der seinen Stock verloren hatte und mit seiner Prothese nur mühsam vorwärts kam, hinter mir zeterte Frau Sünskes, schrecklich, die von den beiden jungen Frauen getragen wurde; die anderen aus dem Haus gingen weiter vorne in der Allee, deren Bäume, die fast alle stehengeblieben waren, eine Art Dach über unseren Köpfen bildeten.

Auf der großen Wiese lagerte schon eine Menge ungewöhnlich gekleideter Menschen, neben einer Handvoll Soldaten und Parteibonzen in Uniform Zivilisten in Schlafanzügen und Nachthemden, worüber sie Mäntel und Jacken trugen, zum Teil mit festem Schuhwerk ausgerüstet, zum Teil aber auch barfuß oder in Pantoffeln; niemand war darauf eingerichtet, unter freiem Himmel kampieren zu müssen. Im nachhinein kann ich mich über diese Blauäugigkeit nur wundern, denn andere Städte waren längst schwer angegriffen und zerstört worden. Wir sind dann jeden Abend in einen Bunker gegangen, ob Alarm war oder nicht. Alle naselang stehen die häßlichen Dinger noch rum.

Rote-Kreuz-Schwestern verteilten in Blechgeschirren Tee, Blockwarte liefen planlos umher und suchten ihre Hausgemeinschaften, wer sich auskannte, versuchte Erste Hilfe zu leisten, versorgte Brandwunden und gebrochene Glieder.

Links von der Wiese war ein Weiher, auf dem einige Schwäne und Enten schwammen, zusammengefiedert in der Mitte des dunklen Wassers, in dem sich, so schien es mir, schwaches mildes Licht von oben spiegelte. Am Himmel sah man flache, schollenartige Wolken, die auf einem schwarzblauen Untergrund trieben, dazwischen irgendwo den sichligen Mond. Wie die sich nicht schließende Eisdecke eines dunklen Sees, dachte ich, der so tief ist, daß man nicht hineinsehen kann, ob sich darin etwas verbirgt, das den Mond zum Leuchten bringt. Ich weiß genau, daß ich mir inmitten des Durcheinanders solche Fragen stellte, die mich ablenkten und in eine seltsame, fast irreale Stimmung versetzten.

Währenddessen hatte mein Vater ein bißchen sauberes Wasser und Verbandsmull besorgt, um meine Augen zu spülen, doch dauerte es Wochen, bis die Entzündung ausheilte und ich wieder richtig sehen konnte. Früh am Morgen sind wir zum Bahnhof gelaufen, und am Nachmittag gelang es uns, in einem überfüllten Zug abzufahren, zu Verwandten in die Eifel, wo wir erst mal ein paar Wochen geblieben sind; meine Mutter, Katherina und ich, während mein Vater zurück nach Reims mußte. Ich glaube, der war ganz froh darüber, daß er wegkonnte.

Nach dem Krieg haben wir rasch eine neue Wohnung bekommen, weil mein Vater, als städtischer Angestellter, natürlich oben auf der entsprechenden Liste stand. Friedrich Ebert-Straße zwölf, ganz schön.

Stroux nickte. Der große Angriff. In der Hofeinfahrt hörte man Stimmen. Er hob die Schultern. Seine Werkstatt sei nicht getroffen worden, nur die Scheiben, mehr als einmal, seien rausgeflogen. Man habe ihn nicht gewollt, sagte er lachend. Miguel und die anderen traten ein. Pepe zog ein Kaninchen aus seiner Aktentasche und schwenkte es an den Hinterläufen durch die Luft. Es würde mal wieder conejo geben. Nachdem sie mit Stroux einen Schluck getrunken hatten, was ich ziemlich eklig fand, aus seiner Flasche, ordnete Miguel den Rückzug an. Ich trank den Kaffee aus und folgte ihnen, denn auf sie, das heißt auf Miguel, hatte ich gewartet.

Draußen an der Werkstattwand lehnten Fahrradrahmen, die Stroux von sonstwo, wahrscheinlich einem Alteisenhöker, bezog, längs des Zauns stapelten sich alte Autoreifen, von denen man nicht wußte, wem sie gehörten – als Miguel sie eines Tages verkaufte, hat sich keiner gemeldet, und unter den beiden Fenstern ihres Flügels lag schichtweise Kleinholz – Obstkisten und zersägte Paletten, das Jesus, der übrigens wirklich so hieß, zusätzlich verfeuerte. Ihm konnte es nie warm genug sein. Manchmal, wenn ich ihn neben dem Ofen hocken sah, habe ich gedacht, er wäre am liebsten hineingekrochen. Jesus kam aus der Nähe von Sevilla, während Pepe und Miguel beide von der Mancha kamen, wo es, wie sie versicherten, wenn sie Jesus aufzogen, im Winter auch sehr kalt wird, Wochen unter null.

Die drei gehörten zu den ersten, die damals anfingen, bei uns zu arbeiten, Pioniere sozusagen. Ihre Unterkunft, ich sage Unterkunft, weil man das rein äußerlich eigentlich nicht Wohnung nennen konnte, diesen Hofflügel da, war nur mit dem Notwendigsten ausgestattet, obwohl sich Miguel im Laufe der Zeit bemüht hat, sein Zimmer herzurichten; neu tapeziert, mit mir zusammen eine schöne Lampe, ein vernünftiges Bett und einen Teppich gekauft.

Unten war die Küche, der sich ein kleiner Raum anschloß, in dem Jesus wohnte, oben waren die Zimmer von Pepe und Miguel. Wenn ich Miguel besuchte, mußte ich erst durch Pepes Zimmer gehen, was lästig war, obwohl er sich, anständigerweise, immer nach unten verzogen hat. Über Nacht wäre ich nie geblieben. Miguels Zimmer besaß als einziges zwei Fenster, eins zum Hof, das andere zur Rückseite hinaus, wo, ruinas de guerra, außer Brennesseln und anderem Gestrüpp wilder Ginster wuchs, der im Frühjahr herrlich gelb blühte. Unter dem Fenster stand unser Bett mit einer Flickendecke, patchwork, die Miguel aus Spanien mitgebracht hatte und die ihm Glück bringen sollte – ein seltsamer Glaube, daß eine Decke Glück bringt, wie das Medaillon, das er an einem Goldkettchen um seinen Hals trug und dem ein Widderkopf eingeprägt war, sein Sternzeichen.

Die Küche war der größte und, wenn ich ehrlich bin, auch der behaglichste Raum ihres Hauses. Zwar stammten die meisten Teile der Einrichtung wahrscheinlich vom Sperrmüll oder aus einem Möbellager, aber die drei beseelten sie, wie soll ich sagen, durch die Art, wie sie mit ihnen umgingen, wie sie die Dinge gebrauchten; kein Stück schien hier überflüssig zu sein, jedes seine eigene Funktion und Nützlichkeit zu haben. Sie lebten einfach mit den Sachen, vielleicht triffts das.

Rechts stand ein alter Herd mit Bratröhre, der befeuert werden mußte – wozu man das Holz im übrigen auch brauchte, und an der anderen Wand ein langer Tisch, der eigentlich eine abgeschliffene Türe ohne Klinke war, die auf zwei selbstgezimmerten Böcken lag; eine Hälfte diente als Ablage für Geschirr, Besteck und Zeitungen. Darüber hing ein Regal, in dem außer Salz, Pfeffer, Mehl, Zucker, Kaffee,

Stopfzeug! Lebensmittel aufbewahrt wurden, die sie zweimal im Jahr aus Spanien mitbrachten, Kichererbsen, eingemachte Tomaten, Rosmarinzweige, zerstößelte Gewürze, Oregano und Salbei, Oliven im Glas, ein Henkeltopf mit frisch gesalzenen Kapern, ein zerbeulter Blechkanister Olivenöl, alles mögliche.

Mitten in der Küche war eine Luke, durch die man in den Kohlenkeller stieg, wo auch ein Moped ohne Reifen stand, das Jesus mit Stroux wieder in Gang setzen wollte; während meiner Zeit hat er allerdings keinen Handstreich daran getan.

Nachdem Pepe das Kaninchen im Spülstein abgewaschen hatte, briet er die Leber kurz an und aß sie gleich aus der Pfanne, was, wenn Miguel es sah, einen Wortwechsel hervorrief, er konnte das nicht leiden, mehr eine Frotzelei, die mit der augenzwinkernd erzählten Story endete, daß Pepe als Kind mal einem Huhn die Kehle durchgebissen habe und also von ihm alles zu befürchten sei. Pepe war schon verheiratet, seine Frau lebte im Haus seiner Eltern, und er wollte bleiben, bis er genug Geld zusammen hatte, um selber zu bauen. Keine Ahnung, was daraus geworden ist, jedenfalls sollte es ein Haus mit allen Schikanen werden, wie er nicht müde wurde, uns auszumalen.

Jesus saß lesend am Tisch und trank Cognac. Er war hager, eher dürr, und im Gegensatz zu Pepe und Miguel schweigsam, das heißt, er beteiligte sich selten am Gespräch der beiden, und seine Zurückhaltung mir gegenüber ist nie ganz gewichen. Bemerkenswert war die Art und Weise, wie er Zeitung las, nämlich Wort für Wort, wobei er leise seinen Mund mitbewegte und sein Zeigefinger die Zeilen entlangfuhr. Aus der Zeit zu schließen, die er für einen Artikel brauchte, glaube ich, daß Jesus gar nicht richtig lesen konnte, nicht flüssig, meine ich, sondern daß es ihn wirklich Mühe kostete, den Zusammenhang zu erfassen. Mehr ein Entzifferungsvorgang, obwohl, während Pepe und Miguel die Sportergebnisse überflogen, vielleicht noch die Schlagzeilen, er derjenige war, der sich für Politik interessierte.

Ich saß meist neben Miguel auf einem hochbeinigen Kanapee, das an der Längsseite des Tisches stand – nebenbei bemerkt, hat er in Gegenwart der anderen nie den Arm um mich gelegt, als wäre diese Geste kompromittierend gewesen, fragt sich nur für wen, Jesus las, Pepe kochte, wobei er beträchtliches Geschick an den Tag legte, das ich von einem Mann nicht erwartet hätte, damals. Als sei er Koch von Beruf.

An der Wand neben dem Regal hingen Familienfotos, drei, vier Stück mit Nadeln festgepinnt, die, wie üblich, bei entsprechenden Jubiläen und Feiern aufgenommen worden waren. Eins der Bilder zeigte die Familie von Jesus, die zum großen Teil aus Frauen bestand; es fiel auf, daß die Frauen eines bestimmten Alters in der Überzahl waren, und als ich Miguel danach fragte, sagte er mir, daß Jesus' Vater und einige Onkel oder Vettern während des Bürgerkriegs umgekommen seien, was für mich, die ich von diesem Krieg so gut wie nichts wußte, irgendwie unverständlich war, schwer nachzuvollziehen. Wohl besaß ich eine mehr als dunkle Erinnerung, aber wer gegen wen und warum, war mir nicht geläufig. Auch unsere Beteiligung – da gibts doch ein Lied, Adler der Lüfte oder wie das geht, hatte ich vergessen beziehungsweise, falls überhaupt, sie nicht mit einem bestimmten Land in Verbindung gebracht, sondern unter Kreuzzug oder Mittelalter abgelegt, als nichts Reelles aus diesem Jahrhundert sozusagen.

Außerdem dachte ich, wie die meisten wahrscheinlich, daß Spanien im Krieg auf der Seite Hitlers gekämpft hätte, zumal der Bruder meines Vaters, wenn er sonntags nachmittags Dönekens von der Ostfront erzählte, mein Gott, ist mir dessen Gerede auf den Wecker gefallen, wir im Kessel von Dermjansk und ich kriege Brechreiz, des öfteren spanische Soldaten erwähnte, die ihn gewaltig beeindruckt haben mußten. Blaue Jungs, blaue Kompanie, was weiß ich, denen er die abstrusesten Heldentaten andichtete. Richtig ist alleine, daß die beiden Länder im Zweiten Weltkrieg verbündet waren, von Diktatur zu Diktatur praktisch, zuvor aber die demokratische Regierung Spaniens von Franco gestürzt wurde, und zwar mit Hilfe deutscher Truppen. Was selbstredend kein Thema bei uns zu Hause war, obwohl ich meinen Vater an dieser Stelle in Schutz nehmen muß, weil er, mag er sonst gewesen sein, wie er will, ein ganz unkriegerischer Mann war, der immer abzuwiegeln versuchte, wenn mein Onkel, als würde er einem inneren Zwang gehorchen, von Rußland loslegte. Absolut übel, nervtötend.

Im Grunde habe ich durch Miguel erst erfahren, mir auch im Lexikon mal durchgelesen, wie die Fronten damals verlaufen sind; von alleine sprach er indessen nie darüber, man mußte ihm alles aus der Nase ziehen, auch die anderen schwiegen sich, wenigstens in meiner Gegenwart, über dieses Thema aus. Aber ich sagte ja schon, daß Miguel und Pepe politisch desinteressiert waren, was mich bei Miguel wirklich geärgert hat, weil sein Verhalten in dieser Beziehung an Ignoranz grenzte. Nur über Franco zogen sie gelegentlich her, Jesus und Miguel, bezeichneten ihn als Bastard oder Schwein, wobei Pepe, ich glaube, der fand den halb so schlimm, sich auffallend zurückhielt.

Miguel entkorkte eine Flasche Wein und füllte die Gläser. Mir meistens nichts, da ich wieder ins Geschäft mußte. Nach der Realschule verkaufte ich in einem Modehaus, das viele Einzelstücke führte und entsprechend exklusiv war. Und natürlich noch ist, für unsere Verhältnisse. Heute bin ich dort Prokuristin. Ich wurde von Kundinnen oft am Vormittag zu Anproben bestellt, ein Umstand, den ich zu Abstechern auf den Hof, zu Miguel, nutzte, was, da meine Verspätungen in einem vertretbaren Rahmen blieben, keiner je bemerkt hat. Allerdings mußte ich mich auf dem Rückweg gut durchlüften und Pfefferminz lutschen, was zum wenigsten am Wein lag, da ich keinen trank, oder wenn, nur einen kleinen Schluck. Genippt mal. Ich war nicht gewohnt zu trinken, beim Essen, Wein, den es bei uns zu Hause höchstens an Feiertagen gab, Weihnachten ein Glas Rhein-Hessen, Silvester vielleicht Sekt. Ich kann mich nicht erinnern, meinen Vater beschwipst erlebt zu haben, geschweige denn richtig besoffen, wie ein Fisch war der, außer einmal, als er sonntags vom Frühschoppen, wahrscheinlich hat er sonst stundenlang vor einem Bier gesessen, nach Hause kam und sich ins Bett legte.

Miguel, Pepe und Jesus tranken einiges, Jesus, der sicher auch sein Heimweh zuschüttete, Cognac, doch nie, das muß man sagen, über ein bestimmtes Maß hinaus. Pepe vertrug Mengen, nicht selten zog er schon beim Kochen eine halbe Flasche Wein weg, deren andere Hälfte in die Pfanne kam. An manchen Tagen schwamm das Kaninchen – als hätte es immer nur Kaninchen gegeben – regelrecht in Rotwein, Punsch mit Einlage, obwohl er, um das zu wiederholen, ein Fachmann am Herd war, wie gelernt. Rosmarin und Knoblauch verwendete Pepe reichlich, kaum ein Gericht, wo er nicht eine Zehe, einen Strunk reintat, ob es sich um Gemüse, Kartoffeln, Salat handelte, eine Zehe ist untertrieben, drei, vier, fünf, ausgenommen nur Süßspeisen, die er anfallsweise, wahrscheinlich wenn sein Fußballclub gewonnen hatte, zum Nachtisch anrührte.

Ich weiß nicht, ob Außenstehende nachvollziehen können, welche Wirkung, sicher gibt es ein besseres Wort, alles auf mich hatte, ich meine natürlich nicht Kaninchen in Rotwein, sondern diese Art zu leben, die sich von dem, was ich vor mir sah, so sehr unterschied. Dieser Enge, diesem Gehört-sich-nicht, Tut-man-nicht, einer, will ich mal sagen, mittelmäßigen Vernünftigkeit, der ich mich auf keinen Fall unterordnen wollte. Dagegen habe ich mich innerlich gesperrt, nicht bewußt, vielmehr aus einem Gefühl heraus, das sich durch meine Liebe zu Miguel verstärkte, möglicherweise auch erst entstanden ist, als wäre es geweckt worden. Trotz im Grunde genommen, Eigensinnigkeit, die mein Sohn, hörst du Stefan, nicht immer zu seinem Vorteil, geerbt hat.

Ich könnte mich noch heute aufregen, wenn ich an das Versteckspiel denke, das ich im Geschäft, zu Hause getrieben habe, aus Feigheit und falscher Rücksichtnahme, bis mein Zustand, beim besten Willen, sich nach außen nicht länger verheimlichen ließ. Eigentlich hatte ich erwartet, auf der Stelle gekündigt zu werden, doch Frau Overbeck, die damalige Inhaberin, zeigte unerwartet großes Entgegenkommen, hat mich quasi vor den anderen Verkäuferinnen, die sich das Maul zerrissen, in Schutz genommen, ich war völlig weg, mir von sich aus einen Satz Babywäsche geschenkt und mich später, ohne Aufhebens, wieder beschäftigt. Eine merkwürdige Frau, die einerseits sehr streng war, man durfte nur in dunklen Farben, Schwarz oder Nachtblau, bedienen, dezent geschminkt, nicht auffällig parfümiert, sich andererseits im Laden selbst zurückhielt, einem nicht dauernd dazwischenredete, machen Sie dies, machen Sie das, sondern im Hintergrund blieb, manchmal stundenlang in ihrem Büro. Etwas Unnahbares umwölkte sie, noch betont durch ihr Aussehen, verlebte Schönheit, die ein Gesicht mal jung, mal alt erscheinen läßt; von einem Moment zum andern sich aus einer fünfzigjährigen Frau in ein zwanzigjähriges Mädchen verwandeln kann und umgekehrt. Die dunklen Ringe unter ihren Augen, die Falten um ihren Mund wirkten nicht wie Zeichen von Alter, Krähenfüße, die man im Lauf der Zeit bekommt, sondern wie Verletzungen, die ein Unfall, eine seltsame Krankheit von einem Tag auf den anderen hervorgerufen hatte. Kaum, nie erzählte sie aus ihrem Leben, so eine penetrante Gewohnheit von Chefs, mir hats keiner an der Wiege gesungen, weshalb wir vermuteten, daß sie über ein Verhältnis zu dem Geschäft gekommen ist. Der reine Neid. Auch mir gegenüber, wenn wir zusammen auf eine Messe gefahren sind, verlor sie kein Sterbenswort, war sachlich wie sonst auch. Nur einmal, als Miguel mich von der Arbeit abholte und ich ihn ihr vorstellte, taute sie auf, bot uns Likör an, und als wir uns verabschiedeten, reichte sie ihm derart lasziv die Hand, daß ich gekocht habe. Miguel war dafür empfänglich, er besaß ein ausgeprägtes Gespür für Gesten und Blicke, das unter die Haut ging, sozusagen, weshalb man ihn leicht mißverstand, besonders hier, wo vieles eine andere Bedeutung hat, ein Blick eben nur ein Blick ist und nichts weiter.

Wenn das Essen fertig war, legte Jesus seine Zeitung weg und deckte den Tisch, während Miguel Brot schnitt, nachschenkte und ich Pepe zur Hand ging, ihm half aufzutragen

etwa. Die ersten Male, als ich sie besuchte, mußte ich am Tisch sitzenbleiben und wurde bedient, ob aus Gastfreundschaft oder Unsicherheit, was will die hier?, wer weiß. Später habe ich auch mal gekocht, sonntags, meinen Eltern vorgeschwindelt, ich sei mit einer Freundin unterwegs, für heutige Verhältnisse unglaublich, was ich mir als Zweiundzwanzigjährige gefallen ließ, doch Sauerbraten, rheinische Spezialität dachte ich, war nicht ihr Fall, obwohl sie nichts sagten. Ich habe das gemerkt, war ein wenig beleidigt – irgendwo ja borniert die Einstellung, wenngleich Sauerbraten zu Jesus paßte wie Schnee nach Afrika, mir aber nicht weiter zu Herzen genommen. Ich kann nämlich ganz gut kochen eigentlich. Das war in meiner Ehe wirklich kein Thema, darüber sind wir uns nicht in die Haare geraten.

Das letzte gerade klingt mißverständlich, da wir bis heute verheiratet sind, weder er noch ich in den ganzen Jahren die Scheidung eingereicht haben, was nicht unbedingt ein Zeichen von Vernunft ist, meinerseits. Doch anders als, freundlich ausgedrückt, stotternd wäre Miguel seinen Unterhaltszahlungen so oder so nicht nachgekommen. Außerdem weiß ich gar nicht, wo er sich im Augenblick befindet, ein ruheloser Mensch, den es nirgends lange hält. Seit unserer Trennung habe ich ihn, er meldet sich plötzlich, wie ein Phantom, vier, fünf Mal getroffen, was ich aber bis jetzt nie einem erzählt habe, auch dir nicht, weil es nichts zu erzählen gab.

Unsere allererste Begegnung, cuento verdadero, fand in einer Kirche statt, ulkigerweise, während eines Hochamts, das wir beide zufällig besuchten. Ich begleitete meinen Vater, der keinen Sonntag ausließ, uns in dieser Beziehung aber nicht unter Druck setzte, Miguel hingegen wollte seine Batterien aufladen, wie er es nannte, auf den Gedanken muß erst mal einer kommen, die Batterien eines Atheisten, wozu er sporadisch an einer Messe teilnahm, die für ihn Theater war, eine schöne Operette, allein schon wegen der Kostüme. Da ich nicht besonders gläubig bin, sprachen wir selten, im Grunde nie, über diese Dinge, Gott, Kirche und so weiter, aber wenn, wurde Miguel rabiat und regte sich über alles und jedes auf, als hätte er eine persönliche Rechnung zu begleichen. Total irrational.

Jedenfalls sah ich ihn links vor mir stehen, halb von einem Pfeiler verdeckt, die Hände in den Anzugtaschen. Nicht nur weil er fremd aussah, von seiner ganzen Haltung her gehörte er erkennbar nicht dazu. Als habe er gespürt, daß ich ihn beobachtete, drehte sich Miguel plötzlich um und guckte in meine Richtung, nicht links oder rechts, sondern genau in meine Augen, zu überraschend, um noch wegsehen zu können. Mir wurden die Knie weich. Ich weiß nicht, wie lange wir uns angestarrt haben, eine halbe Minute sicher, während deren ich das Gefühl bekam, um mich herum würde sich alles anfangen zu drehen; mein Gesicht brannte, und dann dachte ich, ich falle um. So ein Schwindel im ganzen Körper. Unbegreiflich, der Zustand.

Erst beim Rausgehen habe ich mich wieder getraut, nach ihm zu sehen, aber ich konnte ihn unter den ganzen Leuten nicht mehr entdecken. Außerdem hätte weder Miguel mich, in Begleitung meines Vaters und Katherinas, angesprochen noch ich ihn, oder wie auch immer. Einfach so.

In der darauffolgenden Zeit schien es mir manchmal, als würde er mir über den Weg laufen, auf der Straße, im Kaufhof, was jedoch alles Phantasie war, ein Wunsch, da ich ständig an ihn denken mußte; mich stundenlang darein versponnen habe, wie es wäre, ihn zu treffen.

An einem Samstagmittag ging ich über die Kirmes, alleine, was sonst nicht meine Art war. Eigentlich wollte ich nach Hause, nur einen kurzen Schlenker machen. Als ich vor einer Bude, keine Ahnung mehr, welche und warum, stehenblieb, vielleicht wegen eines Gedränges, tauchte Miguel plötzlich neben mir auf. Ich konnte nicht zurück. Mein Herz schlug bis in den Hals, so schlimm, daß ich glaubte, mein Kopf würde sich mit bewegen; zugleich bekam ich Atemnot, das Gefühl, zu ersticken. Miguel hob die Augenbrauen und lächelte. Und schwieg. Obwohl mein Mund wie ausgetrocknet war und ein Druck meine Kehle zuschnürte, muß ich etwas gesagt haben, denn Miguel faßte meinen Arm an und führte, schob mich auf den Rasen zwischen den Ständen. Von sich aus hätte er das nicht getan, dafür kenne ich ihn zu gut. Er reichte mir die Hand und nannte seinen Namen, als wären wir, ich weiß nicht, in der Tanzstunde gewesen. Greta Matenaar, antwortete ich, genauso formal. Miguel nickte. Schwieg. Was hätte er auch sagen sollen, er sprach kein Deutsch, ein paar Brocken nur, die er auf der Arbeit gelernt hatte. Ich bin zufällig hier, sagte ich, verlegen, wie ich war, Luft schnappend, ich muß bald nach Hause, und deutete in eine Richtung. Miguel drehte sich um, wohin mein Arm wies, weil er dachte, ich wollte ihm etwas zeigen. Als er mich ratlos ansah, habe ich gelacht. Er auch. Wir sind dann zusammen herumgegangen, einmal Autoselbstfahrer, einmal Riesenrad, abends schließlich brachte er mich an die Ecke, wo er sich per Handschlag wieder verabschiedete. Ein Spanier aus Sotuélamos in der Mancha, das hatte ich rausgekriegt, hierhergekommen, um Geld zu verdienen.

Darüber, wie es ist, verliebt zu sein, brauche ich mich

nicht auszulassen, Schlaflosigkeit, Gedankenflucht, das kennt jeder, mein Problem bestand darin, daß wir versäumt hatten, uns zu verabreden, keinen Termin ausgemacht hatten, wann beziehungsweise wo wir uns das nächste Mal treffen würden. Ich geriet in Panik, bin kreuz und quer durch die Stadt gerannt, über die Kirmes, völlig durcheinander, Bahnhof, Markt, habe sämtliche Cafés abgeklappert, was zu nichts führte, bis ich dann auf die Idee kam, mir muß alles egal gewesen sein, ihn am Werkstor abzupassen. Das hatte er erzählt, daran erinnerte ich mich, Nachtschicht bei Edelstahl. Als er mich sah, blieb er wie angewurzelt stehen, ich dachte, jetzt ist es aus, dann war er schon neben mir, nahm meine Hand und führte mich über die Straße, wo wir uns umarmt haben. Er stellte seine Tasche ab und zog mich an sich, ganz leicht, wie soll ich das beschreiben?, wie in einem Traum war es, wenn man seinen Körper spürt und zugleich nicht, ein schwebendes Gefühl, in dem man für immer bleiben will.

Von jenem Tag an waren wir ein Paar. Sooft es ging, versuchten wir, zusammenzusein, selbstverständlich, und daß ich vormittags häufig zu Anproben mußte, paßte ganz gut, denn Miguel, wie Pepe und Jesus, arbeitete damals nachts, weil es für Nachtarbeit einen Zuschlag von, glaube ich, zwanzig Prozent gab und für folgende Überstunden noch einmal das doppelte. Anschließend kochte Pepe, um eins legten sie sich schlafen. Ich war dann wieder im Geschäft.

Wenn Miguel abends Zeit hatte, sind wir ins Kino gegangen, an gemeinsamen freien Tagen haben wir uns oft von Stroux Räder geliehen, um irgendwohin zu fahren, wo uns niemand störte, in den Stadtwald oder ins Rheinbruch; in seinem Zimmer fühlte ich mich immer beobachtet, auch wenn Pepe sich dünn machte, oder schon weg war, diskreterweise, wenn ich kam.

Der erste, der etwas von unserer Beziehung ahnte, war Walter, ein Vetter, eine Art Vetter von mir – dessen Kindern ich später übrigens die Spielsachen von Stefan, Autos und so weiter, geschenkt habe, weiß Gott, warum. Mit ihm, Walter also, hatte ich bis dahin viel unternommen, Kino, Tanzen gehen, wozu ich keine Lust mehr hatte. Daß Walter sehr nett war, fast zu anständig – leider nur niemand, in den ich mich hätte verlieben können –, erleichterte mir nicht gerade das Erfinden von Ausreden, ich würde mich mit einer Schulfreundin treffen, mir sei unwohl, ich müßte zu einem Lehrgang der IHK. Da meine Eltern ihren zukünftigen Schwiegersohn in ihm sahen, Steuerberater von Beruf, er bei uns zu Hause praktisch aus und ein ging, blieb auch ihnen, obwohl Walter wirklich nichts sagte, nicht verborgen, daß mit mir etwas los war. Allgemeines Mißtrauen verbreitete sich, noch bevor jemand von Miguel wußte. Irgendwann fragte Walter, ob es wen anderes gäbe, und ich sagte ihm, was ich längst hätte tun sollen, daß ja, woraufhin Walter, verständlich, sich zurückzog. Er stellte seine Besuche ein. Meine Eltern nun, meine Mutter, fingen an rumzubohren, wozu sie kein Recht hatten, zum Teil auch, als wären wir verlobt gewesen, mir Vorwürfe zu machen, auf die ich entsprechend reagierte, kurz und gut, die Sache schaukelte sich hoch.

Ich bezweifle, ob Offenheit uns weitergeholfen hätte, etwa Miguel einfach mitzubringen und sie vor vollendete Tatsachen zu stellen: Den Mann werde ich heiraten, und damit basta, vergegenwärtige ich die Ausfälle, anders kann man das nicht bezeichnen, zu denen sich mein Vater vor allem hat hinreißen lassen, als ich ihnen die Wahrheit sagte. Ich war wie betäubt, unendlich verletzt und enttäuscht. Heute frage ich mich, was die sich eigentlich gedacht haben, falls sie überhaupt was gedacht haben. Sie könnten mich kleinkriegen vielleicht? Wir würden uns trennen, weil ihnen die Nase von wem nicht gefiel? Den sie nicht einmal kannten? Wie es eben so geht, bewirkte alles das genaue Gegenteil, zeitweise habe ich sie richtig gehaßt, ihnen den Tod auf den Leib gewünscht, worüber ich selber erschrocken bin, wenn ich mich dabei ertappte. Nur Walter, obwohl er derjenige war, den es unmittelbar betraf, hat sich tadellos verhalten, kann man nicht anders sagen, sehr korrekt, bis heute.

Beim Essen, falls ich bei den dreien zum Essen blieb, wurde über dies und das gesprochen, Arbeit, Wetter, Geld, Spanien, Deutschland, worin sich die Länder unterscheiden, Familie, ein Thema, zu dem ich wenig beizusteuern hatte, Alltäglichkeiten im großen und ganzen, etwa, wie Kaninchen zubereitet werden muß, worüber es unterschiedliche Ansichten gab; da aber ausschließlich Pepe kochte, war sein Rezept das einzige, das ich kennenlernte. Sofern er mal eine Sauce machte, verwendete er das mit Essig verdünnte Blut des Tieres, was mir, bin ich ehrlich, Beschwerden verursachte. Man schmeckte das nicht, aber ich durfte nicht hingucken, sonst hätte ich keinen Bissen runtergekriegt. Zudem fragte man möglichst nicht nach der Herkunft der Kaninchen, weil mehr als eins eigenhändig gefangen war, wie Jesus bestätigte, Miguel abstritt, auf der Freifläche des Röhrenlagers, wo sie zu Dutzenden herumliefen.

Obwohl Pepe gut kochte, wie gesagt, hatte er eine Unsitte, die sich jedem Einfluß entzog, selbst Anweisungen Miguels, eben die überreiche bis maßlose Verwendung von Knoblauch. Zwar darf man sich das nicht so vorstellen, daß ich ständig da gegessen hätte, ich kam mal um zehn, elf, oder zwölf, nicht jeden Tag, aber wenn, gleichgültig, was es gab, mußte ich die Zehen überall rauspulen, um nachher keine Fahne zu haben, die gegen Pullmoll oder Hustelinchen resistent gewesen wäre. Heute, wenn eine meiner Verkäuferinnen mit einer Knoblauchfahne zur Arbeit käme, würde ich ihr selbst Bescheid sagen, das geht nicht anders. Ist aber keinem je aufgefallen, ebenso wie meine Besuche auf dem Hof, die sich zuweilen auf ein bis zwei Stunden ausdehnten. Seltsam eigentlich.

Manchmal redeten wir davon, was aus uns werden würde, denn im Grunde betrachteten wir unsere Lage als vorübergehend, für junge Leute, ich war zweiundzwanzig, Miguel vierundzwanzig, Pepe dreißig, Jesus, er weiß es nicht, sagte Miguel, steht im Paß, Ende Zwanzig, sicher normal, zu glauben, alles nähme die Wendung, die man sich erträumt. Für Pepe war die Sache einfach, er sparte auf sein Haus, ich sah unser Leben, Miguel und meins, in Zuckerfarben, nicht sehr realistisch, während Jesus, fragte man ihn, einsilbig antwortete, er habe nichts Besonderes vor, er denke nicht darüber nach, und Miguel Witzchen machte beziehungsweise sich nicht festlegte, selbst wenn wir alleine waren, ausweichend reagierte, als würde man ihm mit Fragen nach der Zukunft auf den Schlips treten. Ich merkte, wie unwohl er sich dabei fühlte, als verlange man etwas schier Unmögliches. Ich dachte, wenn wir erst ein Kind haben und zusammenleben, ändere sich das und er werde ausgeglichener sein. Bis heute bin ich nicht dahintergestiegen, woher eigentlich diese Unbeständigkeit kommt, die ihn von da nach dort und wieder zurück treibt; dauernd woandershin, wie so ein Ahasver, der durch die Weltgeschichte irrt. Kann ich nicht klug draus werden.

Als ich schwanger wurde, was über kurz oder lang in jedem Fall passiert wäre, stellte sich das Problem, eine Wohnung zu finden, die Rennerei von Amt zu Amt, von wo dann der letzte Anstoß kam, endlich zu heiraten. Für eine ledige Mutter mit Freund, ein lediges Paar mit Kind sah es ziemlich trübe aus damals. Außerdem wollte ich heiraten, das gehörte für mich dazu. Unsere Trauzeugen waren Pepe, José Vasquez und von mir eine Freundin, Waltraud Goeben, ich im siebten Monat.

Durch Waltraud erfuhr Walter von unseren Schwierigkeiten und über sein Büro, das unter anderem für Baugesellschaften tätig war, bekamen wir schließlich eine Drei-Zimmer-Wohnung, in der ich lange gelebt habe. Pepe ist bald nach Stuttgart gegangen, zu Mercedes glaube ich, Jesus zurück nach Spanien; von beiden habe ich seitdem nichts mehr gehört.

Nicht regelmäßig, aber wenn es sich ergab oder ich mal in der Nähe war, besuchte ich Stroux in seiner Werkstatt. Der Flügel stand mittlerweile leer, so daß er nun der einzige Bewohner des Hofes war. Er arbeitete an seinen Fahrrädern, wie ich ihn kannte, Coronas schmökend, Korn dazu, doch wurde er mit der Zeit immer hinfälliger. Manchmal hatte ich den Eindruck, er würde Selbstgespräche führen und nicht mehr mitkriegen, wer ich sei, die Frau von Miguel, den Stroux erwähnte, im Zusammenhang mit den beiden anderen, den Spanischen, als handele es sich um Gestalten der Vorzeit, graue Vorzeit, wie er früher immer gesagt hatte, an die er sich erinnerte wie an seinen Vater oder seine Geschwister. Irgendwo im Nebel seines Lebens, gestern, vor fünfzig Jahren. Wenn Miguel mich begleitete, begrüßte er ihn halb wie einen alten Bekannten, halb mußte ich erklären, daß es Miguel war, der gegenüber gewohnt hatte, woraufhin Stroux ihn ansah, fixierte ist richtig, bis ihm der Zusammenhang endlich wieder einfiel. Hinterher tippte Miguel an seine Stirn und sagte, der Alte habe den Verstand verloren, decrépito, und gehöre in Pflege. Klingt brutal, andererseits hatte er recht. Was sollte man machen?

Unser Zusammenleben wurde peu à peu schwieriger. Wenn Miguel mit verschränkten Armen durch die Wohnung lief, schien es mir, als suche er etwas, von dem er selbst nicht wußte, was es ist. Hätte er gesagt, er wolle zurück nach Spanien, den Beruf wechseln, meinetwegen uns verlassen, hätte ich ihn vielleicht verstehen können, mit ihm reden, doch handelte es sich, würde ich annehmen, um eine Art Hirngespinst, das nicht zu fassen war. Je mehr ich versuchte, in ihn zu dringen, ein Gespräch zu führen, desto verschlossener wurde er. Auch in Sotuélamos, wohin wir einen Sommer fuhren, verbesserte sich nichts an seinem Zustand, er tigerte da herum wie auf der falschen Hochzeit. Weil ich niemand bin, der sich alles gefallen läßt, gerieten wir in Streit, ich stellte berechtigte Fragen, denen sich Miguel ein ums andere Mal entzog, was mich in Rage brachte. Mir dagegen warf er vor, kein Verständnis für ihn zu haben, und so weiter und so fort, bis wir den Punkt erreichten, wo man sich trennt, weil es scheinbar nicht mehr weitergeht. Er zog aus, nach einer Versöhnung wieder ein, dann war endgültig Schluß, er verschwand, und ich mußte zusehen, wie ich alleine klarkomme; Kind, Wohnung, Arbeit, was mich von morgens bis abends beschäftigte, so daß zum Nachdenken keine Zeit mehr blieb. Wahrscheinlich das beste, um nicht zu grübeln, wenn man zu tun hat.

Als ich den alten Stroux, nach diesem ganzen Chaos, wieder einmal besuchte, lag er im Bett und erkannte mich nicht mehr. Er hielt mich für seine Frau, glaube ich. Jedenfalls redete er mich mit einem unbekannten Namen an, während sein Blick durch mich hindurchging. Er fragte, ob der Saal fertig sei, am nächsten Tag würden Gäste kommen. Ja, antwortete ich, alles in Ordnung. Dann murmelte er ein paar Zahlen, als rechne er, schüttelte den Kopf und begann erneut, seine Finger zu Hilfe nehmend. Ich saß neben dem Bett und sprach beruhigend auf ihn ein, bezweifle aber, ob er mich überhaupt gehört hat. Nach einiger Zeit drehte Stroux sich zur Seite und begrüßte jemanden, der gar nicht da war. Als er anfing, sich mit ihm zu unterhalten, bin ich gegangen, in die Küche, wo einer seiner Söhne saß, der ihn zusammen mit seiner Frau betreute. Stroux hatte sich geweigert, erzählte er mir, handgreiflich gewehrt, als sie ihn ins Krankenhaus bringen wollten. Dreiundsechzig war das, im Frühjahr. Ich stand dann einige Minuten noch im Hof und habe eine Zigarette geraucht, während er, ich hatte ihn mitgenommen, auf seinem Fahrrädchen Runden drehte, Stefan,

III

1 der liegenblieb, sich schlafend stellte, als Evelin frühmorgens aufstand, ihre Frage nach Kaffee oder Tee nicht beantwortete, sondern sich die Decke über den Kopf zog. Sein Atem hüllte ihn warm ein, vermischte sich mit dem Geruch ihres Körpers, der in den Laken steckte, und während er die Beine anwinkelte, bis seine Knie die Brust berührten, durchströmte ihn ein Gefühl der Schwermut, die Vorstellung, allein und verlassen auf der Welt zu sein, ein einsames Tier in der Höhle seines Winterschlafs oder ein Troglodyt, der im Schein des Feuers in einer Felsennische kauert und einfache rußige Aufrisse von Tieren und Pflanzen betrachtet.

Nach einiger Zeit schlug Stefan die Decke zurück und verschränkte die Arme hinter dem Kopf. Aus der Küche kamen Geräusche, der helle Ton aneinanderstoßenden Geschirrs; sie bereitete sich eine Thermoskanne für die Arbeit, dann fönte sie im Bad ihre Haare. Stefan schloß die Augen. Er war nervös, aber die Zigaretten lagen in der Küche, und er müßte warten, bis sie gegangen wäre. Wahrscheinlich erst kurz nach sieben. Er drehte sich auf die Seite und sah aus dem Fenster. Wie ein mit Zirkel und Lineal auf den grauenden Himmel geworfenes Muster zeichnete sich der Gasspeicher mit seinen roten Lichterketten über den Dächern ab.

Aus dem Hofschacht tönte leise Radiomusik. Man könnte so liegenbleiben bis zum Abend, den Blick unentwegt nach draußen auf die Antennen gerichtet, die rostbraunen Schindeln, die vorüberziehenden Wolken, jene geschlossene perlgraue Fläche, die nur an einer Stelle dampfig zerfaserte, sich langsam öffnete und helleres Licht und andere Farben durchließ, mattverwaschenes Blau, einen Hauch Gelb.

Die Eingangstüre fiel ins Schloß. Er zählte dem Ticken des Weckers nach, als könne er so die Zeit verlangsamen, sie dehnen oder ihr die gerade Richtung nehmen. Noch eine Minute liegenbleiben, dann noch eine, und vergessen, wo man ist und was alles zu tun ist. Was man sich vorgenommen hat. Schließlich gab er sich einen Ruck und stand auf. In der Küche klickte die Kaffeemaschine. Eine Glasschale mit Butter stand auf dem Tisch und eine halbgeleerte Tasse, die Zigaretten lagen auf der Fensterbank (hat sie die dahin gelegt?) neben dem Aschenbecher, der eines ihrer Andenken von irgendwo war, eine wie künstlich gemaserte Muschel, die bei jedem Stummel, den man ausdrückte, den Stand verlor und kippte. Völlig unpraktisch, genau wie der gesprungene Suppenteller, auf dessen Rand Märchenfiguren zu einer Prozession gereiht waren. Zu nichts mehr zu gebrauchen.

Martinez zündete sich eine Zigarette an und rieb mit der Faust einen Kranz auf die kühl beschlagene Scheibe. In seinem Blick, der der Bewegung folgte und kreisend über die Dächer strich, schien der mächtige Speicher seine Schwere zu verlieren, verwandelte sich für Momente in ein schwankendes, wie im Museum aus Draht geflochtenes Gebilde, das ein Motor im Innern antreibt. Diese phantastischen Maschinen da, klappern und eiern auf Knopfdruck. Ist das ganze Viertel weg, wenn der explodiert. Im Krieg zum Beispiel.

Oder kann das Gas nicht explodieren? Spezielle Mischung. Oder ist der leer? Unterirdische Röhren heutzutage. Aus Sibirien. Sein Atem vertropfte auf dem blank gewischten Glas. Er ging rauchend zum Tisch und goß Kaffee nach, in dem die schon abgestandene Milch schlierig ihre Bahnen zog. Vor der Tasse lag ein mit Evelins Schrift bedecktes Blatt Papier, auf dem eine Spur Asche zu seinem Namen wies:

Lieber Stefan, manchmal, ich hoffe, noch nicht zu oft, verstehe ich Dich nicht. Von einem Augenblick zum anderen erscheinst Du mir wie ausgewechselt, wie ein anderer Mensch, ohne daß ich einen Grund dafür erkennen könnte. Erst hat es mich erstaunt, mittlerweile verletzt es mich. Es ist merkwürdig, aber Deine ›Launen‹ (vielleicht nimmst Du sie gar nicht wahr) beschäftigen mich mehr, als ich will und mir lieb ist. Hast Du kein Vertrauen zu mir? Du mußt mir nichts erklären, aber wenn wir zusammenleben wollen, wie schon in der letzten Zeit, wenn wir das wirklich wollen, müssen wir lernen, soviel Rücksicht aufeinander zu nehmen, wie nötig ist, um die Achtung voreinander zu bewahren. Klingt wahrscheinlich etwas verdreht, aber das habe ich gerade gedacht, hier am Tisch, mein Lieber. Ich werde heute länger arbeiten, hinterlaß bitte eine Nachricht, wo Du zu erreichen bist, ich würde mich gerne mit Dir unterhalten, wenn Du willst. Evelin.

Stefan faltete das Papier und begann gedankenverloren, einen Segler zu basteln. Was habe ich denn getan? Nichts. Ihr habe ich gar nichts getan. Nicht mal eine andere Frau angeguckt. Rein überhaupt nichts. Soll ich mich auf den Kopf stellen? Sind nicht meine Schuld, die anderen Sachen. Alles, was passiert ist, klären wir auf. Der Reihe nach. Alpha und Beta und Gamma. Eine Ordnung. Er öffnete das Fenster und atmete die kalte, dunstige Luft. Feine Tropfen wehten durch den Hof, fast ohne Gewicht trieben sie zwischen den Häusern. Im zweiten Stock gegenüber brannte Licht, und in der Küche sah man einen Mann, der Holz sägte. Mit einem Fuchsschwanz teilte er zwischen zwei Stühlen liegende, kurze schwere Balken, Bauholz, das er, wahrscheinlich, auf einem nächtlichen Raubzug schwitzend und dampfend davongetragen hatte. Genau wie Edmund Cölln, der, wenn er getrunken hatte, die Baustellen auf dem Nachhauseweg plünderte und mitschleppte, was nicht niet- und nagelfest war. Holzschwellen, Ziegelsteine, lange wippende Rohre aus schwarzem Kunststoff, Werkzeug, Katzenaugen, rot-weiße Gummikegel. Manchmal riß er auch halbe Plakatwände herunter, die er verfeuerte. Die anderen Sachen trug er in der Dunkelheit wieder hinaus, legte sie in den Rinnstein oder schmiß sie über den Drahtzaun auf das Trümmergrundstück in der Riemannstraße. Einmal gesehen: Die Brille auf der Nasenspitze, die Knie unter der Last leicht gebeugt, so daß der Mantel, in dessen weiten aufgesteppten Taschen abgeknickte Autoantennen oder Mercedessterne klimpern, fast übers nasse Pflaster schleift, schwankte Edmund mit dem wertlosen Zeugs auf den Schultern nach Hause. Besoffen natürlich. Ist mein Hunger, sagt er, manchmal muß ich diesen Hunger stillen, sonst würde ich verrückt. Heute ist er auch im Esplanade. Gestern und heute und morgen sind seine Tage, immer drei hintereinander. Dann vier Tage frei, um zu schreiben. So macht er das. Mit ihm ein Bier im Vorführraum trinken.

Der Mann auf der anderen Seite hielt ein und wischte sich

Schweiß von der Stirn. Zwischen den Stühlen lag ein Haufen zersägten Holzes, das er mit dem Fuß Richtung Fenster schob; er schien eine ganze Schubkarre geklaut zu haben. Stefan hob die Hand und warf den Papierflieger mit leichtem Schwung nach draußen gegen den trüben Himmel, die Dächer, den Speicher. Ein Windstoß gab ihm Auftrieb, ein Ruck nach oben und noch einer, dann knickte seine Spitze trudelnd ins Leere, bis er sich wieder fing und in einer langen ruhigen Schleife zwischen den Flügeln der Häuser verschwand, auf die Brandmauer zu, den Kinderspielplatz. Stefan schmiß die Kippe hinterher und schloß das Fenster.

Im Bad stand er lange vor dem ovalen Spiegel, der, in einen mattgoldenen Holzrahmen gefaßt, auf apfelsinenfarbenen Fliesen hing. Irgendwie noch beige marmoriert die Dinger. Wahrscheinlich ein Sonderposten vom Müll, das Teuerste, was die Hausverwaltung kriegen konnte. An der Decke brannte eine Glühbirne, deren Licht den schmalen, von der Küche durch eine Rigipswand abgetrennten Raum grell ausleuchtete. Wie im Seziersaal. Die beiden Falten um seinen Mund gruben sich tief in die Haut. Sie hält das aus. Will Studien treiben. Er rasierte sich, duschte heiß, dann kalt, zog Evelins weißen Frotteebademantel an und ging durch die Wohnung. Acht Uhr, halb neun.

Mahlmann war schon auf dem Weg, seit einer dreiviertel Stunde, hatte seinen Mantel zugeschlagen und mit einem sorgfältigen Blick kontrolliert, daß kein Fleck auf den Schößen war, was immer passieren konnte, obwohl er als erster die Kabinen aufgesucht hatte; in jenem zweigeschossigen Ruinenfüller aus den fünfziger Jahren, Ecke Potsdamer Straße, der genau auf halber Strecke zum Büro lag. Die Schaufenster im Parterre waren schwarz verklebt, über ihnen blinkte ein Lichtband aus Dreiecken, rot-blau-gelb, die von links und rechts auf den Eingang zuliefen. Auf dem flachen Dach stelzten Neonbuchstaben: Sex-Paradies, die genau wie die Dreiecke auch tagsüber leuchteten, schon im graublauen Dunst des Novembermorgens ihre bunten Reflexe über die Autos, Glas und Blech vor der Ampel streuten.

Es muß sein, hatte Mahlmann gedacht, und außerdem Zeit genug, erst Viertel neun, der alte Mann hinter der Kasse würde, ohne aufzusehen, den Schein in Münzen wechseln, die Kabinen wären noch sauber und unbefleckt mit Sagrotangeruch zwischen ihren dünnen Holzwänden und frischen Kleenex-Rollen neben den Plastiksitzen. Man legte einfach die Zwei- und Fünfmarkstücke auf den polierten, silbrig glänzenden Münzspeicher, öffnete Mantel und Hose und lehnte sich zurück, ohne durch Geräusche von nebenan gestört zu werden. Der filzige Windfang der Türe hatte sich nach draußen gebauscht, als wollte er ihn einladen einzutreten, ein Faden Discomusik war hinausgeweht, für Sekunden ein stampfender Takt, der durch den Laden bebte und sich kribbelnd in Mahlmanns Wirbelsäule fortsetzte. Zögernd blieb er inmitten der Leute stehen, die noch über die Straße wollten, dann, nachdem die Ampel umgesprungen war, schob er sich durch die Wartenden auf die Türe zu, über der die Dreiecke zu einer flimmernden Raute verschmolzen, um wieder nach rechts und links an die Enden des Lichtbandes zurückzuspringen.

Unmittelbar hinter dem Windfang stieß man auf Regale voller Hochglanzheftchen (mit Kordeln angebunden) und indirekt beleuchtete Schaukästen mit Penisringen aus Metall, künstlichen Vaginas und Silikondildos, genoppt und glatt, elektrisch zu betreiben oder nicht. Rotgelbes Licht fiel von der Decke über Mahlmanns jagdgrünen Gabardine-Mantel, den dunklen Anzug mit Weste, die beide Jutta für ihn ausgesucht hatte, Ton in Ton.

– Wenn die nächsten ooch alle mim Pfund komm, muß ick nomma zur Bank, murrte der Alte hinter der Kasse, als Mahlmann den Zwanzigmarkschein hinlegte, doch dann knackte er eine Rolle und zählte das Silbergeld auf der Tischplatte vor. Am Rand stand eine Kaffeetasse, daneben lag ein in Fettpapier geschlagenes Brot. Mit gichtigen Fingern strich er den Schein glatt und steckte ihn in die Kasse, auf deren Tasten statt Zahlen die Bezeichnungen der Artikel standen: Color Climax, Schoolgirls, Anal Love, Cunt special, VHS 60, VHS 90, Super Sex.

Mahlmann betrat eine Kabine, klaubte die eingewechselten Münzen aus der Tasche und deponierte sie auf der Ablage. Erst mal bequem hinsetzen und die Programme durchchecken. Er klinkte ein Zweimarkstück in den Schlitz und drückte den Schnelldurchlauf (weil sich die Filme in einem ewigen Kreislauf befanden, die Handlung sich fortsetzte, auch wenn sie nicht gewählt war, sah man die Akteure in einer unerbittlichen Zeitmaschine gefangen: Eben erst betreten sie ein Hotelzimmer, schon spritzt Sperma über das Gesicht der Frau, dann betreten sie wieder das Hotelzimmer). Das Kribbeln in Mahlmanns Rücken verwandelte sich in einen leichten Schmerz, ein Ziehen, das nicht unangenehm war. Nie bei Jutta, dieses Stechen am Ischias, das sich wie ein Bündel abgestumpfter Nadeln um die Hüften vortastete.

– Fick mich, du Sau, tönte krächzend eine Stimme aus dem unter der plastikgepolsterten Bank versteckten Lautsprecher, während eine Frau breitbeinig auf einem Tisch kniete und ihre Scham rieb, an die die Kamera langsam heranzoomte, bis der schräggestellte Spiegel oben an der Türe, aus dem die Bilder in Mahlmanns Gesicht strahlten, ganz von der langgezogenen rostbraunen Öffnung des Fleisches ausgefüllt war, um die sich Haare kräuselten, in der lackierte Finger rieben und sie spreizten. Er tackerte sich mit der Dreieckstaste in die nächsten Programme, zu einer ménage à trois auf einer Campingliege, einer weißbelegten Zunge, die ein krampfadriges halbsteifes Glied leckte, lila geschminkten, weit geöffneten Lippen, zwischen die eine milchige Flüssigkeit pulsierend spritzte. Ist nichts, nicht der Kanal für heute morgen.

Mahlmann zerrte sein Hemd aus der Hose, öffnete die unteren Knöpfe und faltete die Zipfel zur Seite, als bereite er eine Operation vor; der heruntergezogene Reißverschluß und das aufgeknöpfte Hemd legten ein Trapez krisselig behaarter Haut frei, aus dessen Mitte sein Glied hochragte. Er spießte es durch ein Papiertaschentuch, das er am Ansatz sorgfältig glattstrich. Nur nicht schlaff werden jetzt, er rieb kräftig, das muß weg, wie Wasser, nicht, das sich angestaut hat, so besser, auf die Sachen da konzentrieren. Erst mal was finden hier. Geht gar nicht aus dem Kopf, Jutta, wie sie am Tisch sitzt und einen Vortrag über Krustengetier hält. September Oktober November. Das Gelaber von ihr.

Auf Knopfdruck sprang ein Wasserbett ins Bild, über das eine Gummidecke gebreitet war, auf der sich eine Frau hin- und herdrehte. Ihr Körper war mit einer glänzenden Creme eingefettet, die das Licht nicht sichtbarer Scheinwerfer fleckweise spiegelte. Sie hatte den Kopf weit in den Nacken gebogen, so daß sie einem sich bewegenden Torso aus synthetischem Material ähnlich war. Kein Torso, nein, da sind auch Arme und Hände, denen von außerhalb eine Salatgurke gereicht wird. Giftig flimmernde Farben im Rechteck an der Türe, Rot, Blaßrosa und Grün. Mal abwarten, ob sie sich das Ding reinschiebt.

Der kopflose glänzende Körper winkelte seine Beine an, während seine Finger die Frucht masturbierten, an ihr auf und ab rieben und die Lautsprecherstimme sagte: Das brauche ich jetzt, ah, bin ich geil, was sich mit anderen Geräuschen vermischte, den Tönen des Verkehrs draußen, dem Summen des Videorecorders, dem gepreßten Atem Mahlmanns. Dann verschwand die Gurke im Körper, wurde hektisch, fast gewaltsam in die Öffnung gedrückt, die elastisch das übergroße Objekt aufnahm. Ist anatomisch möglich, geht ja auch der Kopf durch. Unnatürlich, wie sich das in den Unterleib bohrt, muß doch schmerzen, aber andererseits die Sache mit dem Esel letztens. Und die Orgie, wo sie ein Pferd melken. Weg damit.

Mahlmann drückte auf das nach oben gerichtete Dreieck, sah einen tätowierten Unterarm, der sich in ein männliches Arschloch schraubte, weiter weiter, sich auflösende Großaufnahmen von Mündern, Fingern, Vulven, Phalli, Fleisch. Nie mehr zum ›Bamberger Reiter‹. Sauvignon. Ja, da trinkt man nur Sauvignon dazu, und kennste dies und kennste das. Von dem hätte ich auch gerne ein Bild, aber die kann man heute nicht mehr bezahlen. Vor zehn Jahren ein Näschen dafür, o ja, das isses, tack, schießt das Blut pulsierend ein, das läuft jetzt ab, rot und zuckend, eine geile Schlampe: eine Frau mit einer Tina-Turner-Perücke massierte das Skrotum eines Mannes, der sie beobachtend auf einem Schreibtisch saß: Wenn du so weitermachst, dann können wir über einen Vertrag reden, so was wie du fehlt gerade noch. Künstliche lange Fingernägel, die Hautnaht seiner Hoden ritzend.

Absolut professionell. Mahlmann beugte sich vor und warf fünf Mark in den Automaten, dessen Leuchtanzeige kurz flakkerte, um dann unerbittlich abzulaufen: 7:00, 6:59, 6:58 … Er spuckte in seine Handfläche und schloß sie fest um die Eichel. Die Rauten der Gewölbetonne, die Turnhalle, alles Routine im Prinzip. Der Mann rückte an die Schreibtischkante, die Tina-Turner-Perücke kniete sich vor ihn.

Tschakatak, tschakatak bebte die mit einem Mal aufgedrehte Discomusik durch die Gänge, stülpte den Raum nach innen, während die Körper der beiden aneinanderklatschten, zu hell ausgeleuchtet, in Nahaufnahme, Präparationsschnitte, die sich bewegen. Schwapp, schwapp rieb Mahlmann sein Glied, während Tina Turner mit in der Luft zappelnden Beinen auf dem Schreibtisch lag und der Mann wieder und wieder, ohne Variation der Stellung oder der Geschwindigkeit, in ihr aufgerissenes Fleisch stieß. Ich machs dir jeden Tag, ächzte er, und sie: Ja, so ist schön, fester.

Mahlmann zupfte das Papiertaschentuch zurecht. 3:42, 3:41, 3:40 … Vom Eingang hörte man Stimmen, Schritte an der Kabine vorbei, dann fiel eine Tür ins Schloß. Der zweite. Der Sitz begann zu vibrieren. Die Frau masturbierte den Mann, sein Glied vor ihrem offenen Mund, worein das Sperma spritzen sollte. Gleich bin ich soweit, tschwapp, tschwapp, er zog das Taschentuch um sein Glied hoch und schlug seine Spitze wie ein Praliné ein, klebrig, dann schoß es weiß heraus auf ihren Mund, auf die Zunge, in langen schlierigen Fäden über ihre Haare. Tschakatak, tschakatak, love to love you baby, den Schwanz wie einen Schlauch zwischen ihren Fingern, leckte sie klare Tropfen aus seiner Öffnung, während Mahlmann das eingerissene, pappende Zellpapier von seinem Glied ablöste und sich dann mit einem anderen Taschentuch reinigte. Glencheck – Kostüm, Laura Ashley – Tuch um die Schultern geknotet, dessen Fransen wie Kammzacken, farblos lackierte Nägel. Der Film endete in einer bunten elektronischen Explosion, die zum Namen des Studios zusammenschmolz, dann begann die Geschichte von vorne: Die Frau mit der Tina-Turner-Perücke kam in das Büro des Mannes und überreichte ihm ihr Bewerbungsschreiben. 0:59, 0:58, 0:57 … Mahlmann knöpfte sein Hemd zu, stopfte es in die Hose, schloß den Reißverschluß. Er untersuchte sorgfältig den Mantel auf Spritzer, aber es war nichts zu sehen, obwohl er auf der Straße noch einmal kontrollieren würde.

Der Verkehr rauschte an ihm vorbei, durch den Filzvorhang unter dem rautenförmigen Treffpunkt der Neondreiecke drangen Takte der Musik nach draußen, eine Sirene (Polizei? Feuerwehr?) heulte.

Während er langsam auf die Taxen an der Ecke zuging, versuchte er ein Stück der Handlung, ein ganzes Bild aus den vergrößerten Einzelheiten zusammenzusetzen, die durch seinen Kopf schwirrten. Der Schreibtisch, die Perücke der Frau, ihr spermabespritztes Gesicht, aber es blieben nur Bruchstükke, die sich nicht fügten. So war es gut.

– Savignyplatz, sagte Mahlmann, und fiel auf die Rückbank.

– Stört Sie das Radio? fragte der Fahrer.

Mahlmann schüttelte den Kopf. Stört mich nicht, interessiert mich nicht. Die Stimme des Sprechers war hinten kaum zu hören. Vor dem vergoldeten Eingangsgitter des KaDeWe stand schon eine Touristengruppe, an den Imbißbuden auf dem Wittenbergplatz wurden die Rolläden hochgezogen. Als allererstes die Decke der Turnhalle revidieren, dann mit der Holzfirma telefonieren, Dampf machen, dann zur Baustelle. Denen ins Gewissen reden. Gummistiefel. Mal sehen, ob Stefan die Stützmomente schon gerechnet hat. Die Daten eingegeben. Lernt er schnell, Hellers Idee, auch das mit dem Studium. Ganz vernünftig. Ist zuviel für mich alleine. Bloß daß er immer so tut, als wüßte er was, das er nicht erzählen darf. Kann. Will sich vielleicht wichtig machen, wie Ivan, der Arsch, mit seinen komplizierten Entwürfen. Ein Verrückter, wahrscheinlich denkt der auch im Bett an nichts anderes. Solo im Augenblick, sonst wäre er zu dem Fest (zehn Jahre Bürogemeinschaft) nicht allein gekommen. Martinez in Begleitung, schleppt seine Freundin gleich an: ganz schöne Frau, aber irgendwie. Vornehm reserviert. Unverbindlich nett. Was geht mich das an? Ihre Augen, ja, das ist es. Wie sieht Jutta noch mal aus? Nicht schlecht, die Figur. Obenrum. Hält sich straff. Liegt in der Familie. Ihre Mutter aufrecht wie ein Brett trotz dem Alter. Reiß dich am Riemen, Mädchen. Ihr Bruder schwul wie die Nacht. Japanologe. Hauptsache, möglichst weit weg. Am besten ein anderer Kontinent. Martinez Spanier. Sein Vater, hat er erzählt. Wahrscheinlich Gastarbeiter. Auch nicht einfach, in der Schule, die Vorurteile. Belastet ein Kind in seiner Entwicklung. Aber keine Probleme mit ihm, merkt man nicht. Nur das Zuspätkommen, das muß er sich abgewöhnen, demnächst. Der Tag fängt vor halb zwölf an.

Stefan nahm seine Lederjacke vom Pfosten des Metallregals in der Küche, schlug die Türe zu und sprang, leichtfüßig, die Treppe hinunter in den Hof. An und auf den großen Müllcontainern (Buntglas, Weißglas, Altpapier) kletterten und balancierten die Kinder aus dem Treff arabischer Frauen, (mißtrauisch) beäugt vom Hauswart hinter seiner

Gardine. Ardo, die mit der Goldkante. Als Stefan ihn grüßte und mit dem Arm in seine Richtung wies, verschwand sein Kopf im Dunkel des Zimmers, aus dessen Tiefe ein farbiges Fernsehrechteck schien, das im Stoff des Vorhangs randlos verflimmerte. Optische Diffusion. Ein Windstoß preßte sich in den Häuserschacht, fuhr in den Durchgang zur Straße und verlor sich, leise pfeifend. Kein Regen, kein Schnee, nicht schlecht. Langgezogene Wolkenstücke wehten über die Dächer, lange weißliche Bahnen einer zerschnittenen Fahne, hinter der man blaugrauen Grund sah, der sich da und dort, an den Rändern, mit einer schwachen Bernsteintönung auflud, Farbe bekam, die Anzeichen von Wärme.

Stefan trat durch den Flur auf die Straße: Bäckerei, Installateur, Landsknechtsstuben, jeden Tag dasselbe Panorama. Seit drei Monaten erst, aber schon so vertraut, als habe man jeden Morgen des Lebens dieses Haus in dieser Straße verlassen. Geht so schnell, als gäbe es kein Vorher, die anderen Häuser und Straßen, nur das Jetzt, das neue Planquadrat durchquerend auf die S-Bahn-Brücke zu, den Lärm, die Stadt, den Zeitungsladen, in dem Rauchschwaden den Blick verschleierten. In der Ecke standen drei und tranken. Auf der Eistruhe hatten sie ihre Flachmänner und Limodosen abgestellt, eine verklebte Untertasse diente als Aschenbecher. Von früh bis spät standen sie da, mit zittrigen nikotingelben Fingern und Händen, die sich im Laufe des Tages beruhigen. Der Wortführer hieß Eugen, eine Gestalt Anfang Dreißig mit aus der Mode gekommenen, backenlangen Koteletten und zugeschwollenen Augen. Stefan hatte ihn auf der Straße randalieren gesehen, von einem Kumpan bedrängt, der ›Eugen, tus nicht‹ rief, als Eugen zu dem Wartehäuschen des Busses torkelte und zwei dort sitzende Türken so lange provozierte, bis er eins in die Schnauze bekam und aufs Pflaster schlug, wo er mit blutigem Gesicht greinend sitzenblieb; sich nicht helfen ließ, selbst seinen Kumpan mehrmals wegstieß, ihm schließlich sogar ins Bein biß. Heute morgen war er noch im Vollbesitz seiner Kräfte. Schien es. Immer mittendrin, dachte Stefan, als würde man sich das aussuchen.

Eugen hob zu einem Vortrag an, den er nicht hören wollte, doch der Zeitungsverkäufer konnte nicht wechseln (die letzten zwanzig Mark, um Abschlag bitten) und ging nach nebenan.

– Raus müssen se, die Kanacken, denn jings uns allen bessa, dit sa ick euch.

Die beiden anderen nickten.

– Kiek bloß ma hier inne Gegend, bloß noch Türken, wa, an jede Ecke, wohin de ooch kieks – und wirklich drehte Eugen seinen Kopf nach links und rechts, als seien welche schon im Laden, in einer schummrigen Ecke.

– Raus müssen se, die Knoblauchfresser, sagte einer der anderen leise, eben noch zu verstehen, und Stefan versuchte wegzuhören, stellte sich taub, heftete seinen Blick auf den Titel der Illustrierten, die auf der Theke gestapelt war.

– Wenn mir ma sone Suleika vor die Flinte käm, oha, sagte Eugen, der würd icks jeben, wa – was als zweigestimmtes ›Jibs ihr‹-Echo widerhallte –, richtig durchknallen sone Schleierische, wa, und wenn ihr Macker käm – er trat von der Eistruhe zurück und holte aus – denn wär wat los.

– Umnieten, sagte der andere, während der dritte, nachdem er ihre Köpfe nah an seinen Mund gewinkt hatte, zu flüstern anfing.

Hat sich der Typ festgequatscht nebenan? Macht Einkäufe oder wie? Ist ja nicht auszuhalten.

Stefan zündete sich eine Zigarette an (noch vier in der Pakkung) und betrachtete wieder das Titelbild, das einen Verschütteten zeigte. Erdbeben in Asien. Die Frau, die ihr Neugeborenes. Zehn Zentimeter große Buchstaben, das Wunder vom Ebrus gestern. Ja, Ebrus. Biblisch. Die durchgeschüttelte Landschaft im Fernsehen, über die der erste Schnee. Sich wie ein Leichentuch gebettet hat. Hochglänzend Heft für Heft auf der Theke: ragte aus einem Steinhaufen ein verdrehter Arm mit einer Hand daran, die sich zusammengekrampft hatte, aber nicht ganz geschlossen war, spinnenartig und mit Mörtelstaub bedeckt wie das Haarbüschel und die freiliegende Seite des Gesichts. Das Foto war so scharf, daß man die einzelnen Bartstoppeln erkennen konnte, auch die feinen Wimpern des Mannes an dem geschlossenen Augenlid, das zu lang schien, wie in einer willkürlichen Kraftanstrengung gegen die Erschlaffung des sterbenden Muskels herabgezogen, als habe sich der Tote dem Bild verweigern wollen. Im Vordergrund, mit einem Ziegelstein beschwert, lag ein fremdartig verschlungen beschrifteter Zettel (ich kann euch nicht verzeihen).

Stefan schüttelte den Kopf. Der soll sofort zurückkommen. Mit meinem Geld. Eugen und seine Freunde stoben (grölend) auseinander (so machen wir't), und Eugen stapfte (verzückt) in einer Art Tanz über das Linoleum. Stefan drehte sich zur Türe, als der Mann wieder auftauchte und ihm bedauernd den Schein gab, den noch niemand wechseln konnte, auch im Yeşil-Köşe-Imbiß. Zu früh für Scheine. Lächerlich. Bei zwanzig Mark?

– Suleika heißt die geile Braut, intonierte Eugen und klopfte dem Ladenbesitzer auf die Schulter.

– Du bist ein Arschloch, Eugen, sagte Stefan und ging.

– Linke Fotze, schrie Eugen ihm nach, komm her, ick mach dich alle, drang seine Stimme bis auf die Straße, doch schienen die anderen ihn zu beruhigen, träufelten eine neue Ladung Korn in seine Limodose.

Himmel, Häuser, Autos, neun Uhr eins, zwei, drei. Achtlos passierte er die Fixpunkte des Viertels, die Schlachterei, das Antiquariat, und sprang die Treppe zum Bahnsteig hinab. Keine Engel, keine hilflosen Männer. Stefan drängte sich durch die Menschentraube vor dem eingefahrenen Zug, schob eine Frau beiseite und eroberte sich einen Sitzplatz. Ein Zettel. In der Lederjacke fand sich die Honorarabrechnung des vergangenen Monats, vierundachtzig Stunden zu achtzehn Mark fünfzig, und ein Bleistiftstummel, der in den Tiefen des Futters Tage und Wochen überdauert hatte. Die ruckenden Bewegungen des Zuges geübt tarierend, schrieb er auf die Rückseite des Zettels einzelne Worte, das Panorama der Straße, durch das Viertel gehen, es dringt durch mich, ganz verraucht, auf das Wechselgeld warten, der Wortführer hieß Eugen …

Nach neun Zeilen faltete er den Zettel (Vierundachtzig Stunden? So viel?) wieder zusammen und steckte ihn in die Brusttasche zurück. Sehr beruhigend. Beruhigt. Ruhiger nun, fiel ihm auf, daß er keinen Fahrschein gelöst hatte, doch ließ sich bis zur Wilmersdorfer Straße, wo er ausstieg, kein Kontrolleur blicken. Während er die letzten Meter ins Büro ging, achtete er lächelnd und kopfschüttelnd darauf, keine Fuge der Gehwegplatten zu betreten, zählte die Schritte, die er versetzen mußte, um im Takt zu bleiben, sorgfältig mit und bildete vor Hellers Türe die Quersumme: Drei, das Herz, der Fixsternhimmel.

Als die Ladenglocke bimmelte, trat Mahlmann aus dem

Durchgang, in dem er seinen Mantel aufgehängt hatte, und sah ihn verwundert an.

– Guten Morgen, sagte Stefan.

– Morgen, sagte Mahlmann und blickte, sich zu versichern, flüchtig auf seine Armbanduhr.

2 Die Wahrscheinlichkeit, daß eine in die Luft geworfene Münze auf Zahl oder Kopf (bzw. Adler, Ähre, Sonne, Ruderboot) landet, beträgt 0.5 zu 0.5 und ist willentlich nicht zu beeinflussen. Es hängt also, standen diese beiden Möglichkeiten zur Auswahl, vom reinen Zufall ab, ob jemand ein Bier trinkt oder vom Dach springt, vorausgesetzt seine Bereitschaft, das Diktat der Münze widerspruchslos hinzunehmen.

Eines der, mutmaßlich, letzten wissenschaftlichen Rätsel ist die Frage nach den physikalischen Verhältnissen ganz am Anfang der Zeit. Zwar kann man sich diesem Anfang hypothetisch bis auf zehn hoch minus dreiundvierzig Sekunden nähern, darüber hinaus aber nicht, so daß noch im dunkeln bleiben muß, welche besonderen Gesetze den explosiven Ursprung der materiellen Welt bestimmen und beschreiben. Unter der heute eigentlich gesicherten Voraussetzung einer unendlich heißen Verdichtung des Raumes im Nullpunkt der Zeit, in Form einer volumenlosen Singularität, existiert folglich eine winzig kurze Epoche der Geschichte, die, von einem theoretischen Standpunkt aus betrachtet, unbefriedigend undurchsichtig bleibt. Mithin stößt jede retrospektive Untersuchung kosmischer Vorgänge irgendwann an eine Grenze, jenseits deren sich im Augenblick nicht einmal Spekulation, sondern reines Nicht-Wissen verbirgt, absolute Unvorstellbarkeit.

Jedes Erklärungsmuster eines natürlichen Phänomens sollte widerspruchsfrei sein beziehungsweise Widersprüche als in einer konkreten Situation real vorhandene und gleichberechtigte Möglichkeiten berücksichtigen. Ob man das Licht als Teilchenstrom und / oder Wellenschlag versteht, ist zum Beispiel eine Sache theoretischer Praktikabilität, solange es die Theorie als solche vermag, beiden Interpretationen einen je spezifischen raum-zeitlichen Ort zuzuweisen.

Als Extremfall denkbar ist, daß jemand die Entscheidungen darüber, ob sein Leben tugendhaft, erfolgreich, liederlich oder so lala verläuft, der Willkür des Zufalls überläßt, indem er jedesmal, wenn es darauf ankommt, eine Münze wirft, deren Seiten etwa bedeuten könnten: Bankraub oder Lohnarbeit, Promiskuität oder Treue, Eigentumswohnung oder Wirtshaus, Provinz oder Großstadt, Lesen oder Fernsehen.

Nicht ausgeschlossen, daß die äußerste und letzte Freiheit des Menschen in der Ablehnung einer bewußten Wahl besteht, darin nämlich, sich dem Schicksal blind preiszugeben.

Um die Vorgänge vor, während und unmittelbar nach dem Ursprungsknall, das heißt dem Beginn dessen, was uns leben macht, lückenlos aufzuklären, fehlt ein theoretisches Modell, ein System von Gleichungen, das Quantenmechanik und Gravitation in vereinheitlichter Form zusammenfaßte. Das ganz Kleine und das ganz Große sperren sich bislang dagegen, im Rahmen eines einzigen Gesetzespakets verschnürt zu werden. Sollte es einmal gelingen – und diese Hoffnung beflügelt schon mehrere Generationen von Physikern –, glaubt man, die Verhältnisse der Welt nicht nur retrospektiv bis zu der genannten zeitlichen Grenze zurückverfolgen, sondern von Anfang an prospektiv erklären zu können.

Würfel, Münze, Horoskop, Liebe: sich in die Hände des Zufalls zu begeben – es kann und tut, against all odds, beweist demnach was?

Des Menschen Wille ist sein Himmelreich.

Die Frage ist doch, ob man überhaupt jemals die Wahl hat.

Es beweist, daß wir weder Tiere noch Pflanzen, Steine, Wolken oder Wasser, keine Korallenbänke und keine Götter sind. Yes, that's right.

3.1

Zu den Gewohnheiten des Kapitän Heinrichson gehörte es, jeden Morgen, sonn- wie werktags, und bei jedem Wetter, vor dem Frühstück einen Gang an den Strand zu machen. In Öljacke und Gummistiefeln stapfte er einige hundert Meter über den nachtfeuchten, schweren Sand, prüfte den Wind, ob er ausfahren würde oder nicht, und sah auf die graugrün anrollende See hinaus, die skrotumzusammenziehende, schaumblasenwerfende, ruhelos rauschende See.

Jenseits der Mole, über den Mastspitzen des Hafens, kreiselte ein Schwarm Möwen, der gierhalsig nach Abfällen spähte, die die Fischkutter über Bord kippten. Langgezogene, krächzende Schreie verwehten in der noch trüben, gräulich nassen Luft.

Heinrichson hob kurz seine schwarze, von einer schwarzen geflochtenen Schnur umsäumte Schirmmütze vom Kopf, strich sich die Haare glatt und setzte sie wieder auf, ihr beidhändig rechten Halt zwischen Stirn und Nacken verschaffend. Dann wandte er sich der Treppe zu, die neben der vernagelten Bude eines Strandkorbverleihers deichan führte, auf eine kopfsteingepflasterte Straße, an deren Ende, in einem kleinen, zu Unrecht als Kurpark bezeichneten Park das neuerbaute Wellenbad lag, der gemäßigt moderne, einem rundum verglasten Schiffsrumpf nachempfundene Entwurf eines auswärtigen Architekten. Zur Attraktion der Gäste geworden, hatte man sich mit seiner Form abgefunden, auch wenn immer noch der eine oder andere Leserbrief im Lokalteil die Verschandelung der Heimat beklagte. Querulanten, dachte Heinrichson, Ewiggestrige, die den Zug der Zeit nicht wahrhaben wollen.

Dem Park schloß sich die Promenade an, eine dichte Folge von Hotels, Pensionen, Restaurants, Cafés, nun schon versiegelten Imbißbuden und Souvenirläden, die eine lange Reihe weißer, fahnenloser Masten eskortierte, dann kam das ganzjährig geöffnete ›Kur‹-Hotel, der Pavillon des Fremdenverkehrsvereins und ein Zeitungskiosk, an dem Heinrichson, wie jeden Morgen außer sonntags, die Tageszeitung und eine kleine Schachtel Zigarillos der Marke Dannemann kaufte. Hinter dem leeren, von zierlichen Bänken umrahmten Großschachfeld bog er links in eine enge Straße ein, die ihn geradewegs zu seinem Haus brachte, dessen Fassade durch An-, Um- und Aufbauten im Laufe der Jahre ein verwinkeltes, ungegliedertes Aussehen angenommen hatte.

Appetitlich wie immer, war in der Küche der Frühstückstisch gedeckt, wie er es mochte, mit speckigem Rührei, Räucheraal, Gewürzgurken, Quark, Holundermarmelade, ofenfrisch geröstetem Brot und Tee, der in bauchiger Kanne auf einem silberbeschlagenen Stövchen stand. Heinrichson ließ sich nieder und schlug die Zeitung auf, während seine Frau ihm Tee einschenkte und das Rührei mit einem Strauß Petersilie versah.

Die seit Wochen schwelende Regierungskrise in Bonn näherte sich dem Höhepunkt. Nach wie vor lehnte Dahlgrün Steuererhöhungen zur Finanzierung des Bundeshaushalts ab. Die Wirtschaft würde unübersehbaren Schaden erleiden, ließ er verlauten, wenn man den Forderungen der CDU / CSU entgegenkäme. Eine Krisensitzung der Parteigremien jagte die andere, das Kabinett war ratlos und zerstritten. In Berlin hingegen machte sich vorsichtige Hoffnung breit, daß es gelingen könnte, in zähen Verhandlungen mit den Organen der SBZ, für die Weihnachtsfeiertage eine Passierscheinregelung zu treffen, um sogenannten Härtefällen einen Besuch im Ostteil der Stadt zu ermöglichen. Der Senat, hieß es, stehe zu seinem Wort.

Glänzend schmolz die Butter auf einer warmduftigen Scheibe röschen Brots. Heinrichson spachtelte Rührei hinzu, schnitt eine Gurke klein und trank, als wolle er vor dem ersten Bissen seinen Mund spülen, einen Schluck Tee. Dann fing er, mit Behagen, zu essen an, leise umwellt vom Morgenkonzert im Radio, Rührei, Brot, Gurke und zwischendurch Happen vom Aalstrunk, den er mit einem spitz gezahnten Messer kleinsäbelte. Als seine Frau, bevor sie zur Arbeit ging, im Türrahmen erschien, um sich zu verabschieden, nickte er ihr kauend zu und hob winkend den rechten

Arm. Am Abend sähe man sich wieder im Tanzkurs, den sie, um alte Kenntnisse aufzufrischen, mit einem befreundeten Ehepaar seit dem Sommer besuchten.

Während Heinrichson ein Stück Kandis in der Tasse verrührte, fiel sein Blick auf ein Foto, das zwei Mercedeslimousinen zeigte, die ein Gefängnistor durchfuhren. Abgesessen, dachte er, die fettgedruckten Unterzeilen lesend, Speer und Schirach ihre zwanzig Jahre. Daß die Zeit schon vorbei war. Irritiert schüttelte er den Kopf und fragte sich, ob die beiden nun eine Pension bezögen. Als ehemalige Minister. Zu rechnen wäre damit. Sicher, eine Krähe hackte der anderen kein Auge aus. In einem Anflug von Ärger blätterte er lautstark die Seite um, dann, um sich den Tag nicht weiter zu verderben, faltete er die Zeitung zusammen und legte sie neben sich auf die Sitzbank.

Ein wenig klarer war es geworden. Milchige Flecken von Licht erhellten die trübgraue Eintönigkeit der Wolkendekke, als bekäme sie fadenscheinig Risse. Einmal sogar brach sich ein Sonnenstrahl in der Scheibe des Küchenfensters und tanzte zersplitternd durch den Raum. Vier bis fünf Beaufort, schätzte Heinrichson, mit einer Kante Brot die braungeschäumte Butter des Rühreis von seinem Teller stippend, die müßten zu ertragen sein.

Ein letztes Stück Aal, mit dem Strauß Petersilie auf die Gabel gespießt, rundete den Hauptgang seines Frühstücks ab, ein wohltuendes Gefühl der Sättigung hervorrufend, das durch ein locker gerührtes Mus aus Quark und Holundermarmelade gekrönt wurde. Er lehnte sich zurück, öffnete den Verschluß seiner Hose und zündete sich einen Zigarillo an. Während der Nachrichtensprecher meldete, daß die F. D. P. die Koalition verlassen habe, kam Bewegung in seine Eingeweide, sanft getrieben von den Fermenten des Tees und der herzhaften Würze des Tabakrauchs.

3.2 Pünktlich um zehn, wie vertraglich von jeher vereinbart und bewährt, traf die Gesellschaft des Tages und der Diakon, der sie im Kurhotel abgeholt hatte, auf dem Steg längsseits des Kutters ›Elisabeth‹ ein. Bläuliche Dieselschwaden stiegen blubbernd aus dem Wasser des Hafenbekkens in die Luft, und die leerlaufende Maschine versetzte den Holzrumpf in leichte, taktvoll rumorende Schwingungen. Manchmal ließ ein Windstoß die Deutschlandfahne am Heck hörbar knattern, wie ein Schnitt zwischen die anderen Geräusche, das Krächzen der Möwen, von fern Stimmen und Hammerschläge, den rostigen Ton einer aufziehenden Seilwinde.

Nachdem er alle begrüßt und in der Kajüte mitschiffs untergebracht hatte, verriegelte Heinrichson die Tür der Bordwand, löste mit Hilfe eines pudelbemützten Alten, der sich an Land noch nützlich machte, die Taue von den Pollern und legte ab, nach einer Drehung langsam Fahrt aufnehmend in Richtung eines blaugrau überwölkten Horizonts. Nach der Hafenausfahrt setzte er sich auf die Bank des Ruderhauses und zündete seinen zweiten Zigarillo an. Das Ziel war in der Karte, die neben ihm lag, als Trapez markiert, doch wäre es ihm bei seiner Erfahrung ein leichtes gewesen, die Stelle auch ohne Kompaß anzusteuern. Als Tropfen von Gischt auf das Fenster sprühten, schaltete er den Scheibenwischer ein und sein neues Funkgerät. Viereinhalb, mehr sagte der Wetterbericht nicht voraus.

Daß sie die offene See erreichten, blieb den zehn Passagieren unter Deck nicht verborgen. Kreuz und quer anlaufend, schlugen kabbelige Wellen gegen den Rumpf des Schiffes und gaben seine Kajüte einer teils stampfenden, teils schlingernden Bewegung preis, so daß man, auf zwei halbrunden, weich gepolsterten Bänken sitzend, immer wieder unfreiwillig mit seinen Nachbarn in Tuchfühlung kam oder nach vorne rutschte, wo ein Tisch fest im Boden verankert war. Schaukelnd tauchte die Wasserlinie mal in diesem, mal in jenem der beiden Bullaugen auf, die sich back- wie steuerbords über den Köpfen der Chartergesellschaft befanden.

Als Ulrich den Versuch unternahm, die Bank zu ersteigen, um einen Blick hinaus zu werfen, zog ihn seine Mutter, Tante Ilse, mit beiden Händen zurück auf den Platz an ihrer Seite.

– Hier wird geblieben, sagte sie leise, und nirgendwo sonst.

Ludwig schnitt dem Kleinen vis-à-vis, der den Cousin verwundert betrachtete, eine Grimasse, entblößtes Zahnfleisch, schielend, dann lehnte er sich zurück und beförderte eine Packung HB aus der Hose seines schwarzen Anzugs.

– Ludwig, bitte, sagte Frau Milde, die neben ihm saß, in einem verständnisvoll mahnenden Ton. Warte mal damit bis später.

– Er raucht schon? fragte Onkel Berthold.

– Er raucht schon, anwortete Ludwig für seine Mutter und begann, das Cellophanpapier der Schachtel, nachdem er es abgestreift hatte, knisternd um den Mittelfinger seiner rechten Hand zu wickeln.

– Ich gehe einen Augenblick mal Luft schnappen, sagte der Diakon und stieg durch die Schiebeluke des Niedergangs an Deck. Heinrichson winkte ihn zu sich ins Ruderhaus.

– Wie lange noch?

– Zweieinhalb bei dem Wetter.

Der Diakon nickte, faltete die Karte zusammen und lehnte sich mit verschränkten Armen an der Seite des Kapitäns gegen den kariert bedeckten Sitz.

– Unterlaß das bitte, sagte Onkel Willbert. Das Geräusch ist ja furchtbar.

Ludwig warf die Schachtel lässig auf den Tisch in der Mitte und pustete die durchsichtige Folie hinterher.

– Wie geschmacklos, sagte Tante Ilse. Ludwig!

Frau Milde beugte sich vor und verstaute die Zigaretten in ihrer Krokohandtasche. Klippklapp.

– Kann man lesen? fragte Ludwig.

Die Verwandtschaft wechselte unschlüssige Blicke.

– Vielleicht besser nicht, sagte Dorothea und umfaßte heimlich, im Schutz ihres Mantels, so daß kein anderer die Geste sah, eine der seit über zwei Wochen, seit er ihn gefunden hatte, fast unaufhörlich zitternden Hände des jüngeren Bruders.

– Ich glaube, sagte sie flüsternd, ihm zugeneigt, auf der Rückfahrt würde niemand was einzuwenden haben.

Schweigend ertrugen sie die folgenden Minuten, bis Carla Milde plötzlich aufstöhnte, um dann (kauende Mundbewegungen) fast geräuschlos zu schluchzen.

Fiese Mümmelgreisin, dachte Ludwig.

– Ist gut, Mutter, sagte Onkel Berthold, bitte beruhige dich. Wir sind hier.

Idiot, dachte Ludwig. Schleimbeutel.

Zaghaft und tastend, noch einen gemeinsamen, sie verbindenden Rhythmus suchend, drangen einzelne (Trommel-)Schläge nach unten in die Kajüte.

– Was ist das? fragte Tante Ilse.

Behende, bevor sie es verhindern konnte, sprang Ulrich auf die Bank und sah durch das Bullauge.

– Es regnet, rief er, herabgezogen, es fängt an zu regnen.

– Das fehlt uns gerade noch, sagte Tante Ilse. Typisch.

Sie kreuzte die Beine und zupfte nicht vorhandene Stäubchen aus den Falten ihres dunkelblauen Jersey-Rocks, den ein gleichfarbiger Blazer geschmackvoll ergänzte. Jödsche, hatte sie zu Tante Sibylle gesagt, erinnerte sich Ludwig, als sie die Schlüssel der reservierten Zimmer an der Rezeption des Kurhotels in Empfang nahmen, für morgen habe ich mir einen Jödsche-Rock gekauft, der auch für später gut zu dem neuen Blazer von der Verlobung von Bertholds Direktionsassistenten paßt. Jödsche, die ganze Nacht, Jödsche Jödsche, war die falsche Aussprache in Ludwigs Kopf herumgekreist, wie ein Zwang, dem er sich nicht entziehen konnte und der, in Verbindung mit der Vorstellung ihres Parfüms (Tosca?!), einen solchen Schwindel verursachte, daß er, kurz vor sechs, sich in die Toilette übergeben mußte. Grüne Galle quälend. Widerlich. Er schloß die Augen. Prasselnd klopfte der Regen aufs Deck.

– Hoffentlich läßt es während der Zeremonie etwas nach, sagte Onkel Willbert, der einen nadelgestreiften Zweireiher trug (während des Abendessens: Rumpsteak und Salat: vielleicht im Vorstand demnächst, es läuten die Glokken).

– Daß uns das Wetter so einen Streich spielt, sagte Tante Sibylle, deren Haare zu einem Papsthut hochtoupiert waren. Wie absichtlich.

– Es hört gleich bestimmt wieder auf, sagte Martha Milde beschwichtigend. Außerdem haben wir ja Schirme dabei.

– Was für eine Idee, sagte Berthold und lauter, als habe er Mut gefaßt: Reinhold war sein Leben lang ein bißchen eigenwillig.

– Bis zum Schluß, sagte Ludwig, kurz und trocken.

– Paß mal ein wenig auf, sagte Willbert, gereizt, daß du den Bogen nicht überspannst.

– Nie, sagte Ludwig und blickte den Onkel ernst an. Man schwieg. Das Schweigen wurde allen peinlich. Es war Ilse, die, endlich:

– Das Hotel ist ganz schön, sagte.

– Sehr schöne Zimmer, bestätigte Sibylle.

– Im Sommer bestimmt auch, pflichtete Berthold bei.

– Nur der Kaffee, sagte Ilse, der war dünn.

– Hier oben, sagte Willbert, dessen Zierbatist wie eine Zunge aus der Brusttasche des Sakkos lappte, wird hauptsächlich Tee getrunken. Mit Sahne und Kandiszucker. Ein echtes Ritual.

Kaum hatte er, zufrieden mit sich und seiner Erklärung, die Arme gekreuzt und die Beine übereinandergeschlagen, prallte der Kutter ›Elisabeth‹, sein Bug, hart zurück auf das Wasser.

– Hui, sagte Tante Ilse. Wie Achterbahn.

– Wirklich ne Schnapsidee, flüsterte Ludwig in Dorotheas Ohr.

– Das kannst du aber laut sagen, sagte Dorothea. Gräßlich.

– Wen meinst du? fragte Sibylle.

– Mama, erhob sich dünn und blaß die Stimme Detlefs, mir ist schlecht.

– Das bildest du dir nur ein, sagte Sibylle und legte beruhigend ihren Arm um seine den Bleyle-Spenzer noch nicht ausfüllenden Schultern.

– Nicht im Traum hätte ich an so was gedacht – als müsse sie sich rechtfertigen: Frau Milde –, aber in einen Menschen guckt man nicht rein.

Nein, dachte Ludwig, ohne seiner Mutter böse zu sein, ihr habt alle nicht reingesehen, weil ihr da sonst nämlich euch selbst entdeckt hättet, euer Inneres. Das Innere der Gesellschaft praktisch, die Reflexion sozusagen. Genau wie umgekehrt, eine Art Spiegel, sein gerötetes Gesicht, morgens, wenn er beim Frühstück (Tee und Porridge) die Liste der Kunden durchging und, mit dem Finger Straßen auf einer Karte entlangfahrend, sich die günstigste Route einzuprägen versuchte, wie er manchmal dabei ›ja‹ sagte oder ›ja genau‹, als rede ein anderer, eine tonlose fremde Stimme ohne Gegenüber, und wie er dann den Kopf in den Nacken legte, um sich seine Augentropfen zu verabreichen, farblose ölige Flüssigkeit, die er aus einer Gummipipette in seine herabgezogenen Lider träufeln ließ. Wegen der entzündeten Bindehaut.

– Ja, das ist wahr, sagte Onkel Berthold. In einen Menschen kann man nicht reingucken. Was der so denkt und was sich da drin zusammenbraut.

Nur die Oberfläche, dachte Ludwig, sieht man, woran man sich erinnert, Fotografien im Album, in steilen Sütterlinbuchstaben beschriftet, wer einer gewesen ist, ein Säugling nackt auf einer Wickelkommode: 28. 7. 21: Reinhold, unser Stammhalter; mit Willbert und Berthold im Garten hinter dem Siedlungshaus: 7. 3. 30: Die Familie ist komplett; während eines Zeltlagers im Kreis johlender uniformierter Jungen: 1. 8. 36:

Sommerlager im Spessart; vor dem fahnengeschmückten Eingang der Handelsschule: 1. 5. 38: mittlere Reife.

Der Rest, dachte Ludwig, von einem Menschen, irgendwie verschwindet der. Löst sich auf, wie pulverisiert, sein Inneres, weil man es nicht kannte. Nichts mehr da am Schluß. Sonntagmittags noch lebendig in der Küche, abends als Leiche auf dem Bett, plötzlich ein Nichts, das sich sauber ins Herz geschossen hat, zwischen die Rippen, durch das Hemd. Windsor de Luxe. Ein dunkelrotes Loch, dessen Ränder verschmort sind. Fäden von Blut geronnen.

Dorothea drückte fest seine Hand, die zu zittern begann. Unter ihrem Mantel, so daß es keiner sah.

Das bleibt übrig, eine Schlaufe Film, die wieder und wieder abläuft: Papas letzter Geburtstag: das Gespräch am Kaffeetisch über die Generalvertretung, die ihm fest zugesagt war, Onkel Willberts Glückwünsche, es sei auch langsam Zeit geworden, während Berthold aus einer Kristallkaraffe Cognac in drei Schwenker füllte, mit denen sie sich zuprosteten. Es hatte doch geklappt, kurz vorher war die Bestätigung gekommen, und trotzdem. Nicht genug. Als wäre es lange schon nicht mehr darum, sondern um etwas anderes, Unaussprechliches gegangen. In seinem Inneren, allen verborgen, seit Jahren, eine wirbelnd sich ausbreitende Dunkelheit, gegen die sich zu schützen es kein Mittel und keine Hilfe für ihn gab. Ich, dachte Ludwig, ich hätte es aber versucht, daß er bei mir bleibt. Wer sonst, wenn nicht ich? Nur einen Monat zuerst, dann vielleicht noch einen. Seine Entscheidung, sie ein bißchen herausschieben. Es nicht zu tun. Eine Woche zu warten. Ein paar Tage.

– Könnten wir die Luke aufmachen? fragte Tante Ilse.

– Hör mal, wie es regnet, sagte Willbert. Ein Wolkenbruch.

– Ganz kurz frische Luft, sagte Ilse und ging, schwankend durch die Bewegungen des Schiffes, zur Treppe an Deck. Sich mit beiden Händen am Geländer festhaltend, streckte sie ihren Kopf ins Freie. Regenschnüre peitschten von einem grauweißen Himmel herab, wurden von Windstößen verhaspelt, zerrissen, als Tropfen in die Kajüte getrieben. Ilses Schultern hoben und senkten sich schwer wie nach einem Tausendmeterlauf.

– Mach wieder zu, rief Sibylle. Es wird kalt.

Tante Ilse kehrte schwankend auf ihren Platz zurück und trocknete sich das Gesicht mit einem Taschentuch (spitzenbesetzt und toscagetränkt).

– Wo ist hier eine Toilette? fragte Dorothea.

– Im Vorschiff da, sagte Willbert fachmännisch. Ich habe mir gestern abend vom Kapitän alles zeigen lassen. Unterdruckspülung. Du mußt mit dem Hebel kräftig pumpen.

Ulrich kniete sich auf die Bank, um durch das Bullauge zu sehen. Tante Ilse schien es nicht zu merken. Sie hielt die Augen geschlossen und den Mund leicht geöffnet.

– Wie lange dauert es noch? sagte Sibylle.

– Ich schätze, in einer Stunde haben wir es geschafft, antwortete Onkel Willbert, ihr Mann.

– Und zurück, sagte Berthold. Das darfst du nicht vergessen, Willi. Aber vielleicht kommt der Wind nachher von achtern. Wir werden den Kapitän fragen.

Heinrichson bot dem Diakon einen Zigarillo an und drehte das Funkgerät lauter. Der letzte Bericht des Seewetteramts.

– So bleibts, sagte er dann und ließ sich Feuer geben.

– Hatte ich schon mit gerechnet, sagte der Diakon. Ist die Jahreszeit.

– Konstant fünf, sagte Heinrichson. Das klart nicht mehr auf.

Die Wellen hatten weiße Schaumkronen, die, nach dem Überschlagen, als Blasenteppiche auf dem graugrünen Wasser verliefen. Stampfend arbeitete sich der Kutter voran. Einmal legte ihn eine größere, aus Luv anrollende Welle schwer auf die Seite.

– Achtung! rief Tante Sibylle und sprang hoch, doch war Ludwig schneller und bekam die Urne zu fassen, bevor sie vom Tisch rutschen konnte.

– Reinhold: entrang sich dem Greisinnenmund ein Schluchzen.

– Mir wird schlecht, Mama, sagte Detlef und zog schwach an Tante Sibylles Kostümärmel.

Die Urne fühlte sich glatt und kalt an, wie mit Sand gefüllt. Zwei goldlackierte Palmzweige umrahmten kreisförmig ihren Schraubdeckel. Gar nicht so schwer.

– Stell sie wieder hin, sagte Willbert.

– Bitte, ja, sagte Berthold.

Ludwig beugte sich vor und ließ sie zurück in die niedrige Vertiefung, die sich in der Mitte des Tisches befand.

Je länger sie schwiegen, desto aufdringlicher und lauter schien das Geräusch des Motors zu werden, ein vibrierendes, alle Körperfasern in Mitleidenschaft ziehendes Tuckern und Sirren von Kolben und Ventilen, Keilriemen und Zylindern. Es roch nach Diesel und Haarspray, und die Kajüte im Rumpf der ›Elisabeth‹ schlingerte (wie auf Eiern) hin und her und hin und her.

Tante Sibylle verrieb 4711 in ihren Handflächen.

– Mir ist ganz schlecht, sagte Detlef und krümmte sich,

als müsse man ihm dann endlich Glauben schenken, würgend.

– Schnell aufs Klo, sagte Willbert.

Tante Sibylle und Detlef verschwanden durch die Schwingtüre ins Vorschiff.

– Am Himmel wird es ganz dunkel, meldete Ulrich von seinem Ausguck.

– Ich gehe zum Kapitän, sagte Berthold und stieg polternd an Deck.

Dorothea knuffte Ludwig, verstohlen, so wie er ihre Hand zwickte.

– Unbegreiflich, sagte die Großmutter, die sich gefangen hatte, warum er nicht neben Vater wollte.

– So ist es eben, Mutter, sagte Frau Milde, hörbar nicht willens, das Thema erneut zu besprechen. Es ist sein Letzter Wille, und den respektieren wir.

Kurz darauf kam Berthold zurück.

– Entwarnung. Das Wetter bleibt beständig.

– Beständig, sagte Tante Ilse und schüttelte den Kopf. Daß ich nicht lache. Es handelt sich um eine Zumutung, punktum.

Als Berthold sie zu beruhigen versuchte, drehte sie sich brüsk von ihm ab.

– Das darf doch wohl mal gesagt werden.

– Reinhold ist immer seine eigenen Wege gegangen, sagte Willbert. Wenn ich allein daran denke, wie oft wir ihm angeboten haben, bei uns einzusteigen.

– So was kommt von so was her, sagte Ludwig.

– Darüber sprechen wir noch, sagte, um Beherrschung ringend, der Onkel. Das war zuviel, Freundchen.

– Leck mich am Arsch, murmelte Ludwig.

– Ich hoffe für dich (seine Stimme war schneidend), ich habe dich nicht richtig verstanden, sonst …

Ludwig sah hoch.

– Sonst?

Martha Milde richtete sich an ihren Schwager.

– Du mußt das verstehen, Willbert. Was auf uns eingestürzt ist.

Tante Sibylle und Detlef traten durch die Schwingtüre. Detlef hielt ein Taschentuch vor seinen Mund.

– Hast du gekotzt? fragte Ulrich.

Tante Ilse packte ihren Sohn und zwang ihn neben sich.

– Wißt ihr noch die Fahrt nach Helgoland? sagte Berthold, eine gemeinsame Erinnerung auskramend. Dagegen ist das hier gar nichts. Wie damals die Boote geschaukelt haben.

Seine Worte fanden keine Resonanz. Jedes Mitglied der Trauergesellschaft verkroch sich in sich selbst. Daß es bald vorüber sein möge. Frau Milde (der Seegang wurde rauher) nahm die Urne vom Tisch und hielt sie fest. Ludwig las: Das Waisenhaus von Hubert Fichte, jüngst erschienen. Dorothea versuchte zu dösen. Tante Sibylle inhalierte Kölnisch Wasser. Die Onkel brüteten vor sich hin.

Irgendwann tauchte das Gesicht des Diakons in der Schiebeluke des Niedergangs auf.

– Es ist soweit. Wenn ich Sie an Deck bitten dürfte.

3.3

– Warum seid ihr so weit rausgefahren? fragte Hartwig Ehrlich, der es sich auf der Couch in Ludwig Mildes Arbeitszimmer bequem gemacht hatte.

– Für Seebestattungen, sagte Ludwig, am Tisch eine Patience legend, ist ein Areal reserviert, wo nicht gefischt werden darf. Damit keine Urne in einem Netz hängenbleibt. Bis sie sich aufgelöst hat.

– Die lösen sich was? fragte Till, der auf dem Boden gegen einen Heizkörper gelehnt saß, Serafims Tequilaflasche zwischen den ausgestreckten Beinen.

– Löst sich im Salzwasser auf, das Material. Der letzte Rest von einem verschwindet im Meer.

– Gib mal die Flasche.

– Hol sie dir.

– Du hast sie weggenommen.

– Ich kann nicht mehr aufstehen, sagte Till. Ich roll sie rüber an die Couch.

– Aber das Beste kommt erst noch, sagte Ludwig. Nachdem der Diakon seinen Sermon abgelassen hatte, Grab, wo ist dein Sieg, Tod, wo ist dein Stachel, der ganz harte Stoff also, sind wir alle wieder in die Kajüte. Drei Stunden Rückweg bei dem Wetter, wenn ihr versteht, was ich meine.

– In etwa, sagte Hartwig.

– Gut. Ich habe das Buch gelesen, im übrigen eine Empfehlung, mein Lieber, falls du einmal die Muße finden solltest …

– Ich kenn Fichte. Danke für den Hinweis.

– Nichts zu danken.

– Ich auch, sagte Till. Die Palette. Do-you-know-Basel.

– Entschuldigung.

– Geht in Ordnung, sagte Hartwig.

Till nickte müde.

– Ich habe also gelesen, Dorothea hat gedöst, meine Mutter still vor sich hin geflennt, die anderen aber … (er ging zu Till, entwand ihm die Flasche und trank einen Schluck) … sind nacheinander aufs Klo, zwecks mündlicher Erleichterung. Das war ein ganz enger Verschlag, sage ich euch, in dem man sich kaum drehen konnte. Schließlich Tante Ilse, obwohl sie hartnäckig dem Schaukeln des Bootes zu widerstehen versucht hatte. Als sie, heulend, zurückkam, sagte Tante Sibylle: O Ilse, o Gott, oder: O Gott, Ilse. Die Gute hatte sich nämlich ihr Jödsche-Kleid vollgereihert …

– Es reicht, sagte Till. Ich kann mir das vorstellen.

– … und tupfte, wie geistesabwesend, immer wieder mit einem Stück Klopapier über die Bescherung. Obwohl meine Mutter und Berthold ihr dann bei einer Reinigung behilflich waren, breitete sich schnell ein fieser Gestank in der Kajüte aus, so daß der Rest der Familie, bis auf Berthold, Ilse und meine Mutter, im Ruderhaus Zuflucht suchte und fand. Wie die Sardinen haben wir den Ausflug zu Ende gebracht.

– Eine ausgesprochen unappetitliche Geschichte, sagte Hartwig, sich rekelnd.

– Die reine Wahrheit, sagte Ludwig, trank noch einen Schluck und schraubte die Flasche wieder zu.

– Lebt dein Vater noch?

– Meiner?

– Ich glaube, wir sind hier nur zu dritt, sagte Till, und rieb seine geröteten Augen. Die geklebte Brille lag neben ihm auf dem Boden.

– Muß ich mal nachrechnen, sagte Hartwig und sah zur Decke. Sechsundachtzig minus vierzehn. Zweiundsiebzig dieses Jahr, im August.

– Wie spät ist es eigentlich? sagte Ludwig.

– Vor ungefähr zehn Minuten halb elf, sagte Till, zog die Beine an und bettete seinen Kopf auf die Knie. Die ganze Aufregung, alles vergeblich. Jetzt wirds dunkel.

Hartwig streckte seinen Arm in die Luft. Ludwig reichte

ihm die Flasche, machte kehrt und ging diagonal durch das Zimmer, hin und her. Einmal spannte er mit zwei Fingern die Rippen der Jalousie und lugte hinaus auf die Baustelle. So merkwürdig ruhig im Augenblick. Was braut sich da zusammen? Muß es so sein? Ez muoz von not sin, daz si ein juncvrouwe was, der mensche. Jungvrouwe ist also vil gesprochen, als ein mensche, der von allen vremden bilden ledic ist, also ledic, als er was, do er niht enwas. Eya, merket mit vlîze diz wort. Dieserart. Taucht wieder auf aus der Nacht, dem Inneren. Jedes.

– Kleine Erfrischung gefällig? Ich habe noch einen Rest.

– Für mich nicht.

– Für mich schon, sagte Till, ohne den Kopf zu heben. Radetzkymarsch im Mohrenarsch. Die Miete bei Karin wird am Fünfzehnten fällig. Wer zahlt die? Ich nicht.

Während Hartwig ein kleines, orangefarbenes Couvert aus seiner Brieftasche zog (American Express, Visa-Card, eingeknickte Telefaxe, drei Hundertmarkscheine, Zettel mit Telefonnummern, nicht verkaufte Eintrittskarten, ein Stanniolstreifen Tabletten), es vorsichtig öffnete, um die Menge abzuschätzen, trat Ludwig neben ihn und sagte:

– Hast du Branko in letzter Zeit gesehen?

– Brauchst du was?

– Ich bitte dich.

– War nur eine Frage, sagte Hartwig und schnüffelte, vorgebeugt (was soll das?), an der Droge. Er richtete sich wieder auf. Woher kennt ihr den Italiener?

– Freund von Stefan. Der bei ihm wohnt.

– Eine seiner Geschichten, ja?

Ludwig hob (geht mich das was an?) die Schultern und nickte.

– Daß ich genug dabeihatte, war Zufall. Vielleicht könnte man die Information mal weiterleiten. Ich lasse mich nicht gerne nerven, vor allem nicht nachts auf der Herrentoilette im Amazonas.

– Du übertreibst.

– Dann hat dein Vater dich folglich, vernahm man von unten Tills Stimme, erst im Alter von drei- oder vierundvierzig gezeugt?

– Das bringst du heute schon nicht mehr fertig, sagte Ludwig, schräg über seine Schulter.

– Warte mal n bißchen, sagte Till und stützte sich, seitwärts abrollend, auf seinen Unterarm. Karin, Renate, Ulla.

Hartwig drehte sich von der Couch und trug das geöffnete Briefchen vorsichtig zum Tisch (leergeräumt und blankgewischt, gestern abend zwischen neun und zehn, schön sauber).

– Hast du einen Spiegel?

– Im Bad, sagte Ludwig. Ich leiste euren Exzessen zwar ungern Vorschub, aber ich hole ihn.

– Und? fragte Till.

– Was und?

– Warum?

– Vielleicht könntest du dich etwas klarer ausdrücken.

– Ich meine, ist deine Mutter jünger?

– Allerdings, sagte Hartwig. Aber geh mir jetzt bitte nicht auf die Eier.

– Die liegen mir fern.

Knirschend setzte der Betonmischer ein, Kieselsteine drehten sich in seiner Trommel, gewann an Lautstärke, beschleunigend, dann jammerte die Kreissäge los.

Ludwig brachte seinen Rasierspiegel, in dessen Rahmen

er eine Klinge gesteckt hatte, und postierte ihn vor Hartwigs Nase auf die schwarzglänzende Tischplatte.

– Wo ist die Serviette?

– In meiner Jacke vorne, sagte Hartwig.

– Geht klar, sagte Till, der feststehenden Niederlage ausweichend. Ich glaube dir unbesehen.

– Wir hatten uns auf Roederer Cristall geeinigt.

– Ich wollte sowieso ins KaDeWe, ein paar Sachen holen. Da fällt die Flasche locker bei ab.

– Sei vorsichtig.

– Was denn sonst.

Hartwig legte den Spiegel flach, leerte das kleine Couvert auf seine Oberfläche und begann, mit rhythmisch hackenden Bewegungen, die kristallinen Bröckchen zu zerstäuben.

4

– Wars das? fragte Heller, zum Beschluß des wöchentlichen Plenums kommend. Er saß neben dem alten Verkaufsbuffet im Eingangsraum und hatte einen Ellbogen auf dessen Marmorplatte gelegt, so daß die Anzugjacke unter der Achsel sich wie eine Zeltbahn spannte.

– Ich denke, sagte Mahlmann, der, links von ihm, verschiedenfarbige Schnellhefter im Schoß hatte. Ich fahre jetzt zur Baustelle raus.

– Geben Sie denen Stoff, sagte Dr. Winter. Die haben die Termine wider besseres Wissen selber vorgeschlagen. Mahlmann nickte (zuversichtlich). Mit mir nicht mehr.

– Wenns Wetter im November schon schlecht wird, sagte Heller, mit gehobenen Augenbrauen (die Narbe tritt wulstig hervor) zu Mahlmann gewandt, ist das nicht unser Problem. In keinster Weise.

Er klopfte eine Orienta fest und gab sich Feuer. Als das Zigarettenpapier an seiner Unterlippe klebenblieb, befeuchtete er die Stelle mit der Zungenspitze und spuckte (leise) hernach (einen Tabakkrümel?) aus.

– Wir sind also durch, sagte Inge Heller und stützte, sich aufrichtend, die geballten Fäuste in ihre Hüften. Beschwerden und Reklamationen noch jemand?

– Meine Schuhe drücken, sagte Dr. Winter, Gelächter erntend.

– Hier, meldete sich Vera, mit drei schnippenden Fingern, zu Wort. Eine Nachfrage. Ob eventuell das Büro in eine ernste finanzielle Krise stürzen würde, wenn ich eine neue Kaffeemaschine besorge?

– Ja, sagte Dr. Winter bündig. Davon muß man ausgehen. Eine andere Möglichkeit gibt es nicht.

– Das Ding im Flur ist wirklich gemeingefährlich, die Kabel, der Stecker, alles. Ich habe keine Lust, mir demnächst einen wischen zu lassen.

– Und außerdem, ergriff Stefan, der das Wippen seines Beins durch Muskelanspannung zu unterbinden versuchte, Veras Partei, dauert ein Durchlauf mittlerweile eine Viertelstunde. Man kriegt einen Rappel in der Zwischenzeit.

– Entkalken, sagte Heller. Essig rein.

– Wilhelm, sagte Dr. Winter. Wenn das bilanzmäßig nicht drinsitzt, könnte ich das Geld unter Umständen vorstrecken.

– Vierhundertneunundvierzig Mark bei Hertie im Angebot, sagte Vera (in der rüschenbesetzten Bluse von gestern, aber mit schwarzen Jeans dazu). Eine Kaffee-, Tee-, Espressokombination plus son Dampfrührer, um Milch aufzuschäumen, für Cappuccino. Sieht ganz edel aus.

– Ich beteilige mich bei Ihnen, sagte Petra Mattuschka zu Dr. Winter. Oder wir sammeln wie die Bahnhofsmission, jeder mit einer Büchse rund um den Savignyplatz.

– Vielleicht, sagte Inge Heller, schmunzelnd ihren (warum denn immer mürrisch wegen so was?) Mann betrachtend, ließe sich bei der Senatsverwaltung was machen, zweiter Förderungsweg.

– Warum fragt ihr mich eigentlich? sagte Heller und zog (man hörte es) die Nase hoch. Mir ist das doch egal. Wenn die Maschine kaputt ist, kaufen wir eben eine neue.

– Eben, sagte Dr. Winter. Nichts einfacher als das.

– Möglicherweise, sagte Petra Mattuschka, über die kantig geschliffene Fläche ihres Solitärs tastend, sitzt im Rahmen dieser Entscheidung auch der Erwerb von ein paar Tassen und Untertassen drin. Hertie Wilmersdorfer Straße bietet ein sehr schönes und preisgünstiges Set an.

– Paßt vom Design her optimal, sagte Vera. Mit einem dünnen goldenen Rand. Als Paket, mit der Maschine zusammen, kämen wir auf unter fünfhundert Mark.

– Dann hol das doch, sagte Heller, sich der Übermacht endlich, nach vier Wochen, beugend. Ich bin der letzte, der dem im Wege steht.

– Das Geld nehme ich aus der Postkasse, ja? sagte Vera, während sie das Deckblatt ihres Stenoblocks umklappte. Ich würde sagen, einen der Euroschecks, rein praktisch.

– Wie es am besten auskommt, sagte Inge Heller. Vergessen Sie die Quittung nicht.

– Never, sagte Vera. Bürobedarf.

– Das wärs dann ja, sagte Heller und stand auf, seine schulterlangen aschblonden Haare mit beiden Händen in den Nacken streichend.

– Wir reden gleich, sagte Dr. Winter.

– Ich komme zu dir hoch, sagte Heller und ging durch den Kreis der Kollegen zur Türe.

Mahlmann klemmte die Schnellhefter unter seinen Arm und (das hätte er vorher machen sollen, in dieser Haltung fällt es schwer und wirkt ungeschickt) zog den Knoten seiner Krawatte fest, Ivan, im Gespräch (fast, als tuschelten sie) mit Frau Mattuschka, blickte flüchtig herüber, sah Stefan aus dem Augenwinkel. Bis um eins mache ich noch, die leeren Felder des Standsicherheitsnachweises mit Bleistift ausfüllend. Zug und Quer und Auflast. Entweder oder. Was man zu tun hat. Wählt man sich das? Irgendwoher das Geld. Eine Blitzanweisung, morgen früh ins Bahnhofspostamt. Wird sie ja wohl haben, die Mutter, gespart. Im Laufe des Lebens, bleibt hängen, sammelt sich an. Trotzdem zu Ludwig, vorher. Soll er meinetwegen verzinsen, meinetwegen dreißig Prozent. Sind dreihundert Mark für zwei Wochen. Niemandem was sagen. Geht keinen was an. Evelin. Entweder oder. Mein Begehren nach ihr. Aber auch das andere. Der ich einst war (Nomadensohn im Zelt seiner Herkunft, lauschend dem Singsang der Väter). Tell me all about. Beantworte ihre Briefe nicht. Werde ich ihr sagen, warum, von Angesicht zu Angesicht. Be careful. Don't hurt me.

Allgemeine Erhebung. Inge Heller und Dr. Winter verließen gemeinsam den Raum, er mit seiner Hand flach auf ihrem Rücken; anschließend Mahlmann und Vera und Jürgen (schwarzgelockt, im achten Semester ein Praktikant), ihr (die beiden Männer) an der Türe (zu dritt scherzend) den Vortritt lassend. Ivan stand neben Frau Mattuschka vor den preisgekrönten Modellen. Er hatte einen Fuß hinter dem anderen eingeschlagen, die Arme auf dem Rücken, den Kopf seitlich geneigt, während sie den ihren ein wenig gehoben hielt, etwa eine Handspanne von seinem Zopf entfernt. Seinem Hals. Auffällig unabsichtlich richtete sich ihr Blick an ihm vorbei gegen die (leere) Wand. Ivan sprach zu leise, um auch nur ein Wort oder eine Silbe zu verstehen, desgleichen sie, als sie ihm antwortete. Von Romeo Gigli, Via Monte Napoleone, ihr kragenloses dunkelbraunes Kostüm, zu dem sie flache, wie Legionärssandalen um Knöchel und Waden geschnürte Schuhe trug. Stefan zog seine Jacke an und drehte sich um. Im Flur, auf der Schwelle zu Mahlmanns (und seinem) Zimmer, holte Ivan ihn ein.

– Warte mal.

– Yes?

– Was machst du heute abend?

– Ich weiß noch nicht genau.

– Hast du Lust, mit zu einem Vortrag zu kommen?

– Ja, sicher.

– In der TU. Daniel Libeskind.

– Interessant.

– Finde ich auch. Um halb acht. Vielleicht treffen wir uns irgendwo.

– Wäre eine Möglichkeit. Oder wir gehen von hier aus zusammen.

– Arbeitest du so lange?

– Bestimmt nicht.

Ivan stutzte. Man konnte ihm, seinem Gesicht, ablesen, was er dachte. Daß er. Contradictio. Spinnt er? In adjecto.

– Du mußt das jetzt nicht falsch verstehen, sagte Stefan. Ich würde gerne.

– Aber?

– Es gibt gewisse Schwierigkeiten. Ich bin schon unterwegs eigentlich, gewissermaßen verabredet. Du gehst in jedem Fall hin?

– Wenn mich vorher nicht der Schlag trifft, ja. Hörsaal B. Ich sitze meist außen, oben neben der Treppe.

– Ich versuchs mal.

– Versuchs mal, sagte Ivan und ging in sein Zimmer am Ende des Flurs.

Sich wieder seiner Jacke entledigend, ging Stefan zum Rechner und nahm Platz. On. Grünes Lämpchen. An der Wand hing die Fotokopie der Veranda. Die Gegenwart eines Gefühls, das Wirklichkeit war. Aus der Tiefe der Zeit des Körpers hervor. Gerettet. Ein Beweis von sich selbst. Warum man daß man so ist. Everything. Reveals a picture and a verse. It's not like years ago. Wenn ich es ihr nur sagen könnte. Schreiben. Damit sie versteht. Die Bedeutung, was für mich was bedeutet. Was für mich die zarte Feder dunkler Härchen an ihrem Bauch bedeutet. Wie eingebrannt, daß ich es nie vergessen werde. Ich will nicht. Die Gegenwart. In einem Augenblick.

5 Verfeinerte radioteleskopische Geräte machen es mittlerweile möglich, die Signale von Objekten zu registrieren, die zehn oder fünfzehn Milliarden Lichtjahre entfernt sind, das heißt, deren ›Licht‹ ausgeschickt wurde, als es den Empfänger noch nicht gab, keinen Spiralnebel der Milchstraße, keine Sonne, weder Erde noch Menschen. Mit astronomischer Geschwindigkeit dem Horizont zueilend, ins Rote verzerrt, liefert die Analyse ihrer Spektren Informationen über frühe Zustände des Kosmos, seine Zusammensetzung, das Verhältnis der Elemente kurz nach dem Anfang

der Zeit. Vom Saum der Welt kommend, handelt es sich bei diesen Signalen quasi um einen Nachhall des Ursprungs, ein fernes Rauschen (ähnlich der kalten Hintergrundstrahlung) einstiger Wirklichkeit; einstig insofern, als die Objekte heute längst erloschen sein müssen, explodiert, implodiert, schwarz verdichtet, jedenfalls in eine Form übergegangen, die sich auf Grund der zurückzulegenden Entfernung einer direkten Beobachtung entzieht und nur Vermutungen beziehungsweise wissenschaftliche Hypothesen erlaubt. Vernachlässigt man die raum-zeitliche Distanz zwischen uns und ihnen, scheint sich in bezug auf sie reales Nacheinander in sinnlicher Gleichzeitigkeit aufzulösen. So ist das, was einmal war.

Sprachlich taucht hier die Schwierigkeit auf, ob man Präsens oder Imperfekt zu wählen hat, um die Phänomene zu beschreiben, die Gegenwart der Wahrnehmung oder die Vergangenheit des Geschehens; welche grammatikalische Ordnung also das den technischen Möglichkeiten entsprechende Maß nimmt. Nicht ausgeschlossen ist, daß ab einer bestimmten Länge des Weges der Vermittlung das Tempus umschlägt, sich verwandelt, und gestern, heute und morgen praktisch ununterscheidbar verschmelzen.

Jedes geschlossene System gerät im Laufe seiner Existenz in Unordnung. Verbrauchte Energie kann von ihm nicht ersetzt werden, so daß die Bindungskraft seiner Teile nachläßt. Immer größere Bereiche, immer mehr Worte fallen aus ihrem Zusammenhang, bis am Ende ein vollkommener Gleichgewichtszustand der Sinnlosigkeit herrscht. Menschenleere Ruhe.

Nur im Traum, im Tagtraum, in Augenblicken psychischer Instabilität wird die Grenze zur Vergangenheit durchlässig, ist man der Zeit, ihrer linearen Unerbittlichkeit, enthoben und tritt ohne Anstrengung zurück ins Ehedem, wo einem plötzlich Figuren begegnen, die aus der eigenen Wirklichkeit längst verschwunden sind. Dem Träumenden wie dem Verrückten scheint physisch gegenwärtig zu sein, was der Wache kaum noch erinnert, sosehr er sich auch bemüht, ein Gesicht, eine Geste, einen Klang zu imaginieren. Man hört, sieht und fühlt, berührt, schmeckt, riecht in traumhaften Abwesenheiten, als handele es sich um die unmittelbare Folge organischer Prozesse, keine Vorstellung, sondern das Ergebnis einer echten Begegnung, selbst einer solchen, die man sich erst für die Zukunft erhofft. Die man fürchtet. Oder von der ein anderer nur erzählt hat. Träumend rühren Tote einen an, erkennt man sich wieder als Kind, Greis, Mann oder Frau, nicht selten in einer einzigen Nacht, als wären im Körper Echos von Stimmen in fernen Räumen gespeichert, denen aufs neue Gestalt anzunehmen fast nach Belieben gelingt.

Jedes geschlossene System gerät mehr und mehr in Unordnung. Es verliert Energie und erkaltet. Dann ist es vorbei.

Dauernder Tag währende Nacht.

Wie eine Spirale gewunden das Präsens.

* JUNGE 1: Gib das jetzt endlich her.

JUNGE 2 (zwei bis drei Jahre jünger als eins): Nein. Ich bin heute dran.

JUNGE 1: Gib das jetzt her, oder ich hols mir.

JUNGE 2: Versuchs doch.

(Schritte hallen durch ein hohes kahles Gewölbe. Man hört den Atem der Kämpfenden, dann fällt ein Metallgegenstand scheppernd auf einen Steinfußboden.)

JUNGE 1 (in einem selbstverständlichen Ton): Na also.

JUNGE 2: Guck mal, du Scheißkopf, du hast mein Chorhemd zerrissen.

JUNGE 1 (ein Deckel klappt auf und zu, Kettchen machen ein rasselndes Geräusch): Dann zieh dir ein neues an. Im Spind hängen genug.

JUNGE 2: Nein. Ich gehe so.

JUNGE 1 (drohend): Zieh dir ein anderes an, oder ich knall dir wirklich mal ein paar.

JUNGE 2 (trotzig): Das sag ich.

JUNGE 1 (mit Hohn, sich seiner körperlichen Stärke bewußt): Wem willst du das sagen?

JUNGE 2 (zögernd, das scheint er sich vorher nicht überlegt zu haben): Dem Kaplan.

JUNGE 1: Liehre? (Nach einer kurzen Pause, wahrscheinlich hat Junge zwei genickt.) Wenn du dem alten Schwulen ein Wort sagst, dann kommst du besser nicht mehr auf die Straße in der nächsten Zeit. Verstanden?

(Eine Schranktüre wird quietschend geöffnet, ein Kleidungsstück zwischen anderen von einem Bügel genommen.)

JUNGE 2 (sich nähernd): Was ist denn schwul?

JUNGE 1: Dafür bist du zu jung. Halt bloß dein Maul. Willst du ein bißchen Weihrauch? Hier, kannst du mit nach Hause nehmen.

JUNGE 2: Los, sag schon.

JUNGE 1: Das geht dich nichts an.

JUNGE 2 (teils bittend, teils fordernd): Komm, Christoph, sags mir.

JUNGE 1 (überlegen): Weißt du schon was?

JUNGE 2: Alles. Mit Frauen und dem.

JUNGE 1: Da träumst du nur von. Woher willst du das denn wissen?

JUNGE 2: Der große Meier hat Bilder, die kennt jeder.

JUNGE 1 (ein wenig verblüfft): Dir hat der seine Bilder bestimmt nicht gezeigt.

JUNGE 2: Jawohl.

JUNGE 1: Das glaubst du doch selber nicht.

(Schritte, die eine Treppe herunterkommen; ein Glöckchen schlägt an.)

MANN: Seid ihr soweit?

BEIDE JUNGEN: Ja, Herr Kaplan.

MANN: Wer trägt das Fäßchen?

JUNGE 1: Ich.

MANN: Also, gehen wir.

(Verdreifacht Schritte, die eine Treppe hinaufsteigen.)

∗ Iesum … ir vereinet … und si liuhtet und schinet … ein einic ein … ein klar lieht in dem veterlichen herzen durchliuhtet das veterliche herz … Ein juncvrouwe, diu ein wîp ist, diu ist vrî, diu ist gôte … alle zît glich nâhe … Ûz dem erwachet diu vruhtbârkeit des wortes und daz heile des vleisches. Ez muoz von nôt sîn, daz si von allen vremden bilden ledic ist … als si was, da sie niht enwas … in nomine Patris et Filii et Spiritus Sancti … nach mitternacht, nach der geburt des neuen tages in unschuldiger dunkelheit: intravit Iesum in quoddam castellum: brediget der meister. Von not ist, daß sie eine jungfrau, der eingeboren ward der sohn des vaters. Vile guoter gâben werdent empfangen in der juncvrouwelicheit und werdent niht wider îngeborn in der wîplichen vruhtbârkeit, darumb lobet den hêrren und seinen unergründlichen ratschluß. In ihrem hause nahm ihn auf martha, wie lukas apostulum schreibt. Beruhigend sich daran zu erinnern. Einmal besessen in einem quart-format die ausgabe. Der weg allen irdischen zu wîn und brôt in einem antiquariat für drei mark achtzig. Verschleudert um eine nacht zu zechen. Man lernt nie aus. Wo laufen wir eigentlich hin? Das hätte ich ihm gleich sagen können, daß der Produktionsassistent nicht ins Wohlmann kommt. So eine windige Sache von Anfang an. Wir biegen jetzt nach rechts und gehen in die Uhlandbar. Vom Rumlaufen wird auch nichts besser. Selig die Seele, die rein. Vielleicht treffen wir da jemanden, der ihn auf andere Gedanken bringt.

* Irgendwann, sagt Till, am Tresen zwischen Hartwig und Ludwig, ist mein Widerwille gegen die Schulbrote so groß geworden, daß ich keinen Bissen mehr runtergebracht habe. Nicht nur sein Gerede von den Gaben Gottes, am Frühstückstisch, auf der Kanzel, wo er stand und ging, auch seine dauernden Ermahnungen, dankbar sein zu müssen, überhaupt etwas zum Essen zu haben, für ihn sei das, im Krieg in Breslau, nicht selbstverständlich gewesen, töteten jeglichen Appetit in mir ab. Allein der Gedanke an die Schnitten im Tornister rief einen außerordentlichen Ekel hervor, und regelrecht gewürgt hat es mich, wenn ich sie auspackte und in der Hand hielt. Das einfachste wäre gewesen, sie sofort wegzuschmeißen, doch genau dazu war ich nicht in der Lage.

Nicht nur, daß ich mich beobachtet fühlte, die Stimme des Herrn selbst ertönte in meinem Inneren. Ja doch, darüber muß man nicht den Kopf schütteln, ich verstand jedes Wort, das sie sprach, lauter werdend, bis eine heillose Kakophonie von Vorwürfen und Bezichtigungen meine kindliche Seele durchrauschte. Letzten Endes war ich für alle Hungernden und Elenden dieser Welt verantwortlich, ich persönlich, wo auch immer, Biafra, Palästina, Südamerika, in der Obdachlosensiedlung, die meine Mutter betreute.

Eine Zeitlang habe ich, mit irrwitzig schlechtem Gewissen, alles, was sich nicht verschenken ließ, an einen Nachbarshund verfüttert, dann, im Spätherbst, wußte ich nicht mehr aus noch ein. Und ich kam, ohne Plan oder Absicht, das hat sich einfach so ergeben, auf folgendes: Im Wohnzimmer stand eine neue Couchgarnitur, dezent modern, sehr teuer, von Interlübke oder WK, mit passender Regalwand, und cremefarbenen Polstern, die gerade noch die protestantische Farbzensur passiert hatten. Man glaubt es nicht, wieviel Platz da drin war, hinter den Rückenlehnen, unter den Kissen, zwischen der Bespannung. Daß niemand etwas gerochen hat, wundert mich heute noch. Eines Tages jedenfalls empfing mich der Landesbischof in spe höchstselbst im Flur, packte mich bei den Haaren und zog mich nach hinten. Meine Mutter und die Haushaltshilfe hatten das Versteck während einer Putzaktion ausfindig gemacht. Grüngeschimmeltes Brot, eingetrocknete Wurst, Käse, der als solcher nur noch zu erahnen war. Zum ersten- und zum letztenmal in meinem Leben bekam ich Schläge, ich meine so richtig, richtige Prügel, bis meine Mutter dazwischenging. Meinem Vater war das ungeheuer peinlich, daß er die Kontrolle verloren hatte, derartig, das konnte man ihm ansehen. Irgendwie muß der Vorfall eine kathartische Wirkung gehabt haben, weil ich danach die Brote entweder aufgegessen oder, nun ohne Skrupel, weggeschmissen habe wie die anderen auch. Ich verstand überhaupt nicht mehr, warum mich das Problem so lange beschäftigt hatte, ein ganzes Schuljahr, mit einer regelrechten Besessenheit. Wie weggeblasen.

∗ Hartwig schlägt vor, ins Amazonas zu gehen. Annerose, schoen und glat als wie ein epfellîn, schreibt ihre Zeche an.

∗ Bis nach Köln begleitet sie ihn, wo man in einen anderen Zug umsteigen muß. Bevor sie winkend kleiner und kleiner wird, erinnert sie ihn daran, der Tante (eigentlich ist es die Schwester ihrer Mutter) und dem Onkel (eigentlich ist es ihr Onkel) Grüße auszurichten und, wie versprochen, wenigstens einmal zu schreiben.

Er trägt einen Rucksack, den er während der zweistündigen Fahrt nicht ablegt. Zwar ist im Abteil ein Platz für ihn reserviert, doch bleibt er lieber im Gang, um ungestört die Landschaft vorbeiziehen zu sehen, das jenseitige Rheinufer, Weinberge, dann Felder und bewaldete Hügel. Die Fragen der Mitreisenden, ihre unausweichlichen Angebote von Obst und Schokolade, Trumpf-Schogetten, empfindet er als Zumutung, als nicht statthafte Einmischung in seine Belange, um die sie niemand gebeten hat, weder durch Blicke noch sonstwie.

Auf einem Klappsitz kniend, hält er sich mit den Fingerspitzen am Vorsprung der Scheibe oben fest. Als der Schaffner kommt, springt er herunter und nestelt den Fahrschein aus seinem Brustbeutel und dann das zusammengefaltete Ermäßigungsformular, dem ein Foto (Foto-Fix: lächle bitte!) angeheftet ist. Eine vorsorgliche Mahnung, die Station nicht zu verpassen, quittiert er mit einem stummen, mechanischen Kopfnicken. Es ist nicht seine erste Fahrt auf dieser Strecke, und lesen kann er alleine.

Von Adenau aus (weniger als zwanzig Kilometer bis zum Nürburgring – Graham Hill liegt in der Weltmeisterschaft fast uneinholbar vorne) geht es mit dem Postbus weiter, der sich aufreizend langsam bergan windet. Nach der Abzweigung zum Zementwerk, einem sich türmenden Komplex grauweiß verschleierter Würfel und Schrägen, erkennt er jede Einzelheit wieder, als sei er nie fortgewesen, links die ›Müdhang‹ genannte Tannenschonung, den welligen Teppich grüner Kartoffel- und grüngelber Getreideäcker, die Robert nach Feierabend ausgesät hat, und rechts eine belichtete Waldkuppe, wo der Schützenverein im Herbst sein Festzelt aufschlägt, das ›Grafenstirn‹. Das letzte Stück Weg führt durch eine Buchenallee, deren Laubwerk tanzende Schatten über sein Gesicht wirft, in raschem Wechsel mit Flecken blendender Helligkeit, wie wenn man die Finger lose ineinanderschiebt.

Der Bus hält an. In der Mitte des Platzes steht noch der rotweiße Maibaum, mit zerfleddertem Kranz, in einiger Entfernung umsäumt von der Schmiede, dem Edekageschäft, dem Pfarramt, der Kirche, der eingeschossigen Schule und einer Werkstatt für Landmaschinen, die dem Vater des verrückten Karl gehört.

Tante Agnes hat ihn erwartet. Während sie ihm die Hand reicht, bestellt er die Grüße, damit es getan ist und er es nicht mehr vergessen kann. Sie trägt einen geblümten Kittel, eine selbstgestrickte Jacke und graue Wollstrümpfe. Ihre gräulichen dünnen Haare sind hoch aus der Stirn gekämmt und im Nacken mit einem Gummi verknotet, was ihren Kopf kahl wirken läßt und ohne Schutz oder Zierde ihr Gesicht dem Alter preisgibt. Als sie sich nach daheim erkundigt, erzählt er ihr, daß er nach den Ferien das Gymnasium besuchen wird, sie, die Mutter, habe ihn letztes Jahr schon dort angemeldet. Die Tante scheint sich darüber zu freuen. Er wäre klug und würde sicher alle Prüfungen bestehen. Sie überqueren die Bundesstraße und gehen eine ansteigende Schotterpiste hoch, die am Haus vorbei sich in einem Feldweg verliert, über den man zum Grafenstirn kommt. Wie kleine stumpfe Türme durchstoßen die Sockel der nach Ostern einzementierten Gullys den aus Bruchsteinen und bräunlicher Schlacke festgestampften Belag der Fahrbahn.

Onkel Andreas sitzt auf dem niedrigen Küchensofa und dreht Zigaretten mit einer Walze, die im Deckel seiner gravierten Tabaksdose verschraubt ist. Seine hellblauen Augen sind wäßrig, als stünden Tränen darin. Wie am Hals eines Truthahns lappen Hautfalten über den Kragen seiner dunkelblauen Arbeitsjacke, und ein Geflecht dicker, bläulich durchscheinender Adern überzieht seine Handrücken. Er atmet schwer. Manchmal hört man es pfeifen. Jugendlich blonde Stoppeln bedecken sein Kinn und seine hageren, einwärts gekehrten Wangen. Seine Lippen sind rissig, von tiefen Kerben gezeichnet. Wenn er lacht, er lacht oft, entblößt er pferdeartig ein Paar langer gelber Zähne, während sein Gesicht, ähnlich dem Fächer einer Ziehharmonika, zusammenschnürt.

Onkel Andreas ist ungefähr so alt wie Tante Agnes, aber

man weiß nicht genau, wie alt. Vielleicht zweiundsechzig, wie der Großvater, dem der Chor der Rheinbahn zum letzten Geburtstag vor dem Haus ein Ständchen brachte. Benimm dich, hat sie beim Frühstück gesagt, wenn du aufs Gymnasium kommst, wirst du zu denen mittags essen gehen. Irgendwer muß sich um dich kümmern dann, drei oder vier Jahre, bis du alleine klarkommst. Jetzt guck mich nicht so an, mir bereitet das auch kein Vergnügen. Mein lieber Freund, hör auf, Grimassen zu schneiden, jemand anders kennen wir nicht, Schluß, aus, vorbei.

Auf der Nähmaschine hinter der Küchentüre liegen das Bistumsblatt, die Gemeindenachrichten und ein Versandhauskatalog von Baur, Burgkunstadt. Sich vorbeugend, leckt Onkel Andreas mit geschlossenen Augen die Gummierung der Zigarettenpapierchen an.

Wenn man es weiß, findet man den Schlüssel des großen kühlen eckigen Hauses in einer Fuge zwischen den Natursteinquadern, die einem weniger gemauert als aufgeschichtet erscheinen. Die beiden Stufen unter der Türe haben sich zur Mitte hin abgesenkt, wie durch Wasser glattgeschliffene Mulden. Ein steingefliester kahler Gang teilt das Erdgeschoß in zwei gleiche Hälften. Zuerst betritt man rechts die Küche. Vor den Fenstern steht das Sofa und der Tisch, den ein gelbliches Wachstuch bedeckt. Am Platz der Tante finden sich darin um eine längliche unversehrte Stelle zahlreiche kleine Messerritzen, die, wenn sie tief genug sind, Gewebefäden zum Vorschein bringen. Das Sofa ist eigentlich eine Liege und zu tief für den Tisch. Beim Essen muß man die Ellbogen ungewöhnlich weit abwinkeln, als Kind fast bis zu den Schultern, um an seinen Teller zu kommen. Sehr bequem versinkt man andererseits in den kissenartigen Polstern, wenn man liest oder Radio hört. Neben dem Herd liegen Holzscheite gestapelt, die Robert abends aus dem Schuppen in einem Korb hereinholt. Nach dem Anfeuern knistert es laut, und die eisernen Ringe verfärben sich schnell rotglühend. Über dem Herd hängen Töpfe und Pfannen, und an zwei drehbaren, horizontal aus der Wand ragenden Metallstielen Handtücher und manchmal auch Wäsche. In der Glasscheibe des wuchtigen Buffets steckt ein koloriertes Marienbild: betend die Mutter Gottes mit güldener Aureole, ihr gegenüber, zwischen den Fenstern, hängt der Gekreuzigte, einen Palmzweig von der Prozession im Nacken: Jesus von Nazareth, König der Juden, was nämlich die lateinische Abkürzung auf deutsch bedeutet. Du Lamm, nimm hinweg die Sünden der Welt, meine, unsere, alle. Im Namen des Vaters und des Sohnes und des Heiligen Geistes, Amen.

Links vom Eingang geht es in ein Stube genanntes Zimmer, wo man sonntags nach der Messe ißt und Weihnachten feiert. Sonst wird es nicht genutzt. Ein kalter Muffgeruch hängt wochentags darin. In der Vitrine des Schranks, gelacktes Furnier, stehen Bowlegläser, Mokkatassen, ein Teeservice, Kristallvasen, Porzellanrehe und -hasen und zwei Bücher: Herders Volkslexikon und ein Lexikon berühmter Männer, das sie als Politiker, Erfinder, Sportler, Feldherren, Wirtschaftsführer Kapitel für Kapitel auflistet, jeweils mit einem kleinen, schwarzweißen Porträt und den Lebensdaten versehen: Alexander der Große, 356–323 v. Chr.

Hinter dem Wohnzimmer, vor der Treppe, liegt die Speisekammer, gegenüber die Waschküche, durch die man in einen aus Brettern gezimmerten Unterstand für den Traktor treten kann. Seitdem sie eine elektrische Maschine haben, wird in dem alten Kessel Schweinefraß gekocht, ein faulig stinkender Matschbrei aus Kartoffelschalen, Gemüseresten und irgendeinem sackweise gekauften Griespulver, in dem Tante Agnes mit einer Holzlatte gelegentlich herumrührt. Reinfallen möchte man da nicht.

Die Fenster der Speisekammer sind mit Fliegendraht vernagelt, dessen engmaschiges Netz selbst das Tageslicht zurückzuhalten scheint. Im Halbdunkel des Raums erkennt man hohe Regale, in denen Äpfel und Birnen lagern, neben Einweckgläsern, Konservenbüchsen, etikettenlosen grünlichen Flaschen und bauchigen Steinguttöpfen (was ist da drin?). Verschieden dicke Würste und ein Schinken hängen von der Decke herunter, als Kartoffelkiste dient eine schräg durch Latten abgetrennte Ecke. Auf dem runden Tisch in der Mitte stehen eine Käseglocke und eine Kuchenplatte (mit Pfirsichtorte), über die eine Lage Fettpapier gebreitet ist. Nach allem zugleich riecht es hier, eine so seltsame wie betörende Mischung von Aromen, die man gerne tief einatmet.

Folgt man der um zweimal neunzig Grad gedrehten Treppe in den ersten Stock, findet man sich auf einem ziemlich quadratischen Vorsprung wieder, der vier gleich aussehende Türen erschließt, hinter denen sich die Schlafzimmer befinden. Tante Agnes und Onkel Andreas haben je ihr eigenes, was ihn trotz der Erklärung, das nächtliche Husten des Onkels störe sie, stutzig macht. Er stellt sich unter Ehe vor, daß man von der Hochzeit an zusammen in einem Zimmer schläft. Anders kann er sich die im Katechismus als leib-seelische Einheit bezeichnete Verbindung von Mann und Frau durch das Sakrament nicht denken. Nicht genau jedenfalls. Das besondere. Weshalb man im Grunde heiratet. Wenn der große Meier einem mal endlich eines der Bilder zeigen würde, wüßte man vielleicht mehr, aber der große Meier lacht nur und schickt einen weg. Irgendwie muß die Ehe, am Anfang, bevor man alt wird, mit diesem komischen Gefühl zu tun haben, das man manchmal unten kriegt, wenn Vera ihre kleine Schwester zum Pinkeln abhält oder wenn man sieht, wie zwei sich küssen. Wenn man davon liest.

Geradeaus schläft Robert und links Therese, die schon lange in einem Hotel in Bad Münstereifel als Bedienung arbeitet, warum das Zimmer für ihn frei ist. Sauber ausgeschnitten, pinnt an der Wand über ihrem Bett der Bravo-Starschnitt eines unbekannten, wahrscheinlich aber englischen Beatsängers, der auf einer Elektrogitarre spielt. Ein paar ihrer Kleider und Mäntel hängen noch im Schrank, und in den Fächern liegt gebügelte Unterwäsche (Hemdchen, die sich nicht leicht wieder falten lassen) und ein weißgestärkter BH. Zwei Fäuste passen in jeden Korb.

Eine weitere Drehung, um hundertachtzig Grad mit drei Zwischenschritten, endet vor einer schmaleren, steilen Treppe, die auf den Speicher führt, der hier Boden genannt wird. Boden ist ein falsches Wort. Für ihn hört es sich an, als stünde das Haus auf dem Kopf oder als habe man die Bezeichnung erfunden, als man auf dem Kopf stehend das Haus betrachtete. Denn nur dann wäre der Himmel die Erde, der Speicher der Boden und die Erde der Himmel. Außer man stellt sich vor, alles wäre an der Innenseite einer Kugel befestigt, in deren Mitte sich der Mittelpunkt des Universums befände. Weil in diesem Fall aber nicht nur Häuser und Bäume, sondern auch die Menschen in der Luft hingen, würde sich an der Falschheit nichts ändern. Ein Speicher kann kein Boden sein.

Verschiedenartige Körner sind zu Kegeln aufgeschichtet,

drei mal zwei lockere Pyramiden, die raschelnd zu fließen beginnen, wenn man sie mit der Fußspitze streift. Neben einer Zentesimalwaage liegen leere braune Säcke. Sonst findet sich Gerümpel, Stühle ohne Sitzfläche, der Stumpf einer Petroleumlampe, Koffer, eine Truhe mit Kleidern, altes Schuhwerk. Wenn man aus der Dachluke blickt, sieht man auf der anderen Seite der Schotterstraße den mit Maschendraht umzäunten Garten der Tante, dahinter den Stall, in dem vier Kühe und vier Schweine leben. Die Kühe heißen Lisa, Gitte, Bunte, Rosa und die Schweine Schweine. Schweinen gibt man keinen Namen. Hat Robert gesagt, als er ihn danach fragte.

Nach dem Erwachen schiebt er die Hände unter den Kopf und bleibt ruhig liegen. Niemand kommt und treibt zur Eile an. Von draußen ist nichts zu hören, weder Verkehr, ins Kabellager rangierende Lastwagen, noch Stimmen oder andere Töne, das Heulen der Kreissäge aus der Schreinerei. Manchmal nur vernimmt man ein weit entferntes Geräusch, das sich verlierende Tuckern eines Diesels, McCormick oder Massey Ferguson, ganz leise vielleicht den Wind, wie er durch die Kronen der Obstbäume streicht, oder, mit gespitzten Ohren, das Vogelgeziepe im Garten. Nach einer Weile hebt er das Heftchen vom Boden, sucht die Zeile, über der er eingeschlafen ist, und beginnt zu lesen. Joe Castellani grinste hämisch und feuerte seine .45 Magnum ab. Blutüberströmt sank der Cop in die Knie, dann schleuderte ihn der nächste Schuß der großkalibrigen Waffe gegen die Bar. Ich versuchte, mir nichts anmerken zu lassen.

Als er das Kapitel beendet hat, hellwach geworden, springt er aus dem Bett und zieht sich an. Keine, die ihn zwingt, sich zu waschen, oder unvermutet ins Badezimmer tritt, um mit einem seifigen Frotteelappen seine Ohren zu mißhandeln. Er rollt das Heft zusammen, steckt es in seinen Gürtelbund und geht nach unten in die Küche.

Tante Agnes kommt aus dem Stall, eine flüchtige, nach Mist und Heu und frischer Luft riechende Wolke nach sich ziehend. Sie wünscht ihm guten Morgen und scheucht die Katze in den Flur, dann setzt sie Milch auf, um Kakao zu kochen, und säbelt Brot von einem großen runden Laib, wobei sich das Messer auf ihre Brust hinbewegt. Abrutschen darf es nicht.

Während er die beiden Hälften der langen ovalen Scheibe mit Butter und Marmelade bestreicht, schneidet sie für sich ein Stück Speck in kleine Würfel, die sie, so sieht es aus, mit ihrer Zunge am Gaumen weich malmt; alles Feste, Äpfel, Emmentaler, Koteletts, vertilgt sie kleingeschnitten auf diese Weise. Wenn er sich bei Tisch unbeobachtet glaubt, macht er es nach, versucht, statt sie zu kauen, die Bissen zu zerspeicheln und am Gaumen zu zerdrücken, um herauszubekommen, wie man ohne Zähne ißt; das geht, aber nicht lange, und die Backen tun einem vor Anstrengung weh.

Falls sie ihn nicht zum Edeka einkaufen schickt, sucht er sich nach dem Frühstück einen Platz, wo er ungestört weiterlesen kann, entweder im Schuppen auf dem Traktor, dessen Sitzschale bequem gefedert ist, oder in einem Schober über dem Stall, langgebettet zwischen Haufen von Heu.

Zu Ostern noch ist er vormittags allein herumgestreift (die Ferien von Manfred und Reiner fangen erst später an), hat, trotz des Verbots von Mutter und Tante, die Felsen unterhalb des Grafenstirn erklettert, dem Schmied beim Beschlagen einer Kuh zugesehen (auch Robert und Onkel Andreas sind mit zwei Kühen vor dem Leiterwagen zum Ernten und Heuen gefahren, bevor sie letztes Jahr den (gebrauchten) Traktor kauften), hat den dicken Ock besucht, der ein paar Häuser taleinwärts wohnt, und mit ihm (es gibt keinen dickeren Mann auf der Welt als den dicken Ock) die Bilder in einem Buch studiert, das Tor des Jahrhunderts heißt (entweder schwärmt der Invalide von Pelé und Eusebio, oder er verflucht den russischen Linienrichter Bahkramov, der den Drehschuß von Hurst zum Drei zu Zwei entgegen aller Wahrscheinlichkeit, entgegen dem nun vorliegenden Beweis der Zeitlupe, entgegen jedem Augenschein als Treffer gab, weshalb die deutsche Mannschaft den heiligen Rasen von Wembley um den Sieg betrogen, aber erhobenen Hauptes immerhin, verlassen mußte), ist treppauf und treppab gestiegen, hat den Versandhauskatalog durchgeblättert, mit der Katze gespielt, bis sie fauchte, oder hat sich in das Lexikon berühmter Männer versenkt: Heinrich Himmler, sog. Reichsführer SS, 1900–1945 (Selbstmord). Otto Graf von Bismarck, dt. Reichskanzler, 1815–1898. Giordano Bruno, ital. Philosoph, 1548–1600 (hingerichtet). Max Schmeling, Boxweltmeister, * 1905. Er weiß nicht mehr was mit sich anfangen.

Nachmittags geht er zu Reiner auf den Hof. Auch Manfred kommt, um zu helfen. Je schneller die Arbeit getan ist, desto eher können sie weg. Reiner zeigt ihnen (Manfreds Vater ist Elektriker), wie es gemacht wird, Holz richtig stapeln, ausmisten, Heu wenden, Hühner füttern, die Egge mit einem Spachtel reinigen, sägen. Nie sieht man Reiners Mutter ohne Kopftuch. Sie trägt Cordhosen und Gummistiefel. Sein Vater hat eine Glatze, die, genau wie sein Gesicht, immer gerötet ist. Er heißt Scheng, und auch Reiner nennt ihn so, beim Vornamen, wenn er von ihm spricht oder ihn ruft. In ihrem Stall stehen zwanzig Kühe, zehn auf jeder Seite – mehr besitzt niemand im Dorf, die zweimal am Tag gemolken werden müssen. Je Kuh braucht man zehn Minuten. Zwanzig mal zehn gleich drei Stunden und zwanzig Minuten, geteilt durch vier Personen (Vater, Mutter, Großmutter, Sohn) ergibt eine Melkzeit von fünfzig Minuten. Sultan, halb Collie und halb Schäferhund, liegt angekettet neben der Haustür. Tritt ein Unbekannter in die Einfahrt, springt er augenblicklich hoch und beginnt zu bellen. Dabei reißt er an der Kette. Erst ein herrisches Wort von Scheng oder Reiner läßt ihn verstummen. Manchmal packt Reiner seine Schnauze und schüttelt sie hin und her; oder er steckt die Hand zwischen seine Fänge. Guter Hund, sagt er dann, es sei ein braver guter Hund.

Wenn sie gegen drei Uhr losziehen, nehmen sie ihn nicht selten mit. Außerhalb des Hofes droht von Sultan keine Gefahr. Man kann ihn streicheln, umarmen, so tun, als ob man auf ihm reiten wollte. Sabbernd bringt er abgebrochene Äste zurück, die in eine der Wiesen am Trattenbach geschleudert werden. Um Stichlinge zu fangen, genügt eine Drachenschnur mit einem einfachen Haken daran, eine geöffnete Büroklammer zum Beispiel. Stichlinge sind klein, dumm und nutzlos. Auf eine andere Idee, als ihnen das Genick zu brechen, kommt niemand. Man legt sie auf einen flachen großen Stein am Ufer und haut mit einem keilförmigen Ziegel schnell zu. Wessen Fisch nach dem ersten Schlag noch zuckt, hat verloren. Manfred ist ein Feigling. Wenn er ausholt, weiß man schon, daß es nichts wird. Ich habe nicht richtig getroffen, sagt er zur Entschuldigung, aber auch Reiner hat es gesehen, sein Zögern, sein Schlucken, sein Augenschließen, seine Kraftlosigkeit. Wozu fängt man die überhaupt, denkt er, wenn nachher einer nicht mitspielt? Irgendwann verliert man den Spaß, vergräbt die erlegte Beute (drei Füße scharren ein Loch am Ufer) und beschließt einstimmig, den Belgier zu besuchen. Von einem Zaunpfosten aus kommt man leicht auf seinen Rücken. Es gibt ein Bild in ihrem Album, das sie zu dritt reitend zeigt, Reiner vorne und Manfred hinten. Bis zum Essen um sechs muß man wieder zurück sein.

Liebe Mama! Mir geht es sehr gut. Am Sonntag war ich mit Robert auf dem Schießstand. Wir haben auf Scheiben geschossen, die man mit Drähten herankurbelt. Ich habe oft die Sechs und die Sieben getroffen, einmal die Neun. Mit Manfred und Reiner war ich angeln. Dann sind wir auf dem alten Pferd von Scheng geritten. Das Pferd ist sehr gutmütig, deshalb brauchst du keine Angst zu haben. Für Ostern färben Tante Agnes und ich schon Eier. Kommst Du auch, wie Du gesagt hast? Von Robert habe ich melken gelernt. Außer gestern scheint jeden Tag die Sonne. Es ist sehr schön. Viele Grüße Dein Stefan.

Lesend sitzt er neben Onkel Andreas auf dem niedrigen Küchensofa. Phil gab mir Feuerschutz. Heiser bellte seine Smith & Wesson durch die Dunkelheit, als ich mich dem Lagerhaus näherte. Heute nacht würde Joe Castellani nicht mehr entkommen. Manchmal räuspert Onkel Andreas sich. Es klingt, wie wenn eine Kette rasselt. Verdammt, der Querschläger hatte meinen Arm gestreift. Ich warf mich hinter die Stahltüre und zählte meine Patronen. Der Rauch seiner Zigarette zieht verwirbelnd über die Seite. Er hält sie vorne zwischen Mittel- und Ringfinger, was unbeholfen aussieht.

Wenn Mama raucht, knispert sie pausenlos mit dem Daumennagel an der Spitze ihres kleinen Fingers. Robert, in weißen Maurerhosen, wäscht sich die Hände. Gerade ist er vom Melken zurückgekommen. Robert ist nicht viel jünger als Mama. Letztes Jahr im Herbst haben sie im Festzelt zusammen getanzt. Tante Agnes nimmt die beiden Pfannen vom Herd und stellt sie auf den Tisch. Onkel Andreas dreht im Aschenbecher (Gruß aus Paris) vorsichtig die Glutkappe seiner Zigarette ab, um sie nach dem Essen weiterrauchen zu können. Nachdem Robert Platz genommen hat, falten sie ihre Hände und senken ihre Köpfe. Im Namen des Vaters, sagt Robert, und des Sohnes und des Heiligen Geistes. Tante Agnes und Onkel Andreas bekreuzigen sich, um dann wieder die Hände zu falten. Aller Augen warten auf Dich, o Herr, fährt Robert fort, du gibst Speise zur rechten Zeit, Du öffnest deine Hand und erfüllest alles, was da lebt, mit Segen. Lasset uns beten: Herr, segne uns und diese Deine Gaben, die wir von Deiner Güte nun empfangen werden, durch Christus, unsern Herrn, Amen. Zum Gastmahl des ewigen Lebens führe uns der Herr der ewigen Herrlichkeit, Amen.

Anschließend wird von allen ein ›Gegrüßet seist Du‹ gesprochen und ein ›Vaterunser‹.

Nicht nur die Dauer des Tischgebets irritiert ihn. Auch der Gedanke, er würde mit ihr zu zweit nicht nur so lange, sondern überhaupt vor dem Essen beten, scheint ihm befremdlich. Zwar zweifelt er (noch) nicht an der Wandlung des Fleisches, der jungfräulichen Empfängnis (es ist ohne Mann geschehen) und der leiblichen Auferstehung, doch vermag er sich den Glauben und seine Bekräftigung an keinem anderen Ort mehr vorzustellen als in einer Kirche. Es kommt ihm kindisch vor, außerhalb dieses Ortes zu beten in der Hoffnung, Verzeihung zu erlangen oder gesegnet zu werden (wäre das nämlich möglich, bräuchte man weder Klerus noch Liturgie). Ein Kreuzzeichen vor dem Essen ließe er gelten, nicht aber die mit alltäglicher Hingabe gemurmelten Fürbitten. Als er hochblinzelt und Tante Agnes und Robert mit geneigtem Kopf, gefalteten Händen und geschlossenen Augen sieht, empfindet er eine bisher unbekannte Scham, ein peinliches Gefühl der Absonderung und des Alleinseins. Denn Dein ist das Reich und die Kraft und die Herrlichkeit in Ewigkeit, Amen.

Gegessen wird aus Suppentellern. Es gibt Spiegeleier, Bratkartoffeln, ein Gemüse und Salat mit Schnittlauch und Sauerrahm. Den Geschmack wird man nicht vergessen. Alles läuft im Boden des Tellers zusammen, Eigelb, Sauce, geschmolzene Butter, Livioöl. Nach dem Essen geht Robert in sein Zimmer, um sich umzuziehen. Er wird von Freunden abgeholt. Tante Agnes schaltet das Radio ein, das auf dem Buffet steht: Die Fanfare des Südwestfunks. Der Westdeutsche Rundfunk hat einen Gong vor den Nachrichten. In letzter Sekunde gelang es mir, den Wagen abzufangen. Ich riß das Steuer herum und nahm die Verfolgung auf. Castellani raste nach Brooklyn. Ich mußte um jeden Preis verhindern, daß er das Syndikat informiert.

Sonntags nach der Messe ist Tauschtag für Kinder. Liehres Haushälterin führt die Aufsicht und notiert in einer Kartei die Titel der entliehenen Bücher. Das erste ist umsonst, jedes weitere kostet zehn Pfennig Gebühr. Pro Woche sind, vorausgesetzt sie überschreiten nicht eine bestimmte Seitenzahl, ein bis zwei Bücher zu schaffen. Für einen Band Tom Sawyer braucht man länger, aber das war letztes Jahr, als er entweder vor ihr einschlief oder bevor sie ging (angeblich trifft sie sich mit einer Freundin), beziehungsweise es noch nicht vermochte, unter dem Deckbett zu lesen. Verkokelt riecht es immer ein bißchen, wenn der Stoff mehr als fünf Seiten lang (befreit man die Lampe von ihrem Schirm, kann man die Decke wie ein Zelt über der kerzenförmigen Birne aufspannen) mit dem erhitzten Glas in Berührung kommt.

Der Stern von Kalikut. Faulige Luft verpestet die Mangrovenwälder. Kein Windhauch bläht die Takelage. Von Skorbut geschwächt, pulen die Männer weiße Maden aus dem Schiffszwieback. Ihr Zahnfleisch blutet. Als die Söldner des Maharadschas angreifen, können sie sich nicht mehr wehren. Aber dem Gekreuzigten schwören sie nicht ab, trotz Folter und Prügel mit den dornenstachligen Blättern indischer Kakteen. Dem Schiffsjungen Ruiz gelingt die Flucht aus dem unterirdischen Verlies. Eingeborene pflegen ihn gesund. Als er nach jahrelanger Irrfahrt wieder in Lissabon einläuft, erkennt ihn die Mutter zuerst nicht wieder. Später dann doch. Der König empfängt ihn und rüstet eine Flotte aus, um die Ungläubigen zu bestrafen. Ruiz wird ihr Kommandant.

Das war früher, vor ein paar Monaten. Andere Geschichten gibt die Pfarrbibliothek nicht her, aus der Wirklichkeit, die wie in echt sind, wofür man sich interessiert, solange man auch die Regale durchforstet. Für Kinder verboten, heißt es, wenn man fragt. Wenn du noch einmal in den Trümmerkeller gehst, droht sie, mit Menno, Volker und dem großen Meier (das war, nachdem die Polizei Mennos Bruder abgeholt hatte), kommst du gar nicht mehr raus. Wir müssen hier wegziehen, widerwärtig ist das, das sind Kriminelle. Ich kann mich nicht um alles kümmern, bitte, Stefan, sei bitte vernünftig. Es wird Zeit, daß die Stadt die Bruchbuden abreißt, so was zieht solche Elemente ja geradezu an (Eines Tages bogen drei Polizeiwagen vom Elektrizitätswerk aus in die Straße und hielten vor den Baracken. Als man herangekommen war, wurde Wilfried in Handschellen abgeführt. Er soll, sagte Armin Waldner, das Cabrio geklaut haben. Du bist bescheuert, sagte Vera Straschewski, das Cabrio ist geliehen. Woher weißt du das? fragte der große Meier. Hat Wilfried mir selber gesagt. Mit Blaulicht, aber ohne Sirene, entfernten sich die Polizeiwagen zum Platz hin). Jetzt wird hier mal aufgeräumt, sagt sie am Abend und steckt alle Comics in den Mülleimer. Sigurd, Falk, Tarzan. Als sie den Jerry Cotton entdeckt, dreht sie durch. Ob er eigentlich spinne? schreit sie, packt ihn am Arm und schüttelt ihn. Ob er denn glaube, weil sie arbeite, könne er sich alles erlauben? Ob er enden wolle wie der da hinten? Als Knastbruder. Er solle nicht grinsen. (Sie tat so, als würde sie ihn schlagen wollen. Sich duckend, zog Stefan die Schultern ein. Sie nahm ihn in die Arme. Sie meine es doch gut, sagte sie.) Er muß ihr versprechen, keine Heftchen mehr zu lesen und sich von Menno und Volker fernzuhalten. Sie bekäme alles raus. Außerdem würden ab sofort die Aufgaben wieder kontrolliert. Setz dich dahin und lies mir vor. Sie holt ein Buch aus ihrem Schrank. Fang an: Es war ein alter Mann, der allein in einem kleinen Boot im Golfstrom fischte, und er war jetzt vierundachtzig Tage hintereinander hinausgefahren, ohne einen Fisch zu fangen. In den ersten vierzig Tagen hatte er einen Jungen bei sich gehabt.

Die Hefte liegen in der Truhe auf dem Speicher unter alten Kleidern. Am Vortag hatte er sie übersehen. Es sind mehr als fünfzig Stück. Asphalthyänen. Die Rache der Mafia. Ein Killer für 10 Cent. Wahrscheinlich gehören sie Robert. Das erste beendet er nach zweieinhalb Stunden, auf der Truhe sitzend, mit einem Ohr lauschend, ob jemand die Stiege hochkommt. Das nächste steckt er unter sein Hemd und zieht sich damit in den Traktorschuppen zurück. Blas ihn weg, keifte die bösartige Stimme von Haimes, der Verräter hat uns lange genug Ärger gemacht. Als Tante Agnes plötzlich neben ihm auftaucht, versucht er, seine Lektüre zu verbergen, doch hat sie es schon gesehen. Weiterlesen könne er später, sagt sie, vorher aber müsse er zum Edeka einkaufen gehen, sie habe ihm einen Zettel geschrieben.

Er zögert, nicht verstehend, eine Maßregelung erwartend. In der Truhe auf dem Boden seien noch mehr, sagt sie unbeeindruckt, die liefen ihm nicht weg. Jetzt möge er sich beeilen, der Edeka schließe um zwölf. Stefan rollt das Heftchen zusammen und macht sich auf den Weg.

Manchmal bellt draußen ein Hund. Aus verschiedenen Richtungen fangen andere Hunde auch an, als würden sie ihm antworten. Dann ist es wieder still. Meine Faust traf ihn an der Kinnspitze. Grunzend sackte das Pockengesicht zu Boden. Er kämpft gegen seine Müdigkeit. Die Augen fallen ihm zu. Um nicht einzuschlafen, lehnt er sich aufrecht gegen ein Kissen, das er zwischen den Kopfteil des Bettes und seinen Rücken gestopft hat. Darf ich Sie zu einem Whisky einladen? fragte sie mit rauchiger Stimme. Im Schein der Stehlampe war ihr Negligé fast durchsichtig. Belinda wußte genau, welche Wirkung sie auf mich ausübt. Er hört, wie Robert nach Hause kommt. Im Bad, das in eine Ecke der Waschküche gemauert ist, rauscht die Spülung.

Als er am nächsten Morgen wach wird, brennt noch das Licht an der Decke.

Kurz vor Köln geht er auf die Zugtoilette, holt die Hefte aus seinem Rucksack und steckt sie eins neben dem anderen, wie eine Leibbinde, in seinen Hosenbund. Er zieht den Gürtel gut fest, damit keines herausrutschen kann. So wird sie nichts merken. Die Obstkiste in dem lichtlosen Winkel unter der Kellertreppe ist ein gutes Versteck.

∗ Bin ichn Dealer oder was? Wie kommt Ludwig dazu, mir den Italiener auf den Buckel zu binden? Irgend so eine obskure Bekanntschaft von Stefan und Nils. Können sie beide nicht die Nase voll von kriegen. Je abgedrehter, desto besser. Und statt nein zu sagen, verkauf ich ihm ein halbes Gramm. Ich muß doch ein Bild abgeben, das nicht meins von mir selber ist. Sollte man sich mal fragen, seit wann. Oder ob schon immer. Wie die anderen mich sehen und ich mich dagegen, wenn ich in den Spiegel gucke. Erkennst du den? Nein. Ich auch nicht, bedauerlicherweise. Der ist ein anderer. Es kommt mir vor, als sei ich früher konsequenter gewesen. Die Daßheit des Seienden und die Washeit des Wesens. Quoditas und quidditas, bei Pasewalk übersetzt: Heute, meine Herren, habe ich Ihnen einen Text des heiligen Thomas mitgebracht. Audite miracula nova de ente et essentia, secundum philosophum in Coeli et mundi. Die Substanz der Seele ist zweifach zusammengesetzt. Pausenlos haben sie einem Müll ins Gehirn gekippt. Das passiert mir nicht noch einmal, daß ich nachgebe, obwohl ich nicht will. Eh, Ludwig told me that you can sell me a little bit, about half a gram.

I pay you hundertfifty marks. Let's go downstairs to the toilet. Eine Jauchegrube chemischer Potenzen. Non scholae sed vitae. Zum Kotzen. Ich hau gleich ab in die weiße Maus. Ist mir zu laut und zu voll hier drin.

* Der Balkon hat zur Straße eine kleine gemauerte Stufe, in der das Geländer fußt. Es ist rotbraun gestrichen und von außen mit einer bunten Stoffbahn bespannt, die wie ein Segel knallt, wenn der Wind hineinfährt; dann streicht er über die Ziegel, verdreht sich in der Regenrinne und bläht das grobe Leinengewebe, das mit einer Plastikkordel an den Stangen festgebunden ist. Zwölf Schritte braucht es, um auf dem grüngetünchten Estrich die gesamte Länge der Wohnung abzumessen.

Die Räume hintenraus, Küche, Bad, Klo, ihr Schlafzimmer, sind durch das Dach geschrägt und mit Fenstergauben versehen. Wenn man auf der Spüle der neuen Einbauküche kniet, von Hülsta, überblickt man das Gelände bis zur Eiscremefabrik, in deren glasgedeckter Halle weißkittlige Frauen mit weißen Häubchen ihrer Arbeit nachgehen. Davor liegt ein Karree Garagen, dann kommt Waldners Büro, schließlich der hohe Kamin und der Flachbau der Schreinerei im Hof gleich unten. Der Meister, der eine blaue Schürze trägt, hat eine Hasenscharte; als wäre seine Nase verstopft, hört es sich an, wenn er ›Hein Schielplats hier‹ ruft und ein Stück Holz in Richtung Toreinfahrt wirft, weil jemand ihm einen Vogel gezeigt oder ihn nachgeahmt hat, seine merkwürdige nuschelnde Stimme. Nähert er sich drohend, rettet man sich eilig auf die Straße, die vom Balkon aus leicht zu überschauen ist, auf der Stufe stehend, den Kopf in die

Hände gestützt, während der Blick zickzack von links nach rechts schwenkt: ganz hinten an der Ecke die kreidebemalte Mauer des Elektrizitätswerks, dann die beiden Backsteinbaracken mit Dächern aus Teerpappe, in denen Menno und Volker wohnen, daneben die von Gras und Unkraut zugewucherte Trümmerfläche, unter der sich ein moorig riechendes Kellergewölbe befindet, in dem sich abends die Älteren treffen, gegenüber drei, vier alte Mietshäuser mit Seitenflügeln, wo Lupo mit seiner Mutter in einer stinkigen Küche plus Kammer lebt, dann das Kabellager und die Neubauten mit Bädern und Balkonen am anderen Ende der Straße, die in einen dreieckigen Platz mündet, hinter dem die Zechensiedlung beginnt. Rudi wohnt da, sein keuchender Vater, die Karnickel.

Hebt man den Kopf und beugt sich ein wenig vor, sieht man die großen Milchglasscheiben des Schraubengeschäfts von Waldner. Im Eingang steht Armins Rennrad, Peugeot mit zehn Gängen. Er läßt nur den großen Meier darauf fahren oder Ewald, wenn die beiden gemeinsam auftauchen und es verlangen, einmal um den Block gegen die Stoppuhr. Vom Elektrizitätswerk her nähert sich Hildegard, Armins Schwester, die Heilige. Sie kommt aus der Klosterschule. Jetzt biegt sie in das Haus, das sie bis zum Abend nicht mehr verlassen wird, lernend in der Zelle ihres Zimmers. Sonst ist weit und breit noch niemand zu sehen.

Man müßte die Schulaufgaben anfangen, denkt er, alles erledigen, bevor sie zurückkehrt, damit sie keinen Grund zur Klage hat. Meinst du, mir macht das Spaß, den ganzen Tag zu arbeiten? Säume stecken und so weiter. Es läßt sich nicht ändern, das solltest du in deinem Alter langsam verstehen. Ich verstehe, denkt er, richtet sich auf und tritt vom

Balkon in sein Zimmer, setzt sich an den Schreibtisch und öffnet sein Heft. Die Einführung der ganzen Zahlen, die Regeln ihrer Verknüpfung, das Distributivgesetz. Sauber überträgt er die Mitschrift des Unterrichts in das Heft, mit dem Lineal Merksätze und Ergebnisse kennzeichnend. Scientia est potentia. Hängt euch das übers Bett, hat Gerd von Pasewalk gesagt, das ist das A und O. Erste Deklination, dritte Person Singular Aktiv Indikativ Präsens von esse. Pasewalk liegt im Osten. Wo liegt Pasewalk? Im Osten, Herr Oberstudienrat. Jawohl, unser altes Gut, das die Kommunisten seit zwanzig Jahren zugrunde richten, ohne Sinn und Verstand. Schreibts euch hinter die Ohren: Schüler des Cusanus-Gymnasiums zu sein bedeutet eine Verpflichtung. Wir erwarten Fleiß und Bereitschaft. Penner können zu Hause bleiben, kapiert? Gut. Jetzt notier ich mir mal die Berufe von euren Vätern. O wie Ollenhauer: selbständiger Klempnermeister. N wie Nettelbeck: Finanzbeamter. M wie Martinez: Erinnere dich, sag schnell was: Stahlwerker. Aha, ein Mann der Faust, sehr schön. Aus Spanien? Ein Español (Pasewalk zwinkerte) also, einer vom Stamme Ortega y Gasset. Wunderbar.

Genau in die Mitte der Kästchen malt er die Minuszeichen, genau parallel zu ihrer Linierung, als verlange die Bedeutung des Gelernten diese Ordnung. Die Sauberkeit der Hausaufgaben bringt einen Extrapunkt, einen lobenden Strich im roten Kalender Brenners, der anerkennend nickt, wenn er das Heft kontrolliert, und einen am Kopf tätschelt. Sag deiner Mutter, die braucht nicht zum Sprechtag kommen. Stimmt das auch? Ruf doch an.

Die ganzen Zahlen lösen bisher unlösbare Aufgaben. Fünf und was gleich drei? Gleich heißt das, nicht ist, denn die eine Seite ist ja nicht die andere, sondern ihr nur gleich, was man eine Konvention nennt. Minus zwei lautet das richtige Ergebnis, das man in eine runde (und keine eckige) Klammer zu setzen hat, so daß sich ein schönes Muster ergibt von Strichen, Bögen und Klammern über die ganze Seite hin als Spiegel eines unumstößlichen, vollkommenen Systems. Die ganzen Zahlen mit der Verknüpfung der Addition bilden eine kommutative Gruppe. Abel heißt ihr Erfinder, wie der in der Bibel, ein einsamer Reisender, stellt er sich vor, durch die Räume der Algebra, wo er Gruppen aufspürt und einsammelt, Ringe und Körper, neutrale und inverse Elemente, die Null, die Eins, die Gegenzahl, schwerelos wie in einem Raumschiff mit ausgebreiteten Armen schwebend.

Von der Straße dringt ungewohnter Lärm hoch, das Scheppern von Glas, eine einzelne brüllende Stimme, der die Töne eines zaghaften, noch nicht gleichgestimmten Chores antworten. Er zwingt sich, nicht auf den Balkon zu treten und nachzugucken, die Aufgaben zu verlassen, bevor sie beendet sind. Er steht zu seinem Wort, felsenfest, dem Versprechen, das er ihr gegenüber als Preis für die Erlaubnis abgelegt hat, während des Nachmittags allein in der Wohnung bleiben zu dürfen, endlich der Aufsicht der Großeltern entzogen. Demnächst wird er auch nicht mehr zum Essen dorthin gehen, das steht schon fest, und sich Ermahnungen anhören, das Schlingen zu unterlassen, das Messer nicht in den Mund zu nehmen (was er absichtlich macht) oder die Ellbogen (wie ein Bauer) auf den Tisch zu stützen. Ich verspreche, was sie will, denkt er, wenn sie mich davon befreit, die Erfüllung jeder Pflicht, die man sich ausbedingen kann. Die letzten beiden Aufgaben noch, Nummer neunzehn und Nummer zwanzig. Fertig. Er klappt das Heft zu und steckt es in seine Schultasche.

Draußen erheben sich Anfeuerungsrufe, so scheint es. Er versucht wegzuhören und mechanisch in seinem Pensum fortzufahren, mit der Nacherzählung von Krambambuli, der traurigen Geschichte eines treuen Hundes. Wie fängt man an? Der erste Satz entscheidet. Besser vielleicht, damit zu warten, um statt dessen die Regeln des Gerundivums ins Grammatikheft zu übertragen und auswendig zu lernen. Wird Pasewalk sicher abfragen. Du Rindvieh. Mein Bruder ist Chirurg, der kann sich so was auch nicht leisten. Er legt das fleckige Löschblatt zurecht und schreibt: Das Gerundivum, das wir jetzt kennenlernen, ist ursprünglich nichts anderes als das Partizip Präsens Passiv. In dieses Partizip ist nun im Laufe seiner Geschichte ein zusätzlicher Sinn eingedrungen: Der Gedanke der Notwendigkeit. Pons militibus faciendus est – Von den Soldaten muß eine Brücke gebaut werden. Als er das ›muß‹ mit dem Lineal rahmt, schellt es Alarm, ein krächzender Dauerton, der durch schnelles Kratzen am geriffelten Glasschlitz der Wohnungstüre untermalt wird. Er springt in den Flur und reißt die Tür auf. Der kleine Meier stolpert ihm einen Schritt entgegen.

– Los komm schon, wo bleibste denn?

– Was ist denn los?

– Dröscher dreht durch, schreit der kleine Meier, aber diesmal richtig. Der hat schon … der hat schon ne Vase durchs Fenster geschmissen. Los.

Er trippelt vor und zurück, hüpft auf die erste Stufe und wedelt mit seinem Arm.

– Ich hol den Schlüssel, ruft Stefan, warte auf mich, doch der kleine Meier läuft wieder nach unten, und er folgt ihm, so schnell er kann.

Als er die schwere Haustür aufzieht, erblickt er zuerst die

Männer des Kabellagers, die zögernd aus der Einfahrt treten; der Fahrer des Gabelstaplers hat sich auf seinen Sitz gestellt, um über ihre Köpfe hinwegzusehen. Der größte von allen ist Lupo, unschwer auszumachen. Beim Catchturnier, das zweimal jährlich in der Rhein-Ruhr-Halle stattfindet, kontrolliert er den Einlaß vor der Stehtribüne. Sonntags mittags läßt er einen umsonst rein, wenn man sein Freund ist. Während der Kampfpausen bringt er Wassereimer zum Ring, aus denen sich die Catcher erfrischen. Manchmal wird er auf seinem Weg durch die Menge mit Pappbechern und zusammengeknüllten Programmen beworfen, doch rufen diese Angriffe keine Reaktion bei ihm hervor, als würde er sie gar nicht wahrnehmen, obwohl er jeden der Ärsche mit einem einzigen Schlag hätte ins Jenseits befördern können, so wie er mit einem Wischer seines Handrückens Wilfrieds Lippe gespalten hat, als der dem großen Meier ans Leder wollte.

– Jemand muß die Polizei holen, sagt Frau Wagner, die auf einem Kissen im Fenster liegt.

Stefan winkt Lupo zu, schließt die Türe und trabt nach rechts, wo sich schon alle versammelt haben, die Köpfe zum eingeworfenen Fenster gerichtet: Armin Waldner mit einer Tüte Pommes frites, die Meiers, Menno und Volker, der blöde Siggi, Ewald und Vera Straschewski, die Polacken und ein paar weniger bekannte aus der Siedlung hinter dem Platz.

– Atempause, sagt Armin kauend. Der trinkt sich erst noch einen.

Passanten gesellen sich hinzu, so daß die Kinder nach vorne auf die (kaum befahrene) Straße treten, um gut sehen zu können.

– War dat schon alles? ruft Menno nach oben. Ich will wat sehen für min Jäld. Eh Lupo, komm hier bei uns.

Der große, in einen zu knappen blaugrauen Kittel gekleidete Mann kommt grinsend näher, begrüßt Menno mit spielerischen Boxhieben und hievt dann den kleinen Meier, der ihn darum bittet, auf seine Schultern. Der große Meier steckt sich eine Zigarette in den Mund; Ewald, sein Leutnant, gibt ihm Feuer; anschließend schnippt er das Streichholz lässig durch die Luft.

– Flegel, sagt Willi Heidenreich, der vom Dienst kommt.

– Is was? sagt Volker und will sich nach hinten drängen, als der kleine Meier: Da isser wieder! schreit, auf Lupos Schultern zappelnd, als wolle er ihn zum Traben bringen.

Oben im Zimmer ist Dröscher zu sehen, mit einem längeren Stock in der Hand.

– Hau drauf, ruft Menno, doch leiser, nicht mehr so laut wie zuvor.

– Na los, Schlappschwanz, sagt der große Meier, während er sich ungeniert aus Armins fettiger Tüte bedient. Eine kleine Portion rot/weiß, die im Balkan-Grill neben dem Café Breyell fünfzig Pfennig kostet.

Stefan versucht sich nichts anmerken zu lassen. Ganz flau fühlt es sich an, eine Leere, wo eigentlich sein Magen ist. Seine Knie sind weich. Der Gedanke, dem Tobenden selbst ausgeliefert zu sein, jagt eine Gänsehaut über seinen Rücken, die ihn (keiner merkt es) schaudern macht. Daß einer so ausrasten kann, den man kennt; wie wenn er den Verstand verloren hätte, unansprechbar, ohne Erinnerung an irgendwen, seine Frau oder seine Kinder; letztes Mal war es schon so; ein bißchen übel wird einem davon. Unmöglich, sagte sie, noch im schwarzen Kostüm von der Arbeit mit einer Perlenkette um den Hals, wenn man nicht in der Lage ist, sich zu beherrschen, als der alte Meier herumbrüllte und sein Brüllen durch die Wände drang. Gesocks. Wir müssen eine andere Wohnung suchen. Hast du deine Aufgaben gemacht? Ja. Ich gehe heute abend weg, du liest nicht mehr (ich lese doch).

Zugleich, mit dem anderen, dem flauen Gefühl verwoben, spürt er eine zittrige Neugierde, die nach und nach Oberhand gewinnt. Wie erschreckend die nicht berechenbare Gewalt vor seinen Augen und Ohren auch sein mag, so übt sie (mich betrifft es doch gar nicht) einen sich verstärkenden Reiz aus. Sein Gesicht wird warm. Wissen will er, worauf die Sache zusteuert. Ob man etwas zu sehen bekommt, das man sich nicht vorstellen kann.

Eine Stimme fängt zu brüllen an, Fußpflege Dröscher: Hühneraugen, Krallennägel, immer lauter, bis sie krächzend abbricht. Dann wird mit einem Besenstiel auf einen Sandsack geschlagen, so hört es sich an, dumpf tönend, mit Schreien vermischt, mit Kinderstimmen, während man Schemen von Körpern hinter dem matten Spiegel der Scheibe sieht.

– Haut se, haut se, haut se auf die Schnauze, ruft Armin, und der kleine Meier fällt ein, klatscht den Takt, den Menno mit seinem Fuß auf den Asphalt stampft: Schnauze, Schnauze.

– Ich glaube, man holt besser die Schmiere, sagt der große Meier, was Ewald kopfnickend bestätigt: Schmiere muß her.

Keiner rührt sich. Bis ein Stuhl durchs Fenster fliegt, der die Scheibe größtenteils zersplittert, und auf der Motorhaube von Breuers Auto landet, einem himmelblauen VW 1600. Gebraucht, aber ohne Roststellen. Alle treten einen Schritt zurück.

– Am Arsch, sagt Armin, kumma Siggi, euer Auto ist am Arsch.

Der blöde Siggi bricht in Tränen aus.

– Das ist schwere Sachbeschädigung, sagt Heidenreich, die Aktentasche gegen seine Brust geklemmt. Unternimmt denn keiner was?

Als der kleine Meier den Vers erneut skandieren will, versetzt ihm sein Bruder einen Stoß. Stefans Anspannung läßt nach, löst sich mehr und mehr, als habe der Wurf des Stuhles eine Entscheidung besiegelt, die man hinnehmen muß; seine Angst weicht ganz einer Neugierde, die das Geschehen von außen verfolgt.

Einige Augenblicke ist Ruhe, dann hört man ein lautes Keuchen, ganz deutlich, und Birgit, die Älteste, taucht im scheibenlosen Fensterrahmen auf. Luftschnappend, scheint es, bis sie: Hilfe! ruft, Hilfe, er haut sie tot.

Die Leute auf der Straße und in den Fenstern sehen sich an, drehen wie festgenagelt die Köpfe, und Heidenreich fragt: Holt denn niemand die Polizei?

– Los, hoch, sagt der große Meier und knufft Lupo in den Rücken. Der setzt behende den kleinen Meier ab und läuft zur Haustüre, die nur angelehnt ist. Der große Meier, Volker und Ewald folgen ihm in einigem Abstand, und während die Menge langsam nachrückt, ruft Birgit noch einmal um Hilfe.

Aus der geöffneten Tür dringen die Geräusche eines kurzen Kampfes nach draußen, dann ruft der große Meier: Er hat ihn, was Volker, der auf der Schwelle steht, mit bedeutungsvoller Miene weitergibt: Alles klar, Lupo hätt en jepackt.

Schon vorbei, so schnell. Während Siggi Breuer weinend über die Delle und den zerplatzten Lack der Motorhaube streicht, WIR haben jetzt nämlich ein Auto, taxiert Armin Waldner fachmännisch den Schaden:

– Bei so einer Karre lohnt ne Reparatur nicht mehr, kumma Siggi, so klein wirdn Auto in der Presse am Hafen.

Die Umstehenden lachen. Verstummen, als Anke aus der Türe tritt und Frau Straschewski nach vorne drängt, um sie auf den Arm zu nehmen, ein kleines schluchzendes Mädchen mit weißlichblonden Haaren, das seine Beine fest um die Frau schlingt.

– Los, vor, flüstert der kleine Meier in Stefans Ohr, laß mal gucken. Während Volker im Bewußtsein seiner augenblicklichen Verantwortung: Bitte zurückbleiben sagt, Platz für die Polizei, schlüpfen die beiden in den Flur. Auf dem ersten Absatz liegen zwei Körper wie übereinandergestapelt, als sollte das Gewicht des oberen den unteren platt drücken. Lupo hat Dröschers Kopf in einen eisenharten Schwitzkasten genommen. Mit einem Fuß stützt er sich am Geländer ab, um jedem möglichen Widerstand das Hebelgesetz entgegenzustemmen. Doch der Mann bewegt sich gar nicht mehr, zuckend oder schnaubend, wie man erwartet hätte, sondern verharrt reglos unter seinem Bezwinger, als füge er sich dem Unvermeidbaren, ausgelaugt, erschöpft, erledigt. Der große Meier kommt rauchend aus der Wohnung.

– Isn Krankenwagen unterwegs?

Man hört Sirenen, die sich vom anderen Ende der Straße, dem Elektrizitätswerk her nähern.

– Zieht Leine, fährt er die Jungen an, raus hier.

Polizisten und Sanitäter verschwinden durch eine Gasse Schaulustiger im Haus.

– Hasse Lupo gesehen, sagt der kleine Meier, mein lieber Mann, der hat Kraft. Weisse noch, wie der Wilfried n paar gedrückt hat?

Stefan nickt, obwohl er die Geschichte nur gehört hat,

der Schlag vor die Oberlippe während eines Treffens im Trümmerkeller, bei dem es um Hefte ging, die sich der große Meier aus Dänemark besorgt hatte. Wenn mein Bruder nicht da ist, zeig ich dir die Sauereien, ich weiß, wo er sie versteckt hat. Pons faciendus est. Militibus ist Ablativ.

– Läßt du mich ma abbeißen? fragt der kleine Meier über seine Schulter nach hinten, wo der Geruch knusprig frittierten Schollenfilets aufsteigt.

– Aber nur an der Seite, sagt Rudi und streckt seine Faust mit dem Fischbrötchen vor. Der kleine Meier nickt, doch dann reißt er Rudis Handgelenk herum, um ein möglichst großes Stück zwischen die Zähne zu bekommen. Vergeblich. Dem Tritt kann er durch einen Sprung entwischen

– Und? fragt Rudi mit leckermaulgespitzten Lippen. Isn los?

– Kennst du Dröscher vom Fußpflegesalon? Der den Omas an den Zehen pult? Der ist durchgedreht.

Die Mühseligen und Beladenen, schickt sie zu mir, ich will mich ihrer annehmen.

– Und? fragt Rudi, bedächtig Fett vom Fettpapier lekkend, dann Brötchenkrümel aus seinen Mundwinkeln angelnd.

– Einen Stuhl hat der durchs Fenster geschmissen, was meinste, was hier los war. Jetzt ist die Schmiere drin und die Feuerwehr.

Vor der Türe erhebt sich ein Wortgefecht, weil Volker Armin Waldner den Eintritt verweigert.

– Was bildeste dir eigentlich ein? schreit Armin (der für sein Alter zu klein und erst so groß wie Stefan ist). Ich kann da rein, wie ich will.

– Versuchs doch, antwortet Volker. Zutritt nur für Befuchte.

– Dat merk ich mir, ruft Armin. Du kommst nächstemal nich mit.

– Hau ab, sagt Volker und verschränkt die Arme. Er trägt einen grünen Nickipullover mit grün-weißen Bündchen und eine braunkarierte Hose, die ihm ein wenig zu kurz ist. Hochwasser. Geerbt.

Armin trollt sich zu Siggi Breuer, dem Heidenreich erklärt, daß: was dem seine Versicherung bezahlt, nu hör ma auf zu heulen, lediglich das Blech auszubeulen und neu zu lackieren sei.

– Hasse schon Mathe gemacht? fragt Rudi. Brenner kontrolliert sicher.

Stefan nickt. Wie lange es dauert, bis Dröscher abgeführt wird. Und wo ist seine Frau?

– Wie geht denn die Subtraktion?

– Indem man die Gegenzahl addiert, sagt Stefan ungeduldig. Immer alle Vorzeichen wechseln.

– Is ja Quatsch, sagt Rudi kauend. Is ja doppelt gemoppelt, oder?

Stefan hebt die Schultern. Guck doch im Buch nach, Blödmann, steht alles da. Er muß sie geschlagen haben, mit dem Stock. Daß man so eine Wut kriegen kann. Auf die eigene Frau. Die man geheiratet hat. Ohne auf irgendwen Rücksicht zu nehmen, als wäre einem alles egal geworden. Wahrscheinlich handelt es sich um eine Krankheit, die plötzlich kommt, wie ein Blitz. Gibt es sicher Medikamente dagegen. Renkt sich ein wieder vielleicht.

– Das mit der Gruppe habe ich auch nicht verstanden, sagt Rudi, während er den letzten Bissen in seinen Mund steckt. Was soll das?

– Ich glaube, es geht los, sagt Stefan und weist mit dem

Kopf zur Türe, aus der Volker und Ewald treten, gefolgt vom großen Meier, der die beiden von der Stufe schubst, auf der sie stehengeblieben sind. Dann kommt Lupo und blickt in die Runde. Die Arbeiter des Kabellagers johlen ihm zu. Lupo hebt lächelnd einen Arm. Er hat einen großen runden Kopf mit einem Mecki-Haarschnitt (und abstehenden Ohren), wie man selber früher, obwohl er bestimmt schon fünfundzwanzig Jahre alt ist. Oder sogar dreißig. Seine Schultern sind breit wie ein Kleiderschrank. Freiwillig legt sich niemand mit ihm an. Wenn er abends zum Essen in den Hof geht, rufen ihm die kleinen Kinder Waldemar, Waldemar nach, denn eigentlich heißt er Waldemar, und nur Freunde dürfen ihn Lupo nennen, keinesfalls aber Wilfried oder einer von seinen Bekannten. Dann hilft nur noch wegrennen, um sich vor seinem Jähzorn in Sicherheit zu bringen. Nach Aussage des großen Meier, dessen Leibwächter er ist, kann Lupo weder lesen noch schreiben, doch wagt man nicht, ihn auf die Probe zu stellen. Zu dritt: der große Meier mit einer Zigarette im Mund, links neben ihm Ewald Straschewski, der schwule Ewi, sein Leutnant, und rechts Waldemar Krugmann, der Brecher (Wenns Geld nicht kommt, sag ich Lupo Bescheid), kontrollieren sie abends die Straße vom Platz bis zur Eiscremefabrik, wo das Gebiet von Wilfried und seinen Leuten anfängt. Nie wird man den erregenden Augenblick vergessen können, als die drei in der Dunkelheit zu scheiternden Friedensverhandlungen mit ihm und Fränkie im Trümmerkeller verschwunden sind.

Der große Meier und Lupo treten zur Seite, weil zwei Polizisten, ohne Handschellen, Dröscher zu ihrem Wagen führen; ohne Blaulicht fahren sie dann durch die sich schweigend teilenden Zuschauer davon.

– Und was ist mit der Motorhaube? fragt Heidenreich. Wird denn nicht mal ein Protokoll aufgenommen?

Niemand außer ihm interessiert sich für den Schaden an Breuers himmelblauem VW 1600. Als habe man es nicht gewagt, solange der Täter noch in der Nähe war, bilden sich kleine Gruppen, die den Vorfall besprechen, den Ablauf des Geschehens zu rekonstruieren versuchen, wobei mögliche Beweggründe und frühere Anzeichen von Dröschers Wahnsinn die entscheidende Rolle spielen. Lupo wird umringt.

– War nicht so schwierig, antwortet er Armin Waldner, während er eine Zigarette aus der Schachtel zieht, die ihm der große Meier anbietet, und sich von Ewald Feuer geben läßt, Birgit macht auf, und ich bin rein. Er inhaliert zischend den Rauch. Alles kaputt.

– Der Schrank, sagt Ewald, die ganzen Gläser, und der Tisch umgekippt.

– Die liegt aufm Teppich, und er da mit nem Knüppel, Besenstiel oder wat dat war, und damit will er auf mich los. Ich erst mal zurück in den Flur, wegen dem Stuhl, um den abzuwehren.

– Das hättet ihr sehen sollen, sagt Ewald.

– Der war völlig weg, sagt der große Meier. Wien Tier.

– Ich wußte genau, fährt Lupo fort, wenn er einmal danebenhaut, denn hab ich ihn, denn kricht ern paar getitscht. So war et auch.

– Wie Mustafa Shikane, sagt Ewald. Beim letzten Turnier. Lupo lacht.

– Der hat mich den Trick gezeigt. Du mußt nur schnell sein, komm mal hier.

Er zieht Menno, der sich vergebens sträubt, in die Mitte des Kreises.

– Tu mal so, als wennße mich schlagen wolltest.

Menno hebt seinen Arm, was aber mehr wie eine Abwehr aussieht.

– Los, richtig, sagt Lupo. Ich tu dir schon nichts.

Menno senkt in Zeitlupe seinen Arm, wobei er den Oberkörper nach hinten biegt. Mit einer schnellen Drehung weicht Lupo dem angedeuteten Schlag aus, packt Mennos Kopf und schleudert ihn zu Boden.

– Bist du bescheuert? brüllt Menno, an Lupos Kittel zerrend.

– Und denn bloß festnageln, sagt Lupo, aufblickend, dem sein Bein inne Zange nehmen.

– Du brichst mirs Bein, hör auf, du Arschloch.

Lupo springt hoch und nimmt sein Opfer, das sich den Nacken reibt, in den Arm.

– Mann eh, sagt Menno und reißt sich wütend los.

– Aber wo ich ihn hatte, hat er sich totgestellt. Kein Widerstand mehr.

– Der hat die Alte ganz schön zwischengehabt, sagt der große Meier. Das war in letzter Minute.

– Ich mein, er hätts ja noch mal versuchen können, sagt Lupo. Denn hätt ich ihn abgedreht.

– Stark, sagt Armin nickend. Das muß man bringen. Der Meister pfeift die Arbeiter zurück ins Lager, Lupo verabschiedet sich.

– Bravo, Waldemar, ruft Frau Wagner von ihrem Fenster aus. Sonst gibbet ja nur Feichlinge weit und breit.

Auch andere spenden Beifall, klatschen, während Lupo seinen Kollegen nachläuft, die ihn feixend in ihre Mitte nehmen.

– Was ist mit Frau Dröscher? fragt Armin.

Ewald Straschewski zuckt mit den Schultern. Der kleine Meier drängt sich vor und stellt sich, am Rest einer (Vanille?) Eiswaffel schleckend, neben seinen Bruder.

– Wo hast du das Geld her?

– Von Tante Renate, das geht dich gar nix an.

– Paß auf!

– Hat er sie verletzt? fragt Stefan. Mit Blut und so.

Der große Meier schüttelt den Kopf. Er besucht die zweite Klasse der Handelsschule. Und ich sag euch eins: ich gehe nur, wenn ich Lust hab. Seine Haare sind im letzten Jahr so lang gewachsen, daß sie über die Ohren bis in den Kragen seiner Jacke hängen. Er raucht pausenlos.

– Der ist ja nicht blöd, immer auf die Rippen drauf. Eh Vera, komm mal rüber.

Vera Straschewski zeigt ihm einen Vogel.

– Fickliese, ruft Menno, wofür er vom großen Meier eine Kopfnuß bezieht, die er postwendend an Siggi Breuer weitergibt, der schreiend das Weite sucht.

– Kannste mir das gleich erklären? flüstert Rudi. Mit der Abelgruppe und das.

Stefan nickt flüchtig. Peinlich, wenn es einer der anderen gehört hätte. Plötzlich wird es ruhig, alle Gespräche verstummen, und die Menge dreht sich zur Haustüre, die einer der Sanitäter mit einem Haken an der Flurwand arretiert. Dann tragen sie die Frau auf einer Bahre zur Ambulanz. Birgit geht neben ihrer Mutter und hält ihre Hand. Frau Dröscher hat die Augen geschlossen. Eine weiße Decke, über die zwei Ledergurte gespannt sind, verhüllt ihren Körper. Seine Knie beginnen zu zittern, und das komische Gefühl taucht wieder auf, als wenn man keine Organe mehr hätte, nichts, niemanden. Ganz schnell und flach geht der Atem, und nur noch, meint man, bis in die Kehle hinunter. Am liebsten wäre ihm, er könnte weggucken.

Während Frau Dröscher verladen wird, steigt der kleine Meier auf einen Reifen des Krankenwagens, um einen Blick durch das Fenster zu werfen, durch einen Schlitz in der ansonsten verblendeten Scheibe. Nach ein paar Sekunden verliert er das Gleichgewicht und fällt auf die Straße. Bevor er es noch einmal versuchen kann, zieht ihn Vera Straschewski fort. Die Männer schließen die hintere Türe und steigen in ihre Kabine. Der eine notiert etwas auf einem Block (die Uhrzeit?), der andere startet und fährt los. Am Platz biegt der Wagen nach links und verschwindet hinter den Sträuchern und Bäumen des Gartens von Milch-Löcher. Ist Gold wert das Grundstück. Vor der Ecke steht Renate Wachowiak und läßt sich, kopfschüttelnd, von Frau Fahrian (mitn Träck san mir jäkohmn) alles erklären; in Renates Arm gehakt Antonio Molaris, ihr Kostgänger, der neben ihr wie ausgehungert aussieht, zu klein geraten, von zuviel Sonne ausgedörrt.

– Was machen wir jetzt? fragt Armin Waldner. Können wir nicht zu euch gehen?

– Lohnt nicht mehr, sagt der große Meier. Meine Alte kommt gleich vonner Arbeit.

Volker ist zu Vera gegangen und redet auf sie ein. Das Mädchen sieht ihn abschätzend an. Dann stößt sie ihn weg und hebt ihre kleine Schwester auf den Arm. Volker kommt grinsend zurück.

– Wollße wieder innen Keller, alte Sau? fragt Menno. Wie gestern.

– Wo warst du gestern? fragt der große Meier, nicht drohend, eher überrascht, allmählich verstehend. Du warst alleine mit Vera im Keller? Was habt ihrn da gemacht?

– Na wat wohl? sagt Volker. Rat doch mal.

– Erzähl, fordert Armin Waldner. So richtig mit allem?

– Blödsinn, sagt der große Meier bestimmt. Bei dem kommt doch noch gar nichts, der hat doch kein Haar am Sack.

– Kannst ja Vera fragen, sagt Volker, steckt die Hände in die Hosentaschen, wippt vor und zurück und sieht dem großen Meier in die Augen.

Der große Meier legt einen Arm um seinen Hals und zieht ihn mit sich, Richtung Eiscremefabrik; die anderen schließen sich den beiden an, auch Stefan und Rudi, doch der große Meier dreht sich um und sagt: Verdünnisiert euch, was Ewald, sein Leutnant, mit einer lockeren Geste aus dem Handgelenk wiederholt: Ab nach Hause, das ist nichts für Kinder.

Stefan preßt die Lippen zusammen. Nur wegen diesem Knallkopf von Rudi, denkt er (Wut und Scham röten sein Gesicht), weil sie den nicht kennen. Allein schon, wie der aussieht, mit seinem blöden Scheitel und den kurzen Hosen. Am liebsten hätte er Rudi jetzt eine reingehauen oder ihm einen Tritt verpaßt, daß er endlich verschwindet.

Weißer Rauch dampft aus dem Schornstein des Elektrizitätswerks, quillt in die Höhe, um dann wie ein Pilz zu zerfasern. Aus der Einfahrt der Schreinerei hört man das Heulen der Kreissäge, weiter hinten rollen zwei Arbeiter eine Kabeltrommel auf die Straße. Vor dem Haus, in dessen Flügel Lupo mit seiner Mutter wohnt, tanzen ein paar Mädchen Gummitwist.

– Latein hab ich auch noch nicht, sagt Rudi. Die Übungssätze.

– Ich auch nicht, sagt Stefan. Schreib ich morgen früh von Nettelbeck ab.

– Latein ist erste Stunde aber.

– Na und?

– Das schaff ich nicht. Können wir das nicht zusammen machen?

– Ich hab keine Lust, sagt Stefan.

– Na gut, sagt Rudi. Tschüs.

Als Stefan die Haustüre aufschließt, sieht er noch einmal zum Fenster, das Dröscher eingeworfen hat. Die Gardine hängt über den Rahmen nach draußen, vom Wind leicht bewegt. Auf dem Bürgersteig liegt der zerbrochene Stuhl. Frau Schröder aus dem zweiten Stock kehrt die Scherben zusammen.

* Wenn die Vorhänge am Fenster und an der Balkontüre zugezogen sind, sieht man fast nichts mehr. Von nirgendwo fällt mehr Licht ins Zimmer. Früher, als er noch klein war, hat er dann Angst bekommen, wach im Bett liegend, die Augen ins Dunkel gerichtet, wo die alltäglichen Dinge sich in fremde, unheimliche Wesen verwandelten, die die Macht übernahmen. Nur wenn man sie unentwegt anstarrte, den Tisch, den Schrank, den Stuhl, konnte man verhindern, daß sie sich bewegten. Schlug man die Augen kurz einmal zu, kostete es alle Kraft, sie wieder auf ihre angestammten Plätze zu verweisen. Damals mußte man den Zeitpunkt, bevor sie das Zimmer verließ, so lange als möglich hinauszögern, mußte man nach dem Gebet die Hände um ihren Hals schlingen, um – ich lass' nicht eher los – noch ein Lied zu erbitten. Kein schöner Land in dieser Zeit. War sie erst gegangen, wußten die Dinge, daß er allein war. Aus der Schranktüre schälte sich ein Etwas und kam auf ihn zu, ein

vielarmiger Geist, der böse Absichten hatte. Lauschte man angespannt, konnte man hören, daß er wispernd mit der schwarzen Schlange sprach, die ihren Kopf vom Stuhl erhob. Wie gelähmt fühlte man sich, hilflos den Gestalten preisgegeben und nicht einmal fähig, die Lampe anzuknipsen. Es schien, als würde es, jenseits der Welt, ein tagsüber verborgenes Schattenreich geben, das die Nacht zum Leben erweckte. Kurz bevor der vielarmige Geist ihn berührte, löste er sich auf, immer, auch die Schlange, das unter dem Tisch hausende fratzenhafte Gesicht, und der Zwerg, der zwischen den Rippen des Heizkörpers lebte. Eine Sekunde später waren sie wieder da, Ungeheuer, die einen in den Schlaf verfolgten.

Manchmal träumte man von ihnen oder hoffte, es sei nur ein Traum, aus dem man bald erwachen würde, während man sie mit aufgerissenen Augen zu bannen versuchte. Das bildest du dir nur ein, sagte sie, als er ihr eines Abends erzählte, wovor er sich ängstigte. Die Gespinste gab es aber wirklich. Man sah sie, schwarz in der Dunkelheit des Zimmers, herankriechen; bis zur Bettkante, nie weiter. Es hätte ein leichtes für sie sein müssen, ihn zu ergreifen und zu verschlingen. Die Vorstellung, mit ihnen zu kämpfen, war schrecklich, sich auszumalen, wie man von den Tentakeln erdrosselt wird. Die Luft blieb einem weg dann, selbst um sie zu rufen.

Doch ein Schrei wäre vergeblich gewesen, weil sie, man hat die Eingangstüre ins Schloß fallen hören, fortgegangen ist. Niemand würde kommen und sich auf die Angreifer stürzen. Wie im Sagenbuch Siegfried von Xanten, der mit seinem Schwert jeden einzelnen Kopf des schuppigen Drachen abhaut. Hagen von Tronje, der Einäugige, kennt die Stelle auf seiner Schulter, wo ein Lindenblatt den Panzer aus

Drachenblut durchlässig macht. Als Siegfried während der Jagd aus einer Quelle trinkt, stößt er von hinten einen Speer in sein Herz. Kriemhild, die Siegfried so sehr liebte, heiratet den Hunnenkönig Etzel, um mit der Hilfe seiner Soldaten alle Verräter niederzumachen, auch ihre Brüder Gunther, Gernot und Giselher.

Man hatte sich allein zu helfen. Am besten, man besorgte sich etwas, das man mit ins Bett nehmen konnte, einen Stock vom Hof, um die Schlange, den Zwerg und das vielarmige Wesen abzuwehren. Man müßte nur genug Mut haben, im entscheidenden Augenblick zuzuschlagen. Als ahnten sie, daß er sich bewaffnet hatte, kamen sie in der folgenden Nacht nicht aus ihren Verstecken, so angestrengt er auch ins Dunkle sah, die splintige Leiste unter dem Deckbett umklammernd. An einem der nächsten Abende, nach einer endlosen Zeit des Wartens, knipste er die Lampe an und betrachtete den Schrank, den Stuhl, den Heizkörper, den Tisch und die Kiste mit seinen Spielsachen, aus der sonst Rauch gestiegen war, ein Dschinn, ein gefährlicher Zauberer: vom Erdboden verschluckt. Er knipste die Lampe wieder aus, an, aus, bis sie plötzlich in der Türe stand und fragte, was das solle, warum er nicht schlafe? Ich schlafe doch, antwortete er. Hoffentlich, sagte sie, rumgespukt werde nicht mehr, und ging zurück ins Wohnzimmer. Die Geister blieben verschwunden. Außer einmal waren sie seitdem nie mehr aufgetaucht, so dunkel es auch sein mochte.

Wenn die Vorhänge zugezogen sind, erkennt man die eigene Hand vor den Augen nicht. Von nirgendwo fällt mehr Licht herein. Das Buch ist langweilig, obwohl es, verbotenerweise, aus dem Oberstufenregal der Schulbibliothek stammt, die Dämonen, worunter man sich etwas anderes, spannendes vorgestellt hat. Er dreht sich auf den Rücken. Ob Dröscher jetzt ins Gefängnis kommt? Als Strafe? Bestraft muß er werden dafür, daß er sie geschlagen hat, daran besteht kein Zweifel. Die eigene Frau, ohne Rücksicht. Das kann man sich gar nicht vorstellen, selbst wenn man will, jemanden so zu verletzen. Als ob er nicht mehr gewußt hätte, was er tut, anders läßt es sich nicht erklären. Fraglich ist, wer sich um Anke, Dirk und Birgit kümmert, wenn Frau Dröscher im Krankenhaus bleibt. Frau Straschewski vielleicht. Dann sind es sieben insgesamt bei denen. Das heißt fünf, weil Ewald und Vera keine Kinder mehr sind. Ab vierzehn ist man Jugendlicher, bis einundzwanzig. Mit neunzehn macht man Abitur, wenn man nicht sitzenbleibt. Ausgeschlossen. Unwahrscheinlich. Vorher springen andere über die Klinge. Schäfer. Du bist dieses Jahr fällig, hat Ruhnke, das Schwein, zu ihm gesagt, als er die Englischarbeiten zurückgab, du marschierst. Gegen den hat man keine Chance. Absichtlich nimmt er einen nicht dran, obwohl man sich als einziger meldet, wenn er nicht will. Übersieht er eiskalt. Müßte Rüdiger Droth mal von erfahren, jemand sonst könnte denen kein Paroli bieten, nur einer, der sich was traut. Damit die Ungerechtigkeiten aufhören. Weil das ja gemein ist, wen nicht dranzunehmen, der sich meldet. Hoffentlich fragt Pasewalk morgen nicht ab. Hätte man doch besser auswendig gelernt. Das Gerundivum artikuliert eine Notwendigkeit. Von den Soldaten muß eine Brücke gebaut werden, nicht kann oder darf oder soll. Militibus pons est faciendus. Est faciendus militibus. Pons, pontis. Facere, facio, feci, factus. Die Brücke. Faci feci fici. Die Soldaten eine Brücke. Müssen sie bauen bauen sie.

* LUDWIG: Unter Umständen müßtest du mir, das heißt uns, aushelfen.

HARTWIG: Kein Problem.

TILL: Gibts in der Weißen Maus was zu essen?

LUDWIG: Snacks, Suppen, Chili con carne, das übliche für jetzt.

TILL: Wie spät?

HARTWIG: Ungefähr drei.

LUDWIG: Es hat gerade geschlagen.

HARTWIG: Woher kommt der Italiener?

LUDWIG: Umberto?

HARTWIG: An einen anderen erinnere ich mich nicht.

LUDWIG: Aus Italien.

HARTWIG: Aha.

LUDWIG: Ich glaube Neapel. Wir sind mal zusammen unterwegs gewesen. Sehr lustiger Abend.

TILL: Man kann den Orion sehen.

LUDWIG: Wo?

TILL: Genau in der Verlängerung meines Armes, das Trapez mit dem Gürtel von Sternen in der Mitte.

HARTWIG: Ja und?

TILL: Den sieht man nicht alle Tage. Normalerweise. Weil normalerweise Wolken davor sind in der Stadt.

LUDWIG: Über der Stadt. Zu hell.

HARTWIG: Ihr müßt euch schon einigen.

TILL: Sowohl als auch.

LUDWIG: Ein großer Jäger, das Augod der Morgenröte.

TILL: Erst wird er geblendet und dann von ihr wieder geheilt.

HARTWIG: Warum?

TILL: Keine Ahnung.

LUDWIG: Hat sich betrunken und wen vergewaltigt, eine Prinzessin natürlich. Deshalb.

HARTWIG: Also eine äußerst charmante Persönlichkeit.

LUDWIG: Eos war ihm zugetan.

TILL: Sie hat ihn entführt, aber Artemis konnte es nicht ertragen, daß ihre Tante einen Sterblichen liebt. Geblendet wurde er allerdings von jemand anders.

LUDWIG: Von dem, an dessen Tochter er sich vergangen hat.

HARTWIG: Und Artemis?

LUDWIG: Apollon war noch dadran beteiligt.

TILL: In Wirklichkeit liebte Artemis nämlich selber Orion. Er schwamm im Meer, und sie schoß irrtümlich einen Pfeil auf ihn ab.

LUDWIG: Das stimmt nicht.

TILL: Aber hallo. Erst war Artemis eifersüchtig, aber schließlich hat auch sie sich von ihm verführen lassen und wollte ihn heiraten.

LUDWIG: Blödsinn. Artemis befürchtete, daß Orion alle Tiere ausrotten würde, weshalb sie einen riesigen Skorpion erschuf, der ihn zu Tode stach.

TILL: So einen Quatsch habe ich ja noch nie gehört. Es tut mir leid, aber du hast keine Ahnung.

LUDWIG: Und eingeflüstert hat ihr das Apollon. Leg den Typen um, der macht dir Konkurrenz.

TILL: Nachdem sie ihn getroffen hatte, ist Artemis untröstlich gewesen.

LUDWIG (zu Hartwig gewandt): Er halluziniert.

TILL: Mitnichten.

HARTWIG: Und wie kommt der Herr an den Himmel?

TILL: Aus Schmerz hat ihn Artemis nach oben versetzt, um sein Zeichen jede Nacht sehen zu können.

LUDWIG: Einen derartigen Stuß zu kommentieren, enthalte ich mich, man entschuldige.

HARTWIG: Wir trinken jetzt noch ein Glas, ja?

LUDWIG: Was meinst du, warum wir durch halb Berlin laufen?

TILL: Ich muß wirklich was essen.

HARTWIG: Ich lade dich ein.

LUDWIG: In Wirklichkeit war es so, daß, kurz bevor das Skorpiongift ihn lähmte, Orion die Atlastöchter erblickte und ihnen nachstieg. Sie flohen und wurden in Sterne verwandelt. Deshalb scheint es, als würde er am Himmel die Pleiaden verfolgen.

TILL: Das saugt er sich aus den Fingern, um recht zu behalten.

HARTWIG: Auf ein Chili hätte ich jetzt auch Lust.

LUDWIG: Wer ist denn das?

TILL: Hackedicht.

HARTWIG: Sternhagelvoll.

LUDWIG: Francis Stapleton.

HARTWIG: Dem seinen Kater möchte ich morgen früh nicht haben.

LUDWIG: Ich auch nicht.

TILL: Ich auch nicht.

∗ Um die Baracken herum, schrieb Martinez auf die Rückseite des perforierten und mit einem Millimetermuster versehenen Papiers, das er von unten aus der Halterung des Druckers gezogen hatte, drei länglichen, eingeschossigen Behelfsbauten aus graurotem Backstein, die Anfang der siebziger Jahre dann abgerissen wurden, roch es nach Holz und Öl, harzig irgendwie, nach dem Rauch von Braunkohle im

Herbst und Winter und zugleich modrig von dem zertretenen, versandeten Rasen her, vermischt mit den hellblauen Benzinschwaden eines Mopeds, Kreidler oder Zündapp, dessen Getriebe im Leerlauf heißdrehte.

Obwohl man den durchhängenden Stacheldraht, der das den Baracken folgende Trümmergelände umschloß, jedesmal vorsichtig mit spitzen Fingern anhob, kam es nicht selten vor, daß die Spitzen einen am Bein oder am Arm verletzten, was, die meist oberflächlichen Risse, metallisch warm nach Blut schmeckte, nach weicher salziger Haut, wenn man die Wunde zwischen die Lippen nahm und daran saugte.

Ein Trampelpfad führte durch eine Landschaft von Unkraut, Halmgräsern und Sträuchern, Baumschößlingen, Brennesseln und Kresse, deren hellgrüner Saft leicht bitter war, zum Eingang des Kellergewölbes, in dem es, feucht und kühl und voll Schatten, schimmelig roch, teils erdig wie Lehm, wie brackiges Wasser, teils mürbe und sandig wie das poröse Mauerwerk der alten Fundamente, sich überlagernd mit Zigarettenrauch und dem (beißenden) Qualm einer Zeitung, Neue Ruhr Zeitung, Westdeutsche Zeitung, Rheinische Post, die der große Meier mit seinem Sturmfeuerzeug in Brand gesteckt hatte.

In der weißgekachelten Einfahrt der Eiscremefabrik nebenan hingen Reinigungsmittel in der Luft, mehr oder minder stark (ätzend?!) die Spuren einer desinfizierenden Lauge, manchmal, wenn die Türen zur Produktionshalle offenstanden, kamen, je nach Windrichtung, Vanillewolken herausgeweht oder Kakaopulverdünste, die die Fliesen bräunlich einfärbten (klebriger Staub, der abends von einer weißbekittelten Frau von der Laderampe aus mit einem Schlauch abgespritzt wurde).

Die stickige Atmosphäre in dem Geschäft für Schrauben und Baubeschläge von Waldner mit seinen deckenhohen Regalen, die zahllose gleich aussehende Kartons füllten (voll Schrauben, Nägel, Muttern, Winkel, Scharniere, Dübeln usf. sämtlicher Durchmesser und Längen), setzte sich aus Pappe und Preßspan zusammen, aus Neonlicht, Linoleum und Schlieren des Haarwassers, das einer der beiden Verkäufer verwandte, um seine graumelierten Haare an den Kopf zu klatschen.

Zwei Häuser weiter, neben dem Tor, durch das es auf den Hof zur Schreinerei ging, wohnten wir im dritten und letzten Stockwerk rechts über den Meiers. Die schwere Türe unten hatte eine Scheibe aus drahtarmiertem, aufgerauhtem Glas, die von einem hölzernen Rahmen eingefaßt wurde. Wenn man sie sonntags gegen den Widerstand ihrer Halterung, ein oder zwei Bücher unter den Arm geklemmt, langsam (ein Kind kostete es wirklich Kraft, sie zu öffnen) aufzog, umfing einen im Flur sofort der abweisende, den Körper mehr als Mantel oder Schal verhüllende Geruch des Eau de Cologne, 4711, in dem Frau Wagner aus dem Parterre gebadet hatte, bevor sie das Hochamt besuchte, ein aseptisches, undurchdringliches Gebräu geschlechtstötender Stoffe, das auf nüchternen Magen Übelkeit verursachen konnte.

Weiter oben schwebte durchs Treppenhaus ein sich nur allmählich verflüchtigender Faden aus Seifenlauge, mit der am Abend zuvor der Terrazzoboden (mattspiegelnd, wie stumpfes Eis) von den in einem Oktavheft verzeichneten Mietparteien geschrubbt worden war, Absatz für Absatz, mit wenig schäumender Kernseife, die man in warmem Wasser (in einem Eimer) zwischen den Händen verrieb, Mama, wenn sie ihren ›Putzdienst‹ hatte.

Ewald roch wie Spucke, der kleine Meier wie Zahnpasta, den großen Meier umwehte großzügig ein billiges Herrenparfüm, während Vera nach Talg und Fell und süßlichem Schweiß roch, im Gegensatz zu Hermann Waldner, Armins Vater, der sauren synthetischen Schweiß ausdünstete, und, atemberaubend, Lupos Mutter, die nach Pisse roch, ähnlich scharf wie das Innere der Telefonzellen auf dem dreieckigen Platz zwischen Siedlung und Straße, wo einer regelmäßig reinkotzte, wahrscheinlich ein Gast des Westfalenstübl, der nie aufgespürt wurde.

Wenn man morgens zu Milch-Löcher gehen mußte und einen Bogen über die Kreuzung schlug, zog einem ausgekühlte Asche aus dem Kneipenfenster in die Nase, lauer Bier- und Schnapsdunst, irgendwie Muschelsud (Oktober, November) und der trübe Fetthauch panierter Koteletts, und zwar um so stärker, je kälter es war.

Wie es in dem Milchgeschäft, einem schwarzweiß gekachelten Raum mit einer Holztheke, gerochen hat, weiß ich nicht mehr, wahrscheinlich aber säuerlich, nach den Fermenten von Käse und Yoghurt, wohingegen das Bild des Café Breyell den genauen Eindruck, also den klebrigen Geschmack mit Pfefferminzpaste gefüllter Blockschokolade hervorruft, schmerzhafter Süße, die Spucke in braunen Kleister verwandelte und den Schmelz selbst gesunder Zähne durchdrang, um ein bis in ihre Wurzeln hinabreichendes Ziehen zu verursachen.

Bog man auf dem Rückweg mit dem gefüllten Einkaufsnetz wieder um die Ecke, befand man sich auf der Seite des Kabellagers, einer fast geschlossenen Fassadenfront schmuckloser Neubauten, die kurz vor dem E-Werk von ein paar älteren, mit Stuckresten verzierten Häusern abgelöst wurden, deren verblichene Farben zu beschreiben sinnlos ist, weil Farben keinen eigenen Geruch haben, ausgenommen jene orangebraune Dämmerung, die gelegentlich von den Chemiewerken (Bayer, Eurochemie, Babcock (?)) am Rheinhafen hochzog und den Himmel über der Siedlung (Richtung Osten) wie eine monochrome Leinwand wirken ließ; die roch nach den auf einer schmalen, zumeist roten Papierrolle verschweißten Pulverköpfchen, die man, falls keine Spielzeugpistole zur Hand war, ritzend mit dem Daumennagel entzündete, was einen festumrissenen Knall erzeugte, an dem eine dünne schweflige Fahne hing, in die der Geruch versengten Papiers eingewoben war; und ein Schmerz, wenn der Funke mal versehentlich in der empfindlichen Rinne zwischen Kuppe und Nagel verschmorte, ohne daß man ihn hätte löschen oder entfernen können.

6 Stefan richtete sich auf, faltete den mittlerweile auf beiden Seiten mit seiner sauberen, genauen Schrift bedeckten Papierstreifen und steckte ihn in seine Hosentasche. Dann zog er die dickleibige Kladde (Standsicherheitsnachweis) wieder heran und fuhr fort, die Maßzahlen vom Bildschirm in die entsprechenden Kästchen zu übertragen. Mit Bleistift. Zur Kontrolle für Mahlmann vor dem Ausdruck. Siebenundachtzig Kilonewton durch Meterquadrat. Vierundzwanzig. Einundfünfzig. Wird noch einmal geprüft von einem anderen Statiker, kann garantiert nichts passieren.

Aus dem Flur hörte man Stimmen, Ivans, Frau Mattuschkas, Doktor Winters. Er blätterte um und ließ, klickend, zugleich die Rechnung auf dem Bildschirm weiterlaufen, bis zum nächsten Ergebnis. Bis ein Uhr noch, dreizehn: nullnull. Dann ist die Wahrscheinlichkeit am größten, sie direkt ans Telefon zu bekommen in ihrem Büro. Würdest du mir das vielleicht einmal erklären? Nein, später. Wieviel brauchst du? Zweitausendfünfhundert Mark. Ach, mehr darfs nicht sein? Nein. Wohin soll ich das Geld schicken? Zum Postamt im Zoo. Es geht nicht anders, ja? Nein. Du spinnst. Ich weiß. Hast du dir freigenommen? Gewissermaßen. Also, verarsch mich nicht. Never. Für eine Begründung wäre ich dir sehr dankbar. Ich zahle das Geld sofort zurück. Darum handelt es sich nicht. Ich schreib dir eine Erklärung auf. Was meint deine Freundin dazu? Keine Ahnung. Mein Gott, Stefan, wie alt bist du eigentlich?, langsam könntest du vernünftig werden. Versuche ich. Na schön, sehen wir uns in der nächsten Zeit? Wenn du nichts dagegen hast, zu Weihnachten. Ich würde mich freuen. Ich auch. Ehrlich? Ehrlich. Sagst du mir rechtzeitig vorher Bescheid? Sicher (nach dieser Antwort wird sie lachen). Unter Umständen fliege ich nämlich eine Woche weg, auf die Kanaren oder in die Türkei. Ich melde mich. Wunderbar (der Ton ihrer Stimme ist so ironisch wie angriffslustig), möglichst aber vor dem dreiundzwanzigsten. Am sechzehnten etwa (sie lacht erneut). Mach keinen Unsinn. Never. Sprich deutsch. Niemals. Ich bin dir wirklich dankbar. Ich hoffe. Tschüs. Bis bald.

Das Finanzielle: geklärt. Bloß die Rechtfertigung: vor sich selber. Daß man einen Grund hat und nicht einem Hirngespinst nachjagt. Store all new data? Yes. Press button ›file‹.

– Unmöglich, sagte Ivan.

– Der Entwurf ist aberwitzig, sagte Frau Mattuschka.

– Erster Preis, sagte Dr. Winter. Dabei war die Jury hochkarätig besetzt, im Prinzip. (Ein Geräusch, als würde jemand, ein lässiger Beweis, mit seiner umgekehrten Hand, den Fingernägeln vorne, auf die Seiten einer auf Hochglanzpapier hergestellten Zeitschrift schlagen, die er in der anderen Hand hält.)

– Wenn ich das Wort ›Plaza‹ schon höre, kriege ich Schüttelfrost, sagte Ivan. Definitiv das Ende der Öffentlichkeit. Und dann noch der Musikpavillon mittendrin. Einfach grotesk.

– Richtig spießig, sagte Frau Mattuschka (wahrscheinlich kopfschüttelnd).

– Wollen Sie nicht was schreiben? fragte Dr. Winter. Schön polemisch für die übernächste Ausgabe, unsere Monatsrubrik.

– Ich nicht, sagte Frau Mattuschka. Ivan aber.

– Zwei Spalten, sagte Dr. Winter. Die Entscheidung kann man nicht so einfach durchgehen lassen.

(Nickt Ivan?)

– Bis zum Ersten müßte ich das haben.

– Mach ich, sagte Ivan, kein Problem.

– Sehr schön, sagte Dr. Winter, freue ich mich drauf.

Jemand der drei hantierte an der Kaffeemaschine, nahm den Filter von der Kanne und stellte ihn ins Spülbecken. 12:05 Uhr. Um eins hau ich wirklich hier ab. Hat alles keinen Sinn, solange nicht. Bin ich eigentlich verrückt? Daß man sich nicht abfindet mit dem. Die Geschichte, wo man drin ist. Eine Reihenfolge wissen zu wollen. Um nichts zu vergessen, ihr Gesicht, wenn ich sie liebte, die Worte, die sie geflüstert hat. Underneath my breath, laughing quietly. Das andere auch, es festzuhalten. Mit Nils in Hamburg und Prag, was alles passiert ist. Wann.

Es klopfte. Stefan drehte den Kopf und sah zur Türe, in der Petra Mattuschka stand, mit beiden Händen einen der

Kaffeebecher (die letzte Reserve, hatte sie vor paar Tagen die klobigen Steingutzylinder genannt) umfassend.

– Darf ich?

– Sicher, bitte.

Sie kam zum Tisch und nahm, ein wenig abseits – damit es wie zufällig (en passant) aussieht, auf Kurt Mahlmanns Drehstuhl Platz. Um den Hals trug sie eine Kette mattgold schimmernder Würfel, die durch bewegliche Gelenke verbunden waren, und um die Hand, statt der Gummireife, ein ebensolches Armband (Bulgari?). Nippend sah sie zum Bildschirm, was er arbeite.

– Ich hoffe, ich störe Sie nicht.

– Ich bin fertig. Mit dem Übertragen hier.

– Lassen Sie das Programm nicht gleich ausdrucken?

– Nie. Zuerst notieren wir alles noch in einem Extraheft, die Ergebnisse.

– Kurt macht das so, oder?

Stefan nickte und schloß die Datei.

– Der ist noch unterwegs?

– Soweit ich weiß, kommt er gegen zwei, halb drei zurück.

Als er sich ihr zuwandte, deutete sie auf die Kopie des Bildes der Veranda über dem Monitor.

– Aus dem Katalog von gestern, nicht?

– Das Original ist ungefähr dreimal so groß, vierzig mal sechzig. Kennen Sie den Maler?

– Persönlich nicht (beide lächelten). Ich glaube, mein Mann. Der hat auch die Ausstellung in Baden-Baden gesehen, letzte oder vorletzte Woche. Das neunzehnte Jahrhundert ist sein Steckenpferd neuerdings, erste Hälfte. Ich hoffe nur, daß er nicht zu kaufen anfängt. Zu befürchten wäre es.

Dünne senkrechte Falten oberhalb ihrer dunkelrot geschminkten Lippen traten zum Vorschein, wenn sie sprach, und zwei längliche Einschnitte um ihren Mund. Ihre Wangen deckte eine Schicht sehr hellen Puders, der sie weiß eher als hautfarben scheinen ließ. Sie hatte einen (schönen) schlanken Hals, dessen Form durch die Kragenlosigkeit der Kostümjacke ausnehmend betont wurde. Schwer, ihr Alter zu schätzen. Als habe sie kein wirklich zählbares. Müßte man hochrechnen irgendwie (Studium, Kinder, ihre Bekanntschaft mit Inge Heller), Ende Vierzig vielleicht. Ohne Bedeutung.

Wie gewollt, als habe sie das Geräusch beabsichtigt, knisterte das Gewebe ihrer Strümpfe, als sie die Beine übereinanderschlug. Ist man empfänglich dafür, bestimmte Synapsen verschaltet im Laufe der Zeit. Kreuzweise umspannten die Riemen der absatzlosen dunkelbraunen (Wildleder-)Schuhe ihre Fußgelenke, die ebenmäßig: grazil: heißt das Wort: feingliedrig waren (in bezug auf die Kurvenlinie ($ax^3 = y$) ihrer Waden). Würde man sie gerne mal anfassen da. Idiot.

Stefan bot ihr eine Zigarette an, die vorletzte.

– Danke, sagte sie und ließ sich Feuer geben (Café Roxy). Rotcremiger Abdruck von Lippen um den Filter. Was soll das jetzt?

– Interessieren Sie sich für Malerei?

– Nicht besonders, wenn ich ehrlich bin. Die Veranda erinnert mich nur an was. Außerdem war es mir zu kahl hier drin.

– Sie müßten Kurt überreden, endlich ein paar Bilder aufzuhängen.

– Wenn ich zurück bin.

In ihrem Gesicht, dem Ausdruck ihrer Augen, spiegelte

sich Verwunderung (eine kaum merkliche Bewegung der Lider und der Brauen); wie der Satz gemeint ist. Ohne zu inhalieren, blies sie Rauch in die Luft und klopfte dann Asche in dem Unterteller ab, den er von links auf ihre Seite des Tisches gestellt hatte.

– Eigentlich wollte ich Sie fragen, ob Sie Samstag abend Zeit haben. Gegen neun.

Stefan nickte.

– Es gibt ein kleines Fest bei uns, ganz zwanglos, ein paar Freunde und Kollegen.

Hatte Mahlmann von erzählt, von ihrer Wohnung, zwei Geschosse am Breitenbachplatz, die eine Wendeltreppe aus Stahl verbindet, in einem der Häuser da, denen man es nicht ansieht. Aus dem Treppenhaus tritt man in einen kleinen Flur, mit Küche und Bad, wohinter. Ein Ell-förmiges Wohnzimmer, wenigstens zwanzig Schritte lang. Bilder von Gerhard Richter (eins von Klappheck, eins von Baumeister) und, schräg über dem Eßtisch, ein Mobile von Calder, rot und blau und grün, Metallzeug, Dreiecke, Kreise, Quadrate. Ein offener Kamin noch mit Holz, klobige Scheite, aufgestapelt. Bücherregale längs der Straßenseite um die Fenster rum.

– Mit Ihrer Freundin, sagte sie. Mein Mann und ich, wir würden uns freuen.

Fair wäre es, Heller die Geschichte zu erzählen. Können Sie das verstehen? In mir, alles, mein Vater mein Herr, von Anfang an, jedes Bild, jeder Ton, wie sie ging. Als würde sie immer auf Zehenspitzen gehen, ihres Körpers nicht gewahr. Feel my breasts. Are you able to touch them? Of course I am. So do. Just hold my breasts in your hands. Come si dice in tedesco? Brüste. And the other words, the ugly ones? Titten. Mamme. Do you like my breasts? Yes, I like them. Please don't forget me when you leave. Never. I don't believe you. I will never forget. Me too. Everything. Is there anyone in Berlin waiting for you? No. Sometimes I'm very lonely. Me too. Verstehen Sie das? Nur ein Augenblick, sich zu versichern, nur Worte, alles wörtlich.

Sie stupfte die halbgerauchte Zigarette aus.

– Am Achtzehnten, wenn Sie es einrichten können.

– Bestimmt.

Sie lächelte ihn an und stand auf.

– Breitenbachplatz vierzehn. Die zweitoberste Klingel.

– Um neun.

– Genau.

Wie sich ihre Lippen anfühlen würden.

Sie nahm ihren Kaffeebecher und ging. Stefan kreuzte die Arme vor der Brust und gab dem Impuls nach, der sein Bein, seinen Fuß, seine Ferse wippen machte. 12:25. In einer halben Stunde ziehe ich Leine hier. Als ob man sich das aussuchen könnte. Nichts. Ich werde ihr einen Brief schreiben. Jeden Tag. Oder eine Karte. Da bin ich.

Rauch von der Zigarette, die er in seinem Mund hatte, stieg in seine Augen. Damit ist auch bald Schluß. Brennt. Werde ich mir abgewöhnen. Erster Januar. Er drückte sie in der Untertasse aus, wippend. 12:26. Draußen war es klarer geworden, deutlicher zeichneten sich die Umrisse der Dinge (der Laternenmast mit dem Zettel daran) in der Luft ab. Durchsichtig, dachte er, nennt man das, wenn im Herbst. Oder durchscheinend, ein kühles helles Licht, manchmal, wodurch man kilometerweit gucken kann. Eine lange Reihe Pappeln, gestochen scharf am Horizont. Ein Radfahrer auf dem Rheindamm, in der Ferne der hochgespannte Himmel eine wolkenlose Fläche von hellem, zartem Blau.

7 Die Naturwissenschaften, insbesondere die Physik, beschreiben Wirkungen und Wechselwirkungen, das heißt, sie formulieren, welches Verhalten unter welchen Bedingungen mit der größtmöglichen Wahrscheinlichkeit zu erwarten ist. Isaac Newton hat, sinngemäß, gesagt, ihn interessiere nicht, was die Gravitation denn wirklich sei oder wie sie aussehe (wäre sie sichtbar zu machen), solange seine Gesetze den Vorgang selber erfaßten.

Während noch Descartes, scholastischen Denkmustern verhaftet, annahm, beim Fall eines Apfels vom Baum handele es sich um eine Eigenschaft des Apfels, gehört es heute zum Allgemeinwissen, das Phänomen auf ein Massenanziehung genanntes Etwas zurückzuführen, das, außerhalb der Dinge existierend, sie alle in gleicher Weise betrifft, unabhängig von ihrer speziellen Beschaffenheit als Apfel, Feder, Bleigewicht, Sonne oder Mond.

Auch wenn man neuere Theorien berücksichtigt (Feld, Welle, gekrümmter Raum), bleibt die substantielle Ursache der Wirkung, die eine Masse auf eine andere ausübt, im dunkeln, wohingegen sich der Schmerz nach einer Ohrfeige in seiner Entstehung rekonstruieren und durch Zeugen, die den Schlag gesehen haben, belegen läßt (das muß weh getan haben).

Nicht wenige Anstrengungen richten sich seit den sechziger Jahren darauf, endlich einmal, mit subtilen Apparaturen, Gravitationswellen zu messen, bislang vergeblich.

Ich glaube, es war Hume, der behauptete, es gebe keine Kausalität, sondern lediglich Koinzidenzen.

Das Bedürfnis des Menschen nach Anschaulichkeit ist unstillbar, ebenso wie sein Hunger nach Erklärungen.

Immanente Bedingung eines logischen (materialen) Konditionals ist die enge zeitliche Nachbarschaft der durch Voraussetzung (Vorderglied) und Schluß (Hinterglied) in Verbindung gebrachten Ereignisse oder Tatsachen; stimmen deren Tempi nicht überein, geht der exakte Sinn verloren, und die Grammatik der Sätze wird poetisch. ›Ich denke, also war ich‹ zu behaupten, klingt ähnlich verschroben wie die Aussage ›Weil ich dachte, bin ich‹ oder ›Falls es regnet, glänzte das Pflaster‹. Unauflöslich ist die Wahrheit (resp. Falschheit) einer Folgerung an eine bestimmte Form der Gleichzeitigkeit gebunden. Die Frage ›Glänzte das Pflaster?‹ läßt sich mit ja oder nein nur beantworten, wenn man sie adverbial durch ›gestern‹, ›heute morgen‹, ›vor zwei Stunden‹ ergänzt. Es versteht sich, daß es dann auch gestern, heute morgen oder vor zwei Stunden geregnet haben muß, als Möglichkeit, will man sich nicht in die Sperrzone gedanklicher Absurdität begeben. Daraus jedoch abzuleiten, der Wahrnehmung selbst und ihrer Sprache wohne gleichermaßen ein zeitliches Prinzip inne, sei vom Plusquamperfekt über das Präsens ins Futur gerichtet, stellt eine so begreifliche wie unzulässige Verkürzung dar.

Die gesetzliche Verknüpfung zweier (oder mehrerer) Phänomene in einem Verhältnis von Ursache und Wirkung beruht auf der Annahme, daß die Ordnung der wissenschaftlichen Vernunft der Ordnung der Natur, der Dinge entspricht.

Angeblich existieren Dinge, von denen man nicht reden kann.

Erst die Entdeckung einer zwischen früher und später vermittelnden Instanz, eines Boten quasi, der die Wirkung eindeutig überträgt, würde einen physikalischen Vorgang wie die Gravitation vom Ruch des Magischen befreien.

Das Schweigen ist der Tod. Der Tod ist stumm.

Was soll denn eine Gravitationswelle sein? Kann man sich von ihr überspülen lassen, schmeckt sie salzig, versprüht sie Gischt?

Im Raum des Körpers Echos von Stimmen von weit her im Innern Klänge der Seele.

* Wirklich sehr angenehm, denkt sie (oft), wenn ihr Blick morgens auf die rot leuchtenden Ziffern der Anzeige fällt, den blinkenden Doppelpunkt zwischen Stunden und Minuten, von sich aus wach zu werden, noch bevor das elektronische Signalgeräusch ertönt – ein knarzendes Summen, das man mit einem Fingerdruck rasch zum Schweigen bringt, und sieben Stunden geschlafen zu haben, ohne von Träumen, ein und demselben Traum meistens, hochgeschreckt zu sein, nachts (viele Jahre), in der ersten Zeit verstört und durcheinander, dann verzagt, schließlich ärgerlich und wütend.

Es ist ruhig im Zimmer, so leise, daß man hört, wie die Ziffern des Radioweckers umspringen (von Pioneer, eines seiner (sehr originellen) Weihnachtsgeschenke), mit einem dünnen Pling, das von keinem anderen Ton überlagert wird, dem Sirren der Kreissäge etwa, das früher Punkt halb sieben einsetzte, um (vor dem Wegzug aus der alten Wohnung) nervtötend in alle Räume zu dringen, die Fenster zum Blockinneren hatten. Ganz und gar ausgeschlafen wartet man darauf, daß die Weckautomatik einsetzt, alleine, ohne jemanden neben sich, dessen Atmen man vernehmen würde, oder wie er sich umdreht, eine fremde Gegenwart, die man vermißt manchmal, von einem Mann. Wenn es einen gäbe, den man mag, denkt sie, die rot blinkenden Ziffern betrachtend, den man wirklich reuelos liebte und nicht, weil einem, irgendeines Abends, die Decke auf den Kopf gefallen ist; daß man es nicht mehr ausgehalten hat; wie bei Walter, nach seiner Scheidung, ein paar, zu viele Nächte lang. Es lohnt sich nicht, in keiner Hinsicht, weder seelisch noch körperlich.

Sie knipst die Nachttischlampe an und nimmt das Buch zur Hand, in dem sie vor dem Einschlafen gelesen hat: Ungehaltene Reden, um noch ein wenig darin zu blättern, bis es Zeit wird, sechs Uhr fünfundvierzig, die man braucht, eine halbe Stunde, sich die Haare zu richten (Spray von L'Oréal), zu schminken (Make-up und Eye-shadow von Estée Lauder, Lippenstift von Helena Rubinstein, Eau de toilette von Estée Lauder), und, eine weitere halbe Stunde, zu frühstücken. Man fühlt sich verpflichtet, als erste, vor den Verkäuferinnen, im Geschäft zu sein.

Während sie im Bad vor dem Spiegel steht, läuft die am Abend zuvor schon gefüllte Kaffeemaschine durch

Gelegentlich, eher selten, hat sie (normalerweise, das heißt, wenn sie mit schwerer Atemnot erwachte, als ob ein Stahlring ihre

Brust einschließen würde, befand sie sich im Luftschutzkeller oder im Wohnzimmer der Eltern, dessen Wände und dessen Decke anfingen zu wackeln, dann herabstürzten und sie unter sich begruben, in Wolken beißenden Qualms) folgende Szene geträumt, deren Schrecken weniger groß war, wie sie im wesentlichen ihrer kindlichen Erinnerung entsprach, abgesehen davon, daß der Soldat mal schwarz, mal weiß, mit einer Pistole oder einer Maschinenpistole bewaffnet war, sie ihn entweder verstand, seine Sprache, oder nicht, auf dem Küchensofa sitzend links, Katherina rechts neben der Mutter, die ihre Töchter mit beiden Armen fest an sich drückt. Durch die geöffnete Türe (es handelt sich um eine Küche nebst Schlafkammer ohne Bad oder Gang, die ihnen kurz vorher als Notquartier zugewiesen worden ist) dringen Stimmen und schwere, polternde Schritte (auf den Holzdielen des Treppenhauses), man hört Kommandorufe, so hören sich Kommandos in jeder Sprache an, und, glaubt sie, Flüche, von Männern gebrüllte, rauhe, abgehackte Silben.

Langsam und quälend, als müßten sie erst einen unsichtbaren Widerstand überwinden, werden die Geräusche, Stiefeltritte, Männerstimmen, Flüche, lauter, kommen näher und näher. Was die Mutter sagt, versteht man nicht mehr und kann einen, ihrer Absicht zum Trotz, auch nicht mehr beruhigen; wie in ein einziges, pochendes Organ verwandelt, besteht der ganze Körper nur noch aus Herzschlägen. Nach einem Moment völliger Stille (bildet man sich ein) knallt die Türe (infolge eines Stiefeltritts) gegen die Wand und gibt den Blick auf einen Soldaten frei, der seine Maschinenpistole (in dieser Version) im Anschlag hält, eine massige gründunkle Gestalt, die kein Gesicht zu haben scheint. Die Hand der Mutter, um den eigenen Oberarm gekrallt, zittert (unkontrolliert). Erst macht es tsch-tsch-tschsch, danach tropft es, triptriptrip, auf den Linoleumbelag des Küchenbodens, Katherinas Urin, der ihrer willenlosen Blase entströmt.

Der Soldat tritt herein und sieht sich um. Als seine Frage (Englisch ist das) nicht beantwortet wird, kommt er vor bis an den Tisch, hinter dem sie sitzen. Die Mutter schüttelt den Kopf, als wolle sie ihm bedeuten, daß es nichts von Interesse für ihn gebe hier. Er hebt seine Maschinenpistole und (die gleichen paar Worte im gleichen Tonfall) wiederholt sein Begehren. Nein, nein: sagt die Mutter kopfschüttelnd. Der Atem steht einem still. In der Luft ist keine Luft zum Atmen mehr.

Eine Art Regenmantel (ein dunkelgrünes Cape) verhüllt seine schwere, massige Gestalt. Wie schwarze Schuhcreme glänzt sein Gesicht unter dem Helm, dessen Stoffbezug eine verwaschene Aufschrift trägt. Als würde man ersticken müssen. Er geht um den Tisch, zieht den Vorhang beiseite und wirft einen Blick in die Kammer, wo zwei Matratzen auf der Erde liegen. Dann dreht er sich um und fragt: Waffen? (so hört es sich an, als würde es Deutsch sein). Keine Waffen, sagt die Mutter, wir haben keine Waffen. Mit seiner freien Hand (man zuckt zusammen bei dem Geräusch) reißt er einen Teil des Vorhangs aus der Halterung oben. Dann zieht er einen Stuhl heran und läßt sich jenseits des Tisches nieder. Die Maschinenpistole ist nicht mehr zu sehen, weil er sie auf seine Beine gelegt hat. Er schweigt. Im Treppenhaus hört man Stimmen (von Männern) und (fremdes) Gelächter. Keine Waffen, sagt die Mutter noch einmal. Der Soldat nickt. Eine Kühle im Nacken und auf der Stirn und längs des Rückens macht einen frösteln, ohne daß man gewagt hätte, sich auch nur einen Zentimeter zu bewegen. Sicher, ganz sicher, will er sich nur ein bißchen ausruhen. Es fängt an weh zu tun, wo die Mutter den Arm packt. Als der Soldat seinen Blick auf sie richtet (mich sieht er an), erstarrt sie, als würde sich ihre Wirbelsäule in eine Eisenstange verwandeln. So deutlich hebt sich das Weiße seiner Augen vom Dunkel der Pupillen und vom Schwarz der Haut ab, daß es einem vorkommt, als bestünden sie nur aus diesem glasigen, sich vorwölbenden Weiß. Man vermag nicht, woanders hinzugucken. Es drückt auf die Kehle, unten am Hals, in der Vertiefung. Der Mann beugt sich vor und legt die Hände auf den Tisch. Die Empfindung, würgen zu müssen, wird immer stärker. Unausgesetzt stiert er einen an. Die Zeit steht still (als wäre sie eingefroren, von endloser Dauer, obwohl es, in Wirklichkeit, nur Sekunden gewesen sein können).

Um jemandem zu antworten, der (wahrscheinlich nach ihm) gerufen hat, richtet der Mann sich schließlich auf. Rückwärts gewandt, militärisch knapp (klingt so Englisch?), macht er Meldung. Dann zieht er die Nase hoch und spuckt, seine Maschinenpistole schulternd, auf den Boden. Und bleibt sitzen. Das Weiß seiner Augen in seinem schwarzen Gesicht, das einen bannt. Wir haben doch keine Waffen, sagt die Mutter leise, bitte glauben Sie uns. SHUT UP (wie ein Schlag, vergißt man nie den Ton der Worte der heiseren Stimme)! brüllt er sie an, so daß man vor Schreck erzittert. Katherina schluchzt.

Ein anderer, ebenfalls schwarzer, aber weniger massig, drahtig wirkender Soldat tritt, mit einer Pistole in der Hand, durch die (sperrangelweit) Türe. Nachdem er sich flüchtig umgesehen hat, schnauzt er den dicken Neger (als sei er nicht ganz bei Trost) an und verschwindet wieder. Eine Vielzahl polternder, stampfender Tritte (sie tragen Schnürstiefel) bewegt sich, in umgekehrter Richtung, von oben nach unten; dritter, zweiter, erster Stock, Parterre, Bäckerei Emil. Schwerfällig erhebt sich der Mann gegenüber am Tisch. Katherina schnappt weinend nach Luft. Ohne noch etwas zu sagen, dreht er sich um und geht zu seiner Truppe. Wieder und wieder, kaum ist er weg, krümmt sich der Körper würgend zusammen; nichts im Magen, was man erbrechen könnte; als es endlich nachläßt, die Wirkung, durchströmt, wie eine Welle, das Innere ein erschöpfendes Zittern; zittert der ganze Leib.

Fräulein Sökelfeld aus dem Seitenflügel kommt herein und sagt: Das waren die Amis. Bei mir war ein Leutännent, der sogar deutsch gesprochen hat. Die haben Waffen gesucht.

Bei uns war ein Neger, sagt die Mutter leise, Katherina beruhigend, ihr zugewandt.

Im Grunde sind die alle gutmütig, sagt Fräulein Sökelfeld. Es gibt ja Order von oben.

Während des Frühstücks – drei Tassen Kaffee, zwei Marmeladentoasts, zwei Zigaretten (Marlboro light) – überfliegt sie die Schlagzeilen der Zeitung (Rheinische Post), die sie zuvor aus dem Briefkasten geholt hat. Schnell und bequem kommt man mit dem Aufzug nach unten. In acht Jahren, noch vor dem Ruhestand (eine widerwärtige Vorstellung und ein abscheuliches Wort), wird die Wohnung bezahlt sein. Stefan schläft bei seinen Besuchen, die seit einiger Zeit, seit ein paar Jahren, immer seltener werden, auf der Couch im Wohnzimmer. Drei Zimmer wären zu teuer und, wie man heute sieht, überflüssig gewesen. Siebzig Quadratmeter für eine einzelne Person reichen voll und ganz, eigentlich, selbst zu zweit benötigte man kaum mehr Platz; ein günstiges Angebot damals, über Walter, der auch die Finanzierung kalkuliert, mehr oder weniger, und die Verträge durchgesehen hat, in seiner zuvorkommenden Art, höflich, taktvoll und was nicht alles. Leider. Berechenbar in jeder Beziehung, mal abgesehen von dem anderen, warum man nicht mit ihm kann. Der Sex. Das bestimmte Gefühl.

Sie zündet sich eine dritte Zigarette an. Daß man immer noch sein Fehlen vermißt, die sinnlose Tiefe, worin man sich auflöst, wenn man liebt. Ergriffen. Und sich nicht abfindet, wie alle, mit dem Möglichen. Was man dafür hält. Als ob es das Schlimmste wäre, alleine zu sein. Das Ende. So ein Quatsch.

Kopfschüttelnd schlägt sie den Terminkalender auf und reißt das vorgestanzte Eckchen von der Seite des Tages ab. Halb elf, Herr Frölingk, Cosima-Wirkwaren, Bad Staufen. Das wird schwierig werden, eine Sache des Fingerspitzengefühls, aber absolut notwendig. Am besten, er würde seine Musterkoffer gar nicht erst auspacken, die Prospekte schon waren (grauenhaft) genug. Man hätte ihm brieflich mitteilen sollen, daß es derzeit, bedauerlicherweise, nicht geht, oder bei seinem letzten Besuch im Frühjahr. Wer soll das anziehen, von unseren Kundinnen, die Schnitte und Farben? Man macht sich seinen eigenen Stil kaputt, nimmt man auch nur ein Stück davon ins Sortiment, bestickte Pullover in Lachs, Waldgrün, Sahara, ohne erkennbare Linie. Für auf den Wühltisch bei Horten vielleicht. Fragt sich, ob die überhaupt jemanden zum Entwerfen haben da in Bad Soundso. Ländlich-sittlich, die ganze Kollektion mittlerweile, ausnahmslos.

Lieber Herr Frölingk, wir können im Augenblick nicht.

Ja, ich weiß, seit wann wir uns kennen. Also, ich bitte Sie, das müßte in Ihren Auftragsbüchern stehen. Unser Haus orientiert sich an einem klassisch jungen Dessin. Nein, Herr Frölingk, es handelt sich dabei um keine Frage des Preises (selbst geschenkt nicht). Sehen Sie … natürlich … gebe ich Ihnen recht … das ist keine Entscheidung ein für allemal … Ich wäre Ihnen sehr verbunden, wenn Sie auch weiterhin … Wir bleiben in Kontakt.

Endlich sieht er die Vergeblichkeit seiner Bemühungen ein, schließt seine Koffer und verabschiedet sich. Als er zur Bürotüre hinaus ist, stapelt sie das Kaffeegeschirr ineinander und leert den Aschenbecher. Viertel vor zwölf, Frau van Huygens, persönlich. Noch zehn Minuten Zeit, die Kleider hängen parat, Mäntel, Shawls, Strümpfe. Eine Stunde muß man rechnen, bis sie sich für ein größeres Ensemble entschieden hat. Steht mir das? Ihre Mutter war eine der ersten, damals, denen man die Sachen nach Hause gebracht hat. Abstecken, umsäumen.

Über Mittag sind die Gehaltsabrechnungen fällig, Kontrolle der Stundenzettel. Alles andere erledigt das EDV-Büro. Extern. Ist vom Preis her günstiger, als wenn man sich selber oder sonstwen daransetzen würde. Gibt es Computerprogramme heutzutage. Neunzehn Uhr, DOB-Vorstandssitzung im Hotel Braubacher Hof. Mal gucken. Vielleicht hat die Substitutin Lust mitzukommen. Kleiner Umtrunk hinterher.

∗ – Du wunderbare Mutter, Mutter des guten Rates und des Schöpfers:

– Bitte für uns!

– Du ehrwürdige Jungfrau, du lobwürdige Jungfrau, du mächtige Jungfrau:

– Bitte für uns!

Mit tiefer fester Stimme kräftigt der Kaplan die etwas zittrige Erwiderung einer Handvoll älterer Frauen, die in den vorderen Bänken knien. Wenn man keine überzählt hat, sind es neun, ohne seine Haushälterin.

– Du Kelch Gottes:

– Bitte für uns!

Mit ihr wären es zehn. Insgesamt also zwölf, vorausgesetzt, man rechnet sich selbst und Liehre dazu. Die Primfaktoren von zwölf lauten drei und zwei, das heißt drei mal zwei mal zwei. Außer der Zwei existiert keine andere Zahl, die sowohl gerade als auch prim ist, inwiefern sie eine Sonderrolle einnimmt. Fraglich bleibt, ob man die Eins im Fall der Zwei wirklich als echten Teiler gelten lassen darf.

– Du starker Turm Davids:

– Bitte für uns!

Im Grunde handelt es sich bei der Zwei nur um eine Art Erweiterung der Eins, einen von dieser Größe unabhängigen Wert beinhaltet sie ja eigentlich nicht.

– Du elfenbeinerner Turm:

– Bitte für uns!

Schräg von oben, durch Fenster aus buntem Bleiglas, fällt Sonnenlicht in die Kirche, Gebündel milchiger Strahlen, die auf den Steinfliesen, zwischen den Bänken, auf dem porösen Grau eines Pfeilers (als ovale Schnitte) zerfließen, wie beim Röntgen Staubteilchen und Fäden des Rauchs sichtbar machend, der von einer dicken, mit roten Wachsbuchstaben gezeichneten Kerze hochsteigt (ein P verschränkt mit einem X = ein Rho und ein Chi = Jesus & Christus). Zum Zweck der Andacht hat sie der Küster (auf ihrem massiven gedengelten Dreifuß) in eine der dämmrigen Nischen gestellt, die den Hauptaltar links und rechts flankieren und dem hl. Dionysius (rechts) beziehungsweise der Jungfrau Maria (links) geweiht sind, durch große Holzskulpturen versinnbildlicht, deren Sockel (in Augenhöhe) Blumengebinde schmücken (Flieder, rote und weiße Nelken).

– Du goldenes Haus:

– Bitte für uns!

Reglos darauf wartend, nach jeder letzten Zeile die Seiten umzuschlagen (in so gotisch anmutender Schrift mit verschnörkelten Initialen eine zweisprachige Fassung der Lauretanischen Litanei), kriecht Kühle unter das Chorhemd (fast nie wirft der Kaplan einen Blick in das unhandliche, auf einem hölzernen Lesepult ruhende Buch), von den Steinfliesen her beständig ein kühler Hauch, der die Beine klamm macht und einem irgendwann die Knie steif werden läßt.

Als Liehre in der großen Pause über den Hof kam, hätte man sich denken können, was er will (Rudi liegt mit gebrochenem Fuß zu Hause), doch statt im Kartenraum oder hinter den Fahrrädern zu verschwinden, blieb man stehen und quittierte seine Aufforderung (halb Bitte, halb Erpressung) mit einem Kopfnicken, um sich einen Moment später schon für diese Schwäche zu verachten, den höhnischen Bemerkungen Gerbers und Landsbauers (Protestanten) ausgesetzt. Obwohl man sonntags längst nicht mehr die Messe besucht (auch nicht mehr beichtet, versteht sich), kneift man, immer noch, wird man von ihm persönlich in der Schule gefragt; als machte das einen Unterschied, wenn man sich einmal entschieden hat, dagegen.

– Du Zuflucht der Sünder:

– Bitte für uns!

Es kann nicht sein, sich selbst zu verleugnen, den, der man jetzt ist, weil man, was denn: eine Fünf in Religion?, bestimmte Konsequenzen befürchtet. Sie würde kurz meckern, sonst nichts. Außerdem war die letzte Arbeit zwei (Ein Nachleben fand der Arianismus bei einigen Germanenstämmen. Mit dem siebten Jahrhundert starb die Irrlehre aus).

Wie wenn man durch Eid verpflichtet wäre. Aber ist man nicht. Nichts und niemandem. Keiner Macht. Niemand besitzt Macht über dich. Zumal er die Klasse nach den Sommerferien (sie hat eine Reise nach Zandvoort versprochen) abgibt, in vier Wochen sind die Konferenzen. Immer alles verschlimmert sich durch Weglaufen. Einen Haß kriegt man, sagt man nicht, was man denkt. Handelt nicht so, ruhig und bestimmt, kopfschüttelnd. Nein. Verdammt.

– Du Trösterin der Betrübten:

– Bitte für uns!

Um fünf macht die Kasse zu. Mit dem Fahrrad wäre es vielleicht noch knapp zu schaffen. Oder hintenrum über den Zaun.

– Du Königin der Patriarchen:

Es nimmt kein Ende; achtundvierzig (?) Anrufungen plus Kyrie vorweg und Agnus Dei dividiert durch vier gleich ungefähr fünfzehn Zeilen pro Seite in pfenniggroßen Buchstaben. Kürzer gehts nicht. Als wollten sie sich betäuben.

– Bitte für uns!

Daß Liehre etwas ausläßt, kann man vergessen. Total unvorstellbar. Nicht mal eine Silbe verschluckt er, mit geschlossenen Augen jedes einzelne Wort so laut und deutlich intonierend, als befürchte er, sich andernfalls zu versündigen. An unserer lieben Frau, die vom Heiligen Geist empfing. Wers glaubt, wird selig. Seine Wangen sind violett geädert (Wie alt mag er sein? Fünfundvierzig?). Wenn er eine Antwort erwartet, die nicht kommt, zupft er unablässig mit Daumen und Zeigefinger an seinem (Doppel-) Kinn. Die Nacht des Atheismus? Vierzehnter Juli siebzehnhundertneunundachtzig. Wie eine fixe Idee, die ihn plötzlich heimsucht (gegen Ende jeder Stunde hatte er in der Quinta, auf dem Pult sitzend, einen Roman vorgelesen, der von ein paar Meßdienern handelte, die den Pfarrer ihres Dorfes (und natürlich die Monstranz) in einer Höhle versteckt hielten, weil ein wüster, Jakobiner genannter Haufen durchs Elsaß zog, um Kirchen zu plündern, zu brandschatzen, Nonnen zu schänden (leider nur in sehr vagen Andeutungen wiedergegeben) und Geistliche zu foltern und zu hängen. Erschlagen. Kreuzigen. So tapfer und listig ihre Gegner, die Ministranten und Bauern, so verschlagen und hinterhältig waren die glaubenlosen Mordbuben, deren Bezeichnung man sich, da ihre Herkunft in dem Buch nicht geklärt wurde, als vom Namen ihres Anführers abgeleitet dachte, eines gewissen Jakob, obwohl kein einziger Jakob in dem Ganzen eine Rolle spielte), fing er im Unterricht immer wieder von dem Datum zu reden an, beschwörend, warnend, drohend, ohne daß man, damals, vor zwei Jahren (als der Schulstreik war), verstanden hätte, warum eigentlich, und ohne Beziehung zu dem, was auf dem Stundenplan stand: Welche Kennzeichen muß die wahre Kirche haben? Die wahre Kirche muß einig, heilig, katholisch und apostolisch sein. Welche Folgen hat die Todsünde? Erstens: Die Todsünde raubt uns das Gnadenleben und alle Verdienste für den Himmel. Zweitens: Sie zieht uns die ewige Verdammnis und auch zeitliche Strafen zu.

Mit Ingrimm wendet Stefan den Kopf und blickt Richtung Ausgang, während der Kaplan die Litanei beendet, um sogleich den Rosenkranz anzustimmen. Der noch und dann, sie können den Hals einfach nicht voll bekommen, mit allergrößter Wahrscheinlichkeit, das Gebet zu Ehren der sieben Schmerzen.

Bis fünf schaff ich das nie, denkt er, wenn ich hierbleibe. Ausgeschlossen. Muß ich über den Zaun steigen. Erst mal gucken, ob jemand in der Nähe ist, einer der Bademeister oder so ein alter Sack, der es meldet. Ich hab meine Eintrittskarte verloren. Paß bloß auf, mit uns machst du das nicht. Was mache ich denn? Entweder löst du für heute nach, oder du kriegst Geländeverbot.

Eine Unruhe, herzklopfend ein Gefühl, das er nicht kennt, beginnt sich seiner zu bemächtigen. Es zieht ihn fort. Am besten wäre, auf der Stelle zu gehen, sich umzudrehen und abzuhauen. Nicht auszuhalten ist das mehr. Gebenedeit seist du unter den Weibern und die Frucht deines Leibes. Und wieder von vorn. Gegrüßet voll der Gnade. Er spürt, wie sein Atem schneller und flacher wird und wie sein Herz schlägt, ein wehes (sehnsüchtiges) Pochen, das sich durch den Körper fortpflanzt, Beine und Arme bis in die Fingerspitzen hinein; sie zittern macht. Er ballt seine Fäuste und preßt sie zusammen. Heute oder gar nicht. Ihre Freundin hat Landsbauer gesagt, sie gehe mit keinem. Daß sie praktisch nur darauf warte. Im richtigen Augenblick muß man ihr, zum Beispiel, wenn die anderen schwimmen sind (oft bleibt sie dann alleine auf der Decke liegen), als wäre es Zufall, als wäre es einem gerade so eingefallen, eine Zigarette anbieten (Ernte 23) oder sie fragen, ob sie auch ein Bier trinken will, einen Schluck, oder Cola vielleicht, eisgekühlt am Kiosk geholt (Nie im Leben bist du sechzehn, du bist höchstens vierzehn. Ich bin sechzehneinhalb).

Sie hat kurzgeschnittene dunkle Haare und heißt Ute. Meistens liest sie irgendwas, auf die Seite gedreht (sie trägt einen orangefarbenen Bikini), den Kopf in die Hand gestützt. Ihr Vater ist Arzt. Ein Bein über dem anderen langgestreckten angewinkelt, bildet die Linie ihrer Hüften (Taille, Bekken, Oberschenkel) einen richtigen Halbkreis. Ihre Augen sind braun, mit langen Wimpern, die ihren Blick – ohne den Kopf zu heben, beobachtet sie von unten das Gerangel um ein Handtuch, das Gerber (der Wichser) einer ihrer Freundinnen entwendet hat – verschatten. Die Arme im Nacken verschränkt, ein leichter Wind zerblättert die Seiten des neben ihr aufgeschlagenen Buches (Der kurze Brief zum langen Abschied beziehungsweise, seit Montag, Das Glasperlenspiel), heben und senken sich (schläft sie?) die Kuppen (malen sich unter dem Oberteil ihres orangefarbenen Bikinis ab) ihrer Brüste. Man müßte, wenn man sich selber eine ansteckt, ihr wie selbstverständlich die Packung und das Feuerzeug rüberreichen. Man hat es gesehen, daß sie raucht, für sich, lesend, scheinbar uninteressiert am Treiben der andren (Crem dich selber ein, gib mir den Kamm zurück, laß mich sofort los).

Zu viert, Petra, Beate, Klaudia und Ute, jeden Nachmittag (eine von ihnen hat immer was zu essen dabei) sich am selben Platz (hinter der Hecke des Nichtschwimmerbeckens) ausbreitend, besuchen sie eine Klasse der Droste-Hülshoff-Schule, die, nur für Mädchen, Richtung Stadtforst gelegen ist, ein umgitterter altertümlicher Bau mit einem Säulenportal, einer breiten Freitreppe und einem Blumenrondell in der Auffahrt. Landsbauer behauptet, schon einmal während des Unterrichts da drin gewesen zu sein (was Gerber bezeugen könne, der vor dem Tor gewartet habe), um sich bei einer aus der Sekunda (!) einen Kuß zu holen. Wers glaubt, mag selig werden, Landsbauer erzählt ziemlich viel. Obwohl, auch wenn die Geschichte nicht stimmte, er es bereits getan hat, unbezweifelbar; er weiß, wie mans macht, als einziger. Auf der Fete bei Nettelbeck, wo er mit Nettelbecks älterer Schwester (Carola) im Trockenraum. Die anderen reden nur davon (außer Gerber, der zugibt, keine Ahnung zu haben. In seinem Kleiderschrank, den er gut verschlossen hält, stapeln sich die St. Pauli Nachrichten. Weil es sich, angeblich, wie echt anfühlen würde – hätte Landsbauer bestätigt, steckt er seinen Schwanz beim Onanieren zwischen zwei ölgetränkte Badeschwämme, sagt er), erfinden was, mit der und der da und da, um sich wichtig zu machen, aufzutrumpfen, rumzugrölen, ohne aber je den simpelsten Beweis zu erbringen. Nicht mal abgeholt werden sie nach der letzten Stunde oder gehen jemanden abholen. Blödes Geschwätz nur, das einen peinlich berührt. Will man nicht hören.

Wenn Mädchen auf der Schule wären, würde alles anders sein. Durch deren Gegenwart. So wie jetzt ist es praktisch unnatürlich, immer nur untereinander, daß man sie fernhält; und uns von ihnen, gewissermaßen zwangsweise, als handele es sich um eine ansteckende Krankheit. Lachhaft. Was dahintersteckt, wovor sie Angst haben, kann man nicht verstehen, die Lehrer, Eltern, Herr Direktor Doktor Breuer.

Wir werden, sagte Rüdiger Droth während des Schulstreiks in der Aula, nachdem die Menge draußen den Eingang gestürmt hatte, ihre Repressionen (1. Unterdrückung von Triebregungen (Psychol.). 2. (Soziol.) a) Unterdrückung individueller Entfaltung und individueller Triebregungen durch gesellschaftliche Strukturen und Autoritätsverhältnisse; b) politische Gewaltanwendung) nicht mehr länger dulden (stürmischer Beifall). Wir werden (psst, psst, Ruhe) unseren Kampf fortsetzen, bis die Verweise zurückgenommen sind. Die Solidarität der Genossinnen und Genossen von Droste-Hülshoff (starker Beifall), Arndt (starker Beifall), Freiherr vom Stein (starker Beifall) und Magdalenen-Kloster (rasender Beifall, Fußtrampeln) zeigt, wie notwendig und gerechtfertigt unsere Entscheidung ist, den Unterricht zu boykottieren

so viele Lehrer sieht man gewöhnlich nicht auf dem Hof. Es scheint, als sei das gesamte Kollegium nach unten gekommen. Nur Breuer, die Sekretärinnen und Degenhard (kriegsversehrt) erkennt man hinter den Scheiben des Erkers im ersten Stock, im Winkel zwischen den Gebäudeflügeln, von wo aus offizielle Ansagen gemacht werden (als Assessor Gries eines Morgens tot umfiel – schulfrei für den Rest des Tages). Alles strömt der Toreinfahrt und dem Treppendurchgang zu, die von Trauben von Leibern schon dicht umlagert sind. Eine metallisch klingende Stimme (Rüdiger Droth, der mit einem Megaphon in der Hand auf dem Gitter des Tores sitzt) ertönt (scheppernd, kaum zu verstehen) über den Köpfen der Menge, die sich immer enger ineinanderkeilt. Lehrer versuchen, die Nachdrängelnden zurückzuhalten (Weg da! brüllte Ruhnke, und Langhoff: Schluß mit dem Theater!), erfolglos. Man hört Autohupen und die Sprechchöre eines Demonstrationszugs, der die Fahrbahn blockiert (Tor auf, Tor auf). Es ist unmöglich, sich aus dem Geschiebe zu befreien. Über die Büste des Namenspatrons im Flur (1401–1464; die Welt als das entfaltet Göttliche nimmt teil an der Unendlichkeit Gottes und ist wie dieser nur als Mysterium deutbar in mathematischen Symbolen) hat jemand einen Müllsack gestülpt. Das Glas des Schaukastens, in dem die Listen mit den Ergebnissen der Bundesjugendspiele hängen, zersplittert; einer, Carl von Onkel (OIIa), reißt die Blätter von der Pinnwand und wirft sie in die Luft. Fäuste trommeln gegen den Eingang. Ältere (Primaner, Freunde von Droth) sind auf die Fensterbänke geklettert und hieven welche von draußen herein. (Tosender) Jubel empfängt sie, zwei Mädchen, die olivgrüne Parkas tragen, Original US-Army für neunundfünfzig Mark ab Größe 42 im American Stock, Neusser Straße. Andere folgen ihnen.

Während man mit Armen und Beinen versucht, seinen Platz zu behaupten, stimmt man in die Rufe: Aufmachen, aufmachen ein, wie berauscht von dem erhebenden Gefühl, Teil zu sein, des Lärms, des Aufruhrs, der schließlich von allen wieder und wieder skandierten Losung: Auf – ma – chen, mit dem Körper der wogenden Menge verschmelzend.

Der Druck verstärkt sich, langsam wird es eng. Immer mehr klettern durch die Fenster, doch zurück kann man nicht, weil die hinter einem Stehenden dagegenhalten; absichtlich, statt in den Hof auszuweichen, grölend. Es kommt zu Rangeleien, dann zu einem Handgemenge (fast eine Schlägerei) vor der Kabine des Hausmeisters, in der er sich eingeschlossen hat. Unablässig, wie ein mechanisches Geräusch, wehen die Töne des Megaphons aus der Einfahrt in den Flur des Gebäudes. Voller darf es nicht werden. Mit den Schultern stemmt man sich gegen einen Rücken, selbst bedrängt von Schultern und Ellbogen und Fäusten. Hartwigs Gesicht, einem seitlich zugewandt, ist vor Anstrengung ganz verzerrt. Die Scheißtüre auf, brüllt Carl von Onkel, oder ich hau alles in Klump (Carl von Onkels Vater gehört ein Dentallabor). Nach Luft schnappend, rammt man sein Knie panisch gegen den Vordermann. Auf dem glatten Fliesenboden verliert man dabei nach und nach seinen Stand.

Zurück! (endlich, jemand) ruft Doktor Ullmann, über das Treppengeländer gebeugt, die letzten kommen hier die Treppe hoch. Rasch läßt der Druck nach, als habe sich eine Schleuse geöffnet. Der Vordermann (UIIa oder b) dreht sich um und schlägt zu, ohne (richtig) zu treffen. Weggetaucht. Und Sie, herrscht Doktor Ullmann (Griechisch, Geschichte) den Hausmeister an, der vorsichtig seinen Kopf aus der Kabine steckt, betätigen den Türdrücker, wenn der Gang jetzt frei ist.

Die Demonstranten fluten den Hof und entfalten ihre Transparente, rotgefärbte Laken mit weißen oder gelben Buchstaben. Viele rauchen, auch Droth, der mit vier, fünf anderen, die man nicht kennt, beisammensteht, das Megaphon in seine Hüfte gestützt. Seine Haare sind am längsten von allen. Doktor Ullmann tritt hinzu und beteiligt sich (lächelt er etwa?) an ihrem Gespräch. Droth nickt. Doktor Ullmann reicht dem Mädchen links neben Droth die Hand, dann weist er Richtung Aula.

Seit fünfzehn Minuten schon ist die Pause vorüber, ohne daß es geklingelt hätte. Ausgelassene Stimmung macht sich breit, wie nach einem gewonnenen Klassenspiel. Einige Lehrer (Pasewalk, Brenner, Langhoff) versuchen, die Schüler der Unterstufe einzusammeln, doch entwischt man ihnen in der Menge mit Leichtigkeit, ihre Rufe (Ehrlich, Martinez: sofort zu mir in den Unterricht!) werden einfach nicht gehört, sind ohne Gewicht, einen Augenblick lang ohne jede Bedeutung. Gewachsen fühlt man sich, inmitten der anderen stark und sicher genug, keiner Zumutung von keiner Seite mehr Folge zu leisten: es einmal zu zeigen, was man vermag, die Drohungen verhallen zu lassen. Nur einig müssen alle sein.

Droth gibt durch das Megaphon bekannt, daß die Schulleitung, vertreten durch Doktor Ullmann und Doktor Titus, sich einer Diskussion in der Aula stellen werde. Er bitte, namens der Streiksprecher, um diszipliniertes Verhalten, damit eine Szene wie vor dem Tor sich nicht wiederhole. Beifall. Nach und nach schließt sich der Hof seiner Führung an (neben ihm geht Ullmann), treppauf am Kunstraum vorbei durch die Schwingtüre (geordnet, mehr oder weniger) in einen mit Bühne, Parkett und Holzstühlen (Reihen von Holzstühlen) ausgestatteten Saal. Flugblätter werden verteilt (zum Beispiel von einem der Mädchen in den olivgrünen Parkas), für deren Inhalt sich die GUSS verantwortlich erklärt (Gruppe unabhängiger sozialistischer Schüler).

Ein Wolkenschleier zieht an der Sonne vorbei und läßt die schräg einfallenden Strahlen tanzen, als würden Scheinwerfer um ihre Achsen geschwenkt, länglich runde Flecken von Licht, die über die leeren Bänke huschen, das Schnitzwerk der Kanzel, zwei drei Kreuzwegstationen (trübe Ölbilder an der jenseitigen Wand), und plötzlich blendend hell und warm durchs Gesicht, bevor sie wieder in ihren ursprünglichen Winkeln erstarren, fest verbunden scheinbar mit der Architektur des Gewölbes, dem Ritus der nachmittäglichen Andacht.

Sind die Frauen an der Reihe zu beten, vereinen sich ihre Stimmen zu einem murmelnden Chor, der wie ein fernes Rauschen klingt, ein steter leiser Fluß Zeile um Zeile dahinperlender Töne. Gegrüßet seist du. Und die Frucht deines Leibes. Manchmal klackert es, wenn ein Rosenkranz mit dem Holz des Gestühls in Berührung kommt. Jedes Kügelchen bedeutet eine Strophe. Um keine auszulassen. Zwischen Daumen und Zeigefinger hält man sie, ihre Größe (vier plus eins im Wechsel wie oft?) ertastend die folgenden Worte. Unter deinen Schutz und Schirm fliehen wir, o heilige Gottesgebärerin. Schätzungsweise noch zehn-, neun-, achtmal.

Vier Uhr vierundzwanzig. Normalerweise bleibt sie mit den anderen bis kurz vor halb sechs. Das ist mit dem Fahrrad zu schaffen. Und dann? Irgendwas dann. Heute jedenfalls mit Sicherheit. Es fühlt sich an, als ob das Herz in den Hals gerutscht wäre, so klopft es in der Kehle. Beim Luftholen öffnet sich leicht der Mund, und man vermeint den eigenen Atem zu hören. Endlich einmal muß Schluß sein. Mit der Unterdrückung. Daß man sich so unterdrücken läßt. Einschüchtern. Deren Interessen sind nicht die Interessen der Werktätigen, Auszubildenden und Schüler. Weil es um eine andere Gesellschaft geht, wo niemand mehr Angst hat. In der eine wirkliche Gleichheit herrscht und weder Ausbeutung mehr noch Entfremdung

Consilium abeundi: lautet kategorisch die Entscheidung des Direktorats bezüglich der Schüler Sladek, Werner (OIa) und Herforth, Frank (OIa), wie in einem Rundlauf, den der Hausmeister von Klasse zu Klasse trug, bekanntgegeben wurde. Ausdrücklich Wert lege man darauf, hieß es, daß die Verweisung der beiden nicht allein ihrer letzten Disziplinlosigkeit geschuldet (sie waren in Röcken und Blusen, hochhackig, geschminkt, dauergewellt zum Unterricht erschienen, mit Handtaschen am Arm), sondern laut Schulordnung nur die unumgängliche Folge eines dritten Tadels sei, den sie binnen des vergangenen Jahres sich eingehandelt hätten. Man sehe sich daher außerstande, von den gesetzlich vorgeschriebenen Regelungen abzuweichen (Gnade vor Recht). Aufwiegler, sagte Pasewalk nach der Verlesung des Bescheids, Revoluzzer, die man in die Wüste zurückschicke, wo sie herkämen, Jünger des heiligen Sankt Lenin, der bewiesenermaßen an einer Gehirnschrumpfung gelitten und zum Schluß lallend in einem Rollstuhl gesessen habe. Was tun? Fleißig sein und lernen. Scientia est impotentia. Alle Macht kommt aus den Gewehrläufen.

Streik! rief Hartwig, als er über die kurzfristig anberaumte Sitzung der Schülervertretung der Klasse Bericht erstattete, man werde streiken, bis Sladek (Rosen-Apotheke, Ostallee) und Herforth (Elektro-Herforth, Kaiser Friedrich Straße) wieder zugelassen seien, um das Abitur zu machen. Ohne Gegenstimme habe man Rüdiger Droth beauftragt, die entsprechenden Maßnahmen einzuleiten, unverzüglich. Was Streik bedeute, wollte Schäfer wissen. Daß man eben streike, antwortete Hartwig, auf dem Hof oder so; Arndt und Freiherr vom Stein würden sich beteiligen, wahrscheinlich, erst mal.

Am nächsten Morgen klebten Plakate über den Sockelquadern, eins neben dem anderen vom Tor aus die Buchenstraße hoch um die runde Ecke (zweizeilig, in oxydierten Kupferlettern: Cusanus-Gymnasium) bis zum Lehrereingang auf dem Marktring, der mit roter Farbe (als hätte jemand den Inhalt eines Eimers dagegengeschleudert) verschmiert war. Che Guevara (?)-Schule stand (sie müssen eine Leiter bei sich gehabt haben) oben an der Fassade und: Vietnam = Mord = BRD-Regime (unbegreifliche Gleichung). Als Stefan sein Fahrrad auf den Hof schob, bekam er einen

Zettel in die Hand gedrückt, den er mit Hilfe des Dudens (Onkel Walters Geburtstagsgeschenk, schwarz-roter Einband: 250 000 Angaben für das Verständnis fremder Wörter) zu Hause entzifferte: Unsere Aktionen sind Teil der weltweit entflammten antiimperialistischen Kämpfe (Imperialismus (lat.-fr.), der: 1. Bestrebung einer Großmacht, ihren politischen und wirtschaftlichen Macht- und Einflußbereich ständig auszudehnen. 2. notwendige Endstufe des Kapitalismus mit konzentrierten Industrie- und Bankmonopolen (marxist. Theorie)). Wir weisen die Repressionen der durch die Schulleitung vertretenen westdeutschen Monopolbourgeoisie entschieden zurück (Bourgeoisie, die: 1. a) wohlhabender Bürgerstand, Bürgertum; b) (abwertend) durch Wohlleben entartetes Bürgertum. 2. herrschende Grundklasse der kapitalistischen Gesellschaft, die im Besitz der Produktionsmittel ist (Marxismus)). Ähnliche Redewendungen gebrauchte Droth während der Diskussion in der Aula. Alles, was er sagte, wurde mit (rauschendem) Beifall bedacht, während Doktor Ullmann und Doktor Titus (laßt sie ausreden), meldeten sie sich zu Wort, ausgebuht und ausgepfiffen wurden. Es tat einem gut, zu buhen und zu pfeifen, zu sehen, wie Titus sich auf der Bühne achselzuckend (hilflos) dem Streikkomitee (leitender Ausschuß, Gruppe von Personen, die mit der Durchführung einer Veranstaltung betraut ist) zuwandte.

Ich verstehe eure Empörung, Genossen, rief Droth in den Saal (Onkel: halt endlich deine Schnauze!), aber wir hören uns deren Stellungnahmen an (vereinzelt Beifall, Pfiffe, eine Art Gelächter). Später beschlossen sie, in einem kleineren Kreis weiterzuverhandeln, nachmittags, Schulsprecher, Lehrervertreter und Elternbeirat. Der Unterricht fiel aus.

Die notwendige Reinigung der Fassade, die Kosten beglich man durch die Spenden einiger Väter, die Relegation von Sladek und Herforth wurde aufgehoben. Man wolle ihnen, drei Monate vor dem Abitur, nicht die Zukunft verbauen. Es handele sich jedoch um keinen Präzedenzfall, worauf man in aller Deutlichkeit hinweise, auch nicht um ein Zurückweichen vor roher Gewalt und blinder Zerstörungswut, vielmehr erkläre man sich, den humanistischen Traditionen der Schule verpflichtet, zu einer Geste der Versöhnung bereit.

Der Kampf ist nicht zu Ende, schrieb die Proletarische Schüler Initiative (P. S. I.) in ihrem nächsten Flugblatt, dessen Text über einen großen roten Stern mit Hammer und Sichel gedruckt war, organisiert euch massenhaft!

– Deine Seele hat das Schwert durchbohrt.

– In der Herberge war kein Platz für dich.

– Deine Seele hat das Schwert durchbohrt, wiederholen die Frauen (murmelnd).

Noch zwei Seiten jetzt, zehn Minuten etwa. Elf. Man muß sich einen Ruck geben, aufhören nachzudenken, was geschehen wird, wenn man es tut. Ob es anders vielleicht besser wäre, zum Beispiel: zu fragen (aber genauso beiläufig, wie nebenher): Kommst du mit ein Eis essen? Oder: Sollen wir bei Fontanella noch ein Eis essen gehen? Oder (ganz unverfänglich, wodurch sich vielleicht ein Gespräch ergibt, falls sie mag): Kennst du das Café am Neumarkt? Da sind verschiedene. Neben dem Schuhgeschäft, so ein italienisches. (Sie nickt) Fontanella. Als Kind bin ich da manchmal drin gewesen, wenn wir für meine Schwester und mich Schuhe gekauft haben, hinterher. Du hast eine Schwester?

Zwillingsschwester, leider. Warum leider? Weil die aussieht wie ich, das nervt. Seid ihr in einer Klasse? Gottseidank nein (Ute schließt die Augen und schüttelt den Kopf), sie besucht das Magdalenen-Kloster. Freiwillig? Ich glaube ja. Wie heißt deine Schwester? Interessiert dich das? Wenn du es nicht sagen willst, laß es bleiben. Ulrike (Ute und Ulrike Platzeck), zufrieden? (Es entsteht eine Pause, bis sie:) Gehst du da öfter hin (fragt)? Jo, tagsüber, sind ziemlich viele Leute. Das gefällt dir? Man trifft meist jemanden, zum Quatschen oder so. Und wenn man nicht quatschen will? Dann kauft man sich eine Cola und stellt sich in die Ecke (Sie lächelt). Außerdem läuft gute Musik. Was hörst du? Zu Hause Jimi Hendrix und Taste und (die dritte Platte der Sammlung: Schalt bitte das Geheule leiser) Creedance. Echt? I Heard It Through The Grapevine find ich nicht schlecht. Kennst du Leonard Cohen? Wer ist das? Ein Sänger, aus Kanada. Hast du Platten? Ein paar. Von dem, meine ich. Alle beide. Hören wir die mal zusammen? Kommt drauf an. Wodrauf? Wo wir Platten hören. Bei dir vielleicht. Ich weiß nicht. Du kannst auch zu mir kommen (sich vorher noch welche von Landsbauer leihen, Iron Butterfly, Jethro Tull, Emerson, Lake & Palmer). Mal sehen (mal sehen heißt ja).

Nachmittags ist es zu hell draußen, man muß die Vorhänge schließen und eine Kerze anzünden. Ziemlich dunkel hier. Nur zum Plattenhören, irgendwie kann man sich dann besser auf die Musik konzentrieren. Stimmt. Magst du was trinken? Tee (Tee?). Guck mich nicht so an. Ich guck doch gar nicht. Was läuft gerade? All along the watchtower, danach spielen wir deine. Welche zuerst? Wo Sisters of Mercy drauf ist (Sie beugt sich, mit seitlich angezogenen Beinen auf dem Boden sitzend, gegen die Bettcouch gelehnt, vor zu der Kerze, um eine Zigarette (Peter Stuyvesant) anzumachen, wodurch sich die Möglichkeit bietet, wie absichtslos neben sie zu rutschen. Als die ersten Takte erklingen, legt sie den Kopf in den Nacken und schließt die Augen; behält sie auch beim Rauchen geschlossen. Die Entfernung zu ihrem Mund scheint unüberwindlich. Minuten dauert es, den rechten Arm, als sei er lahm geworden, so weit zu heben, bis die Außenkante der Hand ihre Schulter berührt, noch einmal Minuten, ein Lied nach dem anderen, sie zu umfassen und mit den Fingerkuppen ihren Hals zu streicheln. Man fühlt, wie das Blut durch die Schlagader pumpt. Fast ohne sich zu bewegen, kaum daß sie hinsieht oder die Haltung ihres Kopfes verändert, legt Ute den qualmenden Zigarettenrest im Aschenbecher ab. Knisternd läuft die Platte aus; es rauscht, von einem regelmäßigen Knacken untermalt, das der Tonarm verursacht.

Weiter kann man sich ihrem Gesicht nicht nähern, dessen Haut. Wie sie riecht, der Geruch ihrer (kurzen dunklen) Haare. Eine Wange streift die andere, dann, als wollte sie einem etwas zuflüstern, neigt sie sich zur Seite und dreht ihren Kopf, so daß, wie von selbst, ungeahnt einfach, geöffnete Lippen auf sich öffnende Lippen treffen und, weich und warm und feucht, vorsichtig tastend, Zungen, deren Spitzen, im Mund aneinander geraten, kreisen, behutsam, mit klopfendem Puls, langsam mutiger werdend vorstoßen, um sich schließlich ganz zu umschlingen. Durch den dünnen Stoff ihres T-Shirts (so eng rückt man zusammen) ist eine Brust zu spüren (noch wagt man es nicht, sie wirklich anzufassen), ein schmiegsames Rund von unvergleichlich zarter Nachgiebigkeit, das einen glühen macht, die Brust, den Bauch, in der Hose eine harte Spannung, die klopft und drückt).

Schon gestern, denkt Stefan, hätte ich es tun sollen. Als hätte sie zeigen wollen, daß auch sie es will, am Kiosk in der Schlange halb hinter mir, halb neben mir stehend, was kein Zufall war, die Berührung, mehrfach, ein weicher, federnder Abdruck auf meinem Rücken, dann auf meinem Arm, ihres Busens, mit Absicht und nicht wegen des Gedränges, weil sie geschoben wurde. Dieses Gefühl davon, von so einer Weichheit, die sich plötzlich staucht, und wie sie einen dabei angesehen hat, als wisse sie, welche Wirkung, gegen die man machtlos ist, das hervorruft; ihr Blick, die Wärme ihres Körpers, wonach man verlangt, sie zu umarmen, zu küssen, zu streicheln, ihren Rücken, ihre Schultern, ihre Beine, um dann das Oberteil ihres Bikinis aufzuhaken …

Er dreht sich zur Seite, weil er befürchtet, daß aus dem Gestühl vielleicht die Erektion zu erkennen wäre, die Schwellung unter dem Chorhemd. Es kann nicht mehr lange dauern. Der Schlußsegen noch. Zum allerletzten Mal, das steht fest. Vier Uhr fünfundvierzig. Ungefähr zehn Minuten braucht man mit dem Fahrrad, um fünf könnte man da sein. Möglicherweise wartet man am besten vor dem (vergitterten) Drehkreuz, bis sie rauskommt. Nein, keine gute Idee, weil sie dann in Begleitung der anderen ist. Über den Zaun klettern also und neben ihr am Rand der Decke Platz nehmen. Hallo. Sie wird den Kopf heben und sich auf die Ellbogen stützen. Sie trägt einen orangefarbenen Bikini, durch dessen Gewebe sich alles abzeichnet, wenn sie geduscht hat. Manchmal unterbricht sie ihre Lektüre, das Rumdösen in der Sonne, um sich zu erfrischen. Ihr nachblickend, sieht man, wie sie mit einem Finger unter den Gummizug ihres Höschens greift, um es über den Po zu ziehen. Es schwillt an, mehr und mehr, wölbt sich, bis die Enge der Cordjeans ihm eine drangvolle Grenze setzt. Es zwickt.

Stefan tritt vorsichtig von einem Bein aufs andere, um sich Erleichterung zu verschaffen. Den Kopf wendend, schaut er zum Portal, über dem ein großes rundes Fenster ist, das von steinernen Ornamenten gegliedert wird; in sich verschlungenen Kreisen ähnlich, fassen sie ein Muster roter und blauer Scheiben ein, die flammenartig in alle Richtungen ausstrahlen, fünf sechs sieben acht neun Stück insgesamt, spitz ihren jeweiligen Enden zulaufend, wo nämlich die Schnittstellen der gedachten Bögen sind. Vorausgesetzt, man hätte einen Zirkel zur Hand, könnte man versuchen, die Geometrie des Entwurfs nachzuzeichnen. Die Radien müßten einander gleich sein, daran besteht kein Zweifel, bei feststehender Winkelöffnung durch den äußeren Umfang begrenzt, den der Fensterrundung als solcher. Erstens. Zweitens wären die Mittelpunkte der durch ihr Inneres geschlagenen Einzelkreise zu bestimmen, Lage und Anzahl, um jeder Seitenlinie (der blauen und roten Lanzetten) genau einen Ursprung zuzuordnen, der auf dem Rand zu liegen hätte, in Höhe von null Grad (im Uhrzeigersinn), vierzig Grad, achtzig, hundertzwanzig, sechzig, zweihundert, vierzig, achtzig, dreihundertzwanzig, dreihundertsechzig. Kommt das hin? In etwa. Neunmal dasselbe Bogenmaß. Verbindet man sie über Kreuz mit Geraden, ergibt sich ein Neuneck, logisch, ein neunzackiger Stern. Der Davidstern hat sechs Ecken, ein Pentagramm fünf (… und legte sie vollständig dem König zu Füßen, um des Königs Schwiegersohn zu werden. Da schenkte ihm Saul seine Tochter Michal zur Frau).

Möglich sind beliebig viele, Hauptsache symmetrisch, daß sich links auf rechts und oben auf unten abbilden läßt oder beides zugleich, als Doppelspiegelung der Figur. Darum gehts, bei einem Symbol (1. in der Antike ein durch Boten überbrachtes Erkennungs- od. Beglaubigungszeichen zwischen Freunden, Vertragspartnern u. a. 2. Gegenstand od. Vorgang, der stellvertretend für einen anderen Sachverhalt steht; Sinnbild, Wahrzeichen. 3. Ausdruck des Unbewußten, Verdrängten in Worten, Handlungen, Traumbildern u. a. (Psych.) 4. christliches Tauf- oder Glaubensbekenntnis; Bekenntnisschrift; vergl. Confessio, Confessio Augustana. 5. verkürzte Kennzeichnung eines mathematischen Verfahrens ...) der Reinheit und des Ebenmaßes, des Heiligen Geistes, Amen.

Jetzt, endlich, sechzehn Uhr einundfünfzig. Der Kaplan breitet seine Arme aus und hebt zum Segen an. Gehet hin in Frieden. Stefan bekreuzigt sich und folgt ihm, Kniebeuge vor dem Tabernakel, in die Sakristei. Nachdem er das Chorhemd über seinen Kopf gezogen und den Meßrock aufgeknöpft hat, geht er zu Liehre und sagt:

– Ich kann übrigens nicht mehr kommen.

Schweigend sieht ihn der Kaplan an. Stefan hebt die Schultern.

– Das ist leider nicht mehr drin, terminlich.

Der Mann nickt. Dann dreht er sich um und entledigt sich seiner Soutane. So ist das. Sehr einfach. Nichts mehr. Sieben Minuten vor fünf. Stefan nimmt seine Jacke aus dem Schrank und zieht Leine.

Dem ✱ folgt ein Abschnitt, worin, nicht zuletzt durch unsere neuerliche Begegnung mit drei vorzüglichen Männern bürgerlicher Gesinnung und Lehrsamkeit, nachgewiesen wird, daß erstens die wahre Erkenntnis und die Erkenntnis der Wahrheit wahrhaftig von ein und derselben Beschaffenheit sind, zweitens das Denken vom Denken selbst ausgeht, sowie drittens Körper und Seele sich substantiell unterscheiden; des weiteren hilft man einem gestrauchelten Zecher wieder auf die Beine, säubert seinen Rock und ruft ihm eine Mietdroschke, um sich anschließend, wie es verabredet war, in eine nicht übel beleumundete Gastwirtschaft zu begeben.

Quod erat demonstrandum.

* Auf einem Sims der Holztäfelung, die den kleinen Raum höchst vorteilhaft und behaglich auskleidete, befanden sich im Abstand von je einer Elle rote Talglichter, deren lind flackernder Schein die versammelte Gesellschaft in ein gemütvolles Fluidum tauchte, das Geständnissen privater Natur und verschwiegenen Anbahnungen der beiden Geschlechter gleich zuträglich war. Von allen Seiten auf das herzlichste begrüßt, zogen sich die Herren B und M und E in eine Ecke zurück, um ihr unter freiem Himmel begonnenes Gespräch fortzuführen. Da der Koch der Weißen Maus, ein stämmiger Geselle aus dem östlichen Afrika, krank daniederlag, begnügten sie sich, enttäuscht zwar, doch nicht ohne Verständnis (es wird das herbstliche Wetter sein, der eisige Boreas, sagte Herr B zum Gastwirt, der entschuldigend die Hände hob), mit der Bestellung von Hefeweizenbier, das ohne Verzug in überschäumenden Gläsern herbeigebracht wurde.

Nachdem sie getrunken hatten – auf eine erträgliche Zukunft, wie Herr B sagte: eine Losung, der wir uns getrost anschließen wollen, trat einer der anderen Gäste in ihren Kreis und stellte sich als Compagnon von Branko Mihailovič, Import-Export, vor, dem er nicht nur geschäftlich, sondern auch in der Hinsicht verbunden sei, daß sie verschwägerten montenegrinischen Familien entstammten, was er gestenreich und lang und breit erklärte, ungefragt das Gestrüpp balkanisch verästelter Stammbäume entwirrend, inwiefern, man möge keine falschen oder voreiligen Schlüsse ziehen, sein Angebot käme von Herzen, von Freund zu Freund, er sich erlaube, einen Handel zu unterbreiten; falls man denn geneigt sei, ihm auch weiterhin Gehör zu schenken.

Entgeistert sah Herr E zu Herrn M, dieweil Herr B verstohlen lächelte. Und zwar, befleißigte sich der ungebetene vierte, dessen struppige schwarze Mähne in alle Windrichtungen wies, hinterherzuschicken, ohne überhaupt eine Erwiderung abzuwarten, drehe es sich um die Möglichkeit, zu für ihn fast schon ruinös zu nennenden Bedingungen, bedenke man allein Entfernung und Aufwand, einen roten Libanesen heranzuschaffen, der, dafür verbürge er sich mit seinem Ehrenwort, im Bekaa-Tal zur Reife gelangt sei, jener fruchtbaren, legendenbesungenen Hochebene hinter den Bergen von Aleppo, und folglich also eine Güte, er rollte die Augen, wie man es aus den bemitleidenswerten Aufführungen der staatlichen Theater kennt, eine Wirkungskraft habe, die, als Tee getrunken, geraucht oder in Plätzchenteig verbacken, jeden Genießer entzücken und sicher einen guten, um nicht zu sagen: außerordentlichen Preis erlösen werde.

Nun war es an Herrn E, mit den Augen zu rollen, den Kopf zu schütteln und – als sei er auf der Suche nach dem rechten Wort, indes ohne es finden zu können, in der Art eines Karpfens, der, aus dem Teich gezogen und vom Angelhaken befreit, an Land verdutzt nach Luft schnappt – ein ums andere Mal stumm seinen Mund zu öffnen, welche Miene der Bursche aus Montenegrien, vollkommen überzeugt von der Unabweisbarkeit seines Vorschlags, zum Auftakt einer Feilscherei nahm, wie sie unter dem Dach orientalischer Basare gang und gäbe ist.

Wie alle schlichten Charaktere besaß er ein nicht zu erschütterndes, gegen Natur und Mitmensch ganz empfindungsloses Selbstbewußtsein, das ihm erlaubte, seine Rede ungehemmt strömen zu lassen, so lange, als es keinem gefiel, ein lautstarkes Ende zu setzen. Der Leser irrt, wenn er glaubt, ein besonnenes Nein, eine ausgesucht höfliche Geste, die jeder Mann von Geschmack und Vernunft verstanden hätte, ohne sich ungebührlich behandelt zu fühlen, wäre diesem Zweck geeignet gewesen; im Gegenteil, Herrn Ms gerunzelte Stirn, Herrn Es Augenrollen und Herrn Bs zur Schau getragene Langeweile ermunterten den Spitzbuben zu immer neuen, immer kühneren Berechnungen möglicher Einkünfte, als stünde er vor einer dreifach betürmten Festung der Rechtschaffenheit, die zu erobern seine Ehre ihm abverlangte.

Mehr als unwürdig war dies Betragen und auch nicht zu entschuldigen, selbst wenn man einräumt, der Teufel des Branntweins persönlich habe die Schleusentore seines verderbten Herzens geöffnet. Kurz davor, vollends die Fassung zu verlieren, blaß im Gesicht, flüsterte Herr E, der eine, das sei hier angemerkt, maßgeschneiderte Jacke aus feinstem Hirschleder trug, es handele sich wohl um eine Verwechslung, worauf Herr M, das geleerte Weizenbierglas einer Haustochter anvertrauend und ebenfalls flüsternd, zu verstehen gab, daß auch gemäß seiner Überzeugung ein grotesker Irrtum vorliegen müsse, was Herr B kopfnickend zu bestätigen sich anerheischte, während der Jugo nicht nachließ, ihnen das Geschäft, die günstige Gelegenheit, wie er es nannte, in blumigen Wendungen schmackhaft zu machen.

Die Wahrheit zu sagen, schwadronierte er, was das Zeug hielt, und sicher wären sie ihn für den Rest der Nacht nicht mehr losgeworden, wenn nicht Herr B, eine handgreifliche Auseinandersetzung in Kauf nehmend, sich mit einem Male vorgebeugt und gesagt hätte, clare et distincte gesagt hätte, er solle sie alleine lassen, sie seien nicht interessiert. Ja, schloß sich ihm Herr M an, dessen Mut durch die aufrechte Haltung seines Freundes an seiner Seite bestärkt worden war, nicht interessiert, weshalb er sich schleunigst verpissen möge; und, damit hatte keiner der Herren gerechnet, der struppige Kerl verpißte sich wirklich so schnell, wie er Augenblicke zuvor gekommen war, ohne Gruß oder Empfehlung ihrem Kreise entschwindend, als sei es seine vorrangige Absicht gewesen, eben eine solche Verhaltensweise hervorzurufen, ein derbes, die Schicklichkeit peinvoll verletzendes Wort.

∗ Gratia in excelsis Deo.

∗ Hab ich euch, fragt Hartwig, während er ein frisches Weizenbier in Empfang nimmt, schon mal die Geschichte von der Razzia erzählt?, um, als die beiden anderen einmütig den Kopf schütteln, nach einem herzhaften Schluck und nachdem er sich eine Zigarette (Senior Service) angesteckt hat, wie folgt fortzufahren, nämlich: Daß wir bei mir im Gewächshaus, dem alten Büro, wo ich mit fünfzehn sechzehn aus Gründen der familiären Hygiene reingezogen bin, gekifft haben wie die Weltmeister, wurde zwar von keinem, versteht sich, an die große Glocke gehängt, war aber, versteht sich ebenfalls, ein mehr oder weniger offenes Geheimnis, von dem jeder, der es wissen wollte, wußte. Man traf sich da abends eine Zeitlang, am Wochenende meistens, zu fünft, zu sechst oder zehnt, hat Pink Floyd gehört, schlechten Rotwein getrunken und eine Tüte nach der anderen geraucht, bis auch dem letzten die Knie wackelten, was ein so harmloses wie zweifelhaftes Vergnügen ist, dessen Reiz im Grunde einzig darin besteht, daß man sich über ein gesetzliches Verbot hinwegsetzt. Obwohl mich, ehrlich gesagt und von Anfang an, das Zeug nur mäßig berauschte, habe ich, dem Herrn seis geklagt, nicht wenig investiert, um die Erzeugnisse sämtlicher Anbaugebiete der Welt durchzuprobieren, Afghanen und Türken, Öl aus Jamaika, Kongogras, dutch homegrown, rot, grün, schwarz, fest, flüssig, pur, mit Tabak, als Sud oder als Paste auf Cräckern, der Vollständigkeit halber gewissermaßen, um mir, systematischer Mensch, der ich bin, ein möglichst breitgefächertes Urteil erlauben zu können (Ludwig und Till nicken einverständig, grinsend).

Kurz und gut, man bedröhnte sich also in meiner Laube nach Strich und Faden, nicht zuletzt mit dem Vorsatz, gewisse Hemmungen, die den Verkehr der Geschlechter erschweren, zu überwinden, und in der Hoffnung, ein unausrottbarer haltloser Blödsinn, die Droge würde aphrodisierend wirken, speziell bezüglich der anwesenden Mädels. Keine Rede davon, rausgeschmissenes Geld, gevögelt wurde später auch ohne die vorherige Applikation von Cannabis und cannabisverwandten Produkten.

Hmm, ja, worauf wollte ich eigentlich hinaus? Genau, die Durchsuchung. Dazu ist folgendes noch vorauszuschicken: daß ich nämlich einen Rivalen hatte damals, der mir politisch wie privat nicht wohlgesinnt war. Und zwar konkurrierten wir um die Gunst einer Schönen, die sich, wer kann es ihr verdenken (Ludwig bedeckt mit einer Hand seine Augen, Till richtet den Blick nach oben), mehr mir als ihm zugetan zeigte, aus ästhetisch einleuchtenden Gründen (Till nimmt die Brille ab und lehnt seinen Kopf auf Ludwigs Schulter), aber auch deswegen, ich gestehe es ohne Reue, weil die Partys mit ihrem notorischen Drogenabusus eine unnachahmliche Anziehungskraft hatten. Wie man sich leicht vorstellen kann, guckte der andere, Schall und Rauch sein Name, betrübt in die Wäsche, die eigene, die Röhre meine ich, was, obwohl er nie unserem Kreis angehörte, Gott behüte, insofern eine brisante Note bekam, als er Funktionär der Esdeajott war und folglich, verschimmelter Revisionist, Lakai Moskaus, Speichellecker des Sozialimperialismus (Es reicht, sagt Ludwig), natürlicher Gegner aller revolutionären Kräfte, deren Reihen ich mich kurz zuvor, vor der Affäre, angeschlossen hatte. Der Typ kochte (kochte betrübt seine Wäsche in der eigenen Röhre, sagt Till), genau, mein Bester, und sann auf Rache, ein richtiger Stinkstiefel, deutsche Arbeiterjugend, Betonung auf deutsch, falls ihr damit was anfangen könnt (Können wir, sagt Ludwig).

Eines Abends nun, Spätsommer wars, gegen elf, die Uhrzeit ist mir so genau erinnerlich, weil sie im Protokoll verzeichnet stand, das mein Rechtsanwalt, der meines Vaters, per Akteneinsicht der Staatsanwaltschaft rausgeledert hatte, reich bestirnt (Wer beziehungsweise was?), das Firmament jenes warmen Spätsommerabends, als plötzlich, man saß wie gewohnt in trauter Runde beisammen, ein Kommando der

Polizei, das sich unbemerkt herangeschlichen hatte, filmreif, größtenteils mit schweren Waffen ausgerüstet, Helmen, kugelsicheren Westen, Knebelketten et cetera pepeh, in das Büro stürmte, als handele es sich um das Hauptquartier der Raff, Hände hoch: brüllte, jeder bleibt auf seinem Platz, keine Bewegung, was weiß ich noch, um dann eine Visitation sämtlicher Taschen, Schränke, Laden, Aschenbecher vorzunehmen.

Wie es der Zufall wollte, die Gunst des Schicksals, wurde außer einem bis zum Mundstück leergezogenen Joint nichts juristisch Verwertbares gefunden und, muß man hinzufügen, konnte auch nicht gefunden werden, da erstens der Markt für Betäubungsmittel, Holland in Not, zu der Zeit den Tiefpunkt einer zyklischen Krise durchschritt, inwiefern der Konsum entsprechender Substanzen notgedrungenerweise unterblieben war, bis auf die läppische eine Tüte, und zweitens ich, auf Grund der Anwesenheit des Kaderleiters meiner Organisation, jeder Versuchung widerstanden hatte, meine in einem Tresor gehorteten Vorräte anzubrechen, was, spar dir deine Bemerkung, weniger Heuchelei als vielmehr Ausdruck des Kampfes war, der in einem jugendlichen Herzen tobte (Den Sieger kennen wir, sagt Ludwig), zwischen bürgerlicher Lust und proletarischer Disziplin (Man faßt es nicht, sagt Till).

Mit dem Tresor nun, ich verkneife mir, euren Invektiven zu antworten, hatte es folgende Bewandnis: Im Zementboden des Gewächshauses verankert, von einem Teppich bedeckt, entging er der Aufmerksamkeit der Ordnungskräfte, will sagen, seine ungewöhnliche Lage überstieg bei weitem den kriminalistischen Horizont der Bullen, zumal sie auch keinen Spürhund dabeihatten, dem es vielleicht möglich gewesen wäre, ein Sortiment zu erschnüffeln, das jeder Krankenhausapotheke gut zu Gesicht gestanden hätte.

Summa summarum: Die Razzia war, an ihrem Aufwand gemessen, ein totaler Fehlschlag. Man notierte noch unsere Personalien, es gab die eine oder andere Vorladung, damit aber war die Geschichte erledigt, fürs erste (Und der Joint?). Hat der Staatsanwalt das Verfahren wegen Geringfügigkeit schließlich eingestellt. Wem hätte er denn was anhängen sollen? Zehn Oberschüler und ein Krümelchen Dope, einfach lächerlich. Trotzdem ist uns der Schreck mächtig in die Glieder gefahren, und die Kifferei wurde fortan im Freien praktiziert, ich schätze mal vier Wochen lang, bis Gras über die Sache gewachsen war.

Ich sagte fürs erste, weil: mein Vater, ein tellurisch-cholerischer Charakter, war hoch erzürnt, daß die Bullen sein Grundstück ohne Erlaubnis, Absprache, Anmeldung betreten hatten, dutzendfach, zwei Scheiben sind zu Bruch gegangen, um irgendeine klandestine, letzten Endes erfolglose Aktion durchzuführen, weshalb er nicht nur dafür sorgte, daß ein rabiater Rechtsanwalt sich seines Sohnes annahm, sondern zugleich Strafanzeige wegen Sachbeschädigung, Hausfriedensbruch und Nötigung stellte, Entschädigung verlangte, drohte, sich an die Presse zu wenden, und dem Landtagsabgeordneten des Wahlkreises, einem Parteispezi von ihm, Brandbriefe schrieb, ungeheuerlich, infam, Sowjetdiktatur. Der klinkte völlig aus; daß jemand, und seis die Polizei, ungefragt seinen Boden betreten hatte; für nichts und wieder nichts.

Man darf allerdings nicht glauben, unser Verhältnis wäre infolge der Ereignisse besser geworden, entspannter, verständnisvoller. Das waren zwei strikt getrennte Bereiche, seine, wie er schäumte, Bürgerrechte und meine Verfehlungen als rauschgiftsüchtiger Kommunist respektive kommunistischer Rauschgiftsüchtiger oder Haschbruder oder einfach nur: Kommunist, als Spätheimkehrer aus Workuta für ihn gleichbedeutend mit allen Übeln dieser Welt. Gut, hmm. Ich muß gerade wieder die Kurve kriegen, Augenblick (Während er nachdenkt, ruft Ludwig den Wirt), Gewächshaus, Razzia, Schock, denn es ist wirklich einer, wenn ein Trupp Uniformierter mir nichts, dir nichts abends ins Zimmer sprengt, wo du nichtsahnend sitzt und Musik hörst, seine Waffen auf dich richtet und brüllt wie am Spieß, zumal es sich für die meisten von uns um die erste unmittelbare Begegnung dieser Art handelte, mit einem Gewaltverhältnis, dessen physische Komponente einem in der Regel verborgen bleibt, Faust in die Fresse, worauf kein Staat verzichten kann, der ernst genommen werden will, um seine scheinbar legalen Ansprüche durchzusetzen (Saulus, sagt Ludwig. Paulus, sagt Till). Weder noch, das war lediglich eine Feststellung, die außerdem durch das Adjektiv ›scheinbar‹ relativiert wird (Adjektiv?). Ich glaube, so ein Wort nennt man Adjektiv (Hartwig schließt für einen Moment die Augen). Genau, das hat dann der Rechtsanwalt rausgekriegt, weiß der Teufel wie, ich verlasse die Kurve, daß es mein unglücklicher Rivale war, zu seinen Gunsten vermute ich mal bohrende Eifersucht, der den Bullen den Tip gab, auf dem Grundstück der Gärtnerei Ehrlich würde sich eine Opiumhöhle befinden. Auf gut deutsch: der Junge hatte uns denunziert (Drei Nardini, sagt Ludwig zum Gastwirt, der sich endlich herbeibequemt), wovon aber außer mir, dem Rechtsanwalt und natürlich ihm, dem Anschmierer, keiner sonst wußte, das heißt er, Schall und Rauch sein Name, wußte anfangs natürlich nicht, daß ich es wußte, da er mit Stillschweigen rechnete, damit, daß seine Identität nirgendwo verzeichnet sei und folglich auch nie in irgendwelchen Akten auftauchen könnte, was (ihnen werden die Getränke gereicht) ein großer Irrtum ist, den jeder begeht, der bei der Staatsmacht liebedienert (Prosit! Wohlsein! Salute!).

Also, machen wirs kurz, echt lecker der Stoff (Läuft rein wie … Wie was? Sag ich nicht. Er schämt sich. Come il segreto di una arciduchessa. Woher kannst du Italienisch? Das, Teuerster, geht dich gar nichts an), wegen euch verliere ich ständig den Faden, verdammt noch eins (Macht überhaupt nichts, stört uns kein bißchen. Kein bißchen. Laß dir ruhig Zeit, ihn wiederzufinden, wir habens nicht eilig, oder? Heute nacht bestimmt nicht mehr. Morgen nacht? Das kann man noch nicht sagen, ich bin mit Ulla verabredet. Seit wann? Beim Essen. Du meinst: ZUM Essen. BEIM Essen gestern abend hat SIE mich gefragt, ob WIR uns nicht morgen, also heute, in der Osteria treffen wollen. Und WIR wollen? Natürlich, sie hat frei, ich sowieso, und Massimo schreibt an. Massimo ist der, der eigentlich Tänzer ist? Richtig, eine bemerkenswerte Persönlichkeit. Brünett gelockter Ephebe. Wie bitte? Eine Schwuchtel. Deine Wortwahl ist so abstoßend, wie sie dich verrät. Als was? Was du bist. Wenn du mir sagst, wer ich bin, würde meine Großzügigkeit keine Grenzen mehr kennen. Laß stecken, soviel Geld hast du nicht. Ich nehme einen Kredit auf, abzüglich deiner Verbindlichkeiten. Quantité négligeable. Französisch sprichst du auch? Mais sûr. Das wußte ich bis jetzt ebenfalls nicht. Man lernt nie aus. Wem sagst du das?). Wenn es euch interessiert, versuche ich zum Ende zu kommen (Gerne, wir würden uns freuen. WIR. Ich. Ich auch. No man: is an island, entire of itself. Von wem stammt das? Blake? John Donne. Unter Umständen. Möglicherweise). Die Frage war, welchen Gebrauch ich von meinem Wissen machen sollte, daß ich also Bescheid wußte (Gar nicht einfach zu beantworten, sagt Till. Sofern man, sagt Ludwig, den Trümmeradel gewisser ethischer Standards sein eigen nennt. Es gibt auch, sagt Till, andererseits, ein sehr legitimes Bedürfnis nach Vergeltung, dem zu folgen grundsätzlich nicht verboten ist. Kommt auf den Maßstab an, sagt Ludwig, wer darüber entscheidet, der gesetzliche Rahmen als solcher. Entschuldige bitte, sagt Till, aber dem kann ich keinen Sinn abgewinnen. Das ist mir klar! Grammatikalisch, worauf sich gesetzlicher Rahmen bezieht, als solcher. Den Maßstab. Ach so, verstehe ich trotzdem nicht. Wir leben im zwanzigsten Jahrhundert mittlerweile, falls dir das entgangen sein sollte. Was du nicht sagst! In einer Art Rechtsstaat, dessen Jurisprudenz die Strafwürdigkeit einer Handlung beurteilt, folglich das Bedürfnis nach Vergeltung – deine Worte, ich würde es ganz ordinär Rachedurst nennen, als privates Gefühl außen vor zu bleiben hat. Nulla poena sine lege: jetzt glotz mich nicht so an. Ein Rechtsgelehrter! Nein, mit Vernunft begabt. Oho). Der schlimmste Hund im ganzen Land ist und bleibt der Denunziant (Sehr wahr, sagt Till. Es reimt sich, sagt Ludwig). Nichtsdestoweniger verbot es sich natürlich, ihm mit gleicher Münze heimzuzahlen, seine Verfehlung etwa publik zu machen, für einen Mann von Ehre. Indes konnte ich mir nicht verkneifen, bei entsprechender Gelegenheit meine Kenntnisse zu offenbaren, anläßlich irgendeiner Sitzung, zu der er, genau wie ich, von seiner Partei delegiert worden war. Hör mal, hab ich gesagt, wahrscheinlich während einer Pause, als wir nebeneinander standen, du bist eins der größten Arschlöcher, die mir je über den Weg gelaufen sind. Er wußte sofort, was ich meinte. 'n richtiger Scheißkopf, hab ich gesagt, dem ich am liebsten eins verpassen würde. Das war schon genug. Er machte erst gar nicht den Versuch, zu leugnen oder zu fragen, wovon ich reden würde. Kurz darauf, ein paar Wochen später, erfuhr man, daß er alle Funktionen niedergelegt hatte, als stellvertretender Schulsprecher, Kreissekretär oder wie das bei denen hieß, und Vorsitzender der Gruppe: Kriegsdienst – nein!, da er (Schall und Rauch sein Name, sagt Till) gesundheitlich angeschlagen sei und sich in dauernder ärztlicher Behandlung befinde, wegen eines Rückenleidens (So was gibts, sagt Ludwig).

Wir haben uns dann aus den Augen verloren, für Jahre, bis ich ihm einmal wieder begegnet bin, und zwar, ulkigerweise, hier in Berlin, wo er ein Praktikum absolvierte, Volontär beim ZDF, worüber wir uns, als wenn nie was gewesen wäre, ganz normal unterhalten haben. Wahrscheinlich ist er heute Redakteur da oder Redakteursanwärter, in der Dokumentation, daran erinnere ich mich, daß die Abteilung sein Ziel war. Eigentlich ein sehr engagierter Typ, auf der Minderheitenschiene, sozial, meine ich, und kein schlechter Mensch, wirklich nicht, alles in allem, würde ich mal sagen, von heute aus betrachtet (Blackout, sagt Till. Wer? fragt Ludwig. Bewußtseinsstörung infolge Liebeskummer, kommt vor. Aber deswegen die Bullen zu rufen, ich bitte dich, entfällt. Hab ich kein Verständnis für. Ich auch nicht, sagt Till. Was denn jetzt? Kein Verständnis, kommt aber vor, ist ne Art Schwäche gewesen. Unentschuldbar. Willst du dich mit mir streiten? Keine Lust. Hoffentlich. Zu spät. Wieviel Uhr? Nach vier schon).

* – Zehn Ouzo auf leeren Magen, sagt Nils, mit ein paar Mokka dazu, ohne Milch, haben praktisch die gleiche Wirkung wie Speed. Man dreht echt gut ab, psychomäßig.

– Das kommt von dem Anis, sagt Andreas, der neben ihm sitzt, und weil sie den nicht so sauber durchfiltern, das Zeug, was da drin ist. Beim Brennen, meine ich, bleiben Giftstoffe zurück. Methylalkohol im Prinzip.

– So ein Stuß, sagt Iris. Methanol macht dich blind, selbst ganz kleine Mengen.

– Man trinkt den ja nicht pur, sagt Andreas. Außerdem war es nur ein Beispiel.

– Richtige Hallus, sagt Nils, wie bei Pilzen. Und wegen dem Koffein bist du dabei total wach im Kopf.

– Das glaubst du doch selbst nicht, sagt Iris von der anderen Seite des Tisches und tippt an ihre Stirn.

– Probieren geht über studieren, sagt Nils. Versuchs mal.

– Danke. Mir ist jetzt schon schlecht.

– Dann geh kotzen.

– Du bist ein Arschloch.

– Weiß ich. Tut mir leid.

– Hat denn jemand was zu rauchen? fragt Andreas und sieht sich um. Irgendwer ein Piece?

Alle in der Runde schütteln die Köpfe. Als Beate sich mit beiden Händen ihre langen blonden Haare aus dem Gesicht streicht und sie über die Schultern wirft, kommt hinten an ihrem Hals ein bräunlichroter Fleck zum Vorschein, der, von innen nach außen blasser werdend, wie der Umriß einer länglichen Insel auf einer Karte, regellos im Hautgewebe zerläuft. Buchten und Landzungen. Geplatzte Kapillare durch den Unterdruck, der beim Saugen entsteht. Kitzelt. Beweist was? Iris könnte den Fleck nur sehen, wenn sie sich entweder vorbeugen oder weit zurücklehnen würde, wozu sie keinen Grund hat. Außer Beate spricht sie an. Macht sie aber nicht. Und wenn, ahnt keiner, wer. Trotzdem Absicht, ihre Geste, mir es zu zeigen ein Mal daß mein Mund.

– Selbst der Rasta im Wereldswinkel hat im Augenblick nichts da, sagt Nils. Bin ich letzte Woche gewesen.

– Den kannste doch vergessen, sagt Andreas. Der verlangt mittlerweile zwanzig Gulden fürs Gramm. Dafür müßte er eigentlich eine Schleife drum rum machen.

– Laß mal, sagt Nils. Der Typ ist in Ordnung, ist absolut kein linker Vogel.

– Wer will noch ein Bier? fragt Hartwig.

– Alle, sagt Nils und, Iris ins Auge fassend: Was übrigbleibt, teile ich mir mit Stefan.

Der Geruch von Beates Parfüm. War wie von Flieder irgendwie im ganzen Raum zerstäubt aus einem Kristallflakon, der neben ihrem Bett stand. Schmeckte man auch, auf ihrem Körper, am Hals, leicht klebrig, sich langsam Richtung Bauchnabel tastend, die Zungenspitze, ein Zittern hervorrufend, das sich verstärkte, als der Mund – sie war es, die mit einer Hand den Kopf dahin schob – unter einem aschblond behaarten Hügel zwischen ihren Beinen rosafarbenes Fleisch berührte, Lippen und Zunge es entfalteten, leckend, wie man Eis leckt, schneller werdend, weil sie stöhnte weil es ihr gefiel einem selber, in sie zu tauchen mit der Zunge, den kleinen Knorpel, worin ihre Lust steckt, zu streicheln, bis es sie unwillkürlich schüttelte, um dann, seitlich neben ihr halb liegend halb kniend, wie sie es wollte es zeigte einem, sich von ihr reiben zu lassen das Glied mit schnellen Stößen kam es schnell heraus über ihren Bauch und ihren Busen in Bahnen von Tropfen auf ihrer Haut verblassend gerinnend. Das war sehr schön, sagte sie. Ja, wirklich. Sehr toll war das.

– Und sieben Ouzo, sagt Andreas.

– Für mich nicht: hört man Beate, Iris und Andrea fast gleichzeitig, von links und rechts und gegenüber.

– Sieben plus vier also, sagt Hartwig, sich zur Theke drehend: Theo, sieben Bier und vier Ouzo! ruft er nach vorne.

Nils, der seinen Arm um Andrea gelegt hat, versucht sie an sich zu ziehen, doch sie, als sei es ihr lästig, befreit sich aus seinem Griff. Wird er noch lange mit zu tun haben. Was er sich in den Kopf gesetzt hat, die oder keine. Eine Frage von Ehrgeiz auch, von ihm. Daß sie nicht will. Ausgerechnet.

Als der dicke Theo ums Eck in den schlauchartigen Hinterraum des Lokals guckt und durch Handzeichen bestätigt (erst fünf und zwei, dann vier abgespreizte Finger), daß die Bestellung bei ihm angekommen ist, erhebt sich vor den Schaufenstern ein älterer Mann von seinem Platz und beginnt zu singen. Er trägt einen eleganten dunkelgrauen Anzug mit passender Weste aus dunkelgrauem Satin und einen steifen, breitkrempigen Hut, der, mit einem Kniff versehen, weit hinten auf seinem Kopf sitzt. Im Nacken fast. Hängt (Sonntag nachmittags im Fernsehen der Zylinder von Johannes Heesters als Graf Danilo).

Nach ein, zwei Takten, die er braucht, um in Fahrt zu kommen, übertönt seine Stimme, das Lied, den Pegel aller anderen Geräusche, aus der Musicbox den schwermütig leiernden Klang des Rembetiko. Jeden Abend das gleiche, entweder die Capri-Fischer oder Ich bin ein Vagabund. Zwei Tric-Trac spielende Griechen, seines Alters etwa, hören auf zu würfeln und blicken, am Ende des Tisches sitzend, zu ihm hoch, milde lächelnd. Er öffnet die Arme, hebt die Schultern und wiegt sich hin und her. Bella bella bella Marie – vergiß mich nie. Während er noch singt, tritt Yannis, der im vorderen Teil der Taverna Kalimera bedient, mit einem Glas Schnaps in der Hand neben ihn. Hingebungsvoll bringt der Mann seinen Vortrag zu Ende, die beiden Griechen applaudieren höflich. Yannis hilft ihm auf seinen Stuhl zurück

der Schneider vom Altmarkt, wo früher sein Geschäft war, Maßanfertigung, wie aus dem Ei gepellt, nadelgestreift, nur manchmal unrasiert, mit gerötetem Gesicht und wäßrigen Augen, Stammgast vorne, der bis auf seine Darbietung für sich alleine trinkt und (häufig) tonlose Selbstgespräche führt, kopfschüttelnd, nickend, einem nicht vorhandenen Gegenüber zuprostend – von Yannis mit Blechkrügen Imiglikos versorgt beziehungsweise Korn zwischendurch – und pünktlich gegen elf, als erwarte ihn jemand, zahlt und geht, das heißt, nach zwei Litern Wein und etlichen Kurzen, zur Türe gebracht und in ein herbeigerufenes Taxi gesetzt wird. Sich mit ihm zu unterhalten, hat man aufgegeben (außer Tulla und Maria), ihn zu fragen, ob er Tric-Trac spielen oder lernen wolle, zu schnell (ein, zwei Sätze) versinkt er immer wieder in seiner Welt, dem Film, der durch seinen Kopf flackert. Rauscht. Man läßt ihn in Ruhe. Nur Nils kann es sich nicht verkneifen, wenn er reinkommt abends, manchmal (Ahlberg, Sie sticht wohl der Hafer, bitte unterlassen Sie das), und sich unbeobachtet wähnt, ihn zu triezen, auf dem Weg nach hinten einen kleinen Bogen zu schlagen, um ein paar Worte in sein Ohr zu flüstern, deren Wirkung alle kennen. Wie unter Strom, fängt er am ganzen Leib zu zittern an, schlottert dann regelrecht, stumm und ohne Tränen schluchzend. Selbst Tulla, die man aus der Küche geholt hat, vermag ihn erst Minuten später zu beruhigen, mit zornigem Blick, während der Alte noch nach Luft schnappt, denjenigen suchend, der so gemein war, seine Erinnerung wachzurufen. Das geht ziemlich einfach, als hätte man ein Knöpfchen gedrückt, wie beim Flippern, durch eine bestimmte Formulierung, die den Mechanismus auslöst, zum Beispiel: Eh Schneider, sag mir mal, wo ist denn deine Frau? Und schon flennt er los.

Als Tulla ihn zur Rede stellt, zieht Nils die Mundwinkel herunter und legt seine Stirn in Falten. Keine Ahnung, von was sie redet. Zu wem. Kann ich nix dafür. Sie droht mit Rausschmiß, ob er sie verstanden habe. Nils nickt und beteuert seine Unschuld. Andreas grinst. Du auch, sagt Tulla zu ihm, alle beide, ihr Idioten,

klopft auf seine Schulter, ohne spöttische Miene, Yannis, als wolle er ihm Anerkennung spenden, seinem Vortrag, begütigend auch, und reicht ihm den Schnaps, den der Mann mit beiden Händen entgegennimmt. Schneider, Schneider, wo ist denn deine Frau? Zehn Ouzo auf leeren Magen. Hätte man sich aufwärmen können den Topf am Nachmittag, Gulasch mit Nudeln, von ihr gestern abend für heute gekocht. Zu spät. Ab und zu ein Mokka, damit man wach im Kopf bleibt. Die Wirkung von Speed.

Die rot-weißen Karos der Tischdecke flimmern (ein wenig), deren Ränder, wo die Farben zusammentreffen, als entzündete sich das Weiße am Roten und umgekehrt. Hat mit dem Licht zu tun, dem Material auch. Eine Art Plastik, dessen Oberfläche Doppelbrechung den Schein der Lampe widerspiegelt. Kann man gar nicht lange hingucken, sonst wird es einem schwindlig.

Stefan hebt den Kopf und betrachtet das Wandbild über dem Sims. Bestimmt zwei auf vier Meter die Ansicht eines Tempels vor schneebekränzten Bergen mit einigen Figuren in blauen und weißen Chitons, die auf seinen Stufen sitzen, beziehungsweise diskutierend: die wahre Zeit aber ist ewig, oder sie ist die Gegenwart, in kleinen Gruppen auf und ab gehen. Im Vordergrund. So soll man sich das vorstellen, den lieben langen Tag das Seiende und das Nicht-Seiende, das Begrenzte und das Grenzenlose, Apeiron und Aperitif. Alle Griechen sind Philosophen: Timaios ist Grieche: Ich bin Stefan. Irgendwie scheint das Dach schief zu sein, von dem Tempel, oder was Andreas sich gedacht hat dabei. Für sechs Wochen frei essen und trinken. Mit einem Projektor und Kohle den Umriß auf den Verputz und dann koloriert. Schatten auch, ziemlich hoch am Himmel unsichtbar die Sonne, im Raum praktisch, seitlich über der Türe. Nullnull. Links und rechts Pinien oder wie die schirmartigen Dinger heißen, Zedern?, weil Giorgos es verlangt hätte, hätten sie abgemacht: von der Klotüre bis zur Ecke und vom Sims bis oben was Typisches.

Typisch, sagte Hartwig, in Athen werden die Studenten massakriert, und du malst so einen unpolitischen Käse an die Wand. Ja was, sagte Andreas, wegen meinem Bild? Seh ich echt keinen Zusammenhang zwischen. Andere schon, mischte sich Roland, Beates älterer Bruder, der Chemie an der Fachhochschule studierte, vom Nebentisch ein, deren Gedächtnis ist länger als das von Gestalten wie euch. Halts Maul, Schnittker, sagte Nils, oder ich komm dir mal rüber. Komm doch, sagte Roland im Kreis seiner Leute von der Roten Hilfe, ich sitze hier, ich warte. Laß uns in Ruhe, sagte Beate, streit dich mit jemand anders. Blickte sie wütend in seine Augen, bis er sich wieder den Papieren zuwandte, die vor ihnen lagen. Liste der politischen Gefangenen in der BRD. Soziale Gefangene und politische. Die das System. Foltert sie. Zwangsernährung und so weiter, Schlauch durch die Nase in den Magen, schwere Körperverletzung mindestens. Eine Antinomie deren Forderungen. Verhungern sie, ist es Mord, und andersrum auch im Grunde. Kannste machen, waste willst, immer verkehrt, was den Standpunkt betrifft, von jeder Seite aus, the point of view of no return. Hämmert einem ganz schön ins Gehirn das Zeug. Anis. Noch sechs, dann sind es zehn. Vier plus sechs gleich zehn. Wäre zu schaffen, über den ganzen Abend verteilt, von acht bis eins pro Stunde zwei. Der letzte umsonst, von Giorgos spendiert. Sein Geschäft, seine Taverne, seine Frau Maria und seine Tochter Tulla, seine Kellner Gläser Teller Tische Stühle Kerzen Decken Kacheln Simse alles. Seine Gäste. Bekrückstockt Dimitrios, seit dem Unfall im Sommer. Streckts Bein von sich ab, das Schienbein, was er sich auf der Arbeit gebrochen hat, ist verschraubt und vernagelt. Für ein halbes Jahr krank geschrieben, sitzt er schon mittags am Tresen und trinkt Raki mit Wasser. Bedeutet guten Tag: Kalimera. Ein guter Tag für Giorgos, wenn die Kasse klingelt, ringding. Angeschrieben wird nur in Ausnahmefällen. Portemonnaie vergessen, leider leider. Morgen. Angeblich, war so ein Gerücht, sympathisierte er früher mit den Faschisten. Jemand habe ihn mal gesehen mit einem in Frankfurt, hieß es, wurde rumerzählt, wisse man im Prinzip, der ein Agent von Papadopoulos gewesen sei. Aber nichts Genaues. Konnte man ihm nicht beweisen. Nur Vermutungen. Hörensagen. Da gibt man nichts drauf. Entweder oder, ja nein.

Nils beugt sich über den Tisch.

– Theo, hör mal! Hast du uns vergessen?

Mit gekreuzten Armen an einem Pfosten der grünlackierten Sperrholzpergola lehnend, die, von künstlichem Weinlaub umrankt, den Tresen und einen Teil des Raumes bedacht, hebt Theo die Augen und blickt über den Rand seiner Hornbrille (braun, Modell AOK, wenigstens acht Dioptrin), die ihm auf die Nasenspitze gerutscht ist. Erkennt er wen? Verschwommen wie durch nasses Glas. Akustisch vielleicht, Nils' Stimme, wo sie herkommt. Theo neigt den Kopf zur Seite und läßt seine Pupillen in dieselbe Richtung wandern und wieder zurück. Ist in Arbeit, schön ruhig bleiben, wir tun unser Bestes. Er trägt eine schwarze Hose und ein weißes Hemd, das sich eng um seinen Bauch spannt. Seine Wampe. Keine falsche Bewegung, oder die Knöpfe platzen. Unter seinen Achseln breiten sich große Schweißflecken aus, klebt der Stoff (Theo soll nach dem Putsch ein Jahr im Gefängnis gewesen sein, obwohl sich niemand vorstellen kann, warum, harmlos: wie er aussieht. Hartwig berichtete, er habe ihn einmal vorsichtig gefragt, doch sei Theo ausgewichen, er interessiere sich nicht für Politik, niemals, das wäre alles Scheiße für ihn. Auch Yannis, der schon länger in Deutschland lebt, gibt keine Auskunft. Sie seien nicht befreundet, nur Kollegen, und man möge sich an Theo selbst wenden, dissbeßuglich, welches Wort aus einem amtlichen Schreiben er eine Zeitlang in jeden Zusammenhang einflocht. Mithin folgerte Andreas (eines Abends), könne Giorgos kein Faschist sein, wenn Theo bei ihm arbeite, nicht nur der möglichen politischen Konflikte wegen, sondern weil der Dicke als Kellner eine ziemliche Fehlbesetzung sei, inwiefern man seine Anstellung als einen Akt des guten Willens betrachten müsse. Und damit basta, das Gelaber ob ja – ob nein gehe ihm auf den Sack).

Nachdem Theo, Schweißtropfen perlen durch sein Gesicht, die Getränke verteilt hat, kennzeichnet er gewissenhaft die Bierdeckel – ein Strich für ein Bier und ein kleiner Kreis für einen Ouzo, Cola sind Häkchen, so daß beim Bezahlen jeder sein eigenes, unverwechselbares Muster vor sich hat, Nils nicht selten richtige Verzierungen am Rand der Filzpappe: /o/o/o/o, oder: ///o//o/oo, oder: ✓o✓o✓o✓o. Er verträgt viel, als ehemaliger Ruderer, sein muskulöser Körper; steckt er weg, ohne Wirkung zu zeigen. Nur bei Andrea. Trotz der Lederhose, dem Piratenohrring – sie will nicht. Immer dasselbe. Je mehr man sich bemüht, desto weniger. Liegen lassen. Abwarten. Sich die Birne zuknallen, bis es einem egal ist. Bloß morgens. Ich muß mal ein ernstes Wort mit dir reden, Stefan (sabber, sabber, sabber). Erstens stört es mich, wenn du nachts besoffen vor die Klotüre fällst und ich dadurch wach werde, zweitens hast du Geld genug, um dir selber Aspirin zu kaufen, und drittens, du weißt, ich bin wirklich tolerant, empfinde ich es als Zumutung, daß unter der Woche, Dienstag auf Mittwoch, in deinem Zimmer Partys mit irgendwelchen Mädchen gefeiert werden. Hältst du mich eigentlich für blöd? Nein.

Nils nimmt seinen Ouzo und guckt in die Runde. Dann stößt er mit Stefan und Andreas an.

– Weg damit!

– Ihr seid bescheuert, sagt Iris.

– Jawohl, sagt Nils und stürzt das Glas in seinen weitgeöffneten Mund. Kastanienbraune Locken wie Marc Bolan, links und rechts niederfallend. Raffaelitisch.

Ölig ein Schluck, und dann brennt der Hals und die Zunge. Ein bißchen Tränen treten einem in die Augen davon. Besänftigend strahlt Wärme aus der Mitte des Körpers überallhin. It's alright, Ma, I can make it.

– Kommt gut, sagt Andreas, seine schwarze Nickelbrille zurechtrückend.

– Ehrlich, was ist los, ruft Nils, brauchst du ne Einladung?

Den Blick zum Nebentisch gewandt, schüttelt Hartwig langsam seinen Kopf. Es gibt Differenzen zwischen ihm, seinen Genossen und der Roten Hilfe, ganz besonders mit Roland ist er über Kreuz wegen ihrer Linie, daß sie individuellen Terror als den Massen fremd und deshalb objektiv konterrevolutionär aufs schärfste verurteilen. Wir lassen uns, stand in einem Artikel der Kommunistischen Volksstimme, nicht vor den Karren durchgedrehter Kleinbürger spannen. Sollen die Pfaffen sich selbst um ihre Brut kümmern. Davor haben sie manchmal was zusammen gemacht, Aktionen oder auf Konzerte, Frank Zappa in Köln; was jetzt entfällt. Am Kragen seiner Jeansjacke trägt Hartwig eine runde Plakette, aus der sich Hammer und Sichel, Gold gekreuzt auf Rot, reliefartig hervorheben. Eine andere hat er noch mit einem Kopf im Halbprofil und kyrillischen Buchstaben: ЛЕНИН. Darf ich mal sehen? fragte Gerland und beugte sich vor über seine Bank. Haben Sie die aus der Sowjetunion, oder kann man so was unter Umständen hier käuflich erwerben? Wenn Sie eine brauchen, sagte Hartwig, für Ihr Revers, bringe ich Ihnen zur nächsten Stunde eine mit. Stalin in derselben Form wäre auch möglich, Sie müssen nur Ihre Wünsche äußern. Wieviel verlangen Sie denn? Zehn Mark. Das ist mir zu teuer. Schade, sagte Hartwig, würde sich an Ihrem Anzug bestimmt gut machen. Das bezweifle ich kategorisch, insbesondere Ihre Stalin-Offerte. Er richtete sich auf und steckte die Hände in die Hosentaschen (Als Student habe ich mit Karl Jaspers korrespondiert). Sagen Sie mal, Ehrlich … Ja, bitte? … Den Archipel Gulag liest man in Ihren Kreisen wohl nicht? Nein, zumal ich nicht genau weiß, wovon Sie reden. Sollten Sie mit Archipel Gulag aber den bewährten Strafvollzug der Sowjetmacht vor dreiundfünfzig meinen, empfehle ich Ihnen, sich an die Fakten zu halten, die entsprechenden Gesetzestexte sind frei zugänglich, statt den revisionistischen Hetzparolen des bürgerlichen Feuilletons Glauben zu schenken. Lernen Sie solche Sätze auswendig (Gerland ringt um Fassung)? Jeden Nachmittag, sagte Hartwig. Ihre Impertinenz (Gerland dreht sich um und geht ans Lehrerpult zurück) sprengt jeden Rahmen, absolut ungeheuerlich. Was heißt denn Impertinenz, bitte? fragte Nils, seinen Arm durch die Luft schlenkernd. Danken Sie Gott, Herr Ahlberg, daß ich Ihre Provokation überhöre (Gerland schlägt das Klassenbuch auf. Karl Jaspers und ich, wir haben beide die Remilitarisierung der BRD strikt abgelehnt) und fortfahre. Könnten Sie uns durch eine knappe Zusammenfassung des Verhältnisses von Kreon und Antigone weiterhelfen? Hartwig erhebt sein Glas und schwenkt es reihum. Iris (manchmal spürt man was, ohne irgendwie eine Einzelheit zu erkennen) schließt ihre Augen, kopfschüttelnd unmerklich.

– Hau weg, sagt Nils.

Andrea packt ihren Tabaksbeutel ein (Van Nelle: Halfzware Shag). Stefan legt seine rechte Hand auf Iris' Schenkel, während seine linke (seit einiger Zeit schon, unter der Lehne des Stuhls, unter einer aus den Jeans gezogenen Bluse) Beates Rücken streichelt, ihre Hüfte, warmes festes Fleisch, eine Wölbung über dem Gürtelbund zwischen seinen Fingern.

Sie läßt es sich gefallen. Es gefällt ihr, heimlich angefaßt zu werden, daß man, Schauder von Gänsehaut erregend.

– Ich gehe, sagt Iris.

– Vielleicht hat Mecky was zu rauchen, sagt Andreas und steht auf. Der war angeblich in Amsterdam.

– Bestell ihm n schönen Gruß, sagt Nils, wenn du ihn vorne siehst, er weiß Bescheid.

– Kommst du mit? fragt Iris und sieht Stefan an.

Wenn ich jetzt nicht mitkomme, ist es aus. Sowieso schon. Ihr Tonfall, weil ich bleiben werde, und ihr Blick, aus großer Entfernung, ten thousand light-years. Nicht zu ändern.

– Wie du willst, sagt sie, mit unbewegter Miene, ohne mit der Wimper zu zucken, die letzte Silbe schwach hebend. Ihre Augen wendet sie nicht ab, als erwarte sie ein Wort oder eine Geste. Trotzdem noch, von mir. Bin ich nicht der richtige dafür. Am besten lass' ich mal ihr Bein los. In drei Sekunden. Weiß man nie, wann es anfängt, daß es aufhört, ganz plötzlich. Gefällt einem nicht mehr, was gestern noch. Ihre rotgefärbten Haare und ihre grünen Augen. Ihr Mund, wenn man sie küßte. Störrisch, wie es ihre Art war, ernsthaft irgendwie immer, bis sie endlich Spaß daran fand. Als wollte sie bezwungen werden oder als wäre es Zufall, wenn man dann in sie reinrutschte. Ein erstauntes Aufseufzen. Und hinterher, wie nach einem Gespräch über dies und das, so neutral. Nicht mehr erinnert werden wollen an den Vorgang.

– Ich gehe auch, sagt Andrea. Wir fahren zusammen.

– Wieso? (Nils, als handele es sich um die Neuigkeit des Abends.)

– Ich bin müde, sehr einfach. Und außerdem schreiben wir morgen eine Arbeit.

– In was?

– Geschichte.

– Worüber?

Sie lächelt ihn (spitz) an.

– Novemberrevolution.

– Interessant, sagt Nils. Da könnte ich dir ein paar Tips geben.

Sie knöpft ihre Jacke zu.

– Laß mal bitte, sagt Iris und nimmt, als Stefan nicht reagiert, seine Hand von ihrem Bein.

– Ich kann dich nach Hause fahren, sagt Nils.

– Bist du soweit?

Iris nickt. Sicher haben sie sich vorher abgesprochen, von Freundin zu Freundin, selbstverständlich.

– Hast du nicht gehört?

– Danke. Aber wir nehmen die Straßenbahn zusammen.

– Bleib doch noch ein bißchen.

– Um mir anzusehen, wie du dich besäufst?

– Ich besaufe mich überhaupt nicht.

– Wie nennt man das denn?

Darauf weiß er keine Antwort. Iris steht auf, ebenso Andrea. Nils versucht, sie um die Hüfte zu fassen, aber der Blick, den sie von oben auf ihn richtet, gebietet ihm, unverzüglich einzuhalten; sein Arm sinkt herab. Ohne Gruß machen sich die beiden, von links und rechts des Tisches, auf den Weg zur Türe. Als sie zusammentreffen, hakt sich Iris bei Andrea ein.

– Auf Wiedersehen, ruft Nils ihnen nach, war mir ein Vergnügen mit euch.

– Du kapierst es nie, sagt Hartwig.

– Jawohl, Herr Genosse Klugscheißer.

– Nur ein Erfahrungswert, empirisch sozusagen.

– Trial and error, sagt Nils. A hundred errors and one success. Wart mal ab.

– Ich habe Zeit.

– Ich auch. Bis der Arzt kommt.

Als Stefan sich zur Seite neigt (er will Beate auf den Hals küssen), befällt ihn ein Schwindel. Schnell richtet er sich wieder auf. Die Bewegung verlangsamt sich, wie ein Karussell, das abgebremst wird, und stoppt dann. Mit einem Ruck. Leicht zitternd noch, kehren die Umrisse des Bildes zurück, ein Glas, ein Nils, ein Aschenbecher.

– Theo! ruft Hartwig. Fünf Ouzo auf mich!

– Das ist ne Geste, ehrlich, sagt Nils und streckt ihm seinen Daumen entgegen. Kannst du dir das leisten (Er arbeitet jeden Morgen vor der Schule in einer Bäckerei, um halb sechs)?

– Kann ich. Und falls nicht, solls nicht deine Sorge sein.

– Sowieso nicht.

– Ich muß mal, flüstert Beate. Beidarmig steckt sie die Bluse (unter der Lehne des Stuhls) in ihre Jeans (Wrangler) und verschwindet. Die Wärme ihres Körpers gespeichert, wo sie gesessen hat im Holz eine warme glatte Fläche, darauf die Hand. Strahlt ab, empfindet man (das dritte (?) Gesetz der Thermodynamik), jeder einzelne Finger, ihre Temperatur.

– Ich hab genug von Mecky, um einen zu bauen, sagt Andreas, aus dem vorderen Raum zurückkehrend. Wollt ihr?

– Sag Bescheid, sagt Hartwig, wenn das Ding fertig ist.

Andreas nickt und geht auf die Toilette. Nullnull. Links des Tempels alle Griechen sind Philosophen ich bin Stefan.

Yannis und Theo bemühen sich um den Schneider. Während Yannis ihn aufrecht hält, zieht Theo ihm von hinten den Mantel an, seine Arme in die entsprechenden Öffnungen bugsierend. Und hoch jetzt. So ist es gut. Dann bringen sie ihn vor die Türe zum wartenden Taxi. Bella bella bella Marie – vergiß mich nie. Alles unter Kontrolle. Zweiundzwanzig Uhr dreiundvierzig, Mittwoch, der Sechzehnte. Zehn Ouzo minus fünf gleich fünf. Kein Problem. Ich weiß, daß ich nichts weiß. Außer meine Wahrnehmung, entzündet, mit flackernden Rändern, bestätigt weltordnend die Kraft der Vernunft ein Vermögen der Seele das einzig Wahre die Idee des Sensiblen noch einen schaff ich nicht das ist die Wahrheit oder ich muß kotzen jetzt reiß dich am Riemen. Yes, I do. I try.

Konzentration. Tief durchatmen. Ich weiß, wo ich sitze und mit wem. Beate ist aufs Klo gegangen, Hartwig dreht sich eine Zigarette, Nils hat zwei Finger (geschert) in einer Tasche seiner zerschlissenen Lederjacke und sucht etwas. Jetzt stülpt er das Futter nach außen. Offensichtlich leer. Kopfschüttelnd versucht er es auf der anderen Seite, mit demselben Ergebnis. Leer. Unterm Tisch, in seiner Hose, wird er fündig: ein Zwanzigmarkschein. Er streicht ihn glatt, faltet ihn und steckt ihn zurück. Fraglich, ob das genug ist. Mehr hab ich nicht dabei, komm, Theo, stell dich nicht an. Bin ich jemals ein Bier schuldig geblieben? Sehr richtig, nein. Look at me, I'm a hard working man

Was er mit dem Geld macht, das er verdient, weiß keiner. Nils selber sagt, er würde auf einen Ami-Schlitten sparen, Thunderbird oder Ford Mercury, weil sone Modelle die einzigen Autos wären, in denen es lohnte, sich fortzubewegen, voll hydraulisch von vorne bis hinten, mit Flosse. Dafür nimmt er einiges in Kauf, fast jeden Morgen und fast jeden Nachmittag.

Um halb sechs, unbegreiflich, geht er zwei Stunden lang in eine Bäckerei und knetet Teig (da spuck ich immer rein), verziert Torten, schleppt Säcke. Manchmal noch ist Mehlstaub auf ein paar Haaren, wenn er zum Unterricht kommt. In den Pausen legt er sich auf seine Bank und schläft. Von drei bis sechs (dreimal die Woche) arbeitet er bei einer Spedition, fährt Gabelstapler, belädt LKWs, kontrolliert (ich bin der einzige von denen, der lesen und schreiben kann) die Packlisten.

Seit neuestem, er hat das Nähen und Zuschneiden von seiner Mutter gelernt, fertigt er für die, die es sich leisten können, Lederhosen auf Maß an. Die Rindshaut alleine kostet schon einhundertfünfzig Mark, und Knienähte (aus zwei Rindshäuten drei Hosen zu machen) lehnt er grundsätzlich ab, als Stückwerk, unästhetischen Billigkram; oder ob sich einer erinnern könne, Morrison jemals in einer Hose aus mehreren Einzelteilen gesehen zu haben. Na also. Man müsse eben was investieren, wenn man entsprechend rumlaufen wolle. Die Stunde nimmt er fünfzehn Mark gleich: hundertfünfzig Mark plus sechs mal fünfzehn Mark plus (mit einer Nietzange an der Seite Löcher ins Leder stanzen und einen Riemen kreuzweise durchflechten) zwei mal fünfzehn gleich: zweihundertsiebzig Mark. Hundertzwanzig für ihn macht ungefähr soviel wie Bäckerei und Spedition zusammen; falls er pro Woche einen Kunden hätte. Gäbe es nicht die Prämie seines Vaters fürs bestandene Abitur (eintausend Mark, die Bruder und Schwester schon kassiert haben), würde er, sagt Nils, die ganze Kacke bleibenlassen und nach Hamburg zu seinem Freund Willi ziehen, den er aus Paros kennt. Willi ist Gitarrist irgendwo, Leadgitarre, und Taxifahrer, dreiundzwanzig, der ein Zimmer bei sich frei hat, achtzehn Quadratmeter in Eimsbüttel erste Sahne ein echt guter Typ.

Allein das Geld, das er seinem Vater abnehmen werde, motiviere ihn noch, behauptet er, da wolle er ihn nicht drum rumkommen lassen, den alten Nazi, auch wenn die Summe, insgesamt betrachtet, nur ein Klacks wäre; das Prinzip sei es. Halt durch, habe Carl Gustav ihm zugeraten, gönn ihm nicht den Spaß, dich scheitern zu sehen, und dann hau ab wie ich (Es war gegen vier Uhr nachmittags. Carl Gustav hatte gerade mit Stefanie, seiner neuen Freundin, zusammen gebadet, als, ich denke, ich höre nicht recht, die Haustüre aufgeschlossen wird. Absolut unnormal, weil er normalerweise erst sehr viel später aus dem Gericht nach Hause kommt, um sieben oder acht. In der Diele bereits mosert und flucht er rum, ruft nach meiner Mutter – die zur Gymnastik ist, und, er knallt seinen Aktenkoffer aufs Parkett, stiefelt die Treppe hoch. Ich ihm hinterher, um meinen Bruder zu warnen, aber zu spät, sie stehen sich oben schon gegenüber, Carl Gustav nackt oder mit einem Handtuch um die Hüften, daneben Stefanie im gleichen Aufzug. Und es geht los, lautstark wäre untertrieben, sie ist schnell weg in sein Zimmer, so eine Art verbaler Amoklauf, das übliche in verschärfter Form, was, weil Carl Gustav ihm nichts schuldig blieb, zu Tätlichkeiten führte, zu einem Ringkampf zwischen den beiden, ohne daß sie nachgelassen hätten, sich anzubrüllen. Ein absonderliches Bild, versuchs dir mal vorzustellen, da Carl Gustav nackt war, während mein Vater seine Richterklotten trug, so einen schwarzen Anzug und eine silbrige Krawatte. Jedenfalls, nach einigem Hin und Her, stolpert der Alte, verliert sein Gleichgewicht und fällt, um genau zu sein: taumelt rückwärts die Treppe herunter, dreht sich um die eigene Achse, knickt ein, kommt aber wieder hoch und schlägt dann mit seinem Kopf vor den Essensgong, der auf dem Absatz an der Wand hängt. Und ob dus glaubst oder nicht (Nils grinst), der Gong hat echt gegongt, wodurch, das Geräusch, der Sache ein entsprechender akustischer Schlußpunkt gesetzt wurde.

Am selben Tag ist Carl Gustav ausgezogen, nach Münster zu Stefanie, mit der er studiert, Germanistik oder so was. Der Gong hat jetzt eine Delle, die mich jedesmal, wenn ich sie sehe, zum Lachen bringt. Daß sie den nicht reparieren lassen oder sich einen neuen kaufen, ist mir ziemlich unverständlich. Ich würde mir das nicht immer angucken wollen, wirklich nicht).

Anderthalb Jahre noch durchzuhalten, sagt Nils, wäre zwar verdammt hart, aber er versuche es, sich zusammenzunehmen. Möglicherweise werde er auch auf das Geld verzichten und statt dessen, zur eigenen Belohnung, die Modelleisenbahn seines Vaters zersägen, eine Riesenplatte im Keller, an der er – der hat hundertprozentig nicht alle Tassen im Schrank – dauernd rumbastele, praktisch jeden Abend, nachdem er tagsüber irgendwelche armen Hunde wegen nichts und wieder nichts verknackt habe, Fahrens ohne Führerschein, Ladendiebstahl und so weiter, was ja wohl krank sei, sick, total daneben. Oder aber beides, erst das Geld abkassieren und dann sägen, doch müsse man warten, wie die Dinge sich entwickelten. Als Entschädigung für verlorene Lebensfreude seien tausend Mark eigentlich zu wenig.

Beate läßt es nicht mehr zu, daß Stefans Hand. Sie kommt von der Toilette und nimmt wieder Platz. Unter der Lehne des Stuhls. Ihre Bluse aus den Jeans zieht, um sie. Mit den Fingerspitzen. Sie umfaßt seinen Arm und hält ihn fest. Ihre Hüften, heimlich, sie zu streicheln.

– Bleibst du noch länger?

– Warum?

– So lange bleibe ich heute nicht.

Klar und deutlich. Was soll das heißen? Gestochen scharf die Umrisse plötzlich, wie bei einer Radierung mit Nadel und Säure in eine Kupferplatte geätzt. Yannis, mit ausgebreiteten Armen, während er ein halbvolles Bierglas auf dem Kopf balanciert, macht ein paar Tanzschritte im vorderen Raum vor den Tischen. Einer der beiden Griechen, die Tric-Trac gespielt haben, beugt sich über die Musicbox und drückt vier Tasten: zwei Buchstaben und zwei Zahlen. Worauf bezieht sich das ›so‹? Maria, die einen weißen (fleckigen) Kittel trägt, lehnt im Rahmen der Küchentüre und beobachtet Yannis, der locker in die Knie geht, schnipsend. Entweder speziell auf heute oder darauf, daß sie unterstellt, ich würde grundsätzlich bis zum Schluß bleiben. Eine Sache der Betonung, ihrer Miene. Es zu erkennen.

– Meine Eltern sind nicht da.

Schnaufend lädt Theo ein Tablett mit fünf bis zum Rand gefüllten Ouzogläsern ab. Hartwig nimmt eins davon und reicht es ihm. Sie prosten sich zu. Nachdem Theo getrunken hat, malt er fünf kleine Kreise auf Hartwigs Deckel, die Basis einer Pyramide.

– Dasselbe noch mal, sagt Nils.

Theo nickt, klemmt das Tablett unter seinen Arm und zockelt an den Tresen zurück, weinlaubumrankt ein grünes Lattengeflecht. Fünf plus eins. Wie Speed. So lange bleibe ich nicht. Heute. Solange ich will.

– Die sind, sagt Beate, sich Stefan zuneigend, für eine Woche weggefahren. Das ist gar kein Problem.

Nie nichts niemals nirgends. Und selbst wenn. Ich bin mein eigener Herr. Um mich ihr Arm.

– Magst du einen Schluck?

– Ich kann nicht auf Ouzo.

Nils beugt sich vor und hebt ein Glas mit seinem Mund vom Tisch hoch. Dann wirft er seinen Kopf in den Nacken, um es, geleert, in gleicher Weise wieder abzustellen.

– Dreh mir auch mal ne Zigarette, bitte, sagt er, Hartwig meinend (er kann es nicht, nichtrauchend sonst, wieso eigentlich?).

– Wir wären ganz für uns, sagt Beate (leise).

Stückchen Gefrorenes schwimmen in der Flüssigkeit, feine eisige Kristalle, die, auf der Zunge und am Gaumen schmelzend, ihr Aroma zur Entfaltung bringen, den Geschmack des Anis (wie Hustenbonbons), im Rachen und in der Nase ein warmer, sich rasch verflüchtigender Hauch. Ätherisch irgendwie. Lösungsmittel. Kommt gut, von Mal zu Mal besser. Ich bin ich. Noch vier, there is no problem no more nowhere.

Andreas steckt seinen Kopf aus der Toilette und macht ein Rauchzeichen (tut so, als würde er rauchen). Dann deutet er in den vorderen Raum und, Heimlichkeit sich ausbedingend, lautmalt ein Wort, das ein Name ist: Yannis. Während Nils abwinkt, hab ich nichts mit am Hut, geht Hartwig zu Yannis (in seinem möblierten Zimmer hängt ein großes Plakat des griechischen Fremdenverkehrsverbands (Kreta), dessen wolkenlos blauer Himmel über ein paar geduckten Häusern mit strahlend weißem Mauerwerk und ebensolchen Dächern sich wie ein Fremdkörper, wie eine widersinnig plazierte Epiphanie (6. Januar) von der goldbraunen Mustertapete abhebt), um ihn, noch tanzt er, das Bierglas auf dem Kopf, unauffällig nach hinten zu bitten (Wir sind mit ner Tüte aufm Klo). Als Yannis Hartwig wenig später folgt, stellt er im Vorbeigehen vier Gläser auf den Tisch, die er zwischen seinen gespreizten Fingern gehalten hat.

– Raki, sagt Nils, schnüffelnd. Sehr lecker.

Er trinkt einen, schließt die Augen und entblößt seine Zähne; straff gespannt die Sehnen an seinem Hals, elastische Verbindung zwischen Schlüsselbeinen und Kinn, durch Nervenimpulse kontrahiert, halbbewußt. Kann man beherrschen, wenn man will, theoretisch. Beweis, daß man Macht über sich hat, den Körper. Wer befiehlt. Yes. Ich bin es, Sohn eines Sohnes einer Mutter. Absolut alles im Griff.

Beates Mund. Küßt Stefans Wange. Der wiederholte Abdruck ihrer Lippen, von den Rezeptoren der Epidermis subkutan weitergeleitet mittels chemischer Prozesse ins limbische System. Oder wie das heißt. Nils pafft die Zigarette, die Hartwig ihm gedreht hat. Beates Zähne. Sich schließend, erfassen sie Haut, vorsichtig das Gewebe darunter, ein Gefühl, das sich bis zu einer gewissen Grenze fortpflanzt. Ein Kribbeln. Der Schleier ihrer langen blonden Haare. Bedeckt die Brust. Roland sieht herüber, während seine Freunde, drei Männer und eine Frau, die Papiere wegpacken, Schnellhefter und Aktenordner, in Taschen und Plastiktüten. Holger, der Kampf geht weiter! Lächelt er?

Raki schmeckt ähnlich wie Ouzo. Rosinen und Fenchel. Nummer sieben. Sind praktisch Pflanzen getrocknet und dann mit Alkohol versetzt. Gebrannt. Auch als Medizin die Wirkstoffe, zur Heilung. Schleimlösend. Als wären zusätzlich Neonröhren angeknipst worden, erscheinen die Umrisse deutlich und schattenlos, abwechselnd ein rotes Karo ein weißes ein rotes ein weißes, Kante an Kante. Theo und Maria stehen unter dem Laubendach und unterhalten sich, beide mit gekreuzten Armen. Giorgos tritt hinzu, weißbeschürzt, Hände in den Hüften. Alles seins. Als hätte er einen Fußball verschluckt, hängt sein Bauch rund und stramm über seinem Gürtel. Bei mir seid ihr gut bedient, bedient ihr gut. Wo steckt Yannis, der Vogel (im Gegensatz zu Theo, seiner Behäbigkeit und Akribie, seinen weichen bartlosen Zügen, denen die dickglasige Brille ein teils kindliches, teils weltfremdes Aussehen gibt, ist Yannis dunkel, schlank und jung; er hat dichte dunkle Haare, dunkelbraune Augen und einen Bart, der, selbst frisch und glatt rasiert, sein Gesicht immer verschattet, von den Jochbeinen bis zum Hemdkragen runter)? Am Tisch neben der Türe sitzt ein Mann, der eine Schirmmütze trägt, bedächtig Brot in einen Teller Tsatsiki stippend. Ein Stammgast auch, zwischen vierzig und fünfzig, der sein Abendmahl einnimmt, geraspelte Gurken und Knoblauch in Quark.

Mein Vater mein Herr. Er heißt Spiros, hat man gehört, als Yannis ihn abkassierte. 1 × Salat und 1 × Moussaka und 1 × Mavrodavne gleich neunzehn Mark. Geduckte Häuser mit weißen Mauern unter einem durchsichtig leuchtenden Himmel. Das Blau des Südens. Mein Firmament, mein Blick, dem nichts entgeht. Kontrolliere ich. Beates Mund. If you can't be with the one you love love the one you're with. Wie ein Schleier. Ich bin Stefan Timaios lügt. Auf Kreta. Entscheide dich. Erst vorher ein Glas trinken. Der achte. Wie Speed praktisch.

– Sollen wir nicht gehen? fragt Beate.

– Nils hat für alle noch bestellt.

– Laß sie.

– Mal sehen.

– Willst du denn mitkommen?

Ich weiß, was ich will. Hältst du mich für blöd? Ja, meistens. Muß ich denn mitkommen? Ich muß nichts. War nicht geplant. Zufall, daß Iris ausgerechnet heute abend. Daß sich das so hochgeschaukelt hat. Hätte auch anders ablaufen können, prinzipiell. Schwer zu berechnen, die Wirkung, selbst wenn man die einzelnen Ursachen kennt. Ihr Produkt. Delta mal delta immer größer gleich einer Größe. Die Stimmung, in der man ist. Schwankt. Dreht sich. Schwindelt einem was vor. Am besten mal kurz die Augen schließen, für zwei Sekunden: Stillstand. Gebremst, die Bewegung des Raumes, der Dinge, der Person.

– Is was, Roland? fragt Nils, zurückgelehnt paffend, auf ihn aufmerksam geworden.

Roland hebt die Schulter, grinst und sieht flüchtig zu seiner Schwester. Orandum est, ut illa beata beata sit.

– Wenn du ein Problem hast, sagt Nils, zurückgelehnt mit ausgestreckten Beinen, könnten wir das schnell beheben.

Die Frau, die an Rolands Tisch sitzt, hält seinen Arm.

– Ich glaube, sagt Roland, du hast ein Problem, ein ziemlich großes.

– Ach ja? (Nils richtet sich auf und stupft die Zigarette in den Aschenbecher.) Sollten wir draußen antesten, wir zwei beide.

– Wenn dus brauchst, sagt Roland, die Hand seiner Bekannten wegschiebend, ohne den Blick von Nils zu lösen, kriegst du das.

– Warte ich schon lange drauf, Schnittker, seit Wochen.

– Dann hat es sich für dich ja gelohnt, sagt Roland, die Vorfreude.

– Ihr habt sie ja nicht alle, sagt Beate. Totale Macke, du (sie deutet auf Nils) und du (ihr Bruder schlägt den Kragen seiner Jacke hoch) sowieso. Ich verschwinde.

Sie packt ihre Sachen zusammen (Tabak, Papierchen, Streichhölzer, ein Reclam-Heft (Leonce und Lena), lose Münzen), steckt sie in einen Camping-Beutel und nimmt ihren Mantel vom Sims.

– Wir sehen uns, sagt sie zu Stefan, küßt ihn auf den Mund (mit geschlossenen Lippen) und (du bist der größte Penner aller Zeiten: Roland) geht.

– Das ist wahr, sagt Nils.

– Und du, sagt Roland, ein beklagenswerter Fall, schade drum.

– Fick dich ins Knie.

– Hilfst du mir dabei?

Rolands Bekannte (wahrscheinlich seine Freundin) umarmt ihn, wendet seinen Kopf ab, unternimmt den Versuch, ihn zu küssen.

– Idiot, sagt Nils, sich wieder zurücklehnend, geh Scheiße fressen. Oder es gibt was.

* Der Mann mit der Schirmmütze, Tsatsiki stippend, wird zwischen vierzig und fünfzig Jahre alt sein, etwas jünger als Giorgos und Maria, aber älter als Yannis und Theo. Oft setzt sich Giorgos zu ihm an den Tisch, und dann reden sie eine Zeitlang, griechisch. Es ist eigenartig, daß er die Mütze auch drinnen trägt und sie nicht abnimmt, wenn er das Lokal betritt; wenn er ißt, sehr ruhig, jedem Bissen Aufmerk-

samkeit schenkend, als wolle er ihn (Tageskarte: Lammragout, Bohneneintopf, Hackbraten, frittierte Sardinen) bis zur letzten Faser auskosten. Zwei Kerben spalten seine Wangen links und rechts, wie tiefe Einschnitte in der Haut. Bevor er einen Schluck trinkt, Altbier oder Wein, trocknet er achtsam mit einer Serviette seine Lippen, um am Glas keinen Fettrand zu hinterlassen. Die Gabel faßt er weit vorne, mit allen vier Fingern, denen der Daumen einen Gegenhalt bietet; wenn er sie zum Mund führt, sieht es wie ein Balanceakt aus, wie eine Übung, das Gleichgewicht zu halten, damit nichts herunterfällt; sein linker Arm ruht unter dem Tisch auf seinen Beinen. Selbst im Winter, außer bei extremer Kälte jenseits des Gefrierpunkts, trägt er ein Cordjackett, dessen Knöpfe, wie die von seinem Hemd bis zum obersten am Hals, immer geschlossen sind.

Auf einer Stufe im Stadion stehend, gegen einen der Wellenbrecher gelehnt, rauchend, quittiert er das Null zu Eins mit einem unwirschen Kopfschütteln (gegen Wuppertal mit Günter Pröpper), das Null zu Zwei verärgert, seine Hand abfällig wegwerfend: verschwindet bloß. Beim Null zu Drei stimmt er in das Pfeifkonzert des Publikums ein, sich lächelnd seinem Nebenmann, der buht, zuwendend; auch ein Grieche, wahrscheinlich, oder ein Portugiese, Italiener, Spanier. Nach dem Null zu Vier in der achtundsiebzigsten Minute zerreißt er seine Eintrittskarte und schiebt sich durch die Menge zum Ausgang.

Sein Fahrrad ist an eine Laterne gekettet. Zwei, drei Schritte Schwung nehmend, springt er auf und fährt los, die Pedale bequem mit den Absätzen tretend. Als er vor der Ampel am Hotel Braubacher Hof halten muß, zündet er sich eine Zigarette an, deren Glut er in der hohlen Hand verbirgt, sie vor dem Fahrtwind schützend. Wenn er gezogen hat – als würde er an seinen Fingerspitzen ziehen, seitlich über den Lenker gebeugt – wehen helle Rauchfahnen um seinen Kopf, die geschwind in der Luft zerflattern.

Ohne Gangschaltung kostet es einige Mühe, den zwar nicht steilen, aber doch beständigen Anstieg Richtung Innenstadt zu bewältigen (eine glaziale Ablagerung von vor zehntausend Jahren), aus dem Sattel kommend manchmal im Schatten der Bäume (Akazien?), die die lange, gerade Straße beidseitig säumen. Fleckiges Licht huscht über das Kopfsteinpflaster, durch die eigene Bewegung in Bewegung gesetzt, ein regelloser Teppich heller und dunkler Tupfen, der unter den Rädern dahinzufließen scheint. Dicht gedrängt stehen Besucher des Spiels (viele tragen Shawls und Mützen in den Vereinsfarben, blau und rot gestreift) in einem Sonderzug der Straßenbahn, Linie fünf: Rheinhafen–Hauptbahnhof, die auf dem begrünten Mittelstreifen klingelnd ihrer Spur folgt (lieber schwul und lesbisch sein als aus Wuppertal ein Schwein). Als sie vorbei ist, streckt der Mann seinen linken Arm aus und biegt, hinter dem Neubau der Stadtsparkasse, ab (Klausi Adel, der Sohn des Filialleiters, war schon auf der Volksschule ein prima Klavierspieler. Solo begleitete er den Chor, auch komplizierte Stücke, mehrstimmige Lieder und so weiter. Außerdem war er im Aufsatz gut, schrieb ellenlange Geschichten, die der Lehrer immer vorlas. Angeblich, sagte man, würde er heute schon das Konservatorium besuchen, vom Unterricht freigestellt, um ganz der Musik. Sich ihr zu widmen. Die Kunst der Fuge).

Der Sparkasse schließen sich Gewerbehöfe mit Parkplätzen an, Kessi-Moden und Röhren-Götze, denen, er schnippt seine Zigarette weg, eine Reihe stuckverzierter Häuser folgt, die grau und verwittert sind. Seit Ewigkeiten nichts dran gemacht, die Fassaden getüncht zum Beispiel. Noch eine Ecke, diesmal nach rechts in eine schmale Straße, die in die Ostallee mündet; ›Dental-Labor von Onkel‹ kann man einen Schriftzug hinter der Kreuzung auf dem Flachdach eines Gebäudes lesen, das provisorisch nur bis zum zweiten Stockwerk wiedererrichtet worden ist. Der Mann bremst, steigt vom Rad und schiebt es in eine Toreinfahrt. Dutzende Klingelschilder hängen neben der Pforte: König, Joachimides, Orenstein, Ernst Bademsoy, Mulack, Dessinowsky 1 ×, 2 ×, Balbi, Favre, Leweke, Mercader, Mocellin, Gierczak, Kilic, Anthanassios, Papageorgiou, Flügel von Zimmern vermietet.

Ein mit Steinplatten belegter Weg zweigt sich im Hof zwischen (gepflegten) Blumenrabatten zu den drei Aufgängen, die mit Zahlen gekennzeichnet sind. Das Fahrrad geschultert, betritt der Mann den Aufgang Nr. II, die Türe mit seinem Fuß öffnend. Wäre es dunkel, könnte man sehen, wo er wohnt, vorausgesetzt, er schaltete gleich das Licht an; eine Frage der statistischen Wahrscheinlichkeit, des Zusammenhangs, zeitlich, was einem (ihm) in Fleisch und Blut übergegangen ist. Warum wieso weshalb: Gründe, die es zu verstehen gäbe, die Geschichte, mehr als zweitausend Kilometer von ihrem Ursprung entfernt, von A bis Z.

Cäsar besiegte Pompeius bei Pharsalos im Jahre 48 a. Chr. n. Non solum loco excederunt sed protinos incitati fuga. Suchten ihr Heil in der Flucht, nachdem sie das Gelände aufgegeben hatten. Die cäsarischen Legionen durchbrachen die Schlachtordnung der Aufständischen und verwüsteten ihr Lager, ohne einen einzigen Gefangenen zu machen, eine Steinwüste hinterlassend. Ave Imperator.

Während des Folklorefests auf dem Platz vor der Friedenskirche (unsere ausländischen Gäste bieten Tänze und Lieder ihrer Heimat dar) steht der Mann seitlich von der Bühne, die man über den Portalstufen errichtet hat; er trinkt Bier aus einem Plastikbecher. Yannis und Nils (vielleicht eröffnen wir zusammen eine Tauchschule auf Kos) streifen Arm in Arm durch die Menge und halten Ausschau. Die da. Nein. Warum? Kenn ich, laß es bleiben. Andreas, er scheint betrunken zu sein, lehnt an einem der Bäume, die den Platz einfassen, und bewegt, zu den Klängen einer Busuki-Gruppe, mehr oder minder taktvoll seinen Kopf. Gerland, seit neuestem ehrenamtlicher Stadtrat (Wer hat uns verraten?), in Begleitung seiner Frau und seiner halbwüchsigen Kinder (Thorsten und Markus), unter einem hohen, weit ausfächernden Sonnenschirm (Coca-Cola), ist in ein Gespräch mit Leuten von der PSOE vertieft, die Flugblätter und Broschüren verteilen. Tod dem Faschismus, in Spanien und überall (Unser vorläufiges Ziel besteht darin, eine bürgerlich-parlamentarische Demokratie einzurichten. Weiter gehende Forderungen sind der augenblicklichen Situation des Landes nicht angemessen und linksradikales Abenteurertum). Renegaten.

Als sich auf der Bühne ein Halbkreis von Tänzern formiert, die zu weißen Kniebundhosen, weißen Strümpfen und Hemden farbig bestickte Westen tragen, klatscht der Mann wie die Umstehenden in seine Hände. Anfeuerungsrufe werden laut, je schneller sie sich hin und her bewegen, ihre Füße in einem Wirbel synchroner Schritte auf die Holzbohlen stampfen. Wie ein Körper beugen sie sich vor und richten sich wieder hoch, durch ihre Arme über den Schultern miteinander verbunden. Hepp-hepp-hepp: hört man Stimmen, rhythmisches Klatschen und die stampfenden Töne des Tanzes, den die Busukispieler in einer atemberaubenden Geschwindigkeit orchestrieren. Viele, die meisten Zuschauer lassen sich davon erfassen, klatschend rufend wogend, bis nach hinten in die letzten Reihen. Vor der Bühne welche, tanzen ebenfalls, versuchen es im Gedränge den Männern oben gleichzutun (Es sind acht, ganz in Weiß bis auf die bunten Westen, und schwarze Bommeln auf ihren weißen Schuhen). Eine Schirmmütze, die von ihm, wird durch die Luft geschwenkt. Yannis ist auf eine der Bänke zwischen den Bäumen geklettert, breitet die Arme aus und fällt, wie selbstvergessen, in die Bewegung des stampfenden wilden Reigens. Ein. Einfach so.

Von früher eine Melodie, die man ungeheißen wiedererkennt, im Innersten zu einem gehörig. Ich bin das, ohne Zweifel, ohne Irrtum, genau einen Moment lang, für die Dauer eines Lidschlags. Mein Vater hat es mich gelehrt, mein Herr in der Fremde, weit weit im Osten im Westen über den Wolken am Himmel, dem Firmament des Mondes der Sonne der Sterne, glühende Kugeln verschmelzender Wasserstoffmoleküle. Praktisch eine Art Kernfusion, thermonuklear. Isotope, Helium drei, durch Temperaturen von Millionen Grad rasend beschleunigt. Kann nichts standhalten dem, prallen ihre Kerne aufeinander, die Bindungskräfte. Noch zehn Milliarden Jahre, bevor ihre Masse erkaltet und: die Quadrate der Umlaufzeiten zweier Planeten verhalten sich wie die dritten Potenzen der großen Halbachsen ihre Bahnellipsen: alles von uns wegdriften läßt. In die ferne jenseitige Nacht.

Hingerissen, fordert die Menge eine Zugabe; einer der Tänzer und einer der Musiker besprechen sich. Der Mann steht jetzt unmittelbar vor der Bühne, hat die Fäuste geballt und, er streckt sie wieder und wieder dem Ensemble entgegen, ruft nach mehr, so sieht es aus, der Ausdruck seines Gesichts, er wird ungefähr fünfundvierzig Jahre alt sein, seine Begeisterung offenbarend. Als aufs neue die Musik einsetzt, nimmt er die Mütze und läßt sie durch die Luft kreisen. Dann taucht er in einem Pulk sich vordrängender Zuschauer unter.

Griechisch und deutsch: Kulturverein Hellas, als die beiden Halbrunde eines Kreises, kleben rote (Letraset-)Buchstaben auf der Schaufensterscheibe eines Ladenlokals in der Altstadt. Zigarettenqualm verhängt den rückwärtigen Teil des langgestreckten Raumes, der mit einfachen Stühlen und Tischen möbliert ist, aus Resopal. An den Wänden kann man irgendwelche Plakate erkennen, eine große beschriftete Fahne, rot-grün, ein Pinnbord mit Zetteln und Blättern. In einer Vitrine stehen Pokale (F. C. Hellas), neben einer Reihe festgerahmter Wimpel, die die Mannschaftskapitäne vor dem Anpfiff bei der Begrüßung tauschen. Verstreut liegen Zeitungen herum; eine hat der Mann mit der Schirmmütze entfaltet, lesend über sie gebeugt, seinen Kopf in eine Handfläche stützend; wie letztens schon, vorgestern nachmittag, in der gleichen Haltung, für sich. Ein anderer Mann, hinter ihm, liest auch, scheinbar unbeeindruckt von einer Runde Kartenspieler, die, an seinem Tisch sitzend, lebhaft ein Blatt besprechen. Frauen sind keine da, nie. Das ist so üblich. Manchmal sehen sie sich in einer größeren Gruppe Filme an, abends, die von einem Videogerät überspielt werden. Wenn die Türe offensteht oder aufgeht, dringen Töne und Stimmen nach draußen, einer einheimischen Produktion, Bruchstücke griechischer Sätze die Fetzen einer melodramatischen Musik, während das Bild des

TVs in der nicht sehr sauberen Scheibe des Schaufensters verflimmert.

* Die Augen brennen. Die Ränder des Blickfelds lösen sich auf; als würden sie, durch die Hitze, die in den Schläfen klopft, sich verflüssigen. Schmelzen. Man muß starr nach vorne gucken, um alles deutlich sehen zu können, die einzelnen Dinge und von den anderen die Gesichter. Wie in einem breiten Fluß treibend, einem Strom, der über seine Ufer getreten ist, umspült den Körper ein anhaltendes Rauschen, ein rauschender, brausender Druck zusammenfließender, verwirbelnder, gurgelnder, sich überlagernder Töne. Deren Schall, dessen Frequenz, eine im Grunde gleichförmige Schwingung: jede Nullstelle ein Vielfaches von Pieh, dreikommasoundsoviel.

Acht Ouzo plus iks Ouzo gleich zehn Ouzo. Ohne was zu essen, außer Mokka, wegen dem Koffein. Sind, um iks zu ermitteln, der linken wie der rechten Seite der Gleichung acht abzuziehen. Rinks und lechts, ganz genau, rein mathematisch.

Aus der Tiefe der Strömung des Rauschens, vom Grund her. Man vernimmt Stimmen, starr den Blick geradeaus gerichtet.

– Und das Volk (sagt Hartwig)?

– Rutsch mir den Buckel runter (antwortet Andreas).

– Das Volk entscheidet. Ob es sich in einem Gemälde erkennt oder nicht.

– Sechzig Millionen?

– Die Arbeiterklasse. Die Interessen der Arbeiterklasse.
– Du bist doch nicht bei Trost.

Nils, der sich von seinem Stuhl erhoben hat, versucht Giorgos zu beruhigen, der wütend nach hinten gekommen ist.
– Wir waren das nicht, Giorgos, sagt er. Auf Ehre.

Zeitversetzt, als würden die Silben der Worte eine riesige Entfernung zurücklegen, hört und versteht man das, was er sagt (Nils), nur mit einiger Verzögerung, erst nachdem seine Lippen sich wieder geschlossen haben, wie bei einem zu kurz in den Projektor geschlungenen Film, wo das Bild und der Ton. Die Tonspur. Nicht zusammenpassen.

Wellenbewegungen der Luft im Prinzip, durch den Druck der Zunge am Gaumen oder racheneinwärts erzeugt. Guttural, labial, palatal.

Von rechts, wo sie sitzen, die Stimmen der beiden, nicht zu sehen, hört man sie sich streiten, reglos Nils und Giorgos beobachtend, die, man darf den Kopf nicht bewegen, sonst ist es aus, gestikulierend: aufgebracht der eine, beschwichtigend der andere, die offenkundige Tatsache, daß im Klo geraucht wurde, selbst durch die geschlossene Türe sind die süßlichen Schwaden noch zu riechen, mehr (Giorgos) oder weniger (Nils) laut erörtern.

– Blinky Palermo zum Beispiel (sagt Andreas), lass' ich gelten, dem seine Bilder hab ich in Düsseldorf in der Kunsthalle gesehen, letztens mal, aber eigentlich, verstehst du, ist die Malerei am Ende. Irgendwas rein flächig darzustellen, wie früher, geht an der heutigen Wirklichkeit total vorbei.

– Quatsch (sagt Hartwig). Primär handelt es sich um eine Frage des Standpunkts, welche Ideologie der Künstler vertritt.

– Ich lass' mich nicht für dumm verkaufen (sagt Giorgos). Ihr habt gekifft.

– Und darüber hinaus, ob es den Werktätigen wirklich was bringt. Das Motiv.

– Echt nicht (sagt Nils). Du verdächtigst die Falschen.

– Ihr seid mit einer Tüte da drin gewesen (er streckt seinen Arm aus, halb über Nils' Schulter hinweg).

– Absolut nein. Ich hab die ganze Zeit hier, guck mal: hier am Tisch gesessen. Kannst du Theo fragen. (Theo als Gewährsmann, so scheint es, als dessen Name fällt, verunsichert Giorgos einen Augenblick. Er stützt die Arme in die Hüften, sieht Nils, der einen Kopf größer ist, nachdenklich, das heißt: skeptisch, an und holt Luft.)

– Ich bin kein Raucher (sagt Nils schnell, die Irritation seines Gegenübers ausmessend und mehrend; das Fünkchen Zweifel, es zu entfachen). Oder hast du mich irgendwann rauchen gesehen? (Giorgos lacht, kopfschüttelnd, wie jemand, dem auf einem Flohmarkt, für Nippes, ein abstrus hoher Preis genannt wurde) Vertrag ich nämlich gar nicht (Nils: ruhig, gerade noch zu verstehen im Strom der zusammenfließenden, sich überlagernden, vermengenden akustischen Signale (eine Kreisfunktion: Sinus beziehungsweise Kosinus), seine Stimme, verleiht sie seiner Behauptung eine entwaffnende Unbefangenheit; daß er die Wahrheit sagt, sämtliche anderen Verdächtigen mit eingeschlossen).

– Erzähl mir keinen Scheiß (Giorgos: laut, aber trotzdem mit einem gewissen von Zweifel gefärbten Unterton).

– Niemals. Du reitest ständig auf den gleichen Sachen rum, wie gestern und vorgestern und vor einer Woche. Das wird langsam öde.

– Weil du meinen Argumenten nicht folgen willst. Nur mal zuzuhören.

– Das Volk, wer immer und wo immer es auch sei, dessen Geschmack, kannst du meinetwegen in der Pfeife rauchen. Ist für mich überhaupt kein Kriterium, für überhaupt keinen Künstler. Demnächst wird abgestimmt, was? Sechzig Prozent für einen gelben Hintergrund, vierzig dagegen, also gelb statt grün?!

– Ein fortschrittlicher Maler, bleiben wir bei der Malerei, nur ein Beispiel, nein, hör mir n Augenblick zu, nur als Beispiel gedacht, jetzt hör mal …

– Ich höre ja. Ich bin nicht taub.

– Ist deckungsgleich sozusagen, jeder Aspekt seiner Malerei, Farbe, Form und was sonst, daran arbeitet er praktisch, mit den konkreten Bedingungen des revolutionären Kampfes. Der Notwendigkeit. Alles andere ist bürgerliche Lüge.

– Leck mich am Arsch.

– Später.

– Wann?

– Sobald wir hier zu Ende sind.

– Vergiß es.

– Dein Wankelmut ist typisch.

(Hartwig lacht.)

Mit einem Pinsel leert Tulla Aschenbecher in einen Eimer, Theo und Yannis räumen Gläser ab und stellen verkehrt herum, die Beine nach oben, Stühle auf die Tische, an denen keiner mehr sitzt. Maria und der Mann mit der Schirmmütze, Maria hat ein Glas Rotwein in der Hand, unterhalten sich. Ungefähr halb eins.

– Ich würde, sagt Nils, die da fragen (während er zur Türe weist), vor allen anderen. Eyh, Mecky (ruft er), du hast schon wieder auf dem Klo gekifft, ich hab dich gesehen, du Affe aus dem Busch.

Ein hochgereckter Mittelfinger antwortet ihm.

– Paß auf (ruft Nils), sonst setze ich mich in Bewegung.

Ein zweiter Mittelfinger (der des Sheriffs) gesellt sich neben den ersten.

– An deiner Stelle (ruft Nils dem Sheriff zu) wäre ich vorsichtiger.

Der Hilfssheriff, genauso dürr, genauso dünnhaarig blond und bebrillt wie sein Bruder, dessen Brust ein Blechstern ziert: Local Deputy, von einer Kinder-Karnevals-Cowboy-Weste, winkt, an der Seite Meckys und Gregors fühlt er sich stark, Nils aus der Reserve. Los, zeig uns mal, was du draufhast.

Giorgos (schließlich ist es sein Lokal, seine Toilette, seine Lizenz), zwischen den Parteien stehend, seiner Kundschaft, nicht die schlechteste summa summarum, während Nils etwas in sein Ohr flüstert, ohne seinen Blick von denen zu lösen, die vor dem Halbrund des Filzvorhangs, der die Eingangstüre schürzt, seiner Beschuldigung trotzen (Mecky, ich sag es euch zur Warnung, verkauft Trips, die so scheiße sind, daß man binnen einer halben Stunde auf Horror kommt), zunehmend ungehalten, was seinem Gesicht abzulesen ist, Giorgos, macht er sich, Nils abwehrend, der sein Ziel erreicht hat, nach sieben Sekunden (oder vier oder zwei), Nils grinst hinter seinem Rücken und deutet mit Zeigefinger und kleinem Finger das Zeichen eines Horns an in Richtung von Mecky, Sheriff und Hilfssheriff, auf den Weg, weißbeschürzt, wie ein Fußball hängt sein Bauch überm Gürtel, sie zur Rede zu stellen, möglicherweise rauszuschmeißen (letzte Woche, hatte Yannis erzählt, waren Zivis da, dissbeßuglich, wegen Drogen), doch bevor er sie erreicht, sind sie alle drei draußen, nicht ohne daß Mecky (Ahlberg, wir packen dich!) ihren Abgang mit einem Ruf manifestiert hätte. Offenbarungseid.

– Das Proletariat (sagt Hartwig) hat mit der Kunstgeschichte nichts, nun wirklich total nichts am Hut.

– Pech. Richtig schade drum. Soll ich weinen?

(In zwei Kellerräumen des Siedlungsblocks, wo sie wohnen, hat sich Andreas mit der tätigen Hilfe seines Vaters, der zwar null Verständnis für seine Ambitionen aufbringt, wie er sagt, nichts davon versteht (zahllosen Erklärungsversuchen zum Trotz: das geht in seinen Kopf nicht mehr rein), aber dem Nachdruck des Sohnes, seiner Versessenheit Tribut zollt (rechne ich ihm hoch an, sagt Andreas), ein Atelier eingerichtet, sie beide, zur Straße hin abgeschottet, mit Halogenstrahlern an der Decke, echt nicht billig, die ihr reines, hartes Licht auf die Skulpturen werfen, die er, den Vorbildern Giacometti bis Serra verpflichtet, zusammenschweißt; wo er malt, radiert, tuscht, hämmert, biegt, sammelt, mit Farben und Materialien experimentiert, bis zu einem ausstellbaren Ergebnis: Kunstverein Oberhausen: junge Avant-garde der siebziger Jahre, Andreas Köhler, Piece Nº nine, Acryl auf Holz mit Stahl (irgendwie) verschraubt – sie haben es genommen, nach den Fotos und meiner Beschreibung, die Kommission, zu dritt im Keller begutachtet.

Für nächstes Jahr, die Aufnahmeprüfung an der Akademie, hat er schon begonnen, eine Mappe seiner Arbeiten zusammenzustellen, Entwürfe von Plastiken und auch Zeichnungen, die mit Feder und Bleistift (nach der Natur) verfertigt sind).

Nils nimmt auf der Stuhlkante Platz, leicht vorgebeugt und zum Tresen gewandt, als sei er auf dem Sprung, einem möglichen Angriff zu begegnen, ob noch einmal jemand kommt, Giorgos vielleicht oder Mecky mit seinen Leuten. Oder ob sie draußen warten? Nein, kaum denkbar, ins Black Horse werden sie gegangen sein. Giorgos hat sich zu Maria und dem Mann mit der Schirmmütze an den Tisch gesetzt. Um Nils' Kopf, Lichtreflexe, als würden seine Haarlocken sie einfangen, so ein Schein, also das Licht, das seine Haare einfangen, Gegenlicht praktisch, bildet, es handelt sich um die Photonen der Neonröhre, genau, deren Widerschein sozusagen bildet eine Art bläuliches Leuchten, das seinen Kopf umgibt, flackernd, mal stärker, mal schwächer, wie es sich auch in Flecken auf dem abgewetzten Leder seiner Jacke spiegelt. Schließt man kurz die Augen, zucken Blitze über das Dunkel der Netzhaut, dann, mit aufgerissenen Lidern, kommt es einem vor, als blickte man in ein zylindrisches Etwas, eine Tunnelröhre, deren (runde) Wände (wackelnd) verschwimmen, ganz eng, ausgefranst, so daß nur in ihrer Mitte, dem Brennpunkt einer sonderlichen Linse, die Szenerie zu erkennen ist, wie vergrößert deutlich. Als befände man sich an Bord eines schwankenden, wirren Strudeln ausgelieferten Kahns, im Innern des Körpers, dreht ein Würgegriff den Magen nach links und nach rechts, ähnlich der Bewegung einer Wäschetrommel einer Waschmaschine, die rotierend dauernd ihre Richtung wechselt. Infolge einer bestimmten Schaltung der ihr eingebauten Relais. Theo entlädt ein Tablett mit vier Ouzo. Acht plus eins gleich neun.

– Ich komme gleich zum Abkassieren, sagt er und malt sorgfältig, geht auf mich: sagt Nils, vier Kreise an den Rand seines Deckels. Die Köpfe von Hartwig und Andreas tauchen rechts außen auf.

– Weg damit, sagt Nils.

– Kein Problem, sagt Andreas.

Wie Fenchel wie Anis wie Rosinen, schmelzende Eiskristalle. Warm sammelt sich Spucke im Rachen. Fühlt sich klebrig an.

– Kein Problem, wiederholt Hartwig. Für mich nicht.

– Gehen wir noch in den Bahnhof? fragt Nils.

Andreas hebt die Schultern, Hartwig auch, dann nickt er (als würde man durch ein Fernrohr gucken).

Neun Stück. Wie ein Trip. Sind genug. Basta.

Rot und weiß, die Vierecke des Tischtuchs, fließen ineinander, flüssig geworden.

Im Magen ist ein Druck. Beziehungsweise ein Unterdruck. Eine schwere Leere. Zieht den Kopf herunter.

Neben dem Aschenbecher schwimmen Tabakkrümel auf einer Lache, die, wo der Finger sie außen berührt hat, langsam zerläuft, einen Schnipsel Silberpapier mit sich forttragend.

Wie viele Striche stehen da auf dem Deckel? Und Kreise?

Ein Strich kippt vor den nächsten (beim Versuch, sie zu zählen), und die Kreise scheinen zu tanzen. Hüpfen. Sich in sich drehend, die Linien ihres Umfangs.

Absolute Konzentration. Ganz starr nach vorne geradeaus. Das Bild, mit zusammengekniffenen Augen, zur Ruhe kommen lassen. Abbremsen. Langsamer, noch etwas, noch, jetzt: rastet es wieder ein. Gut. Einen Moment warten und dann sofort an die frische Luft.

Maria und der Mann mit der Schirmmütze gehen zur Türe. Vor dem Filzvorhang verabschieden sie sich mit einem Handschlag. Giorgos hilft Yannis, ein Stahlfäßchen aus der Luke zu heben, die seitlich vom Tresen, zwischen zwei Pfosten der Sperrholzpergola, in den Keller führt. Tulla ist zu Maria getreten, die ihrer Tochter eine Stelle des Vorhanges zeigt, wo sich der Ledersaum abgelöst hat. Als Tulla an einem Faden zupft, so plötzlich, daß die beiden Frauen zurückweichen, wird der Vorhang aufgeschlagen, und zwei Figuren kommen herein. Sie machen ein paar Schritte in den Raum und bleiben dann stehen (Sperrstunde, vorbei, die Stühle sind schon oben).

– Meine Fresse, sagt Nils. Landsbauer.

– Oha (entweder die Stimme von Hartwig oder Andreas)!

Er trägt eine Afghanenjacke ohne Knöpfe, die er einarmig vor der Brust zusammenhält. Kurz über den Hüften endend, mit irgendwelchen Stickereien in Rot und Blau versehen, sind deren Aufschläge rundum mit einem struppigen Fell besetzt, das sich, ursprünglich wahrscheinlich ein falbes Gelb, inzwischen grau und braun eingetrübt hat.

Eng anliegende, fliederfarbene Satinhosen, die wie eine zweite Haut seine Beine umschließen, münden in ein Paar schwarze, durch ihre Plateausohlen (Modell: The Slade: Far far away) klobig wirkende Stiefeletten. Eine dünne Lederkordel, die ihm als Stirnband dient, staucht Landsbauers Haare, als ob sie toupiert wären, links und rechts des Scheitels hoch. Seine Augen hängen auf halb acht. Am Kinn – Sturz, Schlägerei, Ekzem – hat er, etwa fünfmarkstückgroß, eine verschorfte, gelblichrot gemaserte, das Gewebe spannende: Wunde. Rechts, die rechte Hand – die andere hält die Afghanenjacke zu, das Geheimnis, ein Frieren – krallt sich um den Tragegriff einer Plastiktüte, die der Aufdruck: Alles unter einem Dach: Kaufhof: bietet tausendfach imprimiert (Landsbauer, Lantzi, Bauer, Gerhard, Gerd, Gerry), der Welt ihre Schätze, zehntausend Billiarden Mark schwer.

– Schluß, ruft Giorgos, sich aufrichtend. Es gibt nichts mehr. Als habe er ihn nicht richtig verstanden, das heißt: er tut so (neigt mit gerunzelter Stirn seinen Kopf zur Seite), als müsse es sich um einen Irrtum handeln (kann jedem mal passieren), ein bedauerliches, aber doch einfach aus der Welt zu schaffendes Versehen (deine Uhr tickt leider falsch), mit ein bißchen gutem Willen (Maria und Tulla ziehen sich hinter die Theke zurück), kommt Landsbauers Begleiter näher und bringt sich ein, zwei Meter vor Giorgos breitbeinig in Stellung. Yannis steigt langsam aus der Luke hoch.

– Schluß, wiederholt Giorgos. Wir haben Feierabend.

Der andere, Automaten-Kalla, unverkennbar, schließt kopfschüttelnd die Augen (was muß ich da nur wieder hören?).

Yannis stellt sich neben seinen Chef.

– Meiner Ansicht nach, sagt Kalla, das Handgelenk mit der Rolex (er behauptet, es sei eine) bis auf wenige Zentimeter seinem Gesicht nähernd, ohne eigentlich das Zifferblatt zu betrachten – ist genau Viertel vor eins. Und deswegen bestelle ich jetzt noch zwei Bier.

– Mach keinen Scheiß, sagt Yannis.

– Ich? sagt Kalla: Meinst du etwa mich?

Dann dreht er sich zu Landsbauer um, der (verschleierten Blickes, die Tüte fest gepackt) mitten im Raum verharrt, bewegungslos, zugeschossen, wie von einem anderen Stern.

– Eh, Jerry, dä Arsch meint mich, glaubst du das?

Gerhard unternimmt den Versuch (irgendwer hat ihn angesprochen), eine Reaktion zu zeigen. Er nickt. Könnte man meinen.

– Na gut, sagt Automaten-Kalla (Karl-Heinz Hansch oder Hensch oder so ähnlich, Automaten-Kalla eben, mit einer hüftkurzen, braunen Nappalederjacke bekleidet, über deren Kragen, wie zwei Flügel mit abgerundeten Spitzen, der Kragen seines geöffneten Hemds geschlagen ist, tief (auf Kimme) sitzenden, oben engen, unten weit ausgestellten Stoffhosen, die weiße, mit vergoldeten Kettchen auf ihren Laschen verzierte Slipper umglocken, King of Rotamint in Rehmanns Lunch-Room gegenüber dem Liefereingang von Horten, angespannt den Lauf der Walzen verfolgend (Ich kann sehen, was kommt), Whisky-Cola trinkend, bevor er ins Can-Can geht, um abzukassieren (Super-acht-Pornos ohne Ton plus Ricard-Cola für dreißig Mark gleich einmal Anfassen-Lassen), seiner Behauptung nach, daß eins der Mädchen im Can-Can für ihn arbeiten würde, hab ich keine Geschichten mit, die Haare geföhnt, ein Panzerarmband an, so untersetzt und unterbelichtet, wie man ihn kennt), auch egal.

Er wendet sich erneut Giorgos zu und streckt ihm Zeige- und Mittelfinger entgegen: Zwei kleine Bier.

– Meine Fresse, sagt Nils. Voll auf Nadel.

Giorgos bindet sich seine Schürze ab.

– Hast du was mit den Ohren? fragt Kalla.

– Alles klar, sagt Yannis. Ist keine Sache.

– Schnauze!

– Kein Problem, sagt Yannis. Alles ganz ruhig.

– Verschwinde, sagt Giorgos. Raus hier.

– Bist du krank?

– Raus, sagt Giorgos und wirft seine Schürze zu Boden.

Als Yannis zwischen die beiden tritt, wischt Kalla mit seinem Handrücken dessen Arm beiseite. In die Höhe.

– Kein Problem, sagt Yannis, nicht willens, die Provokation anzunehmen. Schön ruhig alle.

– Dich hat niemand gefragt! ruft Kalla und macht, sich Raum zu verschaffen, taktisch, hat man den Eindruck, um sein Gesicht nicht zu verlieren, täuscht er vor, ausholen zu können, falls es nötig würde, drei Schritte rückwärts, bis er auf Landsbauer stößt, der da steht, wo er stehengeblieben ist. Abgestellt.

– Total fertig, sagt Andreas. Mein lieber Herr.

– Auweia! (Hartwigs Stimme)

Yannis hebt Giorgos' Schürze auf und, als sei die Auseinandersetzung für ihn jetzt beendet, faltet sie ordnungsgemäß zusammen.

Automaten-Kalla (Wenn ich n Augenblick Zeit hab, melk ich jede Maschine, kannße aber glauben), unschlüssig ob des Widerstands und der Übermacht (zwei + iks gegen einen), seine Chancen abwägend (Kalla isn echter Chekker, bloß zu matschig im Kopf für ne große Nummer), starrt Giorgos und dann Yannis an (es hilft nichts: he's loosing the battle without winning the war), um (Landsbauer ist zugeballert bis obenhin) einen ihm gebührenden Abgang in die Wege zu leiten (Ich gehe, wann ich gehe, verstehße dat?); daß man nicht meinen könnte, er habe mir nichts, dir nichts, einfach so das Feld geräumt; daß es wie ein freiwilliger (Is mir alles zu blöd), seiner Gelassenheit und Selbstbeherrschung geschuldeter Rückzug aussieht – wäre nicht Giorgos, Maria griechisch ihre Stimme: Dzschorgoß, plötzlich auf ihn losgegangen. Yannis kommt zu spät. Kalla greift in seine Hosentasche, zieht ein Klappmesser heraus und läßt es aufspringen. Ungeahnt behende (Dzschorgoß: schreit Maria mit sich überschlagender Stimme), bringt Giorgos seine in Bewegung gesetzte Masse außerhalb von Kallas Reichweite zum Stand.

– Scheiße, sagt Nils und drückt sich langsam am Tisch hoch.

In den Knien federnd, schwenkt Automaten-Kalla die Klinge von links nach rechts. Yannis, scheinbar die Ruhe selbst, ohne seinen Blick von der Hand mit dem Messer abzuwenden, holt Giorgos sacht zurück. Während er sich seiner Jacke entledigt, deren Ärmel verknotend, tritt Nils an ihre Seite.

– Ich warne euch, sagt Kalla (ruft er).

Niemand antwortet ihm.

Landsbauer, als habe er im Tran einen einzigen lichten Moment, beugt sich von hinten über Kallas Schulter und flüstert ihm etwas zu. Kalla nickt (Die sind es echt nicht wert, daß ich mich wieder so aufregen muß) und, sich Schritt für Schritt rückwärts zur Türe begebend, folgt ihm nach draußen. Bevor er durch den Filzvorhang verschwindet, deutet er mit seinem Messer auf Giorgos und Yannis (auf Nils nicht) und brüllt:

– Wir sprechen uns noch!

Dann hört man, wie gegen das Holz der Türe getreten wird. Von auf der Straße aus.

– Ich dachte, sagt Andreas, er wäre in Nijmwegen.

– Nur zeitweise, sagt Nils, mit beiden Händen seine Lokken über dem Kragen seiner Lederjacke bündelnd, die er mittlerweile wieder entknotet und angezogen hat (Im Zweifelsfall hätt ich dem Kretin das Messer damit aus der Hand geschlagen), als Carola in Holland anschaffen gegangen ist.

– Oder in Venlo, sagt Andreas, in einem gekraakten Haus.

– Kenn ich, sagt Hartwig, eines der Häuser am Maasufer.

– Der Sheriff hat da auch mal gewohnt.

– Ach? sagt Nils. Der gute alte Sheriff. Bist du eigentlich mit dem befreundet?

– Bist du mit dem befreundet?

– Ich ja, sagt Nils.

– Ich auch, sagt Andreas. Ein Spitzentyp.

– Das will ich meinen, sagt Nils.

– Er sah aber schlecht aus, sagt Hartwig. Seit dem letzten Mal. Und dann noch die Gesellschaft von Kalla. Der hats mit den Nerven, oder?

– Heftig, sagt Nils und tippt an seine Stirn. Ganz, ganz heftig.

– Die sind von Giorgos, sagt Theo, als er an den Tisch kommt. Er sammelt die Bierdeckel ein und beginnt seine Rechnung. Vier plus neun mal vier geteilt durch alles gleich zehn. Dreimal eine Runde macht sieben zu zahlen mal einszwanzig und die Biere. Etwa zwanzig Mark, schätzungsweise.

– Was ist los, Martinez, trinkst du nicht?

Es ist. Der Geruch. Unmöglich.

– Zieh ihn weg!

Kein zehnter mehr, kein Trip, kein nichts.

Speichel fließt durch die Kehle, richtig ein Fluß aus dem Mund in den Magen; und kalter Schweiß rinnt über die Stirn und durch das Gesicht.

– Du, sagt Stefan, ohne irgendwen anzuschauen, kannst meinen haben.

Nach draußen, bevor der Kopf.

– Machst du schlapp?

Stefan nickt. Er legt einen zerknüllten Zwanzigmarkschein auf den Tisch und erhebt sich (so ungelenk wie plötzlich, daß sein Stuhl vor die Wand kippt) und: grußlos: schnell an die Luft in die kühle dunkle Nacht: stapft aus dem Hinterraum am Tresen vorbei sich möglichst gerade haltend zur Türe und: mit einem Arm den Filzvorhang teilend: stolpert auf die Straße.

* Ein Junge von sechzehn oder siebzehn Jahren, der verwaschene Levis-Jeans, Mokassins aus Wildleder, einen Rollkragenpullover und eine geflickte Army-Jacke trägt, lehnt in einer Herbstnacht (Oktober) mit seinem Rücken gegen eine Hauswand und holt tief Luft. Sein Mund ist leicht geöffnet, seine Augen sind geschlossen. Als er sich vorbeugt, um auszuspucken, erlischt eine schräg über ihm an der Fassade hängende Leuchtschrift (Taverna Kalimera), wie auch deren Reflexion auf dem nassen Pflaster, dem Blech und den Scheiben der längs des Bordsteins geparkten Autos. Ein paar unverständliche Worte murmelnd, wischt er sich mit

dem Ärmel seiner Jacke Schweiß von der Stirn, schaut in beide Richtungen und setzt sich dann nach rechts in Bewegung.

Die Bürgersteige in diesem südlich des Hauptbahnhofs gelegenen Viertel der Stadt sind so schmal, daß ihn sein unsicherer Gang immer wieder an die Häuser oder Autos stoßen läßt, bis die Spuren des Mauerwerks, von Kalk und durchgeweichtem Verputz, sich deutlich auf seiner Schulter abzeichnen. Einmal, als der Außenspiegel eines Lieferwagens schmerzhaft starr seinen Weg kreuzt, bleibt der Junge stehen und tritt, in Verkennung des Verhältnisses von Ursache und Wirkung, gegen dessen Kotflügel. Der unmittelbar folgende, dumpf tönende, sich in der Stille der Dunkelheit scheinbar kilometerweit fortpflanzende Hall veranlaßt ihn dazu, die Straßenseite zu wechseln, wo sich hinter einem hohen Maschendrahtzaun statt der alten ein- oder zweigeschossigen Gebäude, die man in den letzten Wochen abgerissen hat, von Ecke zu Ecke eine leere, wüste Fläche erstreckt, die, mit Pfützen übersät, ein paar Fußballfelder groß ist. Wie vergessen, steht das Ungetüm einer einzelnen Raupe mitten darauf. Laut einer stelzenbeinigen Tafel werden hier bald ein Shopping-Center und terrassierte City-Appartements entstehen.

Während der Junge an dem Zaun entlanggeht, streifen die Fingerkuppen seiner linken Hand über dessen Drahtgeflecht. Stumm zählt er seine Schritte, bis er die nächste Kreuzung erreicht. Sechsunddreißig. Eine Lautsprecherstimme klingt metallisch vom Bahnhof her durch die Luft, verweht, vorbei. Abermals spuckt er aus, sich dann umblickend, als wüßte er nicht, wohin er sich wenden soll.

Die Fenster unter dem Vordach der Tankstelle gegenüber sind mit Brettern vernagelt, auf denen mehrere Lagen Plakate kleben. Circus Sarrasani. Rhein in Flammen. Einmaliges Gastspiel: der große Erfolg aus New York: Westside Story (Original Broadway). Circus Sarrasani. Lehmbruck Museum: Orientalische Keramik. Es ist unmöglich, eines der Bretter loszureißen, auch wenn man sein angewinkeltes Bein gegen die Mauer stemmt. Der Junge hält ein, schweratmend und auf der Stelle taumelnd, bevor er zur ebenfalls vernagelten Türe des Häuschens geht, um sie mit Fußtritten und Faustschlägen zu traktieren. Sinnlos. Er löst ein Plakat teilweise ab und steckt es in Brand. Vom Schein des Feuers erhellt, uriniert er vor eine der beiden versiegelten Zapfsäulen, zwischen denen (eins, zwei, drei) rad- und lenkerlose Fahrradrahmen liegen. Als er fertig ist, schultert er einen und setzt seinen Weg fort.

In der Wallgasse, die auf den Bahnhofsvorplatz mündet, unweit des griechischen Kulturzentrums, mein flüchtiger Herr Vater, Idiot: hört er sich brüllen, nimmt er, ohne sich seiner Last zu entledigen, zwischen zwei Stoßstangen auf der Bordsteinkante Platz, um eine Zigarette zu drehen. In aller Ruhe formen, vorformen und entzünden. Zug um Zug, mit GIZEH schmeckts immer. Es braucht verschiedentliche Versuche, bis seine Zunge die Gummierung des Papierchens trifft. Daß es klebt. Du Arschloch: brüllt er so laut, wie er kann. Dann, die qualmende Zigarette im Mund, rappelt der Junge sich wieder hoch (Haben Sie schon einmal versucht, mit einem Fahrradgestell auf der Schulter vom Pflaster aufzustehen?) und nähert sich der Stimme, die. Über den Rangiergleisen. Blechern. An sein Ohr dringt. Ihr blechern tönender Hall.

Vor dem Dance-Night-Club: Riverside umringen Gestalten, unter denen Manni Hoettges herausragt, eine Corvette. Das Auto gehört seinem Bruder, der den Club gepachtet hat. Das Verdeck des Cabriolets ist zurückgeschlagen, und es scheint, als würde Manni den anderen die Funktionen der zahlreichen Lämpchen, Schalter und Anzeigen des Armaturenbretts erklären. Vor Manni hat jeder Respekt, naturgemäß. Seinen ersten Profikampf im Halbschwergewicht hat er durch technischen K. o. gewonnen, wie im Lokalteil der Zeitung zu lesen war, mit einem gestellten Foto, auf dem er, leicht gebeugt, die knollig behandschuhten Fäuste vor seiner Brust kreuzte. Manni sorgt im Riverside für Ordnung. Nach dem Klingeln öffnet er die Türe und entscheidet, ob man reinkommt oder nicht (nur im Jackett und keine Jeans, Haare höchstens schulterlang). Tagsüber sieht man ihn, wenn er mit seiner Harley die Ostallee rauf- und runterdüst, fünfmal, zehnmal, um die chromblitzende Maschine dann auf dem Bürgersteig vor dem Portofino zu parken. Ein Campari-Orange für Manni! Jetzt flankt er in die Corvette, läßt den Motor an und gibt wieder und wieder röhrend Gas; als es ihm reicht, jagt er mit quietschenden Reifen davon. Beschleunigung von null auf hundert in vierkommaeins Sekunden. Rasend verschwindet die Doppelreihe der Rücklichter in der Gasse zwischen den parkenden Autos.

Schattenlos bestrahlen Peitschenmasten die sich um zwei Verkehrsinseln vielspurig verzweigende Kreuzungsanlage vor dem Hauptbahnhof. Alle Ampeln blinken auf Gelb. Eine durchgängige Balustrade macht es unmöglich, an irgendeiner Stelle die Fahrbahn zu betreten oder quer über den

Platz zu laufen, wie früher, als ein großes, blumengesäumtes Rasenoval die einmündenden Straßen im Kreis führte. Eine Rolltreppe bringt den Jungen in die unterirdische, weiß wie ein Badezimmer gekachelte Passage, in der (den Hoffnungen der Stadtverwaltung und den Versprechungen der Planungsbüros zum Trotz) kein einziges Geschäft vermietet ist. Die meisten Schaufenster sind mit Packpapier verklebt, und zwar seit Monaten, seit der Eröffnung, als, zu den Klängen einer Dixielandkapelle (diese Art Musik finden sie klasse), der Bürgermeister (wer hat uns verraten?) vor den Kameras der Presse (abends sendete der WDR in Hier und Heute einen Kurzbericht: optimale Entflechtung der Verkehrsströme) ein breites zwischen den Rolltreppen aufgespanntes Band durchschnitt.

Pommes-frites-Schalen liegen herum, Zigarettenpackungen, zerknüllte Tempotücher, Kippen, ein paar Zeitungsseiten, und getrocknete Rinnsale (wo man pißt, wenn man muß) färben die Kacheln in den Ecken schon bräunlichgelb ein. Nachts hört man seine eigenen Schritte wie die von jemand anderem, hallend, das Geschoß von Winkel zu Winkel ausmessend, als käme einem wer entgegen oder als würde man verfolgt. Schnaufend bleibt der Junge vor den (vier) Telefonzellen stehen, die sich in einer Wand (süd-südöstlich, hinter dem Pavillon) befinden, deren verschmierten Scheiben; Notruf: umsonst. Nach einem Blick über seine Schulter zieht er eine der Türen auf und schmeißt den Fahrradrahmen in die Zelle. Fertig ist der Lack. Yes, that's right, no doubt no more. Der Zweck heiligt das Ziel. Er stützt sich beidhändig auf seine Knie. Das Ziel ist der Weg. And the desires of the heart. Vorsichtig, sich wundernd, daß sie nicht schließt, tippt er die Türe mit seiner (rechten) Fußspitze an.

Are as crooked as corkscrews. Klemmt. Weil? Infolge einer Verkantung der Gabel des Fahrrads, zwischen der Türe und dem Rahmen der Türe. Als Widerstand: die Beschaffenheit des Materials einerseits gegen den Druck des Gewichts einer hydraulischen Bewegung andererseits. Der Junge richtet sich hoch und: kein Mensch weit und breit zu sehen: beginnt: ohne Vernunft vor die Türe der Telefonzelle zu treten, in Wut geratend, bis ein sichelförmiger Riß das schwere Glas zeichnet; dann noch einer, dann Zweige von Rissen, die, er hämmert seinen Fuß dagegen wie ein Karatekämpfer, zersplitternd, ein organisches Muster bilden, ähnlich dem Geäst der Krone eines kahlen Baumes.

Schließlich hört er auf. Schön kaputt. Schön verrückt. Du. Ich. Er steckt die Hände in die Taschen seiner Armyjacke und, als habe ihn die Anstrengung ernüchtert, schlendert tief Luft schöpfend zum nächstgelegenen Ausgang. Kenn ich weiß ich war ich nicht.

Vorbei an der Bahnhofswache (Bitte klingeln!), deren Jalousien heruntergelassen sind, einer VW-Werkstatt, dem Schulungszentrum für Auszubildende metallverarbeitender Berufe, der Doppelspur der Straßenbahnschienen folgend, biegt er kurz vor dem Elektrizitätswerk nach links in eine ruhige, dunkle Straße. Anadolu Pazari. Leihhaus Schmitz. Zur Tenne (acht Sorten Faßbier), das Stammlokal des alten Meier, als sie noch nebenan gewohnt haben. Bevor sie nach Bochum gezogen sind. Wegen der Arbeit bei Opel. Opel Kadett, Admiral, Blitz, Kapitän, Manta, Rekord. Im Schichtdienst, sechs Uhr – vierzehn Uhr – zweiundzwanzig Uhr, wöchentlich rotierend. Gibt es eine Zulage dafür und Betriebsrente. Gutes Geld, nicht zu verachten.

Dem Haus, das die Wirtschaft beherbergt, schließt sich nahtlos die gleichförmige betongraue Fassade des Bunkers an, St.-Elisabeth-Bunker, die ein Rote-Kreuz-Schild: Kleidersammelstelle (welche Kleider warum?), rot auf weiß neonleuchtend: ein rotes Kreuz auf einem weißen Grund: über einer Stahltüre illuminiert (Scharniere mit dem Durchmesser von Lastwagenstoßdämpfern). Hält jedem Angriff stand. Brandbomben Sprengbomben Phosphorkanister. Meterdikke Wände wahrscheinlich, stahlbewehrt.

Der Junge schließt ein paar Meter die Augen und streckt seine Arme aus. Kein Problem. Der Gleichgewichtssinn, im Ohr, so eine Art freischwingender Kompaß. Straight ahead, als würde man einer geraden Linie zu folgen versuchen. Ungefähr. Mit Kreide aufs Pflaster gemalt, wie beim Pfeilnachlaufen, die gegnerische Partei jagend, die der große Meier anführte. Bis zum Bunker, nach dem Bunker gildet nicht mehr, und außerdem gildet nur, wenn man eure Zeichen genau erkennen kann, wo ihr runter seid, um euch zu verstekken. Versteck wird durch ein V im Kreis, fünfzig Schritte vorher, bekanntgemacht, und zwar entweder mitten auf der Straße oder deutlich an einer Hauswand. Und einmal abklatschen zählt als gefangen. Okeh, sagte der große Meier, Verlierer kauft Cola für alle, einverstanden?

Einverstanden!

Ein Moped knattert durch die Nacht und übertönt seine Schritte. Als ob der Auspuff abgesägt wäre, ein Helldriver, ohne Sturzhelm von der Ostallee kommend mit wehenden Haaren über die Luisenstraße sich Richtung Hafen entfernend. Wo die Siedlung ist, in der Rudi wohnt, sein hustender Vater, die Karnickel hinterm Haus. Staublunge. Am Bunker vorbei wendet sich der Junge nach rechts (Luise,

Königin von Preußen 1776–1810), passiert das Tor der kath. Volksschule (biblische Geschichte: Moses empfängt die Gesetzestafeln), eine Plakatwand, das Schaufenster einer Bäckerei (Sunkist in Dreieckstüten, Eßpapier, klebriger Bienenstich), eine Baustelle (die Baracken hat man neulich weggeputzt), um dann ein letztes Mal um eine Ecke zu schwenken; Nr. 59, dritter Stock, drei Zimmer, Küche, Bad, Zentralheizung.

Er setzt sich auf die Eingangsstufe des Hauses, nestelt den Tabak aus der Brusttasche seiner Jacke (US-Marines) und, ich muß einen Zettel schreiben, denkt er, daß sie mich nicht weckt, dreht sich eine Zigarette. In Ruhe formen, vorformen und genießen. Während er raucht, streift sein Blick über die Fenster gegenüber. Alle dunkel, kein Licht brennt, kein Lämpchen, keine Kerze. Er streckt seine Beine aus und lehnt sich vor die Türe. Einen Zettel, denkt er, muß ich schreiben und neben ihre Kaffeetasse legen. Ich brauche meinen Schlaf. Ich muß schlafen. Neun Ouzo. Zehn minus eins gleich neun. Wurzel aus neun gleich drei. Minus eins gleich acht. Aber nicht wie ein Trip, ein Trip ist anders, rein psychedelisch. Schlafen. Einen Zettel. Ins Bett gehen und ausschlafen. Vorher noch zwei Aspirin. Acetyl. Salicyl. Salz praktisch. Um den Stoffwechsel. Im Gehirn. Zellen und so weiter. Yes. Mit Gizeh schmeckts immer. Die Wahrheit und nichts als die Wahrheit.

8 Zwölf Uhr, fünfzig Minuten, sechsundzwanzig Sekunden. Gegenwart. September Oktober November: Herbst. Siebenundzwanzig Sekunden. Swatch swiss scuba watch.

Achtundzwanzig. Mit einer Quarzbatterie, die ungefähr drei Jahre vorhält; Armband aus türkisblauem, gelochtem Kunststoff; phosphoreszierende Zeiger. Zweiundfünfzig Grad nördlicher Breite und dreizehn Grad östlicher Länge – Charlottenburg – Berlin – Deutschland – Europa – Erde – Sonnensystem – Milchstraße – Weltall. Zehn hoch einundsechzig Plancksche Elementarzeiten alt. Seit es begonnen hat sich auszudehnen, die Verdichtung des Raumes zu sprengen. Zwölf Uhr, fünfzig Minuten, dreiunddreißig Sekunden. Dienstag? Nein, gestern war Dienstag. Wahrscheinlich.

Martinez schaltete den Rechner aus und schloß die Kladde. So weit, so gut. Sich auf der Tischkante abstützend, rollte er mit seinem Stuhl (eine Armlänge weit) zurück.

Noch zehn Minuten. Die Vergangenheit. Genau in diesem Augenblick Sätze, die ein Gefühl sind, eine körperliche Empfindung, von einem selber geschrieben, sie lesend. Ihre Grammatik. Gibt es bestimmte Regeln der Verknüpfung, wodurch ein Sinn. Restore bygone data. Push button additional help and wait for response. Immediate function. Wie wenn die Worte die Wirklichkeit wären, eine Farbe, ein Ton, eine Berührung. Gleich und gleich. Flutendes, anflutendes Licht. Wie es gewesen ist, ein Eindruck. Der man war. Als: während des Essens auf der Veranda bei Bartolomeo, bevor er den Stechapfelsud trank, erba di diavolo, ein fetter Käfer, dessen Panzer smaragdgrün schillernd glänzte: look at this kind of beetle, sagte Chiara, how beautiful it is: quer über die weißgekälkte Wand des Hauses lief, Unebenheiten ertastend mit seinem Paar zittriger Fühler. Als (elfter Juli neunzehnhundertsechsundachtzig, vierundzwanzig Grad Celsius, Wind der Stärke drei Beaufort aus südwestlicher Richtung, aus der großen Syrte herbeiwehend über das Meer und die

Höhen der Vorgebirge), während sie sagte: how beautiful it is, man den Flaum der Härchen an ihrem Unterarm spürte, ohne ihre Haut zu berühren, nur millimeterweit entfernt ein Arm neben dem anderen ruhend, und sich: entflammt vorkam, einem Verlangen ausgeliefert, das den ganzen Körper ergriff.

So ist es gewesen. Worte, alles wörtlich. Als sie sich später, im Schutz eines Bambuswäldchens, Augen Haare Mund Schultern Brüste Hüften Schenkel Scham: ihre Lust: preisgab. Sich selbst. Eine Verkettung von Worten von Gefühlen. Subjekt Prädikat Objekt. Ich bin das, mein Inneres. Yes.

Zwölf Uhr, einundfünfzig Minuten, neunundfünfzig Sekunden. Zwölf Uhr, zweiundfünfzig Minuten. Stefan hob seinen Kopf und blickte auf das Gemälde, das heißt dessen kopierte Wiedergabe, die er über den Rechner gepinnt hatte. Am Hang einer Bucht öffnet sich ein Laubengang dem Betrachter, als würde er ihn mit einem nächsten Schritt betreten können, die abgebildeten Figuren zum Leben erwekkend, die beiden Jungen, die beiden Frauen, den Hausierer, der mit ausgestreckten Beinen auf einem Stück bräunlicher, festgestampfter Erde sitzt. Ein diskreter Augenblick, wie die Ableitung einer Gleichung, ihn zu beschreiben. Anflutendes Licht läßt zwischen den Säulen, die ein dicht von Weinlaub umranktes Lattengeflecht tragen, drei zinnoberrote Flekken aufleuchten, und zwar die Mütze des größeren Jungen, Kleidsaum und -kragen der Frau in der Mitte. Perlmuttern scheint ein Oval in der Tiefe der Bucht auf dem Meeresspiegel. Rosa getönt, zeichnet sich am Himmel schon die bald heraufziehende Dämmerung ab. Zwölfter September achtzehnhundertachtundzwanzig, siebzehn Uhr zwanzig. Ein einzelner, dessen Sinne. Niemand sonst außer mir. Die Innenwelt der Außenwelt. Ohne Ende ihr Text kann man lernen sie aufzuzeichnen. Zeile für Zeile, Minute für Minute, Jahr für Jahr. Zu wissen davon.

Stefan erhob sich von seinem Platz, nahm das dicke Ringbuch (Standsicherheitsnachweis) und legte es auf Mahlmanns Schreibtisch neben einen Stapel Schnellhefter. Alphabetisch geordnet Briefe bezüglich der Turnhalle: Herrn Dipl.-Ing. K. Mahlmann, c/o Neues Bauen, 1000 Berlin 12. Überlegen Sie sich das mal, vier, maximal fünf Semester. Wir würden uns freuen. Ich mich auch. Später. In zwei Wochen. Bestimmt.

Nachdem er die Untertasse mit den ausgedrückten Kippen im Flur im Mülleimer geleert hatte, spülte er sie ab und stellte sie ins Regal zurück. Die Türen der Büros waren alle geschlossen, und auch von oben, von Doktor Winter und Frau Mattuschka, drang kein Laut herunter, kein Radio, keine Stimmen, kein nichts. Zwölf Uhr, vierundfünfzig Minuten, neunzehn Sekunden. Arbeiten alle. Nach dem Plenum verschiebt sich. Oder entfällt, wenn viel zu tun ist. Sushi. Mittags der Imbiß. In irgendwie Reisblätter gewickelt roher Fisch. Sie hätten mitkommen sollen, das war wirklich nicht schlecht. Eine Kleinigkeit für zwischendurch.

Wieder vor dem Rechner stehend, befreite Stefan mit seiner Handkante dessen blinde Mattscheibe von einer dünnen Schicht feinen Staubs, die das grünliche Glas bedeckte. Praktisch tagtäglich. Aus der Luft, wie von einem Magneten. Wegen der Ladung der Partikel. Elektrizität. Er pustete über seine Hand und wischte sie an der Hosennaht sauber. Dann rollte er den Stuhl unter das Rechnerpult. NEC. Eine Milliarde Gigabyte. Per Knopfdruck. Dreidimensional. Hunderttausend Mark inklusive Software. Computer aided design. Wofür früher eine Legion von Statikern zu rechnen hatte. Very simple today. Diskette rein und fertig. Roof will collapse: change data. Yes, I do. Because I'm not stupid. IQ sechskommaneun auf der Richterskala. Du schaffst das. Ich darf Sie beglückwünschen, Herr Martinez. Ziemlich genau noch fünf Minuten. Das Bild eines Bildes. Verstehst du? Man muß. Zwölf Uhr, fünfundfünfzig Minuten, siebzehn Sekunden.

Er schlüpfte in seine Lederjacke, die auf einem Beistelltisch lag (vorhin achtlos da über eine Reihe Aktenordner gelegt), und drehte sich einmal um die eigene Achse. Alles aus, alles fertig. Nur eine kurze Unterbrechung. Ich werde. Er löschte das Licht der Stehlampe, mit seiner Schuhspitze einen stufenlos regulierbaren Dimmer im Fuß des gegen die Decke gerichteten Strahlers verschiebend, und wandte sich zur Türe. Tipptoppeinsah. Omnia mea. Mekong porto. Die Schrift einer Schrift einer Schrift. Närrisch. Nicht zu ändern. Den Kragen der Jacke hochschlagen. Sein Blick fiel durch eines der vergitterten Fenster. Items: Studio für qualitative Marktforschung. Bolle: heute im Angebot: Rinderhesse. Schulz, Radenberg, Bergkamp: Rechtsanwälte & Notare. Nach Vereinbarung. Über den Dächern der Häuser spannte sich ein Himmel von herbstlich zartem Blau. Wegen der Rayleigh-Streuung des Lichts. Klimatisch sozusagen, die Bedingungen in der Stratosphäre. Stefan zog den Reißverschluß seiner Jacke zu. Um Punkt ein Uhr, nicht vorher und nicht nachher. War abgemacht. Und was man mit sich selber abgemacht hat, hält man ein. Zwölf Uhr, sechsundfünfzig Minuten, einunddreißig Sekunden. Wie ein Naturgesetz, dem man unterworfen ist. Ins Schwerefeld eines Zentralgestirns geraten, das den Raum beugt. Knickt. Dellt. Krümmt.

Staucht. Worin die eigene Bewegung. Elliptisch, Brennpunkt eins und zwei. Siebenundfünfzig Minuten und dreizehn Sekunden. Höhe Länge Breite Zeit. Der Abstand zweier Ereignisse ist von der Wahl des Bezugskörpers unabhängig. Imaginär. Jenseits der Achsen der Ebene. Geodätische Koordinaten. Sechzehn Sekunden. Siebzehn. Gelernt verstanden vergessen. Die Rotation der Bahn des Planeten Merkur, gemäß Leverrier, beweist. Daß: die Gravitation die Lichtstrahlen aus ihrer geraden Richtung ablenkt. Dreiundvierzig Bogensekunden. Experimentell bewiesen mittlerweile.

Stefan machte kehrt und ging wieder auf die Türe zu. Punkt eins. Wie beschlossen. No retreat no surrender. Ich werde. Ich schicke ihr einen Brief. Kannst du das verstehen? Sie wird. Wenn sie liest, was ich ihr schreibe. Meine Worte. Die Gegenwart der Vergangenheit. Wann wo warum weshalb mit wem wodurch wie lange. Aus meinem Körper das Echo meiner Stimme. Wörtlich. Einen Klang von Silben von Worten von Sätzen wie ein Gefühl immerwährend von Dauer ununterbrochen.

* Zwischenzeitlich ist folgendes geschehen: Nachdem sie die Weiße Maus gegen 6:30 verlassen haben, sind Hartwig Ehrlich, Ludwig Milde und Till Berling mit einem Taxi zu einer rund um die Uhr geöffneten Imbißbude gefahren (Futterkrippe), die, in Schöneberg vor den Yorckbrücken gelegen, des Nachts von einem arabischen Typ namens Serafim betrieben wird, den Hartwig, woher auch immer, kennt.

Ein halbes Hähnchen mit Spezialsauce scharf verzehrend (Ludwig: Die hat er früher im Libanon in seine Schrapnells gefüllt), ein Falafel mit Krautsalat (Hartwig: Sehr appetitlich) sowie zweimal Currywurst, einmal Boulette, ein besenftes Solei (Till: Könnt ich sterben dafür), kreisen ihre Gespräche um alle möglichen Themen, unter anderem Hartwigs Reise mit Carlotta nach Sri Lanka (Hartwig: Sie hat mich praktisch dazu gezwungen. Ludwig: Du hast dich zwingen lassen. Hartwig: Es war ein letzter Versuch, unsere Beziehung zu retten. Till: Ausgerechnet in Sri Lanka? Ludwig: Völlig verrückt. Hartwig: In Jaffna verliebte sie sich in Pascal aus Bordeaux, nichts gegen Pascal, absolut straight, bin ich heute noch mit befreundet, dessen Bruder sie im Januar geheiratet hat. Ludwig: Seinen Bruder? Hartwig: Genau. Ist Anwalt in Paris. Till: Wer? Hartwig: Der Bruder von Pascal, am Appellationsgericht, École nationale, falls ihr versteht, was ich meine. Ludwig: More or less. Hartwig: Während Pascal davon lebt, daß er Pornohefte nach Singapur, Sri Lanka oder Malaysia transportiert und sie den Muslimen dortselbst Bild für Bild zerschnitten verkauft, für zehn Dollar das Stück. Ludwig: Genial. Till: Da mußt du erst mal drauf kommen), ob und welchen Zusammenhang es zwischen den Ernährungsgewohnheiten eines Volkes und seinen politischen Präferenzen gibt (Ludwig: Wer zum Frühstück Bahlsenkekse in lauwarme Milch tunkt, wird irgendwann, völlig logisch, zu einer Geißel der Menschheit. Hartwig: Massenmörder. Till: Blödsinn. Ludwig: Du bist historisch eben unterbelichtet. Till: Und du hast einen gewaltigen Sprung in der Schüssel. Hartwig: In der Müslischüssel. Till (feixend, mit vollem Mund): Eiweißdefizit, da sterben einem die Gehirnzellen ab. Hartwig: Vor der Zeit. Echt tragisch. Ludwig: Es liegt mir äußerst fern, mich eurem Niveau argumentativ anzupassen (Hartwig und Till brechen in prustendes Gelächter aus), jedoch darf und möchte ich die Tatsache festhalten, daß meiner Meinung nach … Hartwig: Er hat eine Meinung. Till (Luft schnappend): Ich weiß. Hartwig: Köstlich. Ludwig: Besonders die Sauce. Hartwig (sich dem Fenster der durch einen Windfang zur Straße hin geschützten Bude zuwendend): Serafim, deine Sauce ist spitze! Serafim: Hausgemacht, alles zu Hause. Ludwig: Das schmeckt man. Serafim: Peperoncini, Pfeffer, Knoblauch, Tomaten, Oregano, Salbei und Kapern. Till: Sehr, sehr lecker. Ludwig: Wenn du ein weiteres Mal deine abgebissene angefressene Wurst auf meinen Teller stippst, dann passiert was. Till: Er ist und bleibt ein Killer. Hartwig: Tödlich. Till: Ohne Gnade. Ludwig: Beim Essen hört die Freundschaft auf. Till: Ich bin nicht dein Freund. Ludwig: Bekannt. Hartwig: Im Prinzip hat er recht. Till: Wer? Hartwig: Er. Till: Der Mann, der Bahlsenkekse in lauwarme Milch tunkt? Ludwig: Saumagen zum Beispiel, Bier und Doppelkorn … Hartwig: Meine Rede. Ludwig: … dialektisch betrachtet … (Hartwig und Till schütten sich wie auf ein Zeichen aus vor Lachen, ohne aber Ludwig im geringsten beeindrucken zu können) … tagtäglich genossen … Till (sich mit seinem Handballen Tränen von den Wangen wischend): Genossen. Hartwig (tränenbenetzten Gesichts): Ein Genießer. Ludwig (unbeeindruckt): Genossen, das heißt zu sich genommen, erzeugt denselben Effekt, organische Bewußtseinstrübungen, die Menschen zu allem fähig werden lassen. Hartwig (betont ernsthaft, obwohl es ihm Mühe bereitet, sein Mienenspiel unter Kontrolle zu halten): Biologisch praktisch, von innen her. (Ludwig nickt) Die Geburt des Faschismus aus dem Ferment des Mastschweins (Till beißt in seine Faust und stampft wiederholt auf den Boden). Der Gedanke entbehrt nicht einer gewissen Stringenz, um nicht zu sagen Folgerichtigkeit. Ludwig: Zwei Seiten einer Medaille, klipp und klar. Hartwig: Diät! Ludwig: Wie? Hartwig: Auf Diät setzen das Pack (Till verbirgt den Kopf in seiner Armbeuge). Regierungsamtlich auf Tofu. Ludwig: Jawohl. Hartwig: Und ihm den Alkohol entziehen, Tuborg-Bier, Becks-Bier, Radeberger, Engelhardt, Schultheiß, Tucher, Erdinger, Krombacher, Jever, Weihenstefan, Hansa, Dab, Köpi, Flensburger … Till: Carlsberg, Löwenbräu, Hannen, Corona, Budweiser, Kronenburg …), schließen Ludwig und Till nach einer Bemerkung Ludwigs, die Till für geschmacklos hält, degoutant sagt er, eine Wette um eine Flasche Roederer Cristall ab (als nämlich Serafim einen betrunkenen Randalierer unsanft auf die Straße befördert, kommentiert Ludwig den Vorgang mit den Worten: Die Krone der Schöpfung, welche Bemerkung Till zu einer, sagt Ludwig zu Hartwig, wahren Exaltation seiner protestantischen Seele reizt, der eine Auseinandersetzung folgt, ob Ludwig sich auch an den Rest des Gedichts erinnere, zu welchem Zweck er eine Serviette beschriftet, die Hartwig treuhänderisch an sich nimmt. Hartwig: Das kontrollieren wir später, interlinear. Till: Darauf bestehe ich. Ludwig: Meinetwegen. Um aber noch mal auf den Einsatz zurückzukommen … selbst eine Verdoppelung deiner Schulden hätte derzeit ja rein ideellen Charakter, genauso wie eine Halbierung. Till: Willst du damit andeuten, daß du an meiner Wett- und Zahlungstreue zweifelst? Ludwig: Keineswegs. Es ginge mir nur um einen Termin sozusagen, den ich verbindlich im Auge behalten könnte. Till (denkt nach, dann): Würdest du eine hochwertige Naturalie als Kompensation akzeptieren? Ludwig: Woran denkst du? Till: Etwa … eine Flasche Roederer. Ludwig: Cristall ja. Till: Selbstverständlich. Ludwig (reicht ihm seine Hand): Abgemacht. Till (schlägt ein):

Abgemacht), fachsimpeln sie über die interessanteste, kurzweiligste und technisch anspruchsvollste Art, Poolbillard zu spielen, ob in der Reihenfolge der Zahlen oder nach Farben getrennt, gibt Ludwig den beiden anderen Auskunft über den Engländer, den sie am Ludwigkirchplatz in ein Taxi gesetzt haben (Ludwig: Der gute Francis Stapleton, ein Journalist oder so was. Leider nur zuviel Hans Gerstenkorn, nächtlich. Ich kenn ihn von Edmund her, von einer seiner Lesungen. Hartwig: Ach, was treibt der denn momentan? Ludwig: Keine Ahnung. Till: Den hab ich seit Monaten nicht mehr gesehen. Ludwig: Keiner), kauft Hartwig bei Serafim, als er am Fenster der Bude ihre Zeche bezahlt, eine Flasche braunen Tequila (Hartwig: War im Angebot, fürn Zehner. Echte Markenware. Till: Wo trinken wir den? Ludwig: Gute Frage. Ich muß dringend zur Bank. Hartwig: Das bedeutet? Ludwig: Bülow Ecke Potsdamer ist eine Filiale. Die machen um halb neun auf, weshalb ich mir erlaube, den Herren vorzuschlagen, in einer nahe gelegenen Restauration, ich dachte an den Bierhimmel oder das Jagdstüberl, so lange zu warten und eine Tasse Kaffee zu trinken. Hartwig: Meine Begeisterung hält sich in Grenzen. Till: Meine auch, insbesondere bezüglich des Bierhimmels. Ludwig (er blickt auf seine Uhr): Eine dreiviertel Stunde dürfte für uns alle mental zu bewältigen sein. Also?), wonach sie, dem Kauf der Flasche Tequila und ihrer herzlichen Verabschiedung von Serafim, sich in ein Jagdstüberl genanntes Lokal auf der Potsdamer Straße begeben, in dem sie die Öffnung einer Filiale der Deutschen Bank abwarten, um dann in Ludwigs Wohnung zu fahren, wo sie gegen 9:15 eintreffen.

Plaudernd und Tequila trinkend, verstreichen ihnen die nächsten beiden Stunden wie im Fluge.

* Wie gewöhnlich fand das Treffen im ersten Stock eines Lokals am Düsseldorfer Hauptbahnhof statt, das sich durch seine verkehrsgünstige Lage wie die Möglichkeit einer räumlichen Separierung (oberer Raum durch Ziehwand verschließbar) auszeichnet. Anwesend waren neben dem Bezirkssekretär des Zentralkomitees vierzehn Delegierte von acht assoziierten Basisgruppen aus der Rhein-Ruhr-Region, darunter sieben Parteimitglieder, drei Kandidaten sowie vier Sympathisanten.

Laut einstimmig beschlossener Tagesordnung stand zunächst die breitangelegte Kampagne zur Einführung eines 10. Hauptschuljahres als der bisherigen mittleren Reife vergleichbare Qualifikation im Blickpunkt der Erörterungen und Rechenschaftsberichte. Zu Protokoll genommen wurden die Schwierigkeiten der Genossen aus G, W und R, offensive antikapitalistische Forderungen in den Flugblättern und Resolutionen der dortigen Stadtschülerräte zu verankern, da selbige z. Z. noch fest in revisionistischer Hand seien; insbesondere die Vertreter der DKP und der Jusos hätten es auf Grund der Abstimmungsmodalitäten zu verhindern gewußt, der Losung Bildung für alle jenseits abstrakt-humanistischer Gefühlsduseleien wirklich eine systemüberwindende Stoßrichtung zu geben, während in D und K ein Zweckbündnis mit GIM und PSI es ermöglicht hat, die Arbeit vom Grundsatz her revolutionär zu gestalten, das heißt, die Mobilisierung der in der Regel dem Proletariat entstammenden Jugendlichen und Lehrlinge mit dem Kampf für eine sozialistische Gesellschaft zu verknüpfen, die keine bürgerlichen Bildungsprivilegien mehr kennen wird.

Allerdings, wie auch der Bezirkssekretär noch einmal ausdrücklich betonte, muß die Kooperation mit der GIM auf jeden Fall punktuell beschränkt bleiben – um etwa in bestimmten Situationen notwendige Mehrheiten zu sichern, da es bekanntlich zum innersten Wesen solcher trotzkistischen Splittergruppen gehört, die Arbeiterklasse als Ganzes zu spalten und zu schwächen (s. Beschluß des 2. Plenums / Hamburg 73 über Bündnispartner im Klassenkampf).

Ließen sich, nicht zuletzt durch die unmißverständlich fortschrittliche Sprache des ihnen ausgehändigten Agitationsmaterials, in D und B einige Haupt- und Berufsschüler für eine Wochenendschulung der Partei gewinnen, schätzen unsere Genossen aus G, W und R die dortige Lage als sehr schwierig ein. Der Parteilinie folgend, wäre es zwar gegen den Widerstand der Revisionisten gelungen, wöchentlich tagende Plena ins Leben zu rufen, doch sei man hinsichtlich der materiellen Möglichkeiten den anderen Organisationen ziemlich unterlegen. Verfilzt und vermauschelt, würde die gewohnheitsmäßig sozialdemokratische Verwaltung jener Städte ihren Kadern nicht nur Räumlichkeiten, Papier und Abzugsmaschinen etc. zur Verfügung stellen, sondern auch polizeitechnisch gegen die freie Meinungsäußerung der Arbeiterklasse vorgehen, z.B. am 9. September in G, als (der Büchertisch der SDAJ blieb unbehelligt) der Stand der Kommunistischen Volksstimme auf dem Hof der Stauffenberg-Schule von maskierten Einsatztruppen zertrümmert wurde, die der Direktor (Kleinert, Amselsteig 5) telefonisch herbeigerufen hatte.

Auf Empfehlung des Bezirkssekretärs wurde dann der Beschluß gefaßt, allen Schwierigkeiten zum Trotz aber auch im nächsten Halbjahr an der Hauptschulkampagne weiter teilzunehmen, wobei die nicht direkt betroffenen Delegierten den Genossen in G, W und R zusagten, ihnen mit Rat und

Tat zur Seite zu stehen, um die Vorherrschaft der Spalter und Verräter zu brechen und eine Mehrheit in den entsprechenden Gremien zu erringen.

Anschließend kamen die Aktionen der Basisgruppen zur Abschaffung des § 218 zur Sprache. Wie vereinbart, sollte agitatorisch das Hauptaugenmerk auf die enge Beziehung gelegt werden, die zwischen Verhütung – Abtreibung – Aufklärung einerseits und den Absichten der Kapitalisten andererseits besteht, sich nach Bedarf einer industriellen Reservearmee bedienen zu können, die als Potential billiger Arbeitskräfte und Kanonenfutter rechtlos ihrer Verfügungsgewalt ausgeliefert ist; sowie darüber hinaus, welche Rolle die gesellschaftliche Isolierung und Unterdrückung der Frau (ungleicher Lohn für gleiche Arbeit, Doppelbelastung in Beruf und Familie) im Sinne der Herrschenden spielt, um die Kampfkraft der Arbeiterklasse zu schwächen (Bonzenfrauen haben Dienstpersonal, fahren zur Abtreibung nach Holland oder begeben sich in eine Privatklinik).

Auf großes Interesse stießen überall an den Infotischen unsere Broschüren, speziell die programmatischen Thesen des ZK des vergangenen Parteitags, aber auch die nach Absprache mit der Bezirksleitung selbstgestalteten Flugblätter der jeweiligen Gruppen. Insbesondere zu den Fragen Geburtenkontrolle in China und Volksentscheid gegen den § 218 entspannen sich rege Diskussionen, die, was unsere Forderung nach einem Plebiszit betrifft, Gelegenheit boten, das Parlament (den sog. Bundestag) als Agentur der Bourgeoisie zu entlarven.

Der Ärzte- und Pharmamafia ausgeliefert, weiß jede lohnabhängige Frau fast schon instinktiv, daß es eine Illusion ist, sich Hilfe ausgerechnet von seiten derjenigen zu versprechen, die entweder dem Staat oder internationalen monopolistischen Konzernen zu Diensten sind, bestechlich und prinzipienlos. Dies war oft ein guter Anknüpfungspunkt, um die Gesundheitspolitik der VR China darzustellen, wo man ernsthaft zum Nutzen der Bevölkerung medizinische Forschung betreibt und nicht um die Profite der Ausbeuter zu erhöhen. Erstaunt nahmen die meisten Passanten zur Kenntnis, daß die Pille im sozialistischen China umsonst verteilt wird und es dort auch kein verwirrendes Angebot von Präparaten gibt, sondern genau zwei, in ihrer Dosierung den Bedürfnissen der Empfängnisverhütung vollauf genügende Mittel, die Pille A und die Pille B nämlich, deren hormonelle Wirksubstanzen sich auf eßbarem Papier befinden, das in 22 farbig perforierte Felder unterteilt ist; äußerst billig herzustellen und praktisch zu verwenden, ermöglichen sie Familienplanung auf breitester Ebene, weshalb die Zahl der ungewollten Schwangerschaften in China seit Jahren zurückgeht. Kommt es, selten genug, dennoch dazu, liegt die Entscheidung, das Kind auszutragen, einzig und alleine bei der betroffenen Frau. Grundsätzlich freigegeben, berechtigt eine Abtreibung, die ungefähr 5 Prozent des Monatslohns kostet, zu einem zweiwöchigen Krankenurlaub, der wie bei jeder anderen Krankheit zu 100 Prozent vergütet wird. Als Ausdruck der gleichberechtigten Rolle der Frau in einer Gesellschaft, deren Produktionsmittel Eigentum der Werktätigen sind, beweist diese Regelung den befreienden und sozialen Charakter der Arbeit. Dadurch, daß die chinesischen Frauen sich zusammengeschlossen und ihr Schicksal in die eigenen Hände genommen, selbst Fabriken gebaut und sich Leitungsfunktionen erobert haben, treten sie sowohl der reaktionären Ideologie der bürgerlichen Kleinfamilie entgegen, wie sie aktiv die Erkenntnis umsetzen, daß letzten Endes nur der Aufbau des Kommunismus ihre und der ganzen Menschheit Befreiung verwirklicht.

Die zahlreichen Unterschriften auf unseren Listen für einen Volksentscheid gegen das skandalöse Urteil des Verfassungsgerichts: Weg mit dem § 218 – Das Volk soll entscheiden!, die spontan geleistet wurden, zeigen auf, welcher Widerstandswille vorhanden ist, den Schandparagraphen zu Fall zu bringen und sich nicht länger bevormunden zu lassen.

Allerdings darf man, wie der Bezirkssekretär den Genossen noch einmal ins Gedächtnis rief, aus der stetig wachsenden Empörung der Massen keine falschen Schlußfolgerungen ziehen. Es handele sich prinzipiell nicht darum, machte er klar, den bürgerlichen Staatsapparat zu reformieren, sondern ihn mit dem Ziel zu stürzen, eine sozialistische Räterepublik zu errichten. Insofern sei die Forderung nach einem Volksentscheid nur sinnvoll zu einer bestimmten Frage und notwendig nur, solange das Proletariat nicht herrsche, d. h. kraft seiner bewaffneten Organe alle gesellschaftlichen Probleme selbsttätig in Angriff nehme und löse. Dem Kampf gegen die Bourgeoisie eine Stoßrichtung zu geben, ihn zu organisieren und fortzusetzen, die Arbeiterklasse und die fortschrittlichen Teile des Volkes konkret zu gewinnen, vorrangig diesem Zweck diene die Offensive der Partei, der man sich unumstößlich verschrieben habe.

Deshalb gebe eine Forderung wie Volksentscheid gegen den § 218 bloß die Form an, innerhalb deren sich ein Bündnis mit den Massen entfalten kann, sie sei kein Endziel und dürfe nicht mit dem Versuch verwechselt werden, die Verfassung der BRD (pseudo-)demokratischer zu gestalten, was den Unterschied zwischen revolutionärer Strategie und reformistischem Geplänkel sehr genau bestimme.

Nun wurde eine kurze Pause eingelegt, die den Delegierten die Möglichkeit bot, ihre Kontakte zu vertiefen. Zwanglos kleinere Gruppen bildend, aß man zur Stärkung Mettbrötchen und trank ein Glas, während der Bezirkssekretär die Teilnehmerliste abglich und sich zum Verlauf des Treffens eigene Notizen machte. Von der Straße drang Verkehrslärm nach oben, den man in der konzentrierten Atmosphäre der Beratungen bisher nicht wahrgenommen hatte, das klingelnde Geräusch einer Straßenbahn, ein Hupton, kaum mehr hörbar über den Autodächern verwehend die Stimmen einzelner Fußgänger. In einer Ecke des Raumes, vor den in der Art rheinischer Brauhäuser aus kleinen bunten Bleiglasscheiben zusammengesetzten Fenstern, unterhielten sich die Delegierten E (seit über zwei Jahren Parteimitglied, inzwischen lokaler Vertriebschef der KV) und M (Sympathisant, der Sohn eines spanischen Arbeitsimmigranten) mit der Delegierten C aus W, die kurze blonde Haare hatte und eine randlose Brille trug, was ihr, in Verbindung mit einem weinroten Bolerojäckchen und einem weißen Herrenoberhemd, ausnehmend gut zu Gesicht stand. Ihre glatte Haut, ihre braunen Augen sowie ihre Figur als solche taten ein übriges, daß die beiden sich natürlich von ihr angezogen fühlten. Als engagierte Genossin bekannt und geschätzt (sie hat die Parteizelle in W gegründet und die dortigen Aktionstage maßgeblich in die Wege geleitet), verkörpert C beispielhaft das Bild einer jungen Frau, die kühlen Kopfes, ohne Wenn und Aber, der Sache der Revolution verpflichtet ist.

Nach dem Austausch einiger Erfahrungen bezüglich ihrer Agitationsarbeit in den vergangenen Wochen – C berichtete über einen Textilarbeiterinnengesprächskreis, den sie momentan sich anschicke zu organisieren, lenkte M das Gespräch auf das große Pressefest der KV am 1. und 2. Mai, dessen gemeinsamem Besuch, wie von E mehrfach vorgeschlagen, C schließlich lächelnd zustimmte. Man verabredete einen Treffpunkt neben der Gruga, wo unsere zentrale Demonstration gegen 14 Uhr mit einer machtvollen Kundgebung ihren Abschluß finden wird. Ort und Zeit der Verabredung schriftlich festhaltend (loser Zettel, Handinnenfläche, Terminkalender), beobachtete sie (E, M und C) von der anderen Seite des U-förmigen Tisches aus die Delegierte I, mißtrauisch, beleidigt teils und irgendwie gekränkt, als füge man ihr, und zwar wissentlich, d. h. mit Bedacht, einen innerlich bohrenden Schmerz zu.

Ist auch hier nicht der Platz, über das Warum? und Von wem genau? zu mutmaßen, so bleibt doch zu bemerken, daß die Natur privater Beziehungen, trotz aller Diskussionen und Richtlinien, nach wie vor (kann man predigen, was man will) sich durch jene Verhaltensmuster geprägt zeigt, die die Vertreter der Bourgeoisie (Kirche, Schule, Massenmedien etc.) nicht müde werden in die Köpfe der Bevölkerung zu pflanzen und die wider besseres Wissen, selbst wider die Einsicht der Notwendigkeit proletarischer Disziplin, die sattsam bekannten Wirkungen hervorrufen; Eifersucht aber und persönliche Rivalitäten sind definitiv das letzte, was wir gebrauchen können. Diesbezüglich wäre einmal mehr ein deutliches Wort des Sekretariats gefordert, denn man konnte regelrecht sehen, welche Gedanken (das Schwein) und Gefühle (das kriegt er noch heimgezahlt) die Delegierte I bewegten: Buchstäblich auf die Zähne gebissen hat sie sich, mit mahlenden Kiefern, bis in die Haarspitzen erfüllt von dem

Bedürfnis nach Vergeltung (so ein mieser Typ – E?, ich hab es gewußt, nichts anderes ist von dem zu erwarten).

Nachdem der Kellner letzte Bestellungen aufgeschrieben hatte, kehrte man zur Tagesordnung zurück. Es folgte durch die Genossen aus D eine mündliche Darstellung der Geschehnisse, die sich Anfang Oktober in Zusammenhang mit der Besetzung eines leerstehenden Konfektionshauses (Müller-Wipperfürth) zum Zweck der Gründung eines autonomen Jugendzentrums ereignet haben. Für den Abriß bestimmt, um an gleicher Stelle den Protz-Neubau der Industrie- und Handelskammer hochzuziehen, gelang es einer Initiative kämpferischer Jungarbeiter, Lehrlinge, Schüler und Studenten, in die vermauerten Räumlichkeiten einzudringen und sie gegen die Angriffe der Polizei zu verteidigen.

Den Versprechungen der Stadtverwaltung (man kennt das, leeres Gerede), Ersatz zu beschaffen, nicht trauend, eskalierte die Situation binnen kurzer Zeit, da die sogenannten Ordnungskräfte (außer der Polizei noch die Feuerwehr und das gesetzwidrig alarmierte THW) den Zugang großflächig blockierten, so daß in der Frage der Lebensmittelversorgung eine schwierige Lage entstand. Unser Versuch, die Einkesselung zu sprengen, scheiterte auf Grund des rücksichtslosen, unglaublich brutalen Gebrauchs von Schlagstöcken und CS-Reizgas seitens der Uniformierten, die wie von der Leine gelassen agierten (wahrscheinlich durch getarnte BGS-Schläger verstärkt) und jeden, auch zufällige Passanten, ohne Bedenken niederknüppelten; es gab zahlreiche Verletzte.

Um unsere Solidarität zu bekunden und das sofortige Ende der Belagerung zu verlangen, wurde beschlossen, dem außerplanmäßig einberufenen Hauptausschuß der Stadt einen Besuch abzustatten. Abzüge und Negative der während dieser Aktion geschossenen Fotos nahm der Bezirkssekretär entgegen, insofern sie für einen Bericht der KV dokumentarische Verwendung finden könnten

… und? Hast du an? Die Batterien sind drin? Also gut. Klar ist, daß man einzeln kommen mußte oder höchstens zu dritt, weil man sonst ja schon vom Pförtner aufgehalten worden wäre, und … äh … auch klar ist, daß man die Transparente und Stöcke, Besenstiele meistens, unter Jacke und Pullover versteckt hielt. Vor dem Saal, wo im Rathaus die Sitzung stattfand, haben wir uns dann alle getroffen und die Laken an die Stöcke gemacht, mit Reißzwecken, geräuschlos natürlich, damit die drinnen nichts davon mitkriegten, weil sonst ja die Überraschung weggewesen wäre. Hartwig, also Hartwig war im Grund der Organisator von der ganzen Geschichte … äh … der öffnete dann die Türe und stürmte … äh … und stürmte rein. Wir ihm nach und sind in die Parolen eingestimmt, die er angefangen hat zu rufen … ähm … Räumung nein, Räumung nein, oder, wart mal … mmh … gegen Bullen, Knäste, Staat siegt das Proletariat, was man eben so gerufen hat damals, irgendwelche Knittelverse. Die Ratsherren und -frauen waren total perplex, als da plötzlich zwanzig Leute reingerannt kamen und sich lautstark hinter der Türe im Halbkreis aufstellten. Es dauerte bestimmt eine Minute, bis jemand Rufe rief … ähm … ich bitte um Ruhe oder so … äh … während Bernward unentwegt fotografierte, zur Dokumentation der Ereignisse. Ein Mann, der hieß, wart mal, Gerritz glaube ich, Besitzer des Hotels Braubacher Hof, ein hagerer Choleriker von der Effdepeh, der sprang, als er die Situation richtig realisiert hatte, aus seinem Sessel hoch und brüllte: Unterlassen Sie das, die Knipserei … mmh … Kamera weg: brüllte der und konnte dann von seinen Kollegen nur handgreiflich daran gehindert werden, sich zu Tätlichkeiten hinreißen zu lassen. Jetzt kam Bewegung in den Raum, andere erhoben sich auch von ihren Sitzen und riefen: Ungeheuerlich, oder Schluß, oder Weimar, was natürlich … ähm … natürlich das witzigste war, daß irgendwer da von Weimar anfing zu faseln … hehe … typisch. Augenblick bitte, ich muß mir eben mal eine Zigarette anzünden. Gut. Wo war ich? Ah ja, Hartwig wollte dann eine Erklärung verlesen, die wir in der Gruppe erarbeitet hatten, aber, sehr laut alles, gegen diese Schreierei kam er nicht an, den Tumult, der mittlerweile herrschte … äh … weil die selbstverständlich keine Lust hatten, unseren Standpunkt zu hören, und … äh … Funkstreife: rief jemand, Polizei, woraufhin Hartwig versucht hat, Ruhe herzustellen, erst mal, um die ganze Sache ein bißchen zu setteln. Mit dem Effekt, daß ein gewisser Krommberger, Jurastudent damals, von der Jungen Union, mit Anzug und Krawatte, unvorstellbar, in so einem bunten Pullunder, sich aufbaute und rief: Das ist ein Angriff der Straße auf ein demokratisches Gremium … mmh … die üblichen Schoten, Terror undsoweiter, bis Iris, die neben mir stand, energisch: Halts Maul, Fettsack sagte, was nicht nur uns zum Lachen brachte. Jedenfalls meldete sich anschließend ein Jusofunktionär zu Wort, der da wohl als Experte für Jugendpolitik eingeladen war … äh … also Jusos, die waren das letzte, und folgerichtig heute auch alle Minister … äh … Präsidenten … und schlug vor, daß man doch einen Kompromiß finden könne, daß, wenn wir uns ruhig verhielten, wir der Sitzung folgen können müßten dürften … ein einziges Geseiber … und … äh … unser gutes Recht, als Öffentlichkeit, weil, genau, darum gings ja, was mit dem besetzten Haus passieren sollte, son dreigeschossiges älteres Gebäude, in dem … äh … der Vorläufer von Ceh und Ah drin war, pleite gegangen, stand leer und sollte abgerissen werden, aber das war ein schönes Haus von der Jahrhundertwende, städtebaulich, und heute sind da Büros drin und die Volkshochschule, man hat das später also erhalten, um die Innenstadt nicht noch mehr zu ruinieren, was, daß man darauf aufmerksam wurde, nicht zuletzt unseren Aktionen zu verdanken ist, eine Art Dialektik der Geschichte, völlig absurd. Jedenfalls, während die nun herumratschlagten, hörte man dauernd das Klick-klack von Bernwards Kamera, den Filmtransport, und Gerritz fing wieder an, wie zwei Minuten vorher, das zu unterlassen … äh … den Film rauszurücken, weil so was to … totili … totlari … also totalitaristisch sei, wir hätten wirklich weniger von dem Zeug hier trinken sollen, totalitaristisch und Ende. Als wir bloß lachten, kam der plötzlich um den Tisch gerannt und ist auf uns los. Es gab ein Handgemenge, eine Rangelei, mit der Folge, daß er fiel, rabauz. Totales Durcheinander. Inzwischen hatte jemand auch die Bullen alarmiert, denn vom Rathausplatz her schallten lalü-lala Sirenen hoch, Martinshörner heißen die Dinger, genau, und wir sind, da gabs nichts mehr zu diskutieren, in den Flur raus, ein relativ breiter Gang, zwei Bullen kamen angelaufen, na ja … ähm … Stadtrat in Lebensgefahr, Geiselnahme … ehä … noch zwei, schon vier, und wir haben uns untergehakt, Kette gebildet, die Transparente schnell von den Besenstielen gerissen … äh … zur Selbstverteidigung, aber die haben uns nicht angegriffen, die waren das gar nicht gewohnt, sone Äkschen, normale Streifenbeamte … ähm … so daß wir in aller Ruhe durch das rückwärtige Treppenhaus uns da abgezogen haben. Viel zu früh, ich meine, man hätte sich in dem Augenblick auf mehr einlassen können, aber, daran lag das vielleicht, von diesen ungefähr zwanzig Leuten ... der größte Teil, das waren nur Sympathisanten, keine Parteimitglieder, irgendwie geschult ... mmh ... also ich war ja auch nur Sympi, im Grunde aus Freundschaft zum Hartwig, obwohl ... natürlich war ich auch dagegen, daß das geräumt wird, und fand die Besetzung richtig, aber wenn wirklich mehr Hartgesottene dabeigewesen wären, dann wären wir wahrscheinlich nicht so schnell abgehauen ... mir nichts, dir nichts, wegen vier Bullen ... und ... äh ... dann waren wir auf der Straße, also schon frustriert, nicht, das ist für unseren Geschmack doch einfach zu schnell gegangen ... und ... mmh ... war nicht so das Gelbe vom Ei

Daraufhin – es fanden u. a. noch zwei weitere Demonstrationen vor dem Rathaus und in der Fußgängerzone statt – blieb den städtischen Behörden, falls sie nicht eine militante Lösung riskieren wollten, keine andere Wahl, als in Verhandlungen einzutreten, die zu dem Ergebnis führten, daß gegen freien Abzug, eine öffentliche Diskussion der Baupläne und die verbürgte Zusage (Bürgen: Gerland, Schomers, Ritter / SPD), innerhalb zweier Monate geeignete Räume für ein autonomes Jugendzentrum bereitzustellen, die Initiative AJZ die Besetzung des Hauses für beendet erklärte; Strafverfahren sind in diesem Zusammenhang keine mehr anhängig.

Wenn auch abzuwarten ist, ob die vorgenannten Garantien wirklich eingehalten werden, läßt sich, ungeachtet ihres eher spontanen Charakters (die AJZ ist ideologisch sehr diffus, mit einem momentan starken theoriefeindlichen Flügel), die gesamte Unternehmung als Erfolg bezeichnen, betrachtet man alleine die Unterstützung, die sie in vielfältigster Weise massenhaft gefunden hat.

Bevor man zum letzten Punkt der Tagesordnung kam, verteilte der Bezirkssekretär eine Stellungnahme des Politischen Büros, die sich mit den Überprüfungs- und Bespitzelungsmethoden des VS beschäftigt, wobei der Genosse den Rat gab, sich bis Dezember mit dem Papier vertraut zu machen. Gegenwärtig, so faßte er kurz dessen Inhalt zusammen, seien die Sozialfaschisten dabei, Polizei und Geheimdienste massiv aufzurüsten, um dem westdeutschen Kapital jene ›Ruhe im eigenen Haus‹ zu sichern, die es für seine weltweiten Expansionsgelüste nach der vorläufigen Befriedung und Verteilung Europas durch die Verträge mit der reaktionären Kreml-Brut und dem Arbeitermörder Gomulka unbedingt bräuchte. Dem gegenzusteuern sowie Einblick in die aktuelle Debatte der Herrschenden zu gewinnen, diene die Arbeit. Zur internen Verwendung gedacht, verpflichteten sich die Empfänger, sie nicht weiterzugeben oder leichtfertig einsichtig zu machen. Dieses wurde protokolliert.

Abschließend nun erörterte man eine Frage, deren widersprüchliche Einschätzung im Kreis der Genossen in der Vergangenheit gelegentlich einige Unklarheiten hervorgerufen hat, und zwar die Frage der sog. Wehrpflicht beziehungsweise der Mitarbeit in oder des Kontakts zu pazifistisch auftretenden Gruppen, VdK etwa, Humanistische Union oder Kriegsdienst: niemals! Der Delegierte B aus N bekannte freimütig, er werde sich auf jeden Fall seiner Einberufung entziehen, da, versuchte er zu begründen, der Platz eines Revolutionärs an der Seite der Arbeiterklasse, nicht aber im Machtapparat des Staates zu finden sei, als Soldat quasi ohne Rechte der Willkür seiner Vorgesetzten ausgeliefert.

Kaum war der letzte Ton seiner Rede verklungen, ergriff der Bezirkssekretär das Wort, indem er den Genossen Lenin zitierte, der zu dem Verhältnis von militärischer Macht und politischer Macht bemerkt hat, daß eine unterdrückte Klasse, die nicht danach strebe, Waffenkenntnisse zu gewinnen oder Waffen zu besitzen, nur wert sei, unterdrückt und wie ein Sklave behandelt zu werden, woraus sich für uns fortschrittliche Schüler und Studenten genau drei Konsequenzen ergäben: erstens – da zu sein, wo die Massen sind, die jungen Arbeiter, Handwerker und Bauern, die man für 1,5 Jahre zwangsrekrutiere; zweitens – die Notwendigkeit, sich mit unterschiedlichsten Waffensystemen und ihrer Technik vertraut zu machen, was nirgendwo schneller und besser gelingen könnte als im Rahmen der Grundausbildung in einer regulären Armee; drittens – Einsatzbereitschaft und Schlagkraft der Bundeswehr, der NATO also, das willfährige Instrument des US-Imperialismus, von innen her zu zersetzen und im Ernstfall lahmzulegen.

Erfahrungsgemäß geäußerten Bedenken einiger Sympathisanten, gegen die Rangordnung und das Disziplinarreglement käme man doch nicht an (s. MAD, Feldjäger, Arrest), trat besagter B aus N bei, der sich zu der Behauptung verstieg, seiner ›Identität‹ als Mensch und Revolutionär verlustig zu gehen, sollte er einrücken müssen; exzerzieren, rumschießen und im Marschtritt Lieder grölen wäre ihm derart zuwider, daß er sich schon vergangenes Jahr eine Berliner Meldeadresse besorgt habe, die ihn jetzt und in Zukunft vor dergleichen bewahren würde.

Diese elitäre, volksfeindliche Haltung erregte lautstarken Protest. Sehr richtig bezeichnete die Genossin C aus W sie als das, was sie ihrem Wesen nach ist, reine Drückebergerei unter dem Deckmantel eines unbegriffenen Pazifismus, der schwärmerischen Ideologie bestimmter liberaler Kreise. Ob er, N, denn allen Ernstes glaube, die Herrschenden räumten irgendwann freiwillig das Feld? Nein, vielmehr müsse man sich gefaßt machen, ihnen und ihren Truppen entsprechend, das heiße: bewaffnet, entgegenzutreten; alles andere wäre illusionär und leugne die historischen Erfahrungen der revolutionären Arbeiterklasse. Sich vom Kapitalismus zu befreien setze die Bereitschaft voraus, in jeder denkbaren Lage mit sämtlichen möglichen Mitteln zu kämpfen, weshalb die Losung ›Rein in die Bundeswehr‹ nicht nur politisch vernünftig, sondern, wie ihr der Bezirkssekretär beipflichtete, praktisch-militärisch unverzichtbar sei. Ein Gewehr in der Hand eines Revolutionärs, sagte er, habe zehnmal soviel Gewicht wie dasselbe in der Hand eines imperialistischen Söldners, was jüngst erst wieder die Erfahrung des Sieges des vietnamesischen Volkes vollauf bestätige. Keine Eliteeinheiten, keine Mordkommandos, weder Panzerverbände noch Flächenbombardements könnten langfristig gegen den entschiedenen Willen der Massen unter der Führung ihrer kommunistischen Partei etwas ausrichten: fünfzigtausend bewaffnete, zum Kampf bereite proletarische Revolutionäre – statt nur einer Handvoll anarchistischer Desperados, und das Todesstündlein der westdeutschen Ausbeuterklasse rückte heran.

Von daher betrachtet, handele es sich für jeden gesunden Genossen um eine Selbstverständlichkeit, sich waffentechnisch schulen zu lassen und, während seiner Zeit in der Kaserne, ein festes Bündnis mit den jungen Werktätigen dort zu schließen, eventuell als gewählter Vertrauensmann einer Kompanie, wie in den letzten Jahren nicht selten geschehen, die Interessen der einfachen Soldaten (Sold, Ausgang, Verpflegung, Zapfenstreich) gegen die Offiziersbürokratie zu verteidigen und durchzusetzen. Dem folglich hätten Wehrdienstverweigerer und Friedensapostel, deren Motive in Wahrheit nur egoistischer Art seien, Feigheit und Bequemlichkeit, in unserer Organisation nichts verloren und müßten zusehen, daß sie Land gewännen.

An diesem Punkt der Diskussion erhob sich B aus N und kündigte schroff seine weitere Mitarbeit auf. In die Runde blickend, schien er nach jemandem zu fahnden, der seine Meinung u. U. gutheißen und sich ihr anschließen würde, doch eisiges Schweigen antwortete ihm. Wortlos nahm er seine Jacke vom Stuhl und verließ das Lokal; bezeichnenderweise ohne seine Zeche zu zahlen, die dann durch eine Umlage erbracht werden mußte.

Den so typischen Abgang des B nahm der Bezirkssekretär zum Anlaß, um noch einmal auf die objektiven Gefahren individualistischer Tendenzen hinzuweisen. Nicht der Sicherung des Friedens oder der sog. Völkerverständigung diene eine Position wie die gehörte, sagte er, sondern deren ärgsten Feinden, der nationalen und internationalen Bourgeoisie. Bis an die Zähne bewaffnet, um ihre Geschäfte auch militärisch abzusichern, die Staaten der 3. Welt finanziell zu erpressen, sich Rohstoffmärkte unter den Nagel zu reißen oder den Kauf ihrer Plunderwaren zu erzwingen, wäre es ein realer Alptraum für sie, die eigenen Streitkräfte nicht mehr unter Kontrolle zu haben und damit rechnen zu müssen, daß das Volk eines Tages die Gewehre gegen sie selber wendet und sie vernichtet.

Dieser Analyse beifällig zustimmend, einigten sich die Delegierten der Basisgruppen darauf, bis zum nächsten Treffen Vorschläge zu erarbeiten, in welcher Form die Auseinandersetzung agitatorisch zu führen und dem Irrglauben, die Verweigerung als Ausdruck antikapitalistischer Gesinnung zu verstehen, am besten zu begegnen sei.

Sodann wurde mit dem Gegenzeichnen der Teilnehmerliste die Zusammenkunft offiziell beendet, und die Genossen machten sich, nachdem sie ihren Verzehr beglichen hatten, wieder zurück auf den Weg in ihre Heimatorte.

✱ Schweigend gehen die drei (nebeneinander) Richtung Hauptbahnhof, das Mädchen zwischen den Jungen, zufällig, nicht sehr schnell, aber auch nicht schlendernd, wie Touristen in einer fremden Stadt etwa, zumal ihnen die Strecke von früheren Treffen her bekannt ist, sondern, vierstöckige Wohnblocks aus den fünfziger Jahren, vielmehr so, als würden bestimmte Gedanken, deren Gewicht, eine Art psychologischer Schwerkraft, ihre Schritte verlangsamen und sie, ohne irgendeine Absprache, unwillkürlich koordinieren. Hartwig raucht, Iris hält ihre Arme unter der Brust verschränkt, Stefans Hände stecken in den Taschen seiner Armyjacke (US-Marines). Berufsverkehr rauscht von überall, es dämmert bereits, der nächstgelegenen Rheinbrücke zu. Den ganzen Weg wendet niemand auch nur einmal den Kopf, um, was vorgefallen ist, zur Sprache zu bringen, den Ausschluß Bs, die Linie der Partei, das eigene und das Verhalten der Genossen, obwohl – oder vielleicht gerade deshalb – jeder sich auf spezifisch persönliche Weise, das heißt politisch, davon betroffen fühlt.

Erst als sie die Schalterhalle betreten, schenkt Hartwig – beziehungsweise umgekehrt – dem Freund (die glauben doch nicht im Ernst, daß ich mich achtzehn Monate lang zum Affen machen lassen werde?) einen Blick und hebt flüchtig die Schultern. Ein Lächeln huscht über Stefans Gesicht beziehungsweise umgekehrt, während Iris, sie verwaltet die Kasse, vor ihnen die Fahrkarten löst; der Ansage eines Lautsprechers folgend, eilen sie dann hoch zum Bahnsteig, wo mit brummenden Dieselmotoren ein Zug das Signal des diensttuenden Schaffners erwartet (der Lokführer), Kelle und Pfiff.

Mit weinrotem Kunstleder bezogen, links und rechts eines Durchgangs ohne Trennwände oder Türen, sind nicht wenige Bänke des Waggons, den sie geentert haben, schon von Pendlern besetzt, Männer mittleren Alters zumeist, die, das sieht man ihrem Äußeren an, mittlere Positionen in der Verwaltung umsatzträchtiger Konzerne einnehmen. Bläuliche Schwaden hängen in der Luft, ein feiner Nebel, den Tabaksqualm, murmelnde Stimmen, knisternde Zeitungsseiten (Expreß), Hüsteln, Schneuzen, der Geruch vertrockneter Apfelkitschen, zerknüllten Stanniolpapiers und im Abfall nachschwelender Kippen speisen.

Kaum finden die drei Platz, läßt der Schaffner die Luft seiner geblähten Wangen durch die Pfeife entweichen, senkt seine Kelle, und der Zug ruckt los. Iris, als ob sie müde wäre, lehnt sich mit geschlossenen Augen ins Eck, Hartwig beginnt die ihnen vom Bezirkssekretär ausgehändigte Stellungnahme der Parteileitung zu lesen, und Stefan blickt aus dem Fenster, seinen Kopf in die Handfläche gestützt, leicht verdreht an den Rand (auf die Kante) des Polsters gerutscht.

* Die Landschaft draußen zieht in einer (kontinuierlich) gleitenden Bewegung an der Scheibe vorbei, als würde sie abgerollt, wodurch der Eindruck entsteht, der Zug stünde still und ein verborgener Mechanismus drehte die Erde.

Was natürlich ein optisches Phänomen ist, eine Täuschung, wie jene andere in Westernfilmen, wenn die Speichen der Kutschenräder rückwärts zu laufen scheinen, während die Kutsche selbst genau entgegengesetzt davonjagt. Im konkreten Fall handelt es sich um eine in der Wahrnehmung des Reisenden erfolgte Umkehrung des Verhältnisses von Zug und Landschaft, derart etwa, als widerstrebe es einem beobachtenden System, sich zu bewegen, als verlöre es, immer schneller werdend, jenen Stand-, Ausgangs- oder Nullpunkt, der die psychologische Basis seiner Orientierung darstellt. Vielleicht könnte man diesen Vorgang eine, sagen wir, projektive Trübung des Bewußtseins nennen, das Innen und Außen verdreht, um sich selbst als ruhend zu empfinden, als Pol, auf den die Änderungen des Sichtbaren, das heißt der Welt, bezogen sind. Hierbei spielt, keine Frage, die Geschwindigkeit eine signifikante Rolle, denn nur ein Irrer würde im Schrittempo den Schluß ziehen, nicht er bewege sich, sondern der Baum, dem er sich nähert, wohingegen auch Naturwissenschaftler das Erlebnis einer schnellen Fahrt mit Sätzen wie: ›Die Landschaft flog an mir vorbei‹ beschreiben – statt: ›Ich raste durch die Landschaft‹ zu sagen.

Um die Grenze der Wahrnehmung, zu begreifen als intrapsychischer Widerstand, genauer ins Auge zu fassen, ist es u. E. von Nutzen, die eine Fahrt, das Fahren und Unterwegs-Sein: konstituierenden Elemente einmal für sich zu betrachten. So setzt jede Ortsveränderung zwei unterscheidbare Punkte A und C, eine ihre Entfernung überbrückende, nicht unbedingt gerade Strecke sowie ein Gerät voraus, das sich in bestimmter Zeit von da nach dort bewegt; folglich läßt sich unter Ortsveränderung, in anderen Worten, die mit einer durchschnittlichen Geschwindigkeit vau vollzogene Distanzverringerung zwischen zwei auf einem starren Körper befindlichen Punkten verstehen, deren Lage durch kartesische Koordinaten definiert wird[1].

In der Praxis des menschlichen Lebens als Reise bezeichnet, gehören zu ihr zwei nichtidentische Städte bzw. Bahnhöfe, die ein aus Fundament, Schotter, Schwellen und Schienen errichteter kurvenloser Bahndamm verbindet, über den eine 15 000-PS-Diesellok plus wenigstens einem Anhänger rattert, ferner ein drinnen sitzendes Bewußtsein und ein Kontinuum von Landschaft davor. Physikalisch gesprochen, insbesondere hinsichtlich der eingangs skizzierten Problematik, stellt sich obiger Sachverhalt wie nachstehend dar: Das System Z (Zug) befindet sich in einer gleichförmigen Translationsbewegung in bezug auf das System B (Bahndamm / Erde) zwischen den Orten A und C. Gemäß den Prinzipien der klassischen Mechanik muß das Naturgeschehen in bezug auf Z nach denselben allgemeinen Gesetzen ablaufen wie in bezug auf B, was die Möglichkeit absoluter Gleichzeitigkeit zur Bedingung hat, daß also zu einer bestimmten Zeit t sowohl eine Schranke im System B heruntergeht, wie der Reisende mit der Geschwindigkeit vau dieses im selben Augenblick aus Z heraus wahrnimmt – – mit einiger Verzögerung und Irritation, da jemand die Notbremse betätigt hat, wodurch die in Fahrtrichtung sitzenden

1 Der Einfachheit halber denke man sich doch den Weg aber schlicht als Gerade, nicht als Kreisbogen oder Zickzacklinie, und die Geschwindigkeit als gleichförmig, unser Gerät also weder beschleunigt noch bremst.

Passagiere von ihren Kunstlederbänken gehoben werden, während Hartwig und Iris in ein (scheinbares) Schwerefeld geraten, das sie nach hinten zieht.

Ein Kontrolleur rennt durch die Waggons und sucht den oder die Übeltäter, verdammtes Pack oder ähnliches fluchend. Für die Zeit des Stands auf offener Strecke ist das Bild im Fensterrahmen fixiert, System Z in System B aufgegangen, so daß sich ruhig nun das flache Land vor den Augen ausbreitet, braune und braungrüne Rechtecke, die eine endliche Ebene bedecken, Kohl- und Rübenäcker in der Regel, deren nahrhafte Früchte, sättigend und preiswert, den Speiseplan der kleinen Leute der Region seit jeher bereichern, vor allem Weißkohl, Grünkohl, Rotkohl, Spitz- und Wirsingkohl, der, falls überhaupt, mit einer Specksauce oder als hackgefüllter Wickel am besten schmeckt. Mit seiner Ernte zu warten, bis der erste Frost einen Teil der Stärke in Zucker umgewandelt hat, weiß jede Hausfrau zu schätzen, die im November die Angebote ihres Wochenmarkts prüft.

Hier und da, wie Erdwälle, länglich, sind Rübenmieten zu sehen, die weiße, autoreifenbeschwerte Plastikbahnen vor den Unbilden der herbstlichen Witterung abschirmen; wenn nicht zu Viehfutter verarbeitet, dienen ihre Bestände den lokalen Zuckerfabriken u. a. als Grundstoff für die Produktion von Melasse, einem zähflüssigen, fast schwarzen Sirup, der, auf grobkörniges Brot gestrichen, den Genuß kroß ausgebratener Reibekuchen unnachahmlich erhöht. Andererseits, technisch, wird Arrak daraus gebrannt, ein süßer Schnaps, dessen Bezeichnung, Exportware, mittels ziemlich verwinkelter Destillationsprozesse, knallt fürchterlich, oha, einen zerschmetternd, trinkt man mal drei oder vier davon, in den vorderen Orient, sich etymologisch, namensmäßig sozusagen, auf das arabische Wort für Schweiß zurückverfolgen läßt.

Diagonal im Blick aus dem Abteilfenster verläuft ein Weg, den Pappeln säumen, die in der Ferne zu einem dunklen Strich verschmelzen, der im Horizont unterzugehen scheint, weit hinten in dessen gerader Linie, die an einer Stelle von einem kahlen Wäldchen unterbrochen wird, über dem genau in dieser Sekunde, dem Zeitpunkt t_0, ein Flugzeug hereinschwebt, das aus dem dämmernden Blau des niederstürzenden Himmels Urlauber zu den Charterterminals nach Lohhausen bringt. Ein paar von ihnen tragen strohgeflochtene Sombreros, die sie im Transferbus noch rasch gekauft haben, Hotel – Airport Malaga, als Andenken, wenn man den Erzählungen Rudis, der nun Wärmetechnik studieren will, Glauben schenkt, schenken muß, dem Gutmütigen, streng nach den Regeln der Aristotelischen Logik ihrer unerbittlichen Syllogismen, dem Gesetz des Major-Minor-Medius: Ich bin sterblich, weil ich Grieche bin.

Der Zug ruckt und steht wieder, die Schranke bleibt unten, $t_1 = t_0 +$ Augenblick des Ruckens. Links des Weges liegt ein Gehöft, aus rotem Backstein gemauert vier massive Gebäude, die, rechteckig, ein grüngeflügeltes Tor erschließt, wie eine kleine Burg, als hätte man, abweisend nach außen hin, früher befürchtet, in die Ebene getupft ein dunkler Punkt, belagert zu werden und sich verteidigen zu müssen. Die Krone eines Baumes, Linde oder Buche wahrscheinlich, ragt über das Dach des Wohnhauses hinaus, dessen Fenster im Sommer verschattend, als axis mundi, wie der Religionshistoriker Eliade solche Zeichen einer heute vergessenen sakralen Praxis bezeichnet, deren Symbole einstmals die Ordnung des Universums, i.e. die dauerhafte Verbindung zwischen Himmel und Erde ausdrückten, um welche man jede architektonische bzw. soziale Konstruktion gruppierte; zu denken wäre in diesem Zusammenhang an diverse Lebensbäume, die Weltesche Yggdrasil, oder das Jakob auf dem Weg von Beerscheba nach Haran im Traum geoffenbarte Bild einer Leiter, aus dem er schließt, dort, wo er geschlafen hat, einen Tempel zu errichten, der nichts anderes sein wird als ein neues Zentrum der Welt.

Aus einem der Kamine des Hofes dreht sich ein Rauchfaden, den ein Windstoß zerreißt, eine Böe, plötzlich, die auch die lange Reihe der Pappeln ergreift und ihre schlanken Stämme um etwa 20° zur Seite biegt, zwei bis drei Sekunden bevor sie in ihren vertikalen Ruhestand zurückkehren und der Rauch wieder senkrecht nach oben steigt.

Nutzt man die andauernde, unfreiwillige Pause, um sich von seiner Bank zu erheben und in den Gang zu treten, sieht man durch das Fenster auf der anderen Seite eine unversehrte Bruchlandschaft, die für diese Gegend der Bundesrepublik ebenso typisch ist wie Kohl- und Rübenfelder (Kartoffeln), solange jedenfalls die beiden Autobahnzubringer noch in der Planungsphase stecken und nur als Linien auf Pauspapier existieren.

Unter ›Bruch‹ versteht man eine geologisch-botanische Formation, die sich links und rechts des Rheins zwischen den Flußkilometern 740 und 790 als Folge nordeuropäischer Inlandsvergletscherung während der letzten Eiszeit herausgebildet hat; seitdem haben neben dem Wetter im allgemeinen regelmäßige Überschwemmungen den Charakter des größtenteils feuchten, morastigen Bodens geprägt. Rinnsale durchziehen seine Wiesen, und an den Böschungen der Gräben, in deren Sohle oft brackiges dunkles Wasser steht, wachsen Kopfweiden, gedrungene, krüpplige Stämme mit aufsprießendem Geäst, die ihrer Form nach eher an Sträucher als an Bäume erinnern; Erdgeister, denen die Haare zu Berge stehen. Letztere, dem Volksglauben geschuldete Assoziation drängt sich vor allem im Herbst auf, wenn frühmorgens eine Nebelschicht über dem Land liegt, aus der allein noch die Zweige der Weiden tauchen, wie aufgepfropft den wulstigen Stammenden, und den einsamen Wanderer ungeheuerlich schrecken. Doch vermag der Zauber dieses Eindrucks sich jedem zu erschließen, der, ohne daß er Bäume nun für Kobolde hielte, einen (Rest-)Sinn für solche Metaphern hat, mit deren Hilfe die Poesie Schauspiele der Natur zu beschreiben pflegt; selbst im Wissen, daß semantische Übertragungen willkürlich, d.h. nominalistisch, sind und dem Bedürfnis erhitzter junger Menschen entspringen, ihren Gefühlen Ausdruck zu geben. So handelt es sich bei dem, was ›weißes Meer‹, ›Leichentuch‹ oder ›göttlicher Odem‹ genannt wird, ja eigentlich um eine dünne Wolke kolloidal in der Luft verteilter Wassertröpfchen, die durch Abkühlung in Bodennähe entsteht, einen gewöhnlichen meteorologischen Prozeß, den sich ein vorwissenschaftliches Denken kraft mehr oder weniger gelungener Vergleiche inkorporiert, die manchmal wirken wie ein Schluck Alkohol im Hirn eines eingefleischten Temperenzlers – augenblicksweise entrükkend, was heute allein noch mit Zauber gemeint sein kann.

Tatsächlich geht – für uns von Interesse, als er aus dem Fenster des stehenden Zuges die Bruchlandschaft betrachtet – eine Umschichtung (Verlagerung) im Seelenleben des Reisenden vonstatten, und zwar dergestalt, daß die von ihm rezipierten Lichtwellen bzw. Korpuskeln oder Quanten more Schrödinger / Dirac organisch mit einem biochemischen Ereignis korrespondieren, das sich in einer Art Wohlbefinden bemerkbar macht, einem Zustand der Ausgeglichenheit, den eine linde Euphorie tönt, als entsprächen die Frequenzen des Lichts, dieses Lichts, den Werten einer Lösungsmenge, die, infolge einer Anregung des limbischen Systems, in corpore, eine spezielle Funktionsgleichung rechenhaft erfüllen; als Überführung, wenn man will, der Schwingungscharakteristika bestimmter (elektromagnetischer) Wellen einerseits in Größen für den Hautwiderstand und Aktivitäten des Hypothalamus andererseits, wobei ihr Zusammenhang, der Grad der Funktion, sich aus der Biographie des Individuums ableiten lassen müßte, die wahrgenommene Kombination der Farben und Formen also bzgl. der Person iks geschilderte (und keine andere) Stimmung hervorruft, und warum ihre Zuordnung eineindeutig ist.

Hätte man gefragt, weshalb der Eindruck eines niederrheinischen Bruchs eines herbstlichen Nachmittags sein Inneres solchermaßen affizierte, wäre Stefan weder zu einer Erklärung noch zu einer schlüssigen Erläuterung (des Faktums, Geschichte hin – Geschichte her) in der Lage gewesen. Er empfindet das matte, leicht gelbliche Grün der Wiesen, das geometrische Muster der Gräben, die Silhouette der Weiden vor dem sich violett eintönenden Himmel, zusammen mit den langsam, peu à peu, emporsteigenden Dunst: = Nebelschwaden als schön und beruhigend und einfach und wahr zugleich, mehr nicht. Insistierenden Nachfragen würde er vielleicht antworten, in aller Offenheit, daß das Bild, neben seiner phänomenalen Unmittelbarkeit, synonym oder identisch für ihn ist mit der Melodie und dem Text des berühmten Liedes von Matthias Claudius, er sich, solange er zurückdenken kann, kam es ihm zu Gehör, mütterlicher Gesang, immer genau diese Landschaft vorgestellt habe, was möglicherweise seine Empfindungen begründe bzw. verstärke als absolutes, der Gleichung noch summiertes Glied: $R_{neu} = P_{Li/La} + e_{MC}$ – lies: konkrete neuro-physiologische Reaktion gleich Perzeption eines Licht/Landschaftsspektrums plus Erinnerung an ›Der Mond ist aufgegangen‹[2].

Während der Reisende nun im Gang steht und die komische Wirkung der in sein Blut gespülten Endorphine genießt, murmelt sein Begleiter, Hartwig, über Papiere gebeugt hinweg: Berlin, worauf er, Stefan, sich umdreht und bestätigend nickt, sicher, was denn sonst, Berlin, alliiertes Mandatsgebiet, exterritorial, jenseits, wohin der Zug, sich endlich wieder in Bewegung setzend, aber noch nicht fährt, sondern, Stefan wirft sich in das Polster zurück, die Städte, d.h. die Fußgängerzonen, des Ruhrgebiets zu verbinden, als System Z erneut eine gleichförmige Translationsbewegung in bezug auf den Bahndamm, das System B, einnimmt, was nach kurzer Zeit besagte Umkehrung der Verhältnisse zur Folge hat, daß die Landschaft nämlich sich vor dem Fenster des Waggons abrollt, als sei sie es, die rast.

Gingen die bisherigen Überlegungen zur Klärung des Phänomens der optischen Täuschung stillschweigend davon aus, daß das Medium des Vergleichs zwischen Innen und

[2] Nicht erörtert werden kann hier das alte, gleichwohl grundlegende erkenntnistheoretische Problem, ob reine Anschauung überhaupt möglich ist, ohne die Wahrnehmung präfigurierende und leitende Begriffe oder Modi, der in Rede stehende Vorgang statt Perzeption nicht eigentlich Apperzeption zu nennen wäre, welche das Vermögen bestimmt, aus sinnlichen Eindrücken klare Vorstellungen zu bilden. Daß es sich stets um eine Art Verarbeitung handelt, soll durch den der Mathematik entlehnten Terminus der Funktion angedeutet werden. Auf jeden Fall erwähnenswert bleibt in diesem Zusammenhang das in der transzendentalen Logik gezogene Resümee, daß Gedanken ohne Inhalt leer, Anschauungen ohne Begriffe hingegen blind seien.

Außen die Zeit sei, es eine einzige Zeit als tertium comparationis von Erde (System B) und Zug (System Z) gebe, in der (dem) sowohl das Bewußtsein des Reisenden aufgehoben ist, wie dessen Blick auch die objektive Vermittlungsinstanz beider Systeme darstellt, und weiter, daß eindeutig entschieden werden könne, welches von ihnen sich im Ruhezustand befindet bzw. nicht, so wären doch eigentlich, alles in allem, nur folgende Feststellungen vernünftig und widerspruchsfrei: Die Strecke vom Düsseldorfer Hauptbahnhof bis zum Büdericher Schrankenwärterhaus braucht 12 Minuten, in etwa, um vorbeizufliegen, nicht ich reise, sondern die Welt, befinde ich mich erst mal in einem Abteil, sowie ferner, daß die Zeit draußen eine andere als die drinnen ist, System Z stillsteht und System B sich bewegt.

Zur Lösung der Frage, der Verwirrung der Aus- und Ansichten, scheint uns an dieser Stelle der Versuch eines Gedankenexperiments sinnvoll zu sein, das eo ipso den Bruch reflektiert, der zwischen dem Physikalisch-Tatsächlichen und den Möglichkeiten seiner Erkenntnis besteht; Sachverständigen der Materie sei der Hinweis vorausgeschickt, nun gleich auf Seite 563 weiterzulesen, da in Nachstehendem weder die Gravitation eine Rolle spielt noch die Tensoralgebra angewandt, sondern, mit einfachsten Mitteln, jener spezielle Fall behandelt wird, wie er seit 1905 interessierten Kreisen (s. die Annalen der Naturgeschichte) im Gedächtnis ist.

Stelle man sich also, wir beginnen, vor, ein Reisender wüßte nicht, daß er in einem Zug sitzt, er würde keine andere Realität als die des Zuges kennen, sein Leben verliefe von Geburt an in einem der Waggons, deren Fenster sämtlich zugehangen sind, und darüber hinaus, die Fahrt des Zuges gestalte sich gradlinig, gleichförmig und reibungsfrei, er rüttele und schüttele nicht, sondern schwebe ruhig wie ein Raumschiff durch die Nacht des Universums. Dem Reisenden, ihm selbst, sind alle Naturgesetze geläufig, logisch, in der Zugschule hat er gelernt, wie ein Apfel fiele, fiele er, nicht weit vom Stamm, er weiß Auskunft über die Konventionen der Gleichzeitigkeit zu geben und hat die jüngsten Forschungsergebnisse des Zuginstituts für Optik verinnerlicht, welche nahelegen, die Ausbreitungsgeschwindigkeit des Lichts sei im Vakuum konstant – und zwar unabhängig von der Geschwindigkeit des das Licht emittierenden Körpers, betrage stets dreihunderttausend Sekundenkilometer, kurz, der Reisende weiß alles, nur nicht, daß auch er sich in Bewegung befindet, selbst verträumt in einen Winkel des Polsters geschmiegt.

Weiter denke man sich, es gefalle nun dem Zugführer an irgendeinem Tag zu tun, was er seit Menschengedenken unterlassen hat, aus einer skurrilen Laune, aus Langeweile vielleicht oder Überdruß, den verplombten Knopf zu drücken, der, das weiß ER alleine, eine hydraulische Vorrichtung in Gang setzt, mittels deren die Fensterrollos hochgezogen werden können. Durch ein knarzendes Geräusch erwacht, dreht unser Reisender den Kopf und blickt nach draußen, dahin, wo bisher nur abweisendes Schwarz war, das Ende seiner realen Welt.

Was er sieht, ist ihm nicht gänzlich unvertraut, weil es dem Bild ähnelt, das Märchen, Sagen und Legenden vom Jenseitigen entworfen haben, doch anders, irgendwie flüchtiger, jetzt, wie er mit flackernden Pupillen bemerkt. Nach einiger Zeit gelingt es ihm, seine Eindrücke als geographisch-botanisch-physikalische Einheit zu identifizieren, wonach er logisch impliziert, unter Einbeziehung der einer Epiphanie gleichkommenden Öffnung der Fenster, daß sich eine niederrheinische Bruchlandschaft mit einer bestimmten Geschwindigkeit an ihm vorbeibewegt, ja, sie fliegt praktisch, von einer noch unbekannten Kraft angetrieben, längs seiner in sich ruhenden Welt, und trotz der hinter ihm aufbrausenden Rufe des Erstaunens und Entzückens, einer schreit auch, entsetzt, fragt sich der Reisende, schon, ob die Erkenntnisse seines Wissens Bestand behalten, das heißt, ob sie sich in seine neue Weltanschauung integrieren lassen.

Zwar bereitet ihm der Gedanke eines Draußen keine Schwierigkeiten – warum sollte das Innere des Zuges denn alles sein, was ist, doch empfindet er mit einem Male Skepsis, sofern man Skepsis empfinden kann, einen Zweifel, oder sagen wir besser eine Unsicherheit, und zwar bezüglich der Allgemeingültigkeit der seit Jahrzehnten bekannten Naturgesetze, insbesondere dem Prinzip der Relativität gegenüber in Verbindung mit dem Postulat von der immerwährenden Konstanz der Geschwindigkeit des Lichts. Versteht er nämlich die Landschaft jenseits der Scheibe als ein in bezug auf sich gradlinig, gleichförmig und drehungsfrei bewegtes Koordinatensystem – was er kann, der Reisende, da der Zug wie vereinbart weder beschleunigt noch Kurven nimmt, so muß das Naturgeschehen in bezug auf die Landschaft nach genau den gleichen (selben) Gesetzen ablaufen wie in bezug auf den Zug, einerseits, während andererseits, aus dem Fenster starrend wie irdische Forscher durch ihre Radioteleskope in den Kosmos, sich ein Gefühl der Irrealität seiner bemächtigt, das sich zu einer aberwitzigen Gewißheit verdichtet, als ihn ein Fußballfeld passiert, das von seinem Platz aus, obwohl er dessen vorgeschriebene Länge zu kennen glaubt, verkürzt erscheint, wie geschrumpft, wohingegen die Spieler, blaue vs. rote Trikots, eigenartig langsam agieren, über den Rasen schleichen wie nach der Einnahme lähmender Drogen oder der Applikation bestimmter Sedativa, die auch die pharmazeutische Industrie des Zuges massenhaft herstellt und feilbietet.

Aus dieser Beobachtung[3] folgert der Reisende, der ja in seiner Wirklichkeit, der Konstruktion unseres Experiments, angeblich gar kein Reisender, sondern ein Ruhender ist, daß auch das Licht draußen gleichsam verkürzt sein müsse, es sich dort langsamer als drinnen, im Zug, verbreiten müsse, was schlechterdings, nicht zu fassen und zu akzeptieren, der universalen Gültigkeit der Konstanz seiner Geschwindigkeit widerspricht, widersprechen würde. Der Gedanke, das bewegte System wäre dem unbewegten nicht gleichwertig, beruhigt den in seiner Fensternische Sitzenden keineswegs, verwirrt ihn vielmehr zusätzlich, da er den Geltungsbereich der Naturgesetze auf das Territorium des Zuges eingeschränkt und das Draußen als ein substantiell Anderes konstituiert hätte, was sowohl die Möglichkeiten von ›Welt‹ abstrus multiplizieren als auch die Frage eröffnen würde, welche Welt denn für die allgemeine Orientierung zu bevorzugen sei.

Der Ruhende gerät ins Grübeln. Wie sich. Unter Berücksichtigung des plausiblen und bewiesenen Lichtfaktors ceh. Der Raum des Zuges und der der Landschaft zusammenfassen. Lassen. Er entfaltet ein Blatt Papier, spitzt seinen Bleistift, beginnt zu zeichnen und zu rechnen. Sein

[3] Astronomisch schnell saust die Landschaft dahin, irre schnell sozusagen, kaum noch als solche zu erkennen, und vielleicht hätte man zum Beispiel besser eine Rakete als einen Zug gewählt, obwohl das an den objektiven Tatsachen rein nichts änderte.

Problem besteht darin, wie in einem geschrumpften Außen die Zeit zu behandeln sei, so daß ceh genau wie im Zug dort dreihunderttausend Sekundenkilometer betrage, und wie die Koordinaten des bewegten Landschaftsraumes, die in alle naturwissenschaftlichen Formeln einfließen, aus den Koordinaten des ruhenden Zugraumes gewonnen werden könnten.

Eine Zeitlang dreht er sich im Kreise, machen ihn seine Gedanken schwindeln, bis ihm endlich die Idee kommt, die Zeit, die draußige Zeit, verändere sich ähnlich, wie sich die Strecken, ebenfalls draußig, verringerten, und daß dies von der Geschwindigkeit abhänge, mit der sich die Landschaft (System B) ihm gegenüber, im Zug (System Z), bewege. Bevor er sich der nicht sonderlich komplizierten mathematischen Struktur der Rechnung zuwendet, hat er aber, viel schwieriger, die Konventionen beiseite zu schaffen, die den Begriffen des Raumes und der Zeit mechanisch zu Grunde liegen, zugig, und die ihr bloßes Gedacht-werden-Können, der Idee, bisher verhinderten.

Dazu kurz folgendes: Obzwar man in philosophischen Zirkeln seit Jahrhunderten über die Länge des Zuges debattiert, wobei einige die Ansicht vertreten, er habe keinen Anfang und kein Ende, während andere wiederum behaupten, irgendwann sei vorne oder hinten mal Schluß, besteht doch über die Beschaffenheit des Raumes selbst ein Konsens zwischen den Gruppen insofern, als beide glauben, ihn ganz oder jeweils abschnittsweise, falls in toto unbegrenzt, durch die Lagerung fester Körper ausfüllen zu können, er einer großen länglichen Schachtel gleicht, in der sich kleinere Schachteln lückenlos stapeln lassen, und daß jede der kleinen Schachteln einen Teilraum des Gesamtraums der großen Schachtel umschließt. Alle Abteile, wo auch immer, gehörten dieser Vorstellung nach demselben Zug an, und von Expeditionen neu erforschte Waggons begriff man räumlich nur als Erweiterung des längst Bekannten, zumal sich stets erwies, daß die Gesetze der Zugphysik ihre Gültigkeit behielten. Solcherart hatte sich eine Raumidentität gebildet, der im Speisewagen zechende Proseminaristen durch den Toast: Ein Zug – ein Raum! Tribut zollten; Tribut auch der beruhigenden Gewißheit, jeden Ort der Welt mittels der Koordinaten von Höhe, Länge und Breite fixieren zu können, nachdem ein Punkt als Normalnull festgeschrieben worden war – in Wagen zwölf, zu Ehren eines dort gebürtigen Wissenschaftlers[4].

Mit ubiquitärer Regelmäßigkeit: wir kommen zur Zeit und ihrer Beziehung zum Raum, durchdringt nun, das heißt durchdrang, allüberall gleich in ihrem Takt, eine eindimensionale lineare Zeit den dreidimensionalen Zugraum, so daß zwei Ereignisse, unabhängig vom Ort ihres Geschehens, in ein Verhältnis gesetzt werden konnten, das durch die Attribute früher – später ihre Abfolge klar und deutlich bezeichnete. Die Dauer eines Vorgangs, die zwischen zwei Ereignissen verstrichene Zeit also, ließ sich exakt bestimmen (Grundlage der Mechanik wie der Historiographie) und schien unbeeinflußt von einer die Orte trennenden, räumlichen Distanz zu sein. Lag zwischen dem Eintreten zweier Ereignisse in ein und demselben Waggon eine Stunde, so lag,

[4] Seit einigen Jahren schon forderte die Gruppe ›Kritische Geographie‹ eine Neuordnung der tradierten Unterteilung, die sie als eurozentrisch und imperialistisch klassifizierte, da die Völker der sog. 3. Welt nicht nur in Wagen mit hohen Nummern, sondern außerdem noch in welchen mit hohen Kennziffern leben mußten, die Chinesen z. B. in den Waggons 291 bis 386 bzw. zwischen dem Längenintervall 1093 ≤ China ≤ 1444.

dachte man, die gleiche Dauer, eine Stunde, auch dann zwischen den Ereignissen, wenn das eine in Waggon 586 und das andere in Waggon 2 stattgefunden hat.

Folglich begriff man die Zeit als Absolutum, ›quod in se et per se est et per se cognoscitur‹: das durch sich selbst und von nichts anderem bedingt ist und ohne Bezug auf ein anderes erkannt wird – ohne Bezug auf den Raum beispielsweise, da überall im Zug sich die Zeiger der Uhren einheitlich schnell drehten. Die Zeit war ohne Relation zu den Koordinaten der Höhe, Länge und Breite, wurde durch sie weder beschränkt noch verkürzt oder verlängert, sondern existierte ›in se et per se‹, wie ja auch der Raum, ganz für sich, in seiner wohldefinierten Dreidimensionalität ruhte, weshalb man ihm ebenfalls einen absoluten Charakter zusprach. Denn der Abstand zweier konkreter Punkte betrug immer fünf Meter, gleichgültig, ob man die Messung morgens, mittags oder abends vornahm, in Waggon 12 oder 3094, die Strecke von links nach rechts oder umgekehrt abschritt oder, gar auf allen vieren kriechend, starre Maßstäbe aneinanderreihte.

Weiterhin herrschte Eintracht über den Begriff der Gleichzeitigkeit, der die Vorstellung eines Jetzt, das Vergangenheit und Zukunft scheidet, einschloß, und zwar galten Ereignisse dann als gleichzeitig, wenn in ihrer unmittelbaren räumlichen Nähe ruhende Uhren der gleichen Beschaffenheit dieselbe Zeigerstellung hatten; schlug etwa während eines Gewitters ein Blitz in Wagen 3 ein und ein anderer in Wagen 285, nannte man die Blitzeinschläge gleichzeitig, zeigte sowohl die Uhr in 3 als auch jene in 285 genau 12:06 auf dem Zifferblatt an – inwiefern der Sprecher der Tagesschau mit höchster Wahrscheinlichkeit = Objektivität vermelden konnte: Heute, genau um 12:06 Zugzeit, schlugen zwei Blitze in die Wagen 3 respektive 285 ein und verkohlten eine Reihe unglücklicher Personen.

Zur Präzisierung der Sachlage diene ein leicht abgewandeltes Beispiel, speziell im Hinblick auf die Gedanken, denen Stefan halb träumerisch nachhängt, um eine befriedigende Erklärung für das Phänomen des geschrumpften Fußballfeldes zu finden. Entladen sich nämlich zwei Blitze wirklich gleichzeitig, in den Wagen 285 und 3, heißt das für einen in der Mitte zwischen den Blitzorten Ah (285) und Beh (3) sitzenden Beobachter – in Nr. 144, da die Wagen alle gleich lang und fortlaufend numeriert sind, daß die aus Ah und Beh kommenden Lichtstrahlen genau an der Stelle zusammentreffen, wo er sich derzeit aufhält, in der Mitte Emm der Strecke von Ah nach Beh, was sich unmittelbar aus der Konstanz der Lichtgeschwindigkeit im Zugraum in sämtliche Richtungen herleitet[5] – wie der Beobachter auch, wäre ihm seine Position in Emm von Ah-Beh bekannt, auf Grund dieser Konstanz auf die Gleichzeitigkeit der Blitze rückschließen könnte, falls beider Strahlen ohne Verzögerung, ohne Verschiebung ihrer Phasen, folglich ohne unterscheidbare Dauer seine Pupillen, i.e. Spiegel, erreichten, während ein anderer Beobachter, der in Wagen 200 säße, näher bei Ah und es nicht wüßte, glauben würde, es habe in Wagen 285 (Ah) früher geblitzt als in Wagen 3 (Beh), weil er zuerst die Strahlen aus Ah wahrnähme, da das Licht von dort bei konstanter Geschwindigkeit einen kürzeren Weg zurück-

[5] Auf erklärende Zeichnungen wird verzichtet, zumal graphische Skizzen fehlende Vorstellungskraft nicht zu ersetzen vermögen und nicht selten Anschaulichkeit behaupten, wo es nichts mehr anzuschauen gibt; s. die Bemerkung Cantors in einem seiner Briefe an Dedekind: Je le vois, mais je ne le crois pas.

legte, zurückzulegen hätte, also weniger Zeit bräuchte, um zu ihm zu gelangen.

Zur Beurteilung, ob zwei Blitze gleichzeitig niedergefahren sind, muß der Beobachter daher wissen, wo er sich befindet, solange und sofern er keine Gelegenheit hat, post festum Stoppuhren in unmittelbarer Nähe der Ereignisse zu kontrollieren. Denn anders könnte er einer Täuschung erliegen, einem dem die Sinne ordnenden Verstand geschuldeten Irrtum über das Hier und Jetzt mehrerer Ereignisse, die er, statt sie einem einzigen Zeitpunkt zuzuweisen, wie wahrgenommen in ein Verhältnis des Nacheinander bringt beziehungsweise Gleichzeitigkeit mutmaßt, wo objektiv Ungleichzeitigkeit, d. h. Dauer, vorliegt. So erschienen etwa einem Beobachter in Wagen 200 zwei Blitze in 285 (Ah) und 3 (Beh) dann als gleichzeitig, wenn die Lichtstrahlen aus Ah so viel später ausgeschickt würden, wie jene aus Beh benötigten, um die zeitliche Differenz räumlich zu überbrücken, wodurch sie, bezüglich des Beobachters in Wagen 200, ihre eigene Vergangenheit zum Verschwinden brächten, im subjektiven Eindruck der Gleichzeitigkeit auslöschten, ihr Vorher verlören.

Ihn auf die Bedingungen der Möglichkeit verweisend, wahre Aussagen zur Gleichzeitigkeit von Ereignissen machen zu können, setzt der Reisende bzw. Ruhende seine Überlegungen fort, indem er sich auszumalen versucht, wie es draußen in der Landschaft wäre, die sich mit hoher Geschwindigkeit vorbeibewegt, wie er oder einer der Fußballer zum Beispiel von dort aus Geschehnisse im Zug sähe und welches Maß einer solchen Perspektive genügen würde, d. h., ob drinnen gemessene Zeiten auch draußen brauchbar sind, um bestimmte Wahrnehmungsweisen gesetzmäßig zu formulieren. Eigentlich ja, denkt er, müßten sie wohl, aber dann, den Horizont seines Wissens tapfer überwindend, beantwortet er die entscheidende Frage: Sind zwei Blitze Ah und Beh, die ein Beobachter Emm im Zug als gleichzeitig identifiziert, auch gleichzeitig für einen Beobachter Emmstrich in der Landschaft? mit nein!, so schlicht wie ergreifend und revolutionär die traditionellen Begriffe von Raum und Zeit zerstampfend. Folgendes Szenario verdeutliche den Gedankenschritt:

Wenn man sagt, zwei Blitze Ah und Beh seien im Zug gleichzeitig, bedeutet das für einen Beobachter Emm in der Mitte der Strecke von Ah nach Beh, daß die von den Blitzen gesandten Lichtstrahlen sich ohne Verzögerung genau im Punkt Emm treffen, wie auf Seite 558/559 dargestellt. Nun entsprechen den Ereignisorten Ah und Beh aber auch Stellen Ahstrich und Behstrich in der Landschaft (Markierungen am Bahndamm), deren Mitte Emmstrich ist, wo sich der gleichnamige Beobachter Emmstrich befinden soll. Im Augenblick der Blitzeinschläge falle der Punkt Emmstrich mit dem Punkt Emm zusammen. Würde der Beobachter in Emmstrich sich nicht bewegen, stünde die Landschaft vor den Zugfenstern still, dann erreichten auch ihn, Emmstrich, die Strahlen der Blitze aus Ah und Beh gleichzeitig, da er ja dauerhaft in Emm verbliebe – er könnte dem Ruhenden zuwinken. Leider aber bewegt er, Emmstrich, sich mit der Geschwindigkeit vau der Landschaft nach rechts (oder links, was einerlei ist und lediglich die Vorzeichen der Rechnungen änderte), dem, sagen wir, freie Wahl, aus Beh herkommenden Lichtstrahl entgegen, während er dem Strahl aus Ah vorauseilt. Deshalb wird der Beobachter Emmstrich den Behblitz früher wahrnehmen als den Ahblitz und glauben, die atmosphärische Entladung in Beh (Wagen 3) gehe der in Ah (Wagen 285) voran, keinesfalls aber, beide hätten gleichzeitig stattgefunden, was unabweisbar zu der Konsequenz führt, daß die Modi der Erkenntnis von Ort und Bewegungszustand der Beobachtungsstation abhängen und Zeitmessungen nur dann ihren Sinn behalten, wenn man angibt, auf welchen Raum (Körper, System) sie sich beziehen bzw. von wo aus und unter welchen Umständen sie erfolgten.

Demnach existieren so viele verschiedene Zeiten wie gegeneinander bewegte Räume, und ihre Differenzen (die schleichenden Fußballer, der verkürzte Rasenplatz) lassen sich auf den Geschwindigkeitsunterschied zurückführen, der zwischen ihnen (z. B. Zug vs. Landschaft) besteht, will sagen, kein Raum mehr ist in Zukunft vor den anderen ausgezeichnet oder bevorzugt zu behandeln als geometrisch-philosophischer Ursprung der Erfahrung, vielmehr sind sie alle gleichberechtigt, denkt der junge Mann (die junge Frau), über sein (ihr) Papier gebeugt, mit eigenen Zeiten, ihren zueinander relativen Eigenzeiten, die alleine noch das Licht als Konstante durchdringt, das neue Absolute, sein Tempo ceh: Zweikommaneunneunsiebenneunzweifünf mal zehn hoch acht Meter mal Sekunde hoch minus eins – nie erreichbare Grenze, die magische Ziffer des Blicks.

Zu ermitteln wäre nur ein Faktor kah, der, unter Berücksichtigung des Prinzips der Konstanz von ceh, die Verschiedenartigkeit der Wahrnehmungen abgleicht, der alles, was man scheinbar von drinnen draußen sieht, die Dehnung der Zeit und die Schrumpfung des Raumes, so transformiert, daß, einbezogen die konkrete Geschwindigkeit vau der Landschaft, sämtliche Naturgesetze auch weiterhin ihre Allgemeingültigkeit behalten (: der Ball ist rund, und ein Spiel dauert 90 Minuten).

Ohne größere mathematische Kenntnisse als den Stoff der Prima voraussetzen zu müssen, errechnet sich für zwei gradlinig und gleichförmig gegeneinander bewegte Systeme kah zu Gesamtwurzel aus eins minus dem quadrierten Quotienten von vau und ceh. Na also[6].

Der Reisende lehnt sich zurück, mehr oder weniger erleichtert und befriedigt; kraft seines deduktiven Vermögens ist er einer rätselhaften Erscheinung auf die Spur gekommen. Für mich, denkt er, der ich in einem Zug bin, zerfließen die Sekunden vor dem Fenster langsamer als gewohnt und erwartet, die Strecken sind gestaucht, weil die Zeit, meine Zeit, die der Uhr an meinem Handgelenk, kein ubiquitär gültiges Maß darstellt, sondern als bewegungs-, d.h. geschwindigkeitsabhängige Variable verstanden werden muß, den drei Koordinaten des Raumes, meines Raumes, als vierte gleichrangig und nicht mehr von ihnen zu trennen.

Und Gleiches gilt für draußen, denkt er weiter, den Schiedsrichter, die Spieler und Zuschauer – ein paar wenige hinter den Toren –, die, wenn sie mit der Landschaft an meinem Zug vorbeirauschen, von ihrem Standpunkt aus, mich, als Libero den Strafraum des Abteils beherrschend, ähnlich herumschleichen sehen würden wie ich sie, könnten sie mich sehen, in einer besonderen Zeit rasend verschwindend. Ich – sie – mich – wir – uns. Gegenseitig, wenn die

[6] Im Vorwort zu seiner Arbeit ›Quantenmechanik‹ schreibt der Physiker Paul Dirac: Die fundamentalen Gesetze regieren die Welt nicht auf irgendeine ganz direkte Art, wie es in unserer Vorstellung scheint, sondern sie steuern ein Substrat, von dem wir uns kein geistiges Bild verschaffen können, ohne Belanglosigkeiten einzuführen.

Blicke von drinnen nach draußen sich mit denen aus umgekehrter Richtung kreuzen, Bruchteile von Sekunden lang.

Physikalisch-mathematisch ohne Bedeutung, da der Faktor kah unterschiedslos und gleichermaßen sowohl bezüglich des Zuges als auch bezüglich der Landschaft registrierte Verzerrungen der Wahrnehmung transformiert und korrigiert, verliert die Entscheidung, welches System denn eigentlich ruht und welches nicht, jeglichen naturwissenschaftlichen Sinn, sie wird überflüssig. Einzig, daß sich etwas bewegt, läßt sich noch mit hinreichender Sicherheit feststellen – und reicht ganz und gar zur Klärung aller weiteren Fragen aus. Wie man aber das Wesen einer Reise genannten Ortsveränderung zu verstehen hat, welche Bezeichnungen man wählt, um den Eindruck einer Fahrt zu schildern, das Bild der Welt im eigenen Kopf, sein Wirken, steht jedem einzelnen völlig frei und unterliegt keiner, außer einer alltagspraktischen, eventuell sentimentalen Bindung. Bildung. Dem Bewußtsein. Ob es sprachlich eine eher subjektive oder objektive Perspektive bevorzugt, erlebt oder erleidet, den Sinnen zu trotzen oder (die schlacksigen Gesten der Zärtlichkeit eines namenlosen holländischen Mädchens auf der Terrasse eines Strandpavillons in Zandvoort an einem frühen Herbstmorgen, der nach Seetang und Salz roch) sie zu ertragen vermag.

Am Horizont taucht der Rheindeich auf und, eine langgezogene Kurve beschreibend, kommt rasch näher, so daß man die Figuren auf seiner breiten Krone als spielende Kinder erkennt, in der Dämmerung mit Fahrrädern und Rollern. Als der Zug (wg. einer Weiche?) zu rütteln beginnt, flucht Hartwig leise, weil er nicht weiterschreiben kann, gestört wird, die Stellungnahme der Partei mit Unterstreichungen und Randbemerkungen zu versehen. Er hebt den Kopf und beobachtet, wie Stefan einen Zettel zwei-, vier-, achtfach faltet, ihn dann zerreißt und (die Schnipsel) zwischen den Reisemüll des Abfallkastens steckt. Der Zug passiert den Scheitelpunkt der Kurve: $y^2 = 2px$ mit relativ großem Halbparameterwert, ein schön geschwungenes Parabelstück, und entfernt sich wieder vom Deich, seine Lage stabilisierend, so daß Hartwig mit der Lektüre fortfährt, während Stefan es sich, nach der Entsorgung seiner Rechnereien, im Kunstlederpolster der Sitzbank irgendwie bequem macht.

Bald hinter dem Haus des Schrankenwärters tauchen erste Hafenbecken auf, Lagerschuppen, Bundeswehrdepots, Seite an Seite ankernd die flachkieligen Boote der Flußpioniere, Laufkräne, rundbauchige Silos und Speichergebäude, deren Dächer oft, weiße inmitten von roten Ziegeln, Namen tragen – wem sie gehören oder was sie beherbergen. Am jenseitigen Ufer erhebt sich die Silhouette eines Chemiewerks gegen den violett-grauen Himmel, wie ein vielfältig durchbrochener Schnittmusterbogen das Röhrengewirr, dann sieht man Tanks, Kühltürme, die zylindrischen Winderhitzer eines alten Stahlofens und schließlich ein langes dünnes senkrechtes Ding, aus dem oben Flammen schießen, weil derzeit (wahrscheinlich wohl) Gas abgefackelt wird.

Ein wenig neigt sich das Bild, als System Z, 15 000 PS plus 7 × iks Tonnen Gewicht, rumpelnd seine Gleisspur wechselt, um sich hernach, gradlinig Richtung Nordnordost, zwischen Hügeln mit stumpfen Kuppen fortzubewegen, eine ganze Kette davon, einer neben und hinter dem anderen, schwarzen Wüstendünen gleich, die (Wie gelingt es, sie so hoch zu schichten?) Schlackehalden sind, poröses luftiges Zeug, das in der Gluthitze der Kohle beim Verbrennen und Schmelzen des Rohstoffs der Gesteine der Metalle Eisen und Chrom und Wolfram und Nickel übrigbleibt, seine erkalteten Reste, der Schrott, kleine Mengen Phosphor und Schwefel.

An Parkplätzen vorbei, Montagehallen, Verbrauchermärkten, überquert der Zug zahlreiche Straßen, einmal eine Autobahn (A 2?), einen schnurgeraden Kanal, und dringt, ungefähr sechzig Sachen schnell, in den sich Meter um Meter, Sekunde um Sekunde verdichtenden Körper der Stadt ein. Anfangs noch wie zerstreut, zufällig, von Rasenstücken mit niedrigen Hecken umgürtete Siedlungsbauten, dreistöckig, vier Wohnungen pro Etage, zwei vorne: zwei hinten raus, Betriebseigentum, wachsen die Häuser mehr und mehr zusammen, ballen sich, bilden Höfe, Wäscheleinen gespannt, leere Teppichstangen, mickrige Blumenrabatten, und rücken, Brandmauern aus unverputztem Backstein, immer näher zum Bahndamm hin, so daß einen das Gefühl beschleicht, in einen Hohlweg, eine Schneise oder einen Tunnel geraten zu sein. Einzelne Reisende (Ruhende) verlassen schon ihre Plätze, packen Zeitungen weg, greifen sich Aktenköfferchen, nehmen Mäntel (Trenchcoats) in Beschlag, und blicken gebeugt aus den Fenstern, als müßten sie sich vergewissern, ihr Ziel auch wirklich zu erreichen. Ob sie wer abholt.

Von der Kraft einer negativen Beschleunigung erfaßt, als System Z in bezug auf System B bremst (seine Geschwindigkeit verringert), wie die Lichter und Fassaden und Bewegungen der Stadt ihre Fahrt längs des Wagens verlangsamen, verlieren manche das Gleichgewicht und machen tapsige Schritte nach vorne und hinten und links und rechts, um das Verhältnis ihrer trägen Masse zu ihrer schweren Masse wieder ins Lot zu bringen, jener für alle Körper charakteristischen Konstanten, deren Division, multipliziert mit der Intensität des Schwerefeldes, den Wert ihres momentanen Zustands ergibt.

Nachdem sie das mattglasige Tonnengewölbe des Bahnhofs umhüllt hat, stellt Hartwig unzweideutig fest:

– Wir sind da,

rollt die Papiere zusammen und fragt:

– Gehen wir noch einen trinken?

: welche Frage die beiden anderen, Stefan und Iris, ohne besonders grübeln zu müssen, kopfnickend bejahen.

9 Ab. Die Nase ab. Der Sphinx. Schpinks ohne Näschen, wie von der Lepra weggefressen, Stück für Stück in den heißen Sand geplumpst, bis ein Loch da, gähnend, zwischen Nasenwurzel und Oberlippe. Echt gefährliche Krankheit, weshalb auch die ganzen Quarantäneparagraphen im dritten Buch. Die Leviten zu lesen. Immer wieder wiederholt den Stämmen, weil es kein Mittel gab, keine Hilfe dagegen als auf Verdacht hin auszusondern: Unrein bist du sieben mal sieben Jahre lang. Schöne Sauerei das, wenn sich Teile vom eigenen Körper lösen. Der Kerl im Schwimmbad neulich, dem seine Zehen, ein einziger Hautfetzen. Ob dann auch der Schwanz? Fällt ab und erledigt. So zeigt die weißen Male Aaron, dem Priester, daß er über euer Schicksal entscheide am Sabbat nach dem Gebet.

Ludwig Milde unterbrach seine Wanderung quer durch das Zimmer und lauschte. Der Lärm auf der Baustelle draußen hatte sich vermindert, es schien, als sei der Kompressor endlich abgeschaltet worden, dessen gleichförmig ratternder Klang seit Stunden die Wahrnehmung tönte. Wie ein schleichendes Gift, an das man sich gewöhnt und erst wieder spürt, wenn seine Gabe ausbleibt. Noch etwas länger, und man kann nicht mehr ohne, in einen Krachjunkie verwandelt, der süchtig das Quietschen eines Krans schlürft, der sich auf rostigen Lagern um seine Achse dreht. Warum ölen die das nicht mal? Penetrant doch. Er blickte zu Hartwig, der auf der Liege in einem Buch blätterte, dann zu Till, der nach wie vor mit ausgestreckten Beinen, ein Kissen im Rükken, Serafims Tequilaflasche im Arm, gegen den Heizkörper gelehnt am Boden saß. Ungerührt die beiden, als hätten sie weder die Maschine gehört noch ihr Verstummen. Kopfschüttelnd nahm Ludwig seinen Gang wieder auf, von der einen Ecke in die andere.

Wie war das? Genau: Finks ohne Nase, warum? Erklärung des Schadens durch Erosion, sandiger heißer Wind, der Jahrhunderte um ihren Kopf leckte, heiß schmirgelnd seine Konturen, sie forttrug und freigab in Regen über dem Meer. Eher unwahrscheinlich, da ja nur die Nase, Ohren noch dran und der Rest. Falls ich mich richtig erinnere, dachte er, mit einer Hand die Augen gegen die gleißende Helle schirmend, während ein Rausch im Kopf rumorte und englische Brocken, die keiner mehr verstand, aus Gamals Mund stolperten. Nicht möglich, daß nur die Nase, wenn Lepra, Pest oder Wind. Da steckte was anderes dahinter. Ein beleidigter Blick, der die Kanone zu laden befahl, damit sie den Zinken abschoß. Jetzt könnte niemand mehr ahnen woher. Zzz-ffengs. Theoretisch, aber plausibel die Entrüstung des Eroberers: The winner takes it all. Süße brünette Jungfrau, löwenkörpriges Mädchen, dessen Gesicht eindeutig nubische Züge trug, wie sich von den breiten Lippen, den ausgeprägten Jochbeinen und ihrer hohen Stirn ablesen ließ.

Hatte die flachsattlige Nase den Zorn des Korporals entzündet die Lunte das Pulver der gußeisernen Kugel. Ohne Erfolg, trotzdem noch zu erkennen die Wiege der Menschheit wo war. Gebenedeit seist Du unter den Weibern und die steinern harte Frucht deines Leibes: Von Ewigkeit zu Ewigkeit aus den Palmenoasen der Wüste, den endlosen Weiten der Steppe. Die männerfressende Phings. In Ägypten meistens andersrum: das jungendliche Antlitz des Sonnengotts, frauengleich.

Und wieso eigentlich dieser Ausflug nach Gizeh, vollgetankt mit Feigenschnaps an der Seite von Edith und Gamal? Das war nicht der Sinn der Sache. Am Flughafen: Is that your transistor, Sir? aus der Reihe mich rausgepickt und alles durchsucht. Harmlos im Prinzip, obwohl der Angstschweiß den ganzen Körper. Total alter Reflex schon beim Kaninchen. Schuppige Haut der Zöllneruniform, in der ein dunkler Filmtyp steckte, mit großen runden Schweißflecken unter den Armen und auf dem Bauch unter der geflochtenen weißen Schnur, die von den Schulterklappen zum Gürtel hing. Quoll die Falafelwampe drüber. Nicht in die Hände geraten dem. Gekachelte Folterkeller. I am only tourist, zurechtgelegt vorher die Worte, nach Brankos Anweisungen auswendig gelernt, I come to your country to visit the pyramids and the Schfinx old culture you know, no smuggler I am. Fürn Tausender und drei Tage freie Unterkunft.

Erneut hob das ratternde Stampfen des Kompressors an, der die Seilwinde zum Dachgestühl trieb, von wo ein Zimmermann in den Hof grölte: Eh, dit brauch ick und dit undn Sixpäck, ihr Penna. Selber Penner, ratterte und stampfte die Maschine durch die geschlossenen Rippen der Jalousie ins Zimmer, überlagerte die Gedanken und brach, ihr Geräusch, an den Wänden auseinander. Echolos. Könnte aber sein, was?, ein Widerhall, wenn die Wände kahl wären, ohne Bilder.

– Was meint ihr? fragte Ludwig, nachdem er seine Gedanken zum besten gegeben hatte.

– Blödsinn, Klippschüler, nixda, antwortete Hartwig.

– Ich war mal auf nem Internat, da kostete die Drei in Physik ein Gartenfest mit Ochse am Spieß, sagte Till, ohne seine Augen zu öffnen.

Gelächter, in das sich der Kompressor mischte, dann auch der knirschende Ton der Trommel, die den Zement zusammenrührte. Der trockene Knall eines Bretts, das auf ein anderes fiel. Noch mal und noch mal, als könnten die den Krempel nicht normal abladen, als gehörte die bewußte Erzeugung unnötiger Geräusche zur Arbeit dazu. Vielstimmiger Lärm, den die Stadt orchestrierte. Chaos in den Straßen da, deren Luft von gelblichem Dunst. Irgendwie gesättigt Partikel pro Kubikzentimeter, und der Rest sank herunter, wurde wieder aufgewirbelt von Bussen, Autos und Eselskarren. Helldriver durch Staub und Abgase. Der eine mit einer Hupe im Schoß. Nahm sie aus der Dschellaba und hupte den Stau voran. He Alter, oder so, rief Gamal ihm zu, übersetzte er, mach hin, immer feste drücken, dann machen die schon Platz, freundlich, nicht böse gemeint, und der Mann auf dem Kutschbock antwortete ihm mit einer müden Geste, seine Hand mit gestreckten Fingern langsam aus dem Gelenk im Kreise drehend, so schaufelnd.

Auf dem Weg vom Flughafen ins Hotel. Ganz ordentlich mit Dusche. Nasser-Airport, kann sein, der Rais. Krummdolch und Turban, den ein Rubin ziert, groß wie ne Kinderfaust. Ins Hotel schon beduselt schon, weil Gamal im

Duty-free, ein Rätsel, wie er da rein, zur Begrüßung ein paar eisgekühlte Becks gekauft hatte. Edith kannte ihn ja von ihrer ersten Tour. Du lieferst die Koffer mit den Klamotten ab, und damit hat sich der Fall, als Tourist muß man keinen Einfuhrzoll zahlen, ganz einfache Rechnung für die Leute in den Luxusboutiquen. Bisiniß. Fragt dich keiner bei der Kontrolle, warum du lauter Pierre-Cardin-Kleider eingepackt hast. Im Zweifel gibste dich als Tunte aus, stehen die Orientalen sowieso drauf. Trotzdem Ströme von Schweiß, als der eine winkte, um das Zeug durchzuwühlen. Hitze auch, die schlierend in der Luft hing und den Blick wie ein Tränenschleier trübte, in dem die Umrisse zusammenfließen oder auseinanderlaufen, als hätten die Dinge ihre Kanten verloren.

Echt ein Kamel neben der Straße, wie im Traum undeutlich. It's name is Hosni, sagte Gamal und lachte, verschluckte sich, wischte sich Bierschaum vom Kinn. Total korrekter Typ die drei Tage, und seltsam, daß das alles in diesem Augenblick: Er sah auf seine Uhr, 12:21, noch neun Minuten, bis der Krach für eine halbe Stunde aussetzte, weil weil weil pünktlich sind sie: Pfiff vom Polier, und die Kelle fällt aus der Hand.

Ludwig entwand Till die Flasche und trank einen Schluck.

– Verstehst du das?

– Im Prinzip schon, sagte Hartwig, über das Buch gebeugt, am Rand der Liege sitzend. Im Prinzip ist das nicht schwer. Nur noch den Abschnitt hier.

Gedankenflüchtig strich Ludwig mit der Spitze des rechten Zeigefingers über den Spiegel und leckte ihn ab. Bitter ein bißchen. Natürlich von Branko, der überall mitmischt. Brauchste was – Branko hats. 'n grauen Zopf noch aus Pakistan: Karatschi, die dreckigste Stadt der Welt. Vor einem Jahr im Roxy, Stefan dabei, als wir ins Gespräch gekommen sind: Ludwig, du kennst mich, das Ding ist völlig ohne Risiko. Du checkst nächste Woche ein, fliegst den Krempel dahin und siehst dich um. Echt gut da. Straight, keine Anmache wie in Tunesien oder wo. Monsieur, monsieur, achetez vous ce médaillon original, s'il vous plaît, diese Laberei auf Schritt und Tritt. Weil nämlich die Engländer, und außerdem Ägypten. Is ne Sache der Kultur. Der Fünks. Wird restauriert, sagte Gamal, den sollte man gesehen haben, bevor er ganz auseinanderfällt. Flanke und Tatzen, an denen jetzt rumgepfuscht wird. Und wenn wir Zeit haben, bleiben wir über Nacht in der Wüste. The most marvellous thing you ever will have seen, is sunrise in the desert. Edith vorne auf dem Beifahrersitz in einen Rock gezwängt, der nur etwas breiter als ein Gürtel war, aber Gamal (wenn alles egal ist: Schultheiß-Bier) reagierte gar nicht, sondern raste unbeeindruckt über den Highway und machte sich lustig, während eine Flasche Feigenschnaps kreiste. Die reine gewaltige Größe. Der Pyramiden, als wir im Tran durch die Nekropolis gestapft sind. King Tut Bazaar. Endlich der Pfiff. Packen ihre Stullen aus und gießen sich einen hinter die Binde. Verdiente Rast nach der Plackerei, und wirklich hörte man, wie der Kompressor leerlief und verblubberte, der Mischer seine Umdrehungen einstellte und die Stimmen der Arbeiter sich Richtung Bauwagen entfernten. Leicht vibrierte das Zimmer nach, dann kam es zur Ruhe. Schwingungen, die im Boden auslaufen.

Till reckte sich, wobei er die ineinandergelegten Finger über dem Kopf in die Luft bog, seine Arme streckte und den Mund aufsperrte, als erwarte er ein Gähnen, eine Müdigkeit, zu der sein Körper verpflichtet sei. Die Mühen der vergangenen Nacht. Alleine schon der Versuch, den Produktionsassistenten aufzutreiben, rechtfertigte seine Erschöpfung. Vergebens die Hoffnung einer Existenz im Schatten der Filmkunst oder wenigstens die Schulden zurückzuzahlen. Money would have changed everything.

– Okeh, wart ihr schon mal nachts in der Wüste?

Hartwig schüttelte den Kopf, ohne von seiner Lektüre aufzusehen, während Till flach auf den Boden sank, zur Seite rollte und seine Gliedmaßen von sich streckte.

Eine Scheibe die Erde, über der sich die Sphären des Himmels wölben, wie konzentrische Schalen, aus denen das Licht der Sterne tropft. Helle Flecken in den Böden der Schüsseln. Ersteigt den Läuterungsberg und gehet ein ins Paradies. Oder rutscht runter. Oder wie auch immer.

– Also, zuerst einmal besorgt man sich Proviant, sagte Ludwig. Eine Bude steht da neben der anderen, mit Burgers und Falafel, Bier, Coke, Chips. Außerdem und Gottseidank hatte Gamal eine Decke im Auto, weil, man glaubt es kaum, es wirklich kalt wird nachts. Kalt und klar und dunkel.

– Klar! sagte Till. Vor allem dunkel.

– Klar. Wörtlich klar, etwas abseits der Straße, einen Schotterweg entlang bis zu einem Vorsprung, hinter dem eine Senke lag, die auf der anderen Seite von einer gezackten Felsenlinie abgeschlossen wurde. Genau in Richtung Osten, so daß die Sonne in unserem Rücken verschwand, um am nächsten Morgen über den Felsen wieder aufzutauchen. Es war später Nachmittag, und der Himmel begann sich einzutrüben, sein sehr helles Blau, das wie durchsichtig schien, obwohl man dahinter nichts sehen konnte, tönte sich plötzlich in langen mächtigen Streifen ultramarin und blaugrün ein, als wäre jemand hinter dem Horizont, der mit einer

Quaste über seine hochgespannte Fläche strich. Ziemlich schnell, so schnell, daß man das Gefühl hatte, man könnte es mit bloßen Augen verfolgen. Doch wie sehr man sich auch konzentrierte, veränderte sich die Farbe auf eine Art und Weise, daß man nicht sagen konnte, da hat es angefangen und breitet sich nun weiter und weiter nach oben aus. Wir saßen also hinten auf der Ladefläche von Gamals Kombi, in seine Decke gehüllt, während aus dem Recorder irgendein Orient-Pop kam, nicht zu laut, genau richtig die tremolierende Stimme eines scheinbar klagenden Lieds, in dem die Silben bis zur Schmerzgrenze gedehnt werden, wenn ihr versteht, was ich meine. Ohne durchgehenden Takt, sondern mehr wiegend und kreisend, was einem in den Bauch und die Hüften fährt statt in die Beine.

– Machs nicht vor, grummelte Till von unten.

– Nach einer gewissen Zeit gewöhnte man sich daran und empfand den Klang der Musik als weiten ornamentalen Raum, in dem man versinken konnte.

– Meditativ sozusagen.

– Schwachsinn. Vielmehr fremd, unvergleichlich, denks dir selber aus.

– Versuch ich. Sing doch mal was.

– Jedenfalls brach nun die Dämmerung schnell herein und verwandelte die transparente Helligkeit des Tages in schwere, zugleich strahlende Farben, die sich mit den Schatten der Landschaft zu vermischen schienen, als würde ihr Abglanz alle Zwischenräume ausfüllen und die Luft selbst entzünden: blau, grün, violett, orange, rot, braun, in welchen Tönen die Dinge wie die Leere leuchteten, so daß man glaubte, sie hören, fühlen oder schmecken zu können. Daß Gamal eine Decke dabeihatte, war ein Glücksfall, sonst wären wir beide erfroren, denn Edith nölte von Anfang an rum, sie wolle zurück nach Kairo, ins Hotel, und sie würde eher trampen als mit uns Idioten länger auf der Pritsche sitzen. Gesagt, getan stöckelte sie ab, in Wildlederpumps, und obwohl ich dachte, sie würde auf der Stelle verschleppt werden, hat sie sofort einen Lift gekriegt und noch die Stadt auf den Kopf gestellt. Die Person ist euch bekannt?

Till stützte sich auf die Unterarme und sah Ludwig an.

– Erwartest du einen Kommentar?

– Von mir etwa? sagte Hartwig, der sich mit seinem Kuli Notizen auf der Serviette machte, die er aus der Klammer in Serafims Imbiß gezogen hatte. Gestern noch auf weichen Kissen …

– … heute brennt es schon beim Pissen, ergänzte Till mit müden Augen. La lotta continua.

– In der Tat. Nachdem wir zwei weitere Becks geknackt hatten und während Gamal die Kassette spulte, auf deren Rückseite bekannter Euro-Träsch gespeichert war, bin ich den Abhang runter in die Senke geklettert, um mich davon zu überzeugen, daß meine Eindrücke nicht nur dem Feigenfusel geschuldet waren. Der übrigens häufig eine Art psychotischer Dissoziation zur Folge hat. Du drehst nachts total ab und wachst am Boden zerstört auf, wie nach einem Sprung aus dem vierten Stock. So ähnlich stelle ich mir auch die Wirkung von Absinth vor. Gut, ja. Wo war ich stehengeblieben?

– Der Glanz der Leere. Leerer Glanz. Die Wüste strahlt.

– Genau. Die Farben sanken durch die Luft herab und bedeckten nun das Geröll, die Felsen, Steine und Sand des Bodens, während es oben dunkel wurde, am Himmel …

– Am Himmel?

– Richtig, oben schon dunkel, unten eine mehr und mehr abnehmende, aber trotzdem noch eindringliche Farbigkeit, die die Dinge tagsüber nicht besaßen, als würde ein Austausch stattfinden, eine Übertragung von Energie, die letzten Endes dazu führte, daß die gezackte Felsenlinie, um ein Beispiel zu nennen, zu glühen begann, also glühte wie eine schmelzende kristalline Struktur beziehungsweise auszuglühen schien wie flüssiges Metall im Moment seiner Verfestigung.

– Was denn jetzt, fest oder flüssig?

– Ich kenn welche, bei denen das der Dauerzustand ist, sagte Hartwig (trocken).

Till rollte lachend auf die Seite und stützte den Kopf nun in eine Hand.

– Wann fangen die wieder an?

– Genau wie gestern, um eins. Die Beton-Brigade. Ich war aber noch nicht fertig.

– Nur zu. Die Felsen sind gerade geschmolzen.

– Eben nicht, sondern befanden sich wie alles rings herum in diesem wunderbaren Zustand der Erkaltung, in dem die Farben des herabgesunkenen Lichts für Augenblicke noch gefangen waren, bevor sie von einem tiefblauen Grau oder tiefgrauen Blau überdeckt wurden, aus dem der Nachtton der Steine bestand. Gleichzeitig wurde es kalt, als hätte jemand den Radiator ausgedreht, ein Temperatursturz von zwanzig Grad in einer halben Stunde, falls ihr euch das überhaupt vorstellen könnt, und ich bin den Hang wieder hoch zu Gamal, der gerade Tüten auf Vorrat drehte, was, wie er meinte, dazugehörte.

– Gibts da keine wilden Tiere? fragte Till. Schlangen und Skorpione und so?

– Ach was. Die Straße ist fünf Minuten weg und die ganze Nacht hängt schwach das Brummen von Lastwagen über der Gegend. Ja, brummt und summt die ganze Nacht, woran man sich aber schnell gewöhnt und dann gar nicht mehr wahrnimmt. Nomadengesang. Wie eine echte Schicht der Atmosphäre, alles durchdringend. White noise.

Ludwig kreuzte die Arme auf dem Rücken und ging wieder los, Till versuchte der Flasche einen letzten Tropfen zu entlocken.

– Hast du einen Taschenrechner? sagte Hartwig.

– Schau mal auf der Kommode, wo die Zeichnungen liegen.

Hartwig erhob sich von der Liege und ging mit dem Buch ins Nebenzimmer. Auf der Schwelle fiel ihm das Konzert ein. So viel zu tun noch. Besser gleich mal ne Fliege machen hier. Kurz auschecken die Sache mit der Gleichung, und dann zur Arbeit. Vier Stunden Zeit nur, und immer neue Probleme, die man lösen muß, sonst. Die Leute nehmen den Saal auseinander, wenn der Sound nicht in Ordnung ist. Alles schon dagewesen, die Verstärkertürme umgestoßen und die Scheinwerfer zerschlagen. Wie ne Horde Tiere. Dem Mischer die Fresse poliert. Anlaß? Geht in ein beschränktes Polypenhirn nicht rein. Fragt der Idiot: Sind Sie persönlich auch angegriffen worden? Bin ja nicht blöd. Wenn man weiß, daß Randale angesagt ist, die Notausgänge entriegeln und ab ins Büro. Deshalb die Stahltüre. Feuerfest. Stahlgewittersicher. Ein Schallen aus der Ferne nur: April is the cruellest month, breeding Lilacs out of the dead land, mixing memory and desire. Ganz komisch das, ganz tief von unten.

Hartwig trat aus dem Lichtkeil, der durch die Türe fiel,

und tastete sich vorsichtig zur Kommode, auf der ein kleiner Rechner in seinem Plastiketui lag, geisternd dabei die Bewegungen seines schwachen unscharfen Schattens über Wände und Dinge, Ludwigs verstreuten Kram, Bilder, Tuben, Kästen, einen Berg Wäsche, die berühmte Schneekugelsammlung auf dem Fensterbrett. Auf deren Plexiglaskuppeln hatte sich feinkörniger Baustaub angesammelt, der im Halbdunkel des Zimmers wie ein dünner Schleier wirkte, der über die pittoresken oder grotesken Szenerien gebreitet war. Zum Schutz vor Staub, der das geschlossene Fenster und die heruntergelassene Jalousie von außen nach innen durchdrang. Eine Antinomie, dachte er, Staub, der wie ein Schleier aussieht, der den Staub abwehren soll. Rein logisch. Er zog den Taschenrechner aus der Hülle und wandte sich um. Jenseits des schmalen hellen Streifens stand das zweistufige, veloursbezogene Podest mit der Matratze obendrauf und einer Nachttischlampe davor, deren Schirm die Form eines Tulpenkelchs hatte. Schön geschmacklos, vor allem, wenn man sie anknipste und die Lötnähte der Blätter deutlich hervortraten. Zusammengelötete Bleiglasovale in Türkis. Immerhin aber hell. Er setzte sich auf die erste Stufe des Podests, öffnete das Buch an der markierten Stelle und begann sein Tun, als müsse er selbst beweisen, daß die geschilderten Vorgänge der Wirklichkeit entsprachen, praktisch nachvollziehen, wie es zu den Resultaten kam, worin der erste Schritt läge, ihre Gesetzmäßigkeiten zu verstehen.

An sich ganz einfach, weil jeder Zahlenwert sich aus dem Vorhergehenden errechnete, um auf diese Weise zugleich Vorgänger eines Nachfolgers zu werden, wie in einem arithmetischen Staffellauf, der aber kein einziges Ziel hatte, sondern mehrere, sich verzweigte, Schlaufen bildete und nach einer gewissen Zeit wie ein Ball aus Hartgummi unaufhörlich zwischen festen Eckpunkten hin- und hersprang. Nachdem Hartwig die simple Gleichung so umgeformt hatte, daß sich ihre Schritte ohne lästiges Zwischenergebnis mit dem Taschenrechner (City-Clean stand draufgeprägt) nacheinander ausführen ließen, wählte er eine der im Text vorgeschlagenen Konstanten, die er ebenso wie die Anfangszahl, mit der er das Experiment starten wollte, am Rand der Seite notierte. Nein, besser nicht alles ins Buch. Zu verkaufen vielleicht, und teuer mit den Hochglanzbildern, auch im Antiquariat noch, obwohl ein Preisdrücker der, wie Ludwig erzählt hatte. Kannst du mit Inkunabeln kommen, und der Drecksack machts Portemonnaie nicht auf, runzelt die Stirn, wiegtn Kopf, als würde ihm eine gelesene Zeitung angeboten. Aber dereinst, wenn die Rache mein ist.

Neben dem Podest lag ein Skizzenblock, aus dem Hartwig ein leeres Blatt riß, das er in der Mitte faltete, sorgsam mit der Handkante glattstrich und dann in den auf seinen Knien ruhenden Folianten einlegte. Nennt man doch so, wegen dem Format. Schwer zu kopieren, doch auch unter der Jacke. Zweikommazwei und Nullkommaeins könnte man mal nehmen, erst mal, um die einfachsten Bewegungen der Kettenglieder zu überprüfen: Eins minus Nullkommaeins, mal Zweikommazwei mal Nullkommaeins, plus Nullkommaeins gleich Nullkommaeinsneunacht. Damit gings jetzt weiter, einsetzen und also: Eins minus Nullkommaeinsneunacht, mal Zweikommazwei (die Konstante) mal Nullkommaeinsneunacht, plus Nullkommaeinsneunacht gleich Nullkommafünfviersiebendreifünfeinszwei. Nun mit diesem letzten Wert die ganze Prozedur von vorn und dann wieder und wieder immer gleich, bis sich endlich der angekündigte

Effekt einstellte. Wenig später schon bedeckte eine Zahlenkolonne die linke Hälfte des Blattes, und Hartwig spürte, wie sich die Sehnen und Muskeln seines Unterarms so langsam verspannten, ein ziehender leichter Schmerz von der Kuppe des Mittelfingers, mit dem er die Tasten drückte, in den Ellbogen strahlte.

Aus dem Nebenzimmer hörte man die Stimmen Ludwigs und Tills, die einen gestrigen Streit aufzuwärmen schienen, bei dem es anläßlich irgendeines verschwundenen Wurms aus einer Mescal-Flasche um die Frage ging, was eine Freundschaft vertragen könne und was nicht. Wenn die Grenze erreicht ist, sagte Till sehr laut, worauf Ludwig ebenso laut antwortete: Kommt drauf an, kommt immer drauf an, welche Worte er wohl mit einer gewissen Geste unterstrich oder karikierte, denn Till lachte plötzlich, brach sozusagen in plötzliches, spontanes Gelächter aus, dessen Ton frei von jeder Kränkung und wirklich heiter war. Ja, er goß sich aus vor Lachen, weil Ludwig sicher eine seiner Pantomimen aufführte, den Elefanten zum Beispiel, obwohl dies nicht zum Thema gepaßt hätte. Außerdem keine Frau in der Nähe, die er hätte schockieren können, als Kreischen oder Empörung getarnte Lust. Das Lachen verebbte. Und jetzt? Gehen sie in die Küche. Eine Tür klappte.

Hartwig lockerte seinen Arm und fuhr fort, noch zehnmal das Ganze, und dann würde man weitersehen. Ob. Obwohl eigentlich kein Zweifel bestand, denn sonst wäre das Buch nicht geschrieben beziehungsweise die Entdeckung nie gemacht worden. Eine Tendenz lag vor, deutete sich an, schälte sich wie prophezeit aus dem Wirrwarr der Ziffern heraus und verdichtete sich zur Gewißheit, als er zum vierundzwanzigsten- und fünfundzwanzigstenmal die Funktion iterierte, mit verkrampften Fingern die winzigen Tasten bedienend, wobei er sich nicht schonte, sondern bis auf die siebte Stelle hinter dem Komma genau war, so genau, wie es das Speichervermögen der Rechneranzeige zuließ. Gescheite kleine Maschine, Flüssigkristalle, flacher als ein Stück Pappe, der Finger, die Zigarette hier. Umsonst. Geschenkt. City-Clean, son Schweinebetrieb mit Schwarzarbeitern: Brigade Polinnen im Kleinbus von Büro zu Büro. Käsch in die Täsch, das Gefühl, wenn ein dickes Bündel Scheine, die ein Gummiband. Flop das Geräusch beim Rausziehen, und die links und rechts starren einen an wie was. Annerose, mach mal ne gute Flasche auf. Heute abend nach dem Konzert gleich bar ausbezahlen lassen, zweihundertfünfzig plus Spesen, drei Scheine blaublaubraun, wenn er die Kasse zählt. Zwanzig Mark für Essen waren sowieso abgemacht. Andernfalls wieder diese Rennerei, und der holt sich noch auf vier Tage Zinsen einen runter. Is die Welt für ihn. Ey, Hartwig, mach keinen Terz, die Kohle ist längst überwiesen. Kontrolle am besten. Wie beim Pulver. Aber seltsam Branko nie. Auf die ultralinke Tour.

Er legte seinen Kopf in den Nacken und drehte ihn hin und her. Das tat gut. Dann überblickte er die Säulen der Ergebnisse auf den beiden Seiten des Blattes. Keine Frage, die Lösungen der Gleichung pendelten zwischen zwei Werten, die sich gegenseitig erzeugten und auslöschten, als sei der Prozeß der Rechnung in eine kreisförmige Bahn geschwenkt, die er nicht mehr verlassen konnte. Nicht zu fassen. Erhöhte man die Konstante, würde er im Viereck springen oder Kurven wie eine Achterbahn ziehen, um dann, irgendwann einmal, in einem totalen Durcheinander von Ziffern unterzugehen. Wie beim Wetter, diese alte Geschichte. Flattert ein

Schmetterling in China mit seinen Flügeln, donnert und blitzt es am anderen Ende der Welt. Scheinbar keine verläßliche Prognose möglich, Vorsehung und Beliebigkeit in eins, je nachdem. Netter Zeitvertreib, der einen ohne größeren Aufwand beruhigte. Gibt welche, die machen das im Kopf, geht ein komplettes Telefonbuch rein. Alles fehlgeschaltet bei denen. Eigentlich Idioten, die normalerweise im Zirkus auftreten, rechnende Pferde, die mit dem Huf so im Sägemehl scharren. Ganz gerne gesehen ganz früher. Der kluge Kamerad.

Als Hartwig sich von dem Podest erhob, ging es draußen wieder los; die Arbeiter setzten die Maschinen in Gang und begaben sich auf ihre Plätze. Blick im Eimer, wenn das neue Haus fertig ist – doch war das nicht sein Problem. Er knipste das Licht aus und bewegte sich vorsichtig zur Türe.

10

– So also, sagte Ludwig, während er den schweren Porzellanfilter von der Kaffeekanne nahm und ins Spülbecken stellte, so also hast du dir das zu denken, wirklich einzigartig.

Till neben ihm, drei Tassen trocknend, nickte. Sicher, so und nicht anders, wenn der Meister es erzählt, Sternengefunkel, Isis und Osiris. Er beugte sich vor und öffnete den Kühlschrank: aha: norwegischer Lachs verschweißt, Käse (dem Anschein nach Provolone und Gruyère), Butter Lindners Vanillequark (sehr cremig und sehr lecker), Salami, holte eine Flasche Milch aus dem Türfach, schraubte sie auf, roch und nickte abermals: noch gut, dänische, mit einer blauen Kuh auf dem Etikett, die eine blaue Blume im Maul hatte, glubschäugig. Leidende Tiere blicken Dich an, spende auch

Du für ihre Rettung, diese Typen in der Fußgängerzone Wilmersdorfer, kein Fleisch, kein Fisch, tagtäglich die Menschheit vegetarisch zu retten. Sehen aus, als kämen sie selber direkt aus einem Versuchslabor. Quäle nie ein Tier zum Scherz. Nur im Ernst. Böse Buben. Teuflische Experimente, Elektroden in Affenhirnen. Orgasmusreflex. Drückt der Meerkater so lange das Knöpfchen, bis er umkippt. Ausgezehrt vor Lust. Ganz schöner Tod eigentlich, kann man nichts dagegen haben.

– Wo gibts Zucker?

– Keiner mehr da, sagte Ludwig. Außerdem ist Zucker ungesund. Das Leben, dachte Till, in einem Anflug plötzlich von Wehmut, nicht gesund, Krankheit zum Tode, wie es der eine nannte, ein Philosoph, sein erster und letzter Zweck, unabänderlich organisch sozusagen. Wäre lustig, immer jünger zu werden mal, von hintenrum. Zum Schluß wieder im Bauch, Fädchen und Ei. Nur als Gefühl noch vorhanden. Liebe.

Er lud die Tassen, drei Löffel und die Flasche Milch auf ein rundes Tablett (Konditorei Hollmann), dann nahm er aus Ludwigs Händen, am Henkel vorsichtig, die Kanne entgegen. Zittern. Wie wenn ein schwacher elektrischer Strom. Ob er gesoffen hat oder nicht. Seit damals. Vielleicht Therapie, um den Schock.

– Magst du einen Toast?

Till schüttelte sein bebrilltes Haupt.

– Na gut, war ein faires Angebot.

– Ich weiß. Und Hartwig?

– Der frühstückt nie.

Stimmt. Nervöser Magen. Ich krieg morgens nichts runter außer Kaffee, bleibt mir vom Leib mit allem anderen.

Ulcus binnen kurzem, wenn er so weitermacht. Äußerst schmerzhaft. Operation oder: kein Nikotin, Koffein, Alkohol mehr, kein gar nichts. Diät. Wie der Alte. In Krämpfen gewunden. Hat er mir leid getan, sein Geächze nachts. Durchs dunkle Wohnzimmer auf und ab gegangen, der Herr Synodialpräsident. Von wegen beten. Haferflockenschleim und Kamillentee, dazu verschiedenfarbige Pillen. Plus eine Tinktur homöopathisch eins zu tausend verdünnt. Mistelextrakt. Brennesselsud. Contraria contrariis heißt das bei denen. Abergläubisch im Aberglauben Zuflucht gesucht und nicht gefunden. Rausgeschnitten dann ruckzuck beschwerdefrei. War ich schon weg. Göttingen Tübingen Berlin. Unergründlich die Wege des Herrn, mittelfristig betrachtet. Übernächstes Jahr zum sechzigsten fahre ich hin. Eine Geste nur, ohne was zu bedeuten. Simone kommt auch. Bricht keinem ein Zacken aus der Krone deswegen. Mir nicht. Ne pas. Glück zu wünschen ihm herzlich.

Ludwig holte eine Keksdose vom Schrank und gab das Zeichen zum Abmarsch. Allons. Im Flur, mit Stecknadeln festgepinnt, hingen einige seiner Aquarelle, ältere Arbeiten, die, als Serien von vier und fünf Stück, jeweils ein Motiv variierten, Straße, Platz, Haus: sehr akribisch ihre Umrisse Feder auf Bütten, Comics nicht unähnlich, Din ah drei, so daß, folgte der Blick ihrer Numerierung, zwar keine Geschichte, aber der Eindruck eines Ablaufs, vor gleichbleibendem Hintergrund, wie soll man sagen?, praktisch ein Vorgang, die Empfindung einer Fata Morgana: taucht etwas auf und verschwindet wieder, sich einstellte. Könnte man sehen, sähe man. Ein Auge. Das des, sie betrachtend, auf halbem Weg zwischen Küche und Atelier, nach ein paar Schritten. So eine Phase, erklärte Ludwig, gefragt, Horst Jansen geht mit Roy Lichtenstein in Altona Schnäpschen trinken. Bommerlunder, die Würze aus dem Norden. Hat Andreesen welche davon an den Mann gebracht, für Zweifünf. Ein halbes Jahr in Saus und Braus. Bœuf bourguignon. Zanderfilet. Flußkrebse. Foie gras. Brunello di Montalcino. Und anschließend Lebkucheneis. Beziehungsweise Pflaumenparfait. Espresso. Eine gute Zeit alles in allem, November bis April vierundachtzig, Bettina, Daniela, Nanette (aus New Jersey, deren Großeltern, russische Juden, vor der Revolution gerade noch rechtzeitig, Odessa verlassen und sich via Istanbul in die neue Welt eingeschifft hatten: all my parents have been dentists, teeth-doctors, lachte sie, schulterlange schwarze Locken wie Korkenzieher, so watch out, honey), Severine (Freundin von Daniela), Elisabeth (Krankenschwester), Anja (ich machs Abitur jetzt an der Schule für Erwachsenenbildung und studier dann HdK-mäßig Kommunikationswissenschaften), Sieglinde (?), Natascha und Julia. Mit keiner was geworden länger. Befreundet nur mit Nanette heute. Bei Edmund im Kino arbeitet sie manchmal an der Kasse. Daher. Performerin. My Jewish wedding in Atlantic City, ihr letztes Programm. Eine Nichte von: Sarah Miles? So ähnlich jedenfalls. Amerikanische Schauspielerin. Sarah Davenport? Sonia Miles? Sophia Davenport? Ziemlich füllig obenrum, der eine Film mit Robert Mitchum, wo sie im Unterrock. Remake von Farewell, my darling. Chandler. Oft gelesen.

– Paß auf, sagte Ludwig, sich umdrehend. Stufe!

– Registriert, sagte Till, ohne seinen Blick von den Zeichnungen an der Wand zu lösen.

Weiß ich doch. Immer ein, zwei Bilder einer Serie, auf denen, als habe sich ein Schleusentor geöffnet, eine durchscheinende Flutwelle: Schemen von Menschen und Autos und Dingen, durcheinandergewirbelt sich überschlagend, sorgfältig gearbeitete Details, Gesichter, Hände, Reifenspuren, Waffen, medizinische Geräte, Scheinwerfer, Kolben, Panzerketten, Monitore, Herde, Stühle, Platinen und Kabel, die Fassaden hochlappend, heranrollt, gespenstisch. La vie quotidienne. Erkennt man. Im Tagesspiegel besprochen. Milde, traditionellen Techniken und Mustern des Aquarells verpflichtet, gelingt es auf so frappierende wie augenfällige Weise, seinen Hintergründen Momente der Verblüffung und Einsicht abzugewinnen. Zweifünf à vier Stück. Sechs von zehn verkauft, gleich fünfzehn Mille minus Andreesen sein Teil. Dreiunddreißig Prozent. Brutto für netto ohne Steuern. Keine Quittungen. Verdammte Scheiße. Die Miete. Um zu schlafen bloß. Is ja alles lächerlich im Grunde genommen, prinzipiell betrachtet. Die eigene Müdigkeit, sich ich mich, zu lassen irgendwo. Rage, rage against the dying of the light. Nicht wie ein Gentleman. Into that night. Niemand von uns.

– Achtung! sagte Ludwig (zu spät).

Till, strauchelnd, machte einen Ausfallschritt ins Zimmer, als dessen Folge die Ladung des Tabletts ins Rutschen kam, doch – Ludwig schnellt mit ausgestreckten Armen in die Hocke, um Kanne, Tassen, Löffel vor einem möglichen Fall zu bewahren – gelingt es ihm, sein Gleichgewicht wiederzufinden und die Last, eine halbe Pirouette drehend, unbeschädigt auf dem schwarzlackierten Tisch abzusetzen.

– Sag mal, hast du keine Ohren im Kopf?

Till warf sich auf die Liege und schlug seine Beine übereinander.

– Einen kleinen Schuß Milch, wenn ich bitten dürfte.

Ludwig lächelte.

– Und nicht rühren. Daß es einfach schön marmoriert.

Während Ludwig die Tassen füllte, wurde draußen der Kompressor angeschmissen, die Kreissäge, ein heulender Ton durch Mark und Bein, das scheppernde Rührwerk der Betonmischtrommel, des Krans seiner Kugellager rostiges Quietschen, und Hartwig trat aus dem Schlafzimmer wieder herein. Neben der Türe nahm er in einem hochlehnigen, rotsamtig verwetzten Sessel Platz. Ludwig servierte ihm (schwarz ohne alles, was sonst) und Till, mit Schwung wie ein Oberkellner einen Arm hinten auf dem Rücken, den Kaffee.

– Und? fragte er.

– Tja, sagte Hartwig und hob das Buch kurz von seinen Knien, die alte Geschichte. Ein scheinbar determinierter Rechenprozeß spielt verrückt. Obwohl seine algebraische Struktur bekannt und keineswegs exotisch ist, gerät er, unter bestimmten Bedingungen, auf Grund minimalster Änderungen einer einzigen konstanten Größe, in ziemliche Unordnung. Echt weird.

– Für mich normal, sagte Till und blies (mit geschürzten Lippen) eine Dampffahne (hochstrudelnd von der Oberfläche der Tasse in seinen getrichterten Händen) gegen die Dekke. Da muß nichts algebraisch sein oder wie das heißt.

– Laß ihn bitte ausreden, sagte Ludwig. Halts Maul mal jetzt.

– Verschieben sich die ursprünglichen Werte der Gleichung auch nur um den Bruchteil eines Bruchteils, sagte Hartwig, hat sie plötzlich zwei, vier oder acht gleichberechtigte Ergebnisse statt des einen erwarteten. Ihr numerisches Ziel. Kapiert?

– Nein, sagten Ludwig und Till einstimmig, ohne sich anzusehen, jeder für sich grinsend.

– Na gut …

Hartwig stockte.

– Wir hören, sagte Ludwig.

– Wollt ihr?

– Selbstverständlich, sagte Till. Um was zu lernen.

Hartwig zündete sich eine Zigarette an (Senior Service, eine flache Packung zum Aufschieben) und streckte seine Beine aus (schwarze Levis, handgenähte Schnürstiefel).

– Manche Vorgänge, deren mathematischer Ausdruck ebenjene oder eine ähnliche Gleichung ist, einfach quadratisch … was guckst du denn so?

– Er hats Abitur an einer integrierten Gesamtschule gemacht, sagte Ludwig. In Hessen-Süd.

– Arschloch, sagte Till.

– Quadratisch heißt, fuhr Hartwig rasch fort, daß es eine Zweierpotenz gibt, iks hoch zwei, nichts Kompliziertes, die ein stetiges, aber sich beschleunigendes Wachstum ins Negative oder Positive hinein beinhaltet, äh, Bevölkerungsrate, Bazillenvermehrung, Abnahme der Kindersterblichkeit infolge hygienischer Erkenntnisse, Semmelweis …

– Kenn ich einen Film, sagte Till. Er gegen alle. Wegen Händewaschen.

– Ein Ufa-Schinken, sagte Ludwig. Schwarzweiß. Mit Zarah Leander als Krankenschwester.

– Blabla, sagte Till. Totaler Stuß.

– Hans Albers, sagte Ludwig. Während der Entbindungen singt er Shanties.

– Bitte nicht!

– Dir zuliebe.

– Danke.

– Und je nachdem (Hartwig: entschlossen, seine Ausführung zu Ende zu bringen), welche Zahlen man eingangs wählt, die Basisdaten, das sind Differenzen im Nullkommabereich, kommt zum Schluß mal so was und mal so was raus, absolut unvorhersagbar, entweder komplettes Durcheinander oder mehrere alternierende Lösungen oder auch, bestenfalls, eine einzige Ziffer allein. Wo sich nämlich die Rechnung drauf zubewegt.

– Ist das ein Problem?

– Manchmal, sagte Hartwig. Um Prognosen zu stellen. Wie was wird, statistisch, zum Beispiel beim Staatshaushalt. Wenn man kalkulieren muß: auf zehn Rentner kommen im Jahre zweitausend dreiundzwanzig Beitragspflichtige.

– Tatsache?

– Beispielsweise, sagte ich. Bezüglich präventiver Maßnahmen, sich zu wappnen. Obs funktioniert.

– Silvester zweitausend bin ich genau, wartn Augenblick (Till zählte stumm seine Finger ab), zwei-null-null-null: vierzig Jahre und sieben Monate alt.

– Ein alter Sack, sagte Ludwig. Dann ist Schluß mit lustig.

– I know, sagte Till. Bißchen Zeit noch, dreizehn mal zweiundfünfzig Wochen.

– Als bemerkenswert an der ganzen Sache, sagte Hartwig unbeeindruckt, öffnete das Buch und bot ihnen eine rot-grünblau kolorierte, doppelseitige Schautafel dar, seht mal, sehr eigenartig, entpuppt sich eine graphische Ansicht des rechnerischen Geschehens, seiner Möglichkeiten, geometrisch verästelt, so daß, wie ein Stammbaum, selbst größte Unordnung im Kern aus einer kleineren Ordnung besteht, der Summe ihrer Summen, und sie allgemein widerspiegelt als Kette ohne Anfang und Ende.

– Das jan Ding, sagte Ludwig.

– Wahnsinn, sagte Till.

– Selbstreferentiell, sagte Hartwig.

– Wie (Till und Ludwig) bitte?

– Das Chaos hat System.

– Jawohl, sagte Ludwig. Kein Zweifel. Nie dran gezweifelt.

– Ich etwa?

– Nur, sagte Hartwig, ob man so was schön findet (er zeichnete die Umrisse der Fotografie nach), steht noch zur Debatte.

– Erinnert mich an eine Schneeflocke, sagte Till. Ihr Kristallgitter.

– Fast sämtliche Bildungen der Natur, sagte Hartwig, folgen diesem Muster. Behauptet zumindest der Autor in seiner Einleitung. Blütenblätter, Schneckengehäuse, Küstenlinien, Wurzelwerk, Organe …

– Hast du da rumgekrakelt? fragte Ludwig. Irgendwas reingeschrieben?

Hartwig schüttelte den Kopf.

– Hoffentlich. Und was soll schön sein?

– Die Symmetrie. Daß die Formen, wie bizarr auch immer, sich in sich ähnlich sind, regelmäßig unregelmäßig. Oder umgekehrt.

– Ach, Symmetrie ist Schönheit?

– Eine Art. Das ist ja nicht meine Meinung. Steht hier.

– Wunschdenken, sagte Ludwig, einen Keks (Bahlsens feine Mischung) vertilgend. Schon seit der Steinzeit. Die Wirklichkeit zu bannen, indem man ihr, Höhlenmalereien, eine Ordnung unterstellt. Daß sie eine hat, ein erkennbares, wiederholbares Etwas. Immergleiche Spuren von Wellen am Strand.

– Will ich überhaupt nicht verteidigen. Liegt mir fern.

– Ich bin müde, sagte Till und rollte sich ein. Völlig erledigt. Wie spät?

– Eins, sagte Hartwig. Ein Uhr, zwei Minuten und vierzehn Sekunden.

Ludwig stopfte seine Hornspitze mit einer Zigarette. Warum denn gleich in die Luft gehen? Entzündete sie und durchkreuzte wieder das Zimmer von Ecke zu Ecke.

– Pulchra sunt quae visa placent! stieß er, nach der zweiten oder dritten Umdrehung, plötzlich hervor.

– O ja, sagte Hartwig. Subjektiv betrachtet.

Till tat liegend, als würde er schlafen. Kein Kommentar. Visa-Card Frau Hennig vergebens. Köpenicker Bank Berlin. In Malta ausspannen vierzehn Tage bitte bringen Sie dann Ihren Ausweis mit weil meine Vertretung Anweisung von oben Ihr Gesicht ihr unbekannt damit um abzuheben sie eine Sicherheit hat die Identitätsnummer wegen Betrug alles klar häufig letztens danke. Der Rest des Rests hundert Mark (k)ein Problem.

– Steck dir die Symmetrie in den Hintern, sagte Ludwig. Zufall, nichts Wesentliches.

– Beschuldige mich nicht. Hab ich nie von gesprochen, alte Pfeife.

– Pfeife ja, alt nein.

Till meckernd lachend mit geschlossenen Augen, die Brille geklebt den Bügel neben seinem Kopf, über den Schläfen die Haare beginnen sie langsam wegzuschmelzen. Zeichen von Intelligenz. Geheimrat. Ein Trost tröstlich.

– Trotzdem, sagte Hartwig, kannst du einwenden, was du willst, strahlen symmetrische Figuren einen ganz besonderen Reiz aus. Man staunt doch darüber.

– Ich nicht.

– Jeder. Beim Muschelsammeln. Tannenzapfen. Oder Blumen, daß sie nicht krumm und schief sind.

– Rosen, sagte Till.

– Alle Blumen. Guck mal …

– Was?

– Vorstellungsmäßig, ein Prinzip sozusagen. Der Ordnung. Die sich, und sei sie noch so versponnen, mathematisch beschreiben läßt. Daß es eine Ordnung gibt.

– Hofft man. Viel Vergnügen. Basta.

– Rettet unsere Tiere, rief Till und streckte sich aus. Klapperschlangen, Hyänen, Motten, Silberfische …

– Kakerlaken, sagte Ludwig. Nicht zu vergessen. Sehr schön symmetrisch, zwei Augen, zwei Fühler, sechs Beine. Kribbelkrabbel.

Hartwig lächelte. Kein Versuch mehr, keine Erklärung. Um sechzehn Uhr ins Metropol. Zwei Stunden aufs Ohr legen noch. Abdösen. Starken Espresso trinken und los dann. Was zum Einschmeißen mitnehmen nicht vergessen. Dauert lange heute sicher. Die Beh zweiundfünfziger. Kasse machen, Roadies ausbezahlen, verkaufte Karten nach Düsseldorf durchfaxen. Gästeliste. Wer sich die Ehre gegeben hat. Schnorrer. Dem Typen vom Stadtmagazin einen Backstage-Paß anhängen. Um die Künstler in der Garderobe. Exklusiv. Sich wichtig zu fühlen. Entsteht kein Schaden. Eine Hand wäscht die andere. Schönen Artikel nächste Ausgabe. Ist Werbung ja. Geldwert. Prozente für mich geregelt gelöhnt. Ein Bundesschatzbrief zu neuneinviertel. Sind gute Konditionen, Zinsen und so weiter. Daß man irgendwas besitzt. Eine Sicherheit zum Dranhalten. Vorgegeben ein Muß immer. Oder ein Soll. Bewährte Empfehlungen überall. Der Goldene Schnitt. Drei, fünf, acht, dreizehn, einundzwanzig, die Verhältnisse, Höhe zu Breite zu Fläche. Aus der Natur, ihr abgelesen, wie selbstverständlich. The beauty of structures. Ganz interessant das Buch. Mal fragen, ob er mirs ausleiht ein paar Tage für zu Hause. Die anderen Kapitel in Seelenruhe. Absolut nervtötend der Krach da. Miete mindern, gesetzlich möglich. Kein Spaß mehr. Schert sich niemand, ob die Anwohner, monatelang. Leistung zählt. Mein Bruder ist Chirurg. Taschen voller Geld nach Luxemburg. Cayman Islands. Oasen der Ruhe. Man gönnt sich ja sonst nix. Wegen Calvin und Luther. Doppelte Buchführung, sauber mit Tinte Spalten und Zeilen. Winkt einem das Paradies. Du bist würdig, einzutreten unter mein Dach. Der Mühe Lohn. Nimm Platz und kontrolliere die Addition unserer flammenden Füller. Pardon wird nicht gegeben. Sünder, te absolvo. Preiset Jubelchöre das Herz der himmlischen Heerscharen. Ein gutes Wort zur rechten Zeit. Berge voll Müll, reingekippt in unschuldige Köpfe. Kamele Nadelöhre. Eins aus dem anderen ohne Anfang und Ende. Kein Irrtum. So zufällig wie notwendig, Ebenbilder der Schöpfung. Quadratisch. Einfach eigentlich grundsätzlich. Die Form. Der Formen eine Formel, strenge Wissenschaft. Beschreibbar. Wasser Wolken Herz Lunge Nieren. Aminosäuren praktisch, deren Verbindungen. Minus iks hoch zwei. Weiß Stefan wahrscheinlich Bescheid. Es geschafft. Rechnen rechnen rechnen. Sind wir zusammen hin sein Zeugnis, Diplom, ich ihm die Hand geführt beim Unterschreiben. Ausgedehnte Feier im Amazonas. Verlieren Sies nicht, sagte die Sekretärin. Niemals. Kann er mir die Funktionsweise erklären. Wieso die Ergebnisse. Alles symmetrisch quisiquasi. Schließlich studiert zu was nützlich. Lineare Algebra und analytische Geometrie. Springende Zahlen. Ein Gespinst, ein Gesetz, der Urstoff, glaubt man. Dem Text. Natürlich die Natur sensibel zu erkennen ihre Schrift. Kalli. Graphisch. Tusche. Mein Gott, ist das laut hier. Und fort.

Als Hartwig aus dem Sessel hochkam, ertönte die Klingel, ein schnarrendes Geräusch. Ludwig blieb stehen, und Till legte den Zeigefinger über seine Lippen. Ratlose Blikke. Ludwig deutete auf den Tisch, wo das Zeug lag, und schlich, während Till den verschmierten Spiegel, das Tütchen und die Rasierklinge geräuschlos hinter einer Leinwand verschwinden ließ, in den Gang zur Türe.

11.1 Punktum dreizehn Uhr. Kein Blick mehr aufs Zifferblatt. Bedacht entschlossen verkündet. Auf Wiedersehen. Ich komme zurück, ein Versprechen. Das Geld. Alles läßt sich regeln. Nie nichts endgültig der Anfang. Eines Morgens eines Tages. Wird mir gegeben. Es. Ohne Alter und Tod. Ist so. Wer ich bin seit jeher, eine Folge. Daß es eine Logik hat von Januar bis November, nur dieses besondere Jahr vorerst. Wieso weshalb warum. Ich mich darin, wie die Zeilen einer Stimme ihre Worte. Silben durch elastische Bänder des Kehlkopfs in Schwingungen versetzt, labial, palatal, guttural, organischer Klang des Körpers. Was man sieht oder hört oder fühlt: es sagt. Buchstabe auf Buchstabe, Satzzeichen, Zwischenräume, Abschnitte. Der Sinn der Sache. Einfach nur sich gehenzulassen vermögen. Das Bewußtsein.

11.2 Als Martinez die Türe aufzog, schlug die alte Ladenglocke an, drei helle bimmelnde Töne: ais – fis – gis einer Moll(?)melodie. Dur? Von außen, auf der Schwelle (Gitterrost) im Rahmen stehend, wiederholte er den Vorgang: öffnen und schließen. Eher Moll als Dur. Nie kapiert, auch son Fall, der Quintenzirkel. Dieses in jenes transponiert. Warum? In meinem Elternhaus wurde kein Chopin gespielt. Die kahle Sängerin mit Mama als Abonnementsbesucher. Gluck. Davon zehrten wir. Sitz still, hör mal: schön was!? Hänsel und Gretel, bitter bitter kalt. Im Wald natürlich. Während der Pause, am Büffet, gab es eine Cola ausnahmsweise. Um bloß nicht einzuschlafen. Sie, perlend, ein Glas Sekt trank sie. Summte vor sich hin bis nach Hause. Wir beide waren zusammen im Theater. Mendelssohn sein Traum von der Mittsommernacht, taxifahrend. Don Carlos, das Arschloch. Don, noch so einer, Giovanni. Alles Blödköppe, durch und durch. Um dem Kind. Ja, kritisier mich, laß mich zufrieden. So mein ichs gar nicht. Wie dann? Allgemein. Gesellschaftlich. Ideologisch betrachtet. Wärst du lieber alleine geblieben? Nein, Herr im Himmel! Dann nimms hin, so wie es gewesen ist, und halt den Mund. Beleidige mich nicht. Sei still. Stefan schlug (fast mechanisch die Geste unter freiem Himmel) den Kragen seiner Lederjacke hoch und drehte sich um zur Straße hin. Also gehen wir los jetzt. Zigarette brennt und ab.

11.3 Wolkenschatten spiegeln sich und das kahle Geflecht der Bäume in den mächtigen Scheiben des Portals, vor dem: hier Aufgang zum Club Sophia: eine Kette bunt blinkender Lämpchen: zwei Frauen, Araberin und Schwarze, in

Bodysuits und Lederstulpen gepackt, nach Kunden fischen. Eh du, komm mal rüber, machen wir was Schönes zusammen. Martinez, sich um die eigene Achse drehend, streckte lachend seitlich seine Arme aus, ein Lächeln empfangend, einen Kußmund, und winkte den beiden, seine Fingerspitzen, vorwärts schreitend zu. Mit gewandtem Kopf sah er, wie die eine, ein Stirnband aus gelbem Frottee ihre dunkle Haarpracht, hielt sie in Fasson, dichter schwerer ebenholzfarbiger Duft, wofür man bezahlt, ihr Mund ihre Lippen ihre Augen, zurückwinkte, schrillrot lackierte Nägel, als würde sie, pling, die Tasten eines Pianos, ein Versuch, pling, eben mal so anzuschlagen versuchen. Pling pling.

11.4 Eine Schleife linksrum, schnell zu gucken einen Moment lang. Früher. Keine Macht für niemand. Gibts noch die Kneipe, tatsächlich, Treffpunkt der undogmatischen Gruppen, bei Onkel Wanja, das Pilsstübchen. Seit Jahren nicht mehr. Schwarz und rot, no pasarán, Kolonne Durrutti hält die Stellung. Auf dem Hochplateau der Mancha, in den zerklüfteten Tälern Kataloniens, verschanzt hinter quer gestellten Panzerwagen auf den Ramblas von Barcelona. Tod dem Faschismus. Das Geld abgeschafft. Die Bürokratie, Parteien und so weiter. Es lebe der Syndikalismus. No pasarán, in Brokdorf, in Grohnde, wo auch immer. Der Superbrüter Phoenix. Totale Schlacht gegen Spezialeinheiten der französischen Polizei. Ein Tränengasbombardement. Mitgehangen mitgefangen. Zitronensaft (Marke Sicilia) verdünnt, um den beißenden Qualm. Taschentuch über Mund und Nase. Noch im Bus wieder nach Berlin schmerzende, brennende Augen. Wegen wem? Katherina vom Studentenrat etwa? Das ist wahr. Ohne sie bestimmt nicht die ganzen Strapazen. Einmal vorübergehend arretiert (vier Stunden) und zweimal gefilzt bis aufs Hemd. Die Schweine. Les boches. Europäische Seuche Plutonium. Schöne Frau sie. Mutig. Und sehr klug. Am besten bei Klausuren saß man in ihrer Nähe. Differentiale kein Problem, wie aus dem Effeff. Fleiß wahrscheinlich auch. Nachts gelernt und gelernt. Willst du nicht zu mir unter die Decke kommen? Gleich. Später. Eingeschlafen das Gesicht lag morgens um sechs ihre Wange auf einen Stapel Papiere gebettet. Skripte. Einfach zu viel kaum zu glauben.

Ein bärtiger Mann (Onkel Wanja) spülte im Inneren des leeren, zugeschlossenen Lokals Gläser. Noch von gestern abend er alleine. Unverändert, als wäre die Zeit stehengeblieben. Neue Kundschaft vielleicht heute. Muß ja. Sonst nämlich Bankrott mit bleicher Faust klopf klopf. Spezialität des Hauses: Zwiebelsuppe, ein Stein im Magen. Und – Schluß – dann. Keine Lust mehr wie eingefahren der linke doofe Driß. Als Hartwig. Sämtliche Brücken abgebrochen. Ich steig bei Connys Konzertagentur ein: für zehntausend Gesellschafter im Kleinkreditverfahren. Mein eigenes Leben, kapierst du? Nur ich für mich niemand. Schau!: Ja! Den ganzen alten Plunder. Zu vergessen. Verlange ich gar nicht von dir. Alright? Yes. Laß mich einfach ein paar Jahre machen. Hinterher. Obs falsch war. Eine Entscheidung jetzt ohne wen anders. Gib mir die Hand drauf, vertragen wir uns wieder.

Irgendwie bewundert schon ihn damals. Ihn schon. Seine Konsequenz. Anstatt. Die Tore der Universität: TU Berlin, Straße des 17. Juni. Gemieden sie, Semester sausengelassen nach dem Vordiplom. Hartwig begleitet, keinen Eintritt bezahlt als Gast des Veranstalters. Mein Name auf der Liste.

Nils seiner, wenn er aus Hamburg (mit Willi oder Fiete) gekommen war, dressed in shiny shiny leather. Der Takt der Musik, schroffe, harte Töne, die den Eingeweiden zusetzen, Baßläufe und Schlagzeuggewitter, ein hämmernder, dröhnender Klang, Schläge, Siouxsie and the Banshees, in der ersten Reihe, The Cure, so daß, sich aufzulösen, Throbbing Gristle, das Gefühl ohne Maß auf der Stelle hochspringend kein Gestern kein Morgen von einem Besitz ergriff. Schweißgebadet. Klebten Jacke und Hemd und Hose am Körper. Erledigt. Suicide: Martin Rev und Alan Vega, seine atemlose Stimme, gegen die Maschinen ansprechsingend, Korg-synthesizers-inc., drum-computers, gleißend hell bestrahlt die Bühne des SO 36, aus Plastikbechern Bier, sonnenbebrillt beide, bis in ihre Haarspitzen vollgepumpt from New York City eine Epiphanie, der Rausch, stürzte er einer nicht enden wollenden Welle gleich über einen dahin, schwankend nach links und rechts gestoßen von allem losgerissen befreit.

Der chemischen Industrie sei Preis und Dank. Lobet. Die Herren der Labors, deren unerschöpflichen Einfallsreichtum, geschnupft geschluckt geraucht. Probiers. Captagon, Ephedrin, Kokain, Percoffinedrol, Benzedrin, ordinäre Appetitzügler (mit Wodka), Southern Comfort & Sekt, Speed. Weißes Pulver ätzend. Persil. Als Wirkung Gegenwart der Rachen taub betäubt. Die Kurve kratzen. Eingeschwenkt und wieder rausgekommen. Zwei Jahre mindestens. Von innen gesehen keinen Raum des Instituts die ganze Zeit. Hallo Stefan (sagte Katherina). Hallo Katherina (sagte ich). Bringen wir die Sache hinter uns? Klar. Ein Thema hätte ich für dich (sagte sie), für deine Arbeit achtzig Seiten inklusive Literatur, dreifache Ausfertigung bitte. Und fertig ist der Lack. Mündlich noch, schwitzend, bestanden, erledigt. Absolut finito. Mit Hartwig das Zeugnis im Prüfungsbüro nach einem Abend bis zum Abwinken im Amazonas. Warum? Darum. Nicht verlieren, lachte die Sekretärin über uns, passen Sie auf, mit Dokumenten immer schön vorsichtig. Yes, my lady, my dark one sad-eyed of the Lowlands. Ich werde Ihren Rat beherzigen. Kopiert, verpackt, verschickt einmal diesen Winter. Weil Ludwig. Ziehst du einen Zweireiher von mir an und stellst dich brav bei denen vor. Arthur Höhnerlein und Co, Unternehmensberatung GmbH. Management-Adjustment. Er eine Annonce in der Zeit gelesen. Sie passen zu uns, wenn Sie den Ehrgeiz haben, eine langfristige Laufbahn einzuschlagen, deren Ziel Partnerschaft heißt. Sollten Sie aus Studium (Informatiker / Mathematiker / Wirtschaftsingenieur) oder erster Berufspraxis fundiertes EDV-Wissen einbringen: um so besser. In jedem Fall sind Sie lern- und leistungsorientiert, kommunikativ, geistig beweglich und vielseitig interessiert. Zehn Uhr fünfzehn im Congress Centrum Hamburg. Wir freuen uns, Sie begrüßen zu dürfen. Danke. Anschließend bei Nils im Laden dann Edoardo kennengelernt. Easy money. Langsam klüger von Stunde zu Stunde. Eins folgt dem anderen.

11.5

– Ach was!? sagte Horst Klaproth, rollte die Zeitung zusammen und steckte sie in die Tasche seines Jacketts. Wett-Tips.

Stefan, genau auf Höhe im Moment der (sperr)angelweit offenen Türe des Buchmachers, hielt ein – Rauch bläulich verschwimmend im Licht zahlreicher Monitore (Quoten und Einläufe von überall), die verschrägt unter der Decke befestigt waren – und reichte dem Mann die Hand.

– Ach nee!?

– Sicher, sagte er und zog ihn, herzlich, eine Sekunde lang an seine Brust.

– Gut schaust du aus.

– Na ja.

– Wie läufts?

– Man darf nicht klagen, sagte Horst. In Ordnung. Den Umständen entsprechend ausgezeichnet.

– Im Gewinn …

– Um vierzehn Uhr haben wir noch ein Steeple-chase in Sydney. Sechshundertfünfzig für Sieg. Ein bissel Risiko.

Seine Sache sein Leben. Faxgerät im Schlafzimmer. Und Modem, auf dem neuesten Stand. Wegen der Zeitverschiebung, Hongkong, Delhi, Los Angeles. Richtiger Beruf das international von Kontinent zu Kontinent. Über Ozeane. Werden Satelliten angepeilt. La mer. Ein sekretes Geheimnis, ein einziger Datenfluß. Kennt er sich aus damit. Die entsprechenden Zeitungen abonniert. Race and track news. Gutes Gedächtnis. Tipptopp. Wie frisch gepellt wie immer. Der Sakko garantiert von Christa, schwarzer Filzstoff mit Reißverschluß und ohne Revers. Evento: ihr Geschäft: Mode. Sind zusammen sie seit jeher. Auch son Fall. Für sich. The beauty and the beast. Christa Dermongé. Lette-Schule höhere Tochter Kurklinik Bad Tölz. Gesucht und gefunden. Täglich. Unser Brot. Jeder seins, sich zu holen, was man braucht. Was man.

– Sollen wir bis zwei eine Runde Backgammon? Fürn Kaffee?

– Keine Zeit, sagte Stefan.

– Du gewinnst ja doch. Fürn Pfund.

– Letztes Mal hast du gewonnen, ziemlich deutlich sogar.

Horst Klaproths Blick, eine Augenbraue hochgezogen, richtete sich über Stefans Schulter (hinweg) in die Ferne.

– Stimmt, sagte er dann, selbst mit sich zufrieden lächelnd. Gegen nen Mathematiker nicht schlecht.

– Aber ich habe wirklich keine Zeit.

– Schade. Wäre mal wieder eine Herausforderung für mich gewesen.

Martinez tippte an seine Stirn.

Unverstellt, Horst – Hotte – Kläppchen – Rothorst, grinste er sich einen.

– Geht klar.

– Muß.

– Sicher. Apropos: Wie isses mit nem Auto?

Seine Zeigefinger, kennt man die Bewegung, strichen zugleich, ihre Kuppen, rasch über ein Paar spitz Richtung Mund (sauber) rasierter Koteletten.

– Nee.

– Warte mal, sagte Horst und beklopfte suchend seine Taschen. Hier (er zog einen Fahrzeugschein hervor und öffnete ihn), Polo, äh, Baujahr zweiundachtzig, mit fünfundvierzig Pferdestärken.

– Echt nicht.

– Fellbezüge auf den Sitzen und scheckheftgepflegt. Tadellos.

– Seh ich wie ein Polofahrer aus?

– Dreifünf, sagte Horst. Freundschaftspreis.

Stefan schüttelte entschieden den Kopf.

– Scheiße, sagte Horst. Ich werd das Teil nicht los. Vauweh Polo! Auf so was (er steckte die Papiere weg) lass' ich mich in no case mehr ein.

– Selber schuld.

– Leichter gesagt als getan.

– Café Fontane?

– Wo sonst?

Bakkara, Molotov, Black Jack, Poker offen, Chicago, teurer Skat (fünfzig Pfennig den Punkt), Häufeln, Ramsch und Bock und Re, irgendeine Art Mau-Mau, Domino, Blitzschach: synchron: mit Ansage gleich zweihundert Mark in zehn Minuten. Nervensache alles. Zum Zugucken für mich. Deponieren welche ihr Blatt am Tresen und fahren heim, um den Verstärker. Oder CD. Schmuck. Kannst du machen, Alter, aber wenn du nicht zurückkommst, finden wir dich. Keine Schecks. Euro – vergiß es! Ehrenschulden. Einsetzen bieten mitziehen drücken. Aufsatteln abwerfen geigen vergeigen. Deinen Anzug. Seid ihr bescheuert? Schuhe und Anzug, sofort. Verschwinde! Durch die Küche in der Grünanlage. Passiert. Mein Auto vielleicht? Mit regulärem Kaufvertrag: ja. Schreib! Das Geld habe ich bar erhalten.

– O. k., sagte Horst. Dann will ich wieder.

– Ich auch.

– Grüße.

– For whomsoever.

– For whom ever.

Sie umarmten sich und Stefan setzte seinen Weg fort.

11.6 Ein Ziel. Teleologie nennt man das. Um darauf zuzusteuern, ganz allgemein. Weil es anders nicht geht. Gendefekt, die Chromosomen. Praktisch in jeder Zelle des Körpers. Erbgut. Vater Mutter Kind. Zum Beispiel solche bestimmten Krankheiten. Werden geheilt mittels Implantation. Knochenmark. Sehr schmerzhaft dessen Entnahme.

Von den nächsten Verwandten, die sich. Freiwillig bereiterklärt. Monate und Jahre geschenkt dem Kranken. Söhne. Ihre Verpflichtung zu mehren. Schutz. Ich gebe, damit du gibst. Aber wer denn? Eine Hand wäscht. Meine Seele salviert. Nicht zu suchen auszusuchen irgendwie. Reingeboren ward ich, gewiß sei des. Kopf oder Zahl, eine Münze hochgeworfen. Nimm hin. Ich nehme. Meines. Die Geschichte von Anfang bis Ende. Yes. Einmal war. Konnte. Der Stolz des Namens der Vergangenheit. Ich alles.

11.7 Hat Herodot berichtet, wahrheitsgetreu, so gut er es wußte, daß, ein rauschendes Hörensagen, die gidanischen Frauen Lederringe um ihre Knöchel trugen und sich, nach jeder Begattung durch einen Mann, heißt es, schreibt er, einen weiteren anlegten, um, als Sammlerin der meisten, in ihrer Gemeinschaft am höchsten geschätzt zu werden.

11.8 Vor den Gidanern, führt er im einhundertsiebenundsiebzigsten Paragraphen des vierten Buches aus, den Küstenstrich, bewohnten die Lotophagen, die bloß von der Frucht des Lotos leben – angeblich; groß wie ein Mastix, schmecke, glaubt man ihm, dieses Gewächs ähnlich süß wie die Dattel und diente (den Lotophagen) auch dazu, betörenden Wein zu bereiten.

11.9 So daß man blinzeln mußte, blendend, war einmal, hob man beim Gehen kurz den Kopf, unvermittelt (zwischen den Häuserfirsten der Straße) ein wolkenloser

Streifen ganz klaren und lichten Blaus zu sehen, wie in der (überirdischen) Tiefe seines Bettes dahinfließend ein Strom von durchscheinender Helligkeit, zu spüren dessen Wärme am Leib ein himmlisches Strahlen. Rayleigh. Weswegen der Farbton, eine Streuung der Wellenfrequenzen. Atmosphärisch. Die Farbe des Südens der Vergangenheit. Was unabänderlich ist. Berührt zu werden. Nur ein einziges Mal berührt worden zu sein davon. Im Innern, wo das Herz, klopfend, nie wirklich zu kontrollieren, ein auf- und abschwellender Gesang, dem gleich dem flirrenden Klang der Grillen, verborgen links und rechts des Weges eines Sommers im Dikkicht von Kakteen und Bambus, als ich zum Meer herabstieg, um ein Schiff, die Giotto, zu empfangen aus der Ferne ein dunkler Tupfen am Horizont verwehend das Geräusch ihres Signalhorns. Es wird gut. Wie es ist. Mein Eigentum.

11.10 Früher, vor der Anlage des begrünten, von Betonschwellen eingefaßten Mittelstreifens in den achtziger Jahren, der Begradigung und gestrichelten Markierung der heute zwei mal zwei Fahrrinnen plus auf jeder Seite Parkbuchten, stellte die Kantstraße (z. B.), insbesondere zwischen Amtsgerichts- und Savignyplatz, mit ihrem unsystematisch fleckigen Pflaster aus Kopfstein, Teer und Bitumen, den mancherorts noch sichtbaren Resten, tauchten sie aus dem Untergrund hoch, alter Straßenbahnschienen, dem das Sonnenlicht über den Bürgersteigen filternden Blattwerk weitgespannter Baumkronen, einen, kam man von Westen in die Stadt, hupend zickzack ließ sie sich des Nachts befahren, Traum dar, den keine Stadt der BRD sonst mehr einzulösen versprach; wie der Rausch einer Erinnerung, als wäre, so empfangen zu werden, alles möglich, sämtliche Verstiegenheiten, die in der Gedankenwelt eines noch sehr jungen Mannes Form zu gewinnen sich schicken. Denke nicht, von mir etwas zu bekommen, dem du dich zukünftig nicht gewachsen zeigen wirst; aber fang an. Mit meinem Wohlwollen: gib dir Mühe, mich zu erobern.

Verzückt vom Boulevard Montparnasse, den einstmals Stunde um Stunde zu begehen, Schnaps auf der Terrasse des Coupole trinkend, in Kaschemmen, verschwiegenen Häusern, Andreas und Stefan nicht müde wurden, erkannte man (d. h. er) in Berlin etwas wieder, die Zukunft beredend, das man anderswo in Deutschland nicht haben konnte, mit nuttig offenen Armen empfangen zu werden und sich trotzdem behaupten zu müssen. Jedes Wort, in manchen Städten vor dem Morgengrauen einfach gesagt, bekam hier ein Gewicht, das schwerer wog als ein Eid oder ein Versprechen und, sollte man in der Lage sein, es einzulösen, irgendwann, einem nicht nur die Welt erschließen, sondern sie zu einem Teil des eigenen Selbst machen würde, es mit ihr ohne Mitte verschmelzend, unter vielen ein jemand, redend, lachend, hoffend wirklich bei sich.

11.11

Beeilung jetzt. Bis halb zwei macht sie Pause. Telegraphische Blitzanweisung, telefonisch, von heute auf morgen. Ludwig wird sowieso nichts übrig haben. Zinslos eine Bitte: Jemand anderen kann ich nicht fragen. Nicht existent. Tut mir wirklich auch leid, bin ich aber frei von Schuld daran. Lachhaft, die Familie (welche?) vorzuschieben, vor sich als bequeme Ausrede natürlich. Keine mehr in Zukunft. Wie gewollt, so getan. Ein handliches Heft mit festen Deckeln irgendwo kaufen und einen guten Kugelschreiber. Parker. Feine schwarze Mine, Schicht für Schicht. Liniert. Ein Vorsatz mal sich zu messen. Trial and error. Wie eine Art wissenschaftliches Experiment, double-blind. Auswertung erfolgt durch unseren externen Beobachter. Mich. Alle.

Hinter dem Antiquariat Schervier bog er nach links in die Pestalozzistraße. Encyclopaedia Britannica komplett. Fontane im Schuber aus deutscher demokratischer Pappe. Ein Jahrgang Der Sturm gebunden, Preis nicht zu lesen. Genau dreißig Schritte von hier ab. Neunundzwanzig. Hör mit dem Zählen auf, das ist ja krankhaft, ne regelrechte Makke. Plemplem. Wüßte es einer, heimlich. Achtundzwanzig vierundvierzig siebentausendfünfhundert: bringt nicht die Spur einer Ordnung, Ziffern bloß, sich selbst numerierend. Im Kopf ein Knall – Pflegefall. Unstrukturiertes Gelaber Therapie. Die Außenwelt der Innenwelt. Gibts doch ein Buch. Gedichte praktisch. Fußballmannschaftsaufstellungen, Fernsehprogramme, Inhaltsverzeichnisse. Ganz schön gaga. Achtzehn. Siebzehn.

Martinez blieb stehen und entzündete eine (wieder die letzte) Zigarette (meine vorvorletzte hat Frau Mattuschka geraucht), während der Kran an der Baustelle eine Palette Ziegel hochhievte, Stahlseile über Laufräder, und sich quietschend um seine Achse drehte. Sollbruch. Kommt gelegentlich vor. Das Wunder der Technik. Aber laut. Unter dem Schwenkarm stand weißbehelmt ein Arbeiter und wies, links links stopp rechts: ablassen, dem Kranführer, in seinem winzigen Glaskabuff wie über den Dächern schwebend (thronend), die genaue Richtung, sprechfunkverstärkt. Roger. Zwei Ingenieure (weil sie Anzüge, Gummistiefel und offene Trenchcoats tragen) beugten ihre Köpfe mitten auf der

Straße über einen ausgebreiteten Plan. Superrendite. Bestimmt dreißig Mark den Quadratmeter. Da rollt der Rubel. Tscherwonez, rein börslich Gold, investitiv abschreibungsfähig prinzipiell Wohnraumbeschaffung. Man gönnt. Sich. Ja. Sonst nix. Sind wir Jesus von Nazareth? Simon von Cyrene? Aus Phrygien oder Pamphylien? Zwölf. Elf.

Da der normale Weg durch den Hof versperrt war, trat Stefan in den Eingang des Nebenhauses, überstieg die zertrümmerte Seitenmauer und stelzte vorsichtig, pfützenvermeidend, ums Eck in den rückwärtigen Flur dessen Parterre drei Zimmer, wo um mal schnell anzurufen der Freund seine Bleibe hatte. Ringding. Krrkrrrk.

12

– Wer ist da?

– Ich.

– Wer ist ich?

– Mach auf, was soll das?

Die Kette wurde ausgehängt, und langsam öffnete sich die Türe eine Handbreit.

– Wenn ich gewollt hätte, wäre ich jetzt schon drin.

Erst ein Auge, die Nasenspitze, dann kam Ludwigs ganzes Gesicht zum Vorschein.

– Das war gedankenlos, sagte Stefan, mit der Kette, und schob sich an ihm vorbei in die Wohnung.

– Irrtum, mein Lieber, ich habe natürlich deine Stimme erkannt.

– Störe ich etwa?

– Nie, sagte Ludwig, nur herein.

Mit einer ausgesucht höflichen Armbewegung ließ er seinem Gast den Vortritt. Stefan, um sich anzumelden, klopfte vier fünf sechsmal gegen die Türe (abgebeiztes, unlackiertes Holz) des Ateliers und stieß sie auf. Während sein Blick (Till & Hartwig: aha) durch den Raum schweifte, sagte er, ohne einen spöttischen Unterton verbergen zu können:

– Hallo boys!

– You: Hartwig entbot ihm den Gruß seines gestreckten Mittelfingers: should not do this.

– Nimm Platz, sagte Ludwig. Magst du Kaffee?

– Danke.

Till, nachdem er ärgerlich den Kopf geschüttelt hatte, krabbelte (auf allen vieren) zu der Leinwand, um Spiegel, Klinge und Briefchen wieder ans Licht zu befördern.

– Eine Art Party, ja?

– Ha-ha, sagte Hartwig.

– Ich würde, sagte Ludwig, unser Rencontre eher ein geselliges Beisammensein zu nennen mir erlauben dürfen wollen.

– Wie gehts?

– Geht so, sagte Stefan und schenkte dem Freund (seit achtzehn Jahren) ein Lächeln (wie auch umgekehrt wie immer).

– Erst sieht man dich Wochen nicht: Till, den restlichen Inhalt des gewissenhaft iks-lagig gefalteten Papiers (rosa) beeinäugend: und dann praktisch dauernd.

– Zufall.

– Was führt dich her?

– Schwer zu sagen.

– Hast du nicht gerade zu arbeiten?

– Mittagspause.

– Für eine line reichts noch, sagte Till und häufelte das Pulver auf den Rasierspiegel. Müßten wir uns aber fair teilen.

– Zieh es alleine weg, sagte Hartwig.

– Schluß, sagte Ludwig.

– Und du?

– Ist mir zu früh. Derzeit.

– Papperlapapp!

– Vom Stamme Nassau, sagte Ludwig (sotto voce bezüglich des nun preßluftigen (?) Getöses von draußen durch die geschlossenen Fenster). Aus Hessisch-Sibirien.

– Ich habs verstanden, sagte Till, hackend, Stahlklinge auf Glasfläche, und hoffe, daß du nie in die Lage kommen wirst, meine Hilfe je in Anspruch zu nehmen dir gestatten zu wollen bedarfst. Das heißt bedürftest.

– Da schütze mich Gott vor. Hagel, Blitz und Schnee. Verwehungen.

– Ich brauche Geld, sagte Stefan. Zinsen eingeschlossen.

– Wieviel?

– Bis wann?

– Gleich.

– Was heißt gleich?

– Sofort.

– Sofort ist Scheiße, sagte Ludwig.

– Zweitausendfünfhundert.

(Willkürlich im Prinzip die Summe. Für eine Zugfahrkarte? Für zwei Wochen in Mailand? Lachhaft.)

– Greif mal, sagte Till, während er das Zeug, länglich eine Spur, sich zurechtbahnte, nem nackten Mann in die Tasche.

– Zweifünf ist reichlich viel, sagte Hartwig.

– Ein Riese wäre drin, sagte Ludwig.

(Absolut willkürlich. Für einen Beweis.)

– Ich müßte telefonieren, sagte Stefan.

– Sicher, sagte Ludwig. Der Apparat steht irgendwo nebenan im Schlafzimmer.

13 Liebe Evelin, jetzt sitze ich im Café Westphal vor einer Tasse Cappuccino, denke nach (ja klar) und schreibe (an Dich für mich). Es ist fünfzehn Uhr elf, Swatch time. Sehr leise schwebt Musik durch den Raum, ein altes Stück von David Byrne. Außer mir und zwei Frauen, die beide, wie schon gestern, jeweils in einem Taschenbuch mit knallrotem Plastikeinband lesen (UTB), sind keine Gäste sonst anwesend, nur der Barmann noch (sichtlich) gelangweilt hinterm Tresen. Was zu sagen wäre, fällt mir schwerer, als ich bis vor einer viertel Stunde gedacht habe; alles vernünftig zu formulieren. Seit gestern – wahrscheinlich schon länger, aber es kam mir nie recht zu Bewußtsein – plagt (?) mich die Vorstellung, in meinem eigenen Leben unterzugehen, darin zu verschwinden wie in einer mir ganz äußerlichen Welt, deren Verfassung weder gut noch schlecht, sondern eher ungerührt, ohne Teilnahme ist, neutral oder passiv sozusagen. Wenn ich mir selbst auch immer als der gleiche erscheine, kommt es mir zugleich so vor, beständig ein anderer zu sein; der Zeit, die ich bin, ganz fremd gegenüberzustehen, irgendwie asynchron, als gäbe es zwei Laufwerke. Solche Gedanken (schräg?) beschäftigen mich im Augenblick ziemlich. Vielleicht meintest Du das in Deinem Brief von heute morgen: ich wäre sprunghaft. Will ich gar nicht. Daß Du Dich verletzt fühlen mußt. Nichts wäre mir schlimmer, als Dir einen Schmerz zu bereiten, das kannst Du mir glauben. Ich mag Dich sehr. S.

PS Ich werde zwei Wochen wegfahren, um allein zu sein. Ich hoffe, Du verstehst mich. Ich schreibe Dir alles.

14 Stefan legte den Zettel auf ihr Kopfkissen und packte ein paar Sachen ein. Dann fuhr er ins Esplanade zu Edmund Cölln. Nach der Schicht gingen sie in seine Wohnung und tranken eine Flasche Wein, die Edmund auf dem Nachhauseweg in der Osteria gekauft hatte. Am nächsten Morgen begleitete er Stefan zum Bahnhof.

IV

Ruckt endlich los Edmund in seinen langen Mantel gehüllt winkend auf dem Bahnsteig glasdurchschossen das Stahlgerippe der Halle entläßt den Zug in ein morgendliches herbstliches Grau das Theater des Westens mit den griechischen Säulen gleitet vorbei der fensterlose Kasten des Delphi-Kinos dann Häuser mehr und mehr an Fahrt gewinnend beschleunigend vor dem Esplanade hängt eine große Leuchttafel mit roten und schwarzen Buchstaben nach wenigen Minuten springt die festgefugte Mauer der Fassaden rechtwinklig zurück und gibt den Blick frei auf einen länglichen Platz sich kreuzenden Verkehr regennasse Straßen an der Schwingtüre ins Foyer kleben Filmplakate hinter dem Funkturm umrahmen Sträucher und Bäume eine lose Kette zweigeschossiger Villen solche Häuser nennt man doch Villen? bis irgendwann jenseits eines letzten neben den Gleisen nur noch Waldsaum zu erkennen ist verwachsenes Gehölz Kiefern und Birken dahinter der Schießplatz der amerikanischen Truppen gut abgeschirmt vous sortez du secteur américain Nanette sitzt auf einem Hocker am Tresen und verkauft Eintrittskarten und Süßigkeiten jeden Besucher der ihr zu blöd vorkommt anblaffend fährst du in Urlaub? warum? ihre Geste: die Tasche Kontrollpunkt Dreilinden arbeitet Edmund heute? keine Sonne der Himmel hängt tief graublaue Schichten von Wolken über den Wipfeln der Bäume sicher! sanft gewellt wie ein Rollprospekt entwickelt sich jetzt die Landschaft vor dem Abteilfenster braun bräunlich mattgelb geh einfach nach oben du willst dich beschweren? (retarded bitch) ich gebe dir die Nummer des managements Schwellen einer Brücke versetzen den Zug in flache Schwingungen ein klingender Takt metallisch man weiß wie es läuft er hat es selbst erzählt ist Zeuge geworden sekundenlang flirrt das Trossenwerk der Stützen über die Netzhaut verwischende dunkle Schrägstriche am Kopfende des Futons auf dem Boden es handelt sich um nackt abgeschliffene Holzdielen liegt ein kartoniertes Heft mit seinem alten Pelikanfüller zwischen den Seiten um immer alles Träume und Gedanken zu notieren vor dem Einschlafen morgens als erstes als wäre wach zu werden und zu schreiben für ihn ein und dasselbe ohne Unterschied identisch

Gestern abend habe ich Edmund im Kino besucht. Anschließend sind wir, mit einer Flasche Wein aus der Osteria, zu ihm nach Hause gegangen. Sein Rat war wegzufahren,

Da die beiden kleinen Räume der Wohnung so leer wie möglich bleiben sollen, stehen die Bücher, fünf Preßspanregale der Marke Billy, mehrreihig vollgestopft und gestapelt bis zur Decke hoch, rechts im Flur an der Wand. Nur noch hintereinander, das heißt Gänsemarsch, gelangt man aus dem Treppenhaus, sämtliche Fenster zum Hof, parterre, ins Arbeitszimmer, wo, sechshundertzwanzig Mark kalt, außer einer Apple-MacIntosh-Maschine auf einem weißlackierten Tisch, einem Freischwinger, einem CD-Player nebst aberdutzenden CDs: Ensemble Modern, Elvis Costello, Mahler, Stan Getz, Schönberg, Nick Cave and the Bad Speeds, Smetana, Jan Garbarek, Kopfhörern, sich keine weiteren Möbel befinden, bloß bedruckte Blätter, die, mit Tesafilm zu windigen Schärpen verklebt, Drachenschwänze, im Stuck festgepinnt rundum, bei jeder Türöffnung munter flattern. Total idiotisch, Ludwigs Worte, zwanghaft, daß er kein Ende findet seit drei Jahren und den Verlag in Zürich, Geld prinzipiell, Vorschüsse, warten läßt. Beim Frühstück, normalerweise allein, liest er, zuletzt das Handwerk des Lebens, oder, eine Frage der Stimmung, die Tagebücher Valérys, ungestört, weil der von oben (gottseidank) schon zur Arbeit ist; nur samstags und sonntags, dröhnend laut dessen Hiphopscheiße, wozu, ein paar Kumpels wahrscheinlich, stampfend getanzt wird, wie eine Herde irrsinniger Büffel; Äckstähsie, Engelsstaub, volle Ladung. Danach, ein Hörnchen und eine Tasse Milchkaffee, geht es an den Computer, wie fast jeden Tag, außer er ist noch zu müde vom Arbeiten nachts, bis gegen mittags um drei, Mineralwasser trinkend und selbstgedrehte Zigaretten (mit Filter) rauchend. Aufträge fürs Radio oder den Tagesspiegel, ob Heidegger wirklich ein Nazi war, erledigt er hinterher, ein Glas Rotwein, bevor die Zeit kommt, ins Kino abzuziehen, mittwochs, donnerstags und freitags.

Zuerst öffnet er den Sicherungskasten hinter der Kasse, entnimmt ihm die dort verwahrten Schlüssel für den Vorführraum und die Notausgänge und schaltet das Deckenlicht des Foyers ein. Eine lange Treppe führt nach oben zu einer glasverkleideten Plattform, von der aus man links und rechts in die beiden Säle gelangt und, eine graue Feuerschutztüre, die ein stilisierter roter Blitz kennzeichnet, in den Vorführraum, der sich, eine längliche Kammer, leicht erhöht, in der Mitte dazwischen, wie eine Art Puffer zwischen ihren rückwärtigen Seiten befindet. Durch (schmale)

Sehschlitze (im weißgekalkten Mauerwerk) vor den Objektiven der zwei mal zwei Projektormaschinen blickt man über leere Stuhlreihen hinweg auf die im Halbdunkel matt schimmernden Leinwände, faltenlos verspannte Synthetikstoffe, die kleine (Brand, Panik) grün leuchtende Pfeile flankieren. Die Xenonkolben der Apparate, wenn man sie per Knopfdruck zündet, machen ein zischendes Geräusch; und aus den Lüftungslöchern der mannshohen bauchigen Gehäuse schießt grelles Licht, Richtung Boden: eine Vielzahl dünner Strahlen von gleißender Helligkeit. Zugleich springen automatisch die Ventilatoren an, innen, hörbar sirrend, um die Hitze der Lampen (1500 W) zu verblasen. Ein schwacher Ozongeruch weht durch die Luft, man gewöhnt sich schnell, bald ist er nicht mehr zu riechen. Leere Spulen, Drahtgespinste, wie Fahrradräder ohne Reifen, lehnen aufgereiht gegen eine Wand, neben einer Werkzeugkiste und einem Stapel schwarzer rechteckiger nietenbeschlagener Kartons, in denen die Filme, entkoppelt, Akt für Akt transportiert werden. Mit einer Presse und Tesaband, durchsichtig, klebt jeder Vorführer sie wieder zusammen, ihre Enden und Anfänge, head and foot of the single wheels, wodurch sich die Zahl der Überblendungen verringert, die Gefahr, daß die Anschlüsse der Bilder plötzlich nicht mehr stimmen und das Publikum, abgeschnittene Köpfe, ein fetter dunkler Balken quer, zu johlen und zu pfeifen beginnt. Als nächstes, nachdem er die Vorverstärker, Verstärker, Kassettenrecorder (Musik im Saal) und das Dolby-System, silbrig verkleidete, hutschachtelgroße Kästen: a dolby laboratories trademark, angeknipst hat, wendet Edmund sich einem Holzschrank zu, dessen schmale Laden, vertikal, wie Fenster in Amerika oder England hochzuschieben sind; hier stehen die fertigen

Filme drin, was gerade läuft, Aki Kaurismäki links und Gus van Sandt, mala noche, rechts, immer tausend Meter Zelluloid auf eine Rolle gewickelt, die, so schwer: man glaubt es kaum, bevor man nicht selber mal eine hebt, mit Zettelchen beschriftet (ob Cinemascope oder normal), beidhändig gepackt werden müssen, um sie zu den Projektoren zu tragen. Oben und unten greifen Zahnradwalzen in die Perforation des Filmstreifens und ziehen ihn an einem kleinen Fenster vorbei, durch das, im Takt einer dahinter rotierenden Klappe, eine sich rasend drehende Schaufel, genau vierundzwanzig Mal die Sekunde, sonnenhell, der Strahl der Xenonröhre fällt, wie ein Puls, der jedes einzelne Bild, das ist nämlich der Effekt, allein für sich beleuchtet. Stop and go. Nur so entsteht Bewegung, was man auf der Leinwand sieht, ununterbrochen – als die Folge eines ruckartigen Aufleuchtens. Ein verwirrendes Spiel von gefederten Achsen unterschiedlichen Durchmessers, faustdicke, fingerdünne, hält den Film beim Ablauf in seiner Spur, daß er nicht irgendwie hin- und herzittert, wackelt, sich verkantet, sondern straff, ohne Ablenkung, gebahnt bleibt. Wie die Schlaufen einzulegen sind, ist am schwierigsten zu lernen, anfangs, bis man es begriffen hat, blindlings schließlich, als würde man mit geschlossenen Augen einen Wollfaden durch seine Finger gleiten lassen. Er ist fix. Nachdem er die volle Spule auf den oberen Arm einer Maschine gewuchtet und ihren Kern mit einem Metallsplint befestigt hat, wie eine Luftschlange hängt das Startband zu Boden, dauert es nur wenige Augenblicke, bevor, klack-klack-klack, Andruck, Objektivwagen, Tonrad mit Fotozelle, Malteserkreuz, sauber justiert, keine Windung vergessen, er die Trommel unten schließt, in der, von innen nach außen, alles wieder aufgewickelt wird, verkehrtherum.

Später rollt man, an einem Tisch mit Hilfe eines Elektromotors, einer Schwungscheibe und eines Keilriemens, den Film für die kommende Vorstellung zum Anfang zurück. Erste Besucher, die Kasse (Nanette heute) muß eingetroffen sein, nehmen, verstreut noch, nie niemandem zu nahe, ein Naturgesetz, links und rechts Platz, Chipstüten knackend es sich bequem machend, Füße hoch, was trinkend, Saft, Bier, Sekt, Cola, tuschelnd sich küssend ein (verliebtes) Paar. Mala noche. Aus der neuen (KaDeWe: 149 DM) hellbraunen Aktentasche kramt Edmund sein Zeug und legt es auf den Tisch, eine Tüte Proviant (Schrippe, kaltes Kotelett), Notizbuch, Füller sowie, murmelnd zu repetieren, handgeschrieben, eine tabellarische Liste sämtlicher unregelmäßiger französischer Verben, übungshalber und als Zeitvertreib auch: von siebzehn Uhr dreißig bis vierundzwanzig Uhr. What a pleasure, sagt Nanette, als er, während sie die Wartenden abfertigt, die Schlüssel, sind jetzt entriegelt die Notausgänge, halbjährliche Kontrolle der Baupolizei, wieder im Sicherungskasten deponiert, to be, sie grinst, tonight, especially with you. Er tippt an seine Stirn und läuft die Treppe hoch, um zu starten. Saallicht dimmen, Kassettenmusik langsam auf Null drehen, fade out, den Filmton schalten. Ruckend, wie ein Stotterer, der die ersten Silben eines Satzes zu bewältigen sucht, setzt sich, gegen die Trägheit des eigenen Gewichts, der Motor der Projektormaschine in Gang. Fünf, vier, drei, zwei, eins und, gleichlaufend nun, das Getriebe hat seinen Rhythmus gefunden, flammt hinten im Dunkel, wo die Leinwand ist, ein dickbeknaufter Hebel muß umgelegt werden, rote Schrift über einem tiefblauen Grund: The Finnish film institute presents: I hired a contract killer: starring Jean Pierre Léaud. Kurz scharf stellen, dann das andere Kino, und basta.

Knapp eine Stunde bleibt bis zu den Blenden, dem Einlegen der folgenden Rollen links und rechts, für einen selber, die man, die Zeit, lesend, bastelnd (Detlef seiner (kleinen) Tochter eine Puppenstube), Konjugationen lernend nutzen kann, solange nicht, kommt äußerst selten vor, der Film aus seiner Führung springt, reißt, splittet (schadhafte Klebung) oder, wie verrückt geworden, sich um eine der Achsen herum festfrißt, knirschend. Hundert Mark gibt es pro Schicht, plus der Prozente (Besucherzahl) als Mitglied des Personalkollektivs, als einer der Gründer des Ladens praktisch, ansonsten herrschen mittlerweile (zähe, endlose Plenumsdiskussionen) andere Eigentumsverhältnisse, Verantwortlichkeiten, Interessen. Ich, zum Beispiel, sagte Sylvia, möchte mir eine Existenz aufbauen, Ge – emm – be – ha – und – ko – kageh

mit dem Zug ein paar Wochen. Ich glaube, daß er verstanden hat, was gemeint war, worum es geht. Sich nicht mehr der Gegenwart ausgeliefert zu fühlen, ihr besinnungslos preisgegeben. Das letzte stimmt nicht ganz, aber mir fällt im Augenblick nichts Treffenderes, Genaueres, Passenderes ein. Besinnungslos heißt, weder Chronologie noch einen (semantischen) Ort mehr zu besitzen. Edmunds Lösung ist zu schreiben, behauptet er, seine Sache, schwarz auf weiß auf Papier alles zu notieren, auf irgendwas, wie ich jetzt bei dem Versuch, zu sehen und mich zu erinnern.

Alles zu bewahren
das vergangene Jahr
zukünftig

gestern und heute zwei gescheckte Ponys grasen Kopf an Kopf auf einer kargen drahtgezäunten Wiese Hügel Ketten davon als würde sich die Landschaft in der Ferne buckeln treten aus dem Horizont ein spitzer halbverfallener Kirchturm von niedrigen Häusern umdrängt ein Alptraum da leben zu müssen wie ein Schattenriß in der Ebene gegen deren bleiche Farben sich abhebend Gestrüpp javanischen Schnitzereien ähnlich ein Wäldchen zieht vorbei und dann das Geviert eines alten Gutshofes nebst einem Kamm grauer Viehzuchtbaracken in hoc signum bröckelnde Fassaden der Besitz des Volkes der deutschen demokratischen Republik tu vinces gemeinschaftlich alle für einen einer für alle (Kühe?, Rinder?, Schweine?) im Strom der Besucher die Hauptvorstellung ist restlos ausverkauft treibt man nach oben die Treppe hoch dürfte ich mal eben? jenseits einer rot-weiß gemusterten Schranke erwarten zwei vier fünf Autos die Durchfahrt des Zuges fast schon entlaubte Hecken Haselnußsträucher sperriges Geäst

Kopf an Kopf, als würden sie sich dabei unterhalten, grasen zwei Ponys, kurz vor Leipzig, auf einer kargen, drahtumzäunten Wiese. Die Landschaft wird hügelig. Fast kahl schon, entwächst der Böschung des Bahndamms verdrehtes Strauchwerk, über dem man, fern am Horizont, runde Berge sieht, die, einen halbverfallenen Kirchturm, näher und näher rücken. Der Typ gegenüber, gepflegt (teure Lederjacke mit Hornknöpfen), aber versoffen, sein Gesicht, mit feinadrigen Wülsten unter den Augen,

in der Luft Wolkenballungen gräulichblau schattiert Wolken die sich türmen rauchend ein windgeschütteltes fleckiges Laken geradeaus zwischen den beiden Sälen führt eine Stahltüre mit einem Blitz gezeichnet die Kartenabreißer bemühen sich Ordnung zu halten Gymnasiasten von nebenan Fatima und Michael in den Vorführraum ein Taschengeld sich verdienend hallo Stefan (Fatima) von Pappeln gesäumt das sind doch hier Pappeln so ne schlanken Bäume mit aufschießenden enganliegenden Zweigen? windet sich die Straße hinter der Schranke ins Gelände den Hügeln zu die sie (Straße, Bäume) zu verschlucken scheinen

öffnet, ratsch, eine Büchse Schultheiß, während seine Begleiterin, Frau oder Geliebte, Eistee suckelnd, strohbehalmt, ihn, was er tut, beobachtet; ihr Blick, sein Ausdruck, wie eine Rechenmaschine, die summiert und summiert und summiert.

parallel schwingende Telefondrähte hängen von einem Mast zum anderen altertümlich ins Lot gehobelte sichtbar rissige Stämme darauf Porzellankappen schwirrende Nachrichten den Kopf als Kind nach einer einsamen Kletterpartie das Grafenstirn runter gegens Holz gepreßt ringding ein notorisches nervtötendes Rattern hört man gleich nach dem Öffnen der Türe des Films merkwürdig daß im Prinzip ja nur ein dünnes Plastikhäutchen einen solchen Lärm ratternd und knatternd verursacht vibrierend auf und abschwingend körperlich regelrecht zitternd im Raum eine stehende Welle Edmund hat Kopfhörer an schreibend oder was an dem Tisch mit dem Umrollmotor sein gekrümmter Rücken als würde er eine technische Zeichnung verfertigen millimetergenau ein Ingenieur breitschultrig (dreimal die Woche geht er, einst badischer Jugendmeister über zweihundert Meter Freistil, in die Schöneberger Lern- und Sportschwimmhalle (Sachsendamm), um seine Bahnen zu kraulen, oder Schmetterling, inklusive Liegestütze beziehungsweise Situps am Beckenrand vorher. Das, sagt er immer, ist notwendig) es riecht irgendwie nach Ozon chemisch Moleküle sich verflüchtigende Wesenheiten winzige Kugeln rot und grün blinken die Kontrolleuchten der Platinen der Verstärker zukkend auf bis zwanzigtausend Hertz Flüssigkristalle deren Anzeige pfeilförmig gespurt alles in Ordnung Lautstärke und so weiter kein Notfall heute abend sich kringelndes zerrissenes Zelluloid und er: die Ruhe selbst: denkt und schreibt inmitten das Panzerglas der Sehschlitze spiegelt den Film von links flächig die andere Wand bestrahlend wider die gewölbten Gehäusekörper der Projektoren, wie auch den von rechts umgekehrt Hitze flackernd sich überlagernde Szenen Münder die sprechen Dialoge memorierend er: für sich, halblaut einzelne Silben, die Zeitformen ungewöhnlicher unregelmäßiger alltäglich ungebräuchlicher Verben, sieht man. Dabei knabbert er am Knochen eines Koteletts, im T-Shirt. (Etwas) erstaunt blickt er hoch, als neben ihm plötzlich jemand auftaucht; um sich zu unterhalten, seine Meinung zu hören, des älteren die. Er streift lächelnd den Kopfhörer ab und legt ihn, wie auch, sie faltend, die Liste, zusammengeheftete Blätter, beiseite. Du, sagte er später, nach einer Blende, dem Umschalten von einer Maschine auf die andere, kurz bevor deren Rolle ganz runtergelaufen ist, es befinden sich entsprechende Markierungen rechts oben in den letzten Bildfenstern, Kreise, Kreuze, oder weiße Vierecke, so daß man weiß, wann Schluß ist, solltest, an den Tisch zurückkehrend, ohne diese großen Vorsätze beginnen, sondern einfach Wort für Wort, woraus sich was entwickeln kann, grammatikalisch, Strukturen, die einer Art zu denken, sich zu besinnen, korrespondieren; was dir vorschwebt. Erst mal, sagte er, und man möge ihn nicht falsch verstehen, handele es sich um eine Geste, eine mögliche Haltung dem Leben gegenüber, die das Wahrnehmen forme, ihm eine andere, neue vielleicht, Gestalt verleihe, weniger Verdopplung als vielmehr, unter Umständen, Genauigkeit bedeute. Daß du dich, einen speziellen Zustand, in deinen Aufzeichnungen wiedererkennst, ein bißchen, dem von dir verfaßten Text, und zwar buchstäblich selber wie auch sonst. Sonst? Von Tag zu Tag praktisch, retrospektiv. Nanette, Fatima hatte wohl die Kasse übernommen, kam mit drei Piccolos (Mumm extra dry) herein und schwang sich, ihre Beine kreuzend, seitlich auf den Tisch. Let's have a drink, boys. Yes. Chin-chin. What are you talking about? Edmund hob seine Schultern. Ah ja, sagte sie, nippte einen Schluck, grinste, that serious talk among men, come on, don't be silly. Ich doch nie, sagte Edmund. Dreh mir eine Zigarette, ohne Filter. Of course, antwortete er, Tabak pflückend, for you: dearest, und, was Orientalisches Kondensathaltiges, ihn über einem Gizeh-Papierchen zerreibend. Ihrer Ansicht nach, als man sie eingeweiht hatte, so und so und so, müsse jeder alleine entscheiden, auf welche Weise er, and she and me, remains true to himself and his creative beliefs. How to incorporate what you see, hear and feel into your work. But honestly, I tell you from the bottom of my heart, no joke, sie lächelte, this is fundamental, the basic fact. Zum Verkauf des Spätprogramms, nach zwei Wangenküssen, ging sie wieder runter an die Kasse

Die Hügel kommen näher vom Horizont herangebuckelt als entwüchsen sie ihm hinten zu schrofferen Gebilden sich auffaltend Vorsprünge bildend und Schichten entblößend, abgebrochene Stapel von steinernen Platten aus ihrem Innern der Erde hochgestoßen vor Jahrmillionen, wöchentlich ein Millimeter Bewegung seismographisch zu messen eine Zackenlinie in der Ferne (Tannenspitzen) zeichnet sich gegen den freundlicher als schmelze die Sonne ihre Wärme noch jenseits der Wolken verborgen deren Decke langsam durch ins Bläuliche fadenscheinig werdenden Himmel ab, wie feingestrichelt bis die Verwerfungen einem die Hügel die Sicht nehmen nach außen als befände man sich in einem oben offenen Tunnel rasen Böschungen nah vorbei Sträucher Blätter Äste

Du fährst, sagte Ludwig eines Tages im Januar, es war in seinem Atelier, abends am Wochenende, schon dunkel draußen, nachdem er das Inserat gelesen und ausgeschnitten hatte, dahin, nach Hamburg, um den Test zu machen und anschließend bei der Firma als trainee, oder wie das heißt, management-adjustment, zu arbeiten; nächtelang rumhängen, geistlose jobs, den lieben Herrn einen guten Mann sein lassen, dafür hast du, wenn du mir die Bemerkung gestattest, von Freund zu Freund, weder zu Ende studiert noch, man erinnere sich, uns ständig, nölenderweise, in den Ohren gelegen. Alles hat seinen Preis. Die entsprechende Garderobe stelle ich erst mal, einen Zweireiher, grau, Krawatte, weißes Hemd, was sich wahrscheinlich nicht unter deinen Siebensachen befindet. Also gut, einen Versuch ist man schuldig, die Gesellschaft um sich herum, genau einen, bevor man, falls überhaupt, es freiwillig tut, ihr beizutreten wie die anderen, die außen sind, auf den Straßen, in den Büros, den Fabriken und überall, weil man es sonst nicht mehr ertrüge, allein, ohne Geld. Und, sagte Ludwig, versprich es mir jetzt und hier in die Hand, daß du wirklich pünktlich zu dem Termin, zehn Uhr Congress-Centrum, erscheinst, mit sämtlichen Unterlagen, die von denen verlangt werden. Versprochen. Wir bringen dich an den Zug, keine Frage

Warum ich eigentlich, bis auf das eine Mal, mich nie irgendwo beworben habe, als Mathematiker, Akademiker sozusagen, läßt sich gar nicht eindeutig beantworten. Eine bewußte Entscheidung aber war es nicht, kein heroischer Trotz und kein politischer Kalkül, diese altmodischen Geschichten; eher wohl eine Unentschiedenheit gegenüber dem, was die meisten wie selbstverständlich hinnehmen und worin ich mir immer ganz verloren vorkam, entfernt, schallisoliert mit Pfropfen in den Ohren, staunend höchstens und zugleich meiner Interessen total unsicher, sofern man von Interessen reden kann. Ich langweile mich sehr schnell, traue wenigem, habe keine Illusionen. Nur manche Eindrücke (Gefühle) bleiben mir nachhaltig im Gedächtnis, real, als einzelne Punkte einer ziemlich verworrenen Kurve, die stetig wie undifferenzierbar ist (Peano).

Auf dem Bahnsteig in Altona, gegen achtzehn Uhr etwa: dingdongdang, standen Nils und Willi, beide trugen ihre Lederhosen, zum Empfang bereit. Es ging los, quer durch die Stadt, Passanten: hau ab aus dem Weg hupend, wie närrisch; der Recorder unter dem Armaturenbrett des Opel dröhnte auf Hochtouren, Simple Minds, Michael Jackson und Depeche Mode. Rostig braune Stahlgitter, die man normal zum Betonieren braucht, verschweißt, sicherten Fenster und Türe des Ladenlokals in Eimsbüttel, der Maßschneiderei, die Nils, souterrain, vergangenen Herbst endlich eröffnet hatte, schwarzweiß gefliest mit zwei Hinterräumen zur Anprobe und zum Nähen. Obendrüber wohnten sie

Die Frau, gurgelnd zischt er das Bier, gewöhnlich, die fünf Prozent Alkohol breiten sich besänftigend in seinen Adern aus, vermutlich, lehnt ihren Kopf, Kurzhaarschnitt, echt engagiert, Methadon, um die Kriminalität zu bekämpfen, Adorno, in den Nacken vor das Polster des Sitzes; einst, der Mann, als sie sich kennenlernten: Sozialistisches Patientenkollektiv Heidelberg, Medizin und Psychologie studierend

Die Wohnung im Hof besaß, außer der Küche und einem

Bad schräg gegenüber der Eingangstüre, links und rechts eines geraden Flurs zwei größere Zimmer, paar Meter weit getrennt, so daß man sich ausweichen konnte, zumal Willi für seine elektrisch verstärkten Gitarreübereien die Wände und Decke mit Eierkartons verkleidet hatte, stumpfstachlig. Da bleibt keine Frau länger drin, sagte Nils, kriegt sies bei Licht zu sehen, wach geworden, und in die Küche, um neun, wenn ich gemütlich frühstücke, Salami, Honig, Espresso, kommt mir keine. Lutsch dir doch den Schmalz außem Ohr, sagte Willi, bei Kostas ist für uns die nächste Stunde ein Tisch reserviert, weg jetzt hier. Eine Stecktafel wies in den Raum, Höhnerlein und Kumpanei, wo, holzfurniert, saalartig, die Eignung der Bewerber von einer Frau Doktor Scholz, assistiert von einem Herrn Doktor Brettkämper, festgestellt werden sollte; zwölf Kandidaten insgesamt waren geladen, die, vorm Schlafen noch eine Ladung Aspirin eingepfiffen, Brausetabletten, schüchtern, niemand kennt keinen, ihre namensbeschilderten Plätze suchten. An der Unterseite der Tische, Kreppdecke, Block und Billigkuli, Apollinaris, Granini, Thermoskannen voll Tee oder Kaffee, befanden sich, zu ertasten, Buchsen für Kopfhörer und Mikrofone, synchron: guten Morgen meine Damen und Herren, sowie, Kaugummis zum Beispiel, hartgetrocknete Popel, üäh, die (körperlichen) Reste der Teilnehmer einer letzten Konferenz. Ich darf Sie bitten, nun den Fragebogen, streng vertraulich natürlich, auszufüllen. Danke. Im folgenden wird Sie unser Herr Doktor Brettkämper mit den Modalitäten des Ablaufs bekannt machen, Tests, Einzelgespräche und Gruppendiskussionen. Um dreizehn Uhr gab es einen Imbiß, appetitlich angerichtete Snacks auf Kosten des Hauses. Warum, fragte die Frau Doktor Scholz, eine gar nicht unsympathische Mitdreißigerin in hochgeschlossener Bluse und schwarzem Hosenanzug, während der Einzelgespräch genannten Befragung, streng nach Liste, warum wollen Sie, das Motiv, im Sektor Unternehmensberatung tätig werden? Einem Schulterzucken begegnete sie mit der Aufforderung, von den eigenen Wünschen zu sprechen, was man sich für die Zukunft, beruflich und privat, erhoffe, ehrlich, frei von der Leber weg (genau ihre Worte), finanziell etwa, einkommensmäßig. Daß man sich darüber noch keine Gedanken gemacht habe, so konkret: ehrlich gesagt, quittierte sie, schreibend, lächelnd. Hinterher, nach einem weiteren Test, Allgemeinwissen – erklären Sie bitte die Besonderheit des d'Hondt'schen Wahlverfahrens – wofür steht der Name Bretton Woods – wann, aus welchem Grund und von wem wurde die konzertierte Aktion ins Leben gerufen – wer ist derzeit französischer Außenminister – wie errechnet sich das Buttosozialprodukt eines Staates, fanden in kleineren Gruppen, jeweils vier Leute, im Hintergrund hörten irgendwelche Gestalten mit, schweigend, ohne einzugreifen, Diskussionen statt, die, ob und zu welchen Bedingungen man Kompromisse schließt, die Möglichkeit boten, sich interaktiv zu profilieren. Abends, die Firma Höhnerlein & Co ließ sich nicht lumpen, nach allem Streß, war ein Büffet da aufgebaut, Klaus Störtebeker Saal, das binnen kurzem, gekochter Lachs in Kerbelrahm, Osso buco, Gratins, rote Grütze, Vanillesauce, zerpflückt, ausgeweidet, eingeebnet war. Gegen elf löste Herr Doktor Brettkämper das Zusammensein, sämtliche Kosten: Hotel, Flug, Zug wurden beglichen, siebenhundertfünfzig Mark pauschal für jede/n, mit der Ankündigung, offiziell, auf, man werde brieflich das Ergebnis versenden, um die beiden neuen Kollegen am ersten März begrüßen, mmh, zu dürfen, er räusperte sich, dürfen zu können. Neben Hosen und Jacken verkaufte Nils auch selbstgefertigten straßversetzten Lederschmuck, Armbänder, Halsketten, Gürtelschnallen, die, breitgefächert, unten die Auslage seines Schaufensters einnahmen. Ein Geschäft, sagte er, ist das noch nicht, aber, man muß sehen, wo man bleibt, es wird eins werden. Muß. Schon die Miete für den Laden betrug fast dreitausend Mark, die, sagte er am nächsten Morgen, wie war's?: ging so, du erst mal zu erwirtschaften hast. Und Steuern, der absolute Wahnsinn. Krankenversichert war er als Student der Meteorologie, im vierzehnten Semester, da, obwohl sie ihm seit einiger Zeit mit der Relegation drohten, sehr geehrter Herr, computererstellte Formbriefe, keine andere Möglichkeit, Zahnarzt, Urologe, ökonomisch bestand, gesundheitsmäßig, wenn es mich juckt, über die Runden zu kommen. Privat. Willi, Willhelm, im Augenblick würde ich sagen bin ich Studiomusiker: riffraff n paar Takte lang Werbespots: karamelisierte Schokoriegel oder Fairy ultra, gehörte, kein Problem, per vierteljährlichem Lasteinzugsverfahren, Rente und alles, zur Gemeinschaft der Künstlersozialkasse Flensburg, die einem, behauptete er, falls nötig, sogar eine Psychotherapie zahlen täte, das ganze Gelaber. Um zehn Uhr dreißig, nicht zu früh und nicht zu spät, öffnete Nils die Türe, BKS-Schloß, Vorhängeschloß, inwendig verschraubte Querstange, drehte ein Schild nach außen: we're open, und, es bimmelte, käme jemand, Laufkundschaft, neugierig, zog sich hinter seine Singer-Industrie-Nähmaschine, es gibt schon Aufträge, letztens das Schnürwams für die Freundin von Negerjojo, bar bezahlt, zurück, Schnittmuster: eins zu eins gestrichelte Bögen, mein Kapital, gegens Licht der Neonröhren wendend; ein Schein durch und durch, Pauspapier, weil man anders nicht die Fehlstellen erkennt, unangepaßtes Maß, eventuelle Buchtungen, und, was kann ich dafür, daß die hüftig Speckschwarten hatte?, Falten. Geld, geltend, gültig, Tausch, Gebrauch, um zu leben, zu essen was, Zimmer, Bett, Klamotten, Musik, die Träume, Abenteuer, sich lebendig, als Lebewesen, zu bewegen, nicht tot, atmend, einfach dieses Gefühl, das im Takt des Herzens, nur ein doofer Muskel, nervig, Impulse, schlägt, nie das Schlagen aufhört, chemisch, dauernd am Schlagen ist, blutpumpend ein Kreislauf immerfort schlägt und schlägt. Bis April würden seine Ersparnisse reichen, sollte vorher nicht, in petto, sich die Lage verbessern, Luft schöpfend eine Hochzeit mit der Freundin eines Bekannten (ein Dramatiker, Schnitzler-Preisträger, woher kennt er bloß alle diese Leute?) in Prag, zwecks Einreise- und Aufenthaltsbewilligung, um, eine Fotografin, hier durchzukommen, wie ausgehandelt cash: mehrere Monate lang. Ja. In einem kleinen Hinterraum zum Hof, im ersten, größeren, nähte er und nahm die Anproben vor, hingen rund zwei Dutzend gegerbte und gefärbte Rindshäute an Haken von der Decke, die er, plus ungefähr zehnmal sehr weiches teures Hirschkalbleder, um Interessenten, möglichen Kunden, etwas bieten zu können, auf Pump gekauft hatte, geliehen also im Prinzip von einem Händler, der reichlich Zinsen verlangte. Friß oder stirb. Doch wie seit jeher, den Schultagen, vermittelte Nils den Eindruck, sein Auftreten, wie er den Dingen begegnete, ich bin stärker als ihr, ohne Furcht, mit einer, zugegeben, lärmenden Unbefangenheit, daß, haue ich eben ab woandershin, er immer den Grund unter seinen Füßen bewahren würde, für sich und alle, die bei ihm und ihm zu folgen bereit waren, sorgend, väterlich, ein rauher, ungehobelter Vater. Du machst meinen Trauzeugen, sagte er, wenn die Ämter zustimmen, tausend verschiedene Formulare, Geburtsurkunden, Führungszeugnisse, Bestätigungen, damit die Staaten, Bundesrepublik Deutschland und tschechoslowakische sozialistische Republik, uns und unserer Liebe, sie hieß Renata, Glauben schenken, für ihren Paß, ihre Vorstellung davon, endlich echt frei zu sein. In Kniehöhe befand sich ein handtellergroßer Druckknopf, der, gepolstert, lehnte man sein Bein dagegen, die Maschine, über Scharniere, in Gang setzte, Nadel und Faden, ratternd, die Teile einer Hose oder Jacke zusammenzunähen, garantiert untrennbar, doppelt. Um eine Hilfskraft einzustellen, verdiente er nicht genug, ein Mädchen, eine Frau von der Hochschule der Künste, der Designklasse, die ihm, nicht drin leider, jede Bumskneipe zahlt mehr Stundenlohn, die Arbeit, Aufträge, sich modisch was auszudenken, erleichtert hätte, es fehlten, ohne Sex ganz krude, die Mittel, ihr (ihm) eine Clara Schumann beziehungsweise, multipliziert, die Mutter Dürers, bekappt, verhärmt, schicksalsergeben,

ein grünes Signallicht wischt längs dann wieder nah als würde man sie mit ausgestrecktem Arm berühren können die spirrigen Äste des Bewuchses des seitlich steil aufstrebenden Hanges

abends nach Geschäftsschluß regelmäßig vorzulegen. Immerhin hatte ein Szeneblatt, eine Programmzeitschrift, wo in der Stadt was los ist, über ihn schon berichtet, mit Foto und Adresse, seine individuell entworfenen Schnitte empfohlen und daß kein Teil dem anderen gleicht. Willi kam kurz, um sich, gitarrenbekoffert, wie wars gestern?: ging so, zu verabschieden, er hätte lange zu arbeiten, sicher bis nachts, Schrott, sagte er, vergeßt es, engagiert und bezahlt für den jingle einer norddeutschen Boutiquenkette, kinomäßig. Mittags holte sich Nils von nebenan, monsieur croque, eine Büchse Tuborg und ein frisch überbackenes Käse-Schinken-Ananas-Baguette, das, schmeckt mir super lecker, à la Toast Hawai, sechs Mark fünfzig kostete. Che schifo, sagte Edoardo, als er ihn es verschlingen sah, Käsezeug, das sich elastisch zwischen Nils' Mund, seinen Lippen und dem Brot durch die Luft spannte, that looks as awful as it probably tastes, während er, seine Marinejacke aufknöpfend, vor der Singer-Maschine auf einem drehbaren Hocker Platz nahm

Edoardo stammte aus Neapel. Seit November besuchte er einen Sprachkurs der Berlitz School, davor war er beim British Council in London gewesen. Sein Vater, Notar, für die republikanische Partei Abgeordneter des Straßburger Europaparlaments, he wants me to become an interpreter, überwies ihm ein knappes monatliches Salär, zuzüglich der Gebühren. Großgewachsen, bestimmt einsfünfundachtzig, kräftig, bebrillt, besaß er eine so einnehmend höfliche wie nonchalante Art zugleich, Distanz zu allem bewahrend, sollte ich ihn, seinen Charakter, beschreiben müssen. Sympathisch war er mir auf den ersten Blick, die nachmittäglichen Lektionen schwänzend, um Nils, biertrinkend, Gesellschaft zu leisten.

Das ist, sagte Nils, mein Freund Edoardo, der lernt gerade Deutsch hier, la lingua tedesca, wie ich ihm buchstabiere, Idiot: cretino – Schlampe: troia – Schwuchtel: ricchione, verstehst du? Yes. Im Sommer, sagte er, fahren wir vielleicht nach Neapel, die Stadt ableuchten, falls ich Zeit und Geld habe, das heißt Zeit oder Geld, eine Möglichkeit. Kein Problem, sagte Edoardo, wir treiben welches auf, irgendwie, ich telefoniere mal mit meinen Leuten, to check a little business, we altogether. Er wisse, behauptete er, über business Bescheid, traffico, von da nach dort, easy money no risks involved to have a good time; einige Zeit, ohne sich Gedanken machen zu müssen, wie es weitergeht. Dann half er Nils, der, das rettet mich momentan, dem Sänger einer lokalen Gruppe die Bühnenkleidung zurechtzimmerte – heavy metal, diese sex-and-drugs-and-rock-'n'-roll-Nummer aus der tiefsten Tiefe der siebziger Jahre, dabei, die Seitennähte einer Hose mit Lederschnur (durch Nieten geflochten) zu verzieren. Was willste denn tun?, sitzt dir ein Vollstreckungsbeamter im Nacken, erzähl mir bloß keinen Scheiß! Abends, Edoardo, der in einer Pension nahe des Gänsemarkts wohnte, hatte eingekauft, wurde gekocht, arrabiata, Schweineschnitzel und Tomatensalat, getrunken und die eine oder andere Tüte (Willi und Edoardo) geraucht, sizilianisches Gras, homegrown, aus einem Frischhaltebeutel (sacchetto di conservazione) gerupft. Er habe connections, sagte Edoardo, wobei er seine Brille, ein eckiges schwarzes Hornmodell, mit dem Ringfinger (der rechten Hand) wieder hoch zur Nasenwurzel schob, auf ihn sei Verlaß

Den Brief der Firma Höhnerlein, Anfang Februar, habe ich ungelesen in die Mülltonne gesteckt, den folgenden auch; mir war nicht danach. Alles lief weiter wie vorher, mit irgendeiner Arbeit, den alten Freunden – einmal kamen Nils, Edoardo und Willi zu Besuch, paar Frauen, Hiltrud und Nanette, Lektüre; um sich die Zeit zu vertreiben, die Stunden, wenn man, müde noch und trotzdem ruhelos, schon frühmorgens erwachte, ohne wieder einschlafen zu können, wie aufgedreht, als würde ein Termin anstehen, den man auf keinen Fall versäumen dürfte. Sich in möglichst dicke Bücher zu versenken (500, 800 Seiten) brachte eine gewisse Beruhigung, für meinen Verstand und die ihn innervierenden Gedankenfluchten, Ketten von Worten von Bildern, zerhäckselt, die, quasi automatisch andauernd, mein Bewußtsein überfluteten.

Das Visum, ein läppischer grauer Zettel mit Namen drauf und der Nummer des Reisepasses, kostete vierzig Mark, bar zu entrichten. Der Konsulatsbeamte verzog keine Miene, als er die Scheine entgegennahm, das Eintrittsgeld; die Behörden hatten sich mit der Hochzeit einverstanden erklärt. Am zehnten April, glaube ich, war es, holte mich Nils mit seinem Opel ab. Mann und Frau gegegenüber schließen die Augen, als würden sie beide dösen wollen. Ungefähr drei Stunden noch

um ihre Ränder verschwimmend bricht eine niedrigstehende Sonne durch die Wolken golden gelblich einen blendend Staub Fettspuren Fingerabdrücke auf der Scheibe negativ sozusagen sichtbar machend die feinen Schichten wo die Strahlen gebrochen werden die Wellen des Lichts ein gewaltiger Strom masseloser Teilchen der das heißt sie hell-dunkle Wirbel enzephalographisch ein Potential erzeugen ihre Energie körnige Muster von Flecken Rillen inselartige Gebilde das Fenster müßte mal jemand putzen im Hirn chemische Vorgänge praktisch ein Botenstoff des Körpers reagiert mit einem anderen deren Ladungen plus minus plus sich verstärken aufheben neutralisieren man spürt Wärme sie fließt übers Gesicht die Landschaft in fliegend wechselnden Winkelgraden verschattend beleuchtend verschattend

Es gibt immer einen Punkt. Ich werde versuchen, so genau wie möglich zu sein, damit ein Satz aus dem vorherigen folgt, Tag für Tag und Woche für Woche. Der Umriß des Bildes, seine Farben, es mitzuteilen ihr.

In Dresden, wir wurden umgeleitet wg. Bauarbeiten, hing

ein Transparent an der Fassade des Bahnhofs: die Lehre von Marx ist allmächtig, weil sie wahr ist; oder wahr, weil allmächtig. Nils spähte nach Hinweisschildern, um den richtigen Weg nicht zu verpassen, wie wir, die eine Linie südlich Hamburg–Berlin–Dresden–Grenze–Prag: telefonisch verabredet hatten. Im Handschuhkasten und unter der Mittelkonsole waren Digitaluhren versteckt, ein Walkman, die man, selbstverständlich halbe-halbe, irgendwem verhökern oder tauschen können würde, sein Plan. Die Zollbeamten, obzwar sie, die Tschechen, sämtliche Hohlräume filzend, die Waren entdeckten und sich jedes Stück notierten: Bitte zeichnen Sie hier ab, ist das ein Gerät zum Musikspielen?, private Kassetten?, schienen daran keinen ernsthaften Anstoß zu nehmen, höflich distanziert, als bekümmerte es sie nicht eigentlich sehr. Gute Fahrt. Bestens, sagte Nils, ich dachte schon, die würden uns das Zeug alles konfiszieren. Martin, der Preisträger, hatte den Weg zu Renatas Wohnung, auf einem Plan mit Bleistift markiert. Über Traiskirchen war er als Junge in die Schweiz gekommen, seit einigen Jahren, problemlos, durfte er wieder einreisen, sein Vater nicht, so oft und auch so lange er wollte, nach Prag, der, wie er sie nannte, ihm gebürtigen Stadt. Funzeliges, milchiggelbes Licht, ein trüber Schein, gasgespeiste Laternen wohl sicher, hing zwischen den Häusern in den Straßen, wie, etwas Physisches, ein gelierender Stoff, eine langsam starr werdende sich verdichtende Flüssigkeit. Die Hausnummern waren schlecht zu erkennen, Emailleschilder an den Fassaden, die, hochstöckig, da vorne ist schon wieder die Moldau: Wir fahren im Kreis rum, braun und ockerfarben, grau, an manchen Stellen, nicht wenigen Stellen, im Lauf der Zeit ihren Putz verloren hatten. Renata, Martin, Onkel André, Libuse und Daniel erwarteten uns, Martin stellte alle einander vor, zum Abendessen, asiatisch, das Onkel André, er ist berüchtigt dafür, sagte Daniel, er sollte ein Lokal aufmachen, gekocht hatte. Onkel André, Ende Zwanzig vielleicht, war Renatas Bruder und Martins Freund, augenblicklich, nach seinem Verweis vom Konservatorium, er spielte Klavier, arbeitete er, eine wirkliche Drecksarbeit, unterirdisch, auf einer Baustelle der U-Bahn weit draußen. Daniel, der zu einem schwarzen Anzug aus grobgewirkter Seide rote (Lack?) Schuhe trug, gestern hier gekauft, Spitzenqualität, lebte als Rechtsanwalt in Winterthur, so Wirtschaftsgeschichten, die, einem späteren nächtlichen Ondit zufolge, on dit: sagte Martin in diesem Kellerlokal: ganz groß: daran besteht objektiv kein Zweifel mehr, ihn praktisch stündlich reicher machten, inwiefern: entre nous, er als einer der wohlhabendsten Emigranten gelte, bewundert und beneidet, wann immer, mit wem, beim Jahrestag oder einer anderen Gelegenheit, en passant: in der Kronenhalle oder im Café Odeon, das Gespräch auf ihn komme. Libuse, eine schöne junge Frau, die Lippen von der bringen mich um, behauptete Nils, ich krieg noch Zustände, meine Güte, warum heirate ich die nicht?, betreute, als Keramikerin, um erst mal zu verdienen, halbtags eine Behindertenwerkstatt, die die Kirche, die evangelische, durch Spenden (aus Uppsala und Göteborg) unterhielt. Echt chinesisch, gab es zuletzt die Suppe, behaglich schlürfend Daniel, Martin und Onkel André. Während Renata in der Küche türkischen Mokka braute, schmolz Daniel, der unentwegt Geschichten und Anekdoten erzählte, Witze machte, sie vorspielte, bruchlos vom Tschechischen ins Deutsche wechselnd und umgekehrt, eine Stange roten Libanesen an und bröselte, er war bestimmt schon vierzig Jahre alt, die kleinen kerzenwachsähnlichen Stücke auf eine Lage, getrichtert verklebte Zigarettenpapierchen, blumig duftenden Tabaks, den er aus einem Lederbeutel gerupft hatte. Reihum zog jeder. Später, Daniels Lancia steuernd, fuhr Libuse uns in einen Nachtclub, der, Plüsch und Resopal, sich im Kellergeschoß eines Bürogebäudes befand. Wir tranken Sekt und aßen: wer noch hungrig ist, bestellt sich was! rief Onkel André, Jägertoast mit Letscho, einer Art Gemüse(paste), die zähflüssig, Paprika, Möhren und Zwiebeln kleingekocht, die Beefsteaks überdeckte. Ich werde immer dicker, und mir fallen die Haare aus, sagte Martin, das Kinn an der Bar in die Hände gestützt. Dann treib Sport, sagte Renata, die neben ihm saß, tu was für dich, lies nicht nur. Martin nickte. Jawohl, bis zur Premiere täglich einen Dauerlauf rund um die Alster, morgens. Genau, sagte Renata, nimm dir mal an berühmten Vorbildern ein Beispiel, Musil etwa. Der ist kniebeugend zusammengebrochen, sagte Martin, sektnippend, am geöffneten Fenster. Wie tragisch, sagte Renata, ich bedaure dich. Sie war klein und schlank und drahtig. Wasserstoffblond gefärbt, kurzgeschnitten, zigfach verwirbelt, wiesen die Strähnen ihrer Frisur nach Nord und Süd und Ost und West, sehr selbstbewußt und mutig. Von Beruf Fotografin, arbeitete sie als Spachlehrerin für Vietnamesen, bei denen in den Baracken, Freunde des Landes. Mach ne Diät, sagte sie, als Martin wieder anfing, dolmetschte sie. Lächelnd. Jammert hier rum, obwohl er solchen Erfolg hat, daß seine Stücke aufgeführt werden, sauber kassiert und alles. Daniel, hinter ihm Onkel André, führte eine Polonaise mitten durchs Lokal, jauchzend

Am nächsten Tag haben uns Martin, Daniel und später auch Libuse die Stadt gezeigt. In einem Bräuhaus lernten wir

Vladimir kennen, Libuse machte uns bekannt, der sich, einer ihrer ehemaligen Freunde, klar, ich hab sowieso nichts mehr zu tun heute, der Gesellschaft anschloß

Der Himmel, daran erinnere ich mich genau, war wolkenlos, ganz durchscheinend blau, wie, das dachte ich, sonst erst im Mai.

An vielen Gebäuden, öffentlichen, hingen Spruchbänder, manchmal Fahnen, über dem Tor von Daniels alter Schule, guckt mal, meine alte Schule: rief er, grüßend winkend, wir lernen für den Aufbau des Sozialismus, gelbe Buchstaben auf rotem Grund, eine längliche (Blech?, Holz?) Tafel. Nach ein paar Stunden Postkartenbildern hatten alle genug, Daniel wollte ins Europa zum Kaffeetrinken. Und Cognac natürlich, aufs Wohl des Brautpaares. Die Hälfte der Summe war bezahlt, die zweite gäbe es, in Hamburg, nach der amtlich vollzogenen Trauung. Ich bitte darum, meine Frau zu mir reisen zu lassen

Zuerst sind Martin und ein Kellner sich in die Wolle, genau, geraten, fast wörtlich, laut tschechisch beide, wenn nicht Libuse und Vladimir, der den Mann mit Vornamen anredete, geschlichtet hätten. Ein unverschämter Kerl, sagte Martin, Daniel schüttelte seinen Kopf, Vladimir schmunzelte, unhöflich, übersetzte er, lachhaft, sagte Daniel, deswegen einen Streit vom Zaun zu brechen, hier. Ein kleines Orchester spielte auf. Völlig ungerührt, ausdruckslos, wie abwesend, ließ der Geiger, ein älterer Mann in weinrotem Blazer mit schwarzer Fliege, seinen Bogen springen: Ja, ja, der Chiantiwein. Dezent geschminkte Frauen, drei, vier, fünf, warteten auf Kundschaft. Vladimir, der Englisch konnte, kam mit Nils ins Reden, während die anderen, es wurden Briefe rumgereicht, irgendwelche Formulare scheinbar, behördlich, durchsahen. Er sei Geschäftsmann, sagte er, derzeit, außenhandelsmäßig, electronical stuff. Sein Alter war, wegen einer gewissen Teigigkeit des Gesichts, schwer zu schätzen, dreißig, oder fünf Jahre mehr oder weniger. Sicher, sagte er, als man ihm von der Sache erzählt hatte, würde er versuchen können, etwas zu organisieren, Uhren von Seiko beziehungsweise Junghans müßten abzusetzen sein, doch, doch. Gegen Provision. Nur brauchte er mal eine, um sie jemandem zu zeigen. Nils willigte ein. Spätabends nahm Vladi, nennt mich Vladi, die Ware entgegen, auch den Walkman und den Autorecorder, schnell ausgebaut, plus Originalkassetten. Renata sollte treuhänderisch das Geld erhalten, Anfang nächsten Monats. Dann kaufen wir was dafür, sagte Nils, was es hier so gibt. Daniel steckte die Papiere weg und bestellte eine Flasche Wein. Noch eine. Irgendwann trafen auch Renata und Onkel André ein, und wir sind alle zum Essen

Paß auf, sage ich zu Nils, seit einiger Zeit folgt uns ein Wagen der Miliz. Ich bin nicht blind, antwortet er, ohne seinen Kopf zu bewegen aus den Augenwinkeln nach hinten spähend, im Spiegel. Die Stadt liegt wie ausgestorben, weder Verkehr noch Passanten. Weißt du, wos langgeht? fragt er mich. Keine Ahnung. Das gelblich-trübe Licht der Straßenlaternen gibt den verwitterten Häusern, den leeren Kreuzungen, dem unebenen Pflaster, über das wir schaukeln, einen kulissenhaften Schein. Nicht zu schnell, sage ich, bieg irgendwo rein, dann sehen wir mal weiter. Zwecklos. Aber auch ihr Abstand verringert sich nicht. Ich kann weder die Schilder lesen noch finde ich auf der zerfalteten Karte, es ist nichts zu entziffern, zu klein geschrieben, zu dunkel, einen Orientierungspunkt, Minute um Minute. Der Gedanke, einfach stehenzubleiben: Wir sind Touristen und haben uns verfahren, kommt keinem unserer benebelten Gehirne in den Sinn. Als wir zum zweitenmal den Wenzelsplatz kreuzen, rauscht der Wagen, ein Skoda (?), mit blinkender Kelle vorbei und stoppt uns. Zwei Uniformierte kommen näher, verlangen die Papiere, Paß, Visum, richten den Strahl einer Taschenlampe erst in Nils', dann in mein Gesicht. Tuschelnd beratschlagen sie, unbeeindruckt von dem, was Nils auf deutsch und englisch sagt, we are just looking around, oder so ähnlich. Nachdem er geblasen hat, müssen wir den Motor, der noch lief, abstellen und uns zu ihnen hinten in den Wagen setzen, wo, den erkannte man vorher nicht, ein dritter Milizionär sitzt; zwischen ihm und Nils außen bin ich eingeklemmt. Es geht los, um ein paar Ecken, dann, die beiden vorne haben sich geeinigt, verlassen wir das Zentrum, immer weiter, schweigend, nun durch ziemlich düstere Straßen, abgetakelt, verwetzt, mit schmucklosen Gebäuden links und rechts, Fabriken, Parkplätzen, wilden Brachen, bis: Angst, richtige Angst? Letzten Endes, dachte ich, würden sie uns als Bundesbürger (und als Bewohner der selbständigen politischen Einheit West-Berlin) ja wohl nicht erschießen, oder? Never. Einzig die Möglichkeit, ins Gefängnis zu wandern, beunruhigte mich, beim Blick aus dem Fenster, eine Zeitlang, aber, wahrscheinlich auch wegen des Alkohols und der Drogen, nicht sehr: schließlich gehalten wird. Der neben mir beugt sich vor, halb über mich, um mit seinen Kollegen zu reden. Der Stoff seines Mantels fühlt sich filzig an, so eine Art Filz, denke ich, während ihm der Fahrer, ich sehe sein Gesicht im Profil, verschattet unter der Schirmmütze antwortet, laut, als sei er mit etwas ganz und gar nicht einverstanden. Scheiße, murmelt Nils. Die drei steigen aus und setzen ihr Gespräch, jetzt hört es sich nach Streit an, einige Meter seitlich des Wagens fort. Hast du Geld dabei? Ich nikke. Und du? Von dem Tausch in dem Taxi noch, heute früh, reichlich. Glaubst du, die wollen Kohle? Was sonst, deine Hosen? Na hoffentlich. Öde erstreckt sich, fast nicht beleuchtet, ein Industriegelände längs der Straße; vor dem Tor ist eine Haltestelle (der Trambahn?). Hier möchte ich nicht tot überm Zaun hängen, sagt Nils leise, flüsternd. Wirst du nicht. Weit und breit erkennt man keine Bewegung, kein Auto, nichts, niemand. Plötzlich öffnet der Fahrer die Türe auf Nils' Seite und gibt uns mit einer Geste zu verstehen, ins Freie zu kommen: Das war doch eine Schrecksekunde, mir zitterten die Knie. Er hat einen Zettel in der Hand, auf dem die Zahl tausend steht. Als wir das Geld zusammengesucht haben, die anderen Scheine stecken in Nils' Stiefel, steigen sie wortlos ein und kehren unverzüglich um Richtung Stadt, uns zurücklassend. Es dauert Minuten, kommt mir vor, bis ihre Rücklichter in der Ferne erlöschen. Nach Stunden Fußmarsch erreichen wir Renatas Wohnung. Glück gehabt, sagt Martin, der noch schreibend an einem altertümlichen Sekretär sitzt. Paßt besser auf

Wollen wir ins Palace? sagt Nils, die von gestern abend treffen? Das waren Nutten. Warens nicht. Sicher. Laß mal gucken. Meinetwegen

In einem Park, in Dobris (?), hebt Nils eine kleine Schlange vom Weg und hält sie in die Luft, während Daniel Polaroidfotos macht

Renatas erster Mann, ein Ingenieur, war verrückt, erzählt sie. Tage lief er alleine durch den Wald und aß Wurzeln und Beeren, manchmal auch in Fallen gefangene Tiere. Nie konnte es ihm kalt genug sein.

sind Hopfenfelder diese Stangen da die igelig abgeerntet im Boden stecken aus dem Boden kommen wo der Zug mein Sehen dran vorbeijagt erinnernd sich schreibend April Mai Juni bestimmte Augenblicke eine Stunde ein Tag

Die Trauung fand im Rathaus statt, in einem mit dunkelbraunen, fast schwarz getönten Holzkassetten ausgeschlagenen Zimmer, dessen Fenster bleiverglast waren. Nils trug einen selbstgeschneiderten Frack, Renata, als Braut, kopfschüttelnd lachend hatte sie ihn sich aufgesetzt, zu einem malvenfarbenen Kleid einen Frühlingsblumenkranz. Die Standesbeamtin schien unbeeindruckt von dem ganzen Aufzug, dem Paar, der Gesellschaft im Hintergrund zu sein und spulte die Zeremonie sachlich, wie sie es wahrscheinlich immer tat, etwas leiernd, ab. Erst als Daniel nach dem Jawort Vivat! rief, schenkte sie den Anwesenden einen mißgelaunten, sie wußte Bescheid, gnatzigen Blick. Vor dem Portal, Libuse knipste, warf Martin Reis über die Häupter der Jungvermählten, Onkel André spendete, enthusiasmiert, Beifall, wie auch Daniel und ich. Die ersten Flaschen Sekt wurden geöffnet; und geleert. Dann fuhr man in ein Restaurant, wo die geladenen Gäste, Freunde aus der Prager Szene, schon warteten, zechend, muß man sagen. Auffallend war, daß viele der Männer, mir kommt es vor, als seien es die meisten gewesen, Bärte hatten, Vollbärte – nur die Schwulen nicht, als handelte es sich um ein Erkennungszeichen, ein haariges Symbol, dessen sie bedurften. Nach dem Essen (Cordon bleu), weiteren Getränken, lauter werdenden Unterhaltungen, teilweise sehr laut gewordenen, dem Austausch von Adressen, Umarmungen, zog sich der engere Kreis, Libuse bei Nils eingehakt, in Renatas Wohnung zurück, zwei, drei Stunden, bevor es erneut ausging, ein Wirbel, ein Taumel, rasende Drehungen der Bars, der Stadt, der Gesichter bis zum Morgengrauen, alle am Ufer der Moldau stehend, ohne mehr unterscheiden zu können, wer oder was sich warum bewegt, das Wasser, das verankerte Schiff drüben, die Badeanstalt, Nils und Libuse engumschlungen gegen einen Baum gelehnt (polkatanzend hatten sie ihr Gleichgewicht verloren und waren ins Schlagzeug gefallen, die große Trommel, deren Bespannung riß, so daß, ein paar Zigeuner sprangen wütend hoch, Daniel dazwischen, nur durch eine rasche sofortige unmittelbare Zahlung des Schadens eine Schlägerei, uns hätte man verprügelt, verhindert werden konnte).

Vielleicht ist das Gefühl, nicht wirklich wohin oder zu jemandem zu gehören, das Symptom einer Krankheit, vielleicht aber auch nicht, das heißt normal. Man müßte wissen, aus was man besteht, versuchen es zu entschlüsseln, die Geschwindigkeit der Sätze der Wahrnehmung, wie den molekularen Aufbau einer Aminosäure, DNS und ANS und UNS und ENS, alles speichernde, in sich verdrehte organische Stränge, deren einzelne Zeilen mittlerweile auf dem Bildschirm im Labor sichtbar gemacht werden können, farbig.

Die Zöllner. Das war der Grund, warum sie die Gegenstände, Uhren, Walkman und Kassettenrecorder, bei der Einreise sorgfältig aufgelistet und sich die Liste hatten abzeichnen lassen. Wo? Verschenkt. Der Mann schüttelte seinen Kopf. Ein karg möblierter Raum in der Grenzbaracke, Tisch und zwei Stühle. Man soll warten, bis man weich wird, ohne was zu rauchen. Es riecht nach Plastik, irgendein billiger Kunststoff, betäubend, mit dem, dessen Ausdünstungen wie eine zweite Haut, alle Flächen, die Wände, überzogen sind. Eine uniformierte Frau, die Deutsch spricht, kommt rein und verlangt ein Geständnis. Geben Sie zu! Nichts! Also gut! Das Fenster, den Blick nach draußen, schließt eine grünliche, gelbgrün gemusterte Gardine. Ab. Manchmal hört man das Geräusch eines vorbeifahrenden Wagens. Nirgendwo hängt ein Bild, eine Karte oder sonstwas. Sieht man auf die Uhr, scheint es einem, als würden sich die Zeiger, relativistisch verlangsamt, nur in Slowmotion fortbewegen, von der Schwerkraft gelähmt praktisch. Es ist eine Frage des Standpunkts (des Beobachters), ob man (er) zwei niederschießende Blitze gleichzeitig erlebt, genau zwischen den Waggons drei und zweihundertfünfundachtzig postiert. Die haben doch nicht alle Tassen im Schrank, sagt Nils. Yes. Wegen Zeug, das ich bei Karstadt mitgenommen? Wahrscheinlich. Habe (dritte Person Singular Indikativ Aktiv Präsens). Gedämpft, aus dem Nebenraum, dem Büro von denen, sind Stimmen, plötzlich, kurz zu gewahren. Eine Bediente der Truppen, in einem Kittel aus synthetischem Material (Nyltest?, Dralon?), bringt Kaffee, Zucker, Milch; sonst wäre man im Sitzen eingeschlafen; deren Verhörtaktik. Die Frau übersetzt, was der Mann, sicher ein Offizier, auf tschechisch fragt. Und das Gerät, das im Auto war? Meinen Sie den Recorder? Ja. Entwendet. Er lacht. Wir können euch auch hierbehalten. Ähnlich den Wimpeln, die Fußballmannschaften vor dem Anpfiff tauschen, steht auf seinem Schreibtisch eine kleine, an einem dünnen Holzstäbchen befestigte, dreieckig verschweißte Fahne des Landes, rot und weiß und blau

Halt. Welche erheben sich und packen ihre Sachen zusammen. Augsburg. Ein Pfiff und weiter hier wohnt Maria die ich im Amazonas kennenlernte man wollte Geld von uns Scheine Dehmark die letzte Münze Devisen Gebühren Zoll erstickt sagte Nils später im Auto krepiert daran sie hatte lange schwarze Haare und trug einen olivfarbenen Rock Studentin der Anglistik einen engen Rock ihr Lachen war entwaffnend

Tatsächlich knackt der Mann gegenüber noch eine Büchse und gluckst sie sich rein. Nonphotic receptors in lower forms: fotokopiert: lautet vollständig der Titel der Broschüre, die auf seinen Knien liegt. Den oder die Namen des bzw. der Verfasser deckt seine (siegelberingte) (linke) Hand zu. In der Ecke, zum Gang hin, der Reisende, blättert eine Illustrierte durch, die: Test heißt. Neben mir sitzt eine weder lesende noch schreibende oder anders sich beschäftigende Frau, unscheinbar, ruhig. Naßglänzend sieht man eine Wiesenlandschaft passieren, da und dort noch herbstlich bunt gesprenkelt eine Schonung, gelbe und rostig rote Flecken, die sich kräuselnden Teiche einer Forellenzucht, einzelne Bauernhöfe, kleine Ortschaften, bis die Schienen anfangen sich zu verzweigen, auseinanderlaufen, ein sich stetig vergrößerndes, durch Weichen verbundenes flitzendes horizontales Muster bilden und der Zug, ein Stellwerk gleitet vorbei, Häuser und Gewerbelager rücken immer dichter heran, seine Geschwindigkeit verringert, mehr und mehr, um schließlich, ausrollend, von den Bögen einer weitgespannten Halle umfangen zu werden.

Liebe Evelin, die Karten gab es an einem Kiosk im Münchner Hauptbahnhof, ich hoffe, sie genügen dem Standard Deiner Sammlung, vor allem die beiden fehlkolorierten Trachtenmotive, Dirndl & Gamsbart. Um das Maß echt voll zu machen, die ½ Maß, 1 dickwandig mit Butzen versehener, behenkelter Glaskrug, bin ich in eine sog. Händl-Braterei gegangen und habe (Tagesgerichte bis 18 h) Semmelknödel

und Salat bestellt, hauptsächlich Wachsbohnen (gelb), wie eine flüchtige Inaugenscheinnahme des soeben gebrachten Portionstellers (!) bezeugt. Na denn. Schmeckt, nach dem 3. Bissen, gar nicht mal übel. Heute abend fahre ich weiter, wo gerade ein Platz frei ist, ein Liegebett, das ein merkwürdig freundlicher Bahnbeamter, als sei er endlich einmal herausgefordert, nach Mailand oder Rom oder Venedig, mir in die Hand noch zu beschaffen zu versuchen versprach; man würde mich unterbringen, keine Rede. Den ersten möglichen Anschluß (liegend, nachts) werde ich buchen, dann mich orientieren, welche Richtung, geographisch, meiner Stimmung (!?!) entspricht, am meisten, schwarz auf weiß auf holzfreiem Papier in einem verwaschen blau eingebundenen Heft (1 Brunnen Erzeugnis). Unterwegs zu sein, tut mir gut. Was bedeutet das? Genau weiß ich es nicht, aber vielleicht, ohne Alltag (DU bist für mich nicht alltäglich), komme ich näher zu mir, zu meinen Geschichten, allein, in einer bestimmten Bewegung. Kann ich kassieren? sagt der Kellner, wir haben jetzt Personalwechsel. Knödel + Bier = 18,90 = 20 (inkl. Trinkgeld). Von draußen scheinen Lichter an meinen Platz, es ist dunkel geworden. Gleich, nach der Zigarette, gehe ich in das neue DB-Info-Center, mit Monitoren und Tastaturen, keine zerfledderten Kursbücher, um mir, falls die Versprechungen des Mannes sich bewahrheiten sollten, eine Reservierung irgendwohin abzuholen, d. h. zu bezahlen. Getrockneter weißlicher Schaum klebt an den Innenwänden des Glases, erstarrt, flüssig verfestigt. Noch 1, 2, 3 wohldosierte Züge. Ich umarme und küsse Dich
Stefan.

Und dann? Ende Mai rief sie an und sagte, daß er gestorben sei, erlöst, sagte sie, wie man so sagt, und daß ich zur Beerdigung kommen möge, ihr zuliebe, man müsse auch verzeihen können, sie habe es längst getan, ohne auch nur im geringsten irgend etwas zu vergessen, aber andernfalls vergifte man sich sein eigenes Leben und das wäre es nicht wert, keine Sache, kein Streit, niemals. Außerdem schwiegen am Grab, wie ich als gebildeter Mensch wissen sollte, die Waffen, man erweise den Toten die Ehre, ob ich sie verstehe? Ja. Sie würde mir Geld schicken, sagte sie, wenn ich welches bräuchte, am nächsten Morgen. Ich hatte ihn seit Ewigkeiten nicht mehr gesehen, sehen wollen, weil mein Groll gegen ihn, statt abzunehmen, im Laufe der vergangenen Jahre immer größer geworden war, ganz von alleine, ganz eigenartig, als trage er persönlich die Schuld für ich weiß nicht was, dachte ich mal an ihn, die sogenannte Familie, selten genug, diesen zufälligen Verband von Leuten zur Komplizierung der Verhältnisse. Mir begreiflicherweise fremd, erkannte ich kaum jemanden, Tante, Onkel, deren Anhang, meinen Cousin und meine Cousine, die beide, Assessor und Realschullehrerin, selber schon wieder Kinder haben, verheiratet sind, als handele es sich dabei um einen naturhaften Prozeß, der eben abläuft, wie er abläuft, völlig normal. Da ich weder Trauer noch, muß ich zugeben, Mitgefühl empfand, wieso auch, verwunderte es mich, daß der Rest der Gesellschaft, meine Mutter eingeschlossen, sich derartig betroffen zeigte und wirklich Tränen flossen. Hätte er sich nur einmal für sein Verhalten meinem Vater gegenüber entschuldigt oder es zu erklären versucht, dachte ich, als der Sarg vor uns zur Beisetzung gezogen wurde, es wäre sicher anders gewesen, und ich hätte ihn, wenn schon nicht mehr lieben, dann wenigstens respektieren können, menschlich. Aber unwiderruflich zu spät, aus und vorbei. Während des anschließenden Kaffees in den Rheinterrassen kam ich mir ziemlich deplaziert vor, ein unfreiwilliger Zaungast, der, neben einer Frau sitzend, die seine achtelverwandte Cousine zu sein behauptete, ihre Fragen, was und wo er arbeite, wie er denn lebe, einsilbig beantwortete, ohne Interesse, selbst geheuchelt nicht, für sie und ihr Leben. Besonders höflich sei ich nicht gewesen, sagte meine Mutter abends, habe sie beobachtet, im Grunde abweisend, was, man müsse lernen, gelegentlich über den eigenen Schatten zu springen, hörst du?: ich schließe die Augen und nicke, einen peinlich berühre, weil es den Betreffenden, mich? : ja, dich, verkleinere, als Person, der es offenbar an Souveränität fehle, daran, eine ungewöhnliche Situation selbstbewußt zu meistern. Ob sie beabsichtige, frage ich, mir jetzt Vorträge zu halten, da, wenn ja, ich zu Bett ginge, um auszuschlafen, woraufhin, eine altbekannte Geste, sie ihre Hand durch die Luft schlenkert und (zugleich den Kopf schüttelnd) Wein nachschenkte, Côtes du Rhône in bauchige Kristallgläser. Meinerseits nicht willens, mich zu rechtfertigen – ich war noch müde von der Fahrt und allem, der Prozedur des Tages, den so weihevollen wie verlogenen Ansprachen und Segnungen, dem Geruch der Kränze und Blumen, von Torf und Humus: braun und grün und violett, benommen, gerät sie ins Plaudern, fängt ohne Aufforderung von Miguel zu erzählen an, der (weit weit westlich der Sonne des Mondes der Sterne) mein Vater ist, ein Schatten unfaßbar unendlich; ich spüre, daß sie es loswerden muß, from the beginning, einmal, lasse sie reden, Wein trinkend und Salzgebäck knabbernd, zünde ihr eine Zigarette an, lege schweigend, am Rand des Sessels, meinen Arm um ihre Schultern, höre bis spät ihre Worte; näher, denke ich, werden wir uns nicht mehr kommen. Danach, sie ist schlafen, räume ich Gläser, Schälchen und Aschenbecher auf ein Tablett und bringe es in die Küche. Über dem Geschirrspüler, von Siemens, hängt ein bebilderter Kalender der Rosen-Apotheke: das Bruch im Wechsel der Jahreszeiten, neben Gewürzregal und Mixmaschine (AEG universal). Letzte Ausgaben der Rheinischen Post stapeln sich in einem Hohlraum zwischen Besenschrank und Türe, an deren Rückseite ein Merkblatt mit den Konditionen des städischen Recycling-Service klebt (Ort, Zeit, Menge, Blech oder Kunststoff). Wie neulich erst gekauft scheint die Einrichtung, glänzend, modern, ohne Kratzer. Ich lösche das Licht und stehle mich behutsam, um kein Geräusch zu verursachen, von dem sie erwachen würde, ins Treppenhaus zum Lift. Fahre runter auf die Straße. Laufe frühere Wege entlang, erkenne diese oder jene Ecke, einen Zustand, und kehre beim Morgengrauen, ohne daß jemand etwas bemerkt hätte, die Nachbarn, wieder zurück, leise, mit verhaltenem Atem, erschöpft, ein traumloser Wandler.

Ein rechteckiges Gehäuse aus Milchglas, gelblich, in der Abteilwand verschraubt, deckt das Birnchen dahinter ab, zum Lesen oder Schreiben, wenn man nicht schlafen kann.

Auf die linke Seite gewandt, den Kopf in die Hand gestützt, fällt ein matter Schein über das Heft. Die beiden Mitreisenden oben wird es nicht stören, der eine schnarcht leise.

Nach kurzer Zeit gewöhnt man sich an den Takt der Schwellen, einen unablässigen, immer wieder gleichen Rhythmus, dessen Monotonie einen beruhigt.

Nach und nach steigen Bilder empor, bestimmte Szenen,

Gesten und Bewegungen, ihr Klang. Access memory, then push button: file.

Kein Problem, hatte Edoardo gesagt, wir fahren mit dem Auto nach Neapel und lassen es verschwinden.

Von draußen hört man, wie ein anderer Zug in Gegenrichtung vorbeijagt, die Waggons schüttelnd, in den engen Zwischenraum gepreßt sich verwirbelnde Luft, unberechenbar.

Wäre eine Möglichkeit, hatte Nils geantwortet, sehr sinnvoll und praktisch.

Außerdem, schlug Edoardo vor, könnte man auch günstig Speed kaufen, um es hier, grammweise, zu verticken, wenigstens viermal so teuer, für hundert Mark die Portion.

Nils nahm einen Block vom Regal über seiner Nähmaschine und schrieb Zahlen auf, addierte, dividierte, multiplizierte. Gut, sagte er dann, ziehen wir die Nummer durch. Ich setze die erste Rate von meiner Hochzeit ein, fünftausend, und ihr checkt das.

Gleißend erhellen Blitze die Dunkelheit in den Alpen, nachts, Richtung Brenner, und Regen, als würde man durch eine Wasserfront fahren, zieht in dichten Schlieren herab. Wie künstlich, ein gemalter Prospekt links und rechts der Straße, tauchen jedesmal die Berge aus dem Nichts, die gezackte Linie ihrer Kämme und Höhen, Geröllhalden, Bäume und Häuser. Die Verkehrszeichen und die Ortstafeln verschwimmen rot und blau und grün im Licht der Scheinwerfer, hochgesprühtem Wasser, in flackernden Kränzen auf der Windschutzscheibe. Edoardo steuert. Um nicht einzuschlafen, singen wir die Refrains der Lieder mit, von U2: Sunday, bloody sunday – und Men at Work: Who can it be now can it be now be now, ziemlich alte Sachen.

Gegen eins läßt es nach, verrinnt, hört auf. Wir wechseln die Plätze. Ich fühle mein Herz schlagen, grundlos, als die Station in Sicht kommt, weit oben, quer über unserer Fahrbahn eine eckige Schranke. Der italienische Grenzer, ein Südtiroler, er spricht fließend deutsch, will nicht nur die Pässe, meinen behelfsmäßigen Personalausweis, sondern auch die Wagenpapiere sehen, um sie, per Computer, mit irgendwelchen Daten, wonach gefahndet wird, abzugleichen; im Inneren des Häuschens auf dem Mittelstreifen. Gute Reise, sagt er, buon viaggio, als, negativ, ihm die Dokumente aus dem Fenster(verschlag) zurückgereicht worden sind. Edoardo ist müde und legt sich nach hinten. Die Dämmerung des Morgens entzündet rötlich, ein Rosarot, an seinen Rändern, den in der Luft hängenden Nebel, die Strahlen der Sonne von der Adria her, der östlichen Ebene. Dann reißt der Himmel auf, und es wird immer wärmer.

In engen Tunneln waghalsige Überholmanöver, leichtsinnig. Mit Preßluft betrieben, hallen die Signalhörner der Lastwagen dröhnend von den nackten Steinen wider, ganz dicht und nah, so wie die Schlagwellen einer Baßgitarre, aus großen Lautsprechern hundertfach verstärkt. Die Lichthupe einer Fiat(?)limousine fackelt durch den Rückspiegel, dauernd die Spur wechselnd, ohne ein schnelleres Vorankommen zu finden.

Rechter Hand taucht der Doppelkegel des Vesuv aus dem Glast des Nachmittags. Alles klebt an mir, meine Augen brennen, ich bin durstig. Noch ungefähr eine Stunde, sagt Edoardo, puttana madonna, dann haben wir es geschafft. Er klettert über die Lehne wieder nach vorne und reibt sich den Schlaf. Mit geballten Fäusten.

Um zur Via Posillipo zu gelangen, müssen wir einmal

kreuz und quer durch die Stadt. Das Meer. Glitzernd bricht sich der Schein der Junisonne auf dem Gewässer der Bucht, die eine Folge von Hügeln, sie rahmend, halbkreisförmig umfaßt.

Der Zug bremst. Kufstein: hört man die Stimme einer Ansage. Über mir der Mann dreht sich im Schlaf auf die Seite – ein Gerechter. Fußtritte, des Schaffners und der Zöllner, bewegen sich von der einen Türe zur anderen durch den Gang. Offensichtlich gibt es keinen Verdächtigen zu kontrollieren heute abend, sämtliche Namen in Ordnung; und weiter.

Das Haus seiner Eltern liegt an einem Hang etwas außerhalb. Es ist sechseckig, weiß, hat zwei Stockwerke und ein flaches Dach mit einer Terrasse.

Gegen Abend, kurz vor dem Einbruch der Dämmerung, verzieht sich der Schleier aus Dunst und Abgasen, der während des Tages über der Bucht schwebt, und die Konturen der Gebäude, ihre Farben, Rot, Ocker, Eierschalen, treten deutlich hervor, klar umrissen plötzlich, nah gerückt, wie die Silhouetten und Töne der Berge im Hintergrund, vom Scheitel der Uferpromenade aus gesehen, wo die Rennboote der contrabbandiere ankern – laut Edoardo, in einem wie gebrannt scheinenden, ziegelartigen Rot die Hänge des Vulkans unterhalb seines Sattels zwischen den beiden stumpfen Gipfeln, dem eingebrochenen Krater. Die Oberfläche des Meeres glänzt seidig, bis hin zu den Felsküsten der vorgelagerten Inseln am Horizont. Als würde man ihn jetzt erst richtig hören können, schallt der Verkehrslärm, ein rasend klingendes Geräusch, aus den Straßen herab zum Wasser.

Auf dem kleinen Platz vor der Bar Aegidius, wo sich alle treffen, Carducci Ecke Imbriani, entzündet Marcello einen

Müllcontainer. Die Flammen schlagen meterhoch in die Dunkelheit. Als Claudia, Lavinias jüngere Schwester, ihn schilt, die dicht an dicht parkenden Autos, das Benzin, versteht er überhaupt nicht, was sie meint, so zugeschossen ist er. Lavinia zieht uns fort. Sie will das Geld im voraus haben, um ihre Leute zu bezahlen. Wir verabreden uns für den nächsten Morgen. Binnen achtundvierzig Stunden sollte der Deal erledigt sein.

Umberto Manfredi, der Edoardo die Adresse des Mannes gab, der sich um den Opel kümmern wird, beobachtet die Szene vom Innern des Lokals, an den Tresen gelehnt, ein Bier trinkend.

Was will ich ihr sagen, wenn ich sie in Mailand wiedersehe? Vielleicht ging es nur um einen Anlaß für die Reise, einen Vorwand, eine nachvollziehbare Begründung. Hirngespinste.

Lavinia läßt sich nicht mehr blicken. Keiner weiß, wo sie steckt, weder Claudia noch Marcello oder ihre Mutter. Einen ganzen Nachmittag versucht Edoardo, sie telefonisch ausfindig zu machen, unser Geld, den Stoff, ergebnislos. Als wir später das Café La Luna betreten, kommt ein Typ von der Galerie, legt seine Hand auf Edoardos Schulter und führt ihn (mit sanftem Druck) wieder nach draußen. Umberto hindert mich daran, den beiden zu folgen. Bestell dir was, einen Amaro, und warte hier bei mir.

Es ist besser, sagt Edoardo, wenn wir ein paar Tage wegfahren. Wer war das? frage ich. Der Freund eines Freundes von den Speedhändlern. Die sind ziemlich sauer, fed up. Ist nicht unsere Schuld, sage ich, wenn Lavinia verschwindet und sie auf der Bestellung sitzenbleiben. Edoardo lacht. Dann schaut er mich (besorgt (?)) an. Erzähls denen mal.

Um zweiundzwanzig Uhr geht eine Fähre, die könnten wir nehmen.

Der Kranz der Lichter nachts auf den Hügeln. Weithin sichtbar grüne und rote Neonreklamen, noch lange. Dann ein halber Mond über dem offenen Deck, wo wir es uns auf Bänken bequem machen. Der einschläfernd beruhigende Klang der Schiffsdiesel. Piero della Francesca.

Südlich.

Einmal wäre ich, barfuß, fast auf eine Schlange getreten, die eine Maus im Maul hat. Wie erstarrt liegt sie quer über meinem Weg, eine schwarzgeschuppte Viper, in der blendenden Helligkeit des Mittags kaum zu unterscheiden vom gräulich dunklen Sand des Pfades, der zwischen Kakteengewächsen und Schilfgras zur Anlegestelle herunterführt. Es ist heiß. Chiara saß, als ich ging, bei Bartolomeo und Irene auf der durch ein Bambusdach geschützten Veranda und las Montherlant, pitié pour les femmes, I like it very much, the atmosphere, when do you come back? Soon.

Die träge auflaufenden Wellen machen ein knirschendes Geräusch, reibend, schleifend, wie die Kanten von gesprungenem Glas in einer emaillierten Schüssel, vom Wind leicht bewegtes trockenes Laub, zusammengekehrt, über den porösen Steinen und Steinchen (aus erkalteter Lava) des ganz leeren Strandes in kleinsten Hohlräumen zerfließend und versickernd.

Poste restante: Nils' Telegramm: Eintreffe 20. Juni.

Zu ihrem Geburtstag backt er ihr eine Torte, mit Cointreau darin, so viel, daß es pappig schmeckt, klebrig, der die Apfelschnitze umhüllende Teig, regelrecht alkoholisiert. An dem Abend trägt sie ein ärmelloses schwarzes Kleid und Sandalen. Irenes Zunge leckt begierig seinen Hals, seinen

Nacken, seine Kehle. Look, sagt Chiara, she's in love with him.

Manchmal, je nachdem, woher der Wind kommt, selten, treiben Plastiktüten und andere Sachen vom Festland herbei, irgendwelches Zeug, das nicht verwittert oder sinkt.

Das Trapez des Orions, dessen Mittellinie (halb so lang wie die beiden Grundlinien zusammen, arithmetisch) drei Fixsterne gürten, Leber, Lunge, Herz, als handelte es sich um das Schaubild eines Planetariums, konvex (mindestens ein Paar Seiten sind parallel), zieht immer wieder, quasi automatisch, ohne daß ich es gesucht hätte, meinen Blick an; sehe ich hoch mich um.

Und weiter?

Das halbverfallene Haus ohne Fenster, in dem wir wohnen.

Die Farben erblühter Bougainvilleen, rot, blau, bläulich, lila. Hibiskus. Feigen.

Der stets leicht hüpfende Gang Chiaras, als würden nur ihre Zehenspitzen den Boden berühren. Wollen.

Sie hat grüne Augen und lange, wie verbranntes Stroh braunblonde Haare.

Alle Sprachen, eine Sprache.

Und noch?

Das unablässige Gezirpe der Zikaden, wie eine dünne flirrende Schicht in der Luft.

Unsere nächtliche Fahrt nach Sizilien, weil welche aus Neapel plötzlich auf die Insel kamen.

Der nach oben offene Flur des Hotels, die Punkte der Sterne.

Wie wir uns da geliebt haben.

Edoardo spürt Lavinia mit dem größten Teil des Geldes in Rom auf. Umberto (warum hat er das gemacht, von sich aus?) regelt die Speedgeschichte, er kennt die Händler, scheinbar gut.

Ich habe Lust, alles zu erzählen. Dann fange ich an.

V

Seit heute mittag schneit es ununterbrochen. Ich war in der Amerika-Gedenk-Bibliothek am Blücherplatz und habe nach dem Maler Schtschedrin gesucht, einem bestimmten Bild, um es zu fotokopieren und, wie schon einmal, im Büro über den Rechner zu heften. Mahlmann hatte es abgenommen. Gefunden. Morgen kann ich mir die Wiedergabe abholen, plus Blumen (ein Geschenk) für die hilfsbereite Bibliothekarin (irgendwie sehr attraktiv, erotisch).

Umberto fliegt vor Silvester zurück nach Neapel, so daß meine Wohnung wieder frei wird. Da noch mal einzuziehen, zu müssen, wäre nicht gut. Was vorbei ist, ist vorbei.

Der Gedanke, bei Evelin zu bleiben, mit ihr zu leben, diese Vorstellung, manchmal ein Wunsch, läßt sich, wie man so sagt, nicht mehr von der Hand weisen. Aber warum? Alles kann man nicht erklären. Einen selber.

Ab Januar, um mich in den Stoff reinzuhören, besuche ich ein paar Seminare der TU. Vielleicht werde ich dann studieren, ungefähr zwei bis drei Jahre, Heller und seine Frau wollen mich unterstützen, materiell. Das wäre vernünftig. Man muß sich ja immer durchschlagen, von Monat zu Monat, Tag für Tag. Einst war ich, konnte, alles.

I was very much in love with you, sagte Chiara, als wir in dem Appartement von Irene tagsüber auf ihrem Bett liegen. A kind of desire, der Körper, der du bist. Glaubst du mir? Ja, dir glaube ich, ohne Zweifel.

Zu dritt sind wir an einem Wochenende ins piccolo teatro gegangen, Lessings (?) Minna von Barnhelm, mit Andrea Jonasson. Als auf dem Balkon Stimmen zu vernehmen waren, trat der Darsteller des Tellheim nach vorne und bat sich Ruhe aus, andernfalls er nicht weiterspielen würde. Man applaudierte ihm, zugleich überall zischend. Ein Mann im Parkett erhob sich von seinem Platz und rief, übersetzte Irene, daß er denen da hochkäme, wenn sie nicht endlich still seien. Die Jonasson, eine sehr schöne Frau, kam an die Rampe und zog ihren Kollegen in die Szene zurück.

Ich küsse ihren Bauchnabel. Ti lo piace? Yes, molto. Touch my breasts now, my belly, my knees.

Mahlmanns Geduld ist erstaunlich. Um mir technische Sachen zu erklären, nimmt er sich reichlich viel Zeit. Später deine eigene Verantwortung, sagt er, statisch, die Rechnung, wofür du die Verantwortung trägst. Letzten Endes hat das Büro eine absolute Gewährleistungspflicht. No roof no collapses ever.

Ich sitze hinter Chiara auf dem Motorroller und, ohne etwas zu sehen, lenke. Sie gibt die Richtung vor, lachend, ob wir abbiegen müssen oder nicht. Um zu schalten, sie erledigt das, ist statt des gewöhnlichen Hebels eine Strippe zu ziehen, die zwischen ihren Beinen im Getriebekasten verschwindet.

Warum bin ich nicht in Mailand geblieben? Wer weiß. Die Logik.

Ich trug den Schleier ihrer Haare vor meinem Gesicht.

Wir stehen, unweit des Domes, in einer Bar und trinken Coca-Cola. Es schmerzt mich zu wissen, daß du weißt, sagt sie, vergiß es. Nein, nie. Kiss my mouth, I want to feel your tongue. My lips. Die ich dir öffne, jetzt und hier und wo du willst. Do you believe me? Ja.

Solo l'amare, solo il conoscere conta, non l'aver amato, non l'aver conosciuto.

Nur das Lieben, nur das Kennen zählt, und nicht: geliebt, gekannt zu haben. Die Luft, die den dunklen Garten der Fremden, im Mai, noch dunkler macht. Blinde Aufheiterungen.

Zehnter Zwölfter neunzehn Uhr neun, Café Sieber.

Meinen Vater zu umarmen, nur ein einziges Mal, habe ich mir letztens gewünscht; von ihm, sofern Väter das tun, in den Arm genommen zu werden. Nichts läßt sich nie wiederholen. No regret, no surrender. Trotzdem.

Um halb zehn bin ich mit Evelin verabredet, wir wollen ins Kino, im Moviemento läuft ein Film (Titel?) von Jacques Doillon, den sie unbedingt sehen muß. Will. Vielleicht kommt Ludwig auch.

Wie eine Puderzuckerschicht glänzt der Schnee im Licht der Scheinwerfer und Laternen, richtig kitschig. Wieso? Ist morgen früh vorbei.

Wann geht die Geschichte los, genau? An einem Novembertag in ihrer Küche, als derjenige, von dem ich erzähle, einen Katalog mit dem Bild der Veranda durchblättert. Es handelt sich um reinen Zufall, da er auch Zeitung hätte lesen können oder ganz was anderes. Er erinnert sich. Rote Signallampen umbändern das Gestänge des alten Gasspeichers draußen vor dem Fenster, man hört das Klicken der Kaffeemaschine, auf ihrem Teller liegt ein halbgegessenes Brot. Sie wird in Eile gewesen sein, denkt er und beißt davon ab; später wirft er eine Münze hoch, ob Kopf oder Zahl, Bus oder U-Bahn.

Die Dinge gehen durch ihn hindurch. Was er sieht.

Kathrin Röggla
Die Alarmbereiten
Seiten 192. Gebunden

Sind wir die Helden in einem Katastrophenfilm? Brennende Wälder, fliehende Tiere, Panikeinkäufe. Unsere Welt im Ausnahmezustand: Finanzkrise, Klimakatastrophe, Entführungsfälle. Das Leben wird zum worst-case-Szenario. Oder sind diese Panikszenen eine große Fiktion? Hollywood-Kino? Kathrin Röggla erzählt von der Bedrohung und der Magie einer Welt in Alarmbereitschaft.

»Kathrin Röggla ist stets auch eine Autorin mit unaufdringlichem, aber entschiedenem sozialkritischen Interesse. Es gibt nicht viele von dieser Qualität in der deutschsprachigen Literatur der Gegenwart.«
Thomas Rothschild, Die Presse

S. Fischer

fi 1-066061 / 1

Ernst-Wilhelm Händler

Stadt mit Häusern

Band 19028

Ernst-Wilhelm Händlers erstes Buch ist eine Geschichte in elf Geschichten: Ein Prokurist, der nach Jahrzehnten im Dienst einer Familienfirma einer Intrige der Eigentümer zum Opfer fällt. Ein Philosoph, dessen private Gedankenwelt keineswegs seiner akademischen entspricht. Eine Frau, die sich die Vergangenheit anderer Frauen zulegt, weil sie keine eigene haben will …

»Ernst-Wilhelm Händler ist ein Meister der querschlagenden Sätze.«
Michael Köhlmeier, Neue Zürcher Zeitung

Fischer Taschenbuch Verlag

fi 19028 / 1